怪诞故事集

Racconti Fantastici Dell'Ottocento

〔意〕伊塔洛·卡尔维诺 编
Italo Calvino
唐江 马小漠 仲召明 译

人民文学出版社
PEOPLE'S LITERATURE PUBLISHING HOUSE

本书由伊塔洛·卡尔维诺主编并撰写序言，序言由伊塔洛·卡尔维诺基金会授权使用

Racconti Fantastici Dell'Ottocento

Italo Calvino

图书在版编目(CIP)数据

怪诞故事集 / (意)伊塔洛·卡尔维诺编；唐江，马小漠，仲召明译. —北京：人民文学出版社，2017
ISBN 978-7-02-013351-2

Ⅰ. ①怪… Ⅱ. ①伊… ②唐… ③马… ④仲… Ⅲ. ①故事-作品集-世界 Ⅳ. ①I14

中国版本图书馆CIP数据核字(2017)第228011号

责任编辑 **甘 慧 郇莉莉**
装帧设计 **钱 珺 高静芳**

出版发行 **人民文学出版社**
社 址 **北京市朝内大街166号**
邮政编码 **100705**
网 址 **http://www.rw-cn.com**

印 刷 **上海盛通时代印刷有限公司**
经 销 **全国新华书店等**

字 数 **345千字**
开 本 **720毫米×1000毫米 1/16**
印 张 **32 插页3**
版 次 **2018年1月北京第1版**
印 次 **2019年2月第2次印刷**

书 号 **978-7-02-013351-2**
定 价 **79.00元**

如有印装质量问题，请与本社图书销售中心调换。电话：010-65233595

目　录

◆ 下卷　**日常怪诞**

怪诞故事

伊塔洛·卡尔维诺

怪诞故事是十九世纪最具特色的叙事文学，对我们而言，也是最有意义的一种文学题材，因为它向我们表达了很多有关个体内心和集体符号的东西。以我们今天对事物的理解力和敏感度来看，处在这些错综复杂元素中央的，正是“超自然”这个概念，它总是富含意义，就好比“无意识的”“被压抑的”“被遗忘的”“大异于我们理性关注的”这些概念的涌现。于是我们就要来看一看怪诞的现代性，以及它再次被我们这个时代热捧的原因。我们也要来听一听，这个“怪诞”说的什么东西是直接关系到我们的，尽管我们不像十九世纪的读者那样，会对幽灵鬼怪那般惊奇，不过我们会用另一种方式去品味这种灵异现象，就好像它是那个时代的色彩元素。

怪诞故事是从十八、十九世纪之交的纯哲学理论研究这片土壤上诞生出来的：它的主题是两个现实之间的关系，这两个现实分别是指我们居住在其中并通过感受来认识的世界的现实，以及居住在我们心中并主宰我们的世界的现实。我们所能看到的那个现实是怪诞文学的本质所在，它最妙的地方就体现在那个现实可以在不相容的各个层面上波动摇摆。它既可以是一些极为罕见的东西，一些或许是被我们思想投射出来的幻觉；也可以是一些我们早已习以为常的东西，在平凡外表下隐藏着神秘、可怕、不安分的另一面。

茨维坦·托多洛夫[1]在他一九七〇年出版的《怪诞文学绪论》中写到，

① 茨维坦·托多洛夫（1939—2017），法籍保加利亚裔哲学家、文学理论家。

标志了“怪诞”叙事风格的那个东西，正是在面对某些令人不可思议的事实时的那种犹豫，正是在理性而现实的解释和对超自然现象接受之间的那种踌躇。在这类故事中，时不时会出现一个什么都不信的实证主义者形象，并常常被投以同情与挖苦，因为他们终会投降于那些无法解释的现象，但这些现象却从未被彻底地否定。托多洛夫认为，怪诞故事所讲述的那些不可思议的事实，总得给出一些合理的、站得住脚的解释，而不应该仅仅停留在“幻觉”或是“梦境”这两把“万能钥匙”① 上。

然而，对托多洛夫来说，“奇妙”这一概念之所以有异于“怪诞”，是因为“奇妙”对于那些非真实的、难以解释的事物是认可的，就好比童话和《一千零一夜》那样。（这是因为在法国文学中专业术语“fantastique”这个词几乎总是和跟死亡相关连的，比如那些从冥界来的幽灵。而在意大利语中，“怪诞”这个词（fantastico）却更接近于“奇幻（fantasia）”这一概念；的确，我们会说“阿里奥斯多式的奇幻”，然而如果要按法国术语来解释的话，就应该说成“阿里奥斯多的奇妙”。）

怪诞故事是伴随着十九世纪初的德国浪漫主义而诞生的，但是早在十八世纪下半叶，英国的“哥特小说”就主题、背景和效果（尤其是那些恐怖残忍、叫人害怕的效果）这些方面进行了一系列的开发，浪漫主义的作家正是从这种小说里相当充分地汲取了养料。在这些第一流的作家中，最突出的当属沙米索②，他那篇《彼得·施勒米尔》可以说是完美无缺。而沙米索本人也是一个生在法国的德国作家，在他的作品中，我们既可以看到十八世纪法国文学的那种轻盈，也可以看到德国文学叙事诗般的剔透，这就是为什么法国元素在一开始就是必不可少的原因。十八世纪的法国文学留给浪漫主义的怪

① “万能钥匙”在意大利语中的说法为：能盖上所有锅的盖子。

② 阿德尔贝特·冯·沙米索（1781—1838），德国作家、探险家。成名作《彼得·施勒米尔》（又译《彼得·施勒米尔的奇遇》）写于1814年。

诞故事以两种类型：一种是“奇妙故事”里那种精彩的奢华（从路易十四的宫廷“神奇故事”[①]到由加朗[②]发现和翻译的《一千零一夜》里的东方魔法），另一种是伏尔泰式“哲理故事”中直接、迅速、犀利的构思，在这类故事中，不存在无意义的元素，任何细节都有其目的指向。

正如十八世纪的“哲理故事”是启蒙主义理性的荒谬表达，诞生在德国的“怪诞故事”就好像是唯心主义睁眼做的白日梦，它明确表示要描写主观内心世界的现实，表现思维和想象的现实，并要为这种现实给出较之客观及感官世界那种现实一份等同或是更多的尊严。所以可以说，德国的怪诞故事也是一种哲理故事。在写作这类故事的众多作家中，最突出的一个名字就是霍夫曼。

所有的选集都会有自己的限制和规矩；我们的这部选集则被要求，每个作家只能收录一篇：当你只能选择一篇故事来表现整个霍夫曼的作品时，这条规矩就显得尤其残忍。我选了他最为著名并颇为典型的《沙人》，因为可以说这是必选篇目，在这个故事中，资产阶级平静生活中的人物和情景都呈现出哥特式、魔鬼般的吓人形象，就好像噩梦中看到的那样。而我本可以选择去表现霍夫曼另一面的故事，在那里，奇异的元素几乎就是不存在的，好比《法仑之矿》，其中表现自然的浪漫主义诗歌通过展现矿藏世界的魅力达到了巅峰。

年轻人艾黎斯在矿场工作，他工作得如此投入，以至相比太阳的光线和未婚妻的拥抱，他更喜欢矿藏这种环境，而矿藏这一形象也是理想内心世界最重要的象征之一。在这里我们可以看到另一个不可缺少的关键点，也就是

---

① 原文为法语。

② 安万托·加朗（1646—1715），法国东方学家、翻译家与考古学家，第一位将阿拉伯文学作品《一千零一夜》翻译成欧洲语言的人。

任何有关“怪诞”的话题都必须注意的问题：任何想给什么符号下定义的意图（比如沙米索笔下被彼得·施勒米尔丢掉的影子、霍夫曼笔下艾黎斯为之迷失自己的矿藏，还有阿尔尼姆[①]小说《长老会会员》中希伯来人的小巷）都只会削弱故事的魅力。

在霍夫曼之后，德国浪漫主义怪诞题材杰作的名单仍是很长，做选集的时候，我们总想着要尽可能开阔地为读者展现其时的文学概况，却又无法做到每篇都收。所选故事长度不得超过五十页是给我自己规定的另一条限制，这样的规定迫使我不得不放弃一些我个人最喜欢的故事，多是些长篇，不过也有一些中短篇：比如我已经提过的沙米索的《埃及的伊莎贝拉》、阿尔尼姆其他一些更好看的小说，还有艾兴多夫的《一个无用人的生涯》[②]。但是只能选择篇幅不长的故事又会违背我应遵守的第三条规则：只能收录情节完整的故事，不能节选。（只有一个特例，波托茨基的《萨拉戈萨的手稿》，其中包含着具有一定独立性的短篇故事，尽管这些短篇之间是非常紧密地构建在一起的。）

考虑到霍夫曼对欧洲各文学流派带来的普遍影响，我们甚至可以说，至少是十九世纪上半叶，“怪诞故事”就是“霍夫曼式故事”的近义词。在俄国文学中，霍夫曼的影响带来了令人称奇的果实，比如果戈理的《彼得堡故事》；但需要指出的是，在欧洲任何一种文学灵感出现之前，在果戈理那两本乌克兰乡村故事集里，他就已经很会讲好听的巫术魔法故事了。十九世纪俄国叙事文学虽然从一开始，就被文学评论传统归在现实主义的大背景下，但其中流淌着的怪诞元素也是十分明显的——从普希金到陀思妥耶夫斯基，无一例外，而在这一方面，列斯科夫完全可以被认为是最伟大的作家之一。

---

① 路德维格·阿希姆·冯·阿尔尼姆（1781—1831），德国民间传说研究者、戏剧家、诗人。
② 又译《一个游手好闲者的回忆》。

在法国，霍夫曼对查尔斯·诺迪埃[1]和巴尔扎克都有很大的影响（不管是怪诞风格显著的巴尔扎克，还是充满黑夜离奇魅力的现实主义的巴尔扎克），霍夫曼对泰奥菲尔·戈蒂耶也影响甚远，以至我们甚至可以为戈蒂耶从浪漫主义这主干上隔出一条分枝来，而且这条分枝对怪诞故事的发展也起到了非常重要的作用：这就是唯美主义。至于哲学方面，在法国，怪诞这一主题不是染有晦涩难懂的秘教色彩（不管是诺迪埃还是奈瓦尔），就是通过巴尔扎克和戈蒂耶笔下那种史威登堡[2]式通神学来表现的。热拉尔·德·奈瓦尔创造出了一种新的怪诞类别：梦境故事（比如他的《西尔维》和《奥莱利娅》），这类故事与其说是被情节构建出来的，不如说是由强烈的抒情情绪支撑的。而梅里美带着他的地中海故事（当然也包括他的北欧故事，比如《熊人洛奇》中引人入胜的立陶宛），还有他用来观察每一个地方闪光点和灵魂的方式，以及那种很快能使种种景象各具代表性的艺术手法，为怪诞文学打开了一种全新的境界：异国情调。

而英国在处理死亡和恐怖这些主题时，更有着在智力层面上的特殊爱好：最有名的例子就是玛丽·雪莱[3]的《弗兰肯斯坦》。维多利亚时期小说中的那种悲怆和诙谐，为重拾“黑暗”“哥特”的景象留出了一定的空间，并赋予其新的特点，即“幽灵故事”。这些故事的作者虽然可能会卖弄卖弄他们善于讽刺的小伎俩，但同时又会将自身的感受参与其中，而这种内在的真实是不属于任何模仿主义的。狄更斯对于奇异和死亡故事的偏好并不仅仅局限于大部头的小说中，这在圣诞节童话和幽灵故事等小篇幅的生产中也有所体现。我之所以用了“生产”这个词，是因为狄更斯（和巴尔扎克一样）在

① 查尔斯·诺迪埃（1780—1844），法国小说家、诗人，浪漫主义文学运动的代表人物之一。
② 伊曼纽·史威登堡（1688—1772），瑞典科学家、神秘主义者、哲学家和神学家。
③ 玛丽·雪莱（1797—1851），英国小说家、剧作家、传记作家。她于 1818 年创作的小说《弗兰肯斯坦》（或译为《科学怪人》）使其被誉为“科幻小说之母”。

计划和推广自己工作成果时的那种坚定，是从事工商业的人才会拥有的品质（他很多公认的杰作都是这么诞生的），而且他还出版发行了些许小说杂志，这些杂志虽然时常会邀请一些友人来合作，但绝大多数都是他自己的作品。在狄更斯那个作家圈子的朋友中（包括侦探小说的头号作家威尔基·柯林斯①），有一个人是在怪诞故事中占有特殊席位的：谢里登·勒法努，他出生在一个爱尔兰新教家庭，是“幽灵故事”的第一个“专业”作家，因为除了幽灵和恐怖故事，他基本上是什么都不写。于是“专业”写怪诞故事的现象流行起来，而这种现象到了我们二十世纪更是普及起来（不管是流行文学还是严肃文学，但时常是介于这两者之间）。但这并不是说勒法努是个只图赚钱的写手（就好像后来《德拉库拉》②的作者布拉姆·斯托克），相反，正是那些有关宗教争议的事件、那些爱尔兰的民间故事，还有那些黑暗、诡异、诗一般的灵感给他的小说带来了生命（如《哈伯特法官》），在其中我们还可以再次看到霍夫曼的影响。

到目前为止，我所提到的所有这些作家，虽然个体之间的差异颇为明显，但却有着一个共同的特点，那就是他们都会把视觉上的感受放到突出位置来表现。这并不是一个巧合；正如我在一开始说的那样，十九世纪怪诞故事的真正主题，是我们所能看到的事实：不管你信不信什么魔法巫师，都会在日常表象下发现另一个或充满魔力、或地狱般的世界。这就是说，比起其他任何一种叙事，怪诞故事更是要“用来看的”，要能被具化到一连串的情景中去，要把它那种交流的力量用到能生产出“形象”的能力上去。重要的不是你要多会遣词造句，多会捕捉抽象思绪的闪现，而是要能突出一种繁杂而不同寻常的场面。“场面”感对怪诞叙事文学有着至关重要的作用：所以说电影在这里汲取了不少养分那是再自然不过了。

---

① 威尔基·柯林斯（1824—1889），英国小说家、剧作家。

② 即“吸血鬼”的原型。

但是我们也不能泛泛而论。如果说在大部分情况下，浪漫主义作品里的那种想象创造出了一个挤满了妖魔鬼怪的空间，那么在另一类怪诞故事中，那些“超自然”的现象则是我们看不到的，我们能“感受”到的东西要远多于我们能“看到”的东西，“超自然”于是就成了我们内心世界的一部分，就好像是某种精神状态或是猜想假设。就连平时非常喜欢描写那些折磨人的、魔鬼般幻象的霍夫曼，也写了一些场面感并不是很强的故事，从头到尾都只是日常生活中的一些画面。比如《空房子》，在那条住满了有钱人的欧椴树下大街上，一座摇摇欲坠的破房子夹在那些高级宅邸与公馆中间，它的窗户紧闭，但不时会冒出一只女人的胳膊甚至还有少女的脸庞，这些细节足以为读者营造出一种神秘气息；因为这些浮光掠影都不是被直接观察到的，而是被一面小镜子反射出来的，于是这随便一块小镜子也具有了魔镜的功效。

有关这两种不同风格的怪诞故事，我们都可以在爱伦·坡的作品中找到最为清晰的例证。在他最典型的故事中，总会有个满身沾血的白衣女子从棺材里走出来，那棺材也必定是在一个黑黢黢的房间里，而房间里那些奢华的陈设品则透着一股分崩瓦解之势；《厄舍府的崩塌》可以算是这类小说的登峰造极之作。但是我们这里却选了《泄密的心》：这篇故事在视觉上的暗示可以说是降到了最低，并完全集中在那只在黑暗中大睁着的眼睛上，而这其中的张力都在杀人犯的独白中。

为了比较“视觉”怪诞以及我会称之为“精神”“抽象”“心理”或“日常”怪诞的各个方面，一开始的时候，我也想过给每个作家都选入两篇分别表现了这两种怪诞风格的代表作品。但很快我就发现，在十九世纪初，“视觉”怪诞明显占优，正如“日常”怪诞从十九世纪下半叶开始明显占优一样，这后一种怪诞在亨利·詹姆斯那无法捕捉的无形怪诞中达到了顶点。于是我明白，如果在我最初的打算上做一点点放弃的话，是可以既照顾到年代的排序，也保证到故事的风格划分的，这只需要把选集的第一集归类为“视觉”怪诞，并使其包含至十九世纪前三十年的作品，再把选集的第二集归类为“日常”怪诞，并为其选入最晚至二十世纪初叶的作品。如此一来，略微的勉强虽然是在所难免的（因为这样的安排是建立在对立的定义之上的：在某些情况下，这两个标签是可以互相替换的，一个系列中的某个故事完全可以被编入另一个系列），但重要的是，在这部选集中你们可以清楚地看到怪诞故事发展的大方向：它在往超自然现象的内心化发展。

爱伦·坡是继霍夫曼之后，在欧洲怪诞文学中最有影响力的作家：波德莱尔的翻译应该是起到了一种宣传的作用，它告示人们，一种新的文学风格刚刚确立；他作品中那些“死亡气息”和“被诅咒”的效果比那种逻辑的清晰更容易被读者所接受，而逻辑的清晰是这位作家最显著的特点。我首先谈到了他在欧洲的运气，因为在他自己的国家里，爱伦·坡的形象并不是那么具有代表性，以至没人认为他的作品能被定义为一种独特的文学类型。除了爱伦·坡，美国还有一位大作家，纳撒尼尔·霍桑，严格地说，霍桑比爱伦·坡还要早一些，为怪诞故事注入了非同一般的活力。

在本选集所收录的作家中，霍桑无疑是在道德和宗教层面上走得最深最远的一个，他不仅表现出了个人的悲情意识，而且还向我们展现了一个世界，这个世界是由被激化的宗教感锻造出来的，比如清教徒的那个世界，而且是不加掩饰的。他的很多故事都是杰作（不管是视觉式怪诞故事，好比《小伙子古德曼·布朗》中的巫魔夜会，还是自省式怪诞故事，好比《利己主义或胸中的蛇》），但并非所有的创作都是如此：当他脱离了美国这个大背景的时候（比如那篇太过有名的《拉帕齐尼的女儿》），他的创作就会变得缺乏新意。但是在他最成功的作品中，总是会有这样一些道德寓言，它们是建立在人物内心中那不可磨灭的罪过之上的。这种寓言在表现内心悲情的时候有着巨大的力量。霍桑的这种能力在很长一段时间内都无人企及，二十世纪的弗兰茨·卡夫卡算是第一个在这方面可以与之匹敌的。(《我的亲戚莫林诺少校》是霍桑最优秀也最让人痛苦的小说之一，它甚至早于卡夫卡的《城堡》。)

需要说明的是，在霍桑和爱伦·坡之前，怪诞这一主题在美国文学界其实早已有自己的传统，而且也出了一个代表作家：华盛顿·欧文[①]。我们也不该遗忘威廉·奥斯汀[②]那篇象征性的故事《皮特·鲁格，失踪的人》。神圣的诅咒迫使一个男人驾着马车带女儿赶路，由于被飓风尾随，他们永远不得停歇，就这样横跨了辽阔的北美大陆；这篇故事用很少的东西表现了美国神话在其诞生初期的各个组成部分：自然的力量、个人的宿命和冒险带来的刺激。

总之，爱伦·坡继承的（这与十九世纪开端的浪漫主义作家有所不同）怪诞文学传统已经很成熟了，接着爱伦·坡又把这个传统传递给他的追随者，而这些追随者常常只是矫饰主义[③]者和模仿者（尽管他们也充满了时代的色彩，比如安布罗斯·比尔斯）。直到亨利·詹姆斯的出现，才为我们带来了新的转折。

在法国，因为波德莱尔的翻译而几乎成了法国人的爱伦·坡，很快就被那里的人欣赏并追随。在这一领域的所有继承者中，最有意思的当属维利耶·德·利尔·阿达姆，在他的小说《维拉》中，就超越死亡的爱情这一主题，为我们营造出一种强烈的整体视觉效果；而在《抱有希望的折磨》一文中，他为我们提供了纯粹“精神怪诞”最完美的范例。(在别人编辑的怪诞

---

① 华盛顿·欧文（1783—1859），美国作家、律师、外交官。

② 威廉·奥斯汀（1778—1841），美国作家、律师。

③ 矫饰主义，又称模仿主义、风格主义或手法主义。是一种出现在文艺复兴晚期的艺术流派，它以模仿米开朗基罗和拉斐尔的作品为主。不管是在艺术上还是在文学上，这类创造都是基于对原作的模仿，并在风格和形式上追求原创性的变动。

故事选集中，罗杰·凯卢瓦[1]选择了《维拉》，博尔赫斯收入了《抱有希望的折磨》，前一个选择极妙，不过后一个选择更妙；我在本选集中挑了第三篇，那只是为了不重复别人的选择）。

十九世纪末期，英国为二十世纪怪诞故事的发展做了很多铺垫。正是在英国，出现了这样一类别致的作家，他们常常喜好乔装成通俗作家，而且往往也能装得很好，因为他们这么做并不是为了讨好谁，而是出于自娱自乐的需要，更是本身的职业素质使然，不过，只有当一个作家明白没有专业上的技巧就没有艺术上的智慧时，这种情况才可能发生。罗伯特·路易斯·史蒂文森就是最合适的代表，与他相近的还有另外两位杰出的作家，他们既有非凡的创造天赋，也有手工艺人般的精准：吉卜林和威尔斯。

吉卜林的那些印度故事中的“怪诞”非常具有异国情调，这不是因为它的唯美主义和颓废主义情调，而是因为这种怪诞来自于印度和英国这两个世界在宗教、道德以及社会层面的冲突。在这里，超自然这一现象虽然是惊悚的，但常常却也是一种不可见的存在，好比《野兽的烙印》；正如我们可以在《建桥人》中看到的那样，有时，日常工作的情景会突然被撕开，而印度教神话中的古老神灵会突然如幻觉般现身。吉卜林也写了很多以英国为背景的怪诞故事，在这些故事中，超自然现象几乎总是不可见的（比如《他们》），而那种对死亡的焦虑也总是贯穿故事始终。

威尔斯开启了科幻小说的先河，打开了一片想象的新天地，这种小说在我们二十世纪下半叶会经历更迅猛的发展。威尔斯通过那些世界末日般的景象，预见到了未来的各种奇妙与恐惧，但他的天才之处绝不止于此；他那些非凡的故事总是建立在智力上的新发现上，而这种发现有可能是相当简单的。《已故的艾维尔山姆先生一案》说的是一个年轻人，被一个陌生的老头

① 罗杰·凯卢瓦（1913—1978）法国评论家、思想家、小说家。

选中去继承他的全部财产，但条件是这个年轻人得同意改用老人的名字；可是当年轻人在老头的家里醒来时，发现自己的手上已经布满了皱纹。他去照镜子：自己变成了那个老头，他才明白过来，就在他变成老头的那一瞬间，老头获得了他的身份、他的人身，并正在享用他的青春。从外面看，一切都平淡无奇，与之前没什么两样，但事实却是一种无边无境的恐惧。

能把优质文人的精致和通俗小说家的冲动轻松结合在一起的作家是罗伯特·路易斯·史蒂文森，而在其最喜爱的作家中，他总是会提到大仲马①。在史蒂文森饱经病痛的短暂一生里，他成功地创造出了很多完美的作品，从探险小说到《杰奇医生》②，再到其他许多篇幅短小的怪诞故事，比如《欧拉拉》，那是西班牙拿破仑占领时期女吸血鬼的故事（这和波托茨基的故事背景一样，我不知道他之前有没有读过《欧拉拉》）；再比如《丑陋的珍妮特》，讲的是苏格兰鬼怪；《海岛娱乐记》③则灵巧地捕捉到了异域情调的魔力（尽管故事是被安置在玻利尼西亚这个背景下的，但同时也输出了苏格兰元素）；《马克汉姆》走的则是内心化怪诞的路数（这样的怪诞我们还可以在爱伦·坡的《泄密的心》中找到），从中我们可以看到更明显的清教徒意识。

亨利·詹姆斯是史蒂文森最为热烈的一个拥护者，同时也是后者的好友，他是一个和通俗文学一点儿也沾不上边的作家；正是这个作家，这个让我们不知道是该把他看作美国、英国还是欧洲的作家，让十九世纪的怪诞主题得到了它最后的体现——或者更准确地说，是获得了最终的脱离，因为这个时候的怪诞变成了一种心理投射，或者说是心理悸动，而且它从来没有这么不可见和不可感知过。在这里，我们要把亨利·詹姆斯作品诞生的文化环

① 亚历山大·仲马（1802—1870），十九世纪法国浪漫主义作家。

② 指《化身博士》一书。

③ 指《海岛之夜娱乐记》一书。

境，尤其是要把他哥哥哲学家威廉·詹姆斯①的理论考虑在内，在那个时代的大背景下，在经验的精神现实下来欣赏他的作品：于是我们可以说，到了十九世纪末，怪诞故事又变回到了十九世纪初的哲理故事。

亨利·詹姆斯“幽灵故事”中的幽灵异常地模糊，可以是没有脸也没有形的恶，就比如《螺丝在拧紧》中凶神恶煞的用人，也可以是颇为清晰的表现，它们会给统领全文的思想以一个可感知的形状，就比如《埃德蒙·奥姆爵士》，还可以是导致超自然现象真实存在的假象，就比如《幽灵的租房》。《快乐的角落》是他最迷人也最令人激动的故事之一，在这篇故事中，那个刚被主角发现的幽灵其实就是在另一条人生轨迹中的自己；在《私生活》中，有一个男人，只有当别人看到他的时候，他才存在，否则他就会消散，而另一个男人，他有两个自己，他的另一个自己总能写出他本人永远也写不出的书。

我们就用这个从时间范畴上来说属于十九世纪，但在文学风格上属于二十世纪的作家亨利·詹姆斯，来结束我们的回顾。在这本选集中，我一个意大利作家也没选，因为我不喜欢“为选而选”的想法：怪诞题材在十九世纪的意大利文学中，实在是不成什么气候。一些特别的选集（阿里哥·波伊多编辑的《诗歌与短篇小说》和《放荡主义②中的黑色小说》③），以及那些因为其他特点而闻名于世的作家（从德·马尔基④到卡普安纳⑤）的作品，都可以在文学品位的层面上为我们带来宝贵的发现和有意思的文献资料。在西

① 威廉·詹姆斯（1842—1910），美国哲学家和心理学家。

② 放荡主义，也称斯卡皮利亚杜拉文艺运动，是十九世纪后半叶在意大利伦巴第大区盛行的一种文艺运动，运动主张文艺家的自由和个性。

③ A. 波伊多，《诗歌与短篇小说》，奥斯卡. 蒙达多利出版社（1981）；G. 芬茨，《放荡主义中的黑色小说》。——作者注

④ 艾米里奥·德·马尔基（1851—1901），意大利作家。

⑤ 路易吉·卡普安纳（1839—1915），意大利作家、文学评论家、记者，真实主义文学的代表人物之一。

班牙也有一位写怪诞小说的著名作家，古斯塔沃·阿道弗·贝克尔[①]。但是我们的选集并不指望能把所有的怪诞作品都收全。它试图给出一种着眼于个别类型的概况，一种我想展现给你们看的概况，而且首先，它还是一本可以被通篇阅读的书。

① 古斯塔沃·阿道弗·贝克尔（1836—1870），西班牙浪漫主义诗人、小说家。

上　卷

视觉怪诞

中邪人帕切科的故事

扬·波托茨基，1805

死亡、鬼怪、巫师、吸血鬼、性和堕落：视觉浪漫主义的所有这些元素都在波兰伯爵扬·波托茨基（1761—1815）以法文出版的杰作《萨拉戈萨的手稿》中得到充分展现（明指或暗示）。但这份文学遗产的最初版本，和其内容一样神秘。多亏罗杰·凯卢瓦这个对古今各国怪诞文学了如指掌的大行家，这本书才在消失一个多世纪之后（不过话说回来，这书倘若在那时便自由流通，必将引起公愤），于一九五八年以原版形式发行。

要介绍霍夫曼和爱伦·坡那个时代的怪诞文学，波托茨基是个理想的开场人物，也是我们这部选集不可或缺的角色。《萨拉戈萨的手稿》里的故事一个套着一个，有点儿像《一千零一夜》。这一个个故事组成了一部难以被拆分的长篇小说。因此，我被迫在本选集的开头就破一次例——坏了我在接下来的部分想尽量遵守的规矩：只选独立而完整的故事——我从波托茨基的这本书里选了一章。

选章出自这部长篇的开头部分（第二章之后）。阿方斯·万·沃登是拿破仑军团的军官，身在西班牙，看到两个被绞死的人（佐托兄弟）。然后他又遇到一对十分美丽的阿拉伯姐妹，听了她们那扰人心扉、性欲横流的故事。阿方斯和姐妹俩发生了关系，到了夜里，他出现奇怪的幻觉；拂晓时分，他发现自己正左拥右抱那两个被绞死的人。

与姐妹（偶尔是母女）发生关系这个主题还会在《萨拉戈萨的手稿》中多个人物身上复现。一个人以为自己最幸运，第二天早上醒来却发现躺在绞刑架下，身边是尸体和秃鹫。双子星座的魔法是理解该长篇的钥匙。

波托茨基身处这一类型文学的早期阶段，但已经清楚知道该往何处走：怪诞文学是对黑暗区域的探索（最放纵的欲望和对过错的种种恐惧混杂在一起）；是对梦里那种变了形的幽灵的召唤，暧昧而反常。

我后来居然醒了。阳光灼烤着我的眼皮。我艰难地睁开眼睛。我看见天空。我看见自己是在户外。但我仍因困倦而觉得眼皮沉重。我已经醒过来，但并未完全清醒。一连串酷刑的画面掠过我的脑海。那些画面使我胆寒。我猛地一甩身，坐起来……

我该如何描述完全占据我的那种恐惧？我躺在兄弟群岛的绞刑架下面。佐托兄弟俩的尸体并没有被吊着，而是躺在我的一侧。我显然整晚都和他们在一起。我躺在绳子、轮子和人类的尸体之间，躺在因腐烂从尸体上掉落的肉块之间。

我觉得自己尚未完全清醒，还在做噩梦。我闭上眼睛，搜索记忆，试图回忆起自己昨天人在哪里……然后我感觉到有东西钳住了我。我看见一只秃鹫停在我身上，正在享用一具尸体。它爪子上的力道令我剧痛，我终于完全醒过来。我看见自己的衣服在旁边，赶紧把衣服穿上。我穿好衣服后，试图从绞刑架下面的围墙里出去，但门被钉死了。我试图打破门，却是徒劳。我必须爬上令我望而生畏的墙。我成功了，抓住一根绞刑柱，查看四下乡野里的情况。我很容易就弄明白自己是在哪里。是在兄弟山谷的入口处，离瓜达尔基维尔河岸不远。

我继续四下查看，发现河边有两个旅行者，其中一个在做饭，另一个拉着马缰。我见到他们太开心了，立即用西班牙语喊道："你好，你好啊！"

两个旅行者发现问候来自绞刑架的顶端，一时不知如何是好；接着突然翻身上马，策马狂奔，朝软木树林奔去。

我大声呼喊，叫他们停下，但毫无作用。我喊得越凶，他们马刺踢得就越凶。我看不见他们之后，决定离开自己现在待的地方。我跳到地上，受了点伤。

我弯腰驼背，跛行到河边，看到那两个旅行者扔下的食物。我快要饿死了，现在最需要的就是食物。巧克力在煮着，阿利坎特葡萄酒里泡着草药，还有面包和鸡蛋。我恢复力气，开始回想昨天到底发生了什么事。我的记忆一片混乱，但我还是想起一些事。我以自己的名誉发誓，绝不向任何人说出那些事，不惜以一切代价保守秘密。我在这件事上做出决定后，开始思考目前要做什么，也就是说，应该走哪条路。荣誉似乎比以往任何时候对我的影响都大，它驱使我取道莫雷纳山脉。

人们也许会惊讶于我这么在乎自己的声誉，却毫不在乎前一天发生的事。但这也是我所受教育的结果，我此后的经历也证明了这一点。且容我继续讲述我的旅程。

我非常想知道，恶魔把我的马怎么样了。我先前把马留在本塔克马达。那是我的必经之地，所以我打算去那儿找马。我必须步行穿过整个兄弟山谷和本塔。我走得疲惫不堪，迫切希望找到马。我找到了，它还待在先前的马棚里，看起来被照料得很好，洗刷过，也喂过。我想不到谁这么好心，但是我已经见过太多不寻常的事，所以并没有把这一件放在心上。我本该立即上马而去，而不是屈服于好奇心，又走到客栈里。我想找到自己先前住的房间，但不管怎么找，也找不到有漂亮的非洲女人的那个房间。我不想再找；翻身上马，继续赶路。

我在兄弟群岛的绞刑架下面醒来时，太阳已经偏西。我花了两个小时才到达本塔。所以，我又走了几里格后，开始考虑找个地方过夜。但是我没看到一处能遮风挡雨的地方，只得骑着马继续往前走。最后，我终于看到一座哥特式小教堂，教堂旁边有座小屋，想必是隐修者的住所。教堂和小屋都不靠近大路，但我饿了，所以毫不犹豫地绕路前往小屋，希望能得到些食物。我到了隐修者的小屋前，把马拴在一棵树上，然后敲门。一位神情肃重的修士出现。他像慈父一样拥抱我，对我说：

“进来吧，孩子。快进来。不要在外面过夜。以免遇到引诱者。主把手从我们的头上抽回去了。”

我谢谢隐修者如此善待我，然后告诉他，我饿极了。

他回答：“哦，孩子，先照顾你的灵魂！去教堂吧。拜倒在十字架前。我来照顾你的身体。但饮食很简单，隐修者的饮食总是很简单。”

我来到教堂，虔诚地祈祷，因为我有信仰，别人不都是这样吗。这也是我所受教育的结果。

一刻钟之后，隐修者来找我，领着我回到小屋。他已经为我准备好一餐饭（一切都相当洁净）。上好的橄榄，醋泡莙荙菜，蘸汁甜洋葱，面包干（代替面包）。还有一小瓶酒。隐修者告诉我他从不饮酒，但为了做弥撒存着一些酒。所以我也没喝酒，晚饭已经够好的了。我在品尝食物时，看到一个身影走进小屋，比我以往见过的任何东西都恐怖。是个男人。看上去很年轻，但瘦得可怕。头发根根竖立，一只眼睛没了，眼窝正在往外流血。舌头垂在嘴外，挂着起泡的唾液。他穿着一身精致的黑色衣服，但这是他仅有的衣服，他没穿袜子，也没穿衬衫。

这个令人惊骇的男人一句话不说，径直走进小屋，在角落里蹲下来。他仍然像一尊塑像般平静，那只好眼看着他握在手里的一个十字架。我吃完饭，问隐修者这个男人是谁。

隐修者说：“孩子，这个男人被魔鬼控制了，我正在给他驱魔。黑暗天使的致命力量正在控制这块令人伤心的土地，这个男人的故事就是最佳证明。他的经历也许有助于你得救，我来让他讲述自己的故事。”

然后，他转向中邪人，说道：“帕切科，帕切科，我以救世主的名义，命令你讲述自己的故事。”

帕切科发出一声可怖的呼喊，开始讲述：

中邪人帕切科的故事

我出生于科尔多巴，父亲身体还很硬朗，母亲三年前去世了。父亲一开始似乎很思念母亲，但几个月后，他去塞维利亚旅行，爱上了一个年轻的寡妇，这个寡妇名叫卡米拉·德托尔梅斯。这个女人名声不大好，几个朋友试图阻止父亲去看这个女人。他们虽然百般阻挠，父亲还是在母亲去世两年后娶了卡米拉。婚礼是在塞维利亚举行的，几天后，父亲带着卡米拉回到科尔多巴。卡米拉的妹妹伊内希尔也跟着来了。

继母的表现和传闻毫无二致。她想取悦我，并不成功。可是我爱上了她的妹妹伊内希尔。我情难自制，有一天找到父亲，跪在他面前，恳求他帮我赢得他小姨子的芳心。

父亲慈爱地拉我起来，对我说：“孩子，我不允许你想这桩婚事。我这么要求，有三个理由。首先，你成为你父亲的连襟这样的事会让所有人都觉得丢脸；第二，宗教圣规不会同意这样的婚姻；第三，我不希望你娶伊内希尔。”

父亲说完三个理由后，转身离开了。

我回到自己的卧室，陷入绝望之中。父亲立刻把事情告诉了继母，继母来看我，说我这样折磨自己是不对的。她又说，我也许不能成为伊内希尔的丈夫，但一定可以成为她的情人。她还说，她既然已经向我示爱，就愿意做出巨大牺牲，帮我赢得她妹妹的爱。我听着她说这些话，心潮澎湃。但是伊内希尔看上去那么端庄，我觉得她不可能被说服，接受我的爱。

没过多久，父亲决定去趟马德里，谋求科尔多巴行政长官的职位。他把妻子和小姨子也带去了。他两个月内就会回来，但我觉得两个月太漫长了，我得和伊内希尔分开。

两个月快要过去，我接到父亲来信。父亲在信中说让我去本塔克马达等着他，本塔克马达是莫雷纳山脉开始的地方。几周前，决定走莫雷纳山脉前还要掂量再三，但佐托兄弟俩刚好最近被吊死了，佐托匪帮瓦解，所以山中应该是安全的。

我上午十点出发去科尔多巴，当晚在安杜哈尔过夜。客栈老板是安达卢西亚最爱闲谈的人之一。我在客栈点了一大桌饭菜，吃了一些，留下一些在路上吃。

第二天，我在软木树林吃我前一天省下来的饭菜，当天晚上就到了本塔克马达。但我没找到父亲，不过他既然在信里叫我在这里等他，我决定照办。我很乐意这样做，因为客栈里的房间很大很舒服。客栈老板是穆尔西亚人，姓冈萨雷斯。他是个很亲切的人，但爱吹牛。他信誓旦旦地说要为我准备一顿配得上西班牙显贵的晚餐。他准备晚餐时，我去瓜达尔基维尔河岸散步。我回到客栈，发现晚餐确实不错。

我吃饭时叫冈萨雷斯把床铺整理好。然后我看见他脸红了。他说了很多话，但我一句也听不懂。最后，他承认客栈闹鬼，他和家人每晚都住在河岸的一座小农场里。他还说，我如果愿意住在农场，他可以在他自己的床旁给我弄张床铺。

我觉得没有这个必要。我告诉他，他想睡哪里就睡哪里，但必须派人来客栈服侍我。冈萨雷斯遵命，耸肩摇头地离开了。

过了一会儿，仆人来了。他们也听说过闹鬼的事，都劝我去农场过夜。我对他们的建议很不耐烦，命令他们把我吃饭的那个房间的床铺整理好。他们很不情愿地照做，但整理好床铺后，又眼中含泪地求我别住在这里。我对他们的劝告烦不胜烦，发起脾气来，把他们全都赶走。我并没有让仆人给我宽衣的习惯，自己很快脱了衣服，准备上床。我尽管那么对他们，他们还是周到地为我准备了很多东西。床边有一支燃着的蜡烛，旁边还有一根备用蜡烛。还有两把手枪和几本让我睡前阅读的书。其实我睡意全无。

我在床上交替读书、辗转反侧几个小时。最后，我听到教堂钟声或挂钟响起，知道已到午夜。我很吃惊，因为我之前没在其他时间听到报时声。不一会儿，门打开了，我看见继母走进来。她穿着睡衣，手里拿着一支烛台。她踮着脚俯身看我，手指放在唇上，让我不要出声。然后她把烛台放到床头桌上，坐到床边，拿起我的双手，对我说：

“亲爱的阿方斯，我之前答应给予你快乐，现在，给予你快乐的时间到了。我们一个小时前到达这家客栈。你父亲去农场睡了，但我知道你在这里，就要求和妹妹伊内希尔在这里过夜。伊内希尔正在等你，已经准备好接受你的任何请求。但我必须先对你说明我给予你快乐的条件。你爱伊内希尔，而我爱你。我愿意撮合你们两个，但不能离开你们，让你们独自待着。我要和你们共享快乐。走吧！”

继母没有给我时间考虑。她抓住我的手，领着我走过一条又一条走廊，来到一扇门前。她俯身向门，朝钥匙孔里窥看。

她看了很久，然后站直身体，说：“一切就绪，现在看你的了。”

我也朝钥匙孔里窥看。躺在床上的，的确是可爱的伊内希尔，但和我一向见到的端庄模样相去甚远。眼神、急促的呼吸、潮红的肤色还有姿势——一切都表明她此刻需要情人。

卡米拉让我看了个够，然后说：“亲爱的帕切科，你先在门口站着。

时机到了，我会来告诉你的。”

她进去之后，我又俯身朝钥匙孔里窥看，看到了一千样我难以描述的事情。首先，我看到卡米拉从容地脱下衣服，钻进被子里，躺在妹妹身旁。她对妹妹说：

“可怜的伊内希尔，你真的想要情人吗？可怜的孩子，你不知道他会怎么伤害你。首先，他会把你放平，趴到你身上。然后，他会压在你身上，撕扯你。”

卡米拉觉得学生受到充分教育后，走过来为我打开门，领着我来到她妹妹的床边，躺到我们身旁。

我对那个决定自己命运的晚上还有什么要说的呢？我在欢愉和罪孽中筋疲力竭。我与睡意和自然规律斗争了很久，尽量延长那邪恶的满足感。最后我睡着了，醒来后发现自己躺在吊死佐托兄弟的绞刑架下面，身旁是两具腐烂的尸体。

隐修者在此处打断中邪者，对我说：“听着，孩子！你对这个故事怎么看？我想，你如果发现自己躺在两个被吊死的人中间，一定会非常害怕。”

我答道：“神父，你是在侮辱我。绅士永远不应该害怕，被授予瓦隆卫队指挥官荣誉的绅士，更不应该害怕。”

“但是，孩子，”隐修者说，“你听说过这种怪事吗？”

我犹豫片刻，然后答道：“神父，这种怪事能发生在帕切科先生身上，就能发生在其他人身上。若你行行好，让我听完他的故事，我才能有更好的判断。”

隐修者转向中邪者，对他说：“帕切科，帕切科！我以救世主的名义，命令你继续讲你的故事。”

帕切科发出一声骇人的号叫，继续说道：

我离开绞刑架时半死不活。我拖着双腿走在路上，但并不知道自己要去哪里。最后，我遇到几个旅人。他们很同情我，把我带到本塔克马达。我见到客栈老板和仆人，他们都很担心我。我问他们，我父亲昨晚是不是在农场过夜的。他们回答，没有人来过客栈或农场。

我不愿再待在本塔，上路去安杜哈尔。我直到日落时分才到那儿。客栈满了，客栈老板在厨房给我安置了一张床。我躺在床上，睡不着，因为我不可自制地想到昨晚的恐怖情景。

厨房灶台旁的蜡烛一直亮着。突然，蜡烛灭了。我猛地颤抖一阵，全身的血都冷了，好像死了。

有人拉开我的毯子。然后我听到一个微弱的声音："我是你的继母卡米拉。我冷，亲爱的。让我睡在你的毯子里。"

然后另一个微弱的声音说："我是伊内希尔。让我上你的床。我冷，我好冷。"

然后我感觉到一只冰冷的手抚摸我的下巴。我拼尽所有力气，喊道："撒旦，离开我！"

然后两个微弱的声音对我说："你为什么要赶我们走？你不是我们可爱的丈夫吗？我们冷。我们要点火。"

片刻之后，我真真切切地看到炉子里燃起火。火焰越来越亮，我看到的不是伊内希尔和卡米拉，而是被吊在壁炉里的佐托兄弟俩。

我吓得魂飞魄散。我从床上溜下来，从窗户跳出去，在乡间飞奔。有一会儿，我庆幸自己终于摆脱恐惧，但我回过头，看见那两个被吊死的男人跟在我后面。我又奔跑起来，看到那两人被甩在了后面。但我没能开心多久。那两个该死的生物在地上翻滚起来，顷刻间就快追上我了。我继续奔跑，直到筋疲力尽。

然后我感觉到其中一个吊死鬼抓住了我左脚脚踝。我竭尽全力想甩开他，但他的兄弟赶到了我的前面。他站在我前面，形容恐怖。我乞求他们放过我，纯属徒劳。

另外那个吊死鬼抓住我的左腿，也想在我身上留下它的印迹。他先挠被他抓住的那只脚的脚底。然后这怪物撕开我脚底的皮肤，分开神经，又玩弄那些神经，好像那是一件乐器。但我没能发出令他满意的声音，于是他拧那些神经，好像在给竖琴调音。然后他又玩我的腿，把它当成索尔特里琴。我听见他发出残忍的笑声。我因为痛苦，凄惨地又哭又喊，好像身在地狱。接着我听到他们咬牙切齿的可怕声音，心想他们肯定在吃我，我肯定连一根头发都不会剩下来。最后我失去了意识。

第二天，几个牧羊人在荒野发现我，把我带到这里，我坦承了自己所有的罪过。我跪在十字架下面时，感觉自己的病没那么重了。

中邪者发出一声可怕的号叫，不再说话。

隐修者对我说："年轻人，你看到了撒旦的力量。祈祷吧，哭泣吧。但今天太晚了。我们各自睡吧。我想你不会愿意睡在我的这个小屋里，因为帕切科整夜喊叫，可能会吵到你。去教堂睡吧。你也许能得到十字架的庇佑，十字架能战胜恶灵。"

我告诉隐修者，他让我睡在哪里，我就睡在哪里。我们把一张小折叠床抬进教堂。我躺到床上，隐修者向我说晚安。

我独自待着，回想帕切科的故事。他的经历和我的冒险非常相似。午夜的钟声响起时，我仍在思考我们两人的经历。我不知道是隐修者撞了钟，还是我又撞鬼了。因为我听到门上传来抓挠声。我走到门边，问："谁在那儿？"

一个微弱的声音说："我们冷，开门让我们进去吧。我们是你可爱的妻子。”

“是啊，是啊，当然了，你们这两个该死的吊死鬼，”我答道，“回到绞刑架那儿去吧，我要睡觉了。”

那声音又说：“你待在教堂里，所以才敢嘲笑我。你出来吧。”

“我这就出来。”我立刻答道。

我拿上剑，准备开门出去，却发现门锁上了。我告诉鬼魂门锁上了，他们没回应我。我上床睡觉，直到天亮。

秋天的魔法

约瑟夫·冯·艾兴多夫，1808—1809

约瑟夫·冯·艾兴多夫（1788—1857）既写小说，也写诗，是德国浪漫主义流派中最杰出的作家之一。最能代表他小说成就的作品是中篇小说《一个无用人的生涯》(1826)。我选入此书的这个中篇，是他在二十岁完成的第一部小说，不过该作品在他去世后才出版。在这个故事里，艾兴多夫重述了著名的中世纪传说，赋予其浪漫色彩——坦豪泽在异教天堂漫游，那是充满诱惑和罪恶的国度。瓦格纳日后会将这个传说改编成歌剧，这个传说还启发了艾兴多夫创作背景设定在意大利的故事《大理石雕像》(1819)。但是在本选集里的这篇故事中，罪恶的国度好像是我们这个世界的另一副面孔，一个类似于我们这个世界的平行世界，一个同时充满肉欲与痛苦的世界。从我们的世界去另一个世界并不困难，从另一个世界回到我们这个世界来也不是没有可能。但这个男人经历了魔法并从中逃出以后，希望通过做一名隐士来补偿自己的过失，可他最后还是选择那个魔法世界，任由自己被其吞没。

一个宁静的秋日午后，骑士乌巴尔多在打猎时发现，自己和同伴走散了。他在密林荒山中骑行，迎面走来一个衣着怪异的男人。直到骑士走到他的面前，这个奇怪的陌生人才意识到骑士的存在。乌巴尔多吃惊地发现，此人穿着装饰华丽、早已过时的紧身衣。他面容英俊但苍白，胡须浓密肮脏。

两个惊讶的男人互致问候。然后乌巴尔多解释，他不幸迷路了。太阳隐藏在群山之后，此地杳无人烟。陌生人邀请乌巴尔多和他一起过夜。他还说，他明天会指引乌巴尔多去找走出森林的唯一一条路。乌巴尔多接受了这一提议，跟着他走过荒凉的峡谷。

他们很快来到一座山峰前，山脚下有个宽阔的山洞，山洞的中央有块石头，石头上放着一柄木十字架。山洞后面有张铺着干草的破床。乌巴尔多在洞口拴好马，洞主默默拿来面包和酒。骑士乌巴尔多坐下来，禁不住问起陌生人是谁，为什么会住在这里，因为隐士不大可能穿那样的衣服。

“不要问我是谁。”隐士冷淡地答道，面容忧郁而严厉。骑士乌巴尔多讲起自己的几次旅行经历和年轻时几次愉快的比武经历，发现隐士听得很专注，陷入冥想。最后乌巴尔多累了，躺到主人的干草床上，立刻睡着了，主人坐在洞口的地上。

午夜，乌巴尔多从噩梦中惊醒，从床上爬了起来。洞外，群山静默的轮廓沐浴在清亮的月光中。他还看到，那个陌生人在大树下走来走去。他以低沉的声音唱着歌，乌巴尔多谛听着，只听明白了这些歌词：

恐惧把我从洞里赶出来。
古老的旋律在召唤我。
可爱的罪，离开我吧
或者让我卧倒在这地上。
这首歌产生魔法之前，
把我藏在泥碗里。

神啊！我诚心恳求您，
但这个世界的图景

总是横在我们之间，
森林的嘈杂
充满我恐惧的灵魂。
庄严的神啊，我害怕您！

噢，也打碎我的锁链吧！
为了救所有人
你饱受死亡之苦。
我在地狱之门前迷失。
我是多么孤苦无依！
耶稣啊，请带我远离这痛苦！

他唱完歌后，坐到一块石头上，好像在低声念什么祈祷词，但也可能在念什么难解的魔法咒语。附近山中小溪的潺潺声和冷杉发出的低微呦哨声汇成单调的旋律，乌巴尔多困不可当，回到床上，又睡了。

第一道晨光刚穿过树顶，隐士就叫醒骑士乌巴尔多，把他带到通往峡谷的路旁。乌巴尔多高兴地上马，奇怪的向导在他旁边默默疾行。他们来到山顶，乌巴尔多看到平原赫然出现在他们脚下：河流、城市和要塞沐浴在美丽的晨光中。隐士似乎特别惊讶。“噢，这个世界是多么漂亮啊！”他喊道，明显很感动。他用双手捂住脸，奔回树林中，不见了。乌巴尔多摇摇头，上了他熟悉的那条通往城堡的路。

乌巴尔多非常好奇，其后又去寻访那隐士住的山洞。他费了好多工夫才找到山洞，但隐士看到他后不大高兴，也没说话。

乌巴尔多听到隐士在第一次相见那晚唱的那首歌，知道他痛苦而虔诚地想要赎罪。但他的灵魂似乎仍处于煎熬状态，徒劳地想要对抗敌人，因为他的言行中缺乏真诚服从上帝旨意之灵魂所拥有的那种自信和快乐。他们坐下来面对面谈话时，受到压制但依然明显的不安经常会从他那双不曾休息的红眼睛里突然闪过，瞬间像变了个人，望而生畏。

这使得虔诚的骑士更加频繁地拜访隐士，他要尽全力帮助这个踌躇的灵魂。然而，隐士从未告诉骑士自己叫什么名字，从前过的是怎样的生活，也似乎害怕自己的过去。但他越来越和蔼，也越来越信任骑士。最后，好心的骑士说服隐士随他去拜访他的城堡。

他们到达时天色已晚。乌巴尔多命人生起大火，拿出最好的酒。隐士头一次放松下来。他仔细观赏挂在墙上、反射出火光的剑与其他武器，然后默默地注视着骑士。

他说："你很快乐！我看到你健壮的身体，真心感到敬畏。快乐和悲伤都不会令你动摇。你平静地掌控生活，就像懂得掌舵的水手，不会被塞壬优美的歌声迷惑。我和你在一起时，时常觉得自己是个愚蠢的懦夫或疯子。在生活沉醉惯了的人，又清醒过来是多么可怕！"

乌巴尔多见客人言行异常，便利用此机会，执意要求他讲讲自己的人生经历。隐士犹疑着。

他最后说："你必须答应我永远保密，允许我隐去姓名，我才能讲。"

骑士举手发誓，并召唤妻子，这样妻子也能听听故事。他向隐士保证，他妻子也会保密。他们俩都早就想听听隐士的故事了。

骑士的妻子来了，抱着个孩子，又领着个孩子。她身材高挑而优美，如花年纪，像清晨般静默而可爱。她的美丽，也体现在两个孩子身上。客人十分慌乱，陡然去打开窗户，凝视外面漆黑的森林。待平静下来，他走到他们身旁，围着火坐下。隐士讲道：

"温和的秋日穿过山谷里的蓝雾，照耀着我的城堡。音乐消逝，欢宴进入尾声，可爱的客人即将离开。我为最亲密的朋友举办了饯行会。朋友和他的追随者那天已经在臂上戴上圣十字架，准备加入攻取圣地的基督教军队——那是我们唯一的目标，少年梦里唯一的渴望。不知为何，我直到今天还记得那些安宁的日子。

“我散步了很长时间，最后发现自己迷路了，来到了群山中非常陌生的地带。我带着鹰，骑马走过点缀着夕阳微弱光线的一大块草地。秋天的云飞速流过，群山之上，候鸟鸣唱着离开此地。

“突然，我听到多个山顶传来似乎彼此呼应的猎号声。还有歌声。在那之前，从来没有什么旋律令我那么触动。直到今天，我还记得随风飘来的一些歌词：

高高在上，就像黄的红的浪
鸟群飞翔。
我孤苦无告的心，如野马脱缰，
哦，多么悲伤！无处躲藏！
号角黑色的抱怨
刺入孤独的心房。

你看到蓝山的轮廓了吗
当它升起在远方的森林之上
寂静谷中的溪流呢
当它们低语般流淌？
云啊，溪水，聒噪的鸟：
聚集在远远的那方。

我金色的卷发飘动

我年轻的身体成熟芬芳
韶华易逝；
就像夏日消逝的光，
青春的花朵凋谢。
所有的号角静默。

纤细的手臂等着来挽，
红唇等着甜蜜的吻，
雪白胸脯的庇护
还有温软的爱语，
猎号的回声邀请你。
来吧，亲爱的人，在它们陷于沉寂之前。

“这旋律让我眩晕，动我心魄。我的鹰刚听到几个音符便躁动不安，飞到空中，再也没回来。然而，我无力抵御这摄人的歌声，继续心慌意乱地听着。这歌声有时听不到，有时随风而来，似乎就是在我的耳边唱的。

“最后，我走出森林，眼前的山顶上有座宏伟的城堡。一座异常漂亮的花园从山顶延伸到树林边，万花绽放，五彩缤纷，像一枚神奇的戒指，把城堡围了起来。树木和树篱是一派浓郁的秋色，像冒着紫色、金黄色和红色的火焰。紫菀，夏天最后的明星，正散射出道道强光。残阳向这壮美的山巅泼洒最后的光芒，反射在窗户和喷泉池上，如炫目的火焰。

“然后我意识到，我刚才听到的猎号声来自这座花园。我又惊讶地发现，美妙花园中的凉亭下，是我的梦中人。她正缓步唱着歌，那正是我刚才听到的旋律。她看见我之后，住口不唱，但猎号声仍在嗡鸣。穿着丝绸衣服的漂亮男孩走到我面前，扶我下马。

“我穿过花园入口处金碧辉煌的拱门，径直走向花园中的那块空地，我爱的人就站在那里。我跪在她脚下，她的美完全征服了我。她穿着深红色的裙子，透明长纱遮住金色的卷发，头戴镶满珍宝的王冠。

“她轻轻扶我起来，声音因爱和悲伤而哽咽：‘我爱你，英俊而不幸的年轻人！我一直爱着你，秋天的秘密庆典开始了，我的爱欲苏醒了，成了不可抗拒的力量。可怜的人！你是怎么走进我的歌声里的？离我远些，走吧。’

“我听到这些话，被巨大的恐惧攫住。我乞求她对我说话，解释到底是怎么回事。但她没有回答我，我们肩并肩默默走过花园。

“这时，天黑了，年轻女子看起来端庄而高贵。‘你可知道，’她说，你那个今天和你告别的儿时好友是个背信弃义之徒。我被迫与他订婚。他出于嫉妒，不让你知道我的存在。他并没有去巴勒斯坦：他明天会来这里，带我去远方的一座城堡，我会被囚禁起来，永远不让其他人看到。我现在必须走了。他死了，我们二人才能再次相见。

“她说完这些话后，吻我的嘴唇，然后消失在漆黑的走廊里。她王冠上的宝石令我眼花缭乱，她的吻好像拨动了我的血管，让我快乐、颤抖。

“我心怀恐惧，思索着她临别前说的那些可怕的话，那些话好像往我的血液中注入了一种毒药。我沉思着，沿渺无人迹的小路走了很久。最后，我筋疲力尽，躺在城堡大门前的石阶上。猎号仍在嗡鸣，我睡着了，在梦里产生了许多奇怪的念头。

“我醒来时，太阳已经升起。城堡的门窗紧闭，花园一片静寂。我孤身处在这个地方，看着清晨鲜艳的色彩，想起爱人的面容和昨天迷人的日落时分。我为自己被人爱着而心花怒放，也想报答这种爱。有几次，我想到那些可怕的话，想要逃离此地，但我的嘴唇仍因她的吻而火烫，我无力逃离。

“天气很热，几乎使我窒息，夏天好像打算卷土重来。我漫步在花园附近的森林里，借打猎来分散精神。突然，我看到树冠上有只鸟，羽毛艳丽，比我见过的任何一只鸟都漂亮。我正准备射箭，鸟飞到另一棵树上。我急忙追过去，但那只鸟从一处树冠跳到另一处树冠，金色的翅膀反射着阳光。

“最后，我来到一个窄窄的山谷里，山谷两侧均是峭壁。冷风吹不到这里，所以这里依然花红柳翠，好像夏季常驻。山谷中央传来令我沉醉的歌声。我十分惊讶，拨开灌木丛，我惊呆了。

“高高的岩石中间有个宁静的湖，湖周围有藤蔓和芦苇。温暖的水里到处是女子，清洗美妙的身体。我的至爱也在，一丝不挂。其他女人都在唱歌，而她默默地凝视着漫至脚踝的水，好像被自己美丽的倒影迷住了。我站了一会儿，从远处凝视着她，无法挪步，浑身颤抖。这群美丽的女人突然出浴，我急忙跑开，以免被发现。

“我往森林深处奔逃，试图让心中升起的火焰熄灭。我跑得越远，眼前那具舞动着的年轻身体越清晰。

“森林被夜色笼罩。天空黑漆漆的，一块巨大的乌云出现在山巅之上。‘他死了，我们二人才能再次相见。’我对自己重复这句话，同时不停奔跑，好像正在被鬼魂追赶。

“有几次，我似乎听到侧面传来马蹄声，但我躲避着一切人的目光和声音。最后，我来到山脊上，看到爱人的城堡出现在远方。猎号声和往常一样回响，灯光如纤细的月光，从窗户里漏出，周围的树和花也沐浴其中，而其他一切在暴风雨和黑暗中苦苦挣扎。

“最后，我几乎对自己的意识失去控制，攀上一块高高的岩石，小溪从岩石下面潺潺流过。我看到一个黑影，坐在一块石头上，静默不动，仿佛也是石头做的。残云从天上流过，血色的月亮显露，一瞬间我认出那是我的朋友，我爱人的未婚夫。

“他一看见我，立刻站起来。我从头到脚颤抖不已。我看到他抓住了剑。我大怒，朝他猛冲过去。我们搏斗了片刻，我把他从危岩上扔了下去。

“静谧突然变得异常可怕。溪流更加响亮地咆哮，似乎要把我的过去埋葬在汹涌的水流中。

“我奔跑起来，逃离那个可怕的地方。我似乎听到身后的树冠上传来尖锐的狞笑。虽然意识混乱，但我觉得那就是自己追逐过的鸟。我害怕极了，跑过森林，跑过花园。我用尽力气，猛砸城堡的大门。‘让我进去！’我呼喊，已经失去理智，‘开门，我杀了自己的好兄弟！现在你是我的了，不管是在人间还是地狱！’

“门打开了，她比先前更加美丽。她倒在我的胸口。她被打得遍体鳞伤，她火热的吻将我淹没。

“我无法描绘城堡大厅的雄伟，异域奇花的芬芳，歌女的美丽，灯光和音乐的激流，以及我在她怀里感受到的激情。”

隐士停止讲述。外面传来奇怪的歌声。一开始只有几个音符，如今才能确定是人声。风从远山那边吹来，歌声像单簧管一样高亢，让人揪心。

“镇定，”骑士说，“我们已经习惯那个声音了。他们说附近的森林有魔法。一到秋天的夜晚，就经常有音乐传来。音乐飘过来，又飘走。我们一点儿也不担心。”

然而，骑士乌巴尔多的心一阵剧烈地跳动，他竭力使自己平复下来。音乐声消失了。客人坐着，默默无言，陷入沉思中。他的神思漫游到了远处。停顿许久，才回过神，继续讲自己的故事，只是声音已不像刚才那么镇定。

“我不时地注意到，美人从城堡向外望，看到秋天即将远去，便会陷入无边的哀愁。不过，她只需睡一觉就会镇定下来。早晨，她那张异常美丽的脸、花园以及所有这一切，新鲜得如同被刚刚创造出来一般。

“有一次，我站在她身旁，和她一起看向窗外。我发现自己深爱的女人比以往更加悲伤和沉默。在城堡外面的花园里，冬天的风正在耍弄落叶。我又注意到，她看着这景色时脸色苍白，浑身颤抖。她的所有女伴都已离开；

那天，猎号的声音回荡到很远的地方，最后归于沉寂。我的爱人眼睛失去光彩，快到了双目无神的地步。太阳从群山之后用最后的光芒照耀着花园和山谷。突然，美人抓住我，开始唱一首我以前从未听过的奇怪的歌。忧伤的旋律回荡在房间里，我惊讶地听着。音符似乎正把我和落日一起往下推。我不情愿地闭上眼睛。我睡着了，做梦了。

“我醒来时是夜晚。城堡笼罩在巨大的岑寂中，月光皎洁。我深爱的女人睡在我身边丝绸做的床上。她的样子让我大吃一惊：她肤色苍白，好像死了。卷发散乱地披在脸上和胸膛上，好像是被风吹乱的。周围其他一切和我睡觉前并无二致。然而我觉得似乎已经过去很长时间。我走过去打开窗户。外面的一切都与一直以来的样子不同了。树的沙沙声那么神秘莫测。突然，我看到两个男人在城堡的墙下喁喁低语，但我听不清他们在说什么。他们互相鞠躬，转而又互相倚靠，好像在结蛛网丝绸。我听不清这两个男人说的其他话，但听清了自己的名字。我再次看向美人，在明亮的月光下，她的皮肤更显苍白。她看起来就像石雕，美丽，但冰冷，一动不动，是死的。她平静的胸口有一颗闪亮的宝石，宝石就像小蜥蜴的眼睛。她的嘴唇怪异地歪曲着。

“然后我被一种自己从未体验过的恐惧占据。我跑出房间，跑过空荡荡的走廊，走廊里现在黑漆漆的。我离开城堡，看见那两个陌生人停下正在做的事，一动不动，直挺挺地站着，就像两尊雕像。山脚下有座孤独的湖，湖岸有几个穿着雪白短袍的年轻女子。她们在唱动听的歌，同时好像正在月光下的草地上结奇怪的蛛网丝绸取乐。这幅景象和她们唱的歌增加了我的恐惧。我快速爬过花园的围墙。云在天空快速流动，树叶在我身后沙沙响。我奔跑着，上气不接下气。

“夜一点儿一点儿地变得温暖和安静；夜莺在灌木丛里歌唱。下面深深的山谷里传来人声，被遗忘的旧时记忆在我如死灰的心中亮起来。而在我前面的群山之上，美丽的春日黎明正在降临。

“‘这一切究竟是怎么回事？我这是在哪儿？’我惊慌地大喊。我不知道在自己的身上发生了什么事。秋天和冬天已经离去。春天再度照亮整个世界。上帝啊，我在哪儿待了这么久？

“最后，我来到最后一座山的山顶。闪亮的太阳升起来。整个大地都在愉悦地轻微颤动；奔流的溪水和城堡闪耀着；宁静而轻松愉快的男人们正在为每日的工作做准备；好多只云雀兴高采烈地鸣叫着。我跪下来，为自己失去的生活痛苦地哭泣。

“我直到现在也不能理解，季节的变换是怎么发生的。我无法下定决心带着满心罪恶和难解的忧虑回到欢乐而纯真的世界。我打算去一个与世隔绝之地，把自己活埋了，希望能得到上帝的原谅。我以泪洗面、诚心悔过，后来看到一支马队，过往的一切又在我心里清晰起来。

“我遇见你时，已经在山林里住了整整一年。我每天虔诚祈祷，有时候觉得自己已经克服一切，得到上帝的恩典，但这种虚假的幻觉很快消退。秋天向群山和山谷罩下巨大的彩网时，我非常熟悉的歌声又从森林里传来。歌声渗透进我的孤独中，我体内的邪恶声音回应这歌声。来自远方教堂的钟声让我惊惧。在周日晴朗的早晨，钟声会飘过群山，传到我身边。钟声似乎想在我的胸腔里找到在我童年时期存在于那里的上帝的古老而沉默的王国，可那王国早已不在。我在那时意识到，很多男人的心中，都存在一个被施了魔法的邪恶世界，在那个世界里，水晶、红宝石和各种其他珍奇异宝闪闪发光，还有一双可爱而动人的眼睛在注视着你。你不知道这个世界何时会出现，何时会消失。俗世生活之美就像熹微的晨光，看不见的泉水在周围流淌，忧伤地低语，所有这一切将我摧毁，永远地摧毁。”

“可怜的雷蒙多！”骑士乌巴尔多喊道。他完全被隐士的故事吸引，心潮澎湃。

“上帝啊！你是谁，怎么知道我的名字？”隐士问，仿佛被闪电击中。

“上帝啊，”骑士答道，深情地抱住颤抖的隐士，“你认不出我吗？我是你忠诚的老战友乌巴尔多啊。这是你的贝尔塔，你一直默默爱着她。城堡里的宴会结束后，是你扶她上马的。时间和快乐的生活改变了我和贝尔塔的面貌。可你才开始讲自己的故事，我就认出你了。我从来没去过你描述过的那个地方，也没有在悬崖边与你打斗。宴会一结束，我就去了巴勒斯坦，在那里打了几年仗，回来后娶了贝尔塔。她在宴会结束后也再没见过你，你讲的所有事都是没有根据的幻想。可怜的雷蒙多，每年秋天，一种邪恶的魔力就会苏醒，然后又消失，这种魔力控制了你好多年。你自己觉得时间只过去了几个月。我从圣地回来后，没有人可以告诉我你去了哪儿，我们都以为你失踪了。”

乌巴尔多很高兴，所以没有注意到自己的朋友正在颤抖，他每多说一个字，他的朋友就颤抖得更厉害。雷蒙多注视着乌巴尔多和他的妻子，目露凶光。借着壁炉里跳动的火苗，他突然认出自己的朋友和年轻时爱的女人。“失去了，一切都失去了！”他悲痛地喊道。他挣脱乌巴尔多的胳膊，奔进夜色，朝森林而去。

“是啊，一切都失去了。我的爱和全部生活只不过是一个漫长的幻觉。”他奔跑时对自己说。他一直跑到看不见乌巴尔多城堡的亮光才停下。他并未意识到，他正朝自己的城堡而去，破晓时到达了。

他走进花园，花园破败荒芜。只有几朵晚开的花零落地开在黄草上。一只鸟在枝头唱着动听的歌，歌声直抵他内心深处，感伤不已。

那是他在乌巴尔多城堡窗边听到的旋律。他继而惊恐地发现，那是他在被施了魔法的森林里见过的金鸟。城堡窗边站着一个面色苍白的高个男子，身上血迹斑斑。是乌巴尔多。

雷蒙多惊恐不已，把目光从这幅景象上转开，看着明媚晨光中的景色。

突然，他看到那个美人骑着一匹勇猛的马，朝山谷而去。花一般的年纪，夏日的银色光线在她背上跳跃，王冠中央的宝石反射出平原般的金绿色光芒。

雷蒙多疯狂了，离开花园，跟随那个可爱的身影，那只鸟古怪的歌声引领着他。

他慢慢走远，小鸟的歌声变成旧时猎号的旋律，而这旋律再次迷惑了他：

我金色的卷发飘动
我年轻的身体成熟芬芳。

他好像听到从远处传来的回声：

寂静谷中的溪流
低语般流淌……

他的城堡、群山和整个世界，都在他身后陷落。

还有温软的爱语，
猎号的回声邀请你。
来吧，亲爱的人，在它们陷于沉寂之前！……

这一段歌声久久回响。

可怜的雷蒙多被疯狂战胜，追随这旋律，往森林深处去了。从那天起，再也没有人见过他。

沙　人[1]

E. T. A. 霍夫曼，1817

《沙人》是霍夫曼最出色的故事，后来成为奥芬巴赫[2]一部歌剧的主要灵感来源，还促使弗洛伊德写了一篇论“神秘”的随笔。在霍夫曼众多作品中挑出一篇来代表他的整个创作是困难的：我选择《沙人》，不是因为这是最容易的选择，而是因为在我看来，这似乎是这位十九世纪怪诞文学流派里最杰出作家最具代表性的作品，也是他最具魅力、叙述最好的一篇。在这篇浪漫主义怪诞故事中，“无意识”第一次出现，而对这一概念的理论定义，直到一百年后才出现。

主人公纳塔内尔小时候把父亲的朋友、不祥之人律师科佩留斯，和妈妈为哄他入睡而编造出来的鬼怪对上了号，深信科佩留斯就是那个专挖小孩眼睛的怪物，这个童年时期的噩梦一直伴随他到成年。纳塔内尔进城读了大学后，把科佩留斯和卖晴雨表以及眼镜的意大利皮埃蒙特人科波拉对上了号。纳塔内尔后来爱上斯帕兰扎尼教授的女儿奥林匹娅。所有人都以为奥林皮娅是个姑娘，但她其实只是个人形木偶（机器人或玩偶以后会成为怪诞文学中十分常见的主题）。然后科波拉–科佩留斯这一混合体重新出现，再度扰乱一切，纳塔内尔最后疯了。

---

① 也作睡魔，指童话中向睡觉的孩子撒魔沙，为其带来好梦和熟睡的小妖。

② 约克·奥芬巴赫（1819—1880），出生于德国的法国作曲家。代表歌剧作品为《霍夫曼的故事》。

纳塔内尔致洛泰尔

我知道，因为我很久没有写信，你们大家都怪担心的。母亲肯定很生气，我敢说，克拉拉准以为，我在这边纵情声色、寻欢作乐，把我深深铭记在心的这位可爱天使，都给忘得差不多了。可事实并非如此，我每时每刻都在思念你们，我可爱的克拉拉的模样，在梦里都会把我逗笑，她用明亮的眼睛望着我，笑逐颜开，就和从前我每天陪伴在你们身旁时一样亲切。

唉！只是我一直心烦意乱，直到现在还不知所措，哪里还能给你们写信呢！我遇上了一件可怕的事。某种预示着噩运的不祥之兆，就像乌云压顶一般，笼罩在我的头上，遮住每一道温暖的阳光。我必须现在就告诉你发生了什么事，我很清楚自己必须这么做，不过我只要一想到这件事，就会因为发疯而大笑。唉！亲爱的洛泰尔，我该怎么说，才会让你觉得，哪怕只是多少觉得，我在几天前遇上的这件事，当真会对我的生活造成如此令人困扰的负面影响？我真希望你能在这儿亲眼目睹！不过你没准儿会以为，我是个迷信的家伙，自以为撞见了鬼吧。总之，我经历的那件可怕的事，我不遗余力地试图摆脱其致命后果、却终究徒劳的那件事，简单说来就是：几天前，十月三十日中午十二点，有个兜售晴雨表和体温计的小贩来到我的房间，想把货卖给我。我什么都没买，还威胁要把他踢下楼去，于是他径自离开了。

你会得出这样的结论：唯有某种相当特殊的利害关系，跟我的生活密切相关的利害关系，才会让这件事变得非同小可，让我如此不快的，想必是那名小贩本人。的确如此。我接下来将竭尽所能，平心静气地向你讲述我少年时代的生活，好让你用敏锐的才智，把每件事看得清楚分明，就像观看鲜明生动的图画那般。

我开始讲述时，仿佛听到了你的笑声，还有克拉拉的话："这些孩子气的胡言乱语是怎么回事？"哦，嘲笑我吧，请你们尽情嘲笑我吧。可是，上帝啊！我的发梢都竖了起来，我乞求你们嘲笑我，就像（席勒的《强盗》里的）弗朗茨·穆尔恳求丹尼尔嘲笑他那样，我也是出于疯狂的绝望。我还是说回正题吧。

我们（也就是我和兄弟姐妹们）当年在晚餐时间以外，很少能见到父亲。工作无疑占用了他的大部分时间。七点钟，晚餐结束后，我们都跟母亲一起到父亲的房间里，围坐在一张圆桌旁边。父亲一边抽烟斗，一边喝大杯啤酒。他常给我们讲好多精彩的故事，讲到兴头儿上时连烟斗熄了都不知道。那时，我常拿纸捻帮他把烟斗点着，这是我的一大乐趣。另外，他还经常拿图画书给我们看，我们看图画书时，他一声不吭、一动不动地坐在安乐椅上吞云吐雾，我们全都被裹进了烟雾里。

在这样的夜晚，母亲往往十分悲伤。九点的钟声一响，她就说："来，孩子们！上床去吧！来！依我看，沙人就要来了。"我似乎总能听见什么东西迈着沉重的步子上楼，准是那个沙人。有一回，这种沉闷的踏步声和撞击声令我大为惊恐。母亲带我们离开房间时，我问她："哦，妈妈！这个讨厌的沙人是什么人，为什么总把我们从爸爸身边支走？他长什么样？"

"没有什么沙人，我亲爱的，"母亲回答，"我说沙人要来了，意思是说你们困得睁不开眼了，就好像有人往你们的眼里撒了沙子。"我对母亲的回答并不满意。一个想法从我幼稚的头脑中清晰地浮现出来：母亲否认沙人存在，只是为了不让我们害怕——因为我总能听到他上楼的声音。

我满怀好奇，想了解这个沙人，还有他跟我们这些小孩有什么关系。我问给我最小的妹妹当保姆的老太太，沙人是个什么样的人。

"啊，可爱的纳塔内尔，你还不知道吗？"她回答说，"哦！他是个邪恶的人，他会找到不肯上床睡觉的小孩，往他们的眼睛里撒大把的沙子，让他们的眼睛从脑袋里血淋淋地跳出来。他把眼睛装进袋子，带到只有半边的月亮上去，给自己的小崽子吃。小崽子们坐在那里的巢里，长着猫头鹰那样带钩的嘴巴，把调皮的男孩女孩的眼睛啄起来吃掉。”

从此以后，这个残酷沙人的可怕形象，就在我心里扎下了根。夜里有任何人笨手笨脚地上楼，我都会惊恐万状地颤抖起来，泪水从我的脸上滑落，母亲只能听到我结结巴巴地说：“沙人！沙人！”然后我就跑回卧室，用沙人的可怕幻影，折磨自己一整夜。我当时已经不小了，明白沙人和小崽子不可能把窝安在半边月亮上。然而我仍然觉得沙人是个可怕的魔鬼，我总是被恐惧攫住。听到有人上楼，听到有人大声打开父亲的房门进去，我都会不停打冷战。沙人常常很久不来，有时又会连着好多天都来。

这种情形持续了数年之久，我始终无法忘记这个可怕的幽灵，沙人的可怕形象在我的想象中丝毫不曾褪色。我对他跟父亲的交往越来越好奇。一种无法克服的腼腆，让我没法向父亲问起沙人。不过我渐渐长大，亲自解开这个谜团、一睹传说中的沙人的欲望，变得越来越强烈。孩子总想了解奇妙而惊险的事情，我想要了解的就是沙人。我最爱做的事，就是听人讲、自己读一些有关小鬼、女巫、侏儒之类的恐怖故事，不过它们都不如沙人恐怖。我用粉笔和木炭，在桌子上、碗柜门上和墙上，在所有地方，画下他那非同寻常的可憎形象。

我十岁时，母亲让我从婴儿室挪到挨着走廊的一间小屋里住，这儿离父亲的房间不远。每次钟敲九下，我们就匆匆离开父亲的房间，房子里就响起神秘的脚步声。我躺在小房间里时，能听到来人走进父亲的房间。不久，我似乎能闻到一股好闻、特别的气味在房子里弥漫开来。

我的好奇心越来越强，决心无论如何都要弄清沙人的真面目。我常常在母亲走后，马上溜进走廊，可始终没看到任何东西，因为我总是还没看到沙人，沙人就已经进屋了。最后，我实在无法继续按捺那股冲动，决定躲在父亲屋里，等那位沙人过来。

一天晚上，我从父亲的沉默和母亲的悲伤里，察觉到沙人就要来了。于是我佯称十分疲倦，不到九点就离开房间，在距离门口不远的隐蔽之处躲起来。临街的房门吱吱嘎嘎地响起来，迟缓、沉重、带有回音的脚步穿过走廊，朝楼梯这边走过来。母亲带着兄弟姐妹，从我身边匆匆走过。我轻轻地——轻轻地——打开父亲房间的门。他像往常一样，一声不吭，一动不动，背对门坐着。他没听到我进来，我很快就躲进父亲没关的衣柜，这只衣柜就摆在房门旁边，外面拉着一道帘子。带有回音的脚步声越来越近了。外面响起陌生的咳嗽声、脚步曳地声和嘀嘀咕咕的声音。我心脏狂跳，既期待又恐惧。匆忙的脚步来到近前，就在门口，门把手嘎嘎地响几声，门就被砰地推开。我努力鼓起勇气，好奇地向外窥看。沙人就站在房间正中央，就站在父亲面前，明亮的灯光就照在他的脸上。这位沙人，可怕的沙人，就是常来我家吃饭的那个老律师科佩留斯。

就是再可怕的人，也无法比这位科佩留斯在我心中激起的恐惧更深。你不妨想象一下：一个肩膀很宽的男人，长着大得出奇的脑袋、黄褐色的脸、浓密的灰白眉毛，眉毛下面是一双敏锐的、猫一般的绿眼睛，闪闪发亮，鼻梁高挺的大鼻子，弯钩一样挂在上嘴唇前方。他那张歪嘴总是拧出一抹不怀好意的笑，这时他的脸颊上就会浮现出两块暗红色的斑点，他紧咬的牙关里，就会冒出一股奇怪的嘶嘶声。他总是穿着一件烟灰色老式大衣，背心、裤子跟大衣配套，不过袜子和鞋的搭扣是黑的，搭扣上还镶着宝石。他戴的那顶小小的假发勉强能遮住头顶，他的头发打成卷，高悬在他那对红色的大耳朵上，用油膏糊在两鬓，宽大、封口的发袋鼓鼓囊囊地竖在脖子上，十分显眼，所以你能看到把折叠起来的围巾①系紧的银色搭扣。总之他是个既叫人厌恶又叫人害怕的丑八怪。但我们这些孩子最讨厌的，还是他那双毛茸茸的粗糙大手，什么东西一旦被他碰过，我们就再也不爱吃了。他也注意到了

① 从前男人佩戴在颈部的一种装饰性大围巾，通常为白色。

这一点；所以，慈爱的母亲每次把一块蛋糕或糖渍水果悄悄放进我们的盘子，他就乐呵呵地找出各种借口，去碰一碰，直到我们眼里涌出泪花，因为恶心得厉害，没法享用原本为取悦我们而准备的美味。过节的时候，父亲会赏我们一杯甜酒喝，他会故技重施。他会飞快地摸一遍杯口，有时甚至会把酒杯举到蓝色的嘴唇上，我们虽然懊恼，却只敢吞声饮泣，他会满脸嘲弄地大笑起来。他常管我们叫“小畜生”，只要他在场，我们就不敢出声。我们诅咒这个坏心眼的丑八怪，他总是故意毁掉我们所有的小乐趣。

母亲似乎和我们一样讨厌这个可恶的科佩留斯，因为只要他一露面，她就会从喜形于色，举止自然，变得悲伤忧郁，一脸严肃。但父亲待他有若上宾，不但容忍他的恶形恶状，还竭尽全力博取他的欢心。科佩留斯只要稍加暗示，我们家就得给他做他最爱吃的菜肴，为他打开珍贵的美酒。

所以，我一看到这个科佩留斯，心里马上生出恐怖又可憎的念头：他一定就是沙人。只是我已经不再认为，沙人是老保姆故事里取走小孩眼睛、把眼睛带到半边月亮上喂小崽子的怪物了——不！沙人是个面目丑陋、妖魔般的恶人，他出现在哪儿，就把长久或短暂的烦恼、不幸和毁灭带到哪儿。我像中了魔咒一般，呆立在原地。我明知自己有可能会被发现，遭到严厉的惩罚，却没有挪窝，继续把脑袋探出帘子偷听。父亲礼数周全地恭迎科佩留斯。

“来，干活吧！”科佩留斯用嘶哑、怒号的声音喊道，把外套丢到一边。父亲闷闷不乐、一声不响地脱下睡衣，两人都穿上长长的黑色农夫罩衫。我没注意到他们是从哪儿拿出罩衫的。父亲拉开墙里一只碗柜的折叠门。我看到，我一直以为是碗柜的地方，其实是一间黑暗的凹室，里面有小小的炉床。科佩留斯凑上前去，炉床里冒起一股蓝色的火焰，火焰噼啪作响。炉床周围摆放着各种奇特的器具。

上帝啊！父亲朝火焰弯下腰时，模样大不一样了！他那和善的面容，似乎因为某种阵阵发作的可怕痛楚，变成丑陋、可憎的魔鬼的面具。他看起来跟科佩留斯如出一辙。科佩留斯用红热的火钳，从浓烟中拽出大块通红发亮的东西，不停地煅打。我隐约看到，那些东西是人脸，只是没有眼睛，在眼睛所在的位置，只有恐怖的黑色眼窝。

“要眼睛！要眼睛！”科佩留斯用阴森、空洞的声音喊道。恐惧让我的血液变得冰冷，我尖叫着从藏身之处摔出来，倒在地上。科佩留斯一下子抓住我。“你这小畜生！你这小畜生！”他咬牙切齿地颤声说道。然后他把我拎起来，扔到炉床上，火焰烧焦我的头发。“这下咱们有眼睛了——眼睛——一双漂亮的小孩眼睛。”他喃喃说道，把双手伸进火焰，扒出一些红烫的细渣，要把它们往我的眼睛里扔。

父亲紧紧抓住他的双手，恳求道：“师傅，师傅，让我的纳塔内尔留着眼睛吧——唉！让他留着吧。”科佩留斯发出刺耳的笑声，回答说：“那好吧，这孩子可以留着眼睛，好在这个世界哭泣。但咱们至少要研究一下手和脚的结构。”他随即粗暴地抓起我，捏得我的关节嘎巴作响，扭转我的双手和双脚，把它们往这边拽，又往那边拽。“这样根本不对！最好是这样！——老人家做的事，不会有错！”科佩留斯口齿不清地咬牙切齿道。我的周围越来越黑，一股突然爆发的阵痛袭向我全身的神经和骨骼，接着我就什么都不知道了。

我感到有股柔和、温热的呼吸拂过我的脸颊。我从死亡般的睡眠中醒过来，母亲俯身望着我。“沙人还在吗？”我结结巴巴地问。“不在了，亲爱的孩子，他早就走了，不会再伤害你了。”母亲一边说一边亲吻苏醒过来的爱子，把他紧紧搂在心口。不过我亲爱的洛泰尔，我为什么要拿这些话烦你呢？我还有那么多话要讲，何必连篇累牍地讲述细节呢？够了——我偷听时被科佩留斯发现了，他把我折腾得不轻。恐惧让我发起高烧，一连好几星期，我躺着一动不动。“沙人还在吗？”是我醒来之后说的第一句话，也是我平安康复的第一个标志。你瞧，我只要说，那是我少年时代最可怕的一刻，你就完全明白了。一切都在我眼中失去色彩，但并不是因为我视力有问题，而是因为神秘的宿命给我的人生笼罩上一层黑纱般的阴翳，我或许只有在临死前一刻才能把它冲破。

科佩留斯再也没有露面，据说他离开了镇子。

差不多一年之后的一天晚上，我们和以前一样，坐在圆桌周围。父亲兴致高昂，正在给我们讲他年轻时旅行的趣事。钟表刚敲完九下，我们大家就听到，楼下临街的门吱吱嘎嘎地开了，迟缓笨重的脚步声回荡在走廊里，上了楼。“是科佩留斯。”母亲说，脸变得煞白。“对，是科佩留斯。”父亲用变了调的声音低声回答。母亲眼里流出泪水。“可是，孩子他爸，孩子他爸，”她哭着问，“非得这样吗?”“这是最后一回了，”他回答说，“我跟你保证，这是他最后一次来找我了。走吧，带孩子们走吧。去睡吧——晚安。”

我觉得自己仿佛变成了冰冷沉重的石头，喘不过气来。我站着一动不动，母亲用胳膊搂紧我。“来，纳塔内尔！过来吧！”我任由自己被她带走，进了自己的房间。“做个乖孩子，别出声，”母亲在我身后喊道，“上床睡觉吧。”可我被难以形容的恐惧和不安折磨，根本无法合上眼。那个可恨、丑陋的科佩留斯仿佛就站在我的面前，眼睛闪闪发光，不怀好意地笑着，俯瞰着我。我想把这幅画面驱散，可无法如愿。午夜前后，发生了可怕的爆炸，像开炮似的。整栋房子都震动起来。有什么东西从我门前嗒嗒跑过，临街的大门被人砰地带上。

“是科佩留斯。”我喊道，沉浸在恐惧之中，从床上跳下来。然后我听到一声悲号，赶忙冲进父亲的房间。门开着，令人窒息的烟雾扑面而来。女仆喊道：“哦！老爷！老爷！”父亲躺在冒烟的炉床前面的地上，已经死了。他的面容可怕地扭曲着，被火烧得乌黑。我的姐妹们在他身边哭泣，悲叹。母亲已经昏厥，躺在她们身旁。

“科佩留斯，你这残忍的恶魔，你害死了我父亲！”我喊道，然后便失去知觉。两天之后，父亲被放入棺材时，面容变得和生前一样温和而和善。他和恶毒的科佩留斯来往，但并未彻底沉沦。我想到这一点，感到很欣慰。

我们的邻居被爆炸声惊醒，事情传开，传到执法官员那里。他们想传唤科佩留斯，让他澄清自己的行为。但他已经消失得无影无踪。

现在，我亲爱的朋友，我告诉你，我前面提到的那个小贩，就是恶棍科佩留斯。你不会怪我把他重新露面，看成是大难临头的不祥之兆吧。他改换装束，但身材和长相一直深深地印在我的心里，我不可能认错。另外，他连名字都没怎么改。他现在自称是来自皮埃蒙特[①]的技师朱塞佩·科波拉。我决心和他一较高下，不惜一切代价为死去的父亲报仇。

这个可恶的魔鬼重新露面的事，一个字也别跟母亲说。代我向亲爱的克拉拉问好。我等心情多少平静一些，就给她写信。再见。

克拉拉致纳塔内尔

你说得没错，你很久没给我写信了，不过我还是相信，我在你的心里依然占有一席之地。你把上封信寄给哥哥洛泰尔时，错寄给了我，这就是你一直挂念我的证据。我开开心心地撕开信封，一直读到“唉！我亲爱的、亲爱的洛泰尔”，才知道信不是寄给我的。

我知道自己不该再继续读下去，而应该把信交给哥哥。不过就像你经常并无恶意地打趣、取笑我时说的那样，作为一个女人，我实在是冷静沉着。我就像我们从书上读到的那个女人——就算房子快要塌了，我也会先停住脚

① 意大利西北部的一个区。

步，抚平窗帘上的一道皱褶，然后再匆忙逃离。说实话，你的来信的开头让我大为不安。我简直喘不过气来，眼前好像蒙上了亮晶晶的水雾。

哦！我亲爱的纳塔内尔！从前那桩可怕的事，究竟是怎么回事呢？我一想到跟你分开，再也无法与你相见，就像有一把刀插进心窝。我读啊读啊。你对那个可怕的科佩留斯的描述，让我毛骨悚然。我是第一次听说你的好父亲死于一桩惨祸。我把这封信交还给洛泰尔哥哥时，他努力安慰我，但收效甚微。我不管走到那儿，仿佛都能看到那个讨厌的小贩朱塞佩·科波拉。不怕你笑话，他甚至搅扰了我的睡眠。我平时睡得又香又甜，做各种各样的美梦。但很快——第二天——我眼里的一切就变了样。哦！我最亲爱的人，洛泰尔如果告诉你，你尽管有奇特的预感，觉得科佩留斯会害你，但我像往常一样心情舒畅，你可别生我的气啊，因为这不是真的。

我老实承认，在我看来，你所说的所有恐怖，只存在于你的心里，跟真实的外部世界没有多大关系。我觉得，或许在儿时的你们看来，老科佩留斯十分可憎，但你对他真正的憎恨，源于这样一个事实：他讨厌小孩。

自然，在你童稚的心灵中，你把老保姆讲的故事里那个可怖的沙人，跟老科佩留斯联系在了一起，你尽管并不相信沙人的存在，但还是认为他是可怕的怪物，对孩子尤其危险。他跟你父亲在夜间的神秘劳作，我敢说，不过是偷偷摸摸的炼金术试验。你母亲肯定会不高兴，因为这种事要耗费很多钱，而且你父亲心里想的只是用这种靠不住的方法，努力追寻更高的知识，很可能会变得和许多这类试验家一样，对家庭漠不关心。

所以也很可能，你父亲是因为自己疏忽大意才断送了性命，而科佩留斯并无责任。我一定得告诉你，昨天，我问我们经验丰富的邻居，他是药剂师。我问他在这类试验中，会不会发生致命的爆炸。他说："哦，当然！"他还长篇大论、详尽无遗地跟我讲，爆炸何以会发生。他提到那么多稀奇古怪的字眼，我一个也记不住。我说到这儿，知道你肯定会生克拉拉的气。你还会说："常用无形的臂膀将人搂住的神秘，却无法射出一道光，照进她那冰冷的心里。她只能看到世间万物形形色色的表面，就像个小孩子，看到果子金灿灿的表面就感到喜悦，却不知道果核里面藏有致命的毒物。"哦！我亲爱的纳塔内尔，那你是否相信，欢乐、质朴、无忧无虑的头脑，并不会凭直觉预见到，从我们的内心将我们推向毁灭的那种黑暗力量？请你原谅，我这个头脑简单的姑娘，竟然自作主张，把我对这场内心冲突的真实想法讲给你听。不过我总是词不达意，你会取笑我的，不是因为我的想法太傻，而是因为我竟然傻到想把想法讲给你听。

倘若真有一种不怀好意的黑暗力量，用一根丝线牵引着我们的心，把我们拖上我们自己绝不会走的毁灭之路——倘若真有这样的力量，那它在我们心里的模样，肯定跟我们一样，不，它肯定就是我们自己。因为只有这样，我们才会相信它，只有这样，我们才会向它屈服，让它达成隐秘的目的。我们只要树立坚定的信心，用欢乐来巩固这样的信心，始终按照本性来认识外界的不良影响，同时我们只要沿着天性和感召为我们指引的道路前进，那么这股神秘的力量再怎么努力模仿我们的模样，也无济于事，它终究会自行消亡。

洛泰尔还说，同样确定无疑的是，我们一旦向这种黑暗、有形的力量心甘情愿地投降，那它就会经常把外部世界投到我们道路上的奇形怪状，在我们心里再现出来，所以正是我们自己在心里制造出了妖魔鬼怪，而我们因为某种错觉，幻想它披着外在的形体，跟我们搭话。正是我们自己的错觉——它跟我们的灵魂关系密切，对我们的灵魂有莫大的影响力——要么将我们投入地狱，要么让我们升上天堂。

我这样一说，你就明白了，我亲爱的纳塔内尔，我和洛泰尔哥哥已经讨论过黑色的力量这个话题了。现在，我把我们讨论的结果有些吃力地写下之后，觉得其中有些想法相当深刻。不过洛泰尔最后说的那些话，我也不是很明白，我只能隐约猜到他是什么意思，可情不自禁地认为，他的话都是对的。

我恳求你，亲爱的，努力忘掉丑陋的律师科佩留斯和和小贩朱塞佩·科波拉吧。努力说服自己相信，这些外部影响是不会把你怎么样的。你相信他们拥有邪恶的力量，才会当真把他们变成危险的人物。

要不是你的来信流露出强烈的不安，要不是我由衷同情你的处境，我真会拿律师、沙人、小贩科佩留斯来打趣你一番呢。打起精神来吧！开心些吧！倘若那个丑陋的男人科波拉胆敢侵扰你的梦境，我一定会作为你的守护天使出现，用大笑把他赶跑。我不怕他这个人，也不怕他的脏手，一点儿都不怕。我既不会让身为律师的他玷污我可口的美味，也不会让身为沙人的他抢走我的眼睛。

我亲爱的，亲爱的纳塔内尔

永远属于你

纳塔内尔致洛泰尔

我很抱歉，克拉拉把我写给你的上封信给拆开看了。当然，都怪我魂不守舍。她给我写了封富有哲理的回信，断然证明科佩留斯和科波拉只存在于我的头脑之中，是我自我制造的幻影，我只要用理性的目光看待他们，他们就会马上消弭于无形。说真的，我很难相信，那颗经常在她那双喜气洋洋、绽放出动人笑意、像孩子般纯真的眼睛里闪闪发光，宛如可爱美梦般的心灵，竟然也会这样敏锐，这样学究气。她还提到你的名字，说你们一直在谈论我的事。我猜，是你给她上了一些课吧，因为她凡事总爱刨根问底。不过够了！我必须现在就告诉你，朱塞佩·科波拉跟科佩留斯肯定不是同一个人。我们这儿新来了一位物理学教授，我最近去听过他的课，他跟那位杰出的博物学家同名，也叫斯帕兰扎尼，是意大利人。他认识科波拉好多年了。而且从科波拉的口音不难听出，他的确是皮埃蒙特人。我想，科佩留斯尽管为人并不正派，不过他是德国人。

但我还是不甚满意。你和克拉拉大概会觉得，我是个爱做梦的悲观者，可我怎么也摆脱不掉科佩留斯那张该受诅咒的脸给我留下的印象。听斯帕兰扎尼说，他已经离开镇子，我很高兴。

这位斯帕兰扎尼教授是个怪人。他是个身材不高的胖子，长着突出的颧骨、小鼻子、噘嘴唇和目光犀利的小眼睛。你如果想知道他是何种模样，最好的办法就是找本柏林袖珍年鉴，看看霍多维茨基①刻印的卡里欧斯特罗②像，斯帕兰扎尼看起来就是那副模样。

最近，我去他家拜访过一次。我上楼时注意到，平时遮住玻璃门的那道门帘，留下一道小缝。我无法解释清楚，是什么激起了我的好奇心。我往里瞧了过去。我看到屋里有一名高个女子，她身材苗条匀称，衣着华丽，坐在一张小桌子前面。她把双臂摆在小桌子上，双手交握。她正对着门坐着，所以我很容易就能看到她那天使般的美丽容貌。她好像没有注意到我，而且奇怪的是，她的眼神毫无变化。我觉得那双眼睛什么也看不见。我觉得，她是睁着眼睛睡着了。我感觉很不自在，于是悄悄离开，走进教授的课室——课室就在旁边。

我事后得知，我看到的是斯帕兰扎尼的女儿奥林匹娅。他总是把她锁在屋里，不允许任何男人接近她。这种行为令人费解，也有些邪恶。不过她也许和别人不一样，她也许是个白痴。

---

① 丹尼尔·霍多维茨基（1726—1801），波兰裔德国画家、蚀刻版画家。

② 亚历山德罗·卡里欧斯特罗（1743—1795），意大利冒险家，欧洲著名魔术师和炼金术士。

可我为什么要告诉你这件事呢？我们见了面后，我可以跟你详谈。再过两个星期，我就回到你们身边了。我一定得再看一看我亲爱的天使，我的克拉拉。然后我那一点儿坏脾气——我必须承认，坏脾气是在看过她那封很有道理的来信之后冒出来的——就会消失得无影无踪。所以今天，我就不另外再给她写封信了。

最美好的祝愿

亲爱的读者，没有什么比我可怜的朋友——年轻学生纳塔内尔的遭遇更诡谲离奇的事了，我会把整件事讲给你听。你可曾经历过某件事，它彻底占据你的心灵和头脑，让你根本没有心思考虑别的事？一切都在你的心里沸腾着，翻滚着。这件事冲进你的血脉，你的血液变得滚烫，你的面颊上激起红晕。你的目光变得那样特别，就像要凭空抓住别人看不见的什么东西，你所有的话语总是以叹息结束，预示某种难解之谜。

然后朋友们会问你：“你怎么了，我亲爱的朋友？你看到什么了？”你想描绘出内心画面所有鲜明的色彩、光影，你努力寻找词句，却徒劳无功。可你觉得，你只要能用你找到的第一个词，把发生过的所有事都概括出来，那么它们不论是美好、糟糕还是可笑，就会像闪电一样展现出来。

然而，用可以理解的声音来进行的交流所需要的每一个字和每一样东西，似乎都变得黯淡无光，冷冰冰的，了无生气。然后你结结巴巴地试了又试，而你朋友那些无趣的问题，就像冷风一般，吹在你心头的热焰上，最终把它给吹熄了。可你如果能像一位大胆的画家，用无畏的寥寥数笔，勾勒出灵魂里的那幅画面，会轻而易举地把每种颜色不断加深和强化，直到各种栩栩如生的形象把你的朋友全部迷住，他们就会像你一样，看到自己置身于你灵魂中的那处妙境。

宽容的读者啊，我必须向你承认，严格说来，没有人问过我年轻的纳塔内尔从前有过哪些经历。不过你很清楚，我是个出众的作者，只要想到刚才说的这种问题，就会觉得每个人都凑到我的跟前，全世界的人都在问我：“哦！那是什么呢？哦！告诉我们吧，好先生。”

所以我必须把纳塔内尔的不幸生活讲给你听。他的生活之奇特，把我彻底迷住了。不过正因如此，为了让你，宽容的读者，能忍受奇异怪诞的内容——这可不是小事——我绞尽脑汁，想找出一种办法，用意味深长而富有新意的方式开始这个故事，以便博得你的注意。“很久以前”这样的开头不错，不过在我看来太过乏味；采用“在S居住的小镇上”作为开头，更好一些，起码留出了足够的余地，可以让故事向高潮前进；或者直接从中间写起：“‘下地狱去吧！’学生纳塔内尔喊道，眼里燃烧着怒火，卖晴雨表的小贩朱塞佩·科波拉……”——我真的这样写了，但我发现，纳塔内尔的疯狂眼神有些荒唐可笑，而那段往事并不可笑。我找不出任何可用的词句，足以传达我内心图景的鲜艳色彩之万一。

我决定干脆不写故事的开头。所以我恳请你，亲爱的读者，接受我的朋友洛泰尔好心写给我的这三封信，把它们看成整幅画的轮廓。我会尽量用自己的叙述，在上面涂抹越来越多的色彩。或许，我会像出色的肖像画家，成功描绘出纳塔内尔的形象。你并不认识他本人，但会觉得这副形象非常逼真，仿佛经常亲眼看过到他。你届时或许就会相信，没有什么比现实生活更加美妙和奇异，而作家所能做的一切，就是通过“一面模糊的镜子”，将它呈现出来。

为了让故事的开头变得更加清晰明了，有必要在信件的基础上补充说明，纳塔内尔的父亲过世没多久，纳塔内尔的母亲就把一名过世的远亲撇下的孩子克拉拉和洛泰尔接到自己家。克拉拉和纳塔内尔彼此相亲相爱，这一点毫无疑问。因此，纳塔内尔离家去G镇求学之前，他们订了婚。G镇正是纳塔内尔信中所言和跟赫赫有名的物理学教授斯帕兰扎尼学习的地方。

克拉拉的形象此刻如果没有如此清晰地出现在我的眼前，我可能已经自如地往下讲这个故事了，可是，我永远都无法将她的面带可爱微笑凝视着我的样子从眼前赶走。克拉拉算不上美丽，所有具有一点儿审美眼光的人都会这么认为。但是，建筑家称赞她的身材比例完美，画家则断言她的脖子、肩膀和胸脯形状优雅，而所有人都喜欢她那抹大拿的玛利亚式发型，喋喋不休地讨论她头发的颜色就像意大利画家巴托利的杰作。有个货真价实的浪漫主义者最不可思议，将她的眼睛比作荷兰画家雷斯达尔笔下的湖水，反映出无云天空的纯蓝，树林和花朵的美，所有亮光，以及一块生机勃勃之地的各种生命。诗人和艺术家则走得更远："什么海水啊倒影啊。我们看到这个姑娘，怎么会感觉不到从她眼中散出、飘至我们身上的来自天堂的美妙歌曲与旋律呢？那歌曲和旋律直抵我们内心深处。然后一切都因为饱含感情苏醒了，悸动着。我们在看到她之后还唱不出美妙的歌，那就太不堪了。我们鼓起勇气在她面前说点我们虚伪地称之为歌唱的话时，能明显看到一抹珍贵的微笑掠过她的嘴唇，而最终从我们嘴里出来的，其实只是粘连在一起的几个音符而已。"

克拉拉的确如这些人所言。克拉拉有明媚、单纯、自然的孩子的丰沛想象力，有女人深邃、富有同情的心灵，思绪清晰、敏捷、独辟蹊径。可迷恋她的人和她在一起时并不开心，因为她话不多，她天生话就不多。她会表情冷酷镇定，脸上偶尔掠过讽刺的微笑，直截了当地问："亲爱的朋友，你为什么觉得我会为了转瞬即逝的虚妄画面，放弃真实的生活和会呼吸的生命？"正因为此，很多人错误地以为她冷酷、没有想象力，缺乏情感。但是，那些对生活有更清晰更深刻理解的人则非常喜欢这个睿智、孩子气、心怀宽大的女孩。

没有谁比纳塔内尔对她的感情更深，纳塔内尔是科学和艺术园地里的一个狂热而快乐的耕耘者。克拉拉也全心全意地爱着他。纳塔内尔必须暂时离开她时，她的人生头一次遭遇乌云。纳塔内尔兑现此前在信中的承诺，回到故乡，来到他母亲的房间时，克拉拉高兴地飞奔进他的怀抱。纳塔内尔看见克拉拉那一刻，便不再想科佩留斯律师和克拉拉那封明智的信，恶劣的情绪也消失了。纳塔内尔早就料到自己会如此。

可是纳塔内尔先前告诉朋友洛泰尔晴雨表小贩科波拉令他极度困扰时并没有夸张。每个人都看得出来，他在刚到家后的头几天里，就明显和从前大不一样。他阴郁地沉思，举止异常。大家以前从没见过他这样。他似乎并未注意到周围的一切，好像身处梦境或想象之中。他经常说，每个自以为自由的人，都只不过是各种神秘力量残忍游戏里的玩物，人类反抗这些神秘力量永远徒劳，他谦卑地接受命运对他的任何裁决。他陷入诸如此类的想法中太深，居然认为人类无法凭借自己努力在艺术和科学上获得任何成就，因为创造的灵感并非源于我们自身，而是我们之外某种“高级法则”导致的结果。

这种神秘主义夸夸其谈是克拉拉那清晰睿智的头脑最厌恶的东西，但任何反驳之词似乎都对纳塔内尔毫无效果。纳塔内尔试图证明，科佩留斯是“邪恶原则”，在他躲于帘幕后面那天进入他的身体，控制了他，这个讨厌的魔鬼试图以某种可怕的方式，摧毁他们的幸福。克拉拉在听到这番言论后，鼓起勇气说：“是的，纳塔内尔。你是对的，科佩留斯是‘邪恶原则’，他能做很坏的事情，他就是撒旦活生生的物理化身，但是——这是因为你没有把他从意识和思想里赶走。其实他唯一的力量就是，你相信他存在，相信他有这么大的力量。”

纳塔内尔非常生气，因为克拉拉认为魔鬼只存在于他的意识中。纳塔内尔开始长篇大论关于魔鬼和其他可怕力量的神秘学说，但克拉拉立刻用一些常见理论打断他，纳塔内尔对她的言语深感厌恶。

纳塔内尔想，这么深奥的神秘学说就像冷漠迟钝之人无法打开的被封印的书。他并未意识到，自己把克拉拉归到了低等人里，所以仍然试图启蒙克拉拉，将她带进这些神秘学说。早晨，克拉拉帮忙准备早餐时，纳塔内尔会站在她旁边，对她朗读关于各种神秘学说的各种书籍，直到克拉拉向他求饶："亲爱的纳塔内尔，我必须谴责你，因为'邪恶原则'对我的咖啡产生了致命影响。我如果按照你说的做，在你读书时看着你的眼睛，放任其他事情不管，滚开的咖啡会漫到火里，那你就吃不成早餐了。"然后纳塔内尔就会迅速啪地合上书，不悦地回到自己的房间。

纳塔内尔从前很有写生动有趣故事的才华，克拉拉最喜欢听他读这些故事。而现在，他写出来的东西阴暗、愚蠢、杂乱，但克拉拉克制住了自己，没有直接说出这样的评价，可是纳塔内尔能够感觉到，克拉拉对他写的这些东西毫无兴趣。克拉拉最讨厌这种沉闷的东西，所以读的时候情不自禁地昏昏欲睡，她的眼神和言语出卖了她内心的真实想法。纳塔内尔的作品，真的乏味到了极点。而纳塔内尔又觉得克拉拉冷漠、没有想象力，对她的不满与日俱增。克拉拉也无法再掩饰对他黑暗、消沉、使人昏昏欲睡的神秘主义的厌恶。因此他们与对方渐行渐远，但他们自己并未意识到这一点。纳塔内尔不得不承认，在他的脑海里，丑陋科佩留斯的形象越来越模糊，他要把科佩留斯写得活灵活现，必须付出很大的努力。在他的笔下，科佩留斯扮演了命运这个食尸鬼的角色。

最后，他写了诗，这首诗表明，他已悲哀地预感到，科佩留斯将毁了他的幸福。在诗里，他和克拉拉是主要人物，他们因真爱走到一起，但有只黑手，不时伸进他们的生活里，把只为他们存在的快乐拿走。最后，他们站到祭台上，科佩留斯出现了。他碰了碰克拉拉的眼睛，那双眼睛便飞进纳塔内尔的胸膛里，嘶嘶燃烧。然后科佩留斯抓住纳塔内尔，把他丢进一圈炽热的火焰中，火焰就像旋风一样快速旋转，瞬间就将他裹挟。火焰发出可怕的声音，就像狂暴的台风在抽打浪花，直到海浪升起，变成肆掠狂风中黑白两色的巨人。但纳塔内尔在狂风暴雨之中听到了克拉拉的呼喊："亲爱的，你看不见我吗？科佩留斯欺骗了你，在你胸膛中燃烧的，并不是我的眼睛，那是你自己火热的心血。看着我，我的眼睛还在这儿呢。”纳塔内尔想道：“是的，那是克拉拉，而且我永远都会是她的。”这句话对那圈熊熊燃烧的火焰产生了强大的力量，火焰停下来，不再旋转。肆虐的巨响消逝，坠进无底黑暗深渊。纳塔内尔注视着克拉拉的眼睛，但回望他的，是死者呆滞的目光。

纳塔内尔写这首长诗时，心情平静，意识澄明。他写下、推敲每一行。他已决定全身心地投入到诗艺中，直到诗作臻于纯粹和完美才停下笔。但是，他终于向自己朗诵这首诗时，被恐惧和可怕的预感完全占据。他呼号：“这是谁的荒谬的声音啊！”不过他很快就清醒过来，知道这是首很成功的诗，相信这首诗会令冷漠的克拉拉再度对他热情。不过他并不知道克拉拉最终会对这首诗有何反应，也不知道自己究竟为什么要用这些可怕的画面折磨克拉拉，这些画面预言了克拉拉对他的喜爱恐怖而悲惨的结局。

纳塔内尔和克拉拉坐在纳塔内尔母亲的小花园中。克拉拉灵动又快乐，因为她的爱人在过去整整三天里一直忙于写那首诗，没有拿他的梦境或不祥的寓言来烦她。而且，纳塔内尔此刻变回过往那样，正用活泼愉快的语气说些有意义的话。于是克拉拉说：“啊！我又拥有你了。你看，我们把那个丑恶的科佩留斯赶走了。”但纳塔内尔随即想起他打算读给克拉拉听的那首诗就在口袋里。他立刻把手稿拿出来，开始朗读。

克拉拉和平时参与什么无聊的事时一样，继续做编织的活儿，准备好屈从于这一刑罚。但她脸上的愁云越来越惨淡浓重，最后她把织到一半的衣服放到大腿上，坐在那里直直地注视着纳塔内尔的脸。纳塔内尔完全被自己的作品带走了，激情的火焰把他的脸颊烧成深红色，泪水涌出他的眼睛。最后，他终于结束朗读，筋疲力竭。他抓住克拉拉的手，好像被无法抚慰的悲伤完全融化，喘息着说：“啊！克拉拉！克拉拉！”克拉拉轻轻地把他拉到自己的胸口，以低微但无畏又清晰的声音说：“纳塔内尔，我亲爱的纳塔内尔，把这首愚蠢、荒谬、毫无意义的诗扔进火里吧。”

纳塔内尔义愤填膺，站起来，推开克拉拉，叫喊道：“你这个没有生命的该死的机器人！”然后他跑开了。克拉拉伤心欲绝，悲泣道：“噢！他永远都不会再爱我了，因为他不理解我。”她呜呜咽咽地哭了好久。

洛泰尔走到花园里的藤架下。克拉拉只得告诉他刚才发生了什么事。洛泰尔非常爱妹妹，克拉拉的每一句抱怨都像尖刀，戳中他的心。他长久以前对从前好友的不满变成无法控制的暴怒。他立刻找到纳塔内尔，口出恶言，控诉纳塔内尔对他妹妹的不可忍受的行为。

纳塔内尔也非常愤怒，以对待克拉拉的方式对待洛泰尔。洛泰尔说：“一个精神错乱的古怪傻瓜。”纳塔内尔回敬：“一个可悲的凡人俗子。”一场决斗在所难免。他们约定第二天早晨在花园围墙后面决斗，按照当地学生的风俗，使用锋利的长剑。然后他们面色阴沉地默默分开。克拉拉听到也看到了这次激烈的争吵，也看到剑术师黄昏时分送了两把剑到家里来。她预感到将有祸事发生。第二天，两人来到他们先前约好的地方，全都沉默、阴沉。他们脱下外套，眼睛里闪烁着好斗的嗜血的光。他们正要开打，克拉拉从花园门里冲出来，哭喊道：“你们这些野蛮可怕的男人！你们要攻击对方，先把我砍倒在地上。不管是我哥哥杀了我的爱人，还我爱人杀了我的哥哥，我怎么可能还活在这个世上？”

洛泰尔任由武器掉落在地，低头默默地注视着地面。纳塔内尔满心愧疚，在最快乐的日子里对年轻、美丽的克拉拉感受到的所有感情全都苏醒。他那把凶险的武器也从手里滑脱，他跪到克拉拉脚前。“噢！我唯一的亲爱的深爱的克拉拉，你能原谅我吗？我可爱的兄弟洛泰尔，你也能原谅我吗？”洛泰尔被深陷痛苦的朋友打动。三个年轻人在无尽的泪水里拥抱，发誓永远不再破坏他们之间爱与忠诚的纽带。

纳塔内尔发现先前一直把他死死压在地面上的一种沉重压力离他而去，

不但如此，他反抗占据己身的那种黑暗力量，似乎把自己从即将降临的毁灭中拯救了出来。他在自己爱的人中间过了三天快乐日子，然后返回G镇。他还要学习一年才能返回家乡，定居谋生。

他们把由科佩留斯导致的所有问题都瞒过了纳塔内尔的母亲，因为他们知道，她想起科佩留斯一定会大感恐惧。儿子相信科佩留斯对父亲的死负有责任，而她也相信科佩留斯对她丈夫的死负有责任。

纳塔内尔回到他在G镇居住的那栋房子时，发现房子已被大火夷为平地，只剩下外墙屹立在废墟堆上。住在一楼的化学家的实验室着火，然后大火向上蔓延，纳塔内尔几个胆大灵活的朋友设法冲到纳塔内尔位于高层的房间，及时抢救出一批书籍、手稿和乐器。他们已经把这些东西完好无损地转移到另一栋房子里，并在那栋房子里给他安排了一个房间。纳塔内尔立即住进那个房间。

他住到了斯帕兰扎尼教授家对面这一点并未让他特别震惊，他也并不觉得透过窗户就能清晰看到奥林匹娅常常独坐的那个房间有什么特别。纳塔内尔可以清楚地看见奥林匹娅的身影，但她的面容是模糊不清的。纳塔内尔最后终于意识到，奥林匹娅经常以他当初第一次透过玻璃门看到的那个姿势，在空无一物的小桌旁一坐就是几小时，而且经常明显注视着他这个方向。他在心里对自己承认，他从没见过比那更曼妙的身影。然而，他心里有克拉拉小姐，对冷漠静坐的奥林匹娅毫未动心。他只是偶尔从讲义上抬起头，匆匆一瞥奥林匹娅——仅此而已。

他正在给克拉拉写信，门上响起轻微的敲门声。他刚说完“请进”，科波拉那张令人厌恶的脸就探了进来。纳塔内尔感觉到自己的心脏剧烈跳动，快要痉挛了，但他接着回想起斯帕兰扎尼教授对他描述过自己的同乡科波拉，也回想起自己就沙人科佩留斯之事对所爱之人立下的真诚诺言，随后便对自己这么疑神疑鬼、动辄像个孩子一样害怕感到羞愧。于是，他努力控制住自己，尽可能镇定地轻声说："我的好朋友，我不需要晴雨表，你最好去别的地方试试运气。"

科波拉径直走进房间，大嘴巴扭曲成怪诞的微笑，长长的灰色睫毛下的小眼睛里热诚满满。他以嘶哑的声音说："呃！不想要晴雨表？不想要晴雨表？我还有眼睛。很好的眼睛。"纳塔内尔心惊肉跳，大喊道："你这个混蛋，你怎么可能有眼睛？眼睛——眼睛？"但是科波拉把晴雨表放到旁边的地上，把手伸进巨大大衣的口袋里，拿出几副望远镜和近视眼镜，放到桌上。"看！看！戴在鼻子上的眼睛。眼睛。我有眼睛。"他从口袋里拿出更多的眼镜，直到整张桌子都在闪闪发亮。几千双眼睛抽搐着，眨巴着，仰视着纳塔内尔，纳塔内尔无法把目光从桌上移开。科波拉仍在往桌上堆眼镜，燃烧着的亮光越来越明亮，穿过彼此，血红的光线射进纳塔内尔的胸膛。

恐惧已经完全占据纳塔内尔，他快要疯了，大叫道："停下！停下！你这个魔鬼！"纳塔内尔抓住科波拉的胳膊，因为科波拉又把手伸进口袋里，想要再拿出几副眼镜，尽管桌子上已经堆满眼镜。科波拉轻轻地挣脱纳塔内尔，不满地发出嘶哑的大笑，说道："嗯？都不想要？啊，我这里还有好眼睛！"他把所有眼镜扫到一起，装回大衣口袋里。然后他从胸前的口袋里拿出很多副大大小小的望远镜。桌上的那些眼镜刚被收走，纳塔内尔就恢复平静。他专心想着克拉拉，清楚地意识到，这个可怕的事件是他自己造成的，科波拉只是个诚实的机械师和眼镜商，根本不是科佩留斯可怕的分身或鬼魂。另外，科波拉现在拿出的这些眼镜根本没什么特别的，至少没有他刚才拿出的那些眼镜那么古怪。纳塔内尔为了了结这件事，决心从这个男人那里买点什么。他为了试戴，拿起一副小小的口袋装望远镜，下意识地看向窗外。

他一生中从没见过能将事物变得如此清晰的眼镜。他下意识地把望远镜转向斯帕兰扎尼家的方向。奥林匹娅和往常一样坐在小桌旁，双臂放在桌上，双手交叠。纳塔内尔第一次看到奥林匹娅匀称而异常美丽的五官。但纳塔内尔觉得那双眼睛只有一种神情：呆滞、毫无生机。他透过望远镜继续仔细观察，觉得似乎有一束就像潮湿月光的光照进了那双眼睛里。那双眼睛仿佛直到现在才具备视力，并越来越灵动。

纳塔内尔仍然站在窗边，好像被巫师的咒语定在了那里。他一直定定地看着仙女一般漂亮的奥林匹娅。一声咳嗽和轻微的脚步声把他从美梦中惊醒。科波拉站在他身后。“三个达克特①。”纳塔内尔已经完全忘了这个眼镜商，立即付了对方要求的数额。“是好玻璃镜吧？好吧？”科波拉讽刺地微笑着，以令人不舒服的嘶哑声音说。“是啊，是啊，是啊。”纳塔内尔不耐烦地回应道。“再见，我的朋友。”科波拉说，但放肆地瞥了纳塔内尔好多眼才离开。年轻的学生听到科波拉在楼梯上哈哈大笑。“啊，好吧！”纳塔内尔想道，“他笑话我，是因为我为这副小望远镜付了许多钱——因为我给他的钱太多了——就是这样。”

他轻声喃喃地说出这些话时，似乎听到房间里有长长的叹息声，濒死之人发出的那种可怕的叹息。他吓得心脏似乎停止了跳动。叹息声肯定是他自己发出来的，这再正常不过了。“克拉拉说得很对，”他对自己说，“我疑神疑鬼到不可救药的程度了。太荒谬了，认为自己付给科波拉太多钱这个愚蠢的想法居然让我产生了一种奇怪的忧虑。我真想不通自己为什么会这样。”

纳塔内尔继续给克拉拉写信，随后瞥了窗外一眼，看到奥林匹娅仍以先前的姿势坐着。他在一股不可抑制的冲动驱使下，跳起来，抓起自己从科波拉那里买来的望远镜。直到朋友西格蒙德来叫他去上斯帕兰扎尼教授的课，他才依依不舍地与迷人的奥林匹娅分开。在那个现在对他而言非常重要的房

① 曾经在欧洲通用的金币。

间门前，帘子完全拉上了，所以他看不到奥林匹娅。在接下来的两天里，他从自己的房间里也没看到奥林匹娅，但他仍然几乎没离开过窗边，几乎没有停止用科波拉卖给他的望远镜观察奥林匹娅的房间。

第三天，对面那扇窗户的窗帘拉上了。纳塔内尔深陷绝望，在憧憬和炽热渴求的驱使下，迅速离开镇子。但奥林匹娅的模样在他走的小路上空盘旋，或者从灌木丛里蹦出来，奥林匹娅亮闪闪的大眼睛从欢快的溪水里窥视他。克拉拉的模样完全从他的意识里消失了，他除了奥林匹娅，什么都不想。他以哭腔大声喊出自己的爱："噢！我高贵辉煌的爱星啊，你升起只是为了消失吗，然后把我留在漆黑而无望的夜里？"

他回到家时，注意到斯帕兰扎尼家喧喧嚷嚷。所有的门都开着，衣饰各异的男人们聊着天，一楼的所有窗户也都打开了，忙碌的女仆拿着巨大的扫帚四处打扫，屋子深处传出木匠和装潢师敲敲打打的声音。纳塔内尔大吃一惊，在街上站住。然后西格蒙德走到他身边，大笑道："嗯，你想对老斯帕兰扎尼说点儿什么吗？"纳塔内尔说他不知道要说什么，因为他不知道到底发生了什么事。他吃惊地听着除尘、清洗和装饰的声音，感觉他们要把原本安静、阴暗的房子里外颠倒一下。然后他从西格蒙德那里得知，斯帕兰扎尼要办个大型音乐会暨舞会，半个大学的人都被邀请了。据说，斯帕兰扎尼教授打算让自己一直悉心保护、未被人熟知的女儿奥林匹娅在这次舞会上首次进入社交圈。纳塔内尔也受到邀请。舞会就要开始了，一辆接一辆马车抵达，辉煌的灯光照耀着装饰一新的大厅。纳塔内尔径直走向教授家，心脏因期待剧烈跳动。客人众多，个个衣着光鲜。

奥林匹娅衣着奢华且高雅。所有客人都惊艳于她异常美丽的面庞和身姿。不过明显向内的背部曲线和小小的蜂腰似乎是过紧束身衣的功劳。且很多人对她僵硬刻意的言行举止印象并不好，但这应该只是因为她在这么多客人面前太拘束了。

音乐会开始。奥林匹娅弹钢琴，唱咏叹调，技巧娴熟。她的歌声太过嘹亮，但就像玻璃钟一样清晰。纳塔内尔醉心于她的表演。他站在人群的最后面，离奥林匹娅最远，在炫目的灯光下，并不能看清奥林匹娅的面容。所以他下意识地拿出科波拉卖给他的望远镜，将望远镜对着美丽的奥林匹娅。啊！他这时觉得，奥林匹娅渴慕的目光紧紧地盯着他，纯净的音符带着悠悠爱意，直抵他的内心，在他的心中熊熊燃烧。奥林匹娅唱出的颤音，于他而言就像欢腾的尖叫，带着他上了只有爱与灵魂的天堂。华彩乐段终于结束，长长的颤音响彻整个大厅，纳塔内尔觉得自己突然被滚烫的胳膊攫住，再也无法控制自己。他在痛苦和欢愉中不可自已地喊道："奥林匹娅！"所有人都把目光转向他，许多人笑了。

音乐会结束，舞会开始。噢！和她跳舞——和她！——现在是纳塔内尔唯一的渴望，唯一的目标。但他怎么可能有勇气邀请这场舞会的皇后赏光和他跳支舞呢？但他也搞不清，舞会刚开始，自己怎么就站到了离奥林匹娅很近的地方，而且还没有人邀请奥林匹娅当自己的舞伴。于是，他艰难地结结巴巴地说出几个字，抓住奥林匹娅的手。奥林匹娅的手和冰一样凉，纳塔内尔一惊，打了个冷战。他看向奥林匹娅的脸，发现奥林匹娅正在注视他，目光里满怀爱意与渴望。就在这一刻，纳塔内尔感觉到她冰冷的手有了脉动，温暖的血液流过她的血管。纳塔内尔自己心里的激情也烧得更旺，他用胳膊搂住奥林匹娅的美腰，带着她在大厅里旋转起来。他一向认为自己舞跳得很好，不会出差错，但和节奏感极好的奥林匹娅跳舞，他老是跟不上拍子，觉得自己笨拙极了。不过他不愿意和其他女士跳舞，对于那些走过来邀请奥林匹娅跳舞的人，他恨不得当场杀了他们。但令他吃惊的是，只有两个人过来邀请奥林匹娅跳舞，之后奥林匹娅再无舞伴。纳塔内尔在这两个男人各自与奥林匹娅跳完后，均立刻冲上去，再邀请奥林匹娅跳舞。

纳塔内尔眼里只有美丽的奥林匹娅，不然肯定会和许多人争吵乃至斗殴。多个角落的年轻男子强忍着不爆发出笑声，他们要笑的，明显就是奥林匹娅。他们非常奇怪的目光一直追随着奥林匹娅。纳塔内尔跳了很多支舞，喝了很多无限量供应的酒，非常兴奋，已经把羞涩抛到一边，而他一向是个羞涩的人。他坐在奥林匹娅身边，握着奥林匹娅的手，热烈而自信地对奥林匹娅说了很多示爱的话，但他自己和奥林匹娅都不明白他到底说了些什么。不过奥林匹娅也许明白，因为她坐在那里，眼睛定定地注视着纳塔内尔，不停叹息道："啊！啊！啊！"而纳塔内尔会回应道："噢，你真是个让人如在仙境的女士！你从应许的天堂散播出爱的荣光！噢！你的灵魂多么深广！我在其中完全迷失了！"他还说了许多其他诸如此类的胡言乱语。但奥林匹娅只是继续"啊！啊！"地叹息个不停。

斯帕兰扎尼教授带着满足但怪异的微笑，经过这对幸福的爱侣身边一两次。纳塔内尔身处一个不同的世界，但忽然发现，斯帕兰扎尼教授的那个世界暗了下来。他朝四周看看，大吃一惊，大厅里只有两盏灯还在亮着，而这两盏灯也快熄灭了。音乐和跳舞的人不知何时全都不见了。"我们必须分开——分开了！"他喊道，狂野又绝望。他亲吻奥林匹娅的手。他又俯身亲吻奥林匹娅的嘴，但滚烫的嘴唇遇到的是冰冷的嘴唇。他碰到奥林匹娅冰冷的手，因害怕而心脏猛跳。"死亡新娘"的传说突然闪过他的脑海。但奥林匹娅把他拉近自己，亲吻似乎温暖了她的嘴唇，为其注入了活力。斯帕兰扎尼教授在空荡荡的公寓里缓慢地游荡，脚步声发出空洞的回音，随灯光摇曳的影子如鬼魂一样可怕。"你爱我吗？奥林匹娅，你爱我吗？我只要一个小小的词——你爱我吗？"纳塔内尔低语。但奥林匹娅只是"啊！啊！"地叹息，同时站起来。

"是的，你是我可爱的辉煌的爱星，"纳塔内尔说，"将永远照耀、净化我的心，使其变得高贵。""啊！啊！"奥林匹娅回应道，走动起来。纳塔内尔跟着她，然后他们来到教授面前。"你和我的女儿进行了一次格外生动活泼的对话，”教授微笑着说，“好了，好了，亲爱的纳塔内尔先生，你如果觉得和这个傻姑娘谈话很开心，我向你保证，我希望你能再来和她聊天。”纳塔内尔离开了，心在唱歌、跳跃，幸福得快要疯掉了。

在接下来的几天里，斯帕兰扎尼家的舞会是本地的主要话题。教授费尽心思，希望舞会圆满成功，但关于此事的愉快讨论，最终还是走向不正常和失控。许多人特别喜欢谈论奥林匹娅沉默寡言、动作僵硬。他们还说，她尽管身材优美，但是个毫无希望的傻瓜。他们认为，这就是斯帕兰扎尼这么久以来不让她在公众面前出现的原因。纳塔内尔听到了所有这些闲话，内心愤怒不已，但他管住了自己的舌头，因为他想到，真的有必要向这些家伙证明，他们自己才是傻瓜，所以无法欣赏奥林匹娅深奥和聪明的一面吗？

有一天，西格蒙德对他说：“兄弟，请你行行好告诉我，你这么聪明的一个家伙，为什么会在路对面那个蜡脸木头玩偶小姐面前失去理智？”纳塔内尔差点大发脾气，但他控制住了自己，回答朋友道：“告诉我，西格蒙德，你的眼睛一向对美的事物非常敏感，你怎么就没注意到奥林匹娅神圣的魅力呢？你准确的判断力到哪儿去了？不过我要为此感谢上天，不然我会把你看成敌人，那样我们两人中间必定有一个要流血了。”

西格蒙德注意到了朋友的严肃态度，改变策略，说评论任何一个恋爱中的人的爱人都是不合适的。不过他随即又说：“但奇怪的是，我们有好几个人对奥林匹娅的看法完全一样。我们认为她——兄弟，你不会介意吧？——就像一尊没有灵魂的漂亮雕塑。不可否认，她的身材很美，面容也很美。但她算不上个美人，因为她的眼睛毫无生气，甚至可以说似乎是盲的。她的动作奇怪、僵硬，她似乎是由发条控制的。毫无疑问，她的表演和歌唱是完美的，但她表演和歌唱时，就像一台节奏精准的机器，跳舞时也是如此。我们觉得这个奥林匹娅非常可怕，不想与她有任何瓜葛。我们觉得她只是看起来像个活着的生物，她的身上有个大秘密。”

纳塔内尔听了这些话之后，产生了一种苦涩之感，但他并没有向这种感觉屈服，任由它控制自己。他努力控制住不悦，在情绪转好后，只是真诚地说：“你那些冷漠平庸的朋友也许真的害怕她吧。诗意的灵魂，在被注入爱之后才会舒展开来。她爱的目光单单落到了我的身上，单单射进了我的意识和灵魂中。我只有在她的爱中，才能再度找到自己。她也许不喜欢像那些空虚的人那样，含混不清地说许多蠢话。是的，她没说几个字，但她说的那几个字，是爱的内在世界真正的神秘语言，是智慧生命的高级认知，表明了她对超越死亡的永恒的认识。但我这是白费口舌，你是不会理解这些东西的。”

“兄弟，上帝与你同在，”西格蒙德非常温和甚至有些悲伤地说，“但我觉得你这样似乎非常不好。你可以找我帮忙，如果一切——算了，我不说了。”纳塔内尔突然意识到，他这个冷漠平庸的朋友西格蒙德是真心真意地希望他好，所以他亲切地握住朋友伸出来的手。

纳塔内尔完全忘记了这个世界上还有个克拉拉，忘记了自己曾爱过这个克拉拉。他也忘记了母亲和洛泰尔。他们完全从他的意识里消失了，他现在只为奥林匹娅而活。他每天坐在奥林匹娅身边几个小时，狂热地表达自己对她的爱和对生活燃起的激情，还说到了灵魂有选择的相互吸引——奥林匹娅只是崇敬地听着。

他从书桌底下搜罗出自己写过的所有东西——长诗、幻想片段、沉思录、小说、寓言，以及与日俱增的各种无主题十四行诗、八行诗和小调。他把这些东西读给奥林匹娅听，连读几个小时也不觉疲惫。他从没见过这么值得称赞的听众。奥林匹娅从来不做刺绣或编织的活儿，也从来不看向窗外，不喂鸟儿，不与宠物狗或宠物猫玩，也不会在指间玩纸片之类的东西；她也不会假装咳嗽以掩饰哈欠——简而言之，她可以连续坐几个小时，俯视的目光一直没离开爱人的脸庞，也不曾移动或改变坐姿，她的目光从来都只会越来越热烈，越来越坚定。只有当纳塔内尔站起来吻她的嘴唇或手时，她才会说“啊！啊！”，然后说“晚安，亲爱的”。

纳塔内尔回到自己的房间后，会大声说道：“噢！一个多么睿智——多么渊博的头脑！只有你——只有你一个人理解我！”他一想到每日的相处已经表明，他和奥林匹娅的个性极其和谐，内心就狂喜不已。他觉得，奥林匹娅充满敬意地对他的作品和诗才表达出的感情，正是他在内心深处对自己作品和诗才的感情，与他说话的好像不是奥林匹娅，而是他自己的心声。这一定不是他的想象，因为除了上述几个字，奥林匹娅从没说过其他话。纳塔内尔在意识清醒冷静的时刻，比如某天早晨刚醒来时，会觉得奥林匹娅太被动且寡言。但他只是说：“语言是什么——语言有什么用？她神圣的一瞥比任何一条舌头能说的都更多。另外，一个来自天堂的孩子怎么可能会适应世俗的卑贱的生活严厉规定的狭隘的藩篱呢？”

斯帕兰扎尼教授似乎对女儿奥林匹娅和纳塔内尔形成的亲密关系非常满意，明白无误地表达了对这个年轻人的好感。纳塔内尔终于鼓起勇气，非常微妙地表达他想与奥林匹娅成婚的愿望时，教授立刻满脸笑容，说他允许女儿完全自由地选择自己的配偶。

受这些话鼓动，加之内心渴求之火越烧越旺，纳塔内尔决定第二天便恳求奥林匹娅以简单的词汇真诚地告诉他，他在她充满爱意的目光中读到的信息——奥林匹娅永远属于他——是否正确。他寻找自己与母亲分别时母亲送给他的戒指。他将把戒指作为忠诚以及他从今以后将引领奥林匹娅过幸福生活的象征，献给奥林匹娅。

他在寻找戒指时，看到了克拉拉和洛泰尔写给他的信。他随意地把信扔到一边，发现了戒指。他把戒指装进口袋里，跑过街去找奥林匹娅。他走到大门旁边的楼梯上时，听到奇怪的嘈杂声，嘈杂声似乎是从斯帕兰扎尼的书房里传出来的。顿地声、嘎吱声、推搡、撞门声，其中还夹杂着污言秽语。“松手——松手——你这个妖怪——你这个无赖——把你毕生的心血投进去了？——哈！哈！哈！哈！——我们的赌注不是这个——我，我做了眼睛——我做了发条。——和你的发条见鬼去吧——你这个该死的做钟表的小人——滚开——撒旦——停下——你这个没用的铁匠——你这头讨人厌的畜生——停下——快滚——让我走。”正在吵吵闹闹的是斯帕兰扎尼和让人害怕的科佩留斯。纳塔内尔在一种无法形容的担心的驱使下，冲进书房。教授抓着一位女性身体的双肩，意大利人科佩留斯抓着她的双脚。他们正在前后拉扯，激烈打斗，都想完全占据她。

纳塔内尔发现那具身体就是奥林匹娅时，吓得畏缩了一下。随后他怒火中烧，打算把爱人从这两个疯子手上抢下来。但就在这时，科波拉使尽全部力气，用力一扭，一拉，把那具身体从教授的手里拽了出来，然后又用那具身体猛击了教授一下。教授踉跄着后退，倒在桌上的小药瓶、热处理容器、玻璃瓶和玻璃圆筒之间，所有器皿碎成千千万万片。科波拉把那具身体扛在肩上，发出尖利而可怕的笑声，快速跑下楼去了。那具身体丑陋的双脚垂下来，撞在楼梯上，发出木头一般的砰砰声。

纳塔内尔茫然无措——他清楚地看到，奥林匹娅那毫无生气、蜡一般的脸上没有眼睛，原来是眼睛的地方现今只是两个黑洞。她是个没有生命的木偶。斯帕兰扎尼在地上翻滚，碎玻璃割伤了他的脸、胸膛和手臂，多道血流从他身上汩汩而出。但他试图积攒力气，站起来。

“追他——追他啊！你站在那里看什么呢？科佩留斯——科佩留斯——他偷走了我最好的机器人——我做了二十年——我毕生的心血——发条——语言——动作——我的——你的眼睛——偷走了你的眼睛——他真该死——他该下地狱——追他——把奥林匹娅带回来给我——眼睛在那儿。”纳塔内尔现在注意到，地板上有对血淋淋的眼睛，那双眼睛正注视着他。斯帕兰扎尼用没受伤的那只手抓起那对眼睛，扔给纳塔内尔。那对眼睛打中了纳塔内尔的胸膛。

疯狂把它火热的爪子插进纳塔内尔的身体里，摸索到他的心，把他的意识和思想撕成碎片。“啊哈！啊哈！啊哈！火轮——火轮！转弯，火轮！欢乐，欢乐！啊哈！木头娃娃！转弯，漂亮的木头娃娃！”他冲向教授，迅速扼住教授的喉咙。

如果不是有几个人被嘈杂声吸引，冲进来把已经疯狂的纳塔内尔拉开，纳塔内尔可能已经把教授掐死了。教授得救了，伤口迅速得到处理。但西格蒙德费尽心思，也没办法让已经完全疯狂的朋友安静下来。纳塔内尔仍在发出可怕的叫喊：“转弯，木头娃娃！”同时双拳左右挥击。最后，几个人合力制服他，把他扔到地板上，然后把他绑了起来。他的叫喊声就像野兽的嚎叫，听者无不感到害怕。他已经完全具备疯子残忍的攻击性，所以被送进了疯人院。

宽容的读者诸君，请允许我在继续讲述不幸的纳塔内尔接下来怎么样了之前，先来讲一讲技艺深厚的机器人机械师和发明家斯帕兰扎尼，以防你们对他感兴趣。斯帕兰扎尼完全从浑身的伤痛中康复，但必须离开大学，因为纳塔内尔的遭遇造成了巨大轰动。人们的大体观点是，偷偷携带机器人而非真人参加知识分子圈的茶会是不可容忍的欺骗行为——奥林匹娅成功地参加过几次茶会。律师声称，这是严重的恶行，必须从重惩罚，因为它对公众不利。这个机器人如此精巧，除了几个目光敏锐到不可思议的学生，其他所有人都没发现。现在人人恍然大悟，想起自己早先注意到的奇怪的细节。但他们为什么不把所有此类细节拼凑到一起呢？比如，据一位经常参加茶会的高贵男士说，所有人都觉得奇怪，奥林匹娅在茶会上举止优雅，但打喷嚏的次数比打哈欠的次数多多了。根据这位男士的观点，打喷嚏的声音，实际上肯定是看不见的发条运转的声音，因为喷嚏声过后，总是有很明显的嘎吱声。诸如此类的事情还有很多。

诗学和修辞学教授吸了撮鼻烟，眨了眨眼睛，清了清喉咙，装腔作势地说："我最尊敬的女士们和先生们，你们直到现在还不明白要点在哪里吗？整件事是个寓言，是个连续的隐喻。你们明白我的意思吗？拟人。"

但几个最受尊敬的先生对这个解释不满意，并没有安分下来。这个机器人已经深深地扎根于他们的灵魂之中，他们逐渐产生一种对人类身体的荒谬的不信任感。还有些恋爱中的年轻男子为了确保自己不是在向木偶献殷勤，要求女朋友唱歌和跳舞时必须找不准节奏，听人读书时必须做刺绣、编织的活儿或与宠物玩什么的，最重要的是，她们不能只是听着，必须经常说话，因为话语是证明她们有思想和感情的前提。结果，多数情侣更喜欢彼此，感情更亲密了。但也有些情侣渐渐疏远，最后分道扬镳。"我真的觉得这不是我的责任。"不止一个与女朋友分手的年轻男士如此说道。

在茶会上，为了摆脱嫌疑，每个人都会夸张地打哈欠，尽量避免打喷嚏。如前所述，为了避免因为在人类社会中置入机器人而被判欺诈罪，斯帕兰扎尼已经离开本地。科波拉也失踪了。

纳塔内尔醒来后，觉得自己好像做了个长长的可怕的噩梦。他睁开眼睛，感受到一种无法言说的精神上的愉悦，同时，身体里也弥漫着一种软软的异常美妙的温暖。他是在家里，躺在自己房间里自己的床上。克拉拉俯身看着他，他母亲和洛泰尔站在克拉拉旁边。"终于，终于——噢，我亲爱的纳塔内尔。你又回到我们身边了，你从那种可怕的病里康复了，现在又是我的了。"克拉拉大声激动地说，用双臂抱住纳塔内尔。热泪从纳塔内尔的眼睛里滚滚而下，愧疚和快乐几乎令他的身体支撑不住。他喘息道："我的克拉拉，我的克拉拉！"

西格蒙德走进房间。他一直坚守在朋友身边，以防朋友需要他。纳塔内尔对西格蒙德伸出手。"我忠实的朋友啊，你没有抛弃我。"他的身上已不见一丝疯狂的痕迹，他在母亲、爱人和朋友的温柔相待下，很快恢复力气。与此同时，好运光临这个家。纳塔内尔有个年迈而小气的舅舅，他们从没想过从他那里得到什么，但他去世后，留了一笔可观的财产和一栋小房子给纳塔内尔的母亲，房子离镇上不远，非常漂亮。纳塔内尔和母亲、洛泰尔、克拉拉决定住到那栋房子里去。另外，纳塔内尔很快就要和克拉拉结婚了。纳塔内尔变得比以往更加温和而孩子气，终于真正明白克拉拉是个无比纯洁而高贵的人。没有一个人对他提起过过去一句。但西格蒙德准备离开纳塔内尔时，纳塔内尔说："兄弟，老天在上！我之前差点儿完了，但一个天使及时出现，把我带到光明的路上。是的，这个天使就是克拉拉。"西格蒙德叫他别再说了，因为害怕过去的痛苦回忆会清晰地涌现在他的脑海。

四个快乐的人搬进他们小小房子里的时间就要到了。一天中午，他们出去逛街。他们买了几样东西，然后发现镇上高塔巨大的影子落到了市场上。"走吧，"克拉拉说，"我们再上一次塔，看看远处的小山。"纳塔内尔立即同意，和克拉拉很快就上到塔上。不过纳塔内尔的母亲和女佣去新家了，而洛泰尔不愿爬那么多级台阶，所以在下面等他们。这对情挽着彼此的胳膊，站在塔最高处的走廊里，看着外面散发出芬芳的树林风景，树林后面是隆起的蓝色丘陵，丘陵就像巨人的城市。"噢！快看那丛奇怪的小小的灰色小灌木，它好像正在朝我们走来。"克拉拉说。纳塔内尔下意识地把手插进侧边的口袋里，摸到科波拉卖给他的望远镜，然后用望远镜寻找那丛灌木。克拉拉站在望远镜的前面。

突然，他的脉搏抽搐似的剧烈跳动。他脸白得像死尸，眼睛直直地注视着克拉拉。但他很快翻起白眼来，一股滚烫的热流射进他的眼睛，在里面爆开。他恐惧地吼叫，就像一头被围捕的动物。与此同时，他在高高的塔上蹦跳，发出可怕的大笑声。然后他以刺耳的声音喊道："转弯，木头娃娃！转弯，木头娃娃！"他抓住克拉拉，想要把她从塔上推下去，力气大得像个巨人。但克拉拉拼尽全力紧紧抓住围住顶层的栏杆，苦苦挣扎。

洛泰尔听到狂暴的疯子弄出的动静和克拉拉恐惧的尖叫，心头闪过不祥的预感。他冲上台阶，但第二段台阶前的门锁上了。克拉拉尖叫的呼救声更加响亮。他愤怒又害怕，发疯似的猛撞门，终于把门撞开了。但克拉拉的叫声越来越虚弱——“救命！救我！救我！”然后，洛泰尔几乎听不到她的声音。“她死了——被那个疯子杀死了。”洛泰尔叫喊道。通往顶层的门也锁上了。

绝望给了洛泰尔巨人般的力量，他把门板从铰链上撞了下来。老天啊！那个疯子在推克拉拉，克拉拉荡在塔外面的空中，只有一只手抓着铁条。洛泰尔闪电一般迅速冲过去，抓住妹妹，把她往上拉。与此同时，他使尽全力，一拳打在疯子的脸上。疯子踉跄着后退，只能松开受害者。

洛泰尔抱着已经失去知觉的妹妹跑下去。克拉拉得救了。但纳塔内尔在塔的顶层一圈又一圈地奔跑、跳跃、尖叫：“转弯，火轮！转弯，火轮！”一些人听到狂乱的叫声，聚集到塔下。高大的律师科佩留斯站在这群人中间，就像个巨人。他刚到本镇，径直来到市场。

有几个人想上塔制服这疯子，把他带下来。科佩留斯大笑道：“哈！哈！等一下，他会自己下来的。”他站在那里，和其他人一起抬头看着。

纳塔内尔突然站住，停止尖叫，好像被魔咒镇住了。他俯在栏杆上，看到了科佩留斯。他尖声大喊：“呃！漂亮的眼睛——好漂亮的眼睛啊！”然后越过栏杆。

纳塔内尔摔在石板人行道上，脑浆涂了一地。科佩留斯早已消失在拥挤而混乱的人群中。

几年后，据说有人看到克拉拉和一个温和的绅士携手坐在边远地区一栋漂亮的乡间房子的门外，两个活泼的男孩在克拉拉的脚边玩耍。据这个传闻可知，克拉拉最终凭借自己天真快乐的性格，过上了平静而幸福的家庭生活。这种生活是灵魂饱经摧残的纳塔内尔永远无法给予她的。

流浪汉威利讲的故事

沃尔特·司各特，1824

在沃尔特·司各特（1771—1832）这篇关于十七世纪苏格兰历史的故事中，亡人的世界跟活人的世界如出一辙：在那个暴虐的地狱里，人们可以大吃大喝，跳舞作乐。但一个生者如果为寻求某个权威人士（一个藏在骑马绅士外表下的魔鬼）的帮助而一脚踏入亡人的世界，得小心向他发出的各种邀请。亡人如果邀请他吹一曲苏格兰风笛，而他也答应了，那他可就糟糕了，因为那是地狱炽热火焰煅烧过的风笛！他如果接受了那些吃的、喝的，可能就再也回不到生者的世界。我们可以在《荷马史诗》(尤利西斯和食用忘忧果的人）中追寻到不可食用亡人国的食物这一古老传统的痕迹，很多东方宗教中也有这种说法。

地方传说和传统是怪诞文学取之不尽的源泉之一。在这篇故事中，宗教传说中的超自然和历史小说的艺术结合在一起，而沃尔特·司各特也完全可以被认为是此类故事的创始人。我们既可以看到第一人称口语体的活力，也可以看到侦探小说的端倪。猴子在这个故事里扮演出人意料的重要角色，这个从班戴洛[①]的文艺复兴时代开始就时不时出现的形象，常被用来表现怪诞效果。

---

① 班戴洛（约1485—1561），意大利文艺复兴时期天主教主教、小说家。他的小说多取材于历史传说和民间故事。

你应该听说过雷德冈特利特的罗伯特·雷德冈特利特爵士吧，他以前住在这里时，物价还没涨起来。这地方的人可忘不了他，咱们的父辈要是听人说起他的名字，都要倒吸一口凉气。在蒙特罗斯[①]那个年代，他跟高地人一起东征西战；一六五二年，他又跟格伦凯恩[②]一起待在山里；所以国王查理二世回来时，谁能像雷德冈特利特领主一样得宠呢？他被伦敦宫廷加封为爵士，用的是国王御用的佩剑；他身为狂热的国教派，带着郡治安官任命状，来到这片地方，镇压这里的辉格党人和誓约派。他就和狮子一样横冲直撞，那股子疯劲儿我是知道的。他们打得那叫一个狠哟，因为辉格党人有多凶，保王党人就有多横，就看谁能治得了谁。雷德冈特利特赞成施展铁腕手段，他在这一带的名头，不亚于克拉弗豪斯或塔姆·戴利埃尔[③]。只要雷德冈特利特带着军号和猎犬出马，那些可怜的山民就算钻山入谷，也像鹿一样无所遁形。他们把山民逮住之后，可不会多搞什么仪式，而是像高地人收拾獐子一样，只问一句："你愿不愿意接受考验[④]？"要是不愿意，"预备——举枪——开火！"那些不信国教的人就倒下了。

远近的人对罗伯特爵士又恨又怕，都觉得他跟撒旦签了协议，说他刀枪不入，说子弹打在他的牛皮外套上会崩开，就像雹子打在壁炉上，说他有匹母马，这匹马在卡里弗拉冈山崖上跑起来，就像兔子一样。类似的说法还有很多很多。人们说起他，最中听的祝词是："愿魔鬼跟雷德冈特利特举杯畅饮！"不过，他对自己人倒是不赖，佃户们还挺喜欢他；至于那些跟着他一起搞宗教迫害——这是辉格党人的说法——的随从和骑兵，任何时候都愿意喝得酩酊大醉，祝他长命百岁。

---

① 十七世纪英国内战时期的苏格兰将领，是支持查理一世的保王派。
② 苏格兰贵族，曾为流亡的查理二世征募士兵。
③ 此二人均为保王派将领，因镇压反对派而凶名显赫。
④ 指考察对方是否为宗教异端的考验，如令其亵渎圣物等。

告诉你吧，我爷爷就住在雷德冈特利特的土地上——他们管那块地方叫樱草丘。我们家老早就住在那儿，归雷德冈特利特家管。那地方蛮不错的，我觉得那儿的空气比哪儿都干净和新鲜。如今那地方已经荒废啦，三天前，我坐在破门槛上，庆幸自己不用看见那地方沦落到什么地步，不过这是题外话。我爷爷当年住在那儿，他叫斯蒂尼·斯廷森，年轻时是个爱拉家常的小伙子，风笛吹得可好了。他吹的《箍桶匠和大梁》很有名，他吹的《乔基·拉廷》，坎伯兰郡无人能比，他的指法在伯立克和卡莱尔两地数一数二。辉格党人是不会让这样的人入伙的。就这么着，他成了托利党，这是当时的叫法，如今叫詹姆斯党，要说原因嘛，就是他总得属于一方阵营才行。他对辉格党人并无敌意，也看不惯别人流血，不过他总得跟着罗伯特爵士抓人打仗，站岗放哨，期间见识过不少劣迹，兴许有时躲不过去，也做过些歹事。

斯蒂尼算是主子跟前的红人，城堡那儿的人他都认识，他们想要乐一乐，便会叫他去吹风笛。男管家老杜格尔·麦卡勒姆多年来跟着罗伯特爵士风里来雨里去，享过福也吃过苦，特别爱听风笛，经常在领主跟前替我爷爷说好话。杜格尔有本事让主子对他言听计从。

后来，大革命爆发，杜格尔和主子伤透了心。不过局势并没像他们担心和别人以为的那样，发生翻天覆地的变化。辉格党人叫嚣，说要把他们的老对头如何如何，尤其是罗伯特·雷德冈特利特爵士。只不过，真要清理出一片干干净净的新天地，牵扯进去的大人物可太多了。于是国会把这件事给轻轻揭过，罗伯特爵士除了不能继续抓捕誓约派，只能猎狐狸，还是跟以前一样。他照样狂欢作乐，大厅里照样灯火通明，只不过，他没法像以前那样，向那些不信国教的人征收罚款了，他以前可是靠这些罚款才把餐柜和酒窖装得满满当当。佃户们发现，领主大人不像以前那么好说话了，到了收租的日子，他们一定得按时交租，不然领主大人就会不高兴。他这么凶的人，谁敢惹他生气呢。他破口大骂时的那副凶相，别人看了会觉得他就是魔鬼的化身。

我爷爷这个人嘛，不太会当家过日子。他倒不是什么败家子，只是存不住钱，欠了两笔租子没交。第一次欠租是在降灵节[①]，他说了不少好话，又吹了风笛，总算得到延期。不过到圣马丁节[②]时，收租官叫斯蒂尼准时交租，一天也不能拖延，不然就滚蛋。要凑这笔钱可不容易，不过他人缘好，最后总算凑足一千枚银币，多数是跟一个邻居借的，那人叫劳里·拉普莱克，是个像狐狸一样狡猾的人。劳里这人很有本事——打猎比得上猎狗，跑得跟兔子一样快。他善于见风使舵，一会儿是辉格党，一会儿是托利党，一会儿是圣人，一会儿又是罪人。他在革命时期满嘴都是革命的道理，不过闲暇时喜欢听听风笛。但他借钱给我爷爷的最主要原因是，他觉得没什么风险，我爷爷在樱草丘那儿有不少牲口，可以抵债。

我爷爷拎着沉甸甸的钱袋，赶到雷德冈特利特的城堡。他觉得用不着领教领主的威胁了，如释重负。结果他一进城堡，就听说罗伯特爵士因为他没有在十二点之前出现，心烦意乱，犯了痛风。杜格尔觉得，这不光是因为钱，还是因为领主大人不愿意撵我爷爷走。杜格尔见斯蒂尼来了很高兴，把他领进橡木客厅。只见领主一个人坐在屋里，身边有只气味难闻的大猴子。那是领主的一只特殊的宠物，这只顽劣的畜牲干过不少坏事。它很难取悦，却很容易发脾气，在城堡里到处乱窜，又吼又叫，又是掐人，又是咬人。天气不佳或者局势不妙时，它就闹得越发厉害。罗伯特爵士管它叫韦尔少校，这是那个被烧死的男巫的名字。很少有人喜欢这只动物的名字和脾气——他们觉得这只猴子有些不大对劲。我爷爷进屋后，门就关上了。他看到屋里除了自己，只有领主、杜格尔·麦卡伦和猴子少校，心里有些紧张。他以前没遇到过这种情况。

---

① 复活节后的第七个星期日。

② 十一月十一日，为纪念圣马丁主教逝世而设的节日。

罗伯特爵士坐在，或者我应该说，躺在一张大扶手椅上，身上披着天鹅绒袍子，双脚搭在搁架上。他因为痛风和结石都发作了，脸色灰败，那张脸就像撒旦的脸那样可怕。韦尔少校坐在他对面，穿着一件红色花边外套，头上戴着领主的假发。罗伯特爵士痛得龇牙咧嘴时，猴子也跟着龇牙咧嘴，就像被钳子夹住的羊头。他们这对家伙看起来惹人不快、凶相毕露。领主的牛皮外套挂在身后的挂衣钩上，大砍刀和手枪放在伸手可及的地方。他一直保持着老习惯，时刻备好武器，马鞍日夜不离马匹，因为他从前一旦发现山民的踪迹，就翻身上马，循迹而去。有些人说，他是害怕辉格党人报复，不过我觉得，他只是积习难改罢了——他这人天不怕地不怕。那本带铜扣的黑皮收租簿搁在他身边，里面还夹了一本下流歌曲本。收租簿打开的那一页刚好记载着樱草丘租户的欠账，欠账后面是最新的租金和税负。罗伯特爵士看了我爷爷一眼，那眼神仿佛想让我爷爷心脏停止跳动。你要知道，他能把眉毛弯起来，额头看上去好像顶着深深的马蹄印，仿佛被马蹄踩过。

“你是空着手来的吗，你这只会空口白话的小子？”罗伯特爵士说，“哼！你要是……”

我爷爷满脸堆笑，屈膝行礼，颇为机灵地把钱袋往桌上啪地一放。领主把它一把抓过去。“齐了吗，斯蒂尼，伙计？”

“大人，齐了。”我爷爷说。

“听着，杜格尔，”领主说，“下楼去给斯蒂尼倒杯白兰地，我来数数钱，写份字据。”

我爷爷和杜格尔还没离开房间，就听见罗伯特爵士大叫一声，连城堡都晃动起来。杜格尔跑回去，仆人们跑进来。领主的吼叫一声比一声可怕。我爷爷不知道是应该待在原地，还是溜之大吉。最后他壮起胆子，回到客厅，那儿已经全乱了套——没人跟他说“进来”或者“出去”。领主高声怒吼着要用冷水泡脚，用葡萄酒清清喉咙。他嘴里喊着，地狱，地狱，地狱，地狱里的火。仆人端来水，把他肿胀的双脚放进盆里时，他大喊着说，水滚烫。据说盆里的水的确在冒泡，就像开了锅似的。他把那杯酒泼在杜格尔头上，说他倒的不是勃艮地葡萄酒，而是血。真是这样，女佣第二天清洗地毯时，洗下来的是凝固了的血。那只名叫韦尔少校的猴子吱哇乱叫，像是在取笑主人。我爷爷感到心烦意乱，忘了钱和字据的事，跑下楼。他往外跑时，那一声声喊叫越来越弱，然后变成一声低沉深长、令人战栗的呻吟。然后城堡里四处传来领主去世的叫喊声。

我爷爷咬着手指头走了，一心指望着杜格尔已经看到钱袋，也听到领主说要写字据的话。小领主，如今的约翰爵士，从爱丁堡过来料理后事。约翰爵士跟他爹一向不和。他是律师，后来进了苏格兰的最后一届国会，投票支持合并，据说还拿到一笔补偿金。他爹要是能从坟墓里爬出来，准会把他的脑袋撞在壁炉炉石上。有人觉得，脾气暴躁的老爵爷比说话和气的年轻爵爷更好打交道。不久之后，更多的人这么想了。

可怜的杜格尔·麦卡勒姆既不热情也不抱怨，在屋里转来转去，看上去就像一具行尸，但还是履行职责，操办了这场隆重的葬礼。随着夜幕降临，杜格尔的脸色越来越难看。他还总是夜里最后一个上床睡觉的人，他的床就摆在主人生前住的起居室对面的小屋里，现在主人的尸体搁在那间屋里。这就是所谓的守灵！下葬前一夜，杜格尔再也憋不住心里的想法，放下架子，客客气气地请老哈琴到自己屋里坐坐，陪他一个小时。他们进屋之后，杜格尔给自己倒了一小杯白兰地，也给哈琴倒了一小杯，祝他健康长寿，还说自己命不久矣。因为老爷去世之后，每天晚上，老爷的银哨都会在灵堂里响起，跟老爷生前一样——老爷生前夜里会吹哨叫杜格尔过去帮他翻身。杜格尔说，塔楼的这一层上，只有他和老爷的尸体（因为没有人乐意像另一具尸体一样，留在这里给罗伯特·雷德冈特利特爵士守灵），他听到哨子响，从来不敢过去看，不过他无法忽视自己应尽的职责，饱受良心的责备。“虽说死人不用伺候，”麦卡勒姆说，“但我什么时候都得伺候罗伯特爵士。他下次再吹哨，我就过去。到时候你陪着我吧，哈琴。”

哈琴不想应承，不过当年打仗和打架时，他总是守在杜格尔身边，在这个节骨眼上，他也不能让杜格尔失望。于是哥俩守着一壶白兰地坐着，哈琴多少算是个教士，想读一章《圣经》。但杜格尔只想听一段戴维·林赛①的诗，念这个用不着做多少准备。

到了半夜，屋里一片死寂，所以银哨响起时，当然显得十分尖利，就好像是罗伯特爵士吹的。两个老仆人站起身来，踉踉跄跄地走进陈尸的灵堂。哈琴一眼就看了个明白，因为屋里有火把照明，他看到气味难闻、怪模怪样的魔鬼，坐在老爷的棺材上！哈琴翻身倒地，就像死了。他说不清自己在门口稀里糊涂地躺了多久，不过他回过神来后，立即大声呼唤与自己同来的杜格尔，结果没人应声。他叫来不少家里的人，这才发现杜格尔倒在离放主人棺材的那张床两步远的地方，死了。哨声没有了。不过塔楼上猫头鹰做窝的那些老烟囱和角塔中间，又多次传出哨声。约翰爵士把这件事瞒下来，葬礼顺顺当当地办完了，再没出什么古怪事。

父亲后事全部料理停当之后，少爷开始处理他自己的事情。他叫每个佃户过去还债，叫我爷爷还清田租账本上记录的总数。我爷爷赶去城堡说明原委，别人把他介绍给约翰爵士，约翰爵士坐在他爹的椅子上，满怀悲伤，戴着丧章，系着围巾，腰间挎着一把小小的佩剑，那把用一百磅的钢锻造的古旧阔剑不见了踪影。我常听他们说起这件事，听得多了，就觉得自己当时好像也在场，不过我那会儿还没出生呢。（其实，艾伦，我那朋友风趣十足地模仿佃户说话时那副恭维讨好的口吻，还有少爷说话时故作悲伤的口气。他说，他爷爷在答话时，眼睛直盯着账本，就好像那是一头獒犬，他生怕它会

① 戴维·林赛（约1490—1555），苏格兰诗人。

跳起来咬他。)

“恭喜爵爷总揽大权，接了家产和领主身份。老爷是个好人，对朋友和下人都没得说；但愿约翰爵士您能穿着他的鞋子——应该说是靴子，因为他很少穿鞋，只有在犯痛风时才会穿上拖鞋——沿着他的路走下去。”

“唉，斯蒂尼，”少爷说，长叹一声，拿纸巾擦了擦眼睛，“他走得太突然了，领地上的人都会想念他的。他都没来得及把家里的事安排好——不过毫无疑问，他做好了去见上帝的准备，这才是最重要的——斯蒂尼，他给我们留下的简直是一团乱麻。唉！唉！咱们还是说正事吧，斯蒂尼。要做的事太多，时间又太少。”

他说到这儿，打开那本要命的账本。我听说他们管记录佃户欠账的账本叫催命簿。

“斯蒂芬，”约翰爵士还是用柔和动听的声调说，“斯蒂芬·斯蒂芬森，或者斯廷森，这里记着，你欠了一年的租子——上次就应该缴清的。”

斯蒂芬：“对不起，约翰爵士，我已经交给老爷了。”

约翰爵士：“那么毫无疑问，你拿到了收据。斯蒂芬，你能把收据拿出来给我看看吗？”

斯蒂芬：“我没来得及拿，少爷，真的，因为我刚一放下钱，罗伯特爵士正要点钱，写收据，这时候犯了病，去世了。”

“这可真是不幸，”约翰爵士沉默片刻之后说，“不过你当时也许是当着别人的面交钱的吧。我需要一位这样的人证。斯蒂芬，我不会跟穷人过不去。”

斯蒂芬：“说真的，约翰爵士，屋里当时没有别人，只有管家杜格尔·麦卡勒姆。不过，如您所知，他随老爷去了。”

“又是很不幸的情况，斯蒂芬，”约翰爵士的语调没有丝毫变化，“收你钱的人去世了——看到你交钱的人也去世了——这笔早就应该交上来的钱，库房里的人既没见到，也没听说过。我要怎样才能相信你的话呢？”

斯蒂芬：“我不知道，少爷，不过我这儿有那笔钱的借条。愿上帝帮助我！那笔钱是我从二十个人那里借来的，我能肯定，那些人愿意发誓证明，我借钱是做什么用的。”

约翰爵士：“我不怀疑你借了钱，斯蒂尼。我需要你证明的，是你交了钱。”

斯蒂芬：“那笔钱肯定在这座宅子里，约翰爵士。您既然没有拿到钱，老爷也不会把钱随身带走，家里说不定有人看到过那笔钱。”

约翰爵士：“有道理，咱们问问用人吧，斯蒂芬。”

可是男仆、女仆、听差和马夫，都坚决否认自己见过我爷爷说的那袋钱。更糟的是，我爷爷没跟任何人说起自己是去交租子的。有个女仆看到他胳膊底下夹着东西，还以为那是风笛呢。

约翰·雷德冈特利特爵士命令仆人离开房间，然后对我爷爷说：“好了，斯蒂尼，你瞧，你已经得到了公平对待。我认为，只有你知道钱在哪儿，所以我好言好语地恳求你，就算是为了自己好，别折腾了。斯蒂芬，你要么交钱，要么走人。”

“愿上帝原谅您那样想，”斯蒂芬彻底没了办法，“我可是个老实人。”

“我也是老实人，斯蒂芬，”少爷说，“我希望，这个家里的人都是老实人。不过我们当中如果有个无赖，那准是编了故事又无法证明故事的那个家伙，”他顿了顿，用更严厉的口吻说，“我要是没看错你的把戏，先生，外面的人正在散播关于我们家的一些流言蜚语，尤其是说我爹死得突然。所以你想趁机捞些便宜，糊弄我免了你的租子。你或许还打算败坏我的名声，说我已经收到租子，还管你要。你觉得这笔钱会在哪儿？我一定要知道。”

我爷爷见势不妙，简直要绝望了。他双脚的重心换来换去，打量着房间的每个角落，没有吭声。

“你倒是说话啊，”少爷满面怒容，像极了他老子——他眉心的皱纹也是可怕的马蹄印形状——“说话，先生！让我知道你在想些什么。你觉得我拿了这笔钱吗？”

“我可没这么说。”斯蒂芬说。

“你是说我的人拿了这笔钱？”

“我可不想冤枉好人，”我爷爷说，“而且就算真有个家伙做了坏事，我也没有证据。”

“你说的如果有一句真话，这笔钱肯定在某个地方，”约翰爵士说，“你觉得钱在哪儿——我要听真话。”

“要让我说，在地狱里，”我爷爷被逼急了，这样说道，“在地狱里！跟你爹和他的银哨子在一块儿。”

他冲下楼梯（他说了这样的话，再也待不下去了），只听到少爷在他后面破口大骂，跟罗伯特爵士一样凶，还嚷着说要找官府的人抓他。

我爷爷骑马去找那个借给他钱最多的人（此人叫劳里·拉普莱克），看看他有没有什么办法。结果他讲完自己的经历，也挨了一通臭骂——贼、要饭的、穷鬼——这些都还是中听的。除了这些恶言恶语，劳里还翻起老账，说他手上沾着圣人的血，说得好像老爷骑马出门，佃户能不去似的，何况还是罗伯特·雷德冈特利特爵士那样的老爷。结果我爷爷再也憋不住了，他和劳里都有一套信口开河的本事。他把劳里和劳里信奉的教义给一块儿骂了，还说了一些让劳里火冒三丈的话。这些话可不是他自己想出来的，他当年跟不少粗人有过来往。

最后两人分了手，我爷爷骑着马往家走，他要穿过皮特马基森林，据说里面长的都是乌黑的杉树。我知道那片树林，不过那些杉树是黑是白，我就说不清了。树林入口那儿有片荒地，荒地边上有座孤零零的小酒店，小酒店是一个马夫的老婆开的，她的名字叫蒂比·福。可怜的斯蒂尼一天都没喝什么东西，就要了些白兰地。蒂比好心劝他吃点儿肉，可他根本不想吃，也不愿意下马，两口就喝光白兰地，每喝一口都说一句祝酒词——第一句是悼念罗伯特·雷德冈特利特爵士，愿他在坟墓里永远不得安宁，直到他为可怜的佃户正名。第二句是祝魔鬼身体健康，只要魔鬼能帮他找回那袋钱，告诉他那袋钱的下落也行，因为他觉得别人都把他当成了贼和骗子，他觉得这比房子倒塌和坐牢还糟。

他信马由缰地走着。那是个黑咕隆咚的夜晚，树木把夜色变得更加阴暗。他任由那匹马自己在林中穿行，疲惫的老马突然跳起来，撒腿疾奔，然后抬起前腿，我爷爷差点摔下马鞍。这时，突然有人策马来到他身旁，说："你这匹马挺有精神，朋友，愿意卖吗?"说着，他用马鞭碰了碰我爷爷马的脖子，那匹马的步子又和原先一样，磕磕绊绊，有气无力。"不过我看啊，它的胆量快用完了，"陌生人又说，"就像好多人的胆量一样。很多人自命不凡，结果却没有那个本事。"

我爷爷没心思听他说话，便踢了踢马，说了句"祝你晚上好，朋友"。

不过那个陌生人好像十分顽固，一直骑着马，不紧不慢地跟在斯蒂尼身后。最后我爷爷斯蒂尼·斯廷森有点火了，其实也有些害怕。

"你想干什么，朋友?"他问，"你要是强盗，我可没有钱；你要是老实人，想找人做伴，我可没有心思陪你说笑；你要是想问路，我也不认得这里的路。"

"你要是愿意把你的伤心事讲给我听——"陌生人说，"我这人虽然受了不少苦，遭了不少罪，可还是很乐意帮助朋友。"

于是我爷爷把自己的经历原原本本地说出来，他并不指望对方能帮上忙，主要是想让自己心里舒坦些。

"这事不好办，"陌生人说，"不过我觉得，我可以帮你。"

"你要是肯借钱给我，先生，别急着要我还——你只有这样才能帮到我。”我爷爷说。

“地下还有别的方法，”陌生人说，“好了，我跟你直说吧。我可以把钱借给你，不过你可能会对我提出的条件心存顾虑。我跟你说吧，你家老爷如今在墓地里，正被你的诅咒和你家里人的哭号搅得不得安宁——你要是敢去见他，他愿意把那张收据给你。”

我爷爷听到这个建议，发梢都竖了起来，不过他觉得，这个同伴可能只是在开玩笑吓唬他，到最后，说不定真会把钱借给他。再说，他喝了白兰地，胆子壮了，又被这桩不幸的事搞得十分绝望。于是他说，为了拿到那张收据，就算是地狱之门，他也有胆量去闯，还能往里走一步。陌生人笑起来。

他们骑着马，穿过茂密的森林。突然，两匹马在一栋大宅门前停住步子。我爷爷知道，这座大宅不可能是雷德冈特利特城堡，因为城堡应该在十里开外的地方。他们骑着马进了院子，穿过高大的对开门和老吊闸。大宅前面点着灯，传出风笛和提琴的乐声，还有不少跳舞和寻欢作乐的声音，就像罗伯特爵士家从前过节时那样。他们下了马，我爷爷把马拴在马桩上。他觉得自己早晨去见约翰爵士时，也是把马拴在这根马桩上。

“上帝啊！”我爷爷说，“罗伯特爵士的死莫非只是一场梦！”

像往常一样，他敲了敲大厅的门。像往常一样，他的老熟人杜格尔·麦卡勒姆过来开了门，说：“风笛手斯蒂尼，是你吗，伙计？罗伯特爵士一直嚷着要找你呢。”

我爷爷觉得自己好像在做梦——他想找那个陌生人，但发现那人已经没了踪影。最后，他好不容易开口说道：“哈！杜格尔，你还活着？我还以为你死了呢。”

“少替我操心，”杜格尔说，“管好你自己吧。这里的任何东西，你都不能拿，不管是酒肉还是银钱。只有那张收据是你的。”

说着，他领我爷爷穿过我爷爷熟悉的重重门户，两人来到那间老橡木客厅。屋里有人在唱粗俗的歌曲，有人在咕嘟咕嘟地喝红酒，有人在说亵渎下流的话，就和雷德冈特利特城堡以往热热闹闹时一样。

可是，愿上帝看顾我们！那张桌子旁边坐的是一帮多么可怕的寻欢作乐之徒！我爷爷认出了不少人，他们早就离开了人世。其中有残忍的米德尔顿、放荡的罗西斯、狡诈的劳德戴尔、胡须长及腰际的秃头戴利埃尔和手上沾有卡梅伦鲜血的厄尔萧。还有野蛮的邦肖，他曾把令人尊敬的卡吉尔先生的四肢捆得鲜血直流；两度背叛国家和国王的邓巴顿·道格拉斯也在场。布吕迪·阿德沃凯特·麦肯尼也在，此人因为能说会道被奉若神明。克拉弗豪斯跟生前一般俊美，又黑又长的卷发披散在带花边的浅黄色皮外套上。他总是把左手搭在右侧肩胛骨上，掩饰那枚银子弹打出的伤口。他坐在远离众人的地方，一脸忧郁、傲慢的神情，望着那些人。其余的人在大呼小叫，唱歌、大笑，屋里乱哄哄的。但他们的笑脸会时不时发生可怕的扭曲，他们的笑声有时会变成狂吼乱叫。我爷爷吓得指甲发蓝，骨髓都要冻成冰了。

在桌子旁边服务的，是一帮生前便为非作歹的仆役和骑兵。来自内瑟敦的兰·拉德帮忙抓过阿盖尔；那个主教的传令兵，人称“魔鬼的嘎嘎袋”；那些邪恶的卫兵穿着花边外衣；野蛮的高地亚摩利人杀起人来如同家常便饭；许多洋洋自得的男仆，心里充满傲气，手上沾着鲜血，攀附富贵，变得越发邪恶；富人把穷人撕成碎片，他们就把穷人碾成齑粉。还有更多人来来往往，像生前一样忙着自己的营生。

罗伯特·雷德冈特利特爵士在可怕的喧嚣声中，用打雷般的声音冲风笛手斯蒂尼嚷嚷，叫他到自己跟前来。爵士坐在桌子上首，伸着两条腿，腿上穿着法兰绒裤子，腰间的枪套里别着手枪，那把巨大的阔剑支在他的座椅上，跟我爷爷最后一次见到它时一模一样——猴子的那个坐垫就摆在他身边，只是猴子不在——它的时辰可能还没到。他走过去时听到他们说：“少校还没来吗？”另一个人回答：“等到早晨，猴子就过来了。”我爷爷走过去，罗伯特爵士，或者他的幽灵，或者是模样像他的魔鬼，说：“哎呀，风笛手，你跟我儿子把今年的租子结清了吗？”

我爷爷好不容易才匀过气来，说没有阁下的收据，约翰爵士不肯清账。

“你吹一首曲子，就把收据给你，斯蒂尼，”那个罗伯特爵士说，“给我们吹那首《步履蹒跚的勒基》吧。”

这首曲子是我爷爷从一个巫师那儿学来的，巫师是从他们朝拜魔王的集会上听来的。我爷爷在雷德冈特利特城堡的狂欢晚宴上吹奏过这曲子几次，不过每次都不大乐意。这时他又听到这首曲子的名字，吓得浑身冰凉。他说抱歉，他没带风笛。

“麦卡勒姆，你这魔鬼的手下，”可怕的罗伯特爵士说，“把我给斯蒂尼准备的风笛拿过来！”

麦卡勒姆拿来的风笛，大概是唐纳德领主手下的风笛手用的。不过他把风笛递给我爷爷时，用胳膊肘推了推我爷爷。斯蒂尼悄悄看了看，发现调旋律管是钢质的，已经被烧得发白。于是他明白过来，不敢伸手去接，又说了一句抱歉，说自己头晕、害怕，没有吹风笛的气力。

“那你就吃点儿喝点儿吧，斯蒂尼，”那个人影说，“我们在这儿没什么别的事可做。吃饱的人和斋戒的人总归谈不来。”

残忍的道格拉斯伯爵当年在思雷夫城堡，为了留住国王的信使，说的正是这些话。他一方面留住信使，一方面砍下了麦克莱伦的首级。斯蒂尼听了这话，越发小心。于是他像男子汉那样，大声说自己不是来吃喝和表演的，而是为了自己来的——他想知道他交的租子去了哪里，他还想拿到一张收据。他说了这些话后更加勇敢，让罗伯特爵士摸摸良心（他还不敢说出那个神圣的名字），还说爵士要想得到安宁，就不要坑害他，把他应得的东西给他。

那个鬼魂咬牙切齿地笑起来，不过他从一大本册子里取出那张收据，递给斯蒂尼。“这就是你要的收据，你这可怜的胆小鬼。至于那笔钱，叫我那小兔崽子去猫的摇篮里找。”

我爷爷连声道谢，正要告退，罗伯特爵士大声喊道：“站住，你这醉醺醺的婊子养的！我还没跟你说完呢。我们这里可不平白给人好处，你必须每年的这一天都过来，向庇护过你的主子效忠。”

我爷爷的舌头突然变灵活，他大声说：“我效忠于上帝，而不是你。”

话音刚落，四周便暗下来。他惊恐不已，一下子失去知觉，昏倒在地。

斯蒂尼说不清自己在那儿躺了多久。他醒来之后，发现自己是躺在雷德冈特利特位于郊区的老坟地里面，就在遗属通道的门口，老爷罗伯特爵士的盾形纹徽就挂在他的头顶上方。浓浓的晨雾弥漫在四周的草地和墓碑上，他的马正在牧师家的两头奶牛旁边吃草。斯蒂尼觉得自己的经历完全是一场梦，可收据就在他手里，上面是老爷的手书和签名。只是签名的最后几个字母有点乱，好像写字的人突然被疼痛攫住。

他迷惑不解地离开那个凄凉的地方，在薄雾中骑着马，来到雷德冈特利特城堡，费了不少工夫，才跟少爷说上话。“好嘛，你这破产的穷鬼，”少爷劈头就是这么一句，“你把租子带来了吗？”

“没有，”我爷爷回答说，“没有带来，不过我带来了老爷收下租子的收据。”

“怎么，你这家伙？老爷的收据！你跟我说过，老爷没给你收据。”

“请少爷看看这行字有没有问题。”

约翰爵士仔细看了每句话、每个字，最后看了看落款的日期——我爷爷忘了看日期。“写于安身之地，”少爷念道，“是年十一月二十五日。什么！这不是昨天吗！混蛋，这肯定是你去地狱里弄来的！”

“我是从老爷那儿拿到的，至于他在天堂还是地狱，我可不知道。”斯蒂尼说。

“我要去枢密院揭发你是巫师！”约翰爵士说，“我会用油桶和火把，把你送到你的主子魔鬼那儿去！”

“我还准备去长老会呢，”斯蒂尼说，“把我昨天看到的一切都讲给他们听，他们比我这样的乡下人更适合评判那些事。”

约翰爵士打住话头，平静下来，让我爷爷把事情的经过全讲出来。我爷爷一点不落地说了，就跟我给你讲的一样——一字不差，不多不少。

约翰爵士又沉默了好长时间，最后平静地说：“斯蒂尼，你讲述的事情经过，关系到我家以外的好多贵族家庭。你如果是为了不交地租而撒谎，那用烧红的烙铁烫穿你的舌头都是轻的，烙铁烫舌头，跟烧红的旋律管烫手指头差不多吧。不过你说的也有可能是真话，斯蒂尼。我要是真能找到那笔钱，也不知道该怎么想了——可是到哪儿去找那个猫的摇篮呢？这栋老宅周围倒是有不少猫，不过我觉得它们生小猫时，是不会用什么床铺或摇篮的。”

“最好还是问问哈琴，”我爷爷说，“他对房子的边边角角非常熟悉，跟一个已经死去的仆人有得比，他的名字我就不说了。”

结果他们一问哈琴，哈琴便告诉他们，钟楼旁边有个破败的塔楼，废弃已久，只有爬梯子才能上去。那座塔楼的门开在外面，比雉堞墙高出不少，所以也叫猫的摇篮。

“我这就过去看看。”约翰爵士说，从大厅的桌子上拿了一把老爷的手枪（天知道他干吗要这么做，那把枪从老爷去世那天晚上起，就一直搁在那儿），往雉堞墙那边匆匆走去。

爬那地方怪危险的，因为那儿的梯子又旧又酥，还少了一两磴。不过约翰爵士还是爬上去，进了塔楼的门。那道门是唯一透点儿光的地方，他的身体把光全挡住了。有什么东西朝他猛地冲过去，差点把他撞翻。少爷手里的枪砰地响了，扶梯子的哈琴，还有站在一旁的我爷爷，听到一声大叫。一分钟之后，约翰爵士把那只猴子的尸体丢下来，还嚷着说钱找到了，叫他们上去帮忙。那袋钱果然在，旁边还有不少丢了很久的东西。约翰爵士检查完塔楼之后，把我爷爷领进餐厅，拉着他的手，跟他好声好气地说，自己先前怀疑过他的话，很对不住，自己今后要做个好主人，补偿自己的过失。

“好了，斯蒂尼，”约翰爵士说，“总的来说，你的所见所闻表明老爷是个诚实的人，在过世之后，也愿意公正对待你这样的穷人。不过你也明白，有些心术不正的人有可能会对你的故事添油加醋，害得他老人家不得安宁。所以我觉得，我们最好还是把这件不幸的事，推到那只不规矩的动物韦尔少校身上，别再提你在皮特马基森林里做的梦了。你当时喝了太多白兰地，什么都拿不准。还有，斯蒂尼，这张收据（他取出收据时手在颤抖）——这张文书有些古怪。我想，我们最好还是悄悄把它烧掉吧。”

“就算有些古怪，也是我交租子的凭据。”我爷爷说，担心收据没有，他就没有了罗伯特爵士认账的凭据。

“我会把收据的内容记在账本里，再亲笔写一张收据给你，”约翰爵士说，“现在就写。还有，斯蒂尼，你只要能管住自己的嘴巴，不把这件事说出去，从今往后，你的租子都会比现在少。”

“多谢少爷，”斯蒂尼说，一下子就听出弦外之音，“我全听您的。只是我想找个法力高强的牧师，跟他讲讲这件事，因为我不喜欢老爷让我按时过去——”

“别管那个鬼魂叫老爷！”约翰爵士打断他。

“好吧，是像老爷的那个东西，”我爷爷说，“他叫我每年十一月的这个时候都去见他，这件事一直压在我的心上。”

“那好吧，”约翰爵士说，“你这样苦恼，就去找我们教区的牧师说吧。他是个和气的人，尊重我们家的名声，而且有求于我。”

我爷爷听了这话，才欣然同意把收据烧掉。少爷亲手把收据丢进烟道。

可那东西烧不着，沿着烟囱飞上去，后面拖着一串长长的火星，还像小烟花一样嘶嘶作响。

我爷爷去了牧师家，牧师听完事情的经过，说出自己的真实看法：我爷爷以身犯险，但没收魔鬼的定钱（就是魔鬼叫他吃喝的酒肉），没有按照吩咐吹奏风笛。他希望，我爷爷今后能小心行事，魔鬼并不能从往事当中占到什么便宜。我爷爷自愿放弃风笛和白兰地——直到第二年的那一天平安度过之后，才开始拉拉小提琴，喝点儿威士忌或两便士的淡啤酒。

约翰爵士随便编了些关于猴子的故事，说整件事没有什么名堂，只是那只动物小偷小摸的天性使然。至今有些人还相信这个故事。还有人坚持认为，杜格尔和我爷爷在老爷屋里看到的不是魔鬼，只是那只倒霉的动物——猴子少校，在棺材上蹦跶。老爷死后别人听到的哨子声，也是那头脏兮兮的动物吹的，而且它吹得不比老爷差。不过上天是知道真相的，牧师的妻子在丈夫和约翰爵士双双入土之后，说出了真相。我爷爷后来腿脚不利落了，但头脑还清楚，记性也不错，起码无可指摘。他为了维护自己的名声，和朋友们讲了真相。要不然，他也许会被人扣上巫师的恶名呢。

不老药

巴尔扎克，1830

我们当然可以说，巴尔扎克（1799—1850）的光辉成就是建立在他所属时代法国社会风情画《人间喜剧》之上。不过，我们说巴尔扎克的怪诞故事在其所有作品中地位重要，也所言非虚。在他创作初期，史威登堡[①]的神秘学对他影响很大。于一八三一年出版的怪诞小说《驴皮记》是他的最佳作品之一。不过，在其最著名的所谓“现实主义”小说中，也有很多怪诞元素，这是他艺术创作中不可或缺的元素。

巴尔扎克开始创作《人间喜剧》时，把年轻时创作的怪诞类作品完全搁置一边。《不老药》一八三〇年在杂志上发表过，后又收录在《哲学研究》中。新增一篇前言，此前言介绍该小说时，就像介绍一项社会学研究，这项研究讨论的是“迫不及待地等待父母去世的遗产继承人”。我对这个前言不是很感兴趣。

科学家具有邪恶的一面是中世纪和文艺复兴时期的老题材（比如浮士德以及炼金术士的传说），浪漫主义和象征主义先后风行的十九世纪作家充分开发了这个主题（提到玛丽·雪莱的《弗兰肯斯坦》就够了，限于篇幅，我们无法把它收录进来），之后的科幻小说也继承了这个传统。

我们是在十六世纪的费拉拉[②]。一个富有的老头弄到一种来自东方的药水，这种药水可以使死人复活。巴尔扎克的灵感层出不穷，也许太多了：文

---

① 伊曼纽·史威登堡（1688—1772），瑞典科学家、神秘主义者、哲学家和神学家。

② 位于意大利东北部。

艺复兴时期既属于教皇又属于异教徒的意大利，虔诚而忏悔的西班牙，炼金术士对自然法则的挑战，唐璜的诅咒（本文中的唐璜最后有了一次怪诞的变形，好像宴会上一个木讷的客人），以及可谓渎神的讽刺教会大排场的壮观结尾。但这篇小说是成功的，因为它描绘了可以自行活下来的可怕的身体部位：一只眼睛、一条胳膊、一颗从死尸上掉下来的脑袋——这颗脑袋居然咬坏了一个活人的头骨，就像但丁《地狱篇》中的乌哥利诺伯爵[①]。

致读者

自笔者文字生涯伊始，一个已去世多年的朋友就给了笔者这份研究这一主题的材料。后来，笔者在大约出版于本世纪初的一部集子里发现了一篇相同的故事。笔者坚信，这是柏林的霍夫曼散佚的一篇幻想故事。它最初可能是发表在德国的某份年鉴上，但霍夫曼已出版的各作品选集均未收录该作品。《人间喜剧》含有各式独创性作品，其作者在此承认，他剽窃了霍夫曼的这篇作品，但对霍夫曼并无冒犯之意。令人敬仰的拉封丹曾无意间提起，他以自己的方式创作了一篇别人已经讲过的故事。一八三〇年，每个作家都写“恐怖故事”，取悦年轻的女士。但剽窃并非一八三〇年流行的欺骗手段之一。你读过唐璜的弑亲记录后，请试着想象一下，诚实的人处在相似的情景下，会采取何种行动。我所谓诚实的人，是指收取别人钱财再支付其终身年金的薄情之人，把房子租给老太太让其安度晚年之人。他们希望自己的客户复活吗？我衷心希望，有良心的鉴赏家能仔细考虑唐璜和那些希望孩子通

① 乌哥利诺伯爵在监牢里因太过饥饿而吃人。

过婚姻攀高枝的父亲有多少相似之处。据某些哲学家所言，人类正在进步。但人类是否真的将等待长辈死亡视为朝向正确方向的一步呢？在这种艺术中诞生了好几种职业，从这些职业中又诞生了好多种靠死亡谋生的方法。有人死，有些人才能活下去。这类人每天早晨起来时，每天晚上躺在床上时，都愁眉苦脸地盼望着有人死去。副主教、红衣主教的临时雇工、联合养老金[①]参与者之类的人都属于这个阶级。可以将不顾自身财力、热衷购买不动产的小心谨慎之人也归入此类。他们通过干巴巴的数据冷血地计算八九十岁的父亲或继母还能活多久。他们有时对自己说："我三年之内肯定能拿到，然后——"我们更厌恶密探而非谋杀犯。有些谋杀犯在一时冲动之下发了狂，杀了人；谋杀犯也许会悔改，也许可以被改造；但密探永远是密探，日日夜夜，在床上，在桌旁，无处不在；密探在当了密探之后的每一分钟里都是可鄙的。那么，如果在你活着的每一分钟里，都有人想谋杀你，你会是什么感觉？我们难道还要否认，尽管受制于法律、风俗和传统，仍有不少人时刻盼望着亲人死吗？有些男人在和妻子就买不买羊绒披肩争论时、上剧院的楼梯时、计划去看滑稽戏或买辆四轮马车时，缜密的头脑里一直在想着棺材。还有些人抱住亲人的脑袋，亲吻那苍老的额头，无限纯真地说"晚安，父亲"时，其实正在考虑怎么杀掉父亲。他们不时感觉到亲人注视的目光，像这份研究里贝尔维德罗的那种目光。他们多么希望那眼睛能永远闭上啊，但那眼睛每天早上都会睁开迎接阳光。只有上帝知道究竟有多少个思想上的弑亲者。想象你是个必须支付你几乎不认识的老妇人终身年金的人；再想象你是居住在乡村的一对兄弟之一：老大有限定继承权，老二也能继承财产，他们两家只隔着一条小溪，对彼此恨之入骨，却要遵循公序良俗。整个欧洲文明是围绕世袭继承这根轴运转的，推翻这一原则是疯狂的，但我们身处这样一

① 又称唐提式养老金。所有参与者共同使用一笔资金，如果有参与者去世，余下的参与者份额增加。此种保险制早已被宣布为非法。

个以机器发明为傲的时代，难道不能完善社会机器中这一关键部分吗？

笔者力图在作品里展现各种文学形式，但他使用“致读者”这种俗套，是为了对某些研究，尤其是对这一份研究发表自己的见解。笔者所有作品都是建立在总有些新颖之处的思想之上，他认为，这些思想对文学表达是有益的，他重视的某些思想和形式，已经被其他作者所用，变成了公共财产。所以，对于他那些希望公正对待他的读者而言，每份研究的初版时间并非无关紧要。

阅读会令我们结识许多原来不认识的朋友，而读者是多么特别的朋友啊！我们圈子里的许多朋友根本不读我们的作品。笔者希望将此作献给“不相识的朋友”，偿还他欠下的情分。

一个冬日夜里，在费拉拉一座华丽的宫殿里，唐璜·贝尔维德罗正在宴请埃斯特家族的一位王子。在那时候，只有达官贵人才办得出这样盛大的宴会。散发出香味的蜡烛燃烧着，照亮整张大桌，七个笑语欢颜的女人正在亲切地谈话。在她们身边，白色大理石艺术杰作立在红色泥灰墙下，与厚重的土耳其地毯形成鲜明对比。这些女人穿着绫罗绸缎，身上的金银珠宝闪闪发亮，但她们的眼睛比金银珠宝更亮。她们每个人都讲了个故事，她们讲的故事就和她们的美貌一样各不相同。故事的不同不在于她们的思想或语言，而在于眼神、姿势以及声音，显得放肆、悲伤或讽刺。

一个似乎在说：“苍老而冰封的心，会被我的美貌融化。”

另一个说：“我喜欢靠着软垫，满心欢喜地想我的那些爱慕者。”

第三个新近才参加此类宴会，脸红了。“我感觉到了内心深处的悔恨！我是个天主教徒，害怕地狱。但是我爱你，我真是爱你啊，愿意把余生全部献给你。”

第四个喝光杯里的希腊希俄斯岛红酒。“给我快乐的生活！”她喊道，“我每天黎明开始全新的生活，忘记过去，但仍旧沉浸在昨日的狂喜里。我全身心地享受生活——一生充满快乐与爱！”

坐在唐璜身边的那个女人看着唐璜，眼睛里闪着兴奋的光。她先前沉默不语，现在说：“我的爱人如果抛弃我，我不会雇佣亡命之徒去杀他，我会自己杀了他！”她叫喊道，然后大笑，使劲捏手上那个精致的黄金糖果盒，把它捏碎了。

“你什么时候会成为大公？”第六个女人问。她的眼睛里有酒神的崇拜者那样的狂乱。她的牙齿在分开的嘴唇间闪光，她的微笑残忍又欢乐。

“是啊，你的老父亲什么时候死呢？”第七个问，开玩笑似的把花束扔给唐璜，动作那么迷人。这是个颇有孩子气的年轻女人，喜欢嘲弄神圣的事物。

“噢！别提啦，”本次宴会英俊年轻的主人唐璜喊道，“这个世界上只有一个长生不老的父亲，我很不幸，是这位父亲的儿子。”

七个费拉拉女人、唐璜的朋友和王子一起发出恐惧的尖叫。两百年后，在路易十五时代，品位高雅的人会嘲笑这种俏皮话。但纵酒狂欢刚刚开始，大家的意识或许还是清醒的吧？烛光之下，意识昏昏沉沉，金银闪闪发亮，酒香四溢，佳人那么漂亮，但诸位纵酒狂欢者的内心或许对神圣之物和人类还存有一丝敬畏，不过这丝敬畏很快就会被更多的酒冲走！然后花朵委地，目光空茫，“连他们的拖鞋都醉了”（拉伯雷语）。

在这短暂的间歇，一扇门打开，《伯沙撒王的盛宴》① 里的那种神迹似乎再度发生了。但出现的不是文字，而是一个鬼魂一般的白发老仆。他颤颤巍巍地走进来，眉头紧锁，悲伤地看着这群纵酒狂欢之徒。然后他又悲伤地看了花环、金杯、堆成金字塔的水果、耀目的烛光、绯红恐惧的脸庞、女人白

① 《伯沙撒王的盛宴》是伦勃朗的一幅名画，画上有突然出现的警示文字。

臂下压着的各色坐垫一眼。

“少爷，老爷快要死了！”他声音空洞地说出这句不祥的话。一块黑纱似乎笼罩住整个欢乐的房间。

唐璜站起来，对客人们做了个手势，仿佛在说：“抱歉，这种事可不是每天都会发生。”

父亲去世的消息让正在疯狂欢宴上享受生活无限荣华的儿子吃惊，这种事是不是很少发生呢？死亡就像生气的情妇一样难以捉摸，但死亡更忠诚——它永远不会抛弃任何人。

唐璜关上宴会大厅的门，沿着冰冷漆黑的长走廊往前走，努力做出适合他即将扮演的角色的表情。他想到自己要扮演的角色后，立即把愉快的情绪赶走，扯掉餐巾。夜色深沉。沉默的仆人掌着昏暗的灯，把他领向濒死之人躺的那个房间。死亡、寒冷、沉默、黑暗，也许还有醉意，使得这个浪荡子的脑海里出现了一些严肃的想法。他反思自己的生活，百感交集，好像正走在出庭受审的路上。

唐璜的父亲巴尔托洛梅奥·贝尔维德罗九十岁了，一生中的大部分时间都在经商。他多次前往神奇的东方，积下万贯家财。在他眼里，常人所说的比金子和钻石更宝贵的知识几乎毫无价值。

“谁能让我的嘴里多出一颗牙，我会起码给他一颗宝石。”他有时这么说，然后微微一笑。这个父亲溺爱儿子，喜欢听唐璜讲年轻人的那些疯狂的胡闹。“亲爱的儿子，那些胡闹只要能让你开心就好。”他会大笑着说，然后又给儿子很多钱。这个老人看到年轻人就快乐，这个溺爱儿子的父亲关注年轻人丰富多彩的生活，并未意识到自己老之将至。

巴尔托洛梅奥·贝尔维德罗在六十岁时爱上一个和平与爱的天使。唐璜是这段迟来而短暂的爱情唯一的果实。这个鳏夫哀悼他失去的至爱朱安娜十五年。在悲伤的岁月里，儿子和阔大的家宅让他形成一种奇特的习惯。他把自己关在自己宫殿最不舒适的侧翼，很少走出自己使用的那几个房间。唐璜未经允许，也不能看望父亲。这个并未发誓隐居的隐者如果走到他自己的宫殿或者费拉拉的街上，就如同梦游一般，失魂落魄，好像被某种记忆或想法完全占据。

年轻的唐璜可以在家里举办王室一般的盛宴，宫殿里可以传出欢声笑语，马匹可以抓挠庭院里的地面，仆人们可以在楼梯上争吵、玩骰子，但巴尔托洛梅奥每天只喝水，吃七盎司的面包。他偶尔吃些禽肉，那只是为了他忠实的伴侣，一条黑色狮子狗，能有骨头吃。巴尔托洛梅奥从来不会因为家里嘈杂而抱怨。如果猎号声和猎狗的吠叫让他在病中无法入睡，他只会说："啊！唐璜又回来了。"世上很少有这么宽容、溺爱孩子的父亲。结果，年轻的贝尔维德罗对待父亲的态度很随意，有被宠坏的孩子的所有缺点。他对待老巴尔托洛梅奥，就像固执的高级妓女对待年迈的仰慕者。老父亲对这个儿子的无礼一笑置之，希望通过好脾气赢得儿子的爱。

唐璜回想年少时的一幕一幕，发觉自己很难认为父亲的宽容有任何不对。他内心深处生出一丝悔恨，差点就原谅活了这么长、现在终于要死掉的父亲。他感受到了子女对父母的孝顺之情，就像一个小偷，获取了巧妙偷来的百万家财，决定做个诚实的人。

不久，唐璜穿过父亲住的那几个高大、宽阔又寒冷的房间。他忍受着潮湿沉闷的空气，走过从挂毯里散发出来的陈腐之气，感受着裹挟着灰尘的巨大压力，来到老人古色古香的卧室，看到临终之人躺在床上，床边的火炉也快熄灭了。哥特式桌子上有盏火苗跳动的油灯，油灯散发出摇晃不定、时亮时暗的光，在这样的光线之下，老人脸上的表情似乎每一刻都不同。刺骨的寒风在房屋的缝隙间不合时宜地呼啸，雪花拍打窗户，发出轻微的闷响。各种互不协调、令人不舒服的声音和景象突然袭来，唐璜忍不住一阵颤抖。他离那张床越近，越觉得寒冷，一阵突然而至的强风令灯光一阵颤动，灯光照亮他父亲的脸。他的面庞消瘦扭曲，紧紧包裹骨头的皮肤呈浅灰色，与他枕的白色枕头形成鲜明对比，令人惊惧。没有牙的嘴边的肌肉因痛苦缩起来，令双唇分开。从唇间发出的声音让人毛骨悚然，与户外暴风雪的肆虐声形成一首合唱。

虽然这些迹象都表明他即将离开人世，但那张垂死之人的脸上还有种不可思议的震撼力量。正在与死亡搏斗的，不是种寻常力量。在因病消瘦的洞穴似的眼眶里，那双直直注视前方的眼睛眼神怪异。他那双即将永远闭上的眼睛似乎正在热切地注视着坐在床尾的一个人，他想杀了这个敌人。枕头上的那颗脑袋一动不动，就像医生桌上的一颗头骨，在这颗脑袋的映衬下，那镇定而几无悔恨的眼神更显可怕。床单下的身体轮廓是僵直的，如果不是因为那双眼睛，他看起来就是个躺在那里的死人。无意识的呻吟继续从那张嘴里发出来。唐璜此刻觉得有些羞耻，因为他站在父亲的临终床前，却戴着情妇给他的花，散发出宴会大厅里的香气和酒气。

“你正在玩乐！”老人见到儿子之后说。

他的声音又高又尖，就像女人的声音。然后，一个女人伴随着六弦琴的歌声传来，歌声盖过暴风雪拍打窗扉的声音，向上飘到死神待的这地方。唐璜堵上耳朵，不听对父亲话语的这粗鲁的回应。

“我的孩子，我不怪你。”老人又说。

这句话里充满慈爱，但伤了唐璜。他不能容忍父亲对他表达这种直指心灵的善意。

“我多么悔恨啊！”唐璜虚伪地喊道。

“可怜的璜，”濒死之人继续说，快要窒息了，“我一向善待你，你会真的希望我死吧？”

“我多么希望能献出自己的一部分生命，换你继续留在这世界上！”唐璜喊道。

（“我们经常说这种话，”这个挥霍无度的年轻人想道，“比如，我愿意把整个世界献至心爱的女人脚下。”）

这个念头在他的心里一闪而过，因为那条老狮子狗吠叫起来。唐璜一阵颤抖。老狗这奇怪的反应让他不禁想象这条狗明白他的想法。

“我的儿子，我就知道自己没看错你！”濒死之人喊道，“我会活下来的。毫无疑问。结果会令你满意。我会活下来，但不需要使用你哪怕一天的生命。”

“他疯了。”唐璜想道。但他大声说：“是的，最亲爱的父亲，是的。你当然会活下去，活得和我一样长，因为你的样子会永存于我的心中。”

“我说的不是这种活着。”这个老贵族说，使尽全部力气，想要从床上坐起来。濒死之人总会产生此类错觉，自己不会死这个错觉让这个老贵族激动不已。“听着，儿子，”他继续说，声音越来越虚弱，他已经没有多少力气，“我不愿放弃生命，就像你不愿放弃美酒、美女、良马、猎犬、猎鹰和黄金——”

“痴人说梦。”儿子想道。但他跪到床边，亲吻父亲冰冷的手。“但是父亲，亲爱的父亲，”他高声说，“我们必须遵循上帝的旨意。”

“我就是上帝！”濒死之人含混不清地说。

“不要渎神！”儿子看到父亲脸上挑衅的表情，喊道，“注意自己的言词。你已经接受了临终涂油礼，你死前如果在我眼前犯下不可饶恕的大罪，我会很难过的。”

“你到底愿不愿意听我说？”老人喊道，嘴唇颤抖。

唐璜不再说话，令人难受的沉默在房间里蔓延开来。歌唱和六弦琴合在一起的美妙声音盖过雪片拍打窗户发出的轻微闷响。歌声和琴声那么微弱、遥远，就像破晓时的晨光。濒死之人笑了。

“谢谢你，”他说，“谢谢你带来歌声和乐声，还有宴会，还有皮肤白头发黑的漂亮女人。生活的这些乐趣啊！买下这些乐趣，让它们等等我，因为我很快就会重生。”

“完全疯了。”唐璜在心里对自己说。

“我发现了一种重生的方法，”老人继续说，“去那儿打开抽屉看看。狮鹫雕塑下面有个按钮，你按一下，抽屉就会打开。”

“父亲，我打开抽屉了。”

“噢，把那个小小的水晶药瓶拿出来。”

“我把它拿出来了。”

“我花了二十年的时间——”老人继续说，但他明白大限离自己有多近。他用掉仅剩的全部力气，又说：“我一断气，就用那种液体涂抹我的全身，然后我就会活过来。”

“这里面没多少东西。”他的儿子说。

老人再也说不出话，但还能听和看。唐璜说完那几个字之后，老人的头一下子歪到一边，脖子扭成那个样子，好像某个雕刻家在做大理石雕像时，故意突出的一块。眼睛大睁，令人惊惧。

他死了，他最后的唯一的幻觉也死了。

他原本想在儿子的心中寻一个庇护所，结果找到的是一座坟墓，一个比自掘坟墓者的墓穴深一些的墓穴。他因为恐惧，头发直挺挺地竖立着，痛苦的眼神似乎仍在表达心声。这个父亲将愤怒地爬出自己的坟墓，去上帝的宝座前复仇。

“好了！老家伙终于死了！”唐璜喊道。

他拿着神秘的药瓶，凑近油灯，颇感兴趣地看着药瓶，好像醉鬼在餐后举着酒瓶，所以没有注意到父亲的眼睛越来越黯淡。被吓坏了的狮子狗不停地看看主人，又看看药瓶，唐璜的目光也一遍又一遍地看看父亲，看看药瓶。灯光跳跃。寂静深沉。琴声消逝了。唐璜打了个冷战，因为他觉得自己看到父亲的尸体颤动了一下。那一动不动的谴责目光让他害怕。他迅速合上那双眼睛，就像在秋季的大风夜里关上松动的百叶窗。他定定地站着，沉思着。

突然，沉默被好像生锈弹簧发出的尖利嘎吱声打破。唐璜大吃一惊，药瓶差一点从手里滑落，出了一身比刀锋还冷的冷汗。原来只是挂钟发出的声音，一只木制雄鸡从挂钟里冒出来，鸣叫三声。那个时代的学者，会使用这种精巧的装置提醒自己按时起床，开始一天的工作。窗外，天边已经发红。这件由木头、细绳、轮子和滑轨组成的东西，比他更对他父亲恪尽职守——他可是一个人，身体里有我们谓之心的人类特有的机械装置。

疑神疑鬼的唐璜把药瓶放回哥特式桌子的秘密抽屉里——他怕失去这神秘的药水。

他把药瓶放进抽屉时，听到走廊里传来声响。说话声、压抑的大笑声、轻微的脚步声和丝绸发出的沙沙声——一群饮酒狂欢者试图端正仪容弄出的声音。门开了，唐璜的朋友们、那七位交际花和歌手全都进来了。他们见到黎明后大感惊讶。亮了一夜的烛光，此刻在日光里显得那么微弱。

他们遵照社会习俗，进来安慰这位年轻的继承人。

“噢！可怜的唐璜真伤心呢。”王子对着布兰比拉的耳朵说。

“嗯，他的父亲是个好人。”她说。

但是唐璜一夜沉思的痕迹明白无误地留在脸上，那些人对这副面容敬畏不已，不由得沉默了。男人们站立不动。女人们跪下来祈祷，虽然她们脸颊上有吻痕，嘴唇因为喝了太多酒干干的。唐璜看到这群显赫、快乐、年轻又漂亮的人现在全都敬畏死亡，差点儿控制不住自己，颤抖起来。但在那个时候，在可爱的十六世纪的意大利，宗教和欢宴几乎总是结伴而行。放荡也是种狂热的宗教仪式！

王子深情地与唐璜握了握手，所有宾客的脸上都有了同样奇怪的表情——一半悲戚，一半无所谓——然后这群带着假面的人就走了，死者待的房间里空荡荡的。真像是生活本身。

他们下楼梯时，王子对里瓦巴雷拉说："现在，谁还敢说唐璜不孝顺？他爱他的父亲。"

"你们注意到那条黑狗了吗？"拉布兰比拉问。

"他现在富可敌国了。"比安卡·卡瓦托利诺叹息道。

"和我有什么关系吗？"高傲的韦罗内塞（她就是砸坏糖果盒的那个女人）喊道。

"是啊，和你有什么关系呢？"公爵喊道，"他会和我这样的贵族一样有钱。"

一开始，唐璜思绪纷繁，在两个决定之间摇摆不定。他先去弄清父亲究竟积下了多少财产，晚上回到死者待的房间，满心都是自私自利的丑陋想法。这位"老爷"明天将供众人瞻仰，全费拉拉的人都会赶来参与这一盛事。仆人们正在忙着装饰房间和死者睡的那张长榻。仆人们看到唐璜的手势后，全都惊愕得直颤抖。

"让我一个人待在这里，"他说，声音和平时不一样了，"在我离开这个房间之前，不要回来。"

最后离开的那个老仆微弱的脚步声在铺着石板的走廊里回荡，唐璜迅速锁上门，确保现在是独自一人。"我们来试一试吧。"他对自己说。

老人的尸体被停在一张长桌上。防腐师在尸体上盖了条床单，避免所有人看到那具可惧的尸体。那具尸体那么干瘦，就像一副骨架。但尸体的脸没被遮住。木乃伊一样的尸体躺在房间中央。柔软的亚麻布床单紧紧地贴在尸体上，勾勒出尸体的轮廓——瘦骨嶙峋。整张脸上遍布大块紫斑：防腐师的工作尚未完成。

唐璜带着强烈的怀疑，颤抖着打开水晶药瓶。然后他俯视着死者的那张脸，但他颤抖得太厉害，只能等了一会儿。但是唐璜早就知道什么罪恶，他的道德感早就被声色犬马摧毁殆尽，一个事关重大的想法出现在他心里，热切的好奇心令他的胆子大起来。魔鬼好像对他说了几个字，那几个字不停在他脑海里回响：“用这种液体湿润他的一只眼睛！”他拿起一块亚麻布，小心地往亚麻布上倒了些那珍贵的液体，然后用亚麻布轻轻擦了擦尸体右眼的眼皮。那只眼睛睁开了……

“啊！”唐璜说。他紧紧地抓住那个药瓶，就像我们在梦中坠崖了，紧紧抓住一根树枝。

那只眼睛充满生气。那是幼儿的眼睛，嵌在一个死人的头颅里，亮光在那水汪汪的眼睛里闪烁。在长长的黑色睫毛下，那只闪亮的眼睛就像旅人在冬夜的荒僻之地看到的怪异灯光。那只眼睛似乎很乐意向唐璜射一支火箭，唐璜看到那只眼睛在思考、咒骂、责备、指控和威胁，它在大声呼喊，撕咬他。摇撼人类灵魂的所有苦痛全聚集在那里。最温柔的哀求，诸王的愤怒，女孩对刽子手的爱。最后，那只眼睛里有了一个人上了绞刑架的最后一级台阶后转向同类的那种深切探寻的眼神。在这一小块生命体中爆发出如此蓬勃的生命力，唐璜吓得往后一跳。他在房间里走来走去，不敢看那只眼睛，但对其他东西又熟视无睹。天花板、挂饰，整个房间里到处都是火与智慧留下的活生生的标记。那只亮闪闪的眼睛从四面八方注视着他。

“他很有可能再活一百年！”他下意识地喊道。某种邪恶力量把他推向他父亲，他再次注视着那只闪闪发亮的眼睛。那只眼睛闭上了，突然又睁开，就像女人表达同意。这一闭一睁，是种智力行为。如果那具死尸喊出“是的”，唐璜也不会比先前更惊讶。

“接下来该怎么办呢？”他想道。

他鼓起勇气合上那苍白的眼皮。但眼睛又睁开了。

“杀了这只眼睛？但这可能是种弑亲行为。”他与自己争论。

“是的。”那只眼睛的眼皮怪异而讽刺地颤动一下，表达了这个意思。

“啊！”唐璜对自己说，“我见证了一个巫术！”他走到离尸体更近的地方，揉搓那只眼睛。一滴硕大的泪珠慢慢流过凹陷的脸庞，滴落在唐璜的手上。

“它在责怪我！”唐璜喊道，坐下来。内心的挣扎让他疲惫不堪，他就像《旧约》里的雅各，正在与天使摔跤。

最后他站起来。“但愿不会流血……”他含混不清地说。

然后，他积蓄起懦夫犯罪所需的全部勇气，别过脸，用亚麻布使劲压那只眼睛，熄灭了其中的亮光。一声可怕的呻吟把他吓了一跳。是那只可怜的狮子狗。它长嚎一声，死了。

“这畜牲知道这个秘密？”唐璜想道，低头看着那只忠诚的生物。

唐璜被看成是个孝子。他在父亲的坟墓旁立了块白色大理石纪念碑，请当时最好的雕刻师在纪念碑上刻下父亲的像。直到大理石上的父亲跪在上帝面前，唐璜才完全放下心来。沉重的大理石封住墓穴口时，他把偶尔在他身体疲惫时闪过心中的那一点儿悔恨也放进了墓穴里。

他整理出老商人在东方积攒的财富的清单，变成了守财奴：他要花钱买第二次生命嘛。他对生命的理解更加深远，比其他人都更全面地理解了生命的重要性，因为他看见生命跨越了坟墓。他一劳永逸地分析了所有的人和事，总结出记录里的过去、表现为法律的现在和宗教揭示的未来的本质。他将灵魂和物质全都投进熔炉里，看着它们化为乌有。从此以后，他只是“唐璜”。

他在生命的最初阶段，在最好的青春时代，从生命制造的幻象看到了生命的本质。他厌弃这个世界，但又是最理解这个世界的人。他的幸福不存在于资产阶级式生活中，日复一日的美味佳肴、暖床器、夜灯、每季一双新拖鞋带来的舒适，都无法再令他欣喜。另外，他就像猴子抓住坚果那样抓住了存在的本质。他游戏尘世那么久，现在突然敏捷地剥开尘世薄薄的外壳，得到美妙的内核。

现在，诗歌和其他表达激情的形式统统被他踩在脚下。某些有权势的人自以为是地以为，小人物信赖大人物，愿意为了些微年金，放弃关于未来的崇高理想。他可不会犯这样的错误。他和他们一样，昂首阔步地走在大地上，蓝天下，但他更喜欢坐着吻女人柔软的芳唇，直到其干枯；他亲吻女人时就像死神，毫不迟疑地吞噬自己遇到的任何东西。他总能找到女人。他是个东方情人，寻求长久而容易获得的愉悦。他只想要作为女人的女人，对心灵交流嗤之以鼻，最后这变成他的一个习惯。他让情妇在床上翻腾，沉溺在至乐中，自己则侃侃而谈，严肃得像个德国学生。但他说的是“我”，而女人说的是“我们”。他很懂怎么假装自己是被女人牵着鼻子走。他总是能让女人相信，他就像面对人生第一个舞伴的男大学生说“您喜欢跳舞吗”时那样，在她面前颤抖了。但他在必要时会变得非常可怕，拔出利剑，制伏小军官。他会开淳朴的玩笑，含泪的眼睛里有讥讽的笑容——因为他在必要时就像现今那些哭哭啼啼要求丈夫买马车的女人：“给我买辆马车，不然我会得肺病的。”

对一个商人而言，一捆货物或一沓可以流通的钞票就是整个世界；对大多数年轻男人而言，某个女人就是整个世界；对几乎所有女人而言，某个男人就是整个世界；对某些聪明人而言，某个沙龙、小团体、某个街区或某个城市就是整个世界；而唐璜觉得，他自己就是整个世界。

他风度翩翩，才华横溢，可谓处处泊舟。他绝不会被人牵着鼻子走，只走自己认定的路。他看过的东西越多，怀疑越深。他仔细观察男人，发现很多男人身上的所谓勇气只是鲁莽，审慎只是懦弱，慷慨只是一种聪明的算计；公正只是不义，优雅只是胆怯，诚实只是权宜之计。受神奇的命运的眷顾，他能看到内心真正诚实、谨慎、公正、慷慨、理智或勇敢之人，但这些人全都遭到周围人的蔑视。

“这个世界只是个冷血的玩笑！”他对自己说，“肯定不是上帝创造出来的！”

从那以后，他决定放弃来世的世界，听到上帝的名字也不脱帽，只把教堂里的圣人雕像看成是艺术品。他充分了解社会的运行机制后，不再与这个机制硬碰硬，因为他毕竟不像刽子手那么强大。但他聪明而优雅地规避社会规则，就像迪芒什先生笔下的人物。事实上，他是莫里哀笔下的那个唐璜，歌德笔下的浮士德，拜伦笔下的曼弗雷德，马图林笔下的梅尔莫特——欧洲最伟大天才故事里的人物。莫扎特写的关于唐璜的歌剧和罗西尼的琴声一样动听。只要存在于人类心中的罪恶念头还存在，可怕的典型人物形象就将存在，这一类人世世代代都会涌现。这一典型的具体形象有时是革命家与革命叛徒米拉博，有时是不善言辞的拿破仑，有时是以讽刺对抗整个世界的拉伯雷，有时是只嘲笑人而不嘲笑事的黎塞留元帅，还有时是我们那位著名的既嘲笑人又嘲笑事的大使。唐璜·贝尔维德罗天赋过人，这些人能做到的事，他全能做到。但所有事情对他而言只是玩笑。他好像被热衷嘲讽的鬼魂附身了。一切都在他的嘲讽范围之内。他和教皇尤利乌斯二世就永生谈了半小时后，大笑道：

“如果必须做出选择，我选择相信上帝而非魔鬼，善的力量总比自吹自擂的魔鬼的力量强大。”

“是的，上帝希望这个世界的人懂得忏悔——”

“所以你总是想着要赦免谁，”唐璜回应，“好吧，我还有一次生命，我可以在那一世忏悔在前一世犯下的罪。”

“噢，你如果这样看待晚年，”教皇大声说，“是不大可能被封圣了。”

“你都升任教皇了，还有什么事不可能呢。”然后他们去参观工人正在建造的献给圣彼得的大教堂。

“圣彼得是个天才，为我们的双重力量奠定了基础，”教皇对唐璜说，“他应该拥有这样的纪念物。但我有时候夜里会想，一场大洪水会像海绵那样抹去所有东西，一切得从头再来。”

教皇和唐璜都笑了，他们理解彼此。蠢人也许会在第二天和尤利乌斯二世快乐地去游览拉斐尔的作坊或玛达玛庄园，唐璜不会这么干。唐璜来见教皇，只是为了释除自己的所有疑惑。但这个原名叫罗韦雷的教皇出乎唐璜的意料，仍坚持永无谬误，大谈世界末日。

然而，这个故事并不是为了给未来写唐璜传记的人提供材料，而是为了向诚实的人证明，唐璜并非如某些石版画家希望我们相信的那样，是在与石像决斗时被杀死的。

唐璜六十岁时在西班牙定居下来。他在年老时娶了个年轻又迷人的安达卢西亚妻子。但是他拒绝当个好丈夫或好父亲。据他观察，那些不关注女人的男人反而常常能得到女人温柔的爱。多娜·埃尔维拉由一位老姨妈悉心抚养长大，婚前一直住在安达卢西亚离圣卢卡修道院几里格远的城堡里。她虔诚而又优雅。唐璜预见，这个女人在屈从于欲望之前会挣扎很久。他希望在自己死前，多娜都是贞洁的。这是他开的一个没有恶意的玩笑，死前布好的一局棋。唐璜从父亲之死中学到了一些东西，决心让晚年生活的每一个细节都为临终床上的那场戏的成功服务。

也是由于这个原因，他把自己的大部分财富都埋在位于费拉拉的大宅的地窖里，虽然他很少回费拉拉。他把其余财富投资在年金上，在他看来，这是让妻子和孩子帮助他复活的交换条件。但他其实并无做这种狡诈计划的必要。他年轻的西班牙儿子费利佩就像父亲不信宗教那样笃信宗教，在道德上印证了那句老话：“老子守财儿散财”。唐璜选择圣卢卡修道院的院长作为他的妻子贝尔维德罗公爵夫人和儿子费利佩的道德导师。这个神父是个圣洁的人，身材优美匀称。他有一对漂亮的黑眼睛，面容颇像罗马皇帝台比留。他因为禁食而虚弱，因为禁欲而面色苍白。他和所有住在荒野的人一样，每日都会受到诱惑。高贵的唐璜老爷希望自己在死期到来之前能再毁掉一个教士。

但是，也许是因为院长和唐璜一样聪明，也许是因为妻子比大多数西班牙妻子都更谨慎或更有德行，唐璜家里没发生什么丑事，唐璜只能像个乡村神甫那样度过晚年。他有时抓到妻子或儿子没有尽到宗教责任，便会严令他们按照罗马教廷颁布的教规行事。他促成庄重的院长和多娜·埃尔维拉及费利佩讨论良心问题时最开心。

这个地位显赫的贵族老爷虽然十分注重保养身体，但衰老之期最终还是到来了。虚弱无力令他痛苦，但他回忆起年轻时的轻狂经历和中年时的感官快乐后更加痛苦。他常常劝告别人相信他讽刺的那些法律和规则，但他自己即使在睡梦中也是个怀疑主义者。这个尊贵的公爵，良好教养的楷模，饮宴上的常胜将军，宫廷里自傲的凑趣者，天才，一个赢得了许多女人的心又像农民折断柳条那样随意摧折这些心灵的优雅的男人，如今要忍受咳嗽、坐骨神经痛和无情的痛风。他的牙齿渐渐掉光。终于，在一个晴朗的夜晚，盛装的女人一个个离开，房间里变得空旷而荒凉。敏捷的双手麻痹了，线条优美的双腿如今只能蹒跚前行。最后，在一个夜晚，中风以其冰冷的爪子扼住他的咽喉，袭击了他。从此，他变得郁郁寡欢，难以相处。

他会因为妻子和儿子忠心耿耿而责备他们，说他们尽心尽力、无微不至地照顾他，是因为他把自己所有的钱都投资在终身年金上了。多娜·埃尔维拉和费利佩流下苦涩的泪水，加倍细心。然后这个恶毒的老头便会用逢迎而饱含深情的声音说：“啊，亲爱的朋友们，亲爱的妻子，你们会原谅我的，是不是？我只是个讨厌鬼。在天上的主啊，你为什么要用我来试验这两个天使一般的人呢？我本应成为他们快乐的源泉，现在却成了祸根……”

就这样，他让他们待在床边，花了一个小时时间变着花样假惺惺地展示温柔和魅力，使他们忘记了他多月以来的粗鲁无情之举。他这套为人父和为人夫之道，比他父亲对他使用的无限纵容那套效果好多了。最后，他太虚弱了，把他搬到床上就像在地形复杂的河道驾驶一艘即将倾覆的小帆船那样困难。然后，他的死期终于到了，这个凭借坚定意志战胜了一次又一次可怕灾难的杰出怀疑主义者，发现自己死前是躺在他尤其讨厌的两种人中间——医生和告解神甫。但他很高兴与他们待在一起。他看见未来正在面纱后面闪闪发光。对他人而言沉重如铅的棺罩，对他而言只是薄薄的透明的一层。轻盈的不可抗拒的青春之乐，就像影子一样在棺罩后面跳跃。

在一个美好的夏夜，唐璜感觉到死神走近了。西班牙的天空干净得没有一丝云，空气中弥漫着橙花的香味，星星发出清澈的光，大自然似乎并不会给予这个濒死之人重生的机会。孝顺的儿子坐在床边，看着父亲，目光充满爱与尊敬。快到十一点时，唐璜表示想与单纯的儿子单独待着。

“费利佩——”这个父亲说，声音那么温柔且饱含深情，年轻的儿子颤抖着，高兴得流下泪来，他以前从来没有听过严苛的父亲这样叫自己。“听着，儿子，”濒死之人继续说，“我是个罪孽深重的人。不过，我一生都在考虑自己的死亡。我从前和教皇尤利乌斯二世是朋友，这位伟大的教皇担心我在临终接受涂圣油礼时太过激动，犯下不可饶恕的大罪，于是给了我一瓶圣水，这圣水是从荒野上的石头里渗出来的。我一直保守这个秘密，因为圣水是教廷的珍贵宝物，但我被允许在临终之时向儿子说出这个秘密。你可以在床头的那个哥特式桌子的抽屉里找到那个瓶子……亲爱的费利佩，那个珍贵的小水晶瓶将来对你也许也有用。以得救的名义起誓，你会忠实地遵照我的指示去做吗？”

费利佩看着父亲，唐璜洞悉人类的眼神，在看到那样的眼神之后，可不会平静地死去。唐璜的父亲临死前，也绝望地在唐璜的眼睛里看到了同样的眼神。

“你配得上更好的父亲，”唐璜继续说，“孩子，我向你坦白，尊敬的圣卢卡修道院院长主持我的临终圣餐礼时，我想到了上帝与魔鬼这两种力量永无休止的斗争——”

“噢，父亲！”

“然后我对自己说，撒旦如果想与上帝讲和，必须先确保他的追随者可得赦免，否则他就是最坏的恶棍。这个想法在我脑中挥之不去，所以，儿子，你如果不按照我的意愿做，我肯定会下地狱的。”

“噢，快点儿，父亲，快点儿告诉我该怎么做。”

“我一闭眼，”唐璜继续说，“你必须在几分钟之内，也就是在我的身体变冷之前，把我的身体放到房间里的那张桌上，然后熄灭灯，星星的光足够了。接着你脱下我的衣服，祈祷上帝护佑你的灵魂，同时仔细地用圣水湿润我的嘴唇和眼睛，然后再湿润脸、四肢和身体的其他部分。亲爱的儿子，上帝的力量无比强大，你到时候不要感到惊慌。”

唐璜感觉死亡离自己如此之近，用可怕的声音说：“小心，不要让瓶子掉到地上。”

他在儿子的臂弯里轻轻呼出最后一口气，儿子的泪水随即落在他带着嘲讽神情的脸上。

费利佩把父亲的尸体放到桌上时，时间已近午夜。他吻了吻逝者的额头和灰发，然后灭掉灯。

借助室外柔和而古怪的月光，费利佩可以隐约看到父亲的尸体：阴影之间的一件模糊的白色东西。这位孝子先用那种液体湿润一块亚麻布，然后潜心祈祷，用亚麻布湿润死者那张他敬畏的脸。房间里一片沉寂。费利佩听到无法形容的窸窣声，他想，那是微风吹过树冠发出的声音。他擦拭死者的右臂时，感觉到自己的喉咙被一只强健的手紧紧扼住了——是他父亲的手！他大声尖叫，瓶子从他手里滑落，摔成碎片。那种液体挥发掉了，全家人高举着火把冲进来。那声尖叫吓到了他们，那声尖叫就好像在最后的审判日响彻大地和天空的天使号角。房间里挤满了人，他们扶住被父亲强壮的手臂紧紧抓住、快要晕过去的费利佩。他们还看到了另一幕奇景——唐璜的脸变得那么年轻漂亮，就像罗马皇帝哈德良的男宠安提诺乌斯：黑发、明亮的眼睛、红唇，但那颗脑袋使尽全部力气，也未能让那已经死掉的消瘦身体动起来。

一个老仆人喊道："奇迹！奇迹！"然后所有的西班牙人都喊道："奇迹！奇迹！"他们的声音回荡在房间里。

多娜·埃尔维拉是个虔诚的人，不相信这是什么奇迹，于是派人去找圣卢卡修道院的院长。这个院长是个聪明人，精于算计，决定利用这个奇迹。他立刻宣称，唐璜肯定会被封圣，他愿意在自己的修道院里举行一天的称颂唐璜的仪式，从此以后，他的修道院将更名为卢卡的圣璜修道院。已经死掉的公爵听到这些话，做了个诙谐的鬼脸。

西班牙人对隆重的宗教仪式的态度是众所周知的，所以你不难想象圣卢卡修道院庆祝"被庇佑的唐璜·贝尔维德罗"改信宗教的滑稽剧是什么样子。消息不胫而走，传到一个又一个村庄，一两天之后，这个知名贵族死后部分身体复活的事就传遍了圣卢卡方圆五十英里内的所有地方。好奇的人举着火把，唱着赞美歌，从四面八方赶来，拥塞道路，场面也可谓奇观。圣卢卡修道院历史悠久，建筑宏伟，由摩尔人修建，原本是清真寺，但修道院里三百年来回响的是基督的名字。修道院容纳不下汹涌而至的观礼者。西班牙低级贵族穿着天鹅绒斗篷，身侧佩戴宝剑，蝼蚁一般紧紧地挤在廊柱之间，连屈膝的空间都没有，他们此前没向任何人下跪过。漂亮的农家女孩穿着凸显美妙身材的巴斯克式衣服，搀着白发老人。年轻男子眼睛冒火，走在穿着节日盛装的丑老太婆旁边。还有高兴得发抖的夫妇、被好奇心驱使来的一对对情人、新婚夫妻和紧紧地手牵着手的孩子。这一大群人衣着色彩斑斓，彼此形成鲜明对比。众人戴的鲜花，形成一大块花园。他们在静夜里发出喁喁低语。然后，修道院的大门打开了。

后来者透过三扇大门，从远处朝里张望现代戏剧作家根本想象不出来的奇特画面。巨大的礼拜堂被数千支蜡烛照亮，这些蜡烛由诸位圣人和罪人提供，他们都热切地想得到这位封圣候选人的好感。这些献媚的光亮把这座杰出的建筑变成神奇的幻境。黑色的拱门、柱子和柱头，深处射出道道金光的凹进去的小祈祷室。走廊、阿拉伯花式窗棂以及那尊精致雕像精巧的线条被灯光照得透亮，显得怪诞，就像处于火盆通红的中心。在这片火的海洋远远的另一头，讲坛高高地升起，就像壮美的日出。但所有金制油灯台、银制烛台、旗幡、流苏、圣龛和还愿祭品的光辉，与唐璜躺的那个华贵璀璨的圣骨匣相比，都黯然失色。在宝石、鲜花、水晶、钻石、黄金和白如六翼天使翅膀的羽毛之下，那个渎神之人的尸体闪闪发光。他们把他的尸体放在讲坛上的基督画像下面。有一圈蜡烛在他周围熊熊燃烧，空气在四射的光线中颤动。圣卢卡修道院令人尊敬的院长穿着主教袍，袍外套着白色法衣，主教冠上镶着珠宝。他拿着主教权杖，就像皇帝登基一样，身后是坐在唱诗班席上的诸多神职人员。一排排灰发神职人员面容衰老而冷漠，簇拥着他，就像画家笔下地上的圣人向基督悔罪，又像天上的圣人簇拥着上帝的宝座。唱诗班领班和教务会里的要人佩戴彰显宗教荣光的闪亮勋章，穿梭于香火形成的云雾之下，就像群星运行在各自的轨道上。

喜悦的时刻终于到来，钟声回荡在荒野上，众人站起来，对上帝唱起赞美颂。庄严的歌声！女人纯净高亢的声音里带着狂喜，与男人深沉严肃的声音混合成一片。几千人的声音汇聚成一个宏大的声音，淹没了压抑的呻吟般的管风琴声。虔诚而充满爱的动人歌声——唱诗班孩子尖锐的声音，几个男低音混于一处的低沉声音，唤起人们高尚的联想，展示出童真和男性的力量。

赞美上帝!

跪在教堂里的这黑压压一大群男女爆发出赞美声，就像黑暗中突然而现的亮光，打破静寂的一声雷鸣。歌声随着烟雾一起升腾，烟雾给这座壮美奇异的建筑罩上了一层淡蓝色的薄纱，走廊里芳香四溢，光华璀璨。充满爱与感恩之情的音乐轰鸣着冲向讲坛，唐璜出于礼貌必须表达谢意，但因为热衷讽刺的本性，他又想开个玩笑。但他被困在圣骨匣中，只能以可怕的大笑回应歌声。然后魔鬼令他想到，他也许会被当成普通人、圣人、殉教者或意大利戏剧中那种老是上当受骗的老头，于是他大喊一声，打断爱的歌声，说出人神共愤的骂人话。教堂古老的地基因这些骂人话摇摇欲坠。

“赞美上帝!”许多人喊道。

“你们这些野兽，下地狱去吧! 上帝，上帝! 上帝，祝福你! 傻瓜! 你们和你们那个老糊涂上帝都是傻瓜!”一连串诅咒就像维苏威火山又红又热的岩浆，喷涌而出。

“主啊! 万众之主!”信众喊道。

“你们在侮辱庄严的地狱。”唐璜喊道，咬牙切齿。他那条活过来的手臂伸出圣骨匣，冲着会众绝望而讽刺地挥舞。

“圣人在保佑我们!”老人、孩子、情侣和那些容易轻信的人喊道。

我们常常都是在崇拜中受骗了。杰出的人喜欢嘲笑称赞他们的人，有时也称赞他在内心深处嘲笑的人。

修道院院长匍匐在讲坛上，高呼道：“圣约翰，救救我们!”然后他听到一声非常清晰的叫喊：“噢，笨蛋!”

“上面怎么了?”修道院副院长说，他看见圣骨匣在动。

“圣人在扮演魔鬼。”修道院院长答道。

这位主持仪式的神父说话时，那颗活过来的脑袋把自己从死掉的尸身上扯下来，跳到他面如土色的脑袋上。

“叫你惦记多娜·埃尔维拉！”那东西喊道，牙齿咬进院长的脑袋。

院长惊骇的尖叫打断仪式，所有神职人员都跑过去围住他们的院长。

“傻瓜，现在告诉我们，到底有没有上帝！”那东西喊道，牙齿已经咬进院长脑袋的深处。院长气绝身亡。

一八三〇年十月于巴黎

没有眼皮的眼睛

菲拉雷特·沙勒，1832

在怪诞类小说作家中，不是很有名的无疑比有名的多许多。我们这部选集，当然至少要收录一位不知名作家。法国作家菲拉雷特·沙勒（1799—1873）的父亲是国民公会成员，曾投票赞成判路易十六死刑。因此，年纪轻轻的沙勒在复辟时期不得不逃离法国，一直在英国和德国生活，直到一八二三年才回到法国。他是法兰西学院外国文学教授，也是马萨林图书馆管理员。他和之前的诺迪埃①以及之后的施沃布②、博尔赫斯一样，也是图书管理员-作家大家族的一员。

《没有眼皮的眼睛》最初发表在名不见经传的小说集《棕色故事集》（1832）里，这部集子也收录了巴尔扎克的一篇作品。《棕色故事集》以苏格兰为背景，讲述有关小精灵和小仙女这些民间信仰的故事。这部集子描绘出原始而让人害怕的异教精神，也体现出基督教对这种魔鬼式崇拜的痛恨。那是一个发掘民俗浪漫主义的年代，也是沃尔特·司各特小说中那种苏格兰元素盛行的年代。但这部小说对民俗的描述，并不是它值得被记住的唯一原因。一个让人心烦意乱的噩梦般画面如此鲜明：一个男人身后始终有只大睁着的眼睛，这个男人走到哪儿，眼睛就跟他到哪儿。男人的嫉妒造成了他妻子的死亡，所以可将这只一直跟着他的、没有眼皮的眼睛看成是某种报复或

① 查尔斯·诺迪埃（1780—1844），法国小说家、诗人、昆虫学家，浪漫主义文学运动的代表人物。

② 马塞尔·施沃布（1867—1905），法国象征主义作家，尤以短篇小说闻名。

惩罚。

故事的结尾把我们带到大洋彼岸俄亥俄州开拓者和印第安人之中。显然，地理屏障对苏格兰的小精灵来说完全不是问题。

“万圣节！万圣节！”他们全都喊道。

“这是个神圣的夜晚，属于小水鬼和小精灵的伟大夜晚！卡里克，还有你，科林，你们会过去吗？卡里克-博德家的所有人都已经在那儿了，我们的梅格和珍妮也会过去。我们会带好多上等威士忌、啤酒和稠麦片粥过去。天气很好，月亮也会出来。朋友们，我们要在卡西利斯废墟上举办一场空前绝后的欢乐大聚会！”

乔克·缪尔兰德如是说。他是个鳏居的土地承包人，但依然年轻。他和大多数苏格兰农民一样，一半是神学家，一半是诗人，喝酒很凶，但头脑清醒，干活卖力。

默多克、威尔·拉普雷克和汤姆·杜卡特是这场发生在离卡西利斯村不远之处对话的围观者。

你很有可能不知道万圣节是什么：这是八月中旬一个属于鬼魂的夜晚。在这一晚，许多人求教本村术士，所有淘气的鬼魂冒着暑热，于微弱的月光下在田野上跳舞。这是鬼魂和小妖精的嘉年华。没有哪个洞穴里或山顶上没有庆祝这个节日的狂欢聚会；没有哪朵花不会在仙女的气息中颤抖；没有哪个女人会不仔细锁上门，以防鬼魂偷走她第二天的食物，或做恶作剧，毁了为正在摇篮里相拥而眠的婴儿准备的食物。

在这个隆重的夜晚，变幻莫测的怪诞事件和隐秘的恐惧充斥卡西利斯山区。这里山地起伏如海洋，好多山上披着耀眼的绿色苔藓。在远处一个陡峭山峰上，有座带城垛的废弃的城堡，城堡里那座小教堂已没了屋顶，但其他部分几乎完好，一根支撑屋顶的细柱依然立在那里，就像冬天里的一根树枝那般脆弱。教堂周围一片荒芜，金雀花丛是兔子的家，一眼望去，到处都是光秃秃的石头。人类只有在遭遇荒芜和恐惧时才会意识到至高无上的力量，把此类地方看作是被神封印之处。我们并不常常感激至高无上的神的伟大和至善，只记得他严厉的惩罚。

鬼怪们在教堂废墟的绿草地上跳舞。月亮升起来了，又大又红，透过教堂大门破碎的玻璃射进来。月亮悬挂在猩红色彩绘玻璃窗上方，就像破碎石头里长出的三叶草的一枚小叶片。鬼怪们在跳舞。

鬼怪！一个女人，白如雪，长发闪亮。她漂亮的翅膀由某种弹力十足的纤维制成，从肩膀而非胳膊下伸出来，与肩膀宛如一体。这是个雌雄同体的妖怪，拥有女性的面庞，又有男孩的力量。这个妖怪唯一的衣服就是那对翅膀——柔软又紧密，结实又轻盈，就像蝙蝠的翅膀。妖怪被同伴扶住，到一旁休息，收起的翅膀包裹住它，看起来就像一面裹起来的旗帜。它披上一件点缀着紫色和明亮蓝色的黑纱，由如抛光过的铁一样亮的长丝织成。它的双手双脚套着铁爪。唉，那些敢于在天黑后闯进妖怪藏匿的沼泽或森林的女人啊！

这些鬼怪后来又到杜恩河畔跳舞。欢乐的人群——妇人、孩子、姑娘——走近时，鬼怪们立刻消失。它们的翅膀同时张开，令夜色变得更加黑暗，就像一群鸟突然从芦苇间飞起。在那一瞬间，月亮被遮住了。缪尔兰德和同伴们停下脚步。

“我害怕！”一个女孩喊道。

“别傻了，”土地承包人回应道，“只是野鸭飞起来了。”

“缪尔兰德，”年轻的科林责备道，“你临终时一定非常悲惨。你什么也不信。”

“我们烤点儿核桃，砸点儿榛子吧，”缪尔兰德继续说，没有理会同伴的责备，“我们就坐在这里，打开篮子吧。这个地方很好，岩石可以挡风，草地软得像床。我喝多了之后，只有撒旦本人才能干扰我冥想。”

“妖魔鬼怪也许会来找我们。”一个胆小的女孩说。

“它们已经被霜打死了！”缪尔兰德说，“动起来，拉普雷克，用树叶和小树枝在那块大石头旁边生堆火。我们热点儿威士忌，女孩们如果想知道上帝或魔鬼为她们准备了什么样的丈夫，我们有的是办法满足她们。博姆·莱斯利带了镜子、榛子、亚麻籽、盘子和黄油。小姑娘们，你们的仪式就需要这些东西，对吧？”

“是的，是的。”女孩们回答。

“不过我们先喝点儿酒再做别的事。”那个土地承包人又说。他素来喜欢独断专行，地也多，食品柜和谷仓里总是满满的，干活又是把好手，所以在邻里之间有些权威。

朋友们，我告诉你们，就全世界而言，苏格兰的下层阶级文化最杰出，也最迷信。你如果不相信这话，可以问问沃尔特·司各特——这个苏格兰人之所以了不起，是因为他运用上帝赋予他的技巧，形象地描绘出苏格兰人的性格和幽默感。苏格兰人相信所有东西都有灵魂，并且在小木屋里谈论哲学。

过万圣节之夜是他们最奇妙的一种迷信活动。在这一晚，人们聚在一起，探寻关于未来的秘密。为了实现这一目标举行的仪式非常有名，且不可更改，没有哪一套敬神仪式如此严格。卡西利斯的居民也过这个节，他们此次远足，就是为了举行这个仪式。在这个仪式中，每个人都既是祭司，又是巫师。这个乡村魔法有种不可言传的魅力。你也许会说，这是处于诗意与现实模糊不清的中间地带的一种事物。与邪恶力量沟通，并非意味着完全抛弃上帝。最平常不过的东西在这个仪式中变得神圣和奇妙：一穗麦穗或一根柳枝就可以制造希望或恐惧。

根据万圣节传统，仪式必须在午夜的钟声响起时开始。在那一个小时里，空气中充斥各种超自然生物，不单是妖精，全苏格兰所有神奇的生物都会出现，想要控制这个国家。

我们这帮农民从九点开始就聚在一起，通过喝酒和唱古老而动听的歌谣消磨时间。淳朴而令人感伤的歌词与缓慢的节奏相合，降调四个音程。年轻女孩披着花格呢披肩，穿着羊毛裙；女人们微笑着；孩子们的膝盖上绑着漂亮的红色缎带，那是吊袜带，也是饰品；年轻男子的心跳越来越快，因为可以询问命运的神秘时刻越来越近了；还有一两个老人，可口的啤酒让他们想起年轻时的欢愉。他们是一群快乐的人，威尔基会很高兴把他们画下来，他们会用自己真实而深沉的快活，让饱受苦痛的欧洲人也快活起来。

缪尔兰德是所有人中最快乐的一个，完全沉浸在如啤酒浓厚泡沫的喧嚣欢乐中，并把欢乐传递给其他人。

他是生活永远不会枯燥的男人，精力充沛，聪明过人，永不服输。他娶了本郡女孩，那个女孩在他们结婚两年后难产而死，缪尔兰德发誓永远不再娶。本地没有人不知道忒尔西的死因：缪尔兰德的嫉妒。忒尔西嫁给这位土地承包人时才十六岁，只是个身体瘦弱的孩子。她爱缪尔兰德，但还不了解他狂热的天性，亦可谓生命力的暴力行为，以及他每日对自己和他人施加的折磨。乔克·缪尔兰德嫉妒心强，妻子温柔甜蜜的抚慰并未能让他放下心来。在一个异常寒冷的冬天，他把妻子打发去爱丁堡，因为据说有位年轻的地主正在向他妻子大献殷勤——此人坚持要求在自己的土地上过冬。

他的所有朋友，包括牧师，都对他表达了担忧，责备他的这种行为。但他只是说，他热切地爱着忒尔西，他是唯一有资格判断什么事有利于他们婚姻美满的人。他家的木头房子里经常传出恸哭、尖叫和啜泣的声音。忒尔西的兄弟来找妹夫，说他的行为不可原谅，但此次干涉最终演变为暴力殴斗。

年轻女孩日渐形容憔悴。最后，痛苦夺走她的生命。

此后许多年，缪尔兰德沉浸在深深的绝望中。但生活里的一切都会过去，他发誓永远鳏居，渐渐忘了妻子。其他女人多年来一直害怕他，但最终也原谅了他。他在万圣节之夜那天，总是能变回很久以前的那个样子：快乐，热爱讽刺，也能给别人带来快乐；好脾气的酒鬼，能讲许多迷人的故事，一肚子笑话，对许多事情的评论妙趣横生，把所有人的幽默感都调动起来，这场夜间聚会也因此延长了。

十二下钟声在午夜响起时，他们已经唱完所有古老而悲惨的爱情歌曲。钟声一直飘到很远的地方。所有人都喝了很多酒。举行传统迷信仪式的时刻到了。所有人都站了起来，除了缪尔兰德。

“我们去找草根吧，”他们喊道，“去找草根。”

男孩们女孩们在空地上分散开来，又一个接一个回来，手上拿着从地里拔出来的根须。你必须拔起你在路上遇到的第一株植物，那株植物的根须如果是直的，你未来的妻子或丈夫会既优雅又温柔；根须如果是弯的，你以后会娶或嫁一个丑人。根须上如果连着土，你未来的婚姻生活会幸福又富足；根须如果既细又光秃秃，你的婚姻不会长久。你可以想象，这种粗鄙的求问婚姻的活动上必定会出现热闹场面：年轻男子互相推挤，比较根须，最小的孩子手上都拿着根须。

“可怜的威尔·哈维雷尔！”缪尔兰德看着一个年轻男人手上的根须，大声说，“你的老婆会很丑，你找到的草根就像我家那头猪的尾巴。”

然后他们围坐成一圈，品尝各自的草根。苦的草根预示坏丈夫；甜草根，蠢丈夫；草根如果是香的，未来的丈夫会是个令人舒心的人物。

在此仪式之后的仪式叫“抓麦穗”。女孩被蒙住眼睛，离开人群去拔三株麦穗，三株麦穗里如果有一株未结麦粒，这女孩未来的丈夫得忍受她有过一个情郎。“噢，内利！内利！你这三株麦穗都没结麦粒，你一定会被大家笑好久。而且，昨天就有人看见你在空谷仓里和罗伯特·卢阿思说了好久的话。”

缪尔兰德看着其他人玩这个游戏，自己并未参与。

“榛子！榛子！”所有人都叫道。他们从篮子里拿出一小包榛子，然后围着早就生好的火堆坐下来。月光明亮。每个人都拿了一颗榛子。这是个著名的庄严仪式。每颗榛子上都有选择它的那个人的名字，所有榛子分为两类：爱慕者与被爱慕者。所有榛子同时被丢进火里。如果两颗榛子静静地在一起燃烧，那代表选择榛子的那两个人的婚姻会长久愉快。如果一对榛子有一颗爆开或两者分开了，这表明选择这两颗榛子的人未来的婚姻不和谐。常常是女人更相信这种火之预言。榛子如果分开，或者未来的丈夫噼噼啪啪地从自己身边逃开，女人会非常伤心。

一点的钟声响起，农民们仍在乐此不疲地求问隐秘的神谕。因为念咒语者既恐惧又虔诚，仪式上的各种咒语有种不可言说的魅力。妖怪们再度在芦苇间移动起来。女孩们颤抖着。月亮此刻高高地挂在天空，隐藏在云后面。他们举行了鹅卵石仪式、蜡烛仪式和苹果仪式，我不在此一一列明那些繁复的咒语。威莉·梅丽是这群人中最美丽的女孩之一，三次把胳膊伸进杜恩河的水中，喊道：“我未来的丈夫，我那还不知道是谁的丈夫，你在哪里？这是我的手。”她三次重复这一咒语，所有人都听到了她的喊叫。

“啊，好痛啊！妖怪抓住了我的手！”他们全都跑去找她，只有缪尔兰德不害怕。梅丽把她血淋淋的手展示给大家看。那些很有解释魔力标记经验的男男女女，一致认为这个女人手上的那些抓痕，不是缪尔兰德所谓的芦苇尖儿弄出来的，而是妖怪锋利的爪子留下的。而所有人都知道，这表明梅丽将来遇到的会是个爱吃醋的丈夫。那个鳏居的土地承包人喝了太多酒，或许醉了。

“嫉妒！”他喊道，“嫉妒。”

他似乎觉得，同伴们对女孩伤口的判断里似乎含有对他过往丑事的恶意影射。

他拿起一个装满威士忌的水壶，猛灌一大口，继续说：“我有一百多次想到，我宁愿娶个妖怪，也不愿再娶个人类。我知道被缚的生活是什么样子。那和生活在瓶子里，与猴子、猫或吊死鬼为伴是一样的。我因为可怜的忒尔西产生了嫉妒。我也许错了，但请告诉我，我如何才能不嫉妒？什么样的女人才不需要时刻关注？我夜不能寐；我白天从来没有让她独自待着；我几乎从来没有闭上眼哪怕一刻。地荒废了，所有事情都在分崩离析。但忒尔西最终在我眼前消失了。魔鬼控制了我们的婚姻！”

有几个人笑了，但其他人皆因震惊而沉默。他们还没有说最后且最可怕的咒语：镜子的仪式。

这个仪式是：一个人一手拿着一支蜡烛，站在一面小镜子前面。这个人对着镜子吐气三次，三次擦干镜子，说“现身吧，我的丈夫”或“现身吧，我的妻子”三次。然后，在镜子里，这个询问命运的人的肩后会出现一个清晰的人影。

在梅丽有了那样的遭遇之后，似乎没有人再敢挑战超自然的力量。镜子和蜡烛已经准备好，没有人愿意使用它们。杜恩河的低语清晰可闻。在这些村民眼里，远处水面上长长的颤抖着的银色带子，就像鬼火或水鬼留下的闪亮痕迹。缪尔兰德的那匹牝马，一匹矮小的高地马，黑尾巴白胸膛，用尽全部力气发出一声嘶鸣，无疑表明有个邪恶的鬼魂正在接近这个地方。风变得冰一般冷，芦苇秆摇动起来，似乎还发出了长长的低语。女人们说要回家，对任何挽留之语置之不理，还责备起兄弟或丈夫来，提到父母的健康问题——总之，就是自然之王人类会轻易听从的话。

“那么好吧！你们谁敢试试镜子？”缪尔兰德大声说。

没有人回应。

“你们真是胆小，”土地承包人继续说，“你们就像柳枝，遇到一点儿风就颤抖。你们都知道，我不想再婚，因为我想睡觉，我如果再婚，就没办法合上眼皮。所以你们和我自己一样清楚，我不能参与这个镜子的仪式。”

但是，因为一直没有人愿意拿起镜子，乔克·缪尔兰德最后还是上场了。“我给你们做个样子。”他说，毫不犹豫地拿起镜子。缪尔兰德点燃蜡烛，勇敢地说出那句咒语。

“那么现身吧，我的妻子。”

突然，一个苍白的人像出现在他肩膀的后上方，那个人金发耀眼。他震惊地转过身，以为是同行的某个女孩在装神弄鬼。但没有人和他开玩笑。镜子从他手里滑脱，摔碎了，但那张头发闪亮的苍白面庞仍在他肩后。他大喊一声，脸朝下摔倒在地。

你真该看看那些村民是如何四散而逃的，他们就像被风卷起的落叶。一群人不久之前享受乡村之乐的地方，如今除了残存的过节之物，一无所有：快要熄灭的火堆、空空的水壶和水罐。缪尔兰德四肢张开，躺在地上。妖怪们全都回来了，早已在空气中酝酿的暴风雨也肆虐起来。苏格兰人形容暴风雨那种神秘长嚎的词汇非常形象：飒飒。缪尔兰德站起来，再次看向肩后：那张脸还在那儿。那张脸只是对着土地承包人微笑，并未说一句话。缪尔兰德不知道那张脸是否独立于一副身体之外，因为只有在他转身时，那张脸才会出现。

缪尔兰德觉得口干，冰冷的舌头紧贴着上颚。他集聚所有的勇气，想和内心的自己来场对话，但徒劳无功。他看着苍白的五官，火焰一般的卷发，整个身体禁不住颤抖。他想逃跑，希望自己能摆脱这个妖怪。他跳上那匹小矮马，脚已经踏上马镫，试图再努力最后一次，虽然他已完全被恐惧占据。那颗脑袋仍在他身侧，好像已经成为他不可分离的一部分。那颗脑袋附着在他的肩上，就像某些哥特派雕刻家有时会在立柱顶上或飞檐尾端放置的无身人脸雕像。可怜的小矮马梅格用尽全力嘶鸣一声，马蹄踢向虚空，和主人一样慌乱。缪尔兰德无论何时转头，总能看到那个妖怪（正在迫害他的，毫无疑问是沼泽的居民）明亮的深蓝色眼睛在注视着他。那双眼睛没有会让眼珠变得深沉的睫毛，也没有能遮挡眼珠不可直视之光芒的眼皮。

缪尔兰德猛刺马儿，一直想知道那个追踪者是否还在那儿。但她没有放弃他。他徒劳地令梅格飞驰，徒劳地掠过沼泽和山峰。缪尔兰德已经搞不清自己在走什么路，在驱使梅格前往哪里。他的头脑里只想着一件事：那个妖怪，他的同伴；也可以说那是他的情妇，因为一个十八岁女孩有的恶意和魅力她都有。天穹被厚厚的卷云完全遮盖，云朵似乎正在将他一点儿一点儿吞噬。没有哪个可怜的魔鬼像他这样，独自身处这漆黑如地狱的荒野之上。风猛烈地吹着，似乎想唤醒死人。暴雨如注，倾泻而下。闪电被卷云吞噬，震耳欲聋的雷声从卷云里传出。可怜的缪尔兰德！你蓝红两色的苏格兰帽被风吹掉了，可你不敢回身去捡。暴风雨加倍暴虐，杜恩河里的水已经漫过河岸。缪尔兰德已经骑着马奔驰了一个小时，现在悲哀地发现，他回到了自己跳上马开始狂奔的地方。他的眼前是卡西利斯教堂的废墟，一场大火正在残存的立柱间熊熊燃烧，火舌从废墟的孔隙里窜出来，雕刻作品在地狱般的火海中屹立不倒。梅格拒绝前行，但土地承包人感觉那颗可怕的脑袋依然趴在自己的肩头，他已失去理智，把马刺那么猛烈地踢进梅格的肋腹，梅格只得继续前冲，尽管它即将大难临头。

“乔克，”一个柔美的声音说，“娶了我，你永远都不会再害怕了。”

想想已经苦不堪言的缪尔兰德有多么恐惧。

“娶我。”妖怪又说。

与此同时，他们正在朝烈焰中的教堂疾驰。缪尔兰德撞到残存的立柱和已经倒地的雕像，从马上摔下来。他那晚喝了那么多红酒，那么多啤酒，以及那么多烈酒，在马上颠簸了那么久，又经历了那么多种激烈的情感，现在终于习惯了奇特的兴奋状态。我们的土地承包人勇敢地大步走向没有屋顶的教堂中殿，虽然可怕的大火正从里面冒出来。

然后他的眼前突然出现全新的景象。一个身影蹲在中殿中央，弓曲的背靠着一个八角形容器，容器里正燃烧着绿色和红色的火焰。讲坛上装饰着天主教古老的饰物。许多恶魔站在中殿尽头讲坛上曾经摆放蜡烛的地方。画家和诗人能够想象出的所有奇异而可怕的形象，全都挤在中殿里，四处飘荡，融合后愈发吓人。唱诗班成员坐的椅子上如今坐满早已死去的各色要人，他们还穿着和各自身份相称的衣服。但他们的短斗篷下是仅剩下骨头的手，空空如也的眼窝里毫无光彩。我说不出——因为没有哪种人类的语言那么深邃——那些恶魔在教堂里烧的是什么香，正在那里拙劣地模仿什么神圣的仪式。

四十个魔鬼拿着尺寸各异的苏格兰风笛，坐在很久以前用于摆放教堂乐器的库房里。他们中的十二个簇拥着一个王座，一只巨大的黑猫坐在王座里，以长长的猫叫声合着风笛的拍子。邪恶的风笛合奏使得损毁殆半的库房颤抖不已，不时有大石块从屋顶掉下来。在这片吵嚷声中，有几个貌似漂亮女孩的苗条妖怪跪在地上，白色衣服下拖着尾巴。还有五十个长着翅膀的妖怪正在跳舞或休息，翅膀或张或收。在围绕中殿中央、俯视苦恼众生的供奉圣人塑像的壁龛里，墓穴已经打开，死人从里面走出来，穿着白色寿衣，手里拿着葬礼上用的蜡烛。至于挂在墙上的圣物，我很快就会描述到它们。在过去二十年里所有已经伏法的苏格兰罪犯都在那里，装饰着已落入恶魔之手的教堂墙壁。

缪尔兰德停下脚步，转过身，一直跟随他的那颗脑袋仍未离开。负责地狱接待工作的一个怪物抓住缪尔兰德的手，缪尔兰德没有反抗。缪尔兰德任由自己被它领到讲坛上。他已没有一丝力气，完全不知所措。他们全都跪下来，缪尔兰德也跪下来。他们说出一些奇怪的赞颂之词，但缪尔兰德什么也听不见。他依然无法自由行动，目瞪口呆，等待命运的裁决。

与此同时，邪恶的赞美颂越来越清晰。妖怪分成几组，在这小小的地狱之境越来越疯狂地旋转起舞；风笛越发呼啸。缪尔兰德转过身，看着自己被诅咒的肩膀，讨厌的客人还待在那里。

“啊!”他长叹一声。

那颗脑袋不见了。

他那已经产生幻觉的双眼转向周围，惊讶地发现跪在他身边一口棺材上的那个女孩，就是一直追着他的那张脸。灰色亚麻裙仅遮过大腿，缪尔兰德可以看见她金发下漂亮的脖颈和肩膀，也可以看到轻薄的衣服下闪着柔光的处女的乳房。缪尔兰德动心了。她迷人的身体与她周遭那些可怕的幽灵形成鲜明对比。一具正在滑稽地模仿人类的骷髅用弯曲的手抓住缪尔兰德的手，将其放到那个女孩的手上。未婚妻抓住缪尔兰德的手时，缪尔兰德感觉到人们形容妖怪的爪子时说到的那种刺骨的冰冷。他承受不住那种冰冷。他闭上眼睛，觉得自己快要晕过去了。他不想晕倒，竭力挣扎，但一部分身体已经不听使唤。就在这时，他感觉到自己被一双可怕的手扶到了矮马上，那匹矮马一直在教堂的门口等着他。他不知道那是谁的手，因为他已经意识模糊。

你可能会想象到，一个这样的夜晚肯定会在缪尔兰德身上留下痕迹。他清醒过来，觉得自己先前好像昏迷过去了，却惊讶地发现，自己已经结婚好几天了。万圣节之夜之后，他去了山里几天，带回来一个年轻的妻子，这个妻子现在就躺在农场里那张破床上，躺在他的身边。

他揉揉眼睛，觉得自己是在做梦。然后他想好好看一下他并不知道自己已经选择她当缪尔兰德夫人的那个女人。太阳已经升起来。他的妻子多美啊！那注视他的目光多么温柔！那双眼睛多么漂亮！但缪尔兰德对从妻子眼里射出的那种光芒感到困惑。他凑向妻子，又大吃一惊，他的妻子——这似乎是他的妻子——没有眼皮。弯弯的黑色眉毛下面就是深蓝色的眼珠和蓝色的瞳仁。缪尔兰德叹了口气。关于那个妖怪、夜间追逐和教堂里可怕婚礼的模糊记忆全都突然闪现。

他更加仔细地观察新婚妻子，似乎从妻子身上发现了那种神秘生物的蛛丝马迹，但又觉得妻子和那种生物不一样，似乎没那么可怕。这个年轻女人的手指又长又细，指甲又白又尖锐，头发一直垂到地板上。他似乎仍觉得糊涂，但邻居们告诉他，这个年轻女人家住高地，婚礼结束时，他严重高烧，所以不记得婚礼也很正常，但他已经渐渐康复，想必很快就能和这个年轻女人过上幸福的生活，因为她漂亮、温柔，是个好妻子。

“但她没有眼皮！”缪尔兰德喊道。

邻居们笑话他，说他还没退烧。除了土地承包人自己，没有人注意到这一特征。

夜幕降临，对缪尔兰德而言，今晚才是新婚之夜，因为在此之前，他只是在名义上结婚了。妻子的美貌软化了他对妻子的看法，尽管他的确看到妻子没有眼皮。所以他一遍又一遍地祈祷，希望自己能战胜恐惧，享受这份来自天堂或地狱的奇特礼物。

现在，我们请读者允许我们利用小说和寓言的技巧，跳过这新婚之夜开始时的一些细节。我们不会描述斯佩丽（新娘的名字）当晚打扮得有多么漂亮。

缪尔兰德睡着了，梦见阳光照进摆放婚床的这个房间。炽热的光芒照得他睁不开眼，他从床上跳起来，看见妻子的眼睛正温柔地注视着他。

“魔鬼！”他想道，“现在就睡觉是对她美丽的亵渎。”

所以他不再想着睡觉，低声温柔地说出对斯佩丽的爱，这个高地女孩竭尽所能地回应他。

天快亮了，斯佩丽还没有睡着。

“她没有眼皮，”缪尔兰德在心里自问，“会怎么睡觉呢？”

可怜的缪尔兰德再次掉进疑惑和恐惧的深渊。

太阳升起来。缪尔兰德面色苍白，垂头丧气。缪尔兰德夫人的眼睛一如先前那样神采奕奕。他们清晨在杜恩河畔散步。年轻的妻子那么迷人，做丈夫的虽然满腹疑虑，高烧依旧，但禁不住恋慕地注视着妻子。

“乔克，”斯佩丽说，“我爱你，和你爱忒尔西一样多。这一带所有的女孩都羡慕我，所以，我的爱人，你要警醒些，因为我爱吃醋，会好好看着你。”

缪尔兰德的吻封住她的嘴巴。又过去几晚，斯佩丽灼灼的目光在每一晚都能让土地承包人从熟睡中醒来。缪尔兰德觉得自己越来越虚弱。

“亲爱的，”乔克问妻子，“你从来都不睡觉吗？”

“睡觉？我？”

“是的，睡觉。我觉得从我们结婚那天起，你就没睡过哪怕一小会儿。”

“我们家的所有人都从来不睡觉。”

她蓝色的瞳仁似乎比以往更闪亮了。

“她不睡觉！”缪尔兰德绝望地喊道，“她不睡觉！”

然后他又躺下来，筋疲力竭，恐惧不安。

可怜的缪尔兰德！妻子美丽的眼睛让他不得安宁。按照诗人的说法，那双眼睛就像永远闪亮的星星，令他头晕目眩。整个苏格兰总共出现了超过三十首赞颂斯佩丽眼睛的歌谣。至于缪尔兰德——他有一天失踪了。三个月过去了，他遭受的折磨毁了他的生活，让他变得羸弱不堪。他感觉斯佩丽火一般注视的目光将吞噬他。他无论何时从地里回来，无论何时坐在家里，无论何时去教堂，总躲不开那灼人的可怕目光，那目光一直射进他身体的最深处，令他恐惧不已。最后，他变得讨厌阳光，躲避白天。

曾经毁掉忒尔西的那种酷刑如今正在毁灭他：忧虑——男人称之为嫉

妒——令他成了自己第一任年轻妻子的刽子手，而现在，有一双无处不在的眼睛一直追随着他。这依然是种嫉妒，只是有了可见的形象，是有了具体模样的疑虑。

缪尔兰德抛弃土地和房子，横跨大洋，藏身美洲的森林。他的许多同胞在这里建立了城镇和温馨的家园。他很肯定还很原始的俄亥俄能够为他提供庇护。相较待在苏格兰的家里，忍受一双只为折磨他的永远大睁着的嫉妒的闪光眼睛，他更喜欢现在在殖民地的生活，哪怕浓密的灌木丛里有蛇，食物简单且时有时无。他就这样独自生活了一年，觉得自己交上了好运，至少他在这片肥沃土地的怀抱里得到了安宁。他与不列颠的任何人都没有联系，因为他害怕听到妻子的消息。他有时还会梦见那双没有眼皮的眼睛，惊醒过来。他小心翼翼，确保自己远离那双异常警觉的眼睛，确保自己不会被那不可忍受的目光穿透和吞噬。他现在可以舒服地睡个好觉。

居住此地的印第安部落纳拉干西特族的首领是个年老多病的平和之人。缪尔兰德会做威士忌，早先送了些威士忌给他，赢得了他的好感。首领有一天病了，缪尔兰德去他的帐篷看望他。

印第安棚屋是种圆锥形建筑，顶上有开口，烟雾从开口出去。首领简陋宫殿的中央烧着火堆，老首领本人躺在地上的几块牛皮上，部落里的男人在他周围呼喊、尖叫、哭泣。他们相信，这套喧哗的仪式不单可以治病，还可以让健康的人生病。这群又唱又跳的人由部族里的医生引领。这种奇怪仪式的喧闹声传到很远的地方，这是公开在向他们的神祈祷。

六个姑娘正在按摩老人赤裸的身体，其中一个大约只有十六岁，正在哭泣。常识告诉缪尔兰德，这一套巫医戏法不会有效果，老人肯定会死去。他是欧洲白人，所以这里的每个人都认为他天生就是医生。他利用强加给他的这一头衔的权威，命令所有正在大喊大叫的男人离开帐篷。然后他走近首领。

“朝我走来的是谁?”老人问。

“白人乔克。”

“噢!”老人说，伸出粗糙的手，“乔克，我们以后不会再相见了。”

乔克虽然此前并不懂医术，但很快就得出结论：首领只是消化不良。他亲自照顾首领，为他准备了一种极好的苏格兰汤，老人把汤当成了药，狼吞虎咽地吃下去。三天后，首领康复了。整个部落痛饮狂欢，表达感激和快乐。首领让缪尔兰德坐到自己身边，把自己的烟斗给他抽，还把他介绍给女儿阿奴吉特，这是缪尔兰德在这个部落里见到的最漂亮最年轻的女孩。

“你没有女人，”这位老勇士说，“娶了我女儿吧，让我的白发添点儿光彩。”

乔克一阵颤抖。他记得忒尔西和斯佩丽，婚姻从未给他带来过快乐。可是，这个年轻女人温柔、单纯又顺从。而且，在这荒僻之地结婚，并不需要举办什么庄严的仪式，欧洲人也不看重这样的婚姻。乔克接受了老首领的提议，而美丽的阿奴吉特从未令他后悔自己的决定。

在他们结婚后的第八天，他们在美丽的秋日晨光里到俄亥俄河上泛舟。乔克带了猎枪，阿奴吉特已经习惯森林里的这种冒险生活，帮助和伺候丈夫。天气好极了。河岸景色秀丽。乔克打猎玩得很开心，突然之间，一只羽毛艳丽的野鸡吸引了他的注意。他打中了野鸡。野鸡伤得很重，掉到草丛里，不住地尖叫。缪尔兰德不愿失去这样一件好猎物。他停下独木舟，上岸，跑去找那只受伤的鸟。他在浓密的草丛里找了好久也没找到，苏格兰人固执的天性驱使他走到森林的深处。他来到一块天然形成的林中空地上，美洲的森林中有许多有待发现的被参天大树环绕的空地。突然，一道闪光穿过树叶，射到他身上。缪尔兰德心一沉，这光芒让他不安。这不可忍受的光芒迫使他垂下了眼睛。

一只没有眼皮的永远警觉的眼睛。

斯佩丽横跨大洋，发现丈夫的踪迹，找到了丈夫。斯佩丽没有食言，她可怕的嫉妒和正义的谴责击溃了缪尔兰德。这个男人在那只没有眼皮的眼睛注视下，跑向俄亥俄河。他看见清澈的河水，在恐惧的驱使下跳进河里。

在老妇人以她们的方式讲述的苏格兰传说中，这就是乔克·缪尔兰德的结局。她们说，这是个寓言，“没有眼皮的眼睛”就是妒妇永远警觉的眼睛，这是所有折磨中最可怕的一种。

被施了魔法的手

热拉尔·德·奈瓦尔，1832

热拉尔·德·奈瓦尔（1808—1855）在法国浪漫主义怪诞故事的范畴下创造出一种新的类别：介于梦境与记忆之间的爱恋式抒情回忆，《奥莱利娅》和《西尔维》[1]便是采用这种手法的最典型作品，但很难将它们收录在此。不过奈瓦尔也是经典怪诞故事大家：《被施了魔法的手》关涉一个永远值得挖掘且会感染读者的主题：脱离人身、命运自主的手。

除了被施了魔法的手的道德象征——我们每个人其实都有侵犯他人的暴力倾向——我们在这篇小说中还可以看到一个被精致再现、属于平民的十七世纪巴黎。一个裁缝店店主因为不得不与一位士兵决斗，求助于吉卜赛炼金术士。这个炼金术士给他的右手施了魔法，店主在决斗中杀死士兵。因罪案缠身，裁缝只得又向一个治安官寻求保护；可是那只被施了魔法的手却独立于他的个人意志，攻击了这位法律人士。这个店主被判以绞刑、在监狱里等死时，那个吉卜赛人又来找他：被绞死之人的手，是小偷的上乘吉祥物，小偷有了它，可以打开任何一扇门。吉卜赛人是来取手的。行刑人把死人的手切下，我们看到那手自行移动，在人群中开出一条路，奔向吉卜赛人。

---

① 奈瓦尔分别于一八五五年和一八五三年完成的小说。

一、王妃广场

王宫广场上的那些雄伟的十七世纪房子是全世界最漂亮的房子。我们注视着装饰着线角和石头墙角的砖制外墙以及反射出午后耀眼阳光的高窗时，感受到了面对一群穿带皮衬里红色长袍的治安官时会产生的敬畏。这一类比并不幼稚，因为可敬的治安官围着长长的绿色桌子而坐，形成一个方形，很像王宫广场四周那圈让广场显得和谐肃穆的椴树。

巴黎还有个广场在严整和风格方面与王宫广场不相上下，只不过它是三角形的，而王宫广场是方形的。那个广场建于亨利大帝统治时期，亨利大帝将其命名为王妃广场。当时，人们对于建筑能迅速遍及古尔丹岛感到惊讶。希望去那里赏玩的神职人员，以及参加完辩护想静一静的律师都觉得这种建筑入侵太过残忍。律师们离开臭名昭著的法院广场后，非常希望能有个地方散散步！

三排带厚重门廊的房子很快就出现了，又加上了凸角和隔墙。正面的砖墙很快就砌好了，还有带栏杆的窗户和铺着厚板岩的屋顶。那帮律师马上住了进来，各自占据一层，他们的真实财产状况也因此泄露：地位与财产往往呈反比。整个地方成了乞丐的乐园，贪腐权贵的地下世界。

在亨利大帝统治末期，住在这里的一个叫戈迪诺·舍瓦叙的人使王妃广场成了个重要地方。他是治安官，这是一份事务繁杂但油水很多的工作，因为那时的窃贼比现在多得多——那时真是道德沦丧啊！——而且放荡女人的数目也很可观——伤风败俗！由于人性毫无改变，我们可以说，前代作家描绘出了许多无赖，但还有许多无赖未被描绘出来。

但是必须得说，那时的贼没有今天的贼那么卑鄙，这个可悲的行当在那时是门艺术，好人家的孩子并不觉得干这个行当有什么可耻。在藩篱遍布、特权横行的社会里无用武之地的许多好技能精进到不可思议的地步，有这些技能的人对普通市民比对整个国家更危险，但是，如果不是有这个安全阀，整个社会机器已经爆炸了。当时，在大多数情况下，司法部门对这些技艺杰出的窃贼是有些敬意的，而来自王妃广场的这位治安官最乐于宽容窃贼。至于他为何会如此，你很快就会知道。出于同样的原因，也没有谁比他对笨贼更严厉：这些贼为其他贼的行为付出了代价，而且，用欧比涅的话来说，他们“把遮蔽了巴黎天空的诸多绞刑架挤满”。中产阶级对此拍手称快，因为在那时，他们财产损失惨重，因为坑蒙拐骗的技艺臻于完美。

戈迪诺·舍瓦叙身材矮小肥胖，头发已经变得灰白。他和大多数老人不一样，对头发变得灰白感到很高兴，因为他的头发全白后，从他出生时就跟着他的火一般的发色就会消失。因为这发色，他被取了个他自己并不喜欢的绰号：卢梭。认识他的人都随口这么叫他，因为这个名字比他的本名好念好记。他的眼神常带着凶狠愤怒，在厚厚的眼皮下，那双眼睛看上去总是半闭着。他的嘴角遍布皱纹，好像他经常大笑，但从没有人听到他大笑，或者说，没见过他的后排牙齿。但他说到什么有趣的事情时，会在最后从肺部深处发出“啊”或“噢”音，以强调自己说的话，常常能起到奇特的效果。这种情况常常发生，因为我们的治安官喜欢往谈话里加入睿智的评论、双关语和流氓气的话，即使在法庭上也是如此。不过，这是那个年代的法律工作者之间的一种风俗，这一风俗现今几乎只存在于外省了。

他的鼻子特别长，鼻尖呈方形，他的耳朵又小又光滑。他的听觉那么敏锐，可以听见四分之一里格之外一枚葡萄牙四分之一埃斯库多硬币的叮当声，还能听到更远的地方西班牙金币多布隆发出的声音。有些诉讼当事人在开庭前会找人询问，这位治安官是否有些对其有影响力的朋友，他们想找这样的朋友帮忙。他们被告知，卢梭的确有一些他很看重的朋友，比如多布隆先生、达克特大师和唐·埃斯库多，而关键是，你得同时找几个朋友帮忙，能找到这几个朋友，你就肯定能得到很好的照顾。

二、一个坚定不移的想法

有些人特别看重某一种品质或德行。

有些人对武士的英勇和荣誉怀有最崇高的敬意，对发生在战争中的英勇故事如痴如醉。还有些人把艺术、文学和科学的天赋与创造看得比什么都重要。还有些人受慷慨之人德行事迹的鼓舞，把帮助他人和毫不犹豫地见义勇为视为目标。戈迪诺·舍瓦叙的个人观点与聪明的查理九世一样，那就是：没有哪种德行比机智和技能重要，在这个世界上，只有拥有这两种品质的人值得尊敬和崇拜。我们的治安官发现，在窃贼、骗子、流氓和无赖这些了不起的人身上，这两种品质体现得淋漓尽致。他每天都能观察到他们的奢华生活和独特的伎俩，而且各不相同。

他最崇拜的人是弗朗索瓦·维庸大师，这个巴黎人在诗歌艺术领域和在诈骗界一样有名。他愿意拿《伊利亚特》《埃涅阿斯纪》或者同样受人喜爱的小说《波尔多的于翁》，去换贪吃家庭主妇写的诗，或者地下世界的韵体史诗《大师费弗的传奇》！在他看来，杜·贝莱的诗集《画像》、亚里士多德的《政治学》都比不上《黑话：各国骗子与流氓通用，包括行话与对话。一个傻瓜著，乞丐王图内斯授权，图尔市印刷装订，1603》这样的书。

拥有某一种品质的人，自然对没有这种品质的人深恶痛绝。所以戈迪诺痛恨纯真的人、头脑迟钝而简单的人。他对这类人厌弃至极，到了想彻底修改法律的地步，比如，发生严重窃案时，应该吊死苦主而不是窃贼。这是个想法，这是他的想法。他认为，这是加速智力解放的唯一方法，可以让普通人在智慧、技艺和发明上实现飞跃。正如他经常所言，那样人类才会真的走向完美和圆满，令上帝愉悦。

这是他在道德上对窃贼的看法。从政治上说，他认为偷窃比其他任何事情带来的益处都大，因为它重新分配了巨额财产，使小额财产得以流通，进而造福下层阶级，解放了他们。

如你即将所见，只有高水平的坑蒙拐骗才能获得他的赞赏：圣尼古拉教堂神父精妙的奉承法，高宁大师的那些老把戏，这些妙招已经流传两百年，至今为人称道。他只认维庸这样的人为同类，对吉里耶这样的响马不屑一顾。他和大多数人一样害怕拦路抢劫。对于那些毫无想象力、拿着麻袋进入一栋孤僻的房子、甚至可能杀死房主的家伙，他的看法和其他人也没什么不同。但他如果听说某个与众不同的贼在某栋豪宅的墙上开了个洞，还在开口上画个歌特式三叶饰，于是，窃案第二天曝光后，人们会认为案子是个有品位的人干的。毫不夸张地说，戈迪诺·舍瓦叙对这一类贼人的敬意，比对伯特兰·德·克拉斯坎或恺撒的敬意还多。

三、治安官宽大的马裤

我说了这么多，是时候拉起大幕，遵照古代喜剧的传统，狠狠地踢“序言先生”一脚了。此人一直聒噪不安，我必须像剪掉烛芯那样，杀杀他的傲慢之气。希望他快点儿结束。布鲁斯康贝尔曾经乞求听众“用人性的刷子清除他演讲中的瑕疵，少安毋躁”。就是这样。现在，我要讲故事了。

我们在一个宽敞的大厅里，四下昏暗，家具齐全。老治安官坐在一把宽大的雕花椅子里，椅背上套着带流苏的锦缎。他的双脚有些变形，他正在穿一条浆过的马裤。马裤是裁缝大师古巴尔的徒弟厄斯塔什刚刚拿给他的。舍瓦叙先生系好鞋带，站起来，又坐下去，不时对那位学徒说话。那位学徒身姿笔挺得如圣人的石雕像，胆怯地看着舍瓦叙。他坐在一张矮凳的边缘，是治安官请他坐的。

“啊哈！这条裤子已经完成了它的使命！”他说，用脚把自己刚刚脱下来的旧马裤踢开。“老得就像某条禁止条例，每条布都在说再见——愉快的告别！”

然而，这个幽默的治安官拿起自己还要的那件旧大衣，拿出钱包，摸出几枚硬币，把钱递出去。他说：“很显然，我们搞法律的人因为要在衣服上套托加袍，所以衣服磨损得厉害，但衣服只要还没破没开缝，我们是不会把衣服丢掉的。因为每个人活着都不容易——包括贼和做衣服袜子的——所以，古巴尔大师收我六埃斯库多，我不会和他讨价还价。而且我很大方，愿意再拿出一枚假的埃斯库多给他的学徒，他只要运用自己全部的智慧，让某个狡诈的中产阶级收下这钱，而不是把这钱低价卖给别人，那他就赚到了。你如果不喜欢这个主意，我就留着这一埃斯库多，明天正好是星期天，有捐献活动，我可以把它捐给巴黎圣母院。”

厄斯塔什收下六枚真埃斯库多和那枚假埃斯库多，低声谢了治安官。

“好了，孩子！”治安官说，“你开始学染布了吗？还是说你已经可以裁布，并且可以用眼睛量尺寸了？你可以以旧充新，而且让顾客看不出来吗？换句话说，你学会巴黎大堂市场那些商人了不起的谋生之道了吗？”

厄斯塔什惊恐地抬眼望向治安官，以为他在开玩笑，于是笑起来，但治安官不是在开玩笑。“我当然不喜欢商人的这种抢劫行为，”他说，“贼偷你，但不要你。而商人既抢你，又要你。我有个很爱讲故事又精通拉丁语的至交买了条马裤。他和他们讨价还价，最后付了六埃斯库多。然后一个善良的基督徒进了店里，有些人称这种人为失败者，商人称之为客户。他碰巧也想买我朋友买的那种马裤。那个裁缝以圣母和其他很多圣人的名字起誓，他童叟无欺，那人便信了他，花八埃斯库多买了马裤。我只是举个例子，并不同情他，因为他是个傻瓜。但这个商人数着钱，满足于从第二单生意多挣的两埃斯库多在手里发出的叮当响时，一个可怜的混蛋因为从别人的口袋里偷了一条又脏又破的手帕而被判游街。那个商人喊道：‘瞧瞧这个可恶的罪犯！法律如果是公正的，应该把这个人五马分尸！国家如果这么做，我会去看的！’厄斯塔什，他说这话时手里还拿着那两个埃斯库多。你认为，那个商人的愿望如果实现，法律如果真的是公正的，会发生什么事？”

厄斯塔什不再笑了。这样的悖论太过极端，而且这番话是从治安官那张嘴里说出来的，他只感到不安，并且不敢回应。舍瓦叙先生看到这个孩子就像落入陷阱的狼那样慌乱，发出他那独特的大笑声。然后他拍拍学徒的脸颊，打发他走了。小裁缝闷闷不乐地走下带石制栏杆的楼梯，听到远处加林饭店的露台上传来小号声。小丑一样的江湖游医杰罗姆正在呼唤路人去听他讲笑话，买他做的神奇药物。小裁缝假装没听见，穿过新桥，前往大堂市场旁边的居民区。

四、新　桥

新桥是在亨利四世当国王期间建成的，是在他统治时期建成的最重要的建筑。这座桥赢得的好评超过其他任何建筑。它耗费了大量人力，十二个桥拱横跨塞纳河，把首都的三个老城更加紧密地联系起来。

随后这里变成闲散的巴黎人约会的地方。因为这批人的到来，行吟诗人、油膏商人和骗子也来了。人多的地方就有骗子，就像有磨房的地方必定有流水。

厄斯塔什从三角形的王妃广场出来时，黄昏的光线照在桥上。桥上人潮汹涌，尽管最受欢迎的散步地点是房屋、城墙和商店橱窗旁的步行道。

厄斯塔什在人流中艰难地挤出一条路，从桥的一头跑向另一头，不时因为微小的障碍停下来，比如结冰的地方。他在手艺熟练的街头艺人、歌手或叫卖商品的小贩之间穿行。许多人站在栏杆前，观赏从桥拱下经过的木筏或驶远的船只，凝视壮美的塞纳河绕着右边的卢浮宫和左边的办事员草地蜿蜒流去。塞纳河被美丽的林荫大道分开，河岸遍植树干发灰的垂柳，绿色的柳条在水面上摇曳。在更远的地方，河两岸是内勒塔和本瓦塔。这两座塔就像守卫巴黎门户的哨兵，又像古老传说中的巨人。

突然，一阵燃放烟花的喧嚣吸引了路人的注意，大家都朝一个地方张望。表演在半月形平台的中央进行，步行道旁边每个桥墩的顶部都有这种平台，这些平台原先用于堆放石头，现在都空着。是个魔术师在表演。他面前有张桌子，有只漂亮的猴子在桌子上慢悠悠地走来走去。它就像个货真价实的魔鬼，穿着红黑色衣服。它毫不害怕，燃放了许多烟花和火箭。其他摊主嫉妒这个魔术师，因为他们没能吸引那么多人驻足。

猴子的主人是个吉卜赛人。一个世纪前，吉卜赛人已经不多了，但并不难见到。眼前的吉卜赛人已是这副模样：面部轮廓如斧刃一般锐利；额头高又直；鼻子长长，有个肿块，几乎比嘴还宽；薄薄的嘴唇，脸颊凹陷；斜眼上的那两道眉形成一个V字；头发又长又黑。他的举止显得随意而机敏，表明他是个挺有本事的骗子，从小就自己挣饭吃。

他穿着一套旧的小丑服，戴着一顶宽檐黑色大毡帽，帽子又旧又皱。但他看上去很有尊严。人人都叫他高宁大师，这或许是因为他很擅长变戏法，或许是因为他其实是那位著名游吟诗人的后裔。那位诗人在查理六世时期建造了儿童欢乐剧院，是第一个获得小丑之王头衔的人，在其之后获得这个头衔的肖塔卡布拉在国会里都享有特权。

五、好　运

这个魔术师吸引了许多观众，变了好多个戏法，赢得热烈喝彩。这个家伙有意选择这个半月形平台，但不是因为他在其他地方表演可能会阻塞交通，而是因为，在这个地方，所有观众都是站在他前面。当时的魔术与现在的魔术不一样，现在手艺高超的魔术师可以在观众之间表演。

他变完所有戏法后，他的猴子在人群里钻来钻去，收到不少硬币，发出尖锐的问候声。这精彩的手上戏法，似乎是在为接下来的表演造势。果然，高宁大师随即说，他有通过纸牌、手相和勾股数预知未来的本领。这种本领是无价的，但他为了答谢观众，愿意收一个苏给在场的人算命。他说完这些话后，洗好牌，命令猴子（它叫伯科利）把牌发给那些伸出手想要牌的观众。

猴子发完牌，他的主人呼唤牌名，一个个好奇者走上半圆形平台，然后他预测这些人有好运还是坏运。与此同时，他给了辛勤的猴子一个洋葱作为奖赏。这也是个节目。猴子吃了洋葱后表情扭曲，既愉快又痛苦，嘴上带着笑，眼里含着泪，每咬一口洋葱，都满足地哼哼，同时又做可怕的鬼脸。

厄斯塔什也拿了张牌，是最后被叫到的人。高宁大师专注地看了看他纯真的长脸，然后热情地说：“你的过去是这样：你从小父母双亡，跟着大堂市场一个做马裤的裁缝做了六年学徒。你的现在是这样：你的师父答应把他的独女嫁给你，还准备退休，把铺子也交给你。至于你未来会怎么样，请把手伸出来。”

厄斯塔什非常惊讶，伸出了手。占卜师仔细看了手纹，眉毛蹙起，表情疑惑，然后叫来猴子，似乎要请教它。猴子抓起厄斯塔什的手，仔细观察，然后爬到高宁大师的肩膀上，似乎要对他耳语。但它只是快速地动了动嘴唇，动物不安时常常如此。

高宁大师终于大声说道：“真是怪事！一个开始只有些微财产的单纯之人，怎么会变得那么异于常人，最后大富大贵呢！……啊，小兄弟！你将来不同凡响。你会走到很高的地方，非常高……你最后会变成一个伟人！”

“当然了！”厄斯塔什在心里对自己说，“算命的都会说这种好听的话……但他怎么知道我过去和现在的状况？太神奇了！……他先前也许从什么人那里听说过我。”

然而，他拿出治安官给他的那枚假的埃斯库多，叫高宁大师找钱给他。他的声音也许太小了，魔术师也许没听清，因为魔术师拿起那枚埃斯库多，在指间转着，说道：“好的。我看得出来，你很会为人处世，正因为如此，我再给你算几个细节，这些细节都是真的，但我不能说得太明白。是的，我亲爱的朋友，你没有像其他人那样付我一个苏是对的——尽管你这枚埃斯库多只值其他埃斯库多的四分之三。没关系，因为这枚亮闪闪的硬币已经足够实打实的当一面亮闪闪的镜子了，你可以从中看到事实。”

“那你刚才说我会发迹是假的？”厄斯塔什问道。

“你来找我算命，我把你以后的命运告诉你了。但我没对你的命运加以评说。我说你将来会发迹，你对此是怎么理解的？”

“我想我会成为服袜商工会的理事，或者教区的会计，或者市议员……”

“这也是好命！但为什么不可能是土耳其大苏丹呢？不，我的朋友！你必须从其他层面理解你的命运。你既然想听我解释神谕，那我就告诉你。我们说的‘走到很高的地方’，是说你会在月亮上牧羊，就像我们说‘他会走得很远’，是说某个人会在海洋里用如椽大笔写他的故事……”

“噢，当然！……你如果能再解释一下，我敢肯定我会明白的。”

“这两句诚实的话，其实就是‘绞刑架’和‘大帆船’的意思。你会走到很高的地方，我会走到很远的地方。我在中线上看得很清楚了。你看我这只手，中线与其他不那么明显的线条形成多个直角。再看你的中线，有条很短的线从中线上穿过去，还有一条线斜穿过这两条线。”

“绞刑架！”厄斯塔什喊道。

“怎么？你对躺着死有特殊的好感吗？”高宁打趣道，“还是太年轻。不管怎么说，这种死法让你避开了常人无法躲开的其他结局。另外，绞刑架夫人抓住你的脖子，你的手臂垂下来时，你可能已经是个可怜的老头，对这个世界和世界上的一切都厌烦了……啊，钟敲了十二下，巴黎纠察队要来赶我们下桥了，我们下午才能回来。不过，你如果需要建议、护身符、诅咒符，或需要在危急时刻使用催情药去爱，去复仇，来桥头的加亚尔城堡找我。你看见那座塔的尖角了吗？”

“最后一个问题，”厄斯塔什颤抖着说，“我的婚姻幸福吗？”

“带你的妻子来见我，我就能告诉你……伯科利，向这位绅士鞠躬，亲亲他的手。”

这个变戏法的收起桌子，夹在胳膊下面，把猴子放到肩膀上，哼着一首老歌，朝加亚尔城堡去了。

六、烦恼与悲伤

厄斯塔什的确很快就要娶那位杰出的马裤裁缝的女儿了。他是个刻板的年轻人，对工作很认真，闲暇时不会像其他学徒那样，去玩九柱游戏或打球，而是查账，或读《六家公司的花草图样》，或学点儿西班牙语。在那个年代，西班牙语就和今天的英语一样，对商人非常重要，因为当时有很多那个国家的人住在巴黎。

六年了，古巴尔大师终于确信，自己的这个徒弟无比诚实，也非常优秀。他还注意到，女儿和这个年轻人明显互有好感，但他们都十分克制，没有越轨行为。于是，他决定让他们在施洗者圣约翰日那天成婚，然后自己退休，回皮卡第的拉昂。他在那里还有些祖传的产业。

厄斯塔什没有财产，但在那个时候，嫁给一堆财产尚未蔚然成风。父母的品位和看法，对儿女择偶有很大影响。父母会仔细考察未来儿媳或女婿的品行和能力。现在的父母可大不一样，对仆人品德的要求，比对未来女婿的品德要求都高。

占卜师的预言让小裁缝原本迟钝的脑袋变得更加混沌，他仍然站在半月形平台的中央，头晕目眩，完全没听到从撒玛利丹钟楼传来的清晰的声音："正午！正午！"但在巴黎，昭告十二点的钟声会响一个小时。很快，卢浮宫更加庄严的钟声取代撒玛利丹的呼喊。奥古斯丁响起钟声，夏特雷也响起钟声。厄斯塔什慌了，因为时间已经很晚了。他拼命跑起来，不久就把莫奈街、博雷尔街和蒂雷查普街抛在身后。然后他慢下来，拐过博韦肉店。接着他看到大堂市场的红色帐篷、卖儿童玩具的摊位、磅秤、十字架以及小房子铅皮屋顶的尖角上挂的漂亮灯笼。他瞬间笑容满面。

在这个市场的某一顶帐篷下，他的未婚妻雅沃特·古巴尔正在等他归来。大堂市场的大部分商人都有自己的摊位，摊位是暗沉沉的铺子的一部分，由家里人看着。雅沃特每天早晨来到父亲的摊位，坐在货品上，招揽顾客。她有时候会站起来喊住客人，或者拉住他们的胳膊，直到他们买下什么东西才松手。她就是这样做生意的，但其实非常害羞。她尚未结婚，已经是所谓的老姑娘。她一头金发，个子高高，微微驼背，和大多数做生意的女孩一样纤瘦。她听到轻浮的话时很容易脸红，虽然比其他任何人都更会说俏皮话（当时的营商风气就是如此）。

厄斯塔什通常会在正午来接她的班，好让她可以去店里和她父亲一起吃饭。厄斯塔什刚才就是因为想到这件事，害怕雅沃特会等得不耐烦，才奔跑起来。但是，他从远处看到，雅沃特非常平静，胳膊支在一卷布上，正在专心听一个英俊士兵说话。士兵的一条胳膊也支在那卷布上，看起来只是顾客，不可能是其他什么人。

"那是我的未婚夫！"雅沃特微笑着对陌生人说。陌生人没改变姿势，只是转过头，用士兵看市民的那种轻蔑的目光打量了这个学徒一番。

“他看起来像个号兵，”士兵毫不客气地说，“不过步伐没有号兵那么有力。你知道吗，雅沃特，在连队里，号兵还没有马重要，但比狗重要……”

“这是我的外甥。”雅沃特对厄斯塔什说，蓝色的大眼睛看着他，微笑着，“他请假回来参加我们的婚礼。是不是很棒？他是骑兵队里的火绳枪兵。噢！这身军装真漂亮！厄斯塔什，如果你穿上这身军装——但你不够高，也没那么强壮……”

年轻的厄斯塔什羞怯地说：“你可以赏光在巴黎和我们多待几天吗？”

“看情况吧，”士兵站直身体才说，“我们奉命去贝里平定农民叛乱。农民如果能安静一段时间，我可以待一个月。不过呢，我们到圣马丁日就会来巴黎，和于米埃尔军团换防。我大概每天都能看到你们。”

厄斯塔什回避火绳枪兵的目光，却暗暗打量他。他不希望雅沃特有个强壮的外甥。

“我说每天也不对，”外甥继续说，“因为我们周四要参加大阅兵。但我们晚上没事，所以我能来和你们一起吃晚饭。”

“他还指望每天都来吃饭？”厄斯塔什想道。

“古巴尔小姐，你从来没对我说过，你的外甥这么……”

“这么整洁？噢，是的！他长大了！嗯，我们七年没见过可怜的约瑟夫了。七年啊，有多少水从桥下流过！”

“也有太多的酒流进他的肚子里，”学徒想道，不喜欢未来外甥那张红彤彤的脸，“喝淡酒的人的脸不可能那么红。婚礼之前，师父家的酒瓶要天天跳死亡之舞了……也许婚礼之后也是这样。”

“我们吃饭吧。爸爸肯定已经不耐烦了，”雅沃特说，离开摊位，“约瑟夫，把胳膊给我！还记得吗，那时我十二岁，你十岁，我比你大，你叫我妈妈……我在挽着一个火绳枪兵的胳膊走路啊，我真自豪！你会带我出去散步的，是不是？我出门太少了！我又不能独自出门……周日晚上，我必须去参加宗教课程，因为我是神圣纯洁姐妹会的成员。我戴着丝带呢。”

年轻女人富有节奏的话音伴着士兵军人的步伐，一个轻盈优雅，一个挺拔魁梧。他们很快消失在制桶街路廊柱投下的阴影里。厄斯塔什只觉得眼前昏暗，耳中嗡鸣。

七、悲伤与烦恼

直到现在，我们一直在密切关注这个中产阶级故事的发展，但是，我们实在没有篇幅把它讲得太细。现在，我们尽管十分尊敬小说的三一律，但必须往前跳几天。厄斯塔什与未来外甥之间的紧张关系讲出来也许很有趣，但我们刚才虽然那样写了，他们后来其实并没有如我们想的那样，那么痛恨彼此。不久之后，厄斯塔什对未婚妻的行为也没有那么不安了。她只不过是想找回儿时的回忆，她的生活那么平凡，这些回忆对她非常重要。

一开始，她只把这个骑兵连里的火绳枪兵看成一个快乐、聒噪的男孩，她从前的玩伴。但不久之后，她意识到，这个男孩已经长大了，选择了另外一条生活道路。于是，她对外甥的态度变得矜持了。

至于那个士兵，他对这个年轻的姨妈似乎并无什么不名誉的想法，他的亲密行为合乎礼节。也许可以这样认为，他是这种男人——这种男人很多——无法对有尊严的女人产生欲望。可以说，他目前和塔巴林一样，“酒瓶才是他的爱人”。他在巴黎的前三天里，没有离开雅沃特一步，晚上还带她去香榭丽舍大街，只有一位老女仆跟着他们，厄斯塔什非常不满。但这种状态没有持续太久，因为士兵很快就厌恶了她的陪伴，宁愿独自待着——只是出于礼貌，在吃晚餐时出现。

唯一困扰这位未来丈夫的事情是，这位亲戚在房子里过得挺舒服，而这房子很快就会在婚礼之后属于他了。但他在婚后似乎很难赶走这位亲戚，因为每过去一天，这位亲戚的地位就更稳固一些。他只是好久未与雅沃特联系过的外甥。但厄斯塔什该怎么让雅沃特明白，她把家庭纽带看得过于重了，她在与亲戚相处时，太过坚守所谓的正确原则，或者直白地说，她坚守的是过时的家长制？

尽管如此，这位士兵也许会意识到自己太过分，厄斯塔什必须像俗话说的“情人去了巴黎的女人”一样耐心。

但婚礼之后，这位火绳枪兵并未改变自己的习惯。既然那帮农民老老实实，他决定再请几天假，一直待在巴黎，等着自己的连队开进巴黎。厄斯塔什提到流连酒馆的人、不受欢迎的人和看起来虚弱的人，说了几句讽刺的话。他不敢直接对妻子和岳父表达不满，因为他害怕自己刚一结婚就显得太自私，毕竟，他所得的一切，都是他们给的。

他看见这位士兵就生气。他的嘴巴就像一口永远都在鸣响的钟，讲他的光荣：他在战斗中表现英勇，是军中的狠角色；他在军队与那些农民的战争中建立了卓越功勋。其实那些法国农民很可怜，他们因为交不起税才造反，结果被打得落花流水……

在那段时间里，他经常这样自吹自擂，就像当时盛行的喜剧表演。在我个人看来，这位士兵的到来，就像加斯科涅人和纳瓦拉人胜利入侵巴黎。但他越来越虚弱，几年后便全无康复的希望，但仍是个完美的喜剧人物。到最后，撒谎已经成了他的家常便饭。

我们善良的厄斯塔什最在意的是，这位狂热的士兵会威胁到他的安全，仿佛他还只是个小男孩。他为了强调自己在身材上毫无吸引力，一有机会便在雅沃特面前做出荒诞的举动。这对他非常不利，因为一个新婚丈夫必须为未来建立点儿权威。另外，这也有损他这个刚刚拿到执照的裁缝的荣誉。

一件新的难事降临，让形势失控了。厄斯塔什被行会选为守卫，他和自尊心很强的古巴尔大师一样，不想穿着市民的衣服，拿着借来的戟。于是他买了竹柄剑（不过竹柄已经掉了）、头盔和胸甲，这三样东西都是红铜做的，可是红铜似乎更适合用来做锅。他花了好几天时间擦洗、抛光这些东西，让它们变得闪闪发亮。但是，当他穿上胸甲、戴上头盔、拿着剑雄赳赳地走过铺子，问大家他“这身行头好不好看”时，火绳枪兵大笑不止，说他好像把一套厨房用品穿在了身上。

八、拧鼻子

事情总是这样，一天下午——那个月的十二日或者十三日吧，但肯定是星期四——厄斯塔什提早关了铺子。古巴尔大师前一天离开巴黎，去皮卡第看他的房子，打算三个月后，等徒弟建立起商人的自信就搬过去。所以厄斯塔什现在才有权决定何时关铺子。

巧的是，火绳枪兵那晚回家，发现门锁上了，灯灭了。他大受震惊，因为夜间巡逻兵还没走过小城堡。他每次回来时都已经喝了点儿酒，又天生脾气暴躁，所以大骂一声。厄斯塔什还没睡觉，听到他粗鲁的喊叫怕得直发抖。

“喂，里面！喂！”士兵喊道，猛踢门，“今晚过节吗？今天是圣米迦勒日，裁缝、窃贼和扒手的节日吗……”

然后他用拳头猛砸铺子的窗户，但就像石磨碾水，毫无作用。

“喂！姨父！姨妈！你们想让我睡在门外的石头地面上，被狗和其他畜牲吃掉吗？喂，喂！立刻过来开门，你们这些资产阶级，我给你们带钱来了！愿瘟疫把你们带走，吝啬鬼！”

外甥高声呵斥，但门并未移动分毫。他就像对着山石祈祷的圣贝德，所有的话都随风而逝。

他推不开门，但窗户可没那么坚固，有个可以让他们看到他的简单办法。士兵迅速做出决定，从暗沉沉的门廊走出来，走到制桶街的中央，捡起石块。他瞄准两层楼中间的一扇小窗户，正中目标。厄斯塔什没有料到他会这么做，士兵扔完石块后，又发出可怕的叫喊："你们为什么不给我开门？"

厄斯塔什迅速得出结论：一个疯了的懦夫就像开始挥霍的农民，他决定在妻子的见证下，直面士兵，一劳永逸地解决问题。妻子看见他在火绳枪兵面前就像个傻瓜，肯定会看轻他，但傻瓜也会反抗。他披上斗篷，跑下楼梯，来到一楼，雅沃特没能阻止他。他走过铺子后门时从墙上拿下剑。他滚烫的手感受到冰冷的剑柄，脚步迟疑了片刻。他的另一只手上拿着钥匙。一声巨响，第二扇窗户被打破了。他听到妻子的脚步声从身后传来，所有的力气便又回来了。他迅速打开门，站在门口，手上拿着已经出鞘的剑，就像站在人间乐园门口的天使长。

"这只猫头鹰想干什么？这个一无是处的酒鬼想干什么？这个疯子想打架吗？"他大声叫道，如果不这么大声，他怕自己的声音会颤抖。"有尊严的人会这样做吗？走，快离开这儿，去恶棍的破屋里睡觉吧，不然我会叫醒邻居，夜间巡逻兵会把你抓走！"

"好啊，好啊！看看我们这个傻瓜唱的是什么歌！你今晚怎么了？这可真新鲜！我喜欢看见你像悲剧中的人物那样说话。我喜欢勇敢的人。过来，让勇敢的比克克尔抱抱你！"

"离开这儿，你这条杂种狗！你难道还不明白？你在制造噪声，邻居们很快就会醒过来，把你当成窃贼抓起来。走吧，快走你的路吧，永远不要回来！"

但士兵没有离开，而是朝门口走去。厄斯塔什有点儿想退缩。

"说得好！"火绳枪兵说，"你提出了警告，我应该报答你。"

眨眼之间，他已经站到厄斯塔什面前，使劲拧了他的鼻子一下，他的鼻子都被拧红了。

“给你！零头不用找了！再见了，姨父！”

厄斯塔什无法在妻子的面前就这么站着，忍受这样的侮辱——这比挨耳光还令人不堪——所以，尽管雅沃特死死拽住他，他还是奋力跳向正在离开的敌人，砍出只有十字军士兵才能砍出的一剑——但他的剑差多了。厄斯塔什的剑自从宗教战争之后就没砍过任何东西，所以连士兵的皮带都没能砍断。火绳枪兵抓住厄斯塔什的双手，缴了他的武器。厄斯塔什使尽全部力气喊叫，踢敌人的靴子。幸运的是，雅沃特跑到他们中间，因为即使邻居们看见了这场殴斗，也根本不会出来阻止。厄斯塔什终于挣脱了钳子般的手，搓了好久，手指才可以自如活动。

“我不怕你！”他喊道，“你如果有胆子，明天早上六点钟到办事员草地！你这个无赖，你这个吹牛大王，我们决斗，不是你死就是我亡！”

“我的小冠军，你选的这个地方很好。我们像绅士那样行事吧！那么，以圣乔治之名，睡个好觉吧！”

士兵以他从未使用过的体贴口吻说出这些话。厄斯塔什骄傲地同妻子回屋了，提出决斗似乎令他突然之间长高了很多。他捡起剑，猛地关上门。

九、加亚尔城堡

年轻的裁缝醒来，完全没了昨晚的勇猛之心。他很快就意识到，自己太傻了，居然向火绳枪兵提出决斗。他除了柳枝，什么武器都不会使：他当学徒时，经常在加尔都西的田野上和朋友玩柳枝。他决定待在家里，让对手在那里骄傲地走来走去，就像一只领头鹅。

决斗的时间过去了，他起床，打开铺子的门，没对妻子提一句昨晚的事。雅沃特也没有问起昨晚的事。他们默默地吃了早饭，然后雅沃特和往常一样，坐到红帐篷下守着摊位，她的丈夫在女仆的帮助下检查布匹是不是有瑕疵。他经常看向门口，害怕那位可怕的亲戚走过来奚落他胆小，言而无信。大约八点半时，他看到火绳枪兵的军装出现在门廊下。他就像伦勃朗画中的日耳曼士兵，头盔、胸甲和鼻子闪着耀眼的光芒。他的胸甲和鼻子看起来好像越来越大，越来越清晰。而金属鞋底踏出的每一步，都在宣告裁缝的末日。

军装一样，但人不同了。简单地说，这是另一个士兵，他家亲戚的战友。此人在厄斯塔什的店外站住脚。这位士兵彬彬有礼，对已经从震惊中恢复过来的厄斯塔什说起话来。

他告诉厄斯塔什，对手在约定地点等了厄斯塔什两个小时，没有看见他，以为是什么突发事件让他脱不开身，所以，约瑟夫决定明天再去那里，再待那么久。如果决斗还是未能进行，约瑟夫会立即来到铺子，就像在一六〇五年，著名的布鲁斯凯出于同样原因，对待乡绅谢弗勒斯公爵那样，割下厄斯塔什的耳朵，再把耳朵塞到厄斯塔什的口袋里。布鲁斯凯在法庭上赢得了掌声，因为他们觉得他就该这么做。

厄斯塔什回应道，约瑟夫这样威胁自己，他真想和约瑟夫决斗两次。他又说，他未能成行，只是因为他还没有找到合适的武器。

约瑟夫的战友似乎对这个回答非常满意。他告诉厄斯塔什，他可以去撒玛利丹对面的新桥找到上好的武器。许多没有正经职业的人在那里游荡，愿意为挣到一埃斯库多做任何事，也卖武器。他说完这些话后，深深地鞠了一躬，走了。

厄斯塔什独自待着，苦思许久。他想到了三种解决办法，难以定夺：他首先想到向法官举报士兵的骚扰和威胁行为，请求法官允许他携带武器以自卫。但他也许还是要和士兵打一架；他还想到把此事告知军队的长官，请他们在决斗开始之前到达现场。但是长官在决斗结束后才到怎么办？最后，他想到去咨询新桥的那个吉卜赛人。他决定走这第三条路。

中午，女仆替换下在红帐篷下的雅沃特，让她可以回家和丈夫吃饭。厄斯塔什没有提到早上有人来找过他。他请妻子照看铺子，说他要去拜访一位刚到巴黎、打算做衣服的绅士。他拿上布样，去了新桥。

加亚尔城堡坐落在桥南端的河岸，主体建筑是座圆塔，圆塔从前是监狱，现已坍塌，成了无家可归者的住所。厄斯塔什在石头地面上踌躇地走了一会儿，看到一扇上面钉着一只蝙蝠的小门。他轻轻敲门，高宁大师的猴子立刻拉开门闩，打开门，就像受过开门训练的家猫。

魔术师坐在桌旁读书。他慢慢地转过身，示意厄斯塔什坐到脚凳上。厄斯塔什把自己的惊险遭遇告诉给魔术师，魔术师说他可以帮忙，厄斯塔什来找他是明智的。

“你需要的是魔法，”他说，“一个能让你战胜对手的魔法。你想要魔法吗？”

“想，如果可能的话。”

“所有人都说自己会魔法，但你会发现，谁的魔法也没有我的魔法有效。另外，我的魔法和其他人的魔法不一样，其他人的魔法是邪恶的艺术，我的魔法是善意的，有很深的底蕴，不会奴役你的灵魂。”

“很好，否则我肯定不会用它。但是，你的魔法产品卖多少钱呢？我不知道买不买得起。”

“你是要买自己的命和荣誉。这两样珍贵的东西，起码值一百个埃斯库多吧。你觉得呢？”

“愿魔鬼把你抓走！”厄斯塔什嘟囔道，沉下脸来，“我没有这么多钱！没有饭吃，还不是死？没有衣服穿，还有什么荣誉可言？还有，我怎么确定你不是骗子？”

“事后付钱。”

“那我可以考虑。你怎么证明你的东西的确有效？”

“把你的手给我。”

“别再这样啦！你是不是觉得我是个喜欢听你吹嘘的傻瓜？你不是说我最后会上绞刑架吗？”

“这一点毫无疑问，我不会收回之前的话。”

“如果是这样，我为什么害怕决斗呢？”

“没有原因。但你戳伤或划伤别人，通往你灵魂的几扇重要的大门也就打开了……然后，你不管还活着抑或死了，都会被带到很高的地方——从手相看是这样。你的命运就是如此。你明白吗？”

裁缝完全明白，于是迅速伸出手，表明他接受魔术师的提议，还说他会在十天之内筹好钱。魔术师同意，把付款日期写在墙上。然后他拿出哲学家大阿尔伯特写的书——上面还有科尼利厄斯·阿格里帕和阿博特·特里特乌利斯写的批注——把书翻到“个人战斗”一章。他为了让厄斯塔什更加相信他的魔法毫不邪恶，还对厄斯塔什说，他可以在使用魔法时祈祷，不用害怕祈祷对魔法构成障碍。

他打开一个匣子的盖子，拿出一个没上釉的陶罐。他往罐中倒入几种液体，同时嘴里默念某种咒语——书上似乎是这样指示的。他配好药水之后，抓起厄斯塔什的右手（厄斯塔什正在用左手划十字），往这只手手腕以下涂抹药水。然后他立即从另一个匣子里拿出一个异常古老而油腻的陶罐，小心地将罐子微微倾斜，往厄斯塔什的手背上滴了几滴油，同时大声说了几个拉丁语词，那好像是神父为人施洗时惯用的词。

然后，厄斯塔什感觉到一种电击般的震颤蹿过整条手臂，大为惊骇。他感觉自己的右手似乎正在胀大，而且奇怪的是，它自行握紧又张开了几次，关节咔咔作响，好像一头正在醒来的野兽。然后他就没有特殊的感觉了，血液循环似乎恢复正常。高宁大师说，魔法传授工作已经完成，他现在可以挑战法院和军队里最著名的剑客，轻轻松松就能把他们漂亮制服上那些时尚但无用的纽扣削下来，把剑刺进扣眼里。

十、在办事员草坪

第二天早晨，四个男人走过绿树成荫的办事员草坪大道，寻找可供决斗又足够隐蔽的地方。他们来到草坪最南端那座小山的山脚，这是人们玩九柱戏的地方，他们一致认为这里是用来决斗的理想地点。厄斯塔什和对手脱掉上衣，他们的助手按照决斗规则，检查他们的衬衫与马裤。裁缝非常兴奋，因为他相信吉卜赛人的魔法会生效。众所周知，神神道道的事情——魔法、春药、符咒——在当时受到前所未有的欢迎，所以诈骗诉讼也前所未有的多。

厄斯塔什的助手是厄斯塔什花一埃斯库多在新桥找来的。此人向火绳枪兵的朋友问好，然后问他是否也想决斗。火绳枪兵的朋友说他不想决斗，于是，厄斯塔什雇来的助手便漠然地抱起双臂，退到一边，观看这场决斗。

对手以剑向他致意时，裁缝不禁感到忧虑，所以并未用剑向对手回礼。他直挺挺地站着，握着剑，好像那是一支蜡烛。他的防守姿势那么笨拙，士兵体贴地承诺，他顶多只会划伤小裁缝。但两人的剑击到一起时，厄斯塔什立刻发现，他的手在把胳膊往前拽，激烈反抗控制着它的力量。

更准确地说，厄斯塔什感觉到一种强大的力量从手上蹿到胳膊的肌肉里，让手臂变得强壮而灵活，就像铁制的弹簧。士兵为了躲避出其不意的一击，手腕差点脱臼。但裁缝的下一次袭击，把士兵手里的剑打到了十步之外。但厄斯塔什没有稍息，他的剑继续向前，刺进士兵的身体，剑柄直抵士兵的胸口。厄斯塔什并没有向前倾身太多，但他的右手迅速一挥，把他往前带。他幸亏踏在了对手的胸口上，不然肯定会头着地摔倒。

“我的天哪，这是什么剑法啊！”士兵的助手喊道，“这个人可以当欧克特维斯特骑士的老师！这个人不够高大也不够强壮，但他的胳膊力气真大，比威尔士弓箭手的胳膊力气还大！”

与此同时，厄斯塔什在他助手的帮助下站稳，呆愣愣的，仍然不敢相信刚才发生的事。然后他清楚地看到脚下的火绳枪兵，火绳枪兵就像一只被魔法圈定在地上的青蛙。厄斯塔什迅速跑了，忘记自己只在星期日穿的镶边外套还在草地上。

士兵毫无疑问已经死了，两位助手没有理由待着不走，于是也迅速离开。他们走下百八十步后，厄斯塔什的助手一拍额头，大喊道：“我把剑落下了！那把剑是我借给他的！”他让士兵的助手先走，自己回到决斗现场，摸了摸死者的口袋，发现几枚骰子、一段绳子和一副又脏又旧的塔罗牌。

“赌徒！一个诈赌的赌徒！又一个连块祖传的怀表都没有的恶棍！吹引信的，愿魔鬼把你带走！”我们这个时代的人受过通识教育，所以除了最后一个名词，我不需解释他的话。最后一个词就是指已经消失的职业火绳枪兵，火绳枪兵点燃引信，他的武器才能发射。

他不敢拿士兵军装上的任何东西，因为卖这类东西会给他带来麻烦。他只拿了士兵的靴子。他把靴子和厄斯塔什的外套藏到斗篷下，骂骂咧咧地走了。

十一、着　魔

在接下来的几天时间里，裁缝足不出户，心情沉重，因为他由于别人一次小小的冒犯而杀了人。从此以后，他不管是活着还是死了，都是有罪的。有时，他觉得这一切只是个梦，他记错了，但他那件外套不见了，被他忘在草坪上，这是个他无法否认的证据。

最后，一天下午，他决定直面这件证据。他假装散步，去了办事员草坪。他看到他和士兵之前在那里决斗的九柱戏场地时，感觉眼前一片迷雾，只得坐下来。有几个律师在那里玩九柱戏，律师们晚饭前常在这里玩。眼前的迷雾消散后，厄斯塔什觉得一位律师两腿之间的地上有一大摊血迹。

他颤抖着站起来，迅速离开那个地方。但他满眼都是那片血迹，似乎落在了他看到的任何东西上。那血迹就好像是我们直视太阳之后，在我们视野里到处跳跃的乌青色小点。

他在回家的途中，觉得自己被跟踪了。然后他想到，他在参加决斗那天早晨经过玛格丽塔旅馆，今天下午又经过这家旅馆，也许旅馆里的某个人注意到他了。在那个年代，关于决斗的法律并未得到严格执行，但他害怕官方也许会觉得，吊死一个可怜的商人以警示热衷决斗的达官贵人是个好主意。那时候不像现在，法律对那类人几乎毫无办法。

诸如此类的想法让他度过了异常焦虑的一夜。他一闭上眼，就有数不清的绞刑架在脑海里出现，每个绞刑架下都挂着绳子，每条绳子下都挂着一个摇来荡去的死人，每个死人都发出可怕的大笑。有时，绳子下挂的是骷髅，骷髅的肋骨在满月下闪着耀眼的白光。

但一个令他快乐的想法擦掉了所有这些扭曲的景象：他想到了那位治安官，他岳父的这位老主顾从前待他非常友好。厄斯塔什打算明天一早就去找治安官，把一切告诉他，请求得到他的保护，尽管治安官可能帮忙只是因为他看着雅沃特长大，很关心她，也很尊敬古巴尔大师。可怜的裁缝因为想到了好办法，终于镇定下来，不再辗转反侧，一觉睡到天亮。

九点左右，他敲响治安官家的门。秘书以为他是来为新衣服量尺寸或推销什么东西，立即把他带到治安官面前。治安官深陷堆满坐垫的扶手椅里，读一本好玩的书。他在读梅纽斯·科卡伊斯的一本古老的诗集，诗人对鲍尔达斯的描述令他非常愉悦。鲍尔达斯是拉伯雷著《巨人传》主人公庞大固埃英勇的原型，而盗贼辛加是庞大固埃的伙伴巴汝奇的原型。

舍瓦叙先生正读到辛加把一只羊扔下船。这是他在船上买的领头羊，其他羊随即跟着跳下船。他注意到有客来访，把书放到桌上，心情愉悦地转向裁缝。

舍瓦叙先生问厄斯塔什他妻子和岳父身体可好，开了许多老掉牙的玩笑，祝贺他新婚。年轻人抓住机会，向他讲述了自己的惊险经历：与火绳枪兵争吵，受那个魔术师魔法的鼓舞参加决斗。最后，他向面对父亲那样，向治安官坦承了决斗的悲剧结局。

舍瓦叙先生看着他，就像看到了书中的巨人弗拉卡西或长得像灰狗的法尔凯那样震惊。厄斯塔什师傅，一个摆摊的商人，杀了人？他的确听说某个叫厄斯塔什的人是嫌疑人，但他根本不相信这样的报告，也根本没想到一个学裁缝的侏儒般的矮子能把国王的士兵刺死在地。

舍瓦叙先生终于相信可怜的裁缝说的一切后，答应运用自己的影响力平息下这件事，让司法人员不再追查此案。他还叫裁缝宽心，既然到目前为止没有目击证人出来指控他，他不会有事的。

舍瓦叙先生送厄斯塔什到门口，重申了自己的承诺。厄斯塔什谦卑地对舍瓦叙先生说了再见后，立刻一巴掌扇歪他的脸，又一记重拳打得他的脸红一半青一半，就像巴黎的市徽。治安官惊得说不出话来，大张着嘴，就像一条鱼。

可怜的厄斯塔什对自己的行为感到那么后怕，立即跪倒在治安官的脚前，以最虔敬的态度乞求原谅。他发誓说，这样的事件是他无法控制也无法料到的，并非出自他的意志，他恳求得到治安官和上帝的原谅。老人站起来，十分气愤，但更感到震惊。他刚站稳，厄斯塔什又一拳打中他另一边脸颊。他这一拳那么重，治安官的脸上留下了拳印，你完全可以拿这个印子去做个模子。

舍瓦叙先生忍受不了了，跑过去按铃叫下人，但裁缝摇摇晃晃地跟上了他。接下来的画面非常简单但颇具讽刺意味：他一拳又一拳地打保护人，但又满脸痛苦，含泪说抱歉，惶恐地乞求原谅。可是他无法控制住那只似乎有自主意识的冲动的手。他就像个被一根细绳与一只大鸟绑在了一起。大鸟带着满心恐惧的孩子到处走，孩子不敢解开绳子，放飞大鸟，但又无力让大鸟停下来。不幸的厄斯塔什被自己的手拖着追赶治安官，治安官奔跑着绕过桌椅，按铃，在痛苦和愤怒中声嘶力竭地呼喊。仆人们终于赶到，制伏上气不接下气、快要晕过去的厄斯塔什。舍瓦叙先生当然不相信什么善意的魔法，他只觉得，这个年轻人出于什么他想象不出的原因，把他耍了打了。他叫来警察，把厄斯塔什交给他们，指控厄斯塔什在决斗中杀人，上门侮辱治安官。厄斯塔什听到牢房门锁上的声音才完全清醒过来。“我是无辜的！”他对押他进牢房的监狱看守说，“上帝知道！”监狱看守严肃地说，“看看你是在哪儿。这里的每个人都说自己是无辜的！”

十二、关于大阿尔伯特以及死亡

厄斯塔什被锁在牢房里，看上去就像个风烛残年的老人。他检查根本转不开身的牢房的每个角落，然后想道：“这如果是套石头做的衣服，未免太大了；这如果是坟墓，未免太小了。跳蚤的牙齿比身体还长；在这里很容易得上胆结石，而你一旦得上胆结石，虽然看起来没生病，其实非常痛苦。”

我们的主人公在这里有许多时间反思他的坏运气，诅咒自己接受那个吉卜赛人致命的帮助，吉卜赛人使他的一只手摆脱了大脑天然的掌控，导致了灾难性的结局。但吉卜赛人有一天来牢房里看他，问他怎么样，他大感惊诧。“你这个该死的骗子和算命的，愿魔鬼吊死你，把你的内脏勒出来！我变成现在这样，都是你的魔法害的！”

“什么？”对方说道，“你在第十天不带着我们约定的那笔钱来，让我解除魔法，这怪我吗？”

“什么？我怎么知道你那么需要钱？”厄斯塔什说，声音低下来，“你随时都可以弄到金子吧，就像作家弗拉梅尔！”

“不是这样的！”对方回道，“虽然这种魔法的确存在。我正在研究，也许有一天能学会伟大的炼金术。但目前，我只能把上等的金子变成上等的纯铁，伟大的拉蒙尤以晚年也掌握了这个秘密。”

“一种不同寻常的知识！”裁缝说，“你终于来救我了！感谢上帝！正是时候！我已经绝望了。”

“我的朋友，你讲到目前形势的关键了。我这次来，就是要展示不用钥匙开门、自由出入房间的魔法。你会看到我是怎么做的。”

吉卜赛人边说边从口袋里拿出大阿尔伯特的著作，就着他带来的灯笼的灯光，读出以下段落：

入室贼使用的高超手段

你获取被吊死之人的一只手，这只手必须是你在他死前买下的。你小心地把手放进铜制容器里包含硝酸钾和上等油脂的溶液里，然后将容器密封。接着你把容器放在蕨类植物和完全干燥的马鞭草的火堆上烤一刻钟，直到溶液被全部烤干，手干燥，可供保存。然后你用海豹油和斯堪的纳维亚拉普兰地区的芝麻做根蜡烛，把这只手当成烛芯做进蜡烛里。你去哪儿都举着这只蜡烛，所有障碍都会倒下，所有锁都会打开，想要拦住你的人都会无法动弹。

这种魔法用到的手被称为“荣誉之手”。

“多么伟大的发明！”厄斯塔什喊道。

“等一下！你虽然还没有正式把你的手卖给我，但它已经属于我，因为你没有在约定的时间给我钱，把这只手赎回去。它属于我的证据就是，约定时间一过，它就可以自己行事了——这是拥有它的人叫它这样行事的——我很愿意在短时间内这样玩玩。明天，议会将判处你绞刑，后天，你就会被执行绞刑。后天，我也将很开心收到这个我期盼已久的果实，按照正确的方法，用它掌握一种新魔法。”

“啊，不，你不会这样干的！”厄斯塔什尖叫道，“我明天会把一切都告诉各位大人！”

“啊，很好！就这样干吧……然后你会因为使用魔法被活活烧死。你在人间接受了火刑之后，到了地狱，对魔鬼的火刑也会习惯些……但这样的事不会发生，因为上绞刑架是你的命，谁也无法改变你的命运。”

不幸的厄斯塔什绝望地尖叫，痛苦地哭泣。他的尖叫声和哭声那么凄惨，令人心碎。

“亲爱的朋友，别这样，别这样！”高宁大师温柔地说，“为什么要反抗命运呢？”

“上帝在上！你说得轻松，”厄斯塔什啜泣着说，“我就要死了……”

“但死亡有什么可怕的呢？在我看来，死亡还没有一颗无花果重要！悲剧作家塞内卡说：‘没有一个人是在死期到来之前死掉的。’我的朋友，你觉得自己是死神女士唯一的奴隶吗？我也是啊，所有你认识的不认识的人都是啊……死亡不尊重任何人。它是个暴君，时间一到，它就会杀死你，带走你，不管你是教皇、皇帝、国王，还是教务长、士兵或社会渣滓。在它眼里，所有人都一样。你现在要面对的事，是所有还活着的人以后都要面对的。所以，有什么好烦恼的呢？活着的人没有你这么好命呢，因为如果说死亡是个魔鬼，那也只是对活着的人来说是如此。你只需要再忍受这个魔鬼一天，而其他大多数人还要忍受二十年、三十年乃至更久。

“古代有位作家说过：‘你在获得生命时已经走向死亡。’我们在活着时其实已经死了，因为我们在活着时已经属于死亡。更准确的说法或许是，死亡可不管你是死是活——你存在，所以还活着；你不存在了，便死了。

“我的朋友，这些话应该足以助你鼓起勇气，饮下死亡的这杯苦酒。最后，再好好考虑考虑卢克莱修的一句美丽的诗吧。那句诗大概是这样：‘尽量活得长些吧，因为你永恒的死亡不会因此有任何的损失。’”

古典作家和当代作家的这些箴言和诗句精妙又饱含哲理，符合时代的品位。高宁大师说了这些话以后，提起灯笼，敲敲牢房门，监狱看守打开门。黑暗就像铅板，又落在囚犯身上。

十三、作者吐露心声

希望知道厄斯塔什受审细节的人，可以去珍贵文献图书馆查阅《巴黎市议会重要判例》中的相关文件。巴黎人向来重视此类事件，把相关文件保存得很好。他们按照字母顺序审理案件，厄斯塔什案排在布特维尔男爵案之前审理。布特维尔男爵案也是一桩奇特的决斗案，他有意挑战法律，特地从洛兰赶到巴黎，于一六二七年复活节下午三点在王宫广场与布西侯爵决斗。但读者想必对布特维尔男爵案并无多大兴趣。在厄斯塔什案的审判过程中，只有决斗和对治安官的人身攻击被提到了，没有人提到导致这两件事的魔法。

读者还可阅读《贝勒弗莱斯特编悲剧故事集》(在海牙版中，鲁昂版不全)。你可以在那本书里标题很恰切的《着魔的手》一文中读到关于这一冒险的更多细节。

十四、结　论

行刑当天，厄斯塔什被转移到一间比先前的牢房更暗的牢房。一位告解神甫来拜访他，对他说了些宽慰的话。那些话与那个吉卜赛人说的话如出一辙，效果也是一样的。这是个获得正规任命的神甫，家族里还出过一个光宗耀祖的男修道院院长。他的衣领上有刺绣，他的胡须被修成纺锤状。他的头发微卷，他的声音浑厚，饱含深情。厄斯塔什看出这位神甫有多么肤浅，对自己多么满意，所以不敢对他坦承自己所有的罪孽，只希望通过祈祷获得原谅。

神甫赦免了厄斯塔什的罪，但他必须和这个被判了绞刑的人待到两点钟。于是，他为了消磨时间，拿出一本书，这本书叫《悔过的灵魂的泪，或曰罪人回归上帝》。厄斯塔什翻到第一页，看到国王准许本书出版的文字。他很不情愿地读了起来："亨利，法兰西与纳瓦拉的王，我们都是你的臣仆"云云。然后是："不要忘记这些目标，要想着愉快地做这些事……"这时，他不可抑制地流下泪来，把书还给神甫，说这本书非常感人，他怕自己再读下去会难以自持。然后告解神甫拿出一副牌，建议死囚和他玩几把。神甫赢了厄斯塔什一些钱，那些钱是雅沃特给厄斯塔什在监狱里买方便的。可怜的厄斯塔什心不在焉，并未注意到自己输了些钱。

两点到了，厄斯塔什离开牢房。他说起惯常说的"我们在天上的父"时声音颤抖。他被押到奥古斯丁广场，奥古斯丁广场位于王妃大道与新桥之间，一架立在石头上的绞刑架正在广场上等着他。他爬上梯子时显得毅然决然。毕竟，这里是最常使用的行刑地，许多人正在看着他。当然，所有人在朝向那个虚空一跃前都会拖延时间，所以行刑人准备把套索套到厄斯塔什的脖子上时——他仿佛觉得自己是在授予厄斯塔什金羊毛骑士勋章，这类人在公众面前做自己的工作时，总是喜欢带着几分优雅，表现得技艺精湛——厄斯塔什乞求他暂停片刻，让他可以向两位圣人祷告。这两位圣人是圣伊格内修斯和圣阿洛伊休斯·贡萨加。他直到现在才向他们祈祷，是因为教皇那一年刚刚为他们举行宣福礼。但行刑人说，大家还有自己的事要干，让他们等待行刑这种热闹太久非男子汉所为。他把厄斯塔什推下梯子，套索拉紧，于是厄斯塔什说不出话了。

有人言之凿凿地说，一切似乎已经结束、行刑人踏上回家之路之后，高宁大师出现在通往加亚尔城堡的一条小路上，眺望奥古斯丁广场。吊在套索下的厄斯塔什的身体完全松垮且毫无生气后，他的右臂立即抬起来，右手开始快乐地摇摆，就像看到主人的狗的尾巴。还没走的人中间爆发出一阵惊呼，正准备离开的人急忙回来，就像以为演出已经结束但听说还有一幕戏要演的人。

行刑人把梯子放回到绞刑架上，爬上去，摸了摸死者的两只手腕：没有脉搏。他割开死者的一处动脉：没有血流出来。但是，死者的右臂仍在乱动。

行刑人不是个会轻易害怕的人。他爬到死者的背上，在场群众一阵尖叫。但那只手就像袭击治安官舍瓦叙那样不断攻击他。行刑人咒骂着，拿出他一直随身携带的那把大刀，两下就割下那只着魔的手。

那只手猛地往前一跃，流着血落向人群。看热闹的人惊叫着散开。所有人已从路上跑开，那只手依靠自己灵活的手指，很快就移动到加亚尔城堡的小塔下。然后，它借助手指，爬过墙上的突起和毛糙的斑点，爬进吉卜赛人住处的窗户。

贝勒弗莱斯特在此处结束了故事，并写了下面这段话：

很长一段时间以来，不管是在上流还是一向热衷怪诞和超自然故事的底层社会，厄斯塔什的奇遇都是大家讲述和评议的热门话题。即便到了今天，这也是个在火炉边逗孩子开心的好故事。但理智而正派的人不应看轻了这个故事。

小伙子古德曼·布朗[1]

纳撒尼尔·霍桑，1835

美国新英格兰地区清教式怪诞起源于“普遍的罪性”这一执念，这将在本文中那可怕的巫魔夜会上得到完美的体现。这个小村子里的所有居民——包括那些最虔诚的人——都是巫师！从这点来看，纳撒尼尔·霍桑（1804—1864）可一点儿也不像给萨勒姆的女巫[2]定罪的法官后裔。这当然是最能表现他那种绝望宗教感的一篇故事。巫魔夜会是按照清教徒的想象描绘的（有意思的是，它结合了印第安人的巫术仪式），参与者是渴望被拯救的清教徒社群。

霍桑是美国怪诞故事大家，他先于爱伦·坡涉足该领域，有些作品比后者的更优秀。

日暮时分，小伙子古德曼·布朗出现在塞勒姆村的街头；迈过了门槛，他又扭过头去，跟年轻的妻子吻别。妻子费丝[3]——这名字跟她十分般配——把脑袋探出屋外，呼唤着古德曼·布朗，任凭风儿玩弄着她帽子上的

① 古德曼·布朗的名字古德曼（Goodman），字面意思为“好人”，故也有人将此篇译作“好青年布朗”。

② 萨勒姆的女巫典出“塞勒姆审巫案”，一六九二至一六九三年，美国马萨诸塞湾萨勒姆镇审判了多名女巫。霍桑即出生在这个小镇上，他的祖辈正是“塞勒姆审巫案”三名审判法官之一。

③ 费丝（Faith）字面意思为“信仰”。

粉红丝带。

“心肝宝贝，”她把嘴唇凑到他的耳边，颇为伤心地柔声细语，“求求你，明天天亮之后再出门，今晚就在自家床上安歇吧。有时候，孤单的女人做的梦，冒出来的念头，连她自己都觉得害怕。今晚就留下陪我吧，亲爱的，今年我只求你这一回。”

“我亲爱的费丝，”小伙子古德曼·布朗回答，“今年就这一回，我不能陪你，得在外面过夜。像你说的，我这次出门，必须这会儿动身，明天天亮的时候，我就回来了。怎么，我可爱又美丽的老婆，咱们才结婚三个月，你就信不过我啦？”

“那就愿上帝保佑你！”扎着粉红丝带的费丝说，“但愿你回来的时候，感觉一切都好。”

“阿门！”古德曼·布朗喊道，“祷告吧，亲爱的费丝，天一黑就上床，你是不会受到伤害的。”

于是两人就此分别；小伙子出发了，快要转过礼拜堂旁边的路口时，他扭头望去，只见费丝还在向他遥望，某种忧郁的氛围将她笼罩，只是粉红丝带跟这份忧郁不甚协调。

“可怜的小费丝！”他难过地想，“我真够浑的，竟然为了这件事撇下她！她也说起了做梦云云。我感觉，她说话的时候，满面愁容，就好像她做的梦警告过她，今晚我要去做什么似的。不过她要是真知道了，恐怕会要了她的命。唉，她是个幸运的凡间天使；过了今晚，我就再也不离开她的身边，直到跟着她上天堂。”

下定这般美好的决心之后，古德曼·布朗觉得，只要赶紧把原先打算的坏事做完，倒也不算什么。他走上一条冷冷清清的路，林子里的树黑压压的，把路面遮挡得昏暗无光，狭窄的小径，人一走过去，后面的树就合围到一起了。走在这里，再孤单不过，但这种孤单有些特别的地方，那就是赶路者弄不清，重重树干和头顶的粗大枝条后面，会不会躲着什么人；所以孤身前行的他，没准儿正行走在杳无形迹的众人中间呢。

“也许每棵树后面，都有一个邪恶的印第安人。”古德曼·布朗自言自语；他心存畏惧地看了看身后，又说：“万一魔鬼本人就在我身边，那可怎么办！”

他扭头向后看，转过一个弯，再扭回头来往前看的时候，只见有个人坐在一棵老树下面，他身上穿着体面的深色衣服。古德曼·布朗一走到近前，这人就站起身来，跟他并肩前行。

“你来晚了，古德曼·布朗，”这人说道，“我走到波士顿的时候，老南方的钟正在敲响，现在已经过了整整十五分钟了。”

“费丝耽搁了我一会儿。”小伙子回答时，声音有些颤抖，因为这位同伴的出现虽不算全然出乎意料，但还是有些突然。

这时，林中一片昏暗，两人行走的地方尤为昏黑。勉强可以看出，后来的这名赶路人年近半百，身份地位似乎跟古德曼·布朗没啥两样，外表跟古德曼·布朗也不乏相似之处，不过这种相似主要还是仪态相近，而不是容貌相仿。不过外人还是有可能把他们当成父子。不过，尽管这位长者跟青年一样衣着朴素，仪态纯朴，但他隐隐有种见多识广的派头，倘若为了办事，要去总督的餐桌或威廉国王的宫廷，他也不会局促不安。不过他身上有样东西，叫人一看就觉得非同寻常，那是一根模样酷似黑色大蛇的手杖，做工相当古怪，看上去就像一条活生生的大蛇在蠕动。当然，这肯定是忽明忽暗的光线造成的错觉。

“来吧，古德曼·布朗，”这位同伴喊道，“这才刚上路，走得慢吞吞怎么行。要是你这么快就累了，就拄着我的手杖。”

“朋友，”另一位说，他把慢吞吞的步子停了下来，“我遵照约定，过来跟你碰了面，现在我要回去了。那事情你熟悉，可我还有顾虑。”

“是吗？”手握蛇杖的那位不以为然地笑着，“不管怎么说，咱们边走边琢磨吧；要是我说服不了你，你就回去。反正咱们刚进森林，没走多远。”

“很远了！很远了！”古德曼喊道，不知不觉间，他又走了起来。“我爹可从没因为这事，走到林子里来，我爷爷也是一样。我们家自古以来，祖祖辈辈都是老实人，都是品行端正的基督徒；难道我要做布朗家第一个走这条路的，跟——”

“我这样的人结伴，你想这样说吧，”长者把他说了半截的话说了出来。“说得不错，古德曼·布朗！我要特别说明，我对你们家的了解，不亚于任何清教徒。当年你爷爷身为治安官，在塞勒姆街头用鞭子狠狠教训那个贵格会女教徒时，我帮过他的忙；在菲利普王[①]之战中，你爹放火烧掉一个印第安村落，是我递给他一根油松火把，还是在我家炉子上点着的。他们俩都是我的好朋友；我们沿着这条路，开开心心地走过好多回，过了半夜又高高兴兴地往回走。看在他俩的面子上，我也愿意跟你交朋友。”

“要是真像你说的这样，”古德曼·布朗回答，“我不明白，他们为什么从来没有说起过；不过也好理解，这样的事要是传出去一星半点儿，他们在新英格兰就别想有容身之地了。我们这些人向神祷告，行善积德，可容不下这样的恶行。”

“算不算恶行且不说，”手握弯曲手杖的赶路人说，“我在新英格兰这边，认识的熟人倒是不少。不少教堂执事跟我喝过圣餐酒；好些市政委员选我当过主席；普通大法院里的多数人都是我的坚定支持者。我和总督也——不过这些都是国家机密。”

“真的吗？”古德曼·布朗叫道，他震惊地望着泰然自若的同伴。“不过，我跟总督、议会没啥瓜葛；他们有他们的道理，像我这样微不足道的庄

① 美国十七世纪印第安酋长，曾率印第安人与白人殖民者战斗。

稼汉，可学不来他们的样子。不过，要是我跟你一起去的话，我哪儿还有颜面面对我们塞勒姆村的牧师，那个老善人呢？哦，不管是在安息日还是布道日，只要听到他的声音，就让我浑身发抖。”

年长的赶路人之前一直在认真地听他说，这时却忍不住大笑起来，他的身子抖得厉害，那根蛇杖好像也不约而同地扭动起来。

“哈！哈！哈！”他一再放声大笑，然后让自己平静下来，“好吧，接着说吧，古德曼·布朗，接着说吧；不过可别让我笑死。”

“那好吧，我这就说完了，”古德曼·布朗颇为恼火地说，“我还得替我老婆费丝着想呢。要是她知道了，会心碎的；我宁愿心碎的是我。”

“既然如此，那就算了，”对方回答，“你走吧，古德曼·布朗。哪怕是看跟咱们前面这位差不多的二十个脚步蹒跚的老太太的面子，我也不愿意让费丝受到任何伤害。”

说着，他用手杖指了指小路上的一个女人，古德曼·布朗认出，那位夫人十分虔诚，堪为模范，当年就是她把教义问答教给了年幼的古德曼·布朗，如今她跟牧师和古金执事在道德和宗教方面也给了他不少指点。

“真是怪了，克洛伊斯婆婆在天黑以后，跑到荒郊野外来，”他说，“不过朋友，请允许我抄近道穿过树林，绕开这位女基督徒。她不认识你，说不定会向我问起，我是跟谁在一起，我要到哪儿去。”

“那好吧，”他的同伴说，“你去钻林子，我还是顺着这条道走。”

于是小伙子往一边走去，不过他留意着那名同伴，后者不声不响地沿着这条路往前走，来到离老妇人一步之遥的地方。而她一直疾步前行，她虽然活到这把年纪，步子却快得出奇，她一边走，一边嘟囔着含糊不清的话——无疑是在祷告。赶路人伸出手杖，用大蛇尾巴似的杖尖戳了戳老妇人皱巴巴的脖子。

“魔鬼！”虔诚的老妇人尖叫道。

“这么说，克洛伊斯婆婆认出了她的老朋友？”赶路人说，他拄着扭动的手杖，站在她面前。

“啊，真是阁下啊？”善良的夫人喊道，“嗳，没错，这副模样不正是我的老朋友古德曼·布朗，如今那个傻小子的爷爷吗。不过——阁下相信吗？——我的扫帚莫名其妙地没了，我估计，是叫那个该上绞架的巫婆科里给偷走了，她是趁我往身上抹野芹菜、委陵菜、附子草汁的时候——”

“还掺了精麦粉和新生儿脂油吧，”外形化作老古德曼·布朗的这位说。

“啊，阁下也知道配方，”老太太喊道，她咯咯大笑起来，“就像我说的，我做好了赴会的准备，却没有了坐骑，于是我决定走着过去；因为他们跟我说，今晚有个不错的小伙子过来参加。不过阁下愿不愿意借胳膊带带我，那样的话，咱们一眨眼就到啦。”

“恐怕不行，”她这位朋友回答，“胳膊不能借，克洛伊斯婆婆；不过你要是愿意的话，就拿着我的手杖吧。”

说着，他把手杖丢在她的脚下，它好像活了起来，它正是主人当年借给埃及魔法师的手杖之一。不过这件事，古德曼·布朗并不知晓。他惊讶地抬头看了一下，再往地面看去时，只见克洛伊斯婆婆和蛇杖都不见了，只有那位跟他一起赶路的同伴，镇定自若地等待着他，仿佛什么都不曾发生似的。

“那个老太太教过我教义问答。”小伙子说。简简单单的一句话，却显得意味深长。

他们继续向前走去，年长的那位劝同伴加快步伐，接着往前走，他把话说得合情合理，小伙子听了，觉得那些话就像从自己心里冒出来的。他们走着走着，年长的那位折下一截枫树枝，充当拐杖，他剥去树枝上沾有夜露的细小枝杈。奇怪的是，他的手指一碰到那些细枝，它们就变得枯萎干燥，就像晾晒过一个星期似的。两人大步流星地往前走着，突然，走到一个黑乎乎的大坑的时候，古德曼·布朗在一个树桩上坐了下来，再也不肯往前走了。

“朋友，”他倔强地说，“我主意已定，不会为这件事多走一步了。就算我原以为会上天堂的可怜老太婆决心去见魔鬼，那又怎样：难道就因为这样，我就应该撇下亲爱的费丝，跟她走吗？”

“用不了多久，你的看法就不会这样不堪了，”他认识的这位镇定自若地说，“坐在这儿歇会儿吧；等你愿意走的时候，可以拄着我的拐杖。”

他不再多言，把枫树手杖扔给同伴，转眼就不见了，仿佛消失在渐渐深浓的夜色中。小伙子在路边坐了一会儿，对自己大为赞赏，他心想，等到早晨散步的时候，他见到牧师，可以问心无愧，也无需躲避老善人古金执事的目光了。他本打算在邪恶中消磨的夜晚，如今变得多么纯洁而美妙，他可以在费丝的怀抱里，享受何等的安睡！古德曼·布朗正思忖着这些令人愉悦、值得赞美的念头，忽然听到路上传来阵阵蹄声。想到将自己带到此地的不良动机，他觉得，自己还是躲进树林边缘为妙，虽说他刚才终于回心转意，满心欢喜。

蹄声渐近，骑手说话的声音也传了过来，是两名老者的声音，听上去严肃而庄重。混杂的声音从离小伙子藏身之处几步远的地方掠过；不过因为那地方黑魆魆的，赶路的两人和他们的坐骑，都没有发现他。尽管他们的身形贴着路边的细小枝条擦过，却看不到他们从中穿过的一线略为明亮的天光，在他们身上留下丝毫的光亮。古德曼·布朗踮着脚尖，时而蹲下，时而站起，他拨开树枝，尽可能地探出头去，却只看到一团黑影。这让他感到愈发懊恼，因为他可以发誓，若有可能，他刚才听到的，正是牧师和古金执事悄悄骑马前行的声音，跟他们平时参加授任圣职典礼或教会会议时一样。这时他们还没走远，可以听到一名骑手停了下来，折下一根树枝。

“这两样比起来，牧师先生，”像是执事的那个声音说，“我宁愿错过授任圣职的晚宴，也不愿错过今晚的聚会。听说我们有些会友来自法尔茅斯和更远的地方，有些来自康涅狄格州和罗德岛，还有几名印第安巫医，他们掌握的巫术，跟咱们当中的一流好手不相上下。另外还有个年轻漂亮的女人，会被带到会友中来。”

“好极了，古金执事！”牧师那庄重、苍老的声音回答，“打马扬鞭吧，不然咱们要迟到了。你知道，要是我不到场，什么都做不成。”

蹄声再次哒哒响起；空地上响起的古怪话语传入林中，从没有人在那里做礼拜，也没有隐居的基督徒在那里祈祷。那这两位圣洁之士如此深入异教徒的荒郊野地，是要到哪里去呢？小伙子古德曼·布朗头晕目眩，心情沉重，几欲呕吐，险些跌坐在地，他扶着一棵树站定，仰望天空，怀疑上面是否真有天堂。只见蓝色的天穹上，群星闪耀。

“天堂在上，费丝在下，我会坚决抵御魔鬼！”古德曼·布朗喊道。

在他仰望深邃的天穹，正要举手祷告之际，尽管并未起风，却有一团阴云飞快地掠过天空，遮没了明亮的星辰。依然可以看到蓝色的天空，只是头顶正上方，有大团黑云在向北方急速飞掠。高空中，仿佛从黑云深处，传来一阵可疑的喧哗人声。小伙子一时觉得，他能听出乡亲们的声音，这些男男女女有的虔诚，有的对神并无敬畏。他曾在圣餐台旁边，见过他们当中的好多人，也曾看到另一些人在酒馆寻衅滋事。接下来的一瞬间，种种声音又变得模糊不清，他怀疑自己方才听到的，只是老林的低语，无风的窸窣。然后，又传来一阵熟悉的喧嚷，正是塞勒姆村白天常能听到的声音，但这种声音以前却从未在黑云中响起过。其中有个年轻女子痛哭的声音，但个中悲伤却有些难以捉摸，她在乞求某种恩惠，可要是真得到了，或许她又会伤心难过；杳无形迹的众人，那些圣人和罪人，似乎都在鼓励她大胆前行。

“费丝！”古德曼·布朗痛苦又绝望地喊道；森林的回声也嘲弄地模仿着他的叫声：“费丝！费丝！”仿佛许多迷路的可怜人在荒郊野地里到处找她。

这声悲伤、愤怒、惊恐交集的呐喊刺破夜空，不幸的丈夫屏住呼吸，等待回答。只听一声尖叫，马上被更响亮的呢喃声淹没，随着黑云飘走，化作渐渐远去的笑声，古德曼·布朗头上只剩一片寂静的晴空。不过有一样东西轻飘飘地落了下来，挂在一根树枝上。小伙子一把抓起，是一根粉红丝带。

“我的费丝不在了!”恍惚片刻之后，他这样喊道，“人间哪里有善，罪过也只是一个名字罢了。来吧，魔鬼，这个世界是你的啦。”

古德曼·布朗因绝望而疯狂，他大笑不止，抓起手杖，向前走去，他似乎并非在走或跑，而是在沿着林中小径往前飞掠。道路变得越来越荒凉，越来越难以辨认，最后终于消失不见，将他撇在黑魆魆的莽林中央，而他凭着指引凡人向恶的本能，继续往前冲去。整座森林充满可怕的声音——树木吱嘎作响、野兽的嚎叫、印第安人的呐喊；有时风声听起来，就像远方教堂的钟声，有时风声又在赶路人的四周大吼大叫，仿佛大自然在将他嘲笑。但他的模样才是最骇人的，并没有在别的恐怖面前退缩。

“哈！哈！哈！”风声嘲笑他时，古德曼·布朗吼道，“看看咱们谁笑得响。别想用妖术把我吓倒。来吧巫婆，来吧巫师，来吧印第安巫医，来吧魔鬼，古德曼·布朗来了。你们应该像他怕你们一样怕他。”

真的，在整座闹鬼的森林里，没有什么比古德曼·布朗的样子更骇人的了。他从黑压压的松树中间掠过，疯狂地挥舞着手杖，时而喊出可怕的渎神言论，时而纵声大笑，让森林响起阵阵回声，仿佛有群魔在他四周大笑一般。他状若疯魔的样子在怒火中烧之际尤为吓人。这个着魔的人就这样一路飞奔，直到他透过林木，瞧见前面红光闪闪，一片空地上倒落的树干和树枝被点着了，耀眼的火光在这午夜时分冲天而起。他停了下来，驱赶他向前猛冲的情绪暂时平复下去，他听到远方传来像是众人庄严合唱赞美诗的声音。他知道这首歌，村里的礼拜堂唱诗班经常唱。独唱部戛然而止，由合唱延续下去，听起来不像人声，更像蒙昧的荒野万籁齐鸣的可怕轰响。古德曼·布朗喊了起来，他的喊声消失在蛮荒之地的呼号声中，连他自己都听不到。

在寂静的间歇，他悄然前行，直到整片火光尽收眼底。在一片空地的尽头，在乌黑的林墙边缘，竖立着一块巨石，它跟祭坛或布道台不无粗糙、天然的相似之处，周围是四棵点燃的松树，树冠熊熊燃烧，树干尚且完好，就像夜间集会的火烛。岩石上方的大片枝叶全部点燃，火光直冲夜空，照亮了整片空地。每一段充当装饰的枝叶都在熊熊燃烧。随着红光起伏不定，会众时而被照亮，时而隐没在暗影中，又从黑暗中闪现出来，占据了荒僻林地的中心。

“一群肃穆的黑衣人。”古德曼·布朗说。

确实如此。明灭不定的火光中，显露出可以在次日教区会议上见到的面孔；另一些面孔，在一个个安息日，在人间最神圣的讲道台上，虔诚地仰望天堂，和蔼地俯视拥挤的会众。有人断言，总督夫人也在场。至少有她熟悉的贵妇人、名流的妻子、许多名声颇佳的寡妇和老姑娘，还有美丽的年轻姑娘，她们战战兢兢，生怕被自己的母亲看到。要么是模糊不清的空地上迸发的火光让古德曼·布朗看花了眼，要么是他当真认出了塞勒姆村许多格外圣洁的教友。老善人古金执事已经到了，正在那位可敬的圣人——牧师身边听候差遣。不过讽刺的是，这些严肃、可敬、虔诚的人，这些教会的长者、贞洁的贵妇、纯真的处女，跟放纵的男人、名声不佳的女人、作恶多端之徒，甚至犯下可怕罪行的疑犯混在一起。奇怪的是，善良之辈面对邪恶之徒并无畏缩之意，罪人面对圣人也无惭愧之心。还有些印第安牧师或巫医，夹杂在他们的白人对头中间，这些印第安人在本地森林里念诵的咒语，要比英国巫术可怕得多。

“可费丝在哪儿?”古德曼·布朗心想。他心中涌入一股希望，身子颤抖起来。

另一首赞美诗响起，旋律沉缓而忧伤，犹如虔诚的爱，但歌词说的却是我们所能设想的各种罪行，还暗示出更为严重的罪孽。妖魔鬼怪的种种名堂岂是区区凡人所能揣度。他们唱了一首又一首；这荒野之地的合唱汹涌起伏，有如响亮的风琴演奏出来的深沉旋律；随着那首可怕的赞美诗唱出最后的轰响，响起了一阵声音，听起来就像狂风的怒号，河流的奔腾，野兽的咆哮。这片混乱荒野的每一种声音，都在与罪人向魔主致敬的歌声融合回响。四棵熊熊燃烧的松树掀起高扬的烈焰，隐隐照亮了这群邪恶之人上方烟圈里的可怖鬼影。就在这时，巨石上的火焰向外射出红光，在巨石底端的上方，浮现出一道闪闪发亮的弧光，闪现出一个身影。恭敬地说一句，无论是装束还是仪态，此人跟新英格兰教会庄重得体的牧师都没有丝毫相似之处。

"将皈依者带上来!"一个声音叫道，这个声音在空地上回荡着，掠过森林。

闻听此言，古德曼·布朗走出森林的暗影，朝会众走去，他觉得自己对这帮人怀有一种令人反感的兄弟情谊，自己心中的邪恶跟他们颇有共鸣。他几乎可以发誓，自己已经过世的父亲的身影，在一个烟圈里俯视着他，示意他走上前去，而一个面容模糊、透着绝望的女人，扬手警告他，让他回去。是他的母亲吗？但他无力后退一步，也无力抗拒，甚至毫无抗拒的念头，牧师和老善人古金执事抓住他的双臂，带他朝火光熊熊的巨石走去。还有一个蒙着面纱的苗条女性，夹在那个虔诚的教义问答教师克洛伊斯婆婆和玛莎·卡里尔中间走了过来，魔鬼曾向玛莎·卡里尔许诺，要让她做地狱的王后。她是个猖狂的老巫婆。那些皈依者就站在火焰的华盖之下。

"欢迎，我的孩子们，"那个乌黑的人影说，"欢迎加入同类的教会。你们这么年轻，就已经发现了自己的本性和命运。我的孩子们，看看你们身后吧!"

他们转过身去；一片闪耀的火光，照亮了魔鬼崇拜者们的面庞，每张脸上都隐隐流露出欢迎的笑容。

"那边，"那个黑色的形影继续说道，"是你们打小就尊敬的人。你们觉得他们比你们圣洁，你们对自己的罪恶心怀畏惧，拿自己跟他们正直过活、虔心祈祷、向往天堂的作派比较。但他们全都来参加我的礼拜集会了。今天晚上，你们会发现，他们背地里都做过什么：胡须花白的教会长者，跟自家的年轻女仆悄悄说些淫亵之言；多少女人盼着穿上寡妇的丧服，她们递给丈夫一杯睡前酒，让他在自己怀里长眠不醒；嘴上没毛的青年，如何急于继承父亲的财产；美丽的姑娘——别脸红，可爱的姑娘们——在花园里挖出小小的墓穴，只邀请我这唯一的客人，参加婴儿的葬礼。你们可以凭借心灵对罪恶怀有的共鸣，发现所有的地方——不论是教堂、卧室、街道、田野，还是森林——都发生过罪行。你们会欣喜若狂地看到，整个大地就是一团罪恶的污垢，一片巨大的血迹。远不止是这样。你们会发现，每个人的内心深处都隐藏着罪恶，邪恶的诡计层出不穷，作恶的冲动无穷无尽，远远超过人在行善时展现的本领——远远超过我最强的本领。现在，我的孩子们，你们看看彼此的模样吧。"

他们照办了；可怜的小伙子借着地狱之火的火光，看到了他的费丝，费丝也看到了她的丈夫，两人在亵渎神明的祭坛前颤抖着。

"看吧，这便是你们的处境，我的孩子们，"那个人影用深沉、严肃的口吻说，那副口吻近乎悲伤，庄严中透出失望，仿佛他原本拥有的天使特质，依然为我们这个可怜的种族感到悲哀。"你们信赖别人的良心，依然希望美德并非虚幻。现在你们明白了。邪恶才是人的天性。邪恶才是你们唯一的快乐。再次欢迎，我的孩子们，欢迎加入同类的教会。"

"欢迎。"那些崇拜魔鬼的人齐声重复，他们的叫喊中透出绝望和喜悦。

这唯一的一对，他们站在那儿，仿佛站在这个黑暗世界的邪恶边缘，踯躅不前。巨石上有个天然形成的凹坑。里面装的是被耀眼的火光映红的水，还是鲜血抑或液体的火焰？那个邪恶的身影把手放进去蘸湿，准备在他们额头留下受洗的印记，这样他们就能分享罪恶的奥秘，将他人隐秘的罪行和邪念，看得比自己的还要清楚分明。丈夫看了看面色苍白的妻子，费丝看了看丈夫。下一刻，他们就会发现对方是何等不堪的可怜虫，他们会被自己泄露和发现的东西吓得浑身发抖。

“费丝！费丝！”做丈夫的喊道，“仰望天堂，抵御邪恶。”

费丝是否照他说的做了，他不得而知。话刚出口，他就发现自己孤零零地待在寒夜之中，听到一阵呼啸的风声在森林里戛然而止。他踉踉跄跄地倒在巨石上，感觉巨石冰冷而潮湿；垂挂下来的一根树枝原本还在熊熊燃烧，此刻却在他脸上洒下冰凉的露水。

翌日早晨，小伙子古德曼·布朗慢吞吞地走上塞勒姆村的街头，像迷路一般环顾四周。和善的老牧师正沿着墓地散步，增进早餐的食欲，思考着自己的布道词，从古德曼·布朗身边走过时，还向他问候祝福。他躲避着这位可敬的圣人，就像躲避一个可憎之徒。老古金执事在家做礼拜，透过打开的窗户，可以听到他神圣的祷告。“这个巫师在向哪路神明祷告呢？”古德曼·布朗说。杰出的老基督徒克洛伊斯婆婆迎着晨辉，站在篱笆旁边，向送牛奶的小姑娘提问教义。古德曼·布朗赶紧把小姑娘拽走，就像从魔鬼手中救人一般。转过礼拜堂的拐角，他看到了费丝的面庞，她扎着粉红丝带，正焦急地目视前方，一看到他，她就满心欢喜，沿街跑来，差点儿当着全村人的面，亲吻她的丈夫。但古德曼·布朗用严厉而悲伤的目光望着她的脸庞，没打招呼，就从她身边走了过去。

古德曼·布朗是否在林中睡去，只是做了个巫师集会的离奇之梦？

你要是愿意，就这样认为吧；只不过——唉！对小伙子古德曼·布朗而言，这个梦可不是什么好兆头。自从那天晚上，做了那个可怕的梦，他虽然不曾陷入绝望，却也变成了一个严厉、忧伤、耽于沉思又满腹猜疑的人。在安息日，会众唱响神圣的赞美诗时，他听不下去，因为罪恶的颂歌会在他耳畔轰然响起，淹没所有祝福的旋律。当牧师在布道台上手按打开的《圣经》，激情洋溢、感人肺腑、口若悬河地宣讲我们的信仰、圣洁的生活、光荣的死亡、未来的至福、难以言说的不幸等神圣的真理时，古德曼·布朗就会面色苍白，生怕房顶会轰然塌落，砸到这位白发苍苍的渎神者和听众头上。他经常从午夜梦回中突然惊醒，躲开费丝的怀抱；早晨或黄昏时分，全家人跪地祈祷的时候，他会面露愁容，喃喃自语，严厉地盯着妻子，别过脸去。他去世时年事已高，须发灰白，苍老的费丝和众多儿孙、邻居给他送葬，队列很长，他们没有在他的墓碑上刻下满怀希望的诗句，因为他是郁郁而终。

鼻　子

果戈理，1835

到目前为止，我所选择的都是跟死亡有关、不祥的甚至让人毛骨悚然的故事。为了换一换气氛，也为了向读者展现一下视觉上的幽默，我们现在来看一看果戈理这篇非同凡响的小说，它表现了怪诞文学中一个非常普遍的题材：某个器官脱离人体，在主人身体之外独立活动。但使这部作品成为一篇杰作的并不是“鼻子被找到”这个结尾，而是字里行间焕发出的欢愉、想象力以及各种意料之外的情节。毫无疑问，这是整个文学史上最有意思的小说之一。众所周知，果戈理（1809—1852）的笑料里总是透着一丝苦楚，比如在这篇故事中，主人公多次尝试把找到的鼻子重新按回脸上。

这篇故事有一点不同于其他同类故事。一般来说，怪诞故事会有完美无缺的内在逻辑，然而在这篇故事中，果戈理完全不理会任何的逻辑，并且对此颇为享受，比霍夫曼是有过之而无不及，而霍夫曼正是这一灵感的来源。我们如果想寻找什么象征意义，将会发现这个鼻子就好像沙米索的影子一样，无法被任何特定的解释涵盖。故事显然表达了对俄国繁冗官僚体制的讽刺，但它绝不仅仅只说了这个。

果戈理所有的怪诞作品都应当入选：从他早期惊悚题材的乡村故事（比如《维伊》，讲的是神学院学生受到女巫诱惑，非常精彩），到最接近浪漫主义的怪诞故事，比如《肖像》。《肖像》一文也因拥有两个版本（一八三五年和一八三六年）而闻名，两个版本的道德意图不尽相同。

一

三月二十五日，彼得堡发生了一桩不可思议的事。沃兹涅先斯基大街上的理发师伊万·雅科夫列维奇（他的姓氏已经无从查考，就连那块店面招牌——画着脸上涂满肥皂泡的绅士，写有“本店兼营放血”[①]字样——也未予标明）一大早醒来后，闻到刚出炉的烤面包味。他微微起身，看到妻子，一个十分令人尊敬、酷爱咖啡的女人，正从烤炉里取出刚烤好的面包卷。

“普拉斯科维娅·奥西波夫娜，”他对妻子说，“今天早晨不用给我准备咖啡了。我吃热面包卷裹洋葱就行。”

其实伊万·雅科夫列维奇两样都想要，不过他知道，妻子听到这样的怪念头，准会皱起眉头。果不其然，他妻子心想：

“这傻瓜想吃面包，但对我也有好处。我可以多喝一杯咖啡了。”

她把一个面包卷扔到餐桌上。

伊万·雅科夫列维奇对自己的仪表十分在意，他在睡衣外面披上礼服大衣，在餐桌旁边坐下来，往面包上撒了些盐，拿了两颗洋葱，拿起一把刀，摆出一副高贵的姿态，把面包卷切成两段。

突然，他惊讶地停下来。面包卷中间有个发白的东西。他用刀子戳了戳，然后又用手指摸了摸。

“还挺结实……”他小声嘀咕道，“会是什么呢？”

然后他伸进两根手指，把它拽了出来。原来是个鼻子。

他差点从椅子上跌下去。他揉揉眼睛，又摸了摸那个东西。的确是鼻子，没错。而且这鼻子看起来挺眼熟的。他满脸惊恐。

但跟妻子的满面怒容比起来，他的惊讶不算什么。

---

① 系旧时民间的治疗手段。

“你是从哪儿割下那个鼻子的，”她尖叫道，“你这禽兽？你这骗子，你这酒鬼！我要去警察局告你，你这恶棍！迄今为止，已经有三名顾客跟我抱怨，说你给他们刮脸时，老是拽他们的鼻子，他们的鼻子竟然没掉，真是奇迹。”

但伊万·雅科夫列维奇此时已经魂不附体，对她的叫骂无动于衷。他想起了自己在哪儿见过这个鼻子，这是学府顾问科瓦廖夫的鼻子。每个星期三和星期天，此人都会来找他刮脸。

“等等，亲爱的，我找块破布把它包起来，藏在角落里。先搁一段时间，然后我再把它弄走。”

“我才不听你的呢！你真以为我会让你把割下来的鼻子放在我的家里吗，你这老渣滓！你就只会磨剃刀，真遇上事，就什么用都不顶了。你这愚蠢、龌龊、好色的废物！你想让我替你跟警察周旋，是吗，你这下流的恶棍？你就跟木头一样蠢，你知道吗？把它拿走。随便你怎么处理，听到了吗，不过别让我再看到它。”

理发师目瞪口呆地站在那儿。他想了又想，但没有任何头绪。

“见鬼，我哪知道是怎么回事？”最后他挠着耳朵说，“我昨晚回家时莫非喝醉了？我也吃不准。不管怎么说，这件事挺疯狂的：面包是烤着吃的东西，鼻子可不是。真搞不懂……”

他沉默下来。想到警察会从他身上搜出鼻子，指控他犯罪，他感到绝望。他仿佛已经看到警察制服那漂亮的银边红领子，不由浑身颤抖起来。

最后他还是从床上起来，穿好裤子和靴子。他穿上这些不甚考究的衣服，把鼻子包在破布里，在普拉斯科维娅·奥西波夫娜不中听的连番怒骂中走出家门。

他想把鼻子丢掉，把它撇在一个座位底下，塞进过道里，或者装作不慎遗落，然后跑进小巷。可他老是碰见熟人，问他要去哪儿，或者他这么早是要给谁刮脸，所以一直没找到机会。有一次，他已经把鼻子丢掉了，结果一名门卫拿武器指着他，告诉他掉东西了。伊万·雅科夫列维奇只好捡起鼻子，塞回口袋。店铺纷纷开门营业，街上变得越来越热闹，他已经完全不抱希望了。

然后他决定去伊萨基耶夫斯基大桥，把鼻子从桥上扔进涅瓦河……

说到这里，我们应该简单介绍一下伊万·雅科夫列维奇其人。他这个人有很多优点。

像每个有自尊心的俄国手艺人一样，伊万·雅科夫列维奇是个嗜酒如命的酒鬼。他每天给人刮下巴，但他自己看上去总是胡子拉碴。他的礼服大衣（他从不穿普通外套）色彩斑驳。就是说，这件衣服原本是黑的，不过现在沾满黄褐色和灰色的污点。衣领闪闪发亮，外套上原本有扣子的地方挂着三根线头。伊万·雅科夫列维奇是个玩世不恭的人。

那位学府顾问在刮脸时经常抱怨：

“你的手总是臭烘烘的，伊万·雅科夫列维奇！”

他会回答：“怎么可能臭呢？”

“我不知道是怎么回事，伙计，但它们就是臭烘烘的！”对方回答。

作为回应，伊万·雅科夫列维奇会捏起一撮鼻烟，然后给科瓦廖夫的脸颊上、鼻子底下、耳朵后面、下巴底下抹上肥皂，他想往哪儿抹就往哪儿抹。

很快，这名可敬的公民来到伊萨基耶夫斯基大桥。他四下张望一番，便趴在栏杆上，往桥下看去，像是要弄清附近有没有鱼。但其实呢，他悄悄把包着鼻子的破布丢了下去。他感到如释重负，轻轻笑了一声。他没有回去给政府雇员们刮胡子，而是打算去喝点提神的东西。他准备去一家挂着“用餐品茶”招牌的饭馆，要一杯潘趣酒。这时，他突然看到一名威风凛凛的警察巡官，这位巡官蓄着八字胡，头戴三角帽，腰挎佩剑。他一下子怔住了。警察冲他招了招手，说：

“过来，伙计！”

伊万·雅科夫列维奇对穿这位身制服的人十分尊敬，老远就摘下帽子，朝警察小跑过去，说：

“早安，警官。”

“先别说什么早安，你最好告诉我刚才你在桥中间干吗。”

“我正要去给人刮脸，警官，我想看看河水流得急不急——”

“你撒谎，伙计。你隐瞒不过去的。你最好老实交代。”

“警官，我给您刮两次……不，每星期刮三次脸……您觉得怎么样，警官？”伊万·雅科夫列维奇问。

“没门儿。我已经有三个理发师给我刮脸了。他们觉得这是莫大的荣誉。所以你还是解释清楚你刚才在干什么吧。”

伊万·雅科夫列维奇面如死灰……不过这件事就此蒙上迷雾，至于后事如何，就完全不得而知了。

二

那天早晨，学府顾问科瓦廖夫一大早就醒了。他像往常醒来时那样，用嘴唇发出噗噗的声音，不过他自己也说不清为什么要这么做。他伸了个懒腰，让用人把梳妆台上的小镜子拿过来。他想看看昨天鼻子上冒出来的一颗粉刺。结果他迷惑不解地发现，鼻子不见了，只留下一片平整光秃的表面。他大为震惊，让用人拿水来，用毛巾擦了擦眼睛。毫无疑问：鼻子不见了。他摸遍全身，想弄清自己是不是在做梦。看来不是。然后学府顾问科瓦廖夫跳起来，抖了抖身子。鼻子还是没有出现。他让人取来衣服穿上，直接跑去见警察巡官了。

说到这里，有必要对科瓦廖夫的学府顾问头衔稍加介绍。靠获得学位赢得的学府顾问头衔，跟在高加索地区靠任命获得的学府顾问头衔，可不能相提并论。两种情况截然不同。那些有学问的学府顾问……

不过俄国是个奇怪的地方，我们要是说一名学府顾问如何如何，那从里加到堪察加的所有学府顾问都会觉得是在说他。各行各业的各色人等，莫不如此。

科瓦廖夫是高加索地区任命的学府顾问。而且，他才当了两年。为了显示高人一等，他从不说自己是学府顾问，而是以同等职位的军衔——少校——自居。

“你瞧，我的妙人儿，”他在街上遇到卖胸衣的女人，经常这样跟人家说，“我想让你把货送到我家里。我住在萨多瓦娅街。只要打听一下科瓦廖夫少校家，别人就会给你指路的。”

他要是碰到美女，就会直接跟人家小声说：“你只要打听一下科瓦廖夫少校家在哪儿就行，亲爱的。”

科瓦廖夫少校有个习惯：每天都会沿着涅夫斯基大街散步。他的衬衣领子总是浆洗得一尘不染。他留着络腮胡子，如今我们在乡下的土地测量员、俄国建筑师，还有各种警务人员身上，总之，在长着圆鼓鼓的红润脸颊、玩得一手好牌的男人身上，还能看到这种胡子。这种络腮胡子从脸盘中间横着长过去，一直长到鼻孔那儿。

科瓦廖夫少校总是随身带着好多图章，既有刻着徽章图案的，也有刻着“星期三”“星期四”“星期一”字样的。他来彼得堡，想求得仕途上的发展，就是说，他想谋一份跟自己的身份相称的职位。他想，要是走运，就谋个副省长的职位，或者在哪个政府机关当官也行。科瓦廖夫少校也不反对结婚，只要新娘有二十万卢布的嫁妆就行。

知道了少校的这些情况之后，就不难想见，他发现自己模样俊俏、大小适中的鼻子没了，只剩一块莫名其妙的平面，该是何种心情。

更糟的是，街上看不到马车，他只好裹着大衣，一路步行。他拿手帕捂着鼻子，假装正在流鼻血。他一次又一次地跟自己说：

“或许这只是想象而已。我怎么会傻乎乎地把鼻子弄丢呢？”

他走进一家茶馆，去照镜子。好在店里没有客人，只有服务员在扫地、搬动椅子，有几个服务员睡眼惺忪，端着一盘盘热乎乎的小面包往外送。昨天的报纸散落在桌子和椅子上，上面沾着咖啡渍。

“谢天谢地，这里没人，”他说，“我可以照照看了。”

他小心翼翼地来到镜子跟前，看了看。

“呸，”他啐了一口，“见鬼。有什么东西占了鼻子的位置也好！但什么都没有！”

他愤怒地咬着嘴唇，离开了茶馆。他决定一反常态，既不看自己碰到的人，也不朝任何人微笑。突然，他在一栋房子的门口停住脚步。就在他的眼前，发生了一连串怪事。一辆马车在这栋房子的门口停下来。车门开了，出现一名身穿制服的先生。此人弯下腰，从马车上跳下来，跑上台阶，进屋去了。科瓦廖夫发现，这个陌生人正是自己的鼻子，他大为惊恐。他目睹了这般光怪陆离的情景之后，感到眼前的一切都飘忽不定。他几乎无力站稳，但他觉得，自己必须守在这里，等着鼻子回到马车这儿。他浑身颤抖地等待着，就像患了疟疾一般。

过了两分钟左右，鼻子从屋里出来了。他穿着一身绣着金穗、色彩鲜艳的制服和鹿皮马裤，头戴三角帽，腰挎佩剑。他帽子上的羽饰表明，他的官阶是议员。种种迹象表明，他正要出门会客。他看看左边，又看看右边，然后招呼车夫把马车驶到门口，便钻进车里，扬长而去。

可怜的科瓦廖夫看到这一幕，简直要疯了。他怎么也想不起整件事的来龙去脉。真的，这鼻子昨天还在脸上待着，既不会走路，也不会坐车。但今天它居然穿上了制服！科瓦廖夫朝马车追过去，幸好马车没走多远，就在喀山大教堂门前停下来。

科瓦廖夫赶过去，紧跟在鼻子后面。他不得不挤出一条路来，因为四周全是老乞婆，过去她们常让他感到好笑，因为她们总拿破布包住头脸，只露出眼睛来。他走进教堂。里面有几个做礼拜的人，全都站在门口附近。科瓦廖夫备感沮丧，无心祷告，四下寻找起鼻子。终于，他发现对方站在一个角落里。高高的站领完全遮住鼻子的脸。他正在祷告，看起来无比虔诚。

“我该怎么跟他搭腔呢？”科瓦廖夫心想，“从他那身制服、帽子、身上的种种来看，他准是一位议员。见鬼，我该怎么办才好……”

他凑上前去，清了清喉咙。但鼻子始终没有改变那副虔诚的姿态，完全沉浸在祷告之中。

“打扰了，先生……”科瓦廖夫鼓足勇气说。

“什么事？”鼻子转过身来问道。

“我不知道该如何启齿，先生……我想说的是……似乎……您似乎应当知道自己属于什么地方，我是在哪儿找到您的呢？居然是在教堂里。您一定会同意——”

“抱歉，我完全不明白你在说什么。你就直说吧，你想干吗？”

科瓦廖夫思索着该怎样向鼻子解释自己的想法。他深吸一口气，说：

“当然，先生，就我来说……不管怎么说，我是一名少校。您知道吗，我这样的身份，没有了鼻子，四处走动是很不合适的。在沃斯克列先斯基大桥那儿卖去皮橙子的老太太，要是没有了鼻子，或许没什么要紧。不过对有望身居要职的人来说……您自己也能判断出来，先生。我真的搞不懂……”科瓦廖夫耸了耸肩膀。“请原谅，不过既然这件事关系到荣誉和职责……您自己也看得出来——”

“我什么也没看出来，”鼻子说，“拜托你直说吧。”

“先生，”科瓦廖夫矜持地说，“我不知道该如何理解您的话。我相信，情况明摆着。除非你是想……难道您不知道，您是我的鼻子？”

鼻子望着少校，皱起眉头。

“你搞错了，先生。我就是我。而且我们也不可能有什么密切的关系。从穿着来看，你准是学院评议会的雇员，要么就是在司法部任职，而我从事的是科研领域的工作。”

鼻子转过身去，继续祷告。

科瓦廖夫完全不知所措。这时，他听到女人的衣裙发出的悦耳窸窣声。他看到一名中年女士，裙子上缀满蕾丝，她身边有一个身材苗条的美人儿，身着白裙，腰间的线条楚楚动人，头戴一顶草帽，那顶草帽就像奶油泡沫一样轻盈。她们身后走来一名高个男子，留着络腮胡子，衣领的款式十分繁复。

科瓦廖夫朝他们走去，拉起一尘不染的衬衫衣领，确保它能露出来。他把挂在金链子上的图章整理好，全神贯注地望着那名年轻女士，她就像一朵春天的花儿，把近乎透明的白皙手指举到额际。科瓦廖夫望着草帽下面那白嫩的下巴，还有那像早春的玫瑰般染上嫣红的脸颊，不由咧着嘴笑了起来。不过紧接着，他就像被烫到一样，赶紧退开了。他想起自己已经没有了鼻子，泪水从他的眼里涌出来。

科瓦廖夫朝那名打扮得像议员的绅士转过身去，他要告诉他，他是个骗子，他是科瓦廖夫私人所有的鼻子。

但鼻子已经不见了。他准是乘上马车，又去拜访什么人了。

科瓦廖夫陷入绝望之中。他往回走几步，在柱廊底下站了一会儿，专心致志地环顾四周，希望还能看到鼻子。他想起鼻子戴着有羽饰的帽子，制服上金色的穗子，但他没有注意鼻子穿的是什么样的大衣，马车是什么样子，拉车的马是什么颜色，更没留意鼻子身后是否有仆人跟随，仆人穿的是什么样的制服。周围来来往往的马车太多了，全都跑得飞快，很难认出鼻子坐的是哪一辆，更别想把它拦下来。那是个阳光明媚的好日子。涅夫斯基大街上人山人海，从正中间的警察局到阿尼奇金大桥，人行道上尽是衣着光鲜的女士，就像一道多彩的瀑布。那边走来一个熟人，一名理事顾问，他总是称呼对方为中校，尤其是有其他人在场时。然后科瓦廖夫看到了好朋友亚雷金，评议会的首席办事员。他们一起玩牌时，这个人总是输。还有一名少校（也是在高加索地区获得任命的学府顾问）正在朝他招手……

"见鬼，"科瓦廖夫说，"他找我干吗？车夫！去警察局长家！"

他钻进马车，一再催促车夫："加油，快点儿！拐进伊万诺夫斯卡亚街。"

"局长在家吗？"他一进大门就喊道。

"不在，先生，"门房回答说，"他刚出门。"

"这可太糟了……"

"是啊，先生，"门房说，"你要是早来一分钟，就能看到他了。"

科瓦廖夫还用手帕捂着脸，钻回马车里，绝望地喊道：

"出发。"

"去哪儿？"

"往前走。"

"往前走？前面是死路。我应该走右边还是左边？"

科瓦廖夫一时没有了主张，他不得不好好琢磨一下这件事。以他眼下的处境，他应该先去国家安全局，不光是因为那个机关跟警方有直接的关联，还因为那儿发布的命令，会被更好地执行。

鼻子自称在科技局工作，去那儿投诉肯定不管用，起码也是不明智的。因为鼻子声称从未见过科瓦廖夫，不难看出，他是个玩世不恭的家伙，为了一己私利，他很可能会撒谎。于是科瓦廖夫准备让车夫驶往国家安全局，然后他想到，那个骗子刚才在自己面前表现得那么寡廉鲜耻，很可能已经偷偷溜出城去了，如果他真的已经出城，就别指望能找到他了，就算能找到，也得花整整一个月的时间。最后，他灵机一动，仿佛受了天启。他决定直接去报社大楼，在报纸上刊登一则启事，详细描述鼻子的方方面面，好让别人看到鼻子时，就把他交给科瓦廖夫，或者起码告诉他鼻子下落。他拿定主意，便吩咐车夫驶往报社大楼。一路上，他不停地用拳头戳车夫的后背，边戳边喊：

“再快些，混蛋！再快些！”

“遵命，先生！”车夫说道，摇摇头，用缰绳抽打着自己的马，这匹马的鬃毛就像哈巴狗的毛一样长。

马车终于停下来，科瓦廖夫气喘吁吁地冲进传达室，屋里有个头发花白、戴着眼镜的职员，穿着一件老式礼服大衣，坐在桌子旁边，用牙齿咬着笔，清点着别人给他的零钱。

“这里谁负责发布启事？”科瓦廖夫喊道，“啊，早上好！”

“早上好，先生。”头发花白的职员说，抬起眼前看了一会儿，然后又垂下眼睛，望着堆在面前的那一小堆钱币。

“我想刊登——”

“请原谅。请您稍等一会儿。”那名职员说，用右手写下一个数字，用左手在算盘上拨了两颗珠子。

一名男仆穿着镶金边的制服，看起来像是在贵族家里当差，他站在那名老职员旁边，手里拿着一张纸。为了证明自己精明世故，他喋喋不休地说：

“相信我，我能肯定，那条杂种狗不值八十戈比。换了是我，我才不会掏八十戈比呢。可是伯爵夫人喜欢那条杂种狗——既然她愿意付给找到狗的人一百戈比，那她肯定喜欢它。既然咱们都是明白事理的人，那我告诉你一件事吧：这都是品位问题。我能理解爱狗的人。不过话说回来，应该弄一只猎鹿犬或贵宾犬。为了这种狗花个五百或一千戈比，那也说得过去。依我看，要花钱，就得弄条真正的狗……”

老职员摆出一副郑重其事的表情，一边聆听着这番言论，一边清点着仆人递给他的那篇启事里有多少个字母。屋里站满老妇人、商店老板、门房，他们手里全都拿着写有启事的纸张。有一张上写着，马车夫，人品可靠，素不饮酒，等待聘用；另一张上写着，出售一八一四年购自巴黎的马车，已行驶里程极少；十九岁女孩，寻求洗衣妇助手职位，也可胜任其他工作，希望获得聘用；等待出售的还有一辆极好的双轮双座马车（缺少一根弹簧），一匹十七龄灰斑色马，还有直接从伦敦运来的一批芜菁和小萝卜种子，一栋配有双车位马车房的避暑别墅，以及一块适合栽种桦木林的土地。还有一份启事，邀请急于求购二手鞋底的人，在上午八点和下午三点之间前来光顾。

众人全都在这间狭小的接待室里等候，空气十分窒闷。但学府顾问科瓦廖夫不受气味的影响，因为他一直拿手帕捂着脸，还因为天知道他的鼻子去了什么地方。

“请原谅，先生……我不想打扰你，不过事情紧急。”最后，他忍不住说道。

“等等，等等……请交两卢布四十三戈比。请再等片刻！一卢布六十四戈比，那边……”老职员说着，把一张张纸推到那些门房和老妇人的鼻子底下。“好了，有什么我能为您效劳的？”最后他终于转过脸来，对科瓦廖夫说。

“我想——”科瓦廖夫说，“请您……发生了一桩诈骗，要不就是盗窃。我还不是十分清楚。我想请您登一份启事，就说只要有人能将那个贼带来见我，必有重谢。”

“请问您叫什么名字。”

“我的名字？为什么？我可不能告诉您我的名字。我的熟人太多了，比如一位文职官员的妻子契赫塔列娃夫人，还有帕拉格娅·格里戈里耶夫娜·波托钦娜，她嫁给了陆军参谋部军官波托钦上尉……绝不能让她们发现。简单地写上‘学府顾问’就行，‘少校’更好。”

“那个逃走的人是贵府的仆役？”

“如果是仆役，就不是什么严重的罪行了。逃走的是我的鼻子……没错，我的鼻子……”

“嗯……这名字真奇怪。我能否问一下，这位鼻子先生拐走了您多少钱？”

“不，您还没明白。我说了，是鼻子。我的鼻子，天知道去了哪儿。我是一桩残酷恶作剧的受害人……”

“鼻子怎么会消失呢？我还是不明白，先生。”

“嗯，我现在也解释不清楚，不过关键是，决不能让他满城乱跑，冒充议员。所以我才想请您发布启事，让人尽快把他带回到我这儿来。而且，想想看，我身上少了这样明显的一个部位，是一种什么心情。这可不是少了一根脚趾头的事。少了脚趾头，照样可以穿鞋，谁也不会知道。通常，我每个星期四都会去见契赫塔列娃夫人，她是议员的妻子……还有军官太太波托钦娜夫人，她女儿长得非常标致。她们都是我的密友。您明白吗，您看，我能怎么办？我怎么去见她们呢？”

老职员冥思苦想起来，这一点从他紧抿的嘴唇可以看得出来。

“抱歉，先生，不过我不能接受您这篇启事。”一阵长长的沉默之后，他说道。

“什么！为什么？”

“我做不到。要是人人都来为走失的鼻子刊登启事，那报纸会失去信誉的……不行，先生，其实，已经有太多荒诞不经的事和无凭无据的谣言，出现在版面上。”

“哪里荒诞不经了？我看不出有什么反常的地方。”

“或许您这样想。不过请听我说……比如，上个星期有一名政府雇员像您一样找过来。我甚至记得，他要登的那篇启事，价格是两卢布七十三戈比。启事上只说，有一只黑色卷毛狮子狗跑掉了。您不会觉得这有什么问题，对吗？可是且慢。那篇启事其实是蓄意中伤，因为前面说的那只卷毛狮子狗，刚好是指一家单位的财务主管，我想不起是哪家单位了。”

“不过听着，我要登的启事跟狮子狗没关系，只跟我的鼻子有关，跟登我自己的事没什么两样。”

“抱歉，恕难从命。”

“可我的鼻子丢了！”

“如果真丢了，那应该找医生解决。我听说，有些专家不管您想要什么样的鼻子，都可以给您按上。不过我现在觉得，您是那种让人快活、爱开小玩笑的人。”

“我向您发誓，以上帝的名义！既然如此，我给您看看。”

“何必麻烦呢，”老职员吸了一点儿鼻烟，说，“不过话说回来，要是您不介意，”他做了个手势，表明有些好奇，“我也不介意看一看。”

科瓦廖夫从脸上揭开手帕。

“天哪！真够古怪的！”老职员说，“就像刚烙好的饼一样平，光滑得叫人难以相信！”

“现在您不介意刊登我的启事了吧？这篇启事非登不可啊。我会万分感激的，我很高兴能借这个机会认识您……”

不难看出，少校决定奉承他一番。

“当然，刊登启事倒也不难，”老职员说，“不过我看不出刊登启事对您有什么好处。你如果非要让这件事见报，干吗不找个文笔好的人，把这件事描绘成一种罕见的自然现象，发表在《北方蜜蜂》上？”他说到这儿，又吸了一点儿鼻烟，“可以让年轻人受些教育，”他擦了擦鼻子，“或者满足一下人们的好奇心。”

学府顾问大失所望。他垂下眼帘，刚好看到一份报纸底端印着演戏的广告。他看到一位漂亮女演员的名字，正要喜笑颜开，手已经在兜里摸索着，看身上有没有五卢布的钞票，因为他觉得，像自己这种身份的官员，看戏时应该坐在包厢里，这时他想起鼻子没了，一切都完了。

老职员对科瓦廖夫的尴尬处境颇为同情。老职员觉得，为了缓和科瓦廖夫的痛苦，自己应当说几句话，表达一下同情：

“您遇上这样一桩痛苦的事，我很难过。或许您闻闻鼻烟，会觉得好些。这东西能缓解头痛，让人打起精神。对治疗痔疮也有效果。”

老职员把鼻烟盒递给科瓦廖夫，十分熟练地将画着戴帽美人的盒盖翻到后面。

这番好心的举动，让科瓦廖夫一下子失去耐心。

“我不明白，您怎么能拿这种事来开玩笑，”他恼火地说，“您觉得我少了这东西，用什么来闻鼻烟？您倒是能闻！这东西我只能看看，更何况它还是廉价的别列津斯基牌的。再怎么说，您也可以给我好一点儿的牌子……”

他怒气冲冲地冲出报社大楼，决定去向地方警察局长报案。

科瓦廖夫走进局长办公室时，局长刚刚伸完懒腰，正琢磨着：

“或许我可以打个盹。睡上两小时左右。”

所以不难预料，少校的来访十分不合时宜。顺便说一句，这位局长尽管酷爱艺术和贸易，但他对国家银行发行的钞票的喜爱胜过一切。他对钞票的看法是这样的：

“它有很多优点，用不着给它喂食，它也不占多大地方，总能放进口袋里。掉在地上也摔不坏。”

局长颇为冷淡地接待了科瓦廖夫。他说，刚吃完饭，可不是办案的好时机。他说，吃饱之后就该休息，这是大自然制定的规矩。学府顾问从这句话判断出，局长对古代先贤的格言十分熟悉。

“再说，”局长说，“好公民的鼻子是不会被人撕掉的。”

真是一语中的！我们有必要在此说明，科瓦廖夫是个很容易觉得被冒犯的人。别人怎么说他这个人都行，但他不能容忍别人冒犯他的官职和地位。他甚至觉得，在戏剧作品里面，可以贬低低等军官，但要是贬低尉官，就不可忍受了。局长的态度让他不知所措，他轻轻摇了摇头，耸了耸肩，一边往外走，一边用高贵的口吻说：

“我得说……我听了您这番令人不快的话，没有什么要说的了。”

他飞快地赶回家里。天慢慢黑下来。他徒劳无功地奔波了一天，此刻觉得家看起来有些凄惨，令人生厌。他正要进屋，看到仆人伊万正躺在客厅那张陈旧的皮沙发上，朝天花板吐口水——吐得还很准。伊万一次又一次地吐在同一个地方。他这副淡漠的态度激怒了科瓦廖夫。他用帽子打在伊万的脑袋上，愤愤地说：

“天哪！你满脑子只装着这些浅薄的事。”

伊万跳起来，赶忙帮科瓦廖夫脱下外套。

少校走进自己的房间，倒在扶手椅上，既疲惫又忧伤。他叹了几口气，说：

“老天爷！为什么尽让我遇上这种事？我做错了什么？缺胳膊少腿还好些。没有耳朵就够糟的了，不过倒也还能忍受。可人要是没有了鼻子，那就不是人了，天知道还能算什么——简直是四不像。还怎么做一个像样的公民呢。要是在战争中，或者决斗中，被人给砍掉了，或者我自己有责任，那也说得过去。可它是无缘无故丢掉的。我连一个卢布的补偿也没拿到！不，不可能，”他停顿片刻之后又说，“鼻子是不可能消失的。这简直不可思议！说不定我在做梦，或者产生了幻觉……或许我一不留神，把我在刮脸之后按摩面部的那杯伏特加给喝掉了？准是那个傻瓜伊万忘了拿走，我无意中把它给喝了。”

少校为了证明自己的确醉了，狠狠地拧了自己，结果痛叫起来。这阵痛楚让他相信，自己没醉。然后他慢慢走到镜子跟前，就像在跟踪什么东西。他半闭着眼睛，隐隐约约地希望鼻子还在原来的地方。但他很快就跳开了。

“这副模样可真丑！”

这件事真叫他迷惑不解。好多东西都会弄丢：比如纽扣、银调羹、手表之类的。可鼻子丢了……而且还是在自己家里丢的！科瓦廖夫少校盘算一番之后，找到了最有可能的解释：幕后真凶是波托钦娜夫人，她想让少校娶她的女儿。他很喜欢和那姑娘待在一起，但还没有最终拿定主意。波托钦娜夫人明确表明想让他娶她的女儿时，他客客气气地回绝了，说自己还年轻，还要在工作上尽心干上五年，等到四十二岁时再说。或许正因如此，波托钦娜夫人决定毁了他的容貌，找了巫婆之流的人物，因为鼻子绝不是被人割掉的，也没有人进过他的卧室，理发师伊万·雅科夫列维奇在星期三之后，也没有给他刮过脸，星期四，鼻子还完好无缺地待在他的脸上。这点他能肯定。再说，鼻子被人割掉，他会觉得痛，伤口也不会好得这么快，变得像煎饼一样平整……

他脑海中闪过各种计划：应该把那位女士告上法庭，或者直接去找她，当面揭发她更好？从门缝透进来的光亮打断他的思绪，是伊万在客厅里点亮了蜡烛。很快，伊万高举着蜡烛进了屋，点亮整个房间的蜡烛。科瓦廖夫的第一个念头就是抓起手帕，盖住原先是鼻子的地方，免得这个傻瓜看到主人的怪模样，站在那儿目瞪口呆。

不过伊万刚一出去，少校就听到门口传来一个陌生人的声音：

“学府顾问科瓦廖夫是住在这里吗？”

“请进。科瓦廖夫少校在家。”科瓦廖夫喊道，跳起来冲进客厅。

是一名相貌英俊的警官，留着满脸的络腮胡子，颜色深浅适中。其实，这正是故事开头说到的那名警官，他那时候站在伊萨基耶夫斯基大桥上。

“您是不是丢了鼻子，先生？”

“没错。”

“已经找到它了。”

“真的吗？”

少校一时高兴得说不出话来。他望着站在面前的这位警官，烛光在他湿润、丰满的嘴唇上闪耀着。

“怎么找到的？”他总算开了口。

“完全是碰巧。您的鼻子当时正要搭乘驿站马车，前往里加。他的护照上写着一名政府官员的名字，起初，我的确把他当成了一名先生。不过好在我拿了眼镜，戴上之后马上发现，他是一个鼻子。我近视得厉害，先生，现在您就站在我面前，我能看清您的脸的轮廓，但我分辨不出您的胡子、鼻子或者别的部位。我岳母，就是我妻子的母亲，也看不清东西。”

科瓦廖夫激动不已。

“他在哪儿？在哪儿？我这就赶过去……”

“别急，先生。我觉得你也许要用，就把它带过来了。不过你要知道，这件事最有意思的地方，就是最大的嫌疑犯是沃兹涅先斯基大街的理发师，现在这个骗子正被关在警察局里。我已经留意此人一段时间了，因为我怀疑他偷东西，嗜酒成性。有一天他在商店里偷了一盒纽扣。顺便说一句，您的鼻子完好无损，先生。”

这名警官把手伸进衣兜，掏出用纸包着的鼻子。

“就是它！就是它！”科瓦廖夫喊道，“毫无疑问！快进来，咱们一起喝杯茶，好吗？”

“非常荣幸，先生，可惜不行。我得去一趟劳教所——物价正在飞涨，先生……我的岳母，我是说我妻子的母亲，跟我们一起生活……我们还有孩子。大儿子很有前途，头脑很聪明，不过我们没钱供他上学……”

警官离开后，学府顾问愣了好几分钟才回过神来。心中的狂喜让他有些发懵。他小心翼翼地捧着刚找回来的鼻子，仔细打量着它。

“对，是它，就是它没错。左边这个地方，正是那天刚冒出来的粉刺。”

少校快活得直想放声大叫。

可惜人世间总是好景不长，下一分钟的喜悦，就不如前一分钟那么强烈。再下一分钟，就会变得更加淡薄，最后又会恢复平常的心境，正如卵石在湖水表面激起的涟漪终将消失，留下的还是平静的水面。科瓦廖夫思忖了一番，然后意识到麻烦尚未了结：鼻子已经找到了，这不假；不过还得安回原来的地方才行。

“要是粘不住怎么办？”

少校自问道，脸色变得煞白。

他怀着难以言喻的忧虑，跳到梳妆台前，拉过镜子，生怕把鼻子装歪了。他双手直抖。最后，他无比犹豫、无比小心地把鼻子放了上去。哦，坏了！真的站不住！他把鼻子拿到嘴边，朝它哈气，把它弄得热乎一些，然后又把它放回面颊中间那块平整的地方。但鼻子就是粘不住。

“得了！好了！粘好——你这蠢东西！”科瓦廖夫一次又一次次地命令鼻子。但鼻子就像木头做的一样，总往下掉。它落在梳妆台上时，还发出像软木塞一样的奇怪轻响。少校的面孔扭曲成一副怪相。他感到惶恐不已。

“难道粘不住了吗？”

他一次次地把鼻子按在大致正确的位置，却总是徒劳。后来，他决定派伊万去请医生，医生住在少校家那栋楼里最好的房间里。

医生体态健美。他留着乌黑的络腮胡子，他的妻子既健康又有活力。医生每天早晨都要吃新鲜的苹果，为了保持口腔卫生，每次都要花将近三刻钟的时间漱口，然后用五种不同的牙刷刷牙。

医生很快就来了。他问少校，这件不幸的事是什么时候发生的。他抓着少校的下巴，用力拧鼻子原先所在的部位，科瓦廖夫往后猛地一缩，后脑勺撞在墙上。医生说，这很正常，并建议他离墙远一点儿，又让他把脑袋往右转，还用手指摸了摸没了鼻子的部位，嘴里说："嗯……"然后他又让少校把脑袋往左转，又摸了摸那个地方，说了声："嗯……"最后，医生又用大拇指和食指拧了少校一把，让科瓦廖夫猛地一抬头，少校就像正在接受牙齿检查的马一样。

医生做完这些实验，摇了摇头，说：

"不行，没得治。干脆就这样吧，要不然情况可能会进一步恶化。当然，还是有可能粘上去的。我现在就可以把它粘上。不过我建议还是别粘，粘了只会更糟。"

"能粘就好！没有鼻子怎么行呢？情况还能差到哪儿去？现在已经糟糕透顶了！我顶着这样一副丑相，怎么出门？毕竟我交游广阔。今天，有两方面的人邀请我过去。我有那么多熟人……议员的妻子契赫塔列娃夫人，高级军官的妻子波托钦娜夫人……不过经历过这件事之后，除了对簿公堂，我不想再跟她有任何瓜葛……"

科瓦廖夫又央求道：

"帮帮我吧，大夫，您就不能想个办法吗？只要能粘住就行。粘得不好也没关系——只要能粘住就行。万一有什么紧急情况，我还可以用手托着。您知道的，我这人不跳舞，所以不会做什么激烈的动作影响到它。为表达谢意，请尽管放心，我会重重地酬谢您——"

"随你信不信，"医生说话的声音既不高也不低，但话音极富说服力和魅力，"我给人治病，从不贪图钱财。这有悖我的原则和职业道德。不错，我出诊也会收钱，不过只是因为拒绝收钱会让患者不快。当然，我可以给你粘上鼻子，不过您要是不相信，那我以名誉向你担保，装上之后会糟糕得多。

你最好还是顺其自然。经常用冷水洗脸，我向你保证，就算没有鼻子，你也会觉得自己跟有鼻子时一样健康。至于这鼻子嘛，你可以把它放在一罐酒精里面，最好再加两勺伏特加和热醋。我敢打赌，你可以把它卖个好价钱。其实，只要价格不算太贵，我倒愿意把它买下来。”

“不，我决不会把它卖掉，”少校难过地喊道，“我宁愿它再次消失也不会把它卖掉！”

“请原谅，”医生说，“我只想帮助你。已经没有什么我能做的了。你也看到，我已经尽力了。”

医生傲然离去。科瓦廖夫没有留意到医生的表情。他在恍惚之际，只看到一尘不染的白色袖口，从医生的黑礼服大衣袖子里伸了出来。

翌日，科瓦廖夫决定给波托钦娜夫人写信，请她自愿将鼻子恢复原状，还说如若不然，他会提起诉讼。信件内容如下：

亲爱的夫人：

我无法理解您的怪异行径。您这样做，定然得不到任何好处。您当然无权强迫我娶令嫒为妻。请相信我，夫人，我已经全然知晓，我的鼻子所遭遇的种种，与旁人无涉，您才是罪魁祸首。它突然脱离原位，逃之夭夭，先是伪装成议员，后来恢复本来面目，这正是您或精于此道之人实行巫术所致。我认为我有义务告诫您，倘若上文提及的鼻子今天不能恢复原状，我将不得不行使权利，请求法律给予保护。

忠于您的

普拉东·科瓦廖夫

那位女士马上做了回复，回信如下：

亲爱的普拉东：

您的来信令我大为惊异。恕我直言，我从未想到自己会受到您的无端指责。至于您所指控的种种，我从未在家接待过您所说的议员，不论他是否乔装改扮过。我倒是接待过菲利普·伊万诺维奇，不过虽然他求我将小女许配给他，而且他的人品作风无可挑剔，为人博学多才，但我从未满足他的希望。您还提到了您的鼻子。倘若您是想借此表达我不愿让您缠着小女，不愿将她许配给您，那我只会越发惊讶，因为您知道我对此事持何种态度。倘若您明天正式提出求婚，我会当场应允，因为这正是我一直以来的心愿。

随时为您效劳

亚历山德拉·波托钦娜

科瓦廖夫读完回信之后说："她必定与此事无关。有罪之人是不会这样写的。"

学府顾问之所以这样有把握，是因为当初他在高加索地区参加过几次法庭调查。

"不过话说回来，这件事究竟是怎么发生的呢？我要怎样才能让一切重回正轨呢？"他备感无力地说道。

与此同时，有关这桩奇闻的风言风语传遍首都。可想而知，人们不断地往上添枝加叶。那时，人们对超自然的事物颇为倾心。前不久，磁力试验还引起了轰动。马厩街的椅子会跳舞，这一传闻还言犹在耳。人们很快便口口相传：有人看到学府顾问科瓦廖夫的鼻子于下午三点钟在涅夫斯基大街散步。每天都有很多好奇的人围在那里。后来有人说鼻子去了容克百货商店，结果那边围上一大群人，警察不得不出面干预。一个留着络腮胡子、虽然人品可疑但看起来令人肃然起敬的家伙，平日在戏院门口出售各种蛋糕，他找来一些特制的木头板凳，上面可以稳稳当当地站住人，他让好奇的人站上去看热闹，每人收费八十戈比。一位备受尊敬的上校，特地早早走出家门，费了好大力气从人群中挤了过去，结果看到橱窗里并没有鼻子，只有一件普普通通的羊毛衫，还有一副招贴画，上面的女孩正在穿长袜，旁边有一名衣冠楚楚、身穿马甲、蓄着小胡子的绅士，这幅画已经在那儿挂了十多年了。那位上校在离开时说：

“用这种既愚蠢又离奇的谣言蛊惑人心！怎么能容许这样的事呢！”

然后又有谣言传开，说科瓦廖夫少校的鼻子并未在涅夫斯基大街上散步，而是在塔夫里切斯基花园游逛，它这样做已经有好长时间了。波斯王子霍斯罗夫·米尔扎在公园居住期间，就曾对这一大自然奇观感到惊讶。外科医生学校的学生纷纷前往。一位身为社会名流的女士特地致函园长，建议他将这个稀罕的物件展示给孩子们看，如有可能，再加以讲解和指导，以此教育年轻一代。

那些从不错过一场宴会、爱向女士们抖机灵的人，对这些说法十分欢迎，要是没有这些，他们的话题都要用光了。但有少数备受尊敬的人，心里感到不满和不快。一名绅士说，他不明白，在我们这个开明的时代，怎么会有人相信这样荒唐的谎言，他对当局听之任之的做法感到惊讶。这位绅士显然属于那类愿意让政府管理一切的人，包括跟妻子平日的争吵。

后来……不过事情发展至此，又蒙上一团迷雾，究竟后事如何，完全不得而知。

三

人世间莫名其妙的事比比皆是，有的确实令人难以置信。曾经化作议员四处游荡、闹得全城沸沸扬扬的鼻子，突然回到原来的位置，也就是科瓦廖夫少校的脸盘正中，好像什么事也不曾发生过。这是四月七日的事。少校醒来之后，无意中朝镜子瞥了一眼，看到了自己的鼻子！他用手抓了抓——毫无疑问——正是他的鼻子！

“啊哈！”科瓦廖夫说。

他满怀喜悦，要不是伊万刚好在这时进了屋，他准会赤着脚翩翩起舞。他吩咐伊万给他端来洗脸水，他在洗脸时又照了照镜子：鼻子回来了。他用毛巾把脸擦干，又照了照镜子——鼻子还在！

“瞧这儿，伊万，我觉得我鼻子上有颗粉刺。”他说。他忧心忡忡地想道：“万一伊万说：‘没有，先生，您脸上不光没有粉刺，连鼻子都没有。’岂不要命？”

可伊万说：

“哪有，先生，我没看到粉刺，鼻子上干干净净的。”

“见鬼，这感觉可真妙！”少校自言自语地说，快活地打了个响指。

这时，理发师伊万·雅科夫列维奇的脑袋从半掩的门那儿冒出来，那副表情就像因为偷吃脂油挨了打的猫儿一样。

“你的手干净吗？”科瓦廖夫冲他嚷道。

“干净着呢，先生。”

“你撒谎！”

“我发誓，它们干干净净的。”

“最好像你说的那样。”

科瓦廖夫坐下来。理发师在他脖子周围缠上毛巾，转眼便把少校的络腮胡子和部分脸颊抹上泡沫，泡沫看起来就像富商家里生日宴会上调好的奶油。

“我要是不留点儿神，可就麻烦了！”伊万·雅科夫列维奇望着那个鼻子，暗暗嘀咕道。然后他把少校的脑袋拨到一边，从侧面望着那个鼻子，小声说：“嗯……谁能想到……”他端详了鼻子好一会儿。

然后，他十分讲究地伸出两根手指，捏住鼻尖。这是他惯用的刮脸手法。

“当心，当心点儿！”科瓦廖夫喊道，伊万·雅科夫列维奇松开手，怔住了，感到无比尴尬。最后他缓过神来，小心翼翼地拿着剃刀，从少校的下巴开始刮起。刮脸时没捏着对方的嗅觉器官，感觉有些不对劲儿，但他把粗糙的拇指抵在科瓦廖夫脸上和下牙床上，总算克服重重困难，把脸给刮完了。

刮完脸，科瓦廖夫急忙穿好衣服，冲出家门，坐上马车，前往茶馆。他还没坐下就喊道：“服务员，来一杯巧克力！”然后他冲到镜子跟前：鼻子还在。他高兴地环顾四周，只见茶馆里有两名军官，其中一位的鼻子只有服务员身上的纽扣大小。少校稍稍斜着眼睛，露出一副嘲笑的神情。然后他去了那家单位，他准备通过那里的人谋个副省长的职位，如果不行，谋个机关里的职位也好。他在走过接待室时往镜子里瞥了一眼：鼻子还在。

然后他乘车去见另一名学府顾问，那人跟他一样，也是少校。那个少校为人精明，爱挖苦人。为了回答他的嘲弄，科瓦廖夫经常这样说：

“唉，我算看透你啦，你这穷鬼！”

在去找那个少校的路上，科瓦廖夫心想：“那个少校看到我要是没有笑破肚皮，那就能说明这东西准是回到了原位。”

那名学府顾问并未流露出嘲笑的表情，科瓦廖夫心想：

“好极了！见鬼，这种感觉可真妙，真妙！”

他在街上遇见了波托钦娜夫人和她的女儿，她们兴高采烈地跟他打招呼。可以看出，她们并没发现他身上少了什么东西。他跟她们聊了半天，还故意掏出鼻烟盒，往鼻子里塞了些鼻烟，透过鼻孔暗自嘀咕说：

“瞧这儿，好好欣赏一下吧，你们这些女人！不过我不会娶你女儿的，就像俗话说的，打着恋爱的幌子就足够了……”

从此，人们看到科瓦廖夫少校出现在涅夫斯基大街、剧院里，出现在每一个地方。鼻子安稳地待在他的脸上，好像什么事都没发生过。那段经历结束之后，科瓦廖夫少校总是心情舒畅，笑逐颜开，向每一位美丽的女士展开追求。有一天，他在一家小店门前停住脚步，买了用来把将军勋章挂在翻领上的丝带。不过他为什么要这么做，始终是一个谜，因为他从未获得过什么军功。

这就是发生在我们幅员辽阔的祖国北方都城里的事。只是现在，细细想来，我们就会看出，其中颇有些不足为信的地方。且不说鼻子神奇地脱落，化身为议员四处抛头露面有多么古怪离奇，只说科瓦廖夫怎么会不明白，他不能在报社刊登有关鼻子的启事呢？我不是说我觉得刊登启事太贵，那完全是瞎说，我也不是吝啬抠门的人。不过那样做终归不体面、不明智、不合适！还有，鼻子是怎么钻进面包卷里面的，伊万·雅科夫列维奇又怎能……我直到现在也搞不明白这些问题。不过最奇怪、最让人无法理解的，就是居然有作者选中这样的题材，将它们诉诸笔墨。我得承认，这件事叫人完全摸不着头脑，就好比……不，不，我完全理解不了。首先，这个故事对我们的祖国毫无裨益。其次……整个故事里面哪有什么有益的地方可言？我根本不明白这个故事算是怎么回事……

到头来，种种可能都是我们逐一设想出来的，甚至于……不过有什么事不是前后不一的呢？而你只要稍加思索，就会觉得，其中还是有些耐人寻味的地方。不管怎么说，确实有这样的事——虽然不多见，但确实有。

美丽的吸血鬼

泰奥菲尔·戈蒂耶，1836

泰奥菲尔·戈蒂耶（1811—1872）不仅是浪漫主义鼎盛时期和法国前期高蹈派的杰出大师，还是霍夫曼在法国的主要继承人。在他的诸多怪诞故事中，《美丽的吸血鬼》是最著名也最完美（也许太过完美了，戈蒂耶追求完美）的一篇，可以说它遵循了所有的理论准则。它是活死人和吸血鬼（此处是女吸血鬼）题材的高级样本，并获得了波德莱尔的赞誉。

我们将在故事里看到：刚任职的神甫罗穆亚尔德被美丽的克拉丽蒙德勾起欲望；从高塔上看到整个城市，显贵的情妇的宫殿被阳光照亮；用人策马而来、请神甫给克拉丽蒙德做临终涂圣油礼之前，神甫一直在偏僻的教堂里忏悔度日；对一个已经逝去女人的爱；对清贫教士的生活和醉生梦死孰为现实孰为梦境的不确定；发现克拉丽蒙德是个靠爱人血液生存的吸血鬼。所有这些杰出的细节设计很快便成为一种传统，二流小说和电影争相仿效。最后克拉丽蒙德的尸体被挖了出来，她在棺材里完好无损，嘴角上挂着一丝血迹，但旋即变成骷髅。

兄弟，你问我有没有恋爱过。有过。那是一段离奇而可怕的经历，我已经六十六岁了，却还是不敢搅扰那段尘封的记忆。我不愿拒绝你的任何请求，不过我不会把这段经历讲给阅历尚浅的人听。

那些事太过离奇，我都不敢相信它们竟然会发生在我的身上。有三年多的时间，一种非同寻常的癔症折磨着我，我不堪其扰。我这个可怜的乡村神甫，每天晚上都会被带进同一个梦里（我向上帝祈求，但愿那只是一个梦!），过着迷失自我、纵情声色的生活。我因为朝一个女人看了一眼，差点儿失去灵魂，不过最后，在上帝和主保圣人的帮助下，我终于将附身的恶灵驱逐出去。当时，我过着两种截然不同的生活。白天，我是正派的神甫，忙于祷告和圣职。夜里，我从合上眼睛的那一刻起，就变成了一名年轻的贵族，一个对女人、狗、马匹、赌博、酗酒、脏话了解甚深的人。我白天清醒的时候，感觉却像身处梦境，梦到自己是神父。

我在夜里梦中经历的事、说过的话，原封不动地保存在我的记忆里，怎么也挥之不去。我从不出门，但别人听到我的言谈，会说我是个尝尽人间甘苦，背弃世俗，到宗教中来寻求庇护，希望在教会的怀抱里了却残生的人，而不会说我是在森林深处与世隔绝的教区里渐渐老去的卑微神甫。

不错，我曾经爱过，这世间没有谁像我那样，怀着无法遏制的疯狂激情去爱，那股激情那样汹涌澎湃，我很惊讶它居然没让我的心爆裂。啊！那些美妙的夜晚！美妙的夜晚！

我从小就认定，从事神职是我的使命。因此我根据这个目标选择学习的内容。我二十四岁之前的生活，只是一段漫长的见习期。我完成神学方面的训练之后，担任过各种低阶神职。我的老师们认为，我现在还年轻，但能拿到最高学位。我的授任圣职典礼定在复活节周。

我从未步入社会。对我来说，世界的边界就是长老院和神学院的围墙。我隐约知道，有种叫做女人的存在，但并未多加留意，我单纯得就像一张白纸。每年，我只跟年老体弱的母亲见两面。这就是我跟外界唯一的联系。

对于不可更改的誓言，我既不后悔，也没有丝毫的犹豫。我满怀喜悦，迫不及待。没有哪个年轻的新郎，比我更急切地熬过那些钟点；我兴奋得难以入眠；我梦到自己在布道。我觉得成为神甫是最美妙的事；我为此宁肯放弃成为国王或诗人。成为神甫，就是我最大的心愿。

我告诉你这一点，是为了让你明白，我最不可能遇上那种事，最不可能被那种事迷得神魂颠倒。

那个重要的日子来临了，我步履轻盈地朝教堂走去，仿佛肩上长了翅膀，可以御风而行。我觉得自己就像天使一般，我为同伴们严肃和深思的表情感到惊讶，我们是好几个人结伴同行。头一天晚上，我是怀着近乎狂喜的心情，在祈祷中度过的。我觉得主教大人，一位可敬的老者，似乎就是上帝的化身，正在凝望着永恒。我仿佛透过这座神圣建筑的拱顶，看到了天堂。

你知道仪式的细节：祝福，圣餐，把新信徒的油膏涂在手掌上，最后跟主教大人一起献上圣祭。这些我就不赘述了。哦！约伯说，不仔细看清楚就订约的人是轻率的。他说得可真对！

我一直低着头，偶然抬头时，我看到前面——似乎就在触手可及的地方，但其实她在栏杆另一侧，离我有一段距离——我看到一名身穿华服的绝色女郎。那种感觉，就好像蒙在眼上的东西脱落了一般。我就像重见光明的盲人。前一刻还光彩照人的主教大人，突然黯然失色；金色烛台上的蜡烛就像白天的星星一样，整座教堂都变暗了。那个迷人的造物就像天使显灵一般，在幽暗的背景中显得格外惹眼；她仿佛在熠熠闪光，而不只是承接光亮。

我垂下眼帘，决心不再抬眼观看，这样就不会被外物所惑。我的神志越来越迷离恍惚，我几乎搞不清自己在做什么。

我很快又睁开眼睛，透过睫毛看到了她。她身上闪耀着虹彩，她沉浸在玫瑰色的暮光里，就像在观赏夕阳。

哦！她可真美！那些从天堂寻找理想化的美，将圣母的肖像带到凡间的伟大画家，也不曾触及这份绝妙的真实。不论是诗人的歌谣，还是画家的调色板，都无法将这种美描绘出来。

她身材高挑，仪态就像女神一般。她那柔软的金发由中间分开，在两鬓落下，就像两股金色的波浪。她就像头戴冠冕的女王。她那宽宽的额头白中带青，光洁透亮，透着安详。她的眉毛近乎褐色，将她的海绿色眼睛衬托得更加光彩照人。那是怎样的眼睛啊！它们只要眨一下，就能决定一个男人的命运；它们生动、清亮、流光溢彩，我从未见过那样的眼睛；一道道目光就像箭矢一样，直射我的心房。我不知道照亮那双眼睛的光线来自天堂还是地狱，不过不是前者就是后者。这个女人不是天使，就是魔鬼，要么就是两者的结合，她显然不是从人们共同的母亲——夏娃的子宫里孕育出来的。她的牙齿就像东方最纯净的珍珠，在微笑的红唇中闪闪发亮。她一笑，玫瑰色的迷人脸颊上就会出现小小的酒窝。她的鼻子线条明晰，透出王族的高贵，暗示着最高贵的血统。鲜艳的玛瑙点缀着半露的香肩那光洁闪亮的皮肤，一串串的大珍珠就像她的脖颈一样洁白，垂挂在她的胸前。她不时抬头，就像蛇或翘首的孔雀。高高的镂空皱领箍在她的脖子上，就像银色的格栅。

她穿着一件红色天鹅绒裙子，貂皮衬边的宽袖口中露出高贵的纤手，手指细长圆润，几乎能让光线透过，就像黎明女神奥罗拉的手指。

所有这些细节，如今依然历历在目，仿佛就是昨天的情景，因为我当时虽然备感困扰，却把一切记在了心里，连最微小的细节都没放过。下巴侧面有粒小黑痣，就在嘴角往下一点，几不可察。眉毛好像天鹅绒般柔软，睫毛在脸颊上投下颤动的阴影。我把一切都清清楚楚地记下了。

我望着她时，感到此前一直紧闭的心扉敞开了。四面八方的小窗板都拉开了，向未知的景色敞开；生活向我展现出全新的一面。我就像在思想与情感完全不同的世界重生了。一股可怕的痛苦攫住我的心；每一分钟都像一秒钟那样短暂，又像一个时代那样漫长。

与此同时，仪式还在进行着，我汹涌的欲望暴躁地涌向那个世界的入口，而仪式却将我带离那个世界。我想说“不”，却说出了“是”，而我心里的一切，都在对我的舌头违背灵魂的表达提出抗议，但某种神秘的力量撕碎了我喉咙里的话。或许，那些走向祭坛的年轻女子和我一样吧，尽管一心想要拒绝强加给她们的丈夫，却无一将计划付诸行动。无疑，那些接过面纱的可怜见习修女也是这种情况，她们原本决心在宣誓时将面纱撕得粉碎。谁也不敢当众制造这样的丑闻，或者辜负那么多人的期望。众人的期盼，众人的目光，就像铅做的头盔一样沉重；而且仪式的程序安排得那样妥帖，已经提前打点好一切，显然已经无可更改。心中的想法屈从于现实的重压，变得软弱无力。

随着仪式进行，那个陌生美女的目光也变了。起初是温柔与爱抚，渐渐变成被误解之人的鄙薄与不满。

我拼尽全力，使出足以将大山拔起的力气，想要高声说出我不想做神甫了，却怎么也说不出口，我的舌头仿佛粘在上颚上，我无法将欲望转化成最微弱的拒绝。我分外清醒，却仿佛身陷噩梦，想要说出生死攸关的话，却做不到。

她好像明白我在经受着怎样的折磨。就像是为了给我勇气，她向我投来的眼神中，充满神圣的承诺。她的目光就像一首诗，每一刻的眼神都是一行诗句。它们仿佛在说：

“如果你愿意成为我的人，我会让你比天国的上帝更加快乐，天使们都会嫉妒你。扯掉你准备包住自己的裹尸布吧。我就是美，我就是青春，我就是生命。来我这边吧，让我们彼此相爱。你牺牲了爱情，耶和华又能拿什么来跟你交换？我们的生命会像梦一样消逝，但它会成为一个永恒的吻。”

“把那个杯子从你的唇边甩开，你就自由了。我会带你去无名的小岛。你会睡在我的怀里，睡在金子做的床上，银子做的华盖底下。因为我爱你，愿意把你从上帝那里带走，那么多高贵的心灵在上帝面前涌出潮水般的爱，却到不了他的身边。”

我仿佛听到了这些话，这些话带着无限甜美的韵律。她的眼神仿佛能发出声音，传达出的话在我的内心深处回响，仿佛有看不见的嘴唇，把那些话吹进我的灵魂。我感到自己做好了弃绝上帝的准备，但我的嘴唇机械地诵读着仪式上的套话。那个美女又看了我一眼，目光那样恳切、绝望，我感到心如刀绞，胸口就像中了无数支箭，那份痛苦不亚于圣母的悲哀。

仪式结束了，我成了一名神甫。

人的表情从未反映出那样强烈的痛苦。看到意中人在身旁突然死去的姑娘，看到孩子的摇篮突然变空的母亲，坐在伊甸园门口的夏娃，发现自己的金银财宝被掉包成石头的守财奴，将自己最佳作品的唯一手稿失手落入火中的诗人——这些人的表情也不会比那副表情更加悲伤难过。她那迷人的脸颊血色尽失，变得像大理石一样苍白；她那美丽的手臂耷拉在体侧，仿佛肌肉完全失去了力量。她倚在柱子上，仿佛双腿无力，支持不住身体。

我呢——面色惨白，前额冷汗涔涔，就像耶稣受难像一般。我步履蹒跚地朝着教堂的门口走去，感到窒息。教堂的拱顶似乎塌落在我的肩上，全靠我的头颅支撑着。

我正要跨过门槛，突然，一只手抓住我——是女人的手！那时我从未碰过女人的手。它就像蛇皮一样冰凉，那份触感保留至今，就像滚烫的烙铁在我的身上打下了烙印。是她。“不幸的人啊！不幸的人啊！你做了什么？”她小声对我说，然后消失在人群之中。

老主教从我身边走过，用严厉的目光望着我。我方才的表现肯定非常奇怪。我的脸一阵红一阵白，视野变得模糊不清。一名同伴可怜我，带着我离开了。我要是自己走，很可能连回神学院的路都找不到。在一个街角，我转过头去，看见一名衣冠楚楚的黑人侍从走过来。侍从递给我一本四角镀金的袖珍小册子，示意我把它藏好，就立即走开了。

我把它塞进袖子里，独自回到房间。我打开小册子上的扣环。里面只有两页纸，上面写着字：“克拉丽蒙德，孔西尼宫。”那时我不谙世事，从未听说过克拉丽蒙德，尽管她很有名，我也不知道孔西尼宫在哪儿。我做了上千种推测，一个比一个离谱。不过老实说，只要我还能再见到她就行，至于她是贵妇人还是交际花，我并不在意。

这份初生的爱情已经永远扎下了根；我压根儿没动过斩断情丝的念头，我强烈地感到，那根本就是不可能的。这个女人已经完全占据了我的心；她的一个眼神就足以改变我这个人，她把她的意愿通过呼吸传达给了我。我的生命从此不再是我的了，而是她的，我要靠她传达的气息来维持呼吸。我不停亲吻着我手上她触碰过的地方，一连几小时重复她的名字。我闭上眼睛，却能看到她清晰地出现在眼前，我还不停地重复着她在教堂门口说的话：“不幸的人啊！不幸的人啊！你做了什么？”

我清楚地意识到自己的处境是何等可怕，自己步入了怎样阴郁和恶劣的境地。身为神甫，就要禁欲，不能恋爱，要对性别和年龄的差别视而不见，要回避各种各样的美，龟缩在修道院或教堂冰冷的阴影里，看到的只有将死之人，在素不相识的死者身旁守夜，穿着黑色的长袍，就像给自己戴孝，最后神甫袍会变成自己的棺罩！

我心潮澎湃，血液在动脉里有力地悸动着；我那压抑已久的青春猛然爆发出来，就像一百年才能开花的龙舌兰，伴着一声惊雷，忽然开出了花朵。我要怎样做，才能再次见到克拉丽蒙德？我没有离开神学院的借口，我不认识城里的任何人。我甚至无法在学院里长期停留，我只是在等待教会将我负责的教区分派给我而已。我试着弄松窗上的栏杆，但外面高得吓人，没有梯子别想下去。再说，我也只能趁夜里溜出去，我要怎样才能从迷宫般错综复杂的街道里找到路？这些困难对别人来说或许不值一提，但对我这个可怜的神学院学生，没有经验、没有钱财和衣裳的情人来说，则是不可逾越的障碍。

我如果不是神甫，就每天都能见到她了，我会成为她的爱人，她的丈夫。我痴迷地想象着。那样我就不会穿着这身阴沉的裹尸布，而会穿着绫罗绸缎，披金戴银，手拿宝剑，帽子上别着羽毛，就像年轻英俊的骑士那样。我也不会再留光头，而会蓄起长及脖颈、波浪一般的卷发。我会蓄起上蜡的小胡子，成为一个时髦的青年。但在祭坛前面度过的一个小时，少许含糊不清的话语，让我斩断了尘缘。我亲手用墓石封住了我的墓穴，亲手拉上了监狱的门闩！

我来到窗边。天空是一片美丽的湛蓝，树木披上春装，大自然似乎在举行一场讽刺的盛大游行。广场上人山人海，来来往往，少年和少女们成双成对地走向花园和凉亭。快活的朋友们挽着胳膊，唱着祝酒的歌谣。那副熙熙攘攘的景象充满活力，跟我的悲哀与孤独形成可悲的对照。门前台阶上有位年轻的母亲，在跟她的孩子戏耍，亲吻着那张沾着牛奶的红润小嘴，用只有母亲才能发明出来的一千种稚气的把戏逗弄着他。那个做父亲的站在不远处，叉着胳膊，面带笑容，望着迷人的母子二人，心中满是幸福。这一幕让我感到无法忍受，我关上窗户，扑倒在床上，心里充满愤恨和可怕的嫉妒，像饿了三天的老虎那样，啃咬着手指和毯子。

我不知道这种状态持续了多久。不过，我猛地一转头，发现塞拉皮翁院长正站在房间中央，专注地望着我。我羞赧不已，垂下头，双手掩面。

“罗穆亚尔德，我的朋友，你心里正发生着不寻常的事情，”沉默片刻之后，塞拉皮翁说，“你方才的行为真是莫名其妙！你一向那么虔诚、镇定、优雅，可你方才却像野兽一样，在房间里发怒。要当心，我的兄弟，不要听信魔鬼的教唆。正因为你将自己永远献给了上帝，所以才激怒了恶灵，它像饿狼一样，在你周围徘徊不去，做着最后的努力，想把你拉拢过去。不要萎靡不振，亲爱的罗穆亚尔德，用祈祷做铠甲，用禁欲做盾牌，跟敌人勇敢地战斗吧，你会战胜他的。美德必须经受考验；经过灰皿提炼的金子，才会比以前更精纯。不要害怕，也不要气馁，那些最警惕、最坚定的人，也经历过这样的时刻。祈祷、斋戒、冥想，恶灵就会离你而去。”

塞拉皮翁院长的话让我恢复清醒，渐渐平静下来。

“我过来，”他又说，“是要通知你，你被指派到C教区了。那边的神甫刚刚过世，主教大人命我让你前去赴任。做好准备，明天就要动身了。”

我点了点头，表明我会做好准备。院长离开了。我打开祈祷书，开始朗读祈祷文。但一行行文字很快就乱作一团。我心里的种种思绪纠缠难解，祈祷书从我手里掉了下去，我都没有发觉。

我明天就要走了，再也见不到她了！我们之间原本就有重重阻隔，现在又多了一重障碍！再也没有见到她的希望，除非发生奇迹！我应该给她写信吗？我让谁去送信呢？我被授予了神圣的角色，我又能向谁吐露心声，说出秘密呢？怀疑和恐惧令我心烦意乱。这时，我又想起，塞拉皮翁院长说过魔鬼的花招如何如何。这番异乎寻常的经历，克拉丽蒙德那不属于尘世的美貌，她那闪耀着磷光的眼睛，她的手留下的灼痕，她给我带来的种种困扰，我心里突然发生的变化，我转眼便放弃了虔诚的志向——所有这些都清楚地表明魔鬼的存在，那只柔软的手里，或许隐藏着魔爪。

这些想法令我大为恐惧；我拾起从膝头掉落的祈祷书，再度祈祷。

第二天，塞拉皮翁过来接我。两头骡子驮着我们的少许行李，在门口等着。他和我各自骑上一头。我们穿过城里的街道时，我观察着每一扇窗户，每一个阳台，希望看到克拉丽蒙德，不过这时时间还早，城里的人尚未醒来。我的眼睛恨不得赶在我们走过之前，看透每一座宅邸的窗板和窗帘。无疑，塞拉皮翁把我这种好奇的表现，当成我对建筑之美的欣赏，因为他让坐骑放慢脚步，好让我从容观赏。我们终于来到城门外，开始翻山越岭。来到山顶时，我转过身，最后一次朝克拉丽蒙德生活的地方望去。只见一团乌云的阴影笼罩着全城，蓝色和红色的屋顶掺杂在一起，融合成一种混合的色调，早晨的烟从那些屋顶冒出来，好似一股股泡沫。借着一种奇特的光学效应，有一栋宏伟的建筑在一束阳光的照耀下，发出闪闪金光，四周的房舍都隐藏在薄雾之中，它比它们都要高。它距离这边好几里路，但看起来离得不远。就连最微小的细节，也可以分辨得清清楚楚——塔楼、屋顶、窗户，还有燕尾状的风向标。

“那边被阳光照亮的宫殿，是什么地方?”我问塞拉皮翁。

他手搭凉棚，看了看，回答说：

“那是孔西尼王子赐予情妇克拉丽蒙德的古老宫殿，那里发生过可怕的事情。”

就在那时——我至今仍然不知道，那究竟是真的，还是我的错觉——我觉得自己看到一个苗条的白色身影朝阳台走去，一闪即逝。是克拉丽蒙德!

哦!她是否知道，此时此刻，我在这条将我从她身边永远带走的陡峭山路顶端，激动而苦恼地眺望着她居住的宫殿，一束戏谑的光线似乎将宫殿送到我的眼前，仿佛在命令我步入其中，成为它的主人?她肯定知道，她跟我心有灵犀，能感受到我最微弱的心跳。正是这份体察，让依然身着睡袍的她，登上晨露闪亮的阳台。

阴影笼罩宫殿，这时只能看到一片由屋顶汇成的静止的海洋，只能看到一片高低错落的起伏，却什么也分辨不出。塞拉皮翁催赶着骡子上路，我的骡子也走起来，转了一个弯，我再也看不到S城了，因为我再也不会回来了。我们在乏味的乡间赶了三天路之后，看到树后面露出教堂上的风向标，那就是我要任职的教堂。我们穿过几条两边是农田的弯弯曲曲的小路，来到这座并不宏伟的教堂跟前。门廊上装饰着几道凹槽饰纹，还有两三根雕工粗糙的砂岩圆柱，屋顶缮了瓦，拱壁也是用砂岩砌成的。左边是教堂的墓地，杂草丛生，中间有一个大大的铁十字架；右边是神甫住宅，笼罩在教堂的阴影里。那间住所十分简陋，但一尘不染。

我们走进神甫住宅。一些家禽正在啄食着地上寥寥无几的燕麦粒，它们显然已经看惯了神甫的黑袍，完全没有因为我们的到来而惊慌，甚至懒得让开路让我们过去。我们听到一声沙哑的犬吠，一只老狗朝我们跑来。

是我的前任养的狗。它两眼昏花，脖颈泛灰，种种迹象表明，它已经老得不能再老。我轻轻摸了摸它，它马上便带着难以言喻的满足，跟在我的身旁。一名老妇出来迎接我们，她是老神甫的管家。她领我们看完一个低矮的房间之后，问我是否打算留用她。我说我会留用她，那只狗、那些家禽、她的主人去世时留下的全部家具，我都会留下，这让她大为欣喜。塞拉皮翁院长按照她说的价格，把钱当场付给了她。

我就任之后，塞拉皮翁院长便回神学院了。我孤零零地留下来，凡事都只能依靠自己。对克拉丽蒙德的思念又开始困扰着我，我努力克服这种思念，却总是徒劳。一天晚上，我沿着毗邻马厩的小花园走道散步时，觉得自己透过修剪过的树篱，看到了一个女人的身影，她在追随着我的脚步，她那两只海绿色的眼睛隔着叶丛闪闪发亮。可那只是我的错觉，因为我走到小路尽头之后，只发现了留在沙地上的一枚足印，它那么小，肯定是小孩子的脚印。花园的四周环绕着高墙，我走遍花园的每一个角落，没有看到任何人。我始终无法解释这件事，不过这跟我后来的离奇遭遇比起来算不了什么。

我就这样过了一年，忠实地履行各种职责，祈祷、斋戒、告诫，帮助病患，大肆施舍，常常搞得自己的生活都难以为继。但我感到自己的内心一片荒芜，慈悲的源泉已经干涸。我感受不到履行圣职的喜悦，经常心不在焉，不由自主地重复着克拉丽蒙德的话。兄弟，想想看吧！我只是抬眼看了一个女人，只是犯下这样一个微不足道的错误，就经受了那么多年痛苦的折磨，整个人生都永远陷入了困境。

我不会对内心的挫折多作描述。每一次成功，都伴随着更深的失落。我还是直奔重点吧。一天晚上，门铃大作。老管家过去开门，来的是一个皮肤黝黑的人，他的衣着华丽，但样式奇特，还佩着一把长剑，站在芭芭拉的提灯灯光下。管家起初感到害怕，但那人请她放心，说他有事，必须马上见我。芭芭拉领他上楼见我。我当时正要就寝。那人告诉我说，他家的女主人，一位贵妇人，正处于弥留之际，想见神甫。我回答说，我愿意陪他过去。我带上行临终涂油礼必不可少的东西，赶紧下了楼。

门前有两匹马，它们漆黑如夜，胸前的鬃毛上挂着两摊汗水，正用蹄子不耐烦地刨着地面。那人替我牵马坠镫，扶我上马。接着扶住前鞍桥，跳到另一匹马身上。他用两膝一夹马腹，松开缰绳，马儿便像箭一样飞奔出去。我那匹马也由他牵着缰绳，疾驰起来，跟另一匹齐头并进。我们纵马飞奔，灰色的地面从我们下方疾掠而过，树木乌黑的轮廓就像溃败的军队般匆匆向后退去。我们穿过一片令我毛骨悚然的幽暗森林。马蹄踏在石头上，激起阵阵火花，在我们身后留下串串火光。要是有人在这个时辰看到我和我的向导，准会把我们当成从噩梦中冲出来的幽灵骑士。鬼火不时出现在我们的路上，寒鸦在森林深处发出阵阵悲啼，时常可以看到野猫那闪着磷光的眼睛。我们胯下的马鬃毛上蒸腾出越来越浓重的热气，身侧大汗淋漓，鼻孔吃力地喷气。不过那名马夫看到它们放慢速度，便会发出一声粗嘎的叫喊，听起来不像是人发出的。他用那样的叫喊给它们鼓劲儿，它们又狂奔起来。

马儿的速度终于慢下来，前方的黑暗中突然闪现出点点灯火。马蹄踏在铺了铁的堤道上，发出更尖利的响声，一段拱廊在两座巨大的塔楼中间张开黑洞洞的嘴巴，我们从中穿行而过。城堡里的人紧张地忙碌起来，擎着火把的仆人们从院子里往四面八方散去，一盏盏提灯在一处处楼梯平台上晃动着。我有些迷惑地看到一座巨大的建筑，圆柱、拱廊、楼梯，真是一个既豪华又怪诞的建筑奇观。一名黑人侍从过来帮我下马，我马上认出，当初就是他把克拉丽蒙德的袖珍本子交给我的。一名身穿黑色天鹅绒衣裳、戴着金项链、手拿象牙手杖的男管家上前迎接。泪水从他的脸颊滚滚流到花白的胡子上。

“太迟了！”他摇着头说，“太迟了，神甫先生！不过就算您不能拯救这个灵魂，也来看看这副可怜的尸骨吧。”

他挽起我的胳膊，领我到停尸的房间。我哭得跟他一样难过，因为这时我已经知道，死者正是我疯狂爱恋的克拉丽蒙德。

一把祈祷椅摆放在床边，一只青铜杯子上闪烁着一团幽蓝的火焰，给屋里撒满摇曳的微光，时而照亮家具或墙上的装饰线条那突出的棱角。桌子上的雕镂银花瓶里插着一支枯萎的白玫瑰，茎秆上只剩一枚花瓣，其余的都散落在花瓶底下，就像一颗颗芬芳的泪珠。一个破碎的黑色面具、一把扇子、各种华美的衣裙摆在一把把椅子上，表明死神是出人意料地造访了这个奢华的住所。我不敢往床上看，便跪下来，激动地诵读起赞美诗，感谢上帝用墓冢隔绝了我对这个女人的思念。从今以后，我在祈祷中加上她的名字便不再是渎神行为了。

我的激情渐渐退去，思绪陷入恍惚之中。这个房间完全不像停尸的所在。这里没有我在守灵时闻惯的尸臭，反而有一缕东方香水的香气，那是一种难以描述的芬芳，透出女性的气息，能激起人们的爱意。这缕香气静静地漂浮在温热的空气里。那微暗的火光，让人不由想起为满足感官享乐而特意安排的幽暗光线，而不是摆在尸体旁边的夜明灯发出的黄光。我思索着命运奇妙的安排，我在重新见到克拉丽蒙德的这一刻，也永远失去了她。我不由发出一声懊悔的叹息，好像有人在我身后发出了同样的叹息。我下意识地转过身去，原来是回声。我转身时目光落在一直避而不看的灵床上。红绸幕帐上绣着硕大的花朵，点缀着螺旋状的金色流苏，死去的女人横陈在那里，双手放在胸前。尸体上蒙着亚麻布，在深紫色挂毯的映衬下，亚麻布白得晃眼。亚麻布质地十分细致，并未遮住那具尸体优美的线条，那些线条就像天鹅的脖颈一样起伏，死亡不曾令它们僵硬。这具尸体仿佛能工巧匠为女王的坟墓雕刻的一尊雪花石雕像，或是身上落满积雪的熟睡的少女。

我再也忍耐不下去了，这里的气氛令我难以自已。近乎凋谢的玫瑰散发的撩人香气钻进我的脑子里。我在屋里来回踱步，每次走到床前都会停下，打量着裹尸布下面尸身的美态。我的脑海中掠过种种奇思异想。我想象她其实并没有死，这只是她的策略，为的是把我带到她的城堡来，向我示爱。有那么一瞬，我甚至觉得看到她的脚动了一下，改变了裹尸布平直的折痕。

我暗自思忖："这真的是克拉丽蒙德吗？有什么证据能表明这一点？那个黑人侍从难道不能换一个女人服侍吗？我这样痛苦不安，真是发疯。"但我那颗怦怦直跳的心回答："是她，就是她！"我再次来到床前，更加仔细地打量她。我应该承认吗？那完美的体态因为死亡变得更加纯洁和神圣，但更加吸引着我。她看起来就像正在沉睡。

我忘了自己是来执行丧仪的，我想象着自己是来到新房的年轻新郎，新娘端庄地敛藏起面容，不让人看到她的美态。我心碎欲裂，又欣喜若狂。我因为恐惧和喜悦而颤栗着，朝她俯下身，抓住裹尸布的一角，轻轻掀起来，我屏住呼吸，生怕弄醒她。我的心脏跳得那么厉害，我几乎能听到两鬓的血管鼓动的声音。汗水在我的前额蒸腾着，仿佛我正在掀起一块大理石板。

的确是克拉丽蒙德，跟我在受任圣职典礼上看到她时一模一样。她跟原来一样富有魅力，死亡对她而言，似乎只是另一种形式的卖弄风情。她灰白的脸颊、圆润的嘴唇和给白皙的面孔增加了一排灰色流苏的低垂睫毛，让她有了一份忧郁的纯洁和愁苦，那份魅力简直难以言表。她那披散的长发里别着几朵蓝色的小花，为她的脑袋充当了枕头，发卷遮住了她赤裸的肩膀。她那美丽的双手比圣饼还要纯洁和透明，交叉着放在那儿，正是一副虔诚默祷的姿态——这副姿态刚好抵消了那股太过强烈的吸引力。即便在她身故之后，那赤裸的双臂看起来也像是精美的雕塑，犹如象牙一般洁白。她的手臂上还戴着未曾取下的珍珠手镯。

我久久地沉思着，我越看越不相信，那美丽的胴体已经了无生气。我不知道究竟是错觉，还是灯光的反射所致，灰败苍白的皮肤下面似乎又有血液流动起来。我轻轻摸了摸她的胳膊。很凉，但没有那天她在教堂门口碰我时凉。我恢复原先的姿势，朝她俯下身去，任由热泪落在她的脸上。啊！绝望和无能为力的感觉令我深感痛苦！这是何等痛苦的守夜！我真希望能把自己的生命收集起来，交付给她，将消磨着我的生命之火，吹送进那具冰凉的躯体。夜晚行将结束，永别的时刻即将来临，于是我再也无法抵御那最后的极乐——在我全心爱着的逝者唇上留下一个吻。

哦，奇迹！微弱的呼吸跟我的呼吸融合在一起，克拉丽蒙德的嘴巴对我的吻做出了回应。她睁开眼睛，恢复了几分神采。她发出叹息，张开双臂，搂住我的脖子，脸上是一副幸福得难以言表的表情。

“啊！是你，罗穆亚尔德，”她说，她的声音就像竖琴的最后一声颤音那样微弱而甜美，“这么久以来，你还好吗？我等了你那么久，等到了生命的最后一刻。不过现在我们订婚了，我会去看你的。别了，罗穆亚尔德，别了！我爱你，这就是我想告诉你的一切，你的吻给我带来的少许生命，我还给你。别了，我们很快就会再见！”

她的头向后倒去，但她依然把我搂在怀里。一阵狂风从窗口吹进房间，那支白玫瑰的最后一片花瓣像一只翅膀似的，在茎秆顶端颤抖片刻，掉落下来，带着克拉丽蒙德的灵魂飞到窗外。灯光熄灭了，我昏倒在那美丽的遗体怀中。

我醒来时发现自己躺在床上，前任神甫养的老狗趴在毯子外面，正在舔我的手。芭芭拉在屋里忙来忙去。她年事已高，身子颤颤巍巍的。她一会儿拉开又关上抽屉，一会儿又搅拌杯子里的药粉。老妇人见我睁开眼睛，高兴地大叫一声，那只狗摇着尾巴叫起来。但我太过虚弱，说不出一句话，也做不出一个动作。

后来我才知道，我已经这样躺了三天，除了微不可查的呼吸，没有任何生命迹象。这三天的时间里，我的生活是一片空白，我不知道自己是不是灵魂出窍了，我什么都想不起来。芭芭拉告诉我，那天晚上来接我的那个黑人，在次日早晨用轿子把我送了回来，就离开了。我恢复神志后，回想了那个宿命的夜晚发生的一切。起初，我还以为自己产生了奇妙的幻觉，但真切可感的种种很快便推翻这一假设。我不认为自己是在做梦，因为芭芭拉和我都看到了那个人和两匹黑马，我们准确地描述出了那两匹马和马具。但是附近的人都没听说过我见到的克拉丽蒙德的那座城堡。

一天上午，塞拉皮翁院长过来看我。芭芭拉派人跟他说我病倒了，他马上便过来了。他来得这么快，表明了他对我的慈爱与关怀，但他的到访并未带给我应有的快乐。塞拉皮翁院长的神色里有种探究和审讯的意味，让我感到不大自在。他的到来让我尴尬和内疚。是他最早发现我备受困扰，他的明察秋毫让我懊恼。

他在用假惺惺的关切口吻询问我的身体状况时，狮子般的黄眼睛紧盯着我的眼睛，仿佛要看穿我的灵魂。然后他问了我几个问题：我是怎样管理教区的，我工作得开不开心，我是怎样打发闲暇时光的，有没有跟当地的居民熟络起来，我最喜欢看什么书，诸如此类的详细问题。我尽可能简短地回答他，他没等我说完，就说起别的事。他真正想说的显然不是这些。后来，他就像刚刚想起一件事，生怕忘掉，没做任何开场白，就用洪亮的声音径直说了起来，他的声音在我听来就像末日审判的号角：

“前不久，那个有名的交际花克拉丽蒙德纵酒狂欢八天八夜，死掉了。真是可怕。巴尔萨泽和克娄巴特拉的那种令人痛恨的饮宴之风又回来了。上帝啊！我们生活在什么样的时代！为宾客服务的是紫铜肤色的奴隶，他们说的是陌生的语言，我相信，他们是真正的妖魔。最低级的奴隶穿的制服，也不亚于皇帝节日的盛装。关于这个克拉丽蒙德，总有一些奇怪的传闻。她所有的情人都不得善终。据说她是食尸鬼、女吸血鬼。但我相信，她就是魔王本人。”

他打住话头，更仔细地盯着我看，想知道他的话给我带来了什么样的影响。听他提到克拉丽蒙德的名字，我不由大吃一惊。他提到的死讯，尽管令我大为难过，但刚好符合跟我那天晚上亲眼目睹的情景。我恐惧不安，情绪全都流露在我的脸上，我怎么也掩饰不了。塞拉皮翁用忧虑而严肃的目光看了我一眼，说：

“我的孩子，我有义务告诫你，你正处在悬崖的边缘，当心别掉下去。魔鬼有很长的爪牙，坟墓也不见得牢固。盖住克拉丽蒙德墓穴的石碑，真应该封印三次。据说这不是她第一次死去了。愿上帝看顾你，罗穆亚尔德！”

塞拉皮翁说完这些话，朝门口缓缓走去。之后我再没见到他，因为他很快就去了 S 城。

我养好身体，像往常一样履行神职。我总是想起克拉丽蒙德，还有老院长的那些话。但并没发生什么特别的事，让塞拉皮翁的不祥预感应验。我开始觉得，他和我的恐惧都有些夸张了。不过一天晚上，我做了个梦。我刚刚睡下，就听到床上帐子的圆环在横杆上响亮地滑动。我用胳膊肘撑起身子，看到一个女人的身影站在我的面前。

我马上便认出，是克拉丽蒙德。

她手里拿着一盏小灯，像是人们放在坟墓里的那种。灯光将她纤细的手指照得红润透亮，这种红润透亮的色泽向上延伸，渐渐变成光裸的手臂那灰暗的乳白色。她身上没有别的衣服，只有她在灵床上遮盖的那块亚麻裹尸布。她把裹尸布提到胸口，似乎因为衣不蔽体感到害羞，但她的手太小了，根本无法完成这一任务。她是那样苍白，那块布料的颜色在微弱的灯光下跟她的肤色毫无二致，难以分辨。她裹着这块让她的身材显露无遗的精细布料，看起来就像一尊古老的大理石像，而不是活生生的女人。但她不论是生是死，是雕像还是女人，是幽灵还是真人，依然那么美。只是她眼里的绿光黯淡了几分，她的嘴原先那样红艳，如今只有一抹淡淡的朱红，几乎跟她的脸颊一样苍白。我注意到，她头发里的小蓝花也枯萎得厉害，花瓣几乎掉光了。尽管如此，她还是那样迷人。她来得蹊跷，但我丝毫不觉得害怕。

她把灯放在桌上，在床尾坐下来。然后她朝我俯下身，用我只从她那里听到过的清亮而柔和的声音说：

“我让你久等了，亲爱的罗穆亚尔德。你肯定以为，我已经把你给忘了。但我走了很远的路，我出来的那个地方，还从来没有人出来过。我出来的那个国度，既没有太阳，也没有月亮，只有空间和阴影；那里既没有大路也没有小径；没有可以落脚的地面，也没有可以飞行的空气。但我还是来了，因为爱情比死亡还要强大，终究可以战胜死亡。啊！这一路上，我看到了多么阴郁的面孔，多么骇人的景象！我的灵魂费尽千辛万苦，才凭着意志的力量，回到这个世界，找到它的身体，回到它的寓所之中！我费了多大的力气，才掀起他们压住我的墓石！你瞧！我可怜的掌心全是淤青。亲吻它们，治愈它们吧，亲爱的爱人！”

她把两个冰冷的掌心轮流放在我的嘴唇上，我一次又一次地亲吻它们。她微笑着望着我，笑容里有着难以言喻的满足。

我要惭愧地承认，我把塞拉皮翁院长的建议，还有我重新履行的圣职，全都忘到了脑后。我在第一轮攻势中，便毫无抵抗地沦陷了。我根本没有努力驱逐魔鬼。克拉丽蒙德手上的凉意穿透我的手，一股撩人的战栗掠过我的全身。可怜的孩子！我看过她的种种表现，但还是很难相信她是什么恶魔。起码她没有魔鬼的外表，撒旦不可能将爪子和蹄子掩藏得这样巧妙。她把腿蜷在身下，坐在长榻的边上，仪态优雅，风情万种。她不时用手穿过我的头发，把它弄成发卷，好像在看我适合什么样的发型。我带着一种罪恶的满足，任凭她这样做，她嘴里一直说着最迷人的话。

值得注意的是，我尽管遭此奇遇，却并未感到惊讶。人们在梦里能接受各种荒诞离奇的事，我觉得一切再自然不过。

“我早在看到你之前，就已经爱上你了，亲爱的罗穆亚尔德，我到处寻找你。你是我理想的爱人，我在教堂里看到你的那一刻，马上便说：‘就是他！’我在看你的那一眼里面，倾注了我从前和今后对你全部的爱。那一眼足以让红衣主教遭受诅咒，足以让一位国王当着全体朝臣的面跪在我的脚边。而你狠心地选择了上帝，而不是我。

“啊！我多么嫉妒上帝，你过去爱他，现在对他的爱还是比对我的爱多！

“我是多么不幸！我永远也无法得到你的心。你用吻唤回了我的生命，死去的克拉丽蒙德正是为了你，才打开墓地的门户，将她找回的生命献给你，只是为了用它使你幸福！”

她在说这些话时，对我施以令我陶醉的爱抚，麻痹了我的感官和理智。结果我为了安慰她，无畏地说出了可怕的渎神言论。我告诉她，我对她的爱，跟我对上帝的爱一样多。

她的眼睛恢复了神采，它们就像绿玉髓一样闪亮。

“真的吗？真的吗？跟上帝一样多！”她用美丽的胳膊搂着我说，“既然如此，那你跟我来吧，我想带你去哪里，你都跟我来吧。丢下你那件难看的黑袍吧。你会成为最自豪、最令人羡慕的骑士，你会成为我的爱人。成为克拉丽蒙德承认的爱人，她拒绝过一位教皇，想想看吧！啊！我们会过上幸福的生活，金色的生活！我们什么时候开始，我的情郎？”

“明天！明天！”我狂热地喊道。

“那就明天！”她回答说，“我还来得及换换衣服，因为这身衣服布料太少，不适合出门。我还要通知仆人，他们当真以为我已经过世，正在心碎呢。钱、衣服、马车，这些都会准备好的。明天这个时候，我来接你。再见，亲爱的。”

她亲了亲我的额头。那盏灯熄灭了，帐子又合拢了，我又什么都看不到了。我沉沉睡去，一夜无梦，第二天早晨才醒来。我起床比平时晚，一整天都在回想昨晚那段离奇的幻觉。最后我说服自己，那只是狂热的想象力发作的产物。但那些感觉是那样真切，很难相信它们不是真的。我对即将发生的事并非毫无恐惧，于是祈求上帝驱逐我头脑中罪恶的念头，看顾我的睡眠，然后便上床了。

我很快便陷入沉睡，又做起梦来。帐子又拉开了，我看到克拉丽蒙德，她不像上次那样，脸色苍白，披着裹尸布。她的脸上没有了死人的色调，而是生气勃勃，透着欢乐和优雅。她穿着一件绿色天鹅绒做的上等旅行装，上面镶着金边，一侧翻卷上去，露出一条绸缎做的裙子。她留着大波浪式的发卷，戴着一顶大大的黑色毡帽，帽子上点缀着白色的羽毛，羽毛卷出奇妙的形状。她手里拿着一根小小的马鞭，手柄末端是一个金色的哨子。她用马鞭轻轻碰碰我，说：

“好啊，大懒虫，这就是你做的准备吗？我还以为你在等我呢。快起来，咱们别耽误时间啦。”

我从床上跳下来。

“来吧，穿好衣服，咱们这就走，”她指着她带来的小包裹说，“马等得不耐烦了，正在门口咬马嚼子呢。我们现在应该走出几十里地了。”

我赶忙穿上衣服，她把衣服一件件递给我，不时笑我笨手笨脚。在我出错时，她指点我应该怎样穿才对。她轻轻理了理我的头发，然后把一面镶着银边的威尼斯水晶小镜子塞进我的手里，说：

“你觉得自己怎么样？要不要雇我做你的贴身仆人？”

我就像变了一个人，我都快认不出自己了。我跟以前的差别，就像完成的雕像与石料的差别。我以前熟悉的那张面孔，似乎只是映在镜子里的这张面孔粗糙的素描。我看上去仪表堂堂，形象的转变激发了我的虚荣心。精美的衣物，带有大量刺绣的马甲，把我变成了另一个人。只要把些许布料按照特定的款式剪裁成型，便能发挥这般魔力，这让我大为惊讶。这身行头的气质渗透到我的体内，不到十分钟，我就变成了一个蛮像样的花花公子。

我在屋里转了几圈，让自己自在一些。克拉丽蒙德用母亲般自豪目光打量着我，似乎对自己的安排十分满意。

“来吧，我们已经傻傻地闹够了。我们得走了，亲爱的罗穆亚尔德！我们还要赶很远的路，再不走就晚了。”

她拉着我的手，带我离开。她一摸，那些门马上便打开了。我们从那条狗身边走过，没有惊醒它。

我们在门口看到马夫马尔盖里托恩，他以前做过我的向导。他牵着三匹马的缰绳，那些马跟原先一样乌黑，一匹是为我准备的，一匹他自己骑，还有一匹是克拉丽蒙德的。这些马准是西班牙品种，是风神的母马留下的后代，因为它们跑起来风驰电掣。我们动身时，月亮升了起来，为我们照亮路途。它就像从战车上松脱的轮子一样，从空中滚过。我们看到它为了追上我们，在我们右边从一棵树跳到另一棵树，累得上气不接下气了。很快，我们来到一片平原，在一片树丛旁边，一辆四匹马拉的马车在等待着我们。我们来到车上，马夫们便纵马狂奔起来。我用一只胳膊搂着克拉丽蒙德，用一只手握着她的手。她把头倚在我的肩膀上，我感到她那半遮半掩的乳房抵在我的胳膊上。我从不知道，还有这样美满的幸福。在那一刻，我忘记了一切，我不记得自己是一名神甫，正如我不记得自己在母亲的子宫里做过什么，我被恶灵迷得神魂颠倒。

从那天晚上起，我就像拥有了双重性格。我心里有两个人，他们互不相识。有时，我觉得自己是一个神甫，每天晚上都会梦到自己变成了贵族，有时，我是一名梦到自己身为神甫的贵族。我再也分不清梦境与现实，我也不知道哪里是现实的起点，哪里是幻想的终点。那名放荡、傲慢的年轻贵族嘲笑那名神甫，那名神甫憎恶年轻贵族的放纵。就像两个缠绕交织却互不触及的螺旋，我过的就是这样的生活。尽管这种状态颇为离奇，但我觉得自己始终神志健全。我把自己的双重生活看得清清楚楚。只是有一点颇为荒唐，连我也无法解释清楚，那就是两个截然不同的人，居然会有同样的感受。我解释不了这种异常情况，无论我认为自己是C地那个小小教区的神甫，还是罗穆亚尔德先生，克拉丽蒙德承认的恋人。

我一直住在威尼斯，或者至少想象着自己住在那里。时至今日，我也没法区分清楚，这场奇遇里哪些是幻想，哪些是现实。我们住在卡纳莱奥山上一座宏伟的大理石宫殿里，里面摆满壁画和雕像，克拉丽蒙德的卧室里挂着两幅提香的杰作，那座宫殿简直就像王宫。我们有自己的贡多拉，船夫穿着我们的制服，我们有自己的音乐厅和诗人。

克拉丽蒙德爱讲排场，性格有点像克娄巴特拉。而我也有了王公贵族的气派，傲慢得就像威尼斯共和国十二使徒或四福音书作者的后代。我就算见到总督也不会避让。我相信，自从撒旦从天堂堕落之后，没有什么人比我更傲慢无礼。我去参加化装舞会，玩着恶魔玩的游戏。我频繁会见社会名流、没落贵族的后代、女演员、骗子、寄生虫和杀人犯。

我过着这样放荡的生活，依然忠于克拉丽蒙德。我爱她爱到发狂。她那么善变，始终能让我满足。拥有了克拉丽蒙德，就像拥有了二十名情妇，就像拥有了全世界的女人，她是如此善变，就像真正的变色龙！如果是别的女人，我也许会对她不忠，但她能完全呈现出我喜欢上的某个女人的品性和美态，让我只想与她欢好。

她用一百倍的爱来回报我，年轻的贵族们，甚至还有十人理事会的长老，向她大献殷勤，却都是徒劳。福斯卡里公爵家的一名成员甚至向她求婚。她全都拒绝了。她有足够的钱财，只想得到爱情，一份新鲜、纯洁、由她唤醒的爱，这份爱是初恋，终生不渝。我本该非常幸福，只是我每天晚上都会做一个可恶的噩梦，在梦里，我是一位乡村神甫，长年禁欲，为我白天的放纵行为一再忏悔。但我只要跟她在一起，就会有安心的感觉，我不会多想我们相识的奇怪经过。但时不时地，塞拉皮翁院长的那些话仍会掠过我的脑海，让我忐忑不安。

有一段时间，克拉丽蒙德身体抱恙，脸色日渐苍白。请来看病的医生们，也说不清她得了什么病，应该如何治疗。他们开了几味无关紧要的药，就再也不来了。在此期间，她的脸色更加苍白，身子也变得越来越凉。她几乎就像我在神秘城堡度过的那个难忘的夜晚时一样苍白，面无人色。我见她日渐憔悴，心碎不已。她被我的悲伤打动，向我露出悲哀的笑容，那是知道自己去日无多的人听天由命的笑。

一天早上，我坐在她的床边，在小桌子旁边吃早餐，这样我就可以须臾不离地陪伴她了。我在切水果时，不小心在手指上划出一道很深的口子。鲜红的血马上涌出来，有几滴落在克拉丽蒙德身上。她的眼睛亮了起来，满脸都是狂喜，我从未见过她这样。她像野兽——像猴子或猫那样敏捷地跳下床，扑到我的伤口上，带着难以言表的愉悦吸吮起来。她慢慢小口吞咽着我的血，就像美食家品尝赫雷斯或锡拉库扎出产的葡萄酒一样。她半闭着眼睛，那绿色眼眸的瞳孔不再是圆形，变成了椭圆形。她时不时地停下，亲吻我的手，然后又用嘴唇挤压我的伤口，再挤出几滴血来。她看到血已经止住时，就站起身来，眼眸湿润而闪亮，肤色就像五月的黎明一样红润，脸颊丰满圆润，她的手温热而柔软。她恢复了健康，比以前更秀美动人。

“我不会死了！我不会死了！”她搂着我的脖子，欣喜若狂地喊道，“我还能再爱你很长时间。我的命是你给的，我的一切都来自于你。你的几滴营养丰富的高贵血液，比世间的任何灵药都要珍贵和有效，它们让我重获新生。”

这一幕给我留下了深刻的印象，让我心里充满奇特的疑虑。就在那天晚上，睡眠把我带回神甫住宅时，我看到了塞拉皮翁院长，他比以前更加严肃和不安。仔细打量着我，说："你毁了自己的灵魂还不满足，还想毁掉自己的身体。不幸的年轻人啊，你坠入了怎样的陷阱！"他说这些话的语气令我大为震动。这个梦十分生动逼真，但我对它的记忆很快便消散了，一千件其他事把它从我的脑海里抹去了。

不过有一天晚上，我往镜子里望去，克拉丽蒙德没有注意到镜子的角度。我看到她往平时为我准备的餐后酒里放了一种药粉。我接过杯子，假装喝了一些，便把它放在桌上，装作要过会儿再喝，然后趁她转过身去时，把酒倒在桌子底下。然后，我回到房间，上了床，决心一直醒着，看看会发生什么事。我没等多久，克拉丽蒙德就进了屋，她脱下衣服，在我身边躺下。她确认我已经睡着之后，便掀起我胳膊上的衣服，从她的头发上拔出一根金针，低声说道：

"一滴，只要红红的一小滴，针尖的一点儿红！既然你还爱我，我决不能死去……啊！可怜的爱人！他美丽的鲜血是那样嫣红，我要把它饮下！睡吧，我唯一的珍宝；睡吧，我的神，我的孩子。我是不会伤害你的，我只是从你的生命里撷取少许，让我的生命可以继续维持。我要不是这样爱你，会去找别的情人，把他们的血统统喝干。不过我认识你之后，对其他人都不屑一顾了……啊！多么可爱的手臂！它多么圆润！多么洁白！我真不忍心去扎这漂亮的蓝色血管。"

她一边说一边哭泣，我感到她的泪水落在我的胳膊上。最后，她终于下定决心，用针轻轻扎了我的胳膊一下，开始吸吮流出来的血。她只喝了几滴，就担心会影响我的健康停下了，给伤口抹上药膏，伤口马上便愈合了。然后她又用一小块绷带，为我小心翼翼地做了包扎。

没有什么好怀疑的了，塞拉皮翁院长说得没错。不过我尽管有了这样的判断，但还是不能抑制我对克拉丽蒙德的爱。我愿意把所有的血都献给她，只要她能维持自己的生命。我并不害怕。她是吸血鬼，但也是我爱的和爱我的女人，我听到和看到的一切，让我放下心来。那时候，我身上血很多，不会轻易耗尽，我并不想为一点一滴的生命讨价还价。我愿意主动露出胳膊，对她说："喝吧！让我的爱伴着我的血，进入你的体内！"我不曾提及她给我下药、用针扎我的事，我们的生活十分美满和谐。

但身为神甫的良知，给我带来了更加深重的折磨。我总是在寻找新的苦修赎罪的法子，来驯服和遏制自己的肉欲。那场梦幻般的生活完全是不由自主的，我的另一重自我丝毫不曾参与，但我却不敢用被玷污过的双手，还有因为沉湎酒色而堕落的灵魂，去接触基督，不论那场经历是幻想还是现实。为了避免陷入这种令人疲惫的幻觉，我试过强忍着不睡。我用手指撑着眼皮，倚墙而立，竭力抵挡睡意的侵袭。但我的眼睛很快便饱含倦意，怎么努力都是徒劳，我的胳膊疲倦而气馁地耷拉下来，睡意的浪潮裹挟着我，涌向那片危险的海滩。

塞拉皮翁言辞激烈地斥责我，说我消极怠惰，缺乏热忱。有一天，在我最忧虑不安时，他对我说：

"要让你摆脱这种困扰，只有一种办法，这是一种极端的做法，但非这样做不可。重病需用猛药来医。我知道克拉丽蒙德的埋骨之地，我们必须把她的尸体挖出来，让你亲眼看看，你爱慕的对象如今是一副何等不堪的模样。那样你就不会因为一具污秽的尸体，让灵魂受到诱惑了，那具尸体已经被蛆虫啃咬，眼看就要化为尘土。那样你的心灵肯定就会回归正途。"

我已经被这种双重生活搞得筋疲力竭，便答应他，决心彻底弄清，神甫和贵族，究竟哪一个才是幻觉的牺牲品。我已经做好准备，要么为了其中一个角色消灭另一个角色，要么把两者统统消灭，因为这样的生活根本不是长久之计。塞拉皮翁院长带上锄头、撬棍和提灯，在午夜时分，跟我一起前往墓地，他对那里十分熟悉。

他用那盏幽暗的提灯照亮墓碑上的碑文，最后，我们来到一块墓碑跟前，墓碑的一半已经掩埋在长长的青草里面，碑石上生着苔藓和寄生植物。我们看到一段碑文，开头是这样写的：

艳冠天下的克拉丽蒙德

长眠于此……

“就是这里了。”塞拉皮翁说，把提灯放在地上，把撬棍塞进墓碑的空隙，把墓碑往上掀动。墓碑松动之后，他就拿锄头刨挖起来。我望着他，比那个夜晚还要阴郁，还要安静。他弯着腰，做着可怕的苦工，大汗淋漓，气喘吁吁。他那吃力的呼吸声听起来就像是弥留之人快要咽气的声音。

那是一幅奇特的场景，要是有人看到我们，准会以为我们是渎神的盗墓贼，而不是上帝的神甫。在塞拉皮翁流露出来的热情里，有种严酷无情和野蛮的东西，让他看起来不像是传道者和天使，更像是魔鬼。他那张严厉的面孔在提灯的照射下，我看了感到心神不宁。我感到身上直冒冷汗，发梢直立。我心里暗暗觉得，冷酷无情的塞拉皮翁正在做的，是令我反感的渎神之举，但愿在我们头顶沉重翻滚的乌云，能降下天火，把他烧成飞灰。栖息在柏树上的夜枭，被提灯的灯光惊扰，飞了下来，用落满灰尘的翅膀扑击着提灯的玻璃，发出阵阵悲鸣；远处传来狐狸的叫声。一千种不祥的声音打破了宁静。

塞拉皮翁的锄头终于碰到棺材，棺材板发出空洞的响声，任何东西都不会发出那样可怕的声音。他掀起棺盖，我看到了克拉丽蒙德，她就像大理石一样苍白，双手紧握，白色的裹尸布将她从头到脚裹住。一小滴红色的液体在她那褪色的嘴角闪闪发亮，就像一朵玫瑰。

塞拉皮翁见此情景，大发雷霆：

“啊！你在这里，魔鬼！无耻的娼妓！喝血和金粉的家伙！”他把圣水洒在尸体和棺材上，用圣水在棺材上划十字。

可怜的克拉丽蒙德一沾到圣水，那迷人的身躯就崩解成尘土，只留下一堆不成人形的骨灰、肉体和燃烧的骨头。

“看看你的情妇吧，罗穆亚尔德爵爷！”无情的神甫指着那堆可怜的遗骸说道，“你还会受到诱惑，跟你美丽的女士在利多和富西内[①]漫步吗？”

我低下头，我的内心发生了巨大的变化。我回到神甫住宅，那位罗穆亚尔德爵爷——克拉丽蒙德的恋人，离开了他陪伴已久的可怜神甫。从那以后，我只见过克拉丽蒙德一次。第二天晚上，她出现了。就像我们在教堂门口初次相遇时那样，她对我说：

“不幸的人啊！不幸的人啊！你做了什么？你为什么要听那个愚蠢的神甫的话？你难道不幸福吗？我对你做过什么，你竟然去亵渎我可怜的墓地，将死亡的恐怖暴露无遗？我们在心灵和肉体上的交流，这下全都断了。别了，失去了我，你会后悔的。”

她化为烟尘，就这样消失了。我再也没有见过她。

唉，她说得没错！我不止一次为失去她感到后悔，我现在仍然觉得后悔。我用高昂的代价换取灵魂的安宁，但灵魂并未得到安宁。对上帝的爱算不了什么，怎么能取代对她的爱。

兄弟，这就是我年轻时的经历。千万别打量女人，眼睛要直盯着地面，因为你就算再纯洁，再坚定，只要一个瞬间，你就会永远迷失。

① 均为意大利地名。

伊尔的美神

梅里美，1837

我们能在这篇故事中看到十九世纪怪诞故事的另一个伟大主题：迷恋古董，否认我们与希腊–罗马时代之间存在历史断层。

我本可以选用泰奥菲尔·戈蒂耶的《阿丽亚·马尔切拉》(1852)来表现这一主题，戈蒂耶的故事发生在庞贝，行文间流淌出一种细腻的肉欲：火山熔岩上少女乳房的印记将带我们走进过去的世界。也可以选择亨利·詹姆斯的《最后的瓦莱里人》(1874)，有关这个主题的作品很多，但我最终选择了这篇，因为这篇作品代表了典型的梅里美（1803—1870）：专注于地方色彩、风土人情和人类生存环境。

梅里美的怪诞故事并不多，但这部分作品是他文学成就不可忽略的一部分。我会记住立陶宛迷信故事《熊人洛奇》(1868)，落入森林里的动物世界那一段令人无法忘怀。

在鲁西永的一个小镇上，一座希腊或罗马时期伊尔的美神铜像被发现。当地居民非常不喜欢这座铜像，称之为“神像”。当地一位考古学家的儿子在结婚当天，因为要打老式网球，不得不把戒指取下来，并顺手套在这座铜像的手指上。可是那戒指怎么也拿不下来了，他和这座铜像定下了婚约？这座巨大的美神铜像，梦一般沉静的奥林匹亚美人，在一对新人的新婚之夜，化身成恐怖的噩梦。

我走下卡尼古峰的最后一道山坡，太阳已经落山，但依然能看清平原上的伊尔小城里的房子，我正要赶到那儿去。

“你肯定知道，”我问昨天开始给我做向导的加泰罗尼亚人，“德佩雷奥拉德先生住在哪儿吧？”

“我知不知道？”他喊道，“我对他家就像对自己家一样熟悉。要是天没黑，我就指给你看了。他家的房子是伊尔最漂亮的一栋。德佩雷奥拉德先生是有钱人，他的公子要娶的那个女士比他还要富有。”

“婚期临近了吗？”我问。

“很快了。可能都已经请了在婚礼上奏乐的小提琴手了。有可能是今晚，要不就是明后天。婚礼会在皮格利格家举行，因为他家的公子要娶的是德皮格利格小姐。哦，那会是一场盛大的婚礼！”

我的朋友德·P先生建议我来拜访德佩雷奥拉德先生，朋友告诉我，他是一名博学的文物专家，非常和蔼可亲。他会欣然带我参观方圆数英里的古老遗迹。所以我一直期待着跟他参观伊尔的周边地带。我知道，这里保存了好多古代和中世纪的历史遗迹。我还是头一回听说婚礼的事，它把我的计划全搞乱了。我暗自思忖，这时候过去，恐怕会扫人家的兴。不过德·P先生已经写了信，说我要来，人家正等着我，我得露面才行。

“我可以跟你打赌，先生，”向导说，我们已经踏上平原，“我可以跟你赌一支雪茄，赌我能猜到你为什么要去德佩雷奥拉德先生家。”

“这有什么难猜的，”我回答说，递给他一支雪茄，“已经到了这个钟点，之前又在卡尼古峰上走了六里格[①]的山路，现在最要紧的就是吃晚饭。”

“没错，可明天呢？我敢打赌，你是来伊尔看那尊神像的。我看到你在塞拉博纳教堂画圣像时，就猜到了。”

---

① 长度单位，一里格相当于四点八公里。

“神像！什么神像？”这个词激起了我的好奇。

“什么！莫非佩皮尼昂市没人跟你说过，德佩雷奥拉德先生发掘到了一尊神像？”

“你是说用赤陶土烧制的雕像？”

“不，是铜铸的，那些铜可以做成百上千枚铜币。它跟教堂的大钟差不多重。是从一棵橄榄树底下埋得很深的地方挖出来的。”

“发掘时你也在场？”

“是啊，先生。两周前，德佩雷奥拉德先生吩咐让·科尔和我，把去年被寒霜冻死的一棵老橄榄树挖出来。那场霜冻可厉害了，你还记得吧？让·科尔使出浑身力气干活时，一挥镐头，我听到一声响，就像敲到钟上似的。‘什么东西？’我问。我们接着往下挖，露出一只黑色的手来，看起来就像是死人的手破土而出了。我吓坏了，就去找先生，跟他说：‘橄榄树下面有个死人，您找人请神甫来吧。’‘什么死人？’他问。他过来之后，一看到那只手，便喊道：‘是古代的雕像！古代的雕像！’你要是听了，准会以为他发现了宝藏呢。然后他拎起镐头，不要命地挖起来，几乎干了我们两个人的活儿。”

“最后你们发现了什么？”

“一尊高大的黑色女人像，光着大半个身子，请别见怪，先生，整个都是铜铸的，德佩雷奥拉德先生告诉我们，这是异教徒时代的神像……你知道，查理曼大帝那个时期。”

“我知道了……是早已坍塌的修道院里的铜铸圣母像。”

“圣母？肯定不是！如果是圣母像，我一眼就认出来啦。我说过，那是一尊神像，从她的外表就看得出来。她用一双白色的大眼睛直勾勾地望着你……任谁都会觉得，她好像要把你看透，你根本不敢看她的双眼。”

“白色的眼睛，是吗？里面肯定嵌了青铜。很可能是罗马的雕像。”

“罗马的！没错！德佩雷奥拉德先生说过它是罗马的。啊！看来你跟他一样知识渊博。”

“保存完好吗？”

“哦，完好无缺，先生。比市政厅里的国王路易·菲利普的彩色石膏胸像漂亮多了。不过我不喜欢那尊神像的脸。她看起来有些邪恶……她也确实挺邪恶的。”

“邪恶！她给你造成什么伤害啦？”

“我倒没事。不过我说给你听听，你自己判断她是不是邪恶。当时我们趴在地上，要把她立起来，德佩雷奥拉德先生尽管身子骨比小鸡仔还弱，但也帮着我们拉绳子，真是个好人！我们费了不少劲，才把她立直了。我正要捡块瓦片把她撑住，只听砰的一声！她仰面倒了下去。‘当心！’我喊道，可是已经迟了，因为让·科尔还是没来得及把腿拿出来。”

“他受伤了？”

“他那条可怜的腿一下子就断了。老天在上，我看到这一幕后简直气坏了。我想拿镐头把那尊神像砸了，但德佩雷奥拉德先生不让，他给了让·科尔一些钱。让·科尔已经卧床两周，大夫说，他这条腿再也不能像另一条腿那样走路了。真可惜，他是我们这些人里面跑得最快的，仅次于德佩雷奥拉德先生的公子。他也是我们当中网球打得最好的。阿方斯·德佩雷奥拉德先生十分不安，因为他经常跟科尔一起打球。看他们俩对打，真是赏心乐事。啪！啪！球从不落地。”

我们就这样聊着天，来到了伊尔。我很快我就见到了德佩雷奥拉德先生。他是一位矮个子老者，依然充满活力。他的头发扑了粉，鼻子红红的，性格活泼，爱开玩笑。他在打开德·P先生的介绍信之前，先把我带到丰盛的餐桌旁边，把我介绍给他的妻子和儿子，他说我是著名的考古学家，会让鲁西永地区摆脱因备受知识界忽视而默默无闻的状态。

我一边胃口大开地用餐——没有什么能像山上的空气这样让人感到饥肠辘辘——一边打量着这户人家。我已经简单介绍过德佩雷奥拉德先生了，还应该补充的是，他简直就是活力的化身。他边吃饭边说话，然后站起身来，跑进藏书室，给我拿来几本书，让我看版画，给我倒酒。他坐着不动的时间始终不超过两分钟。他妻子就像多数年过四十的加泰罗尼亚妇人一样，身材臃肿。在我看来，她就是个十足的外省人，把心思都放在操持家务上。尽管晚餐起码够六个人吃，但她还是跑进厨房，让人宰杀、烹饪了很多鸽子，还打开天知道多少罐蜜饯。转眼的工夫，餐桌上就摆满了盘子和罐子，要是我逐样东西都尝一遍，准会因为消化不良而送命。不过我每拒绝一样菜品，都会收到一声声道歉。他们生怕我在伊尔待不惯——外省好东西不多，而巴黎人又是那么难以取悦！

阿方斯·德佩雷奥拉德先生的父母来来往往，他本人则像一尊雕像似的岿然不动。他是个二十六岁的高个子青年，相貌英俊，五官端正，只是缺乏表情。他那副运动员般的体格，充分表明他是当地名副其实的网球健将。这天晚上，他衣冠楚楚，打扮得就像最新时尚彩页里的人物。但我觉得，他穿着那身行头似乎并不舒服。他被箍在天鹅绒衣领里，僵硬得就像一根杆子，似乎不会扭头，只能把整个身子转来转去。他那双晒黑的大手指甲剪得很短，跟他那身装扮形成奇特的反差。那是庄稼汉的手，偏偏从花花公子的袖口里伸了出来。他尽管非常好奇，把我这个巴黎人从头看到脚，但整个晚上只跟我说过一句话，他问我的表链是从哪儿买的。

“好了，尊贵的客人，”德佩雷奥拉德先生在晚餐快要结束时对我说道，“你是我的了。你到了我家，在你把我们这片山区各种有意思的东西看完之前，我是不会让你清闲下来的。你一定得学会认识我们鲁西永，对它做出公正的评价。你还不知道，我们可以让你见识到什么——腓尼基人、凯尔特人、罗马人、阿拉伯人，还有拜占庭的历史遗迹，你一样不落，全能看到。

我会带你走遍所有地方，不会让你少看一块石头。”

一阵咳嗽让他不得不打住话头。我借这个机会告诉他，他们家正要举办重大活动，我如果这个时候打扰了他，心里会很过意不去。他只要对我的行程稍加指点，我就感激不尽了，不必麻烦他陪我，我可以……

“啊，你是说这个年轻人的婚礼！”他打断我，“这没什么。婚礼会在后天举行。你跟我们一起参加好了，婚礼不会办得太张扬，因为新娘正在为姨妈服丧，她是那位姨妈的继承人。所以不会有任何庆典，也不会有舞会……真遗憾……要不然，你就能看到我们加泰罗尼亚女人的舞姿了……她们非常漂亮，说不定你也会像阿方斯那样动心呢。常言道，一场婚礼，会促成另一场婚礼……星期六，年轻人完婚之后，我就自由了，咱们就出发。拿一场外省人的婚礼让你这位已经见识过各种庆典的巴黎人心烦，我必须就这件事向你道歉……而且这场婚礼还没有舞会！不过你会看到新娘子……新娘子……她会让你忘记呼吸……不过你是个严肃的人，已经过了对女人感兴趣的年龄。我有更精彩的东西给你看。我会让你大饱眼福的！我已经为你准备好一个惊喜，明天就让你看看。”

“啊，”我回答说，“你把宝物放在家里，要想不让大家知道可不是件容易事。我想，我能猜到你为我准备的惊喜是什么。如果你说的是一尊雕像，我很愿意欣赏一下，因为我请的那位向导对它的描述，已经激起我的好奇。”

“啊，这么说，他跟你说过那尊神像了，他们就是这样称呼我漂亮的美神蒂尔的，不过我拒绝别的称呼。明天天一亮，你就会看到她，我把她视为杰作，你来告诉我我的看法有没有错。依我看，你这时候过来，真是再好不过！有些铭文，像我这样不学无术之辈只能尽量理解……不过来自巴黎的学者！你也许会笑话我的解释，因为我已经就此写了一篇论文……我——一个上了年纪的外省文物工作者——竟然如此胆大妄为……想要听到媒体的反响。我希望，你能帮我看看，加以斧正……比方说，我很想知道，你会如何翻译基座上的这句铭文：'CAVE……' 不过现在还不是向你讨教的时候！明天吧，明天吧！今天先不说美神的事了。"

"你说得对，佩雷奥拉德，"他的妻子说，"先别说你的神像了。你应该看到，你在妨碍我们的客人用餐。他在巴黎看过的雕像，比你的那尊漂亮得多。土伊勒里宫里就有几十尊雕像，也是青铜的。"

"这就是你无知啦——外省人幸运的无知！"德佩雷奥拉德先生打断妻子，"居然把杰出的古代雕像跟当代雕刻家的平庸之作相提并论！我的妻子在用何等不敬的言辞欣然谈论着神明啊！你知道吗，我妻子居然想让我把那尊雕像融掉，给我们的教堂做一口钟！这样她就可以做捐助人了。那可是米隆①的杰作，先生！"

"杰作！杰作！一件砸断人腿的杰作！"

"看这儿，老婆，"德佩雷奥拉德先生口气坚定，把右腿朝妻子伸出来，他的腿上套着深色的丝袜，"如果我的美神要弄断这条腿，我决不会抱怨。"

"天哪！佩雷奥拉德，你怎么能这么说？幸亏那个人正在康复……不过做出这种可怕事情的雕像，我是不会去看的。可怜的让·科尔！"

"为美神所伤害，先生，"德佩雷奥拉德先生大笑着说，"这家伙为美神所伤害，竟然还抱怨！'难道你不认得美神的礼物吗？'②谁年轻时没有受过美神的伤害呢？"

阿方斯先生对法语的掌握胜过拉丁文，他冲我会心地挤了挤眼睛，那副眼神仿佛在说："你明白这话吗，巴黎人？"

晚餐结束了。最后一小时，我已经吃不下东西了。我感到疲惫，忍不住哈欠连连。德佩雷奥拉德夫人先察觉了这一点，她说，到了就寝的时候了。然后她又为我的床铺不佳一再道歉。我不会像在巴黎那么舒适，乡下就是这

① 米隆（约公元前480—前440），希腊雕刻家。
② 原文为拉丁文，古罗马诗人维吉尔的诗句。

样简陋，我对鲁西永人要宽容一些才好。我抗议说，翻山越岭之后，就算一捆稻草，也是绝佳的床铺了，结果这样的抗议只是徒劳，他们还是求我原谅可怜的乡下人，如果他们招呼得不像我希望的那样周到。最后，德佩雷奥拉德先生陪我来到他们为我准备的房间。那段楼梯最上面几级是木头的，楼梯通往一条走廊的正中间，不远处，有几个房间开着门。

“右边，”主人说，“是我为未来的阿方斯夫人准备的套房。你的房间在走廊另一头。你会明白的，”他补充说，脸上是一副会心的表情，“你会明白的，总得把新婚夫妇隔开才好。你在房间在这一头，他们俩的在另一头。”

我们走进一间陈设精美的房间，首先映入我眼帘的就是一张床，它有七尺长六尺宽，还那么高，得踩着板凳才能爬上去。我的主人指了指摇铃的位置，在确保糖钵里的糖是满的，一瓶瓶古龙香水已经在梳妆台上摆好之后，他问了我好几遍是否还有什么需要，才向我道晚安，离开了房间。

窗户关着。我在脱衣服之前打开一扇窗，呼吸着夜晚清凉的空气，在漫长的晚餐之后，呼吸着夜晚的空气让我倍感惬意。卡尼古峰的景色总是那样秀丽，但那天晚上，我觉得月光映照下的卡尼古峰是世界上最美的山。我在那里站了几分钟，欣赏着它那美妙的轮廓。我正要关窗，把头一低，正好看到离房子四十码远的地方，那尊雕像立在基座上。它就立在一道树篱的角上，那道树篱将一个小花园跟一大片平坦的方形场地隔离开来后来我才知道，那就是小城的网球场。网球场的地皮原本是德佩雷奥拉德先生的产业，不过在他的公子的强烈要求下，他把它让给了公众。

从我所在的位置，很难看清雕像的姿势，只能判断出，它的高度在六尺左右。这时，有两个捣蛋鬼穿过网球场，来到树篱附近，他们用口哨吹着动听的鲁西永歌曲《蒙塔格家的宴席》。他们停住脚步，望着那尊雕像，其中一个甚至对她大声说着不敬的言辞。他说的是加泰罗尼亚方言，不过我以前在鲁西永待过挺长时间，所以差不多都能听懂他的话。

“原来你在这儿，你这荡妇！”(加泰罗尼亚语的说法比这还要粗俗。)“你在这儿，”他说，“就是你弄断了让·科尔的腿！如果你是我的，我就弄断你的脖子。”

“呸！你用什么家伙弄？”另一个说，“她是铜做的，硬得很，艾蒂安想拿锉刀划她，结果她把他的锉刀都弄断了。那是异教徒时代的铜，比我知道的任何东西都硬。”

“我要是带了冷凿（他显然是锁匠学徒），就把她的大白眼凿出来，就像把杏仁从壳里凿出来一样。里面的银子不止值五法郎。”他们又往远处走了几步。

“我得跟神像道一声晚安。”高个子学徒突然停下脚步，说道。

他弯下腰，可能是捡起了一块石头。我看到他伸出胳膊，扔出什么东西，我马上听到铜像发出一声巨响，随即那个学徒扬起手，捂着脑袋痛叫起来。

“她把它冲我扔回来了！”他喊道。

两个捣蛋鬼用最快的速度跑开了。那块石头显然从金属上弹开，惩罚了那个侮辱了女神的捣蛋鬼。

我开心地笑着，关上窗户。

“又一个受到女神惩罚的野蛮人！要是所有破坏古代遗迹的人，都会被这样打破脑袋，那该多好！”

我怀着这样的善念，睡了过去。

我醒来时已经天光大亮。德佩雷奥拉德先生穿着晨衣，站在床的一侧，另一侧是他的妻子派来的一名仆人，手里端着一杯巧克力。

“来吧，巴黎人，起床了！你们这些首都来的人啊，真是懒散！”主人说。我赶紧穿上衣服。“已经八点了，你还在床上。我六点就起来了，上楼三次。我踮着脚尖走到你的门口，什么动静也没听到。你这个年龄，这样嗜睡可不好。我的美神在等你去欣赏呢！来吧，赶紧喝掉这杯巴塞罗那巧克力……这是真正的走私货。在巴黎可弄不到这样的巧克力。多吸收点营养吧，因为等你看到我的美神，别人就算要把你拖走，也拖不动的。”

五分钟后，我便打扮停当，话虽如此，但我的胡子只刮了一半，纽扣也没有仔细扣好，刚才咽下去的巧克力滚烫滚烫的，把我烫得不轻。我下了楼，来到花园里，很快便来到一尊精美的雕像跟前。

的确是美神的雕像，美艳非凡。她赤裸着上半身，这是古人表现伟大神祇时的惯用手法。她的右手举到齐胸的高度，掌心向内，拇指和两根手指伸出，另外两根手指微弯。她的另一只手放在臀侧，拎着衣服，遮挡着下半身。这尊雕像的姿势让我想起一尊猜拳游戏者的雕像，不知何故，那尊雕像的名字叫日尔曼尼库斯。或许，那位雕刻家想要刻画出女神猜拳时的样子吧。

无论是否如此，我都想象不出，还有什么比这尊美神更完美的东西。没有什么比她的线条更协调、更撩人，没有什么比她的衣服更优雅、更高贵。我本以为会看到罗马帝国末期的作品，结果看到的却是雕塑艺术全盛时期的杰作。给我印象最深的，就是形体的那份精细的真实感，我忍不住觉得，它是自然造化的产物，如果自然造化确实有过这样完美的作品的话。

头发从前额上稍稍扬起，好像以前镀过金。脑袋小小的，还微微前倾，这点和几乎所有的希腊雕像一样。至于那张面孔，我永远也形容不出它那奇异的特质，它跟我记忆中的任何雕像都不一样。这不是希腊雕刻家们主张的那种沉静而朴素的美，他们的规矩就是赋予每张面孔一份庄严的静态。而这尊雕像恰恰相反，我惊讶地发现，这位艺术家有意刻画恶意。五官的每一处都略微收缩了：双目倾斜，两边的嘴角上翘，鼻孔微微膨胀。鄙夷、嘲讽、残忍，都可以从这张面孔上清楚地分辨出来，面孔却美得令人难以置信。真的，我看这尊绝妙的雕像越久，就越是苦恼地感到，这样一种非凡的美，竟然能不带丝毫善意。

“倘若真有这么一个模特，”我对德佩雷奥拉德先生说，“我怀疑上天是否会造就出这样一个女人，我对她的那些爱人，又会寄予何等的同情！她肯定会把他们弄得绝望至死，并以此为乐。她的表情有种残忍的特质，但我从未见过这样美的东西。”

“这是美神把全部力量集中到猎物上的姿态。”德佩雷奥拉德先生喊道，对我的热忱十分满意。

她眼里镶了银，闪闪发亮，跟时间赋予整座雕像的、发绿的乌黑铜锈形成强烈对比，或许这一点越发凸显了那副残忍而鄙夷的表情。那双发亮的眼睛给人一种栩栩如生的错觉。我想起我的向导说过，她会让望着她的人垂下目光。差不多真是这样，面对这张青铜脸庞，我感到心绪不宁，这让我心里涌起一股难以遏制的愤怒。

“现在你仔细欣赏过了，我亲爱的研究文物的同行，”主人说，“请容我自作主张地提议，我们来举行一场学术研讨会吧。你对这句铭文怎么看，你还没注意到吧？”

他指着雕像的基座让我看，只见上面刻着：“当心，爱人”①。

“什么意思，学者②？”他搓着手问我，“看看我们能不能对这句话的含义达成共识。”

我回答说：“这话有两层含义。可以翻译成：‘当心爱你的人，不要相信爱你的人。’不过假如是这层意思，我不知道这是不是恰当的拉丁文表达。看看这位女士凶狠的表情吧，我倒宁愿认为，这位艺术家想让观者警惕她那可怕的美貌，所以我把它翻译成：‘如果她爱你，当心。’”

“这样吗？”德佩雷奥拉德先生说，“不错，这个解释说得过去。不过，

---

①② 原文为拉丁文。

恕我直言，我更偏向前面那种译法，我来告诉你为什么。你知道谁是美神的恋人吗？”

“有好几个呢。”

“没错，不过最主要的一个就是伏尔甘[①]。雕刻家的意思不正是说：‘尽管你那么美，又是一副鄙夷的表情，可你找一个铁匠，一个丑陋的瘸子做恋人’？先生，这是给那些卖弄风情的女人的一个深刻教训！”

我听了这个牵强的解释，不禁微笑起来。

“太过简洁了，拉丁文的确是一门不好掌握的语言。”我这样说道，没有正面反驳这位文物同行的看法。我退后几步，好把雕像看得更清楚些。

“等一下，我的同行，”德佩雷奥拉德先生抓着我的胳膊说，“你还没看完呢。还有一句铭文。攀上基座，看看她的右臂吧。”他帮我站上去。

我已经很熟悉美神，便很随便地勾住她的脖子。我甚至从正面端详了一会儿她的脸庞，我发现近看之下，她的恶意和美丽更加明显。然后我发现，她的手臂上铭刻着一些手写体字母，像是一种古代的草体字。我借助眼镜，拼出下面的文字，我每念一个词，德佩雷奥拉德先生就打着赞同的手势，用赞同的调子重复出来。文字内容如下：

VENERI TVRBVL...

EVTYCHES MYRO

IMPERIO FECIT.

我觉得，第一行的“TVRBVL”这几个字母清晰可辨，但这个词后面的字母被抹掉了。

---

① 古罗马神话中的火神及锻冶之神。

“这是什么意思呢？”快活的主人问道，脸上挂着恶作剧般的笑容，因为他很清楚，这个“TVRBVL”不好理解。

“有一个地方我还解释不了，”我对他说，“其他都好说。欧提基狄斯·米隆奉美神之命，承制此礼，献与美神。”

“很好。不过你怎么解释‘TVRBVL’呢？‘TVRBVL’是什么意思？”

“‘TVRBVL’的确费解，我想不出什么可以用在美神身上的形容词。我想想看：你觉得‘TVRBVLENTA’怎么样？令人心神不宁的美神……你可以看到，我一直被她那副凶恶的表情所吸引。用‘TVRBVLENTA’来形容美神，倒也不错，”我谦虚地补充道，因为我对自己的解释不甚满意。

“令人心神不宁的美神！令人心烦意乱的美神！啊！这么说，我的美神是小酒馆里的美神吗？不，先生。她是一位出身高贵的美神。我来解释这个‘TVRBVL’的意思吧。你起码要答应，别在我的论文发表之前，把我的发现泄露出去。你瞧，我对这一发现颇为自得……你们真应该给我们这些可怜的外省人留点落穗拣。你们这些巴黎学者已经学富五车啦。”

我依然站在基座上，郑重其事地承诺，我决不会做出这种掠人之美的勾当。

“这个‘TVRBVL’，先生，”他凑到我耳边小声说，免得别人听到，“应该是‘TVRBVLNERAE’。”

“我还是不明白。”

“你听我讲。在山脚下，离这儿一里格的地方，有个村庄，叫做博尔特内尔。这个村名就是拉丁词‘TVRBVLNERA’的传讹。这种字母前后倒置的现象，再常见不过。博尔特内尔，先生，是一座罗马城市。我一直这样想，却总是无法证实。现在证据就在这里。这个美神是博尔特内尔城的守护神，‘博尔特内尔’这个词，就像我刚才说的那样，词源古老，这个词证明了一件更稀奇的事，就是说，这个博尔特内尔，原先是罗马城市，后来又成了腓尼基人的城市！”

他打住话头，歇口气，欣赏着我的惊讶。我得努力忍着，才能不笑出来。

“可不是嘛，”他继续说道，“‘TVRBVLNERA’是纯正的腓尼基语。‘TVR’可以读作‘TOUR’……‘TOUR’和‘SOUR’是一个词，不是吗？‘SOUR’是蒂尔[1]的腓尼基语名字。蒂尔的意思，就用不着我提醒你了。‘BVL’读作‘Baal’‘Bâl’‘Bel’‘Bul’，只是发音稍有不同。至于‘NERA’，的确让我感到费解。我不由得认为，既然腓尼基语里没有这个词，那它很可能源于希腊语‘νηρσζ’——意思是潮湿、多沼泽的。这样说来，这是个混成词。为了证明我对这个希腊词源的猜测无误，我会带你去博尔特内尔看看，山上的流水怎样在那里形成了腐臭的池塘。另一方面，末尾的‘NERA’也有可能是后来添加上去的，以此纪念泰特里库斯[2]的妻子内拉（Nera）·皮韦苏维娅，她对图尔布尔城有过一些贡献。不过，考虑到那些池塘，我更愿意相信，它源于希腊语。”

他满意地捏起一撮鼻烟。

“不过咱们暂且放下腓尼基人不说，回到铭文上吧。这样一来，我把它译作：欧提基狄斯·米隆奉美神之命，承制此像，献与博尔特内尔的美神。”

我尽量不去批评他的词源说，不过也想证明一下自己的敏锐眼光，于是对他说：

“且慢，先生。米隆的确献上了一样东西，不过我看，他献上的东西绝非这尊雕像。”

“什么！”他喊道，“难道米隆不是著名的希腊雕刻家吗？这份才能难免传给了后人，其中一名后人创造了这尊雕像。没有什么比这更清楚的了。”

---

① 古代腓基尼城市，位于现黎巴嫩南部、地中海东部。

② 原高卢帝国皇帝，后高卢帝国重新并入罗马帝国。

“只不过，”我回答说，“我在手臂上看到一个小孔。我猜，它是用来系东西的，很可能是手镯，米隆把它献给美神，作为一种带赎罪性质的供奉，因为米隆是一个不走运的情人。美神生他的气，他献出金手镯来取悦她。你别忘了，‘fecit’一词常有‘献祭’之意。这是个多义词。如果这里有格吕泰或者奥雷利的作品就好了，我可以让你看到好几个这样的例子。恋爱中的人在梦中见到美神，梦到她命令他献上一只金手镯，这是很自然的事。米隆向她献上一只手镯……后来，那些野蛮人，或者某个亵渎神明的窃贼……”

“啊，不难看出，你写过一些小说，”我的主人喊道，帮我从基座上下来，“不，先生，这是米隆一派的作品。只要看看这手艺，你就会同意我的看法。”

决不当面反驳顽固的文物工作者，这是我立下的规矩。我微微低头，好像被他说服了，说道：“的确是绝妙的作品。”

“天哪！”德佩雷奥拉德先生喊道，“又一处野蛮行径的痕迹！有人朝我的雕像扔石头来着！”

他刚刚发现，比美神的胸口高出少许的位置，有一块白色的痕迹。我在右手的手指上，看到了类似的痕迹，当时我认为，是石头在飞掠时擦过的痕迹，要不然就是撞击时迸出一块碎片，打在了手上。我给主人讲了我目睹的渎神之举，以及紧随其后的现世现报。他开怀大笑，把这名学徒比作狄俄墨得斯①，希望他的同伴都会像他一样，变成白鸟。

早餐的铃声打断这场饶有古典风味的谈话。和昨晚一样，我被迫吃下四个人的食物。德佩雷奥拉德先生的一些佃户过来找他，他跟他们商讨事宜时，他儿子带我去看他在图卢兹为新娘买的马车，我自然对它赞赏有加。随

① 荷马史诗《伊利亚特》中的希腊英雄。

后，我跟他一起来到马厩，他把我留在那儿待了半个钟头，他夸奖自己的马匹，给我讲它们的血统，列举他在乡下赛马会上赢得过哪些奖项。最后，他说起未来的新娘，他准备送新娘一匹灰色的牝马。

“我们今天就能见到她。我不知道你会不会觉得她美。巴黎人的眼光太高了，不过本地人和佩皮尼昂人都觉得她挺迷人的。她最大的优点就是富有。她那位住在普拉德地区的姨妈，把钱全都留给了她。哦，我会非常幸福的！”

我听到新娘的嫁妆比美貌更能打动这名青年，大为震惊。

“你懂珠宝吗？”阿方斯先生又说，“我准备明天把这枚戒指交给她，你觉得怎么样？”

他从小指的第一指节摘下一枚闪烁着钻石光芒的硕大戒指，戒身的形状是两只扣在一起的手。真是富有诗意的构思，我心想。做工有些古老，不过我猜，镶嵌钻石时它又经过一番加工。戒指内侧用哥特字母铭刻着“Sempr'ab ti”（永远属于你）的字样。

“是枚漂亮的戒指，”我说，不过又补充道，“这些钻石让它稍稍失去了原有的特色。”

“哦，现在漂亮多了，”他笑着回答，“这上面的钻石值一千二百法郎呢。这是我母亲送给我的。是古老的传家戒指……骑士时代的东西。我外婆戴过，她又是从她的外婆那里得来的。天知道它是什么时候做出来的！”

“巴黎的习俗，”我说，“是送一枚十分朴素的戒指，通常由两种不同的金属制成，比如黄金和白金。比方说，你那只指头上戴的那枚就很合适。这枚太大了，上面有这么多钻石，还有浮雕的手，戴了它，会戴不上手套的。”

“哦，就随阿方斯夫人喜欢吧。我觉得，她得到这枚戒指会感到高兴的。把一千二百法郎戴在手上，总归是一件让人高兴的事。那枚小戒指嘛，”他用满足的神情望着手里那枚朴素的戒指，“是巴黎的一个女人在忏悔节那天送给我的。啊，两年前我在那里度过了多么美妙的时光。那里真是寻欢作乐的好地方！”他遗憾地叹息道。

那天，我们要在皮格利格新娘的父母家用晚餐。我们驾车来到乡间别墅，那里离伊尔有一里格半的路程。他们在介绍我的时候，说我是新郎家的朋友。对于晚餐，还有晚餐过后我几乎没参与的那场闲谈，我就不赘述了。阿方斯先生坐在未来的新娘旁边，不时跟她耳语两句。她呢，始终低垂着眼睛，每次他跟她搭话，她的面颊都会微微泛红，但她答话时并不显得困窘。

德皮格利格小姐年方十八，她那柔美娇弱的体格，跟她健壮的未婚夫形成强烈的对比。她不光是美，还令人迷醉。我欣赏她答话时自然的神态。她那和善的表情中透着一丝顽皮，让我自禁想起主人家的美神。我在将两者加以比较后觉得，那尊雕像的美无疑更胜三分，那种美是否很大程度上得益于她那副恶虎般的表情？因为，活力乃至邪恶的激情总会激起人们的惊叹和不由自主的赞赏。

我们离开皮格利格时，我心想，真是遗憾，这样一个深具魅力的女人，竟然如此富有，她的嫁妆竟然成了配不上她的男人向她求婚的理由！

在回伊尔的路上，我觉得自己应该跟德佩雷奥拉德夫人搭话，却又不知道说什么好。最后我说：

“在你们鲁西永星期五也能举行婚礼，真是不在乎什么禁忌。巴黎人就迷信得多，没人敢在这天结婚。”

“哦，快别说了，”她说，“我要是说话算数，肯定会换个日子。可佩雷奥拉德想定在这天，我只好让步。不过我还是挺担心的。万一发生什么不幸呢？肯定有什么说道，要不然为什么大家都不敢在星期五结婚？”

“星期五，”她丈夫喊道，“是献给美神的日子。正好适合举行婚礼。你会发现，我亲爱的同行，我满脑子里装的都是我的美神。自然，正是因为她，我才选在星期五。明天，你要是愿意，我们在婚礼之前，为她举行一场小小的献祭吧——两只斑尾林鸽，要是我能找到的话，再点上香……”

“别丢人啦，佩雷奥拉德！”他的妻子大为震惊，打断他，“向神像焚香！这会引起众怒！周围的人会怎么说我们？”

“无论如何，”德佩雷奥拉德先生说，“你得允许我给她戴上玫瑰和百合花环，献上满手的百合花[①]。你瞧，先生，宪法根本没用。我们哪有宗教自由。”

第二天的安排是这样的：十点整，每个人都要穿戴完毕，做好参加婚礼的准备。吃完巧克力，我们乘车前往皮格利格。先是在村里的登记处公证结婚，然后在乡间别墅的礼拜堂举行宗教典礼。之后是午餐会。然后我们可以消遣一番，直到七点，届时大家一起返回德佩雷奥拉德先生家，两家人在那儿共进晚餐。然后就是自由活动。既然没有舞会，大伙便决定尽可能地大吃一顿。

早上八点，我坐在美神前面，手里拿着铅笔，第二十次重画雕像的头部，却怎么也捕捉不到那副表情。德佩雷奥拉德先生在旁边转来转去，给我提些意见，还重复他那套腓尼基语语源说。然后他把一些月季花放在雕像的基座上，用悲喜交加的语调，为即将在自家生活的一对新人祈福。九点左右，他去换衣服，这时，阿方斯先生出现了，他穿着一件紧身礼服，戴着白手套，穿着漆皮皮鞋，衣服上的纽扣雕了花，扣眼里插着一朵玫瑰。

“你一定得为我妻子画一幅，”他朝我的画俯下身子说，“她也很美。”

就在这时，我前面提过的那个网球场上开始了一场比赛，阿方斯先生的注意力马上被比赛吸引。我疲惫而绝望地觉得，自己画不出那副恶魔般的面容，很快便放弃作画，观看比赛。有几个选手是西班牙骡夫，他们是昨晚来的。他们来自阿拉贡和纳瓦拉地区，球打得都不错。尽管本地选手因为有

---

① 原文为拉丁文，系古罗马诗人维吉尔的诗句。

阿方斯先生在场指点，士气大振，但还是很快败下阵来。爱国的观众都惊呆了。阿方斯先生看了看表，这时才九点半。他母亲还没收拾停当。他没有犹豫，脱下外套，要来一件夹克，便向西班牙人发起挑战。他的做法把我给逗乐了，我有些惊讶地望着他。

“必须捍卫本国的荣誉。”他说。

此刻我对他颇为欣赏。他斗志昂扬。方才他还一心留意着自己的衣服，现在把它完全忘到了脑后。几分钟前，他还不敢转头，生怕弄乱了领结。现在他已经不再考虑自己烫过的头发，还有精心压褶的装饰边了。至于他的未婚妻，我相信，如果有必要，他连婚期都会推迟。我看到他匆匆穿上一双便鞋，挽起袖子，满怀自信地来到战败的一边，充当头领，就像恺撒在迪拉基乌姆召集士兵一样。我翻过树篱，站在一棵朴树的树荫里，将比赛双方的情况轻松纳入眼底。

出乎众人预料的是，阿方斯先生没有接住第一个球。的确，它是贴着地面过来的，力道惊人，发球的是一个阿拉贡人，他好像是西班牙选手的队长。

这人年纪在四十岁左右，六英尺高，身材瘦削结实。他那橄榄色的皮肤，色泽就像美神的青铜一样深暗。

阿方斯先生将球拍愤然扔在地上。

“都是这该死的戒指，”他喊道，“把手指头箍得太紧了，害得我连十拿九稳的球都没接到。”

他吃力地摘下那枚钻戒，我正要上前接过，结果他抢先跑到美神那里，把戒指戴在她的无名指上，然后回到同乡领队的位置。

他面色苍白，但冷静而坚定。从那一刻起，他就再也没有失误过，那些西班牙人一败涂地。观众们的热烈反响真值得一瞧：有些人大声欢呼，把帽子扔到空中；还有一些人跟他握手，说他是本地人的骄傲。我怀疑，他就算击退敌军的入侵，也不会收到更热切、更真挚的祝贺了。输球时的失意让他的胜利显得更加辉煌。

“我们一定要再比一场，我的好伙计，”他用高人一等的口吻对阿拉贡的骡夫说，“不过我得让你几分。”

我希望阿方斯先生谦逊一些，我几乎为他的对手受到的屈辱感到难过。

那个西班牙壮汉深感屈辱。我看到他被晒黑的皮肤变得苍白。他不快地望着自己的球拍，紧咬牙关，然后用沙哑的声音咕哝道：“你会为此付出代价的①。”

德佩雷奥拉德先生的声音打断儿子的得意。这位主人惊讶地发现，儿子居然没有指挥仆人布置新买的马车，更惊讶地看到，他正手握球拍，大汗淋漓。

阿方斯先生跑进屋里，洗完脸和手，重新穿上新衣和漆皮皮鞋，五分钟之后，我们乘上马车，全速赶往皮格利格。本地的所有网球选手和大批观众跟在后面欢呼着。拉车的肥壮马匹只能勉强超过那些无畏的加泰罗尼亚人。

我们来到皮格利格，一行人正要去村公所，阿方斯先生突然拍了一下额头，小声对我说：

“坏了！我忘记拿戒指了！它还在美神的指头上，真该死！无论如何，别让我母亲知道。也许她发现不了。”

“你可以派人去拿啊。”我说。

“不行。我的仆人留在伊尔了，我不相信身边这些跟班。价值一千二百法郎的钻石，他们难免会受到诱惑。再说，别人会怎么看待我的疏忽大意呢？他们会取笑我，说我是那尊雕像的丈夫……但愿它还没被人偷走！幸好，那尊神像让小混混们感到害怕，他们不敢走到她的身边。好了，没事

① 原文为西班牙语。

了。我还有一枚戒指。”

公证仪式和宗教仪式低调地举行完毕。德皮格利格小姐收下巴黎女制帽商的那枚戒指，并不知道未婚夫牺牲了他的定情信物。然后我们坐下来，吃吃喝喝，还唱了歌，消磨了不少时间。我为新娘感到难过，她不得不忍受周围粗鄙的欢闹，但她比我想得坚忍得多，她的困窘不会让人感到尴尬和做作。也许人在面对困境时会迸发出勇气来。

四点，午餐会终于结束了，男人们去漂亮的公园散步，或去欣赏皮格利格的农家姑娘身穿盛装，在乡间别墅的草坪上跳舞。我们就这样消磨了几个小时。期间，女人们围在新娘周围，新娘给她们看自己收到的结婚礼物。然后她换了装扮，我注意到，她用头巾和带羽毛的帽子遮住了漂亮的头发，因为女人这时总爱抢着换上她们还没嫁人时习俗不允许她们穿戴的衣物。

临近八点时，我们准备返回伊尔。这时发生了令人难过的一幕。德皮格利格小姐的一位姨妈一直充当着母亲的角色，她是个非常虔诚的老妇人，不能跟我们一道前往伊尔。临别之际，她对侄女作了一番感人的说教，告诉她如何履行妻子的责任，结果引出好多泪水和没完没了的拥抱。德佩雷奥拉德先生把这场分别比作抢掠萨宾女人①。最后我们还是出发了，在路上，每个人都努力让新娘高兴起来，结果只是徒劳。

晚宴在伊尔等待着我们，那又是怎样的晚宴啊！上午粗俗的欢闹让我感到惊愕，晚上我对他们拿新郎和新娘打趣的那些俏皮话和玩笑更加反感。新郎在坐下来吃晚餐之前消失了一会儿。此刻他脸色苍白，就像冰山一样冷漠。他不停地喝着科利乌尔镇出产的陈年佳酿，那种酒的烈度都快赶上白兰地了。我坐在他身边，觉得自己应该提醒他一下：

“当心些。据说这种酒……”

① 萨宾人为古意大利部落，罗马城的缔造者曾邀其男子赴宴，让下属掳走其女性，作为妻子。

我想不起自己为了跟其他客人保持一致，跟他说了哪些胡话。

他推了推我的膝盖，小声说：

“离席的时候，我有话对你说。”

他那严肃的口吻让我惊讶。我仔细打量着他，注意到他的脸色有了奇怪的变化。

“你觉得不舒服？”我问。

“没有。”

他又喝起酒来。

席间，在欢呼和掌声中，一个十一岁的孩子钻到桌子底下，从新娘的脚踝上取下粉白两色的漂亮彩带，拿给大伙看。他们管这叫新娘的袜带。他们马上把它剪碎，分发给年轻人，他们把碎片别在扣眼里面。这是一项十分古老的习俗，有些家长制的家庭如今依然遵守着这项习俗。新娘羞红了脸，连眼白都要变红了。德佩雷奥拉德先生请求大家安静下来，对她唱了一些加泰罗尼亚诗句，更是让新娘迷惑至极，德佩雷奥拉德先生说这些诗句是他即兴而作。根据我的理解，这些诗句的意思是：

“我这是怎么啦，朋友们？莫非我喝下的酒，让我看到了重影？这里有两位美神……”

新郎突然惊恐地转过头来，大伙见了笑起来。

“没错，”德佩雷奥拉德先生接着说道，“我家有两位美神。一位就像松露，是我在地里找到的；另一位从天而降，来到我们中间，把腰带分给我们。”

当然，他想说的是袜带。

“我儿子在罗马美神和加泰罗尼亚美神之间作出了选择。这家伙选的是加泰罗尼亚美神，他选得不错，因为罗马美神又黑又冷，而加泰罗尼亚美神肤色白皙，会让走近她身边的人激情似火。”

这一结论引来轰然的喝彩和笑声，我觉得屋顶都要砸到我们头上了。桌边只有三个人面色严肃——那对新婚夫妇，还有我。我感到头痛欲裂，而且不知何故，婚礼总让我感到忧郁。这场婚礼甚至让我有些反感。

最后副镇长唱了几段对句，我得说，那些对句相当粗俗。然后我们来到客厅，见证新娘的退席，因为这时已经快到半夜了。很快就会有人领她去卧房。

阿方斯先生把我拽到窗边，把眼睛转到一边，对我说：

“你会笑话我的……我不知道是怎么回事……我中邪了，真是该死！”

我最初以为，他幻想自己遭到了某种不幸的威胁，蒙田和塞维尼夫人提到过这种不幸：“整个爱情国度充满悲剧故事。”

“我还以为这种厄运只会发生在聪明人身上呢。”我暗自思忖。

“你喝了太多科利乌尔镇的葡萄酒，亲爱的阿方斯先生，”我说，“我提醒过你的。”

“有这个可能。不过我要说的事比这严重得多。”

他的话磕磕绊绊，我还以为他喝醉了。

“你还记得我的戒指吧？”他沉默片刻之后问道。

“记得啊。有人把它拿走了？”

“没有。”

“那你拿到了吗？”

“没有——我——我没法把它从可恶的美神手上摘下来。”

“胡说！那是你没用力拽。”

“我用力了……可是美神……把手指攥了起来。”

他表情烦乱，直勾勾地望着我。他倚在窗户的插销上，免得自己摔倒。

“真荒唐！”我说，“你把戒指推得太往里了。明天你得用钳子才行，不过要小心，别弄坏雕像。”

“不对，我告诉你吧。美神把手指蜷了起来。她把手攥紧了，你听到了吗？显然，她成了我的妻子，因为我把戒指交给了她……她不肯还给我了。”

我突然打了个冷战，浑身冰凉。这时，他发出深深的叹息，朝我脸上喷来一股酒气，我所有的情绪便消失了。

“这可怜的家伙完全喝醉了。”我心想。

“你是文物工作者，先生，”新郎沮丧地说，“你对这种雕像的方方面面都熟悉……或许有弹簧之类的鬼把戏，我也说不清。你要是愿意去看看……”

“行啊，”我说，“跟我来吧。”

“不，我宁愿你单独去看。”

我离开了客厅。

晚餐时变天了，下起倾盆大雨。我正要去讨一把雨伞，突然停下脚步，心想：“我真傻，居然去验证一个醉酒之人的说辞。再说，没准儿他是想拿我搞恶作剧，让这些乡民取乐呢。往轻里说，我也可能淋得浑身湿透，患上重感冒。”

我在门口瞥了滴水的雕像一眼，便没回客厅，径直上楼，回到自己的房间。我上了床，却久久难以入眠。白天发生的一幕幕回到我的脑海之中。我想到那个天真美丽的年轻姑娘要委身于一个醉醺醺的粗汉。“基于利益达成的婚姻，”我心想，“委实令人不快！镇长披着三色绶带，牧师披着祭衣，将天真无邪的姑娘交给牛头怪。两个互不相爱的人，在真正的恋人情愿用生命换取的这一刻，会说些什么呢？女人能爱上曾在自己面前有过粗俗表现的男人吗？第一印象永远无法抹去，我能肯定，阿方斯先生会遭到嫌恶。”

我的这番独白其实很长，我将它做了大幅删减。我在自言自语时，听到人们在屋里来来往往，还有开门关门和马车驶远的声音。后来，我觉得自己听到，几个女人轻轻上楼，去了我房间对面的走廊另一端。大概这就是领着新娘步入洞房的队列吧。然后她们又下了楼，德佩雷奥拉德夫人的门关上了。“这可怜的姑娘肯定很不开心，很不自在！”我心想。我在床上辗转反侧，生着闷气。一名单身汉在举办婚礼的人家，扮演着可怜的角色。

接下来的一段时间，屋里静下来，然后这份寂静被上楼的沉重脚步声给打断了。木制的楼梯吱吱嘎嘎，响得厉害。

“真是个笨拙的粗汉！”我喊道，“我敢打赌，他会摔到楼下去的。”

一切又恢复宁静。我拿起一本书，试图转移注意力。这是一本本县的统计报告，德佩雷奥拉德先生撰写的一篇报告为它增色不少，他写的是普拉德地区的德鲁伊特遗迹。我看到第三页就睡着了。

我睡得不好，中间醒来过几次。公鸡开始打鸣时准是早上五点，那时我已经醒了二十分钟。天快亮了。这时我再一次清楚地听到跟我入睡时完全一样的沉重脚步声和楼梯的吱嘎声。我觉得非常奇怪。我一边打着哈欠，一边试着猜测阿方斯先生为什么这么早就起床。我想不出任何理由。我正要重新合上双眼，一阵奇怪的跺脚声再度引起我的注意，很快又响起铃声和砸门声。我还听到一阵混乱的呼喊声。

“那个醉鬼准是把房子点着了！”我这样想着，从床上跳下来。

我匆匆穿上衣服，来到走廊上。哭喊声从走廊另一端传来，一声尖利的哭号盖过别的声音：“我的儿子！我的儿子！”阿方斯先生显然遭遇了什么不测。我冲进洞房，里面站满了人。我最先看到的便是那个青年，他半裸着身子，横躺在已经破损的木床上。他肤色苍白，一动不动，他母亲在他身边哭号着。德佩雷奥拉德先生忙着用古龙香水揉按儿子的太阳穴，把嗅盐放在他的鼻子底下。唉，他儿子早就死啦。在房间另一端的长沙发上，新娘犯了严重的惊厥。她含混不清地喊叫着，两名强壮的仆人颇为吃力地将她按牢。

“天哪！”我喊道，“出什么事了？”

我来到床边，扶起不幸的青年的尸身。他的身子已经冰冷僵硬。他紧咬的牙关和发黑的面孔表明，他遭受过非常可怕的痛苦。显然，他惨遭虐害，一度痛苦不堪。但他的衣服上并没有血迹。我解开他的衬衣，发现他胸前有一片青黑色的印迹，一直延伸到身侧和后背。他仿佛是被铁箍给勒死的。我的脚踩到地毯上的什么硬物。我弯下腰，看到那枚钻戒。

我把德佩雷奥拉德夫妇领回他们的房间，然后让人把新娘也抬进去。

“你们还有一个女儿，”我对他们说，“你们一定得尽心照顾好她。”然后我离开他们。

我觉得，阿方斯先生无疑是谋杀案的受害人，凶手们昨晚设法溜进新娘的房间。但他胸前呈环状延伸的青瘀，让我大为困惑，因为无论是木棒还是铁棍，都无法造成那样的伤痕。突然，我想起自己听说过，在瓦伦斯[①]，雇佣杀手会用盛满细沙的皮袋，压死他们的目标。我马上想起阿拉贡来的那个骡夫和他那句威胁之辞，不过我觉得，他几乎不可能会为一句戏言，作出如此可怕的报复。

我把宅子转了个遍，寻找凶手闯入的痕迹，但一无所获。我去了花园，查看凶手是否从那里进屋，但也没发现任何明确的线索。也许昨晚的大雨把地面泡得厉害，留不下清晰的痕迹。但我还是注意到，地上有几个深深的脚印，它们呈双向排列，但来回走的是同一条路线，始于网球场旁边的树篱一角，终于宅子门口。这些脚印有可能是阿方斯先生去取雕像手上的戒指时留下的。而且这边的树篱不像别的地方那样浓密，凶手们准是从这边过去的。我在雕像跟前走来走去，停住脚步看了看它。我得承认，我看到她那副含讥带讽的凶恶表情时，心里涌起恐惧，脑海里充斥着方才目睹的可怕场面。我觉得自己仿佛正望着一尊恶神，她正在幸灾乐祸。

我回到自己的房间，在那儿待到中午。然后我下了楼，打听主人夫妇的

---

① 法国东南部罗纳河上的一座城市，位于里昂以南。

情况。他们现在冷静一些了。德皮格利格小姐——或者说阿方斯先生的遗孀——恢复了神智，还跟佩皮尼昂的检察总长谈过，此人正在伊尔进行公事访问，这位地方官员记录下她的口供。他还问了我的口供。我将自己知晓的情况悉数告知，并未隐瞒对阿拉贡骡夫的怀疑。他立即下令捉拿此人。

“阿方斯夫人跟您说了什么吗?”他们记下我的口供，让我签名时，我问这位地方官员。

“那位不幸的年轻女士已经疯了，”他难过地笑着说，“疯了，完全疯了。她是这样跟我说的：

“她说她当时放下帐子，在床上躺了几分钟，这时卧室的门开了，有个人走进来。阿方斯夫人躺在床的里侧，面朝墙壁。她没有动，以为来的是丈夫。过了片刻，床吱吱嘎嘎地响起来，就好像压上了什么重物。她很害怕，但不敢转过身去。又过了五分钟，或许是十分钟——她也说不清有多久——她下意识地动弹了一下，或是床上的那个人下意识地动了一下。她感到自己碰到什么冰凉的东西——这是她的原话。她紧紧靠在墙上，浑身发抖。没过多久，门又开了，有人走进来，说道：‘晚上好，我的小妻子。’很快，帐子被拉开。她听到一声压抑的叫喊。躺在她旁边的那个人坐起来，似乎向前伸出了双臂。这时她转过头……看见丈夫跪在床边，头部的高度跟枕头平齐，一个绿色的巨人使出浑身力气，把他搂在怀里，她就是这样说的。她还说——她重复了好多遍，可怜的女人！她说她认了出来……你能猜到吗?是那尊青铜美神，德佩雷奥拉德先生的雕像……自从它在这里出土以后，每个人都梦到过它。不过还是接着讲那个发了疯的可怜姑娘吧。她看到那副情景后就失去了知觉，也许她在那之前就已经失去理智了。她说不清自己昏迷了多久。她醒来时又看到那可怕的东西——那尊雕像，她一直这样说。它一动不动，腿和下半身搁在床上，上身和手臂探到床外，怀里抱着她死去的丈夫。一只公鸡叫起来，这时雕像下了床，丢下尸体，走了出去。阿方斯夫人拼命摇铃，后面的事你都知道了。”

他们带来那个西班牙人。他镇定自若，冷静地为自己辩解。他没有试图否认我听到的那句话。他解释说，那句话没有别的意思，是说他休息好之后，第二天要在球场上击败对手。我记得他还说：

“土生土长的阿拉贡人要是受了侮辱，不会等到第二天才采取报复。我要是觉得阿方斯先生侮辱了我，会当场拿刀捅他。”

他们拿他的鞋子跟花园里的脚印做了比较。他的鞋子比脚印大得多。

最后，那人下榻的旅店老板作证说，他整夜都在给一头生病的骡子做按摩治疗。

而且这个阿拉贡人在本地备受尊敬，熟人很多，他每年都来跟他们做生意。于是他们连连道歉，把他放了。

我差点儿忘了说一名仆人的证词，他是阿方斯先生死前最后一个见到他的人。当时阿方斯先生正准备上楼去妻子那儿，他叫来这个仆人，忧虑不安地问他知不知道我在哪儿。仆人说他没看到我。阿方斯先生叹了口气，默不作声地站了一会儿，然后说：

“唉，他也被那个魔鬼给害了！”

我问这个仆人，阿方斯先生跟他说话时，手上戴没戴钻戒。仆人犹豫了一会儿，回答说他觉得没有，反正他没注意到。

“如果他当时戴着那枚戒指，”他补充道，“我肯定会注意到的，因为我一直以为，他已经把它交给了阿方斯夫人。”

我在向仆人问话时，多少体会到阿方斯夫人的证词在屋里散布开来的那种迷信的恐怖。检察总长望着我笑了笑，我没有再问下去。

阿方斯先生的葬礼结束几个小时后，我准备离开伊尔。德佩雷奥拉德先生的马车会送我去佩皮尼昂。这位可怜的老人身体虚弱，但还是非要送我到花园门口。我们一言不发地穿过花园，尽管有我在旁边搀扶，他还是有些迈不动步子。就在我们分别时，我朝美神瞥了最后一眼。我看得出，我的主人尽管不像其他家庭成员那样对它又恨又怕，但也希望摆脱这件会经常让他回想起可怕灾难的东西。我想劝他把它捐给博物馆。我正琢磨着应该如何提起这个话题，德佩雷奥拉德先生下意识地转过头，朝我望着的那个方向看去。他一看到那尊雕像便哭了起来。我拥抱了他，不敢说一个字，钻进了马车。

我离开之后，便没再听到什么能阐明这场神秘灾祸的新线索。

儿子去世几个月后，德佩雷奥拉德先生也过世了。他在遗嘱里声明把手稿留给我，或许有朝一日，我会将它们发表出来。不过我并未发现跟美神的铭文有关的论文。

又及：我的朋友德·P先生刚刚从佩皮尼昂写信过来，他告诉我，那尊雕像已经不复存在。丈夫死后，德佩雷奥拉德夫人做的头一件事，就是把它熔铸成一口钟，挂在伊尔的教堂里。不过德·P先生补充说，厄运似乎在追逐那里的人。自从那口钟在伊尔敲响以来，葡萄已经遭过两次霜冻了。

幽灵与接骨师

约瑟夫·谢里登·勒法努，1838

约瑟夫·谢里登·勒法努（1814—1873），出生于都柏林，爱尔兰新教徒，法国胡格诺派教徒的后代。是英国维多利亚时期最有名的幽灵故事作家。现在我们来看看他年轻时写的一个短篇，这也可能是他发表的第一篇小说。《幽灵与接骨师》是哥特派怪诞故事，根据当地民间传说改编而成。“无畏”男人夜间路经常年闹鬼的古堡可谓各国民间故事的经典。勒法努在其中加入了爱尔兰传说：后下葬的人不得不四处奔走，为早下葬的人觅水，因为他们已经被炼狱里的火焰烧得口干舌燥。因为这种信仰，常常发生这样的情况：如果有两场葬礼同时进行，家属会争先恐后地将死者下葬，因为谁都想把苦差留个别家的死人。圭多·阿尔曼兹①在回忆导演雷内·克莱尔②的《间奏曲》中那疯狂的葬礼赛跑时，曾提到过这一点。

本文的独创之处在于，它是用盎格鲁-爱尔兰拼法的英语写成的，故事的精髓也全在于这种口头陈述的语调中。这是勒法努为数不多的讽刺故事。

我宝贵而可敬的朋友弗朗西斯·珀塞尔，曾在爱尔兰南部担任过接近

① 圭多·阿尔曼兹（1931—　），作家、翻译家（英国文学方向）、文学评论家。
② 雷内·克莱儿（1898—1981），法国导演、制作人、演员。电影《间奏曲》是他一九二四年拍的一部短片。

五十年的神甫，为此付出了艰辛的努力。我在检查他生前留下的文章时，发现了下面这份文字材料。这样的材料有很多，因为他喜欢收集当地的古老传说。他这人好奇心强，又颇为勤奋——在他居住的那片地区，这类传说比比皆是。根据我对他的了解，汇集、整理这样的民间故事是他的业余爱好。不过我原先并不知道，他对不可思议的传说的喜爱，居然能让他多方探寻，并将结果形诸笔墨，进而在遗嘱中，将全部手稿委托给我这位剩余遗产继承人保管。有些人或许觉得，创作这样的作品，并不符合神甫的性格与习惯，为此，有必要告诉这些人的是，确实有那么一类神甫——那些老派的，如今几乎已经绝迹——由于各种各样的原因，比圣帕特里克学院的毕业生更有文学品位。

或许有必要补充说明，下面这个故事写到的迷信内容——就是最后下葬的逝者，在刚刚获得安葬之后，必须给所在墓地里的其他逝者提供新鲜的水，以缓解他们在炼狱里感到的焦渴——在爱尔兰南方颇为盛行。笔者可以证明，在蒂帕雷里①的周边地区，曾有一名备受尊敬的富裕农夫，他逝去的伴侣脚上长了鸡眼，他十分爱恋亡妻，便往她的棺材里放了两双拷花皮鞋，一双轻便，一双笨重，一双是干燥天气穿的，另一双是多雨时节穿的，希望以此减轻她为炼狱里众多干渴的灵魂取水时，无可避免的长途跋涉带来的劳累。还有两户举行葬礼的人家来到同一处墓地，双方都想让自家的逝者先行下葬，从而回避后下葬者的辛劳，双方为此爆发激烈的冲突。不久，又发生了一件事，一户人家因为担心他们逝去的亲属捞不到这份宝贵的好处，便抄近道来到墓地，还不惜违反当地的一大禁忌，把棺材从墓园墙头扔了进去，免得在进门时耗费时间。诸如此类的事例不胜枚举，它们全都表明，在南方的农户阶层中，这种迷信仍在大行其道。不过笔者不宜在序文中多做评论，

① 爱尔兰中南部一小镇，位于都柏林西南部。

耽搁读者的时间，还是直接将下文呈现在读者面前吧：

摘自德拉姆库拉地区已故弗朗西斯·珀塞尔神甫之手稿

我在讲述以下内容时，将尽可能按照自己的回忆，复述叙述者的原话。或许有必要说明，他就是人们说的那种善于辞令的人，曾有好长一段时间负责指导有天分的本地青年学习文科和理科课程，教得得心应手——或许正因如此，他的话里才会时而冒出几个复杂的词，这些词的出现，更多的是为了悦耳动听，而不是为了精确。开场白就不多说了，你即将看到的就是特里·尼尔的奇妙冒险。

哎呀，这是一个奇怪的故事，但它就像你正坐在这儿一样真实。我敢说，周围七个教区，没有谁能把这个故事讲得比我更精彩，因为这件事是我父亲的亲身经历，我听他亲口讲过好多次。可以说，我也为这一点感到自豪。我父亲的话就像乡下地主发下的誓言一样可信。要是有穷人运气不好，碰上麻烦，他会去法庭给人家作证。不过那不算什么，他是个正直、严肃的人，只是有点儿贪杯。你只要稍微走动一下，就会发现乡下没有谁能像他那样，把出苦力和挖豆子的活儿干得那么漂亮。他还干得一手好木匠活，修理旧东西之类的。他还会给人接骨，这再自然不过，因为别人都不像他那么会修理桌椅的腿儿。毫无疑问，没有哪个接骨师能像他那样，有那么多人给他捧场，大人、小孩、老人。没有谁像他那样，见过和接过那么多人的断骨。渐渐地，特里·尼尔，那是我父亲的名字，感到越来越轻松愉快，钱包也鼓了起来。他从地主法利姆的地皮上包了一片农场，就在那座古老的城堡下面，是一片蛮不错的小地方。白天，断了胳膊断了腿、脚不敢落地的人，纷纷过来找他接骨，他尽心尽力给他们治疗。法利姆先生外出时，按照规矩，得有佃户去古堡里面守夜，这样做只是为了向这个古老的家族表示敬意。佃户对这种表示敬意的方式感到很不痛快，因为他们都知道，那座古堡有古怪。据邻居们讲，那位地主的老祖父——一位品行良好的绅士，愿上帝与他同在——在往外拔酒瓶塞子时，血管爆裂而死。这种事你我也有可能摊上，这样死掉倒也不错，但愿上帝成全。据说他会在半夜里穿着皮鞋四处走动，不过这不是重点。我要说的是，这位老地主常常从挂在墙上的画框里钻出来，把酒瓶和酒杯打碎，愿上帝保佑我们这些人。他还会把能找到的酒喝个精光——这也不能怪他。要是有谁这时候进屋去看，他又会出现在画框里，看起来就像完全不知情的没事人一样——这个顽皮的老家伙。

嗯，阁下，就像我刚才说的，这户人家时不时去都柏林待上一两个礼拜。所以和往常一样，有些佃户得去城堡里面守夜。第三天晚上，轮到我父亲了。“哦，天哪，”他自言自语道，“我得守一晚上，那个老幽灵会到处游荡，光荣归于上帝，”他说，“他会在屋里到处乱转，搞各种恶作剧。”但他毕竟逃不过去，于是便换上一副勇敢的表情，天黑时带上一瓶威士忌，还有一瓶圣水，就出了门。

雨下得挺大，夜晚黑沉沉的，父亲进了大门，往自己身上撒了些圣水。再过不久，他就能喝一杯威士忌，好驱散心里的寒意。开门的是老管家劳伦斯·奥康纳，他跟我父亲交情甚笃。见来人是我父亲，再加上他听我父亲说，轮到他去古堡值夜了，他便提出陪我父亲一同前往。可想而知，这一提议也正合我父亲的心意。于是他说：

“我们在客厅生点儿火吧。”

“干吗不在门厅里生火？”我父亲问，因为他知道，老地主的画像就挂在客厅里。

“不能在门厅里点火，”劳伦斯又说，“因为一只老寒鸦在烟囱里做了窝。”

“哦，”我父亲说，“咱们还是去厨房吧，像我这样的人坐在客厅里，怪不合适的。”

“哦，特里，怎么会呢，”劳伦斯说，“我们只要遵守老习惯，就不会出什么问题。”

“愿魔鬼把老习惯带走。”我父亲在心里说——你明白吗，他不愿意让劳伦斯看出来，他很害怕。

“哦，很好，”他说，“我同意，劳伦斯。”于是他们先是去了厨房，很快，客厅里的火还是生好了。

他们很快就过去了，舒舒服服地坐在客厅的炉火旁边，开始聊天、抽烟、小口喝威士忌。而且他们是用泥炭木和草皮生的火，火挺旺的，他们焐热了身子。

他们舒舒服服地聊着天，抽着烟，后来劳伦斯困了，这很自然，因为他是个老仆人，爱犯困。

“不可能，”我父亲说，“你这就困啦？”

“哦，才没有，”拉里说，“我只是闭闭眼睛，不让烟熏得眼睛流泪。你别管别人的闲事，”他有些生硬地说（因为他这人脾气不大好，愿他的灵魂安息），“接着讲你的故事吧，我在听着呢。”他说完又闭上眼睛。

我父亲见说话不管用，便讲起故事来。因为同样的原因，他讲的是吉姆·苏利文和他的老山羊的故事。那是个有趣的故事，里面有那么多笑料，足以让睡鼠听得醒过来，更不要说是阻止一个基督徒睡觉了。我父亲的那种讲法，我相信任何人都没有听过，因为他每个字都是喊出来的，就像要拼命不让老拉里睡着一般，但见鬼的是，还是不管用，因为没等他讲完，拉里·奥康纳就像风笛一样，鼾声大作了。

“哦，天哪，”我父亲说，“这下麻烦了，这个老坏蛋算什么朋友，就这么睡着了，现在我们两个跟一个幽灵同处一室。天可怜见啊。”他正要去摇醒劳伦斯，忽然想起来，如果他叫醒劳伦斯，劳伦斯肯定会去床上睡觉，把他一个人撇在这里，那样只会更糟。

“哦，”我父亲说，“我还是别打扰这可怜的家伙了。在他睡觉时打搅他，可不是什么友好的做法，但愿我也能这样呼呼大睡。”

于是他站起来走来走去，念祈祷词，最后他出了一身汗，却没有任何效果。于是他喝了一品脱酒，让自己镇定下来。

“哦，”他说，“但愿上帝能让我和拉里一样。或许我要是尝试一下，也能睡着。”想到这儿，他拖过一把大扶手椅，摆在劳伦斯身边，舒舒服服地坐上去。

不过有一件怪事，我忘了告诉你。他老是忍不住要看那幅画，隔一会儿看一次，很快便发现，不论他往哪边走，画中人的眼睛都在关注着他，盯着他看，还朝他挤眼睛。“哦，”看到这一幕，他说，“我真是不走运，我一走进这个倒霉的地方，厄运就缠上我了，不过现在害怕也无济于事，就算快要死了，我也要鼓起勇气。”

他努力让自己平静下来，有那么两三次，还以为自己能安稳入睡，但外面一直狂风大作，树枝吱嘎作响，古堡的老烟囱传出阵阵呼啸声。一阵狂风过后，你会觉得，这座古堡摇摇欲坠，下一刻就会墙倒屋塌。突然，大风停了，外面就像七月的傍晚一样宁静。风停了不到三分钟，他就听到烟囱那边有响动，便把眼睛睁开很小一道缝，只见那个老地主正从画里出来，他那番动作看起来，活像正在脱下骑手上衣。最后他整个人离开画框，落在地上。那个老家伙在做出什么怪事（我父亲觉得这种变化再糟糕不过）前先停下脚步，在原地站了一会儿，听听他们俩是不是都睡着了。他觉得两人都睡得很沉，便伸出手抓住那瓶威士忌，喝了不下一品脱。他自顾自地喝完，便十分精明地把瓶子放回原处，然后在屋里溜达起来，看起来庄严稳重，仿佛刚才的事并不是他做的。他从我父亲身边经过时，我父亲闻到了浓重的硫黄味儿，这股气味把他吓得要死，因为他知道，这是地狱之火的气息。他经常听到墨菲神甫说起，所以明白是怎么回事。墨菲神甫已经去世了，愿上帝让他安息。我父亲一动不动，那个幽灵来到父亲身旁，因为距离太近，愿上帝垂怜，硫黄的气味让父亲感到呼吸困难，害得他咳嗽起来，他咳得太厉害，险些从扶手椅上掉下去。

“啊哈！”老地主说，在两步外停住脚步，转过头来望着我父亲，“是你吗？你好吗，特里·尼尔？”

“愿意为您效劳，”我父亲说（他简直吓得要死），“今晚能见到阁下，非常荣幸。”

“特伦斯，”老地主说，“你是个可敬的人（的确如此），勤劳、庄重，喝起酒来也是整个教区的榜样。”

“多谢阁下，”我父亲鼓起勇气说，“您讲话总是那样彬彬有礼，愿上帝让阁下得到安息。”

“让我得到安息，”幽灵说（他的脸越来越红，状若疯癫），“让我得到安息？你这无知的恶棍，你这低贱的笨蛋。你的礼貌哪儿去了？虽说我已经死了，但这并不是我的错。轮不到你这样的人来讥笑我。”他重重地跺着脚说，你会觉得，地板都快被他跺碎了。

“哦，”我父亲说，“我只是一个愚蠢、无知的可怜人。”

“你就是这样，”老地主说，“不过话说回来，我也不是过来听你废话，或者跟你这样的人聊天的。”（我父亲把他的话原原本本地记了下来。）“听着，特伦斯·尼尔，”他说，“我一直是你爷爷帕特里克·尼尔的好主人。”

“阁下说得没错。”我父亲说。

“此外，我认为我一向都是个庄重的绅士。”老地主说。

“当然，您确实有这样的名声。”我父亲说（这是天大的谎言，不过他忍不住要这样说）。

“嗯，”幽灵说，“尽管我像大多数人，起码像大多数绅士一样庄重，尽管我在不同时期都是一个虔诚的基督徒，对穷人既仁义又厚道，但我目前待在那个地方，日子过得不怎么舒坦，不像我期望得那么舒坦。”

“真是遗憾，”我父亲说，“也许阁下想跟墨菲神甫谈谈？”

“闭嘴，你这卑劣的家伙，”老地主说，“我说的不是我的灵魂——我还不知道你有没有资格跟绅士讨论灵魂问题呢——我要是想把灵魂弄好，”他拍了拍大腿，“会去找在行的人。不是灵魂的问题，”他在我父亲对面坐下来，“让我感到苦恼的，不是我的灵魂，而是我的右腿不舒服，我在格伦瓦洛克把它给摔断了，就在那天，我把黑巴尼给打死了。”

（后来父亲才知道，那是老地主心爱的马，它载着他跃过峡谷旁边的大篱笆时摔倒在地。）

“我希望，”我父亲说，“阁下不是因为杀了它，才觉得不舒服吧？”

“闭嘴，你这傻瓜，”老地主说，“我来告诉你，我的腿为什么不舒服。我的大多数时间都消耗在那个地方，只有少许的闲暇可以到这边看看。我在那边要走很多路，比以前走得多很多，远远超出对我有益的程度。我得告诉你的是，我待的那个地方的人，特别喜欢凉水，因为没有什么比凉水更好的东西了，他们指派我帮忙抬水，我自己只能喝到其中的一丁点儿。我跟你说吧，这是个既麻烦又累人的差事，因为他们全都渴得要命，喝得又那么快，我都赶不及去抬，不过最让我受不了的，还是这条不中用的腿，我想让你把它拽回正常状态，就是这么回事。”

“哦，拜托，阁下，”我父亲说（因为他根本不想碰这个幽灵），“我没有能力为阁下医治，我只能给我这样的可怜生灵医治。”

“少胡说八道，”老地主说，“这是我的腿。”他把腿翘到父亲面前，“给我拼命拽，要是你不照办，我以不朽的神的名义发誓，我会把你浑身的骨头都变成粉末。”

父亲听了这话，意识到装模作样无济于事，便抓住那条腿，一直拽啊拽，直到汗水从他脸上流下来，愿上帝保佑我们。

“拽吧，你这恶棍。”老地主说。

“谨遵您的吩咐，阁下。”我父亲说。

“用力拽。”老地主说。

我父亲像魔鬼一样，用力拽着。

“我要喝它一小口，”老地主说着，伸手去拿瓶子，“给自己鼓鼓劲儿。”他这时也很虚弱。他这人异常精明，但心不在焉，结果拿错了瓶子。“祝你健康，特伦斯，”他说，“像恶棍一样使劲儿拽。”他拿起那瓶圣水，还没倒进嘴里，就发出刺耳的尖叫，你会觉得那个房间都要被他的叫声给扯碎了。他猛地一挣，那条腿从他身上断下来，留在我父亲手里，老地主倒在桌子上，我父亲摔出去，飞过半个房间，后背落在地板上。他醒来时，令人惬意的朝阳透过被风吹起的百叶窗照进来，他仰面躺在地上，手里紧紧攥着一把老椅子的腿儿，椅子腿直指着天花板。老拉里睡得正香，鼾声像往常一样响亮。那天早晨，我父亲去见墨菲神甫。从那天起，直到去世，他都没有错过一次告解和弥撒。他不常说起这段经历，还是相信他的话为好。至于那个老地主，那个幽灵，不知道是因为他不喜欢那天喝的东西，还是因为他少了一条腿，再也没有人看到他四处走动。

下　卷

日常怪诞

泄密的心

爱伦·坡，1843

埃德加·爱伦·坡（1809—1849）是十九世纪怪诞叙事文学中的中心人物，同时也是最有名、最具代表性的作家。如何在我们的选集中来展现这样一位重量级作家呢？最显而易见的选择本应该是《厄舍府的崩塌》（1839），因为那篇故事涵盖了他作品中的所有典型元素：一座摇摇欲坠的房子、面无血色的苍白的女人、沉湎于神秘学的男人、匆匆的埋葬和从坟墓里走出的死者。在他之后的整个颓废主义文学大量汲取了这些元素，而电影这一形式，从其诞生之初到现如今，也相当充分地传播了这些元素。

但我希望在这套选集的下卷开篇，让你们看到另一个爱伦·坡——创造了另一种怪诞风格，这一风格将统领整个十九世纪下半叶：通过最简单的方式获得怪诞效果，这种怪诞完全是精神和心理上的。

我个人认为，《泄密的心》绝对是爱伦·坡的杰作，本文通篇是一个杀人犯的内心独白。杀人犯躲在房间的暗处，受到惊吓的老人死后仍大睁着眼睛。老人的存在仅仅是通过那只眼睛（“一只秃鹫的眼睛”）表现出来的，而黑暗中的心跳声，或者说是杀人犯以为听到的老人的心跳声，即使在他杀了老人之后仍一直纠缠着他。

没错！——神经过敏——一直以来，我的神经过敏都相当严重；可你干吗要说我疯了？这种病把我的感官变得分外敏锐——既没把它们毁掉——也没把它们变迟钝。最突出的就是听觉灵敏。我能听见天国和人世的所有声音。我能听见地狱里的若干声音。怎么能说我疯了呢？听着！看好，我把整件事讲给你听的时候，是多么清醒，多么冷静。

很难说清这个念头最初是怎么冒出来的；可它一旦成形，就没日没夜地缠着我不放。谈不上什么动机。也谈不上什么激情。我很喜欢那个老头。他从未伤害过我。从未侮辱过我。我也不贪图他的金子。我觉得是因为他的眼睛！没错，正是眼睛！他有一只兀鹫般的眼睛——一只淡蓝色的眼睛，上面蒙着一层薄膜。那只眼睛每次看我的时候，我的血都会变冷；所以我渐渐地——一点一点地——拿定了主意：我要结果老头的性命，永远摆脱那只眼睛。

关键的地方就在这里。你以为我疯了。疯子啥都不懂。可你瞧我。你真应该看看，我干得多么精明，多么谨慎，多么深谋远虑，多么若无其事！在除掉老头之前的整整一个星期，我对他再好不过。每天晚上，半夜前后，我都转动他的门闩，把门打开——动作可轻了！然后，等我把门缝打开到足以探进脑袋的时候，我把一盏完全封闭、不会漏光的提灯伸进屋里，然后探进头去。哦，要是你看到我探进头去的时候，是何等的狡黠，你准会笑出来！我动作很慢——很慢很慢，免得惊扰老头的睡眠。我花了一个钟头，才把脑袋全伸进去，查看他躺在床上的模样。哈！——疯子有这么聪明吗？我把头伸进屋里之后，就小心翼翼地拨开灯罩（因为铰链会吱嘎响）——哦，真是万分小心——我只拨开一点儿，让提灯只透出一束细细的光线，照在那只兀鹫般的眼睛上。这样的事，我足足做了七个晚上——每天晚上都是在午夜前后——不过我每次都会发现，那只眼睛没有睁开；所以我一直没法下手；因为让我烦恼不已的，不是那个老头，而是他那只恶眼[①]。每天早晨，天一放

① 西方迷信认为不友善的目光可以造成伤害。

亮，我就壮着胆子走进屋里，毫不露怯地跟他说话，满怀热忱地叫着他的名字，问他夜里睡得好不好。所以你瞧，这老头得有很深的心机，才会怀疑我每天晚上十二点，都会在他睡觉的时候，过去查看他的情况。

第八天晚上，我开门时，比往常还要谨慎。钟表的分针移动得也比我快。那天晚上，我才头一次发觉，自己的本领有多么高强，自己的洞察力有多么敏锐。我简直无法遏制自己洋洋得意的情绪。只要想想我在一点儿一点儿地开门，而他做梦都想不到，我暗中做过什么，想过什么就行了。一念及此，我吃吃地笑了起来；或许他听到了我的声音：因为他的床上突然动了一动，仿佛受了惊吓。这下你大概以为，我撤退了吧——可我没有。他的房间漆黑一片（因为他怕遭贼，把百叶窗关得严严实实），我知道他看不出房门已经打开，便把门稳稳当当地往前推。

我把脑袋伸了进去，正准备打开提灯，这时我的大拇指在铁皮扣上滑了一下，老头从床上猛然坐起，喝问道："谁在那儿？"

我没有吭声，一动不动。整整一个小时，我纹丝不动，这段时间里，我也没听到他躺下的声音。他还在床上坐着，侧耳倾听——跟我每天晚上一样，倾听着墙皮里面蛀木虫的声音。

这时，我听到一声微弱的呻吟，我知道，这是极度恐惧的呻吟。它不是痛苦或悲伤的呻吟——绝不是！——这是因为背负了过度的恐惧，从心底升起的低沉而压抑的声音。我很熟悉这种声音。多少个夜晚，午夜时分，整个世界都陷入了沉睡，这种声音就会从我的心底油然而生，用它可怕的回音，加深令我不安的恐惧。唉，我很熟悉这种声音。我理解这个老头的感受，心里有些可怜他，不过我在心里暗自发笑。我知道，从前面那声轻响响起，他在床上翻身时起，他就一直躺着没睡。从那一刻起，他的恐惧就在不断加深。他一直在努力想象，这些声音只是空穴来风，却未能如愿。他一直在默默思忖——"没什么，只是烟囱里的风声——只是地上有老鼠跑过"或者

“只是蟋蟀‘唧’地叫了一声”。没错，他一直在用种种猜测自我安慰：但他发现，全都无济于事。全都无济于事；因为死神正在悄然逼近，黑色的影子投在他的面前，吞没了受害人。正是这道难以察觉的阴影带来的悲凉气氛，让他感觉出——尽管他既没看见，也没听见——我把头探进了屋里。

我耐着性子等了很久，也没听到他躺下的声音，便决定把提灯打开一条缝——很小的一条缝。于是我这样做了——你想象不出，我的动作幅度有多小——直到缝隙里透出一束模糊的光线，就像蛛丝一般，落在那只兀鹫般的眼睛上。

它睁开着——睁得老大——我端详着它，不由怒火中烧。我把它看得一清二楚——整个是一团黯淡的蓝色，上面蒙着一层丑陋的膜，简直要冻住我的骨髓；不过老头的身子和面孔的其余部分，我却看不见：因为我似乎是听凭本能的指引，把那束光线不偏不倚地照在了那个该死的地方。

我有没有跟你讲过，你眼中的疯狂其实是感官的过度敏锐？——就在这时，一阵低沉、窒闷、急促的声音传入我的耳中，就像钟表裹在棉花里发出的声音。这种声音我也很熟悉。它就是这个老头的心跳声。它让我变得更为恼怒，就像鼓声能激发士兵的勇气一般。

不过尽管如此，我还是隐忍不发，一动不动，屏息凝气。我手里的提灯纹丝不动。我尽力让那束光线稳稳当当地照在那只眼睛上。就在这段时间里，那地狱般的心跳声变得急促起来。每时每刻，它都在变得更快，变得更响。老头准是恐惧到了极点！每个瞬间，它都变得越来越响！——你在留心听我讲吗？我跟你讲过我神经过敏：确实如此。三更半夜，在一片死寂的老宅中，这阵古怪的声音在我心中激起了难以控制的恐惧。不过，我还是隐忍不发，一动不动地站了好几分钟。但心跳声变得越来越响，越来越响！我觉得那颗心就像要炸开似的。这时，一阵焦虑攫住了我——这个声音，邻居准会听到！老头的死期到了！我大喝一声，旋开提灯，跳进屋里。他尖叫了一声——只有一声。刹那间，我把他拽到地上，把沉重的床铺拖到他的身上。然后我开心地笑了，我终于做到了。不过，那颗心又跳了好几分钟，声音闷闷的。不过，我并未因此着恼；这声音传不到墙外去。它终于消失了。老头死了。我把床铺移开，仔细打量着尸体。没错，他已经死透了。我把手放在那颗心上，按了好几分钟。没有任何搏动。他死透了。他的眼睛再也不会令我苦恼了。

要是你觉得我疯了，那你只要听我讲讲，我采取了何等精明的预防措施，将尸体藏匿起来，你就不会再那样想了。夜晚即将过去，我马上行动起来，不过并未弄出什么响动。我先是肢解了尸体，砍下了脑袋和四肢。

然后我撬开屋里的三块地板，把尸块全部放进地板梁中间，然后把地板复归原位，我干得那么精巧细致，谁也看不出——哪怕是老头也看不出——哪里不对。没有什么需要冲洗的地方——没有留下什么污痕——也没有留下血迹之类的东西。在这方面，我简直太谨小慎微了。全都用浴盆接住了——哈哈！

等我忙完这些，已经四点了——天色还是黑沉沉的，像午夜一样。四点的钟声敲响时，街门那儿传来一阵敲门声。我满心轻松地下去开门——我有什么好担心呢？三个男人走了进来，和和气气地自我介绍说，他们是警察。有个邻居半夜听到一声尖叫，怀疑发生了凶案；消息传到警局，警局派他们（警官）过来搜查。

我面露笑容——我有什么好担心的呢？我向这些先生表示欢迎。那声尖叫，我说，是我在梦里发出来的。那个老头去乡下了，不在家里。我带这些访客走遍整栋宅子。我让他们尽管搜查——好好搜一搜。最后，我领着他们来到老头的卧室。我给他们看了老头的钱财，原封不动。我因为信心十足，便把椅子拖进屋里，十分热情地邀请他们坐下休息，而我因为得意洋洋，就在藏尸之处的正上方胆大包天地坐了下来。

警官们十分满意。我的举止打消了他们的疑虑。我心里平静得出奇。他们坐了下来，我回话时兴高采烈，他们聊起了家常。不过没过多久，我就觉得自己开始面色发白，巴望着他们走掉了。我的头疼了起来，好像闹起了耳鸣；但他们还在坐着聊天。耳鸣声变得更清楚了——它响个不停，变得越发清晰可闻：为了摆脱这种感觉，我用更无拘无束的口吻聊了起来：可它响个不停，变得越来越清晰——到最后，我终于发现，这声音并非耳鸣。

毫无疑问，这时候，我的脸色已经十分苍白——但我抬高嗓门，把话说得更加流畅自如。可那声音越来越响——我能怎么办？那是一阵低沉、窒闷、急促的声音——就像钟表裹在棉花里发出的声音。我喘起了粗气——警官们却没有听到。我讲得更快——语气更激烈；但那阵声音在不紧不慢地变大。我站起身，高声争论起鸡毛蒜皮的小事，还做着激烈的手势；但那阵声音在不紧不慢地变大。他们怎么还不走？我迈着沉重的步子，在地板上踱来踱去，仿佛被这些人的言谈所激怒——但那阵声音在不紧不慢地变大。哦，上帝啊！我能怎么办？我大为光火——愤然咆哮——破口大骂！我转动着自己坐的椅子，让它在地板上磨得吱嘎作响，但那阵声音响彻房间，还在不断变响。它变得越来越响——越来越响——越来越响！那些人依然面带微笑，愉快地聊着天。莫非他们听不到？万能的上帝！——不，不！他们听到了！——他们怀疑了！——他们知道了！——他们是在嘲笑我的恐惧！——我当时这样认为，现在还是这样认为。但这种痛苦再难受不过！任何东西都比这种嘲笑更容易忍受！我再也受不了这些虚伪的笑容了！我觉得，自己若是不放声尖叫，就会死掉！——这不——又是一声！——听！越来越响！越来越响！越来越响！越来越响！

“恶棍们！”我尖叫道，“别装模作样了！我认罪！——把这些板子撬起来吧！——这儿，这儿！——是他那颗可恶的心在跳！”

影　子

安徒生，1847

安徒生（1805—1875）除了在儿童文学上特别成功之外，也是十九世纪怪诞文学中最伟大的作家之一，从下面这篇故事就可以看得出来，该故事精巧别致，同时充满非凡的创造力。这个灵感来自安徒生待在那不勒斯时一个艳阳高照的日子。影子从人的身上脱离而去，这一直是怪诞故事的重要主题之一，在这篇故事中，这个主题又和安徒生心理面貌的一个重要方面结合在了一起：即针对自身的那种苦涩的悲观。

第一个写出“丢失的影子”的作家是阿德尔贝特·冯·沙米索，故事叫《彼得·施勒米尔》（1813）。在歌德《浮士德》的语境中，影子的丢失象征着灵魂的丢失。但“丢失的影子”这个符号很复杂，难以定义。我们每个人都携带着另一个我，逃走的影子就是这另一个我的体现。经常思考“双重”概念的霍夫曼，也非常热爱沙米索的那篇小说，他甚至把彼得·施勒米尔这个人物引进自己的小说《元旦夜奇遇记》，并让彼得·施勒米尔和一个丢失了自己镜中影像的男人相遇。

霍夫曼的主人公把自己的镜中影像给了一个女人，一个魔鬼般的女巫，因为只有这样他才能继续爱她。安徒生笔下的影子从主人身上脱离出去，也是为了和他热爱的少女待在一起。影子脱离主人以后，开始独立生活，发了财，频繁出入上流社会。他后来居然找到从前的主人，强迫主人为他服务，并使其成为自己的影子。局面彻底反转：影子成了一个无情的主人和敌人，找到影子之后反而身陷困境。

“丢失的影子”这一符号仍然活跃在我们这个时代的文学中（比如胡戈·冯·霍夫曼斯塔尔[①]的《没有影子的女人》)。

在炎热的国度里，太阳灼热逼人。人们都给晒成了桃花心木那样的棕色；在最炎热的国度，人们甚至被晒成了黑人——但不久前，寒冷国度有个博学之士，来到了炎热国度。他原以为，自己可以像在本国一样，四处游历一番，但他很快就摆脱了这种习惯。他跟所有理智的人一样，不得不待在屋里。白天，家家户户的百叶窗和门都关得很严，看起来就像全家人都在睡觉，或者家中无人似的。他住的那条街上，房子盖得老高，太阳从早到晚地照在上面，使人难以忍受。这位寒冷国度出身的博学之士——他是个聪明的青年——觉得自己就像住在炽热的火炉里。太阳把他给烤蔫了，他整个人消瘦下来，连影子也变得干瘪皱缩，比他在本国的时候小了不少；太阳把它也烤蔫了。直到傍晚，太阳落山之后，他们才恢复了活力。

这幅光景看起来蛮有意思。只要灯一拿进屋，影子就会在墙上舒展开来——它把自己伸得那么长，都够着天花板了，因为它只有让自己舒展开来，才能恢复原有的力气。博学的青年也到阳台上去舒展身体，随着群星出现在优美而晴朗的天空上，他觉得自己好像也焕发了新生。

在那条街道的所有阳台上——在炎热的国度，每扇窗户外面都有一个阳台——人们纷纷走了出来，因为人人都得呼吸新鲜空气，就连那些习惯被晒成桃花心木颜色的人也是一样。楼上楼下都是一派生气勃勃的景象。鞋匠、裁缝，每个人都从家里走出来，来到大街上；他们把桌子和椅子从家里

① 胡戈·冯·霍夫曼斯塔尔（1874—1929），奥地利作家、剧作家和诗人。

搬出来，把灯点上——有上千盏灯——有些人在聊天，有些人在唱歌；人们出门散步，马车纷纷驶出，一头头挂着铃铛的驴子从人们身边走过——“叮当—叮当！”街上有殡葬的队伍，传来唱赞美诗的歌声；街上的顽童在放鞭炮；教堂的钟声响了起来，总之，街上十分热闹。只有一栋房子，跟博学的外国青年住的房子正对着，完全沉寂无声。不过那栋房子也有人住，因为阳台上摆着一些花，它们在烈日下长得欣欣向荣，要是不浇水，它们不可能长得如此茁壮，准是有人给它们浇水，所以那栋房子肯定有人住。夜里，它的房门也会打开，不过屋里漆黑一片，起码客厅里没有亮光。不过里屋有音乐传出。这位外国学者觉得，这音乐无比优美，不过也有可能，这只是他一个人的感觉，因为他觉得在炎热的国度，要是没有这样酷热的天气，一切都顶好不过。房东说，他也不知道谁在对面住，那边的人从未露过面，至于那音乐，他觉得怪无聊的。“就好像有人坐着练习一首他弹不下去的曲子似的——老是同一首曲子。无疑，这人会说：‘这一回我会把它弹对的’，但他总也弹不对，不管他弹了多久。”

一天晚上，这名外国学者醒了过来。他的卧室通往阳台的门打开着，微风掀动着窗帘，他觉得，有一团奇异的光从对面阳台照了过来。所有的花朵都闪现出最美丽的彩色光焰，在这些花儿中间，站着一名苗条、优雅的女仆，她本人好像也在熠熠闪光。那团亮光无疑令他感到目眩，他把双眼闭得紧紧的，彻底醒了过来。他一跃下了床，悄悄来到窗帘后面，但那个女仆已经离开了，那团亮光也消失了，花儿也不再闪耀，不过它们还像平时一样美丽。那扇门半开着，门里远远传出柔和而优美的音乐；这样的音乐会让人沉浸到美妙的思绪之中，如同魔法一般——住在那里的究竟是什么人呢？那间屋子真正的入口在哪儿？整个一楼是一排店铺，住户不可能总是从店铺进进出出。

一天傍晚，这名外国学者坐在外面的阳台上，在他身后的房间里，挂着一盏灯，所以他的影子自然而然地出现在对面的墙上，它刚好待在对面阳台上的那些花儿中间，博学的青年要是动一动身子，影子也会跟着他动——一向如此。

“我看，我的影子就是对面唯一能看得到的活物了，”博学的青年说，“瞧它坐在花儿中间的样子，真够惬意的，那扇门还是半掩着。要是影子够机灵，能进屋瞧瞧，再回来告诉我，它都看到了些什么，那该多好啊！没错，那样你就有些用处了，”他打趣道，“去吧，拜托你进去吧！你愿意去吗?”说着，他冲影子点点头，影子也冲他点点头。“好，那就去吧，不过别走远了!”博学的青年站起身来，他在对面阳台上的影子也站起身来。博学的青年转过身，影子也转过身，要是有人仔细观察，他们就会清楚地看到，博学的青年走进自己的房间，任由长长的窗帘在身后落下的时候，影子从对面阳台那扇半掩的房门走了进去。

第二天早晨，学者出门喝咖啡，读报纸。“这是怎么回事?”他走进太阳地里的时候，这样说道。“我的影子不见了！莫非它昨晚真的一去不回，这样的事可真够烦人的。”

这件事的确令他烦恼，不过也不光是因为他的影子不见了，还有一个原因，就是学者知道，在他位于寒冷国度的家乡，有过一个没有影子的人的故事，那儿的人都知道这个故事；如果学者回到家乡，给他们讲述自己的经历，他们会说，他只是在无聊地效仿别人而已。于是他决定缄口不言，他是个非常明智的人。

傍晚时分，学者再次来到阳台上，把灯放在身后，因为他知道，影子始终需要主人帮忙挡光，但他却没能把影子招引回来。不论他把身子伸展开，还是蜷起来，都看不到影子，也没有人出现。他大声咳嗽，也不管用。

这的确令人惊讶；不过在炎热的国度，万物的生长都非常迅速，过了一个星期，他欣喜不已地发现，他走进太阳地里的时候，从脚下长出一个新的影子来：上次准是根没有断。三个星期之后，他的影子已经长得很不错了，他返回北方国度的返家途中，影子又成长了不少，到最后，它变得又高又大，即使去掉一半，他也知足了。

于是学者回到家中，写了不少书，探讨人世间的真善美；光阴荏苒，好多年就这么过去了。

一天傍晚，他正在屋里坐着，有人彬彬有礼地敲门。“进来！”他说；却没有人进屋，于是他打开房门，面前站着一名十分瘦削的男子，瘦得让人惊讶。除此以外，这人的穿着倒是颇为得体，显然不是寻常之辈。

“请问阁下是？”学者问。

“啊，我就觉得，您有可能认不出我，”衣冠楚楚的来客说，“现在我已经很像人了，我有了真正的肉体和衣服；您绝对想不到，我会过得这么好。您没有认出您以前的影子吗？当然，您肯定想不到我会回来。上次一别之后，我过得很好，不管从哪方面来看，我都是有钱人了。要是我想给自己赎身，不再为您效劳，我也做得到。”他把挂在表上的一大串印章晃得哗哗响，用手摸了摸脖子上戴的沉甸甸的金链：他手指上的钻戒熠熠生辉，它们全都货真价实！

“哎呀！我有些糊涂了，”学者说，“这究竟是怎么回事？”

“我承认，这件事绝非寻常，”影子说，“不过话说回来，您也不是平庸之辈；您很清楚，我从小就追随着您的脚步。当您发现，我已经成熟，可以独立闯荡世界了，就让我自谋出路了。如今，我的境况再好不过，不过我突然有些想念您，想在您去世之前，再见您一面，毕竟您总有去世的一天。我也想再看看这片地方，因为人总归喜爱自己的故土。我明白，您有新的影子，它取代了我的位置；如果我要付出些什么东西，不管是给它，还是给您，您只管说好了。”

“啊，真的是你呀？”学者说，“这也太离奇了！我真不敢相信，从前的影子会变成一个人，回来看我。”

“要是我必须付出些什么，请务必告诉我，”影子说；“我可不想欠下任何形式的债务。”

“干吗这样说呢？”学者说，“什么债不债的？你跟任何人一样自由；你有这样的好运气，我非常开心。坐吧，老朋友，给我讲讲这一切是怎么发生的吧，当初我们在炎热国度的时候，你在对面那栋房子里看到了什么。”

“我会告诉您的，”影子说着，坐了下来，“不过您得向我保证，不管您在这座城镇的什么地方见到我，您都不会告诉这里的人，说我以前是您的影子。我有订婚的想法。我有能力养家糊口。”

“尽管放心，”学者说，“我不会把你的真实身份告诉任何人。我们来握个手吧，就这么说定了。我保证，作为一个男人，一言为定。”“作为一个影子，一言为定。”影子说，他只能这样讲。

看到影子变得这样像人，确实不同寻常：他穿着上好的黑色呢料衣服，光面的靴子，还有一顶可以折叠的帽子，折叠起来以后，就只有顶部和帽檐了。更何况，我们已经知道，他还有那么多印章、金链和钻戒。说真的，影子的穿戴打扮异常考究，正是这身行头让他看起来像是一个完完整整的人。

“我这就把我的经历告诉您。”影子说，他把穿着光面靴子的双脚牢牢地踩在学者新影子的手臂上，新影子像狮子狗似的，卧在他的脚边：他这样做，也许是因为骄傲自大，也许是希望新影子能粘在自己身上；顺从的影子不声不响地聆听着，因为它想知道，作为影子，怎样才能像眼前这位一样获得自由，自强自立。

“您知道住在对面那栋房子里的人是谁吗？”影子说。“它是最美好的事物：诗。我在那里待了三个星期，感觉就像把前人唱出来、写下来的一切足足阅读了三千年之久。这是真话。我见识到了一切，知晓了一切。”

“诗！”学者喊道。“没错！没错！她常常隐居在大城市里。诗！当年有那么一瞬，我看到了她，不过我当时睡眼惺忪。她站在阳台上，就像北极光一样熠熠生辉。给我讲讲她的事吧。当时你在阳台上，你进了那扇门，后来——”“后来，我来到前厅，”影子说，“您经常坐在对面，遥望着前厅。屋里没有任何灯光，只有昏暗的暮光，不过有一扇门敞开着，进去之后，里面又有一扇门，再往里是长长的一排房间和门厅。那边有灯光。如果我直接闯进女仆的房间，那我就被灯光给消灭了，不过我很小心，决定慢慢来——的确非这样做不可。”

“那你看到了什么？”学者问。

“我看到了一切，我会告诉您的。不过——倒不是因为我骄傲自大——只不过我毕竟是个自由人，又取得了这样高的成就，而且我的地位和境况都相当不错——我希望您能用‘您’来称呼我。”

“请原谅，”学者说，“我这是旧习难改。您说的完全正确，我会记住的。不过您先讲讲您看到的一切吧。”

“一切！”影子说，“我见识了一切，知晓了一切。”

“最里面的门厅是什么样呢？”学者问，“就像置身绿色的森林吗？就像神庙吗？那些房间是否就像从山巅看到的星光闪耀的天空？”“那里一切都有，”影子说，“我没有完全走进去，我待在暮光照亮的隔壁房间，不过我所处的位置相当不错，我见识了一切，知晓了一切。我去过诗的宫廷，去过前厅。”

“可您看到了什么？是不是所有古代的神祇从巨大的门厅里走过？古代的英雄们是不是在那里作战？可爱的孩子们是不是在那里玩耍，讲述他们的梦境？”

“我告诉您，我去过那里，您尽可以想象一下，我欣赏到了那里的一切光景。要是您去了那儿，您是不会变成一个人的，但我做到了，此外，我还学会了如何认识我内心深处的本性，我与生俱来的一切，我与诗的密切关系。当年，我跟您在一起的时候，我从未考虑过这样的事，不过，如您所知，每当太阳升起或落下的时候，我的块头就会变得大得惊人。在月光下，我的身形看上去，比您的还要清楚几分，真的。那时，我还不理解我的本性，不过我在前厅的时候，我把本性了解得一清二楚；我变成了一个人。等我出来的时候，我已经成熟了，可您已经不在炎热的国度了。作为一个人，却以那样的面貌四处走动，让我感到羞愧。我需要靴子、衣服、人常用的各种贴身用品，有了这些，别人才会认出你是人来。我走进（我告诉您这件事，您可别写进书里），我走进卖蛋糕的女人的裙子里，躲在裙子底下。这个女人一点儿也不知道，她身边藏着一个多么大的东西，我一直躲到傍晚才出来。我在月光下，沿着街道奔跑。我在墙上舒展着自己的身体（这让人后背微微发痒，十分惬意）。我上上下下地奔跑着；透过最高的窗子，窥看屋里的景象，我来到屋顶上面。我窥看别人无法窥看的光景，看到了别人从未看到，也从未起意去看的景象。总的说来，这个世界是个差劲的地方。要不是大家都觉得做人是件好事，我是不会成为人的。我见识过最不可思议的事情，它们发生在妻子、丈夫、父母和那些亲爱的孩子之间。我见识过，"影子说，"人人都想知道，却无从了解的事，那就是他们的邻居干过哪些坏事。如果我为报纸撰稿，肯定会有不少人看！不过我只写给相关的人看，我造访的每个城镇，都会掀起一阵恐慌。他们非常怕我，于是对我倍加喜爱。教授们让我当上了教授，裁缝们送给我新衣服。我配齐了各种行头。铸币厂的厂长为我铸造钱币，女人们说我仪表堂堂。就这样，我变成了现在这副人样。现在我得跟您告别啦。这是我的名片；我住在向阳的那一边，下雨的时候，我都在家。"影子走了。

"这件事实在离奇。"学者说。

一年过去了，影子又来了。"最近可好？"他问。

"唉！"学者说，"我写探讨真善美的书。不过没人喜欢听这些，我真有些绝望。这种感觉太强烈了。”

“我就不这样，”影子说，“我正在变胖，人人都应该这样。您不理解这个世界是怎么回事，您知道吗；再这样下去，您会大病一场的，您应该出门旅行。今年夏天，我要出门旅行，您愿意跟我一起去吗？我想找个人做伴；您愿不愿意做我的影子，陪我一起去？跟您同行，肯定很有意思，费用我出。”

“那样未免有点儿太过了吧。”学者说。

“怎么，您这样想吗，”影子说，“说到底，旅行对您来说有益无害。要是您愿意做我的影子，这次旅行您一分钱都不用出。”

“这完全是发疯！”学者说。

“不过归根结底，这个世界就是这样的嘛，”影子说，“以后也会一直如此。”说完他就走了。

学者有些境况不佳：悲伤和烦恼纠缠着他；至于他所说的真善美，对多数人来说，就像对牛弹琴一般。最后，他得了大病。“您看起来就像影子一样。”人们对他说；学者颤抖着，因为他也这样想。

“您应该去洗洗温泉，”影子来看望他时说，“没别的办法。看在老交情的分上，我带您去吧。我出费用，您写一篇游记，路上用它逗我开心好了。我正要去温泉，因为我的胡子长得不对头，这是个小毛病；男人总得有胡子才行。您理智一些，接受我的邀请吧；我们像朋友一样，出门旅行去吧。”

于是他们出发了。影子充当主人，主人成了影子。他们一起驾车，一起骑马，一起步行，有时并肩前行，有时一前一后，全看太阳的位置如何。影子总是注意占据主人的位置，学者对此并不在意；他为人相当不错，十分善良友好。于是有一天，他对影子说：“如今咱们结伴同行，而且咱们又是从小一起长大的，不如来举杯庆祝我们的兄弟情谊，彼此以‘你’相称吧。这样更融洽，不是吗？”

“既然您这样说了，”影子说（这时，实际上他是主人），“您说的非常坦率，也是出于好意。那我也用同样的坦率和好意来回答。作为学者，您很清楚本性是多么奇怪的东西。有些人要是触摸棕色的纸张，会觉得无法忍受，甚至还会生病；还有些人，别人用钉子划玻璃的时候，他们觉得就像划在自己身上一样。如今我听到您用‘你’称呼我的时候，也有同样的感觉。我觉得自己就像被按在地上，恢复了咱们最初的那种关系。您要理解，这只是感觉作祟，跟骄傲自大毫不相干。我受不了您用‘你’来称呼我，不过我很乐意用‘你’来称呼您；这样可以让您达成一半的满意。”

于是影子用“你”来称呼从前的主人。

“哎，这太过分了，”学者心想，“让我说‘您’，他却说‘你’。”但他只好忍了下来。

他们终于来到一个矿泉疗养地，这里的游客为数众多，其中有一位美丽的公主，她患上一种病，那就是眼神太好；当然，这种病令人大为苦恼。

她马上就注意到，新来的这位与众不同。“人们说，他来这里，是为了让胡子生长出来，不过我能看出真正的原因是什么。他投不出影子来。”

她被激起了好奇心，很快，她在散步时，跟那位奇怪的绅士攀谈起来。身为一位公主，她用不着旁敲侧击，于是她说：“您的问题就是投不出影子来。”

“公主殿下的身体准是好多了，”影子说，“我知道，贵恙就是眼神太好，不过它已经没有了，您已经痊愈了。其实，我有一个十分特别的影子。您有没有看到那个总是跟我形影不离的人？别人都有一个普通的影子，但我不喜欢普通的东西。您把更漂亮的衣服赏给仆人，让他当作制服来穿，而不是穿在您自己的身上，我也把自己的影子打扮得像个人似的。另外，您还可以看到，我甚至还给了他一个影子。这要花不少钱，不过我喜欢让自己特别一些。”

“什么!”公主心想,“我真的痊愈了?这些温泉真是再好不过!如今,水的确有种神奇的力量。不过我还是先别走了,这里变得热闹起来了。我很喜欢那个陌生人。我只希望,他的胡子长不出来,因为胡子长出来的话,他就要走了。”

傍晚,公主和影子在宽敞的舞厅一起跳舞。她身姿轻盈,但他比她还轻,她从未有过这样的舞伴。她告诉他,自己来自哪个国家,他知道那个国家;他去过,不过当时她不在国内。他窥看过那里的窗户,看过楼上楼下的情景,见识过不少事,所以他回答得出公主的问题,还能告诉她一些令她大吃一惊的情况。他准是世间最聪明的男人,公主心想,她把他的知识想象得十分渊博;他们第二次共舞时,她爱上了他。影子对此心知肚明,因为她凝望他的目光,就像要把他看穿一样。他们再次共舞的时候,她差点就把自己的心意说出来了。但她颇为谨慎。她考虑到了自己统治的国家、国土和众多的臣民。“他很聪明,”公主暗自思忖,“这是一大优点。他舞姿优美,这也是一大优点。但他的知识是否全面?这点也很重要,必须仔细考察。”于是她慢慢开始问他一些十分艰深的问题,那些问题连她本人都答不上来,影子做出一副怪相。

“您能回答出来吗?”公主问。

“我在幼儿园就学过了,”影子说,“我相信,我在那扇门后面的影子能答得上来。”

“您的影子?”公主说,“那可太厉害了。”

“嗯,我对他也没有十足的把握,”影子说,“不过我觉得他能行,他毕竟跟了我这么多年,学了不少东西——我觉得他能行。不过请公主殿下允许我提醒您注意,他为自己很像人样感到骄傲,要想让他情绪对头(只有这样,他才能回答正确),就得把他当人对待才行。”“我完全同意。”公主说。于是她到门口去找学者,跟他谈起了太阳和月亮,人内在与外在的本性,他的回答既聪明又准确。

“有这样聪明的影子，这样的人该是什么样啊!”公主心想，“如果我选他做我的丈夫，那对我的臣民和王国来说，该是何等的幸事。我愿意这样做!”

很快，公主和影子达成了一致意见，不过在她回到自己的王国之前，谁也不会知道这件事。

“谁也不会知道，就连我的影子也不会。”影子说。对这件事，他自有安排。

然后，他们来到公主统治的那个国家。

“听着，我的好朋友，”影子对学者说，“如今，人能得到的运气和权力，我都得到了，我要给你一些特殊的优待。你要永远跟我一起住在宫殿里，跟我一起乘坐皇家马车出门，你每年都会领到十万银币的俸禄。不过你得让每一个人叫你影子，你决不能说自己从前是一个人，一年一度，我坐在阳台上，沐浴在阳光下，接受臣民朝拜的时候，你必须像影子应该做的那样，躺在我的脚边。我告诉你吧，我要跟公主结婚了。婚礼就在今晚举行。”

“不，不！这实在太过分了，”学者说，“我不同意。我不会那样做的！这是欺骗整个国家，欺骗公主。我要把事情的来龙去脉全讲出来——我才是人，你才是影子；你只是穿上了衣服而已。”

“不会有人相信的，”影子说，“理智一点儿吧，不然的话，我就要叫卫兵了。”

“我这就去找公主。”学者说。“我先去，”影子说，“你等着坐牢吧。”学者只能去坐牢，因为哨兵知道谁要跟公主结婚，也服从此人的命令。

“你全身都在发抖，”影子来到公主的房间时，公主说，“出什么事了吗？你今晚可不能生病，我们要结婚呀。”

“我刚刚经历了最可怕的事情，”影子说，“只要想一想——当然，一个可怜的影子，他的头脑跟他的品性是不能相提并论的——想想吧，我的影子发了疯，就明白了！他相信自己才是人，而我——想想看吧——是他的影子！”

“真是可怕，”公主说，“我希望，他已经被关起来了？”

“是啊。恐怕他再也好不了啦。”

“可怜的影子，”公主说，“他真是太不幸了。让他摆脱小小的生命，应该算是一桩善举吧：我考虑了一下，我相信，有必要把他悄悄处死。”

“真让人委决不下！”影子说，“他原先是我的忠仆来着。”说完，他好像叹息起来。

“您真是个高贵的人。”公主说。

当天傍晚，整个城镇大放光明，火炮轰轰炸响。士兵们举枪致敬。当然，这是婚礼的场面！公主和影子来到阳台上，露了露面，接受臣民的最后一次欢呼。

对于这一切，学者丝毫也没有听到，因为他已经被处决了。

信号员

查尔斯·狄更斯，1866

查尔斯·狄更斯（1812—1870）的怪诞故事散见于各种刊登短篇小说和连载长篇小说的小型杂志，而他自己几乎也就是这些杂志的唯一主编和作者。于1866年发表在《一年四季》杂志的《信号员》当属这类故事中的杰作。该故事结构紧凑严密，全篇都是在这样的景色中展开的：看不到尽头的铁轨、火车发出的各种声响、荒凉轨道上的落日，以及从斜坡上看到的远景。工业世界的背景开始进入文学领域，我们已经离十九世纪上半叶的那些情景越来越远了。工作中的噩梦居然如此怪诞。

“嘿！下边那位！”

他听到有人这样喊他的时候，就站在岗亭门口，手里拿着一面旗子，旗面缠绕在短短的旗杆上。有人会想，就此地的地形来看，他不可能搞不清喊话的声音是从哪个方向传过来的；我站在陡峭的路堤顶部，几乎就在他的头顶上方，他却没有抬头望过来，反倒四处张望，又看了看铁路沿线。他这样做的时候，神态有些特别，只是我怎么也说不出，究竟特别在什么地方。不过我觉得，这副特别的神态足以让我多加留意，只是他的身影落在深深的路堑里，显得既矮小又灰暗，而我高高在上，沉浸在耀眼的落日余晖里，我得手搭凉棚，才能看见他的身影。

“嘿！下边的！”

他从铁路沿线那儿收回目光，又开始四处张望，然后才抬起头来，看到了上面的我。

“我从哪儿能下去，跟你谈谈？”

他仰望着我，没有回答，我俯瞰着他，并不急于重复那句无关紧要的问话，硬逼着他回答。就在这时，地面和空中隐隐传来一丝颤抖，紧接着又化作剧烈的震动，来势汹汹的列车使我向后惊退，仿佛它的力量足以把我拽下去似的。当这辆匆匆驶过的列车喷出的蒸汽升到我这么高，从地表掠过之后，我再次低头俯瞰，只见他把刚才列车驶过时展开的旗子重新收拢。

我把刚才的问话重复了一遍。他像是全神贯注地打量了我一会儿，然后用卷起的旗子指了指离我两三百码开外的一个位置。我低头冲他喊道：“好的！”便朝那个位置走去。我在那儿仔细打量了一下四周，找到一条崎岖不平的之字形下坡小道，沿着小道走了下去。

这条路很深，而且出奇的陡峭。它是从一块黏糊糊的山石里开辟出来的，我往下走的时候，感觉脚底变得格外湿滑。所以，我走了挺长时间，足以让我回想起他指路时那份奇怪的不甘或无奈。

当我走到之字形坡道底部，能够重新看到他的时候，我发现他正站在方才列车驶过的那条铁轨中间，那副神态就像在等我现身一般。他左手托着下巴，左肘搁在横于胸前的右手上。他这副姿势透着期待和戒备，我停顿片刻，感觉有些奇怪。

我继续往下走，踏上跟铁路齐平的地面，离他更近了一些，只见他肤色微黑泛黄，蓄着黑胡须，眉毛很浓。他的工作就是驻守在这么一个又偏僻又荒凉的地方，这样的地方我还是头一回见。两侧是凹凸不平、潮湿滴水的石壁，除了狭长的天空，就没有什么光景可瞧了：一侧的远景，是这座巨大的地牢弯弯曲曲、向前延伸的部分；另一侧的近景消失在一团黯淡的红光里，以及更加阴暗的入口，通向黑魆魆的隧道，透出一股野蛮、压抑、冷酷的氛围。阳光难得照进来，于是这里生出一股难闻的泥土味；寒风不时吹过，令我簌簌发抖，让我觉得自己仿佛已经离开了自然界。

他还没挪地方，我就已经来到他的跟前，离他只有一步之遥。这时，他还是直勾勾地盯着我的眼睛，后退了一步，举起一只手。

这个工作岗位怪冷清的（我说过了），我从上边往下看的时候，正是这一点引起了我的注意。我猜，难得有人过来拜访吧，但愿我不是一名不受欢迎的稀客。他可以看出，我这人毕生囿于狭小的天地，如今终于获得了自由，最近，我对这类不同寻常的工作产生了兴趣。出于这样的目的，我过来跟他聊聊，不过我对自己的措辞并没有多少信心。除了我这人不善于跟人搭话，还有一个原因，就是这人身上有些让我发憷的地方。

他用十分古怪的眼神瞅了瞅隧道口旁边的红灯，又看了看红灯周围，仿佛那边少了什么东西，然后他又朝我望过来。

那盏灯也是由他负责——不是吗?

他低声回答："你不知道它归我负责？"

我仔细观察着他呆滞的目光和阴沉的面容，心里冒出一个可怕的念头：眼前这位是幽灵，而不是人。我由此想到他的脑筋是不是有什么问题。

这回轮到我后退一步了。不过，在我这样做的时候，我从他的眼神中发现，他隐隐有些怕我。这一发现让我刚才那个可怕的念头不翼而飞。

"你看我的眼神，"我挤出一丝笑容，说，"好像有些怕我。"

"我在怀疑，"他回答说，"以前是不是见过你。"

"在哪儿？"

他指了指他方才看的那盏红灯。

"在那儿吗？"我说。

他专注地留意着我，回答说（不过没有发出声音）："对。"

“我的好伙计，我到那儿干吗？再说，就算真能去那儿，我也从没去过，这你尽管放心。”

“或许是吧，”他回答说，“对，的确如此。”

像我一样，他的态度明朗起来。他对我的问题字斟句酌，有问必答。他忙不忙？忙，就是说，他的责任很重；不过他需要做到的，是保持精确和警惕，至于真正的工作——体力劳动——基本没有。更改信号、修剪灯芯、时不时地转动这根铁柄，就是他的职衔底下的全部工作了。至于我非常在意的那些漫长的孤独时光，他只能说，他已经养成了这样的生活规律，也已经习以为常。他在这儿自学了一门语言，倘若光是认字，多少还算会读，也算学会了。他还会计算分数和小数，还试着解过一点代数，不过他从小就不太善长计算。上班的时候，他是否要一直待在这个空气潮湿的沟渠里，能不能离开这些高高的石壁，到上面的太阳地里去？啊，那得看时间和情况而定。有时候，这条路线的车次少一些，白天晚上都有这样的时候。天气晴朗的时候，他确实会找些时间，离开下面阴影笼罩的区域，到稍微高一点的地方去；不过，因为要随时听候电铃的传唤，在闲暇的时候，更要加倍留意聆听，他的休息也就不像我想的那么轻松了。

他把我带到他的岗亭，里面生着火，摆着一张写字台，上面有本工作簿，他得在上面做些登记，还有一台电报机，上面有拨号盘、面板和磁针，桌上还有他刚才说过的小铃。我相信他不会怪我这样说，他受过良好的教育，或许他受的教育要高过这个职位，他说，这类微不足道的不相称的情形，其实并不少见。他听说，在济贫院、警察局甚至在最令人绝望的军队中，情况也是一样；他知道，在铁路系统，此类情况也或多或少地存在。他年轻的时候（倘若我能相信的话，坐在这个小棚子里的他），学习过自然哲学，还做过演讲，但他后来变野了，没有把握好机会，走上了下坡路，从此一蹶不振。对此，他没有什么好抱怨的。他给自己做好了床[①]，躺了上去。要再做一张床，为时已晚。

我把他的原话作了精简，照录于此，他在说这些话的时候，态度斯斯文文，他那严肃阴郁的目光时而看向我，时而看向炉火。他时不时地说一句“先生”，尤其是在说到他的青年时代的时候，仿佛他要请我理解，他无意自吹自擂，他只不过是我看到的这副样子而已。那个小铃几次打断他的话，他必须收读电报，并且回复。有一次，他不得不站在门外，在火车驶过时打出旗帜，跟司机交流几句。我注意到，他在履行职责时，特别讲求精确，始终保持警惕，哪怕话没说完，也会先打住，他在干活时始终一言不发，忙完之后才拾起话头。

总之，我把这个人看作从事这一职务最为稳妥的人选，不过他在跟我说话时，曾两次露出惊慌失措的表情，中断谈话，转脸望着并未响起的小铃，打开棚屋的门（他一直关着门，以便遮挡有碍健康的潮气），望着隧道口旁边的红灯。他回到炉火旁边时，身上都有那种我们离得很远时我就已经注意到的令人费解的态度。

我起身告辞时说：“你几乎让我觉得，我遇见的是一位心满意足的人。”

（恐怕我得承认，我这样说，是为了鼓励他。）

“我相信，我原先是很满足，”他用最初开口时的低沉声音回答，“但我现在很苦恼，先生，我很苦恼。”

倘若可能的话，他会收回这些话。但他已经把话说出了口，我马上接过话茬。

“是什么事？什么事让你苦恼？”

“这件事很难说出口，先生。很难启齿。要是您再来作客的话，我会尽量讲给你听。”

---

① 系双关语，有“自作自受”之意。

“我的确打算再来你这儿作客。你说，什么时候好呢？”

“明天一早，我就下班了，明晚十点我会再来上班，先生。”

“那我十一点过来。”

他向我道谢，跟我一起出了门。“我会给您亮起白灯，先生，”他用不同寻常的低沉声音说，“直到您找到上去的路。您找到以后，可别吆喝！您上去以后，也别吆喝！”

他的态度让我觉得这里似乎变得更冷了，不过我没有多说，只说了句：“那好。”

“等您明晚下来的时候，也别吆喝！临别之际，我来问您一个问题。今晚您为什么要喊：‘嘿！下边那位！’？”

“天知道，”我说，“我是喊过类似的话——”

“不是类似的话，先生。是一字不差的原话。我记得清清楚楚。”

“就算是原话吧。我是这样说过，毫无疑问，因为我看到你在下面。”

“没别的原因？”

“还能有什么原因呢？”

“您没觉得，这话是以某种神秘的方式溜到您嘴边的？”

“没有。”

他向我道了晚安，举起了灯。我沿着铁路下行的方向走去（心里有种别扭的感觉，总觉得身后有辆火车开了过来），终于找到了那条小路。上坡比下坡好走，我平安无事地回到了客栈。

第二天晚上，远处的钟敲响十一点时，我准时来到之字形路口。他在底下开着白灯等我。“我没吆喝，”我们走近时，我说，“现在我可以说话了吗？”“当然可以，先生。”“那，晚上好，这是我的手。”“晚上好，先生，这是我的手。”握完手，我们并肩朝他的岗亭走去，进了屋，关上门，我们在炉火旁边坐下。

“我已经考虑好了，先生，”他开了口，我们一落座，他就把身子往前探，用比耳语略高一点的声音说，“您不用再问是什么令我苦恼了。昨天晚上，我把您当成别人了。就是这个令我苦恼。”

“这个误会？”

“不，是那个人。”

“他是谁？”

“我不知道。”

“他像我吗？”

“我不知道。我从未看见他的脸。他用左臂遮着脸，挥舞着右臂，激烈地挥舞着，就像这样。”

我用目光追随着他的动作，那是手臂所能做出来的最激烈的手势：“看在上帝的分上，离开路面！”

“一个月夜，”这个人说，“我正坐在这儿，只听一声呼喊：‘嘿！下边那位！’我站起身，从门口望去，只见有人站在隧道附近的红灯旁边，就像我刚才给您演示的那样挥着手。那声音像是喊哑了嗓子，喊的是：‘当心！当心！’然后是：‘嘿！下边那位！当心！’我抓起提灯，把它调成红色，朝那个人跑过去，嘴里喊着：‘出什么问题了？发生什么事了？哪儿？’他就站在黑洞洞的隧道外面。我走到近前，觉得他一直用衣袖挡着眼睛，有些奇怪。我朝他跑去，伸手去拽他的衣袖，这时他不见了。”

“进了隧道。”我说。

“没有。我跑进隧道，跑了五百码。我停下脚步，把灯举过头顶，看到了测量距离的数字，看到了在墙面上向下蔓延的湿痕，在拱顶上滴水的湿痕。我又跑了出来，速度比我进去的时候还快（因为我不喜欢待在隧道里），我用自己手里的红灯照着，检查了那盏红灯周围的情况，我还爬上铁梯子，来到隧道顶上，然后又爬了下来，跑回这里。我给前后两边都发了电报：

“我收到了警报。有什么问题吗？”两边都回复说：“一切正常。”

仿佛有一根冰凉的手指在我的脊柱上缓缓划动，我抵御着这份感觉，跟他解释，这个人影准是他的错觉；一旦掌管视觉功能的敏感神经出了毛病，就会看到这样的人影，常有患者受到这样的困扰，其中有些人明白，是什么令他们感到苦恼，甚至还亲自做过实验，证实了这一点。“至于想象出来的喊声嘛，”我说，“咱们低声说话这会儿，不妨听听这个并非自然形成的谷底的风声，听听风在电报线上弄出多么激烈的响声好了！”

我们坐着听了一会儿，他回答说，我说的都对，他对风和电线理应有所了解——毕竟他经常在这里度过漫漫冬夜，独自守望。不过他要说的是，他还没有讲完。

我请他原谅，他拍拍我的胳膊，慢条斯理地说出下面这些话：

“那个人影出现的六个小时之后，这条线路发生了重大事故，十小时之内，死者和伤者被人抬着，从那个人影站过的地方陆续通过，运出了隧道。”

一股令人不快的战栗传遍我的全身，但我竭力加以抵制。不可否认，我回答说，这是个非同寻常的巧合，很可能给他留下了深刻的印象。但毫无疑问，这种非同寻常的巧合也会频繁发生，在考虑这个问题时，应该把这个因素也考虑进去。不过我必须承认，我又说（因为我看到他似乎要反驳我的说法），正常人在思考常见的问题时，对巧合往往不会多加关注。

他又说，他还没有讲完。

我再次请求他原谅我打断他的话。

“这，”他又把手放在我的胳膊上，用空洞的眼神扭头看了看，“正好是一年前的事。六七个月之后，我已经从震惊中缓过神来，一天早晨，天刚破晓，我站在那扇门旁边，望着那盏红灯。这时，我又看到了那个幽灵。”他打住话头，定睛望着我。

“它有没有喊话？”

“没有。它默不作声。”

“它有没有挥舞手臂？”

“没有。它倚在灯杆上，用双手捂着脸。就像这样。”

我再一次用目光追随着他的动作。那是个表示哀悼的动作，我在墓碑顶端的石像上看到过这样的姿势。

“你有没有朝它走去？”

“我回到屋里，坐了下来，部分是为了理清头绪，部分是因为它让我觉得发晕。等我再次来到门口，头顶的天已经亮了，那个幽灵也不见了。”

“然后没有发生什么事吗？什么事也没有吗？”

他用食指在我的胳膊上敲了两三下，每敲一下，他都脸色惨白地点一点头。

“就在那天，列车驶出隧道的时候，我注意到在我这边的一节车厢的车窗旁，好像有许多人的手和头挤在一起，还有什么东西在挥舞着。我看到之后，刚好来得及给司机发出停车的信号。他关掉引擎，打开刹车，不过列车还是从这里滑出去一百五十来码。我追了过去，我正跑着的时候，听到了可怕的尖叫和哭喊声。一位年轻漂亮的女士在一节车厢里猝死，她被抬到这里，放在咱们中间的这块地面上。”

我看看他指出来的那片地板，又看看他本人，在此期间，我下意识地往后挪了挪椅子。

“真的，先生。真的。当时的情况就是这样，跟我讲的一样。”

我不知该说什么好，只感到嘴巴发干。他的话音刚落，风和电线紧接着便发出长长的、哀悼般的哭号。

他接着说：“现在，先生，听我再说一句，你就明白我心里有多么苦恼了。一个星期前，那个幽灵又回来了。从那以后，它就不时出现，断断续续的。”

“在灯那儿？”

“在示警灯旁边。”

“它看起来像是在做什么？”

他以更激烈的劲头重复了先前那个手势：“看在上帝的分上，离开路面！”

他接着说道：“这件事让我无法安心休息。那个幽灵十分痛苦地冲我大喊，到现在，加在一起，它已经喊了好几分钟：‘下边那位！当心！当心！’它站在那儿冲我挥手。它弄响我的小铃——”

我抓住这个话头，问：“昨晚我在的时候，你去门边查看过，是不是它弄响了你的小铃？”

“对，响了两次。”

“哎，你瞧，”我说，“是你的想象力误导了你。昨晚我眼睛盯着铃，耳朵听着铃，如果我是个大活人的话，应该能听到昨晚那两次。它根本就没有响。别的时候也没有响，只有在车站跟你联系的时候，它才实实在在、自然而然地响了起来。”

他摇了摇头。“我还从未犯过这样的错误，先生。我从未把幽灵弄出来的铃声跟人弄出来的铃声混淆过。幽灵的铃声是一种奇特的震动，那可不是别的东西引起的，我也没说，小铃的这种震动，可以用肉眼看到。您没听到，我并不觉得奇怪。可我听到了。”

“你往外看的时候，那个幽灵在那儿吗？”

“它在那儿。”

“两次都在？”

他颇为肯定地重复道：“两次都在。”

“你愿不愿意现在跟我一起到门口看看？”

他咬着下嘴唇，似乎有些心不甘情不愿，但他还是站了起来。我打开门，站在台阶上，他站在门口。示警灯亮着。可以看到阴森的隧道口。可以看见路堑又高又潮的石壁。上方，星光闪烁。

“你看到它了吗?”我问他，同时特别留意着他的神色。他的眼睛瞪得老大，颇为紧张，不过或许并不比我方才留意观察那个地方时紧张多少。

“没有,”他回答，“他不在。”

“我也这么看。”我说。

我们回到屋里，关上门，重新坐了下来。我正琢磨着，怎样充分利用我的这个优势，倘若这也可以算成是优势的话，这时他又用理所当然的口吻开了口，这副口吻是如此专断，仿佛我们之间的看法并没有真正的分歧，我觉得自己又落在最为不利的位置上。

“现在，您完全明白了，先生,”他说，“令我深感苦恼的，就是这个问题：这个幽灵想说什么?”

我告诉他，我还不确定自己是否已经完全明白了。

“它在警告什么事?”他望着炉火，沉吟着说，只是偶尔看我一眼，“是什么危险？发生在哪里？这危险就在路段上的某个位置。会发生可怕的灾难。鉴于先前的情况，这第三次没有什么好怀疑的。只是我心里的困扰太让人难受。我该怎么办好?”

他掏出手绢，擦去额头的汗珠。

“如果我往任何一边发出‘危险’的电报，又说不出理由的话,”他接着说，一边擦了擦双手的手心，“我会莫名陷入麻烦之中。他们会以为我疯了。整个过程就像这样，发报：‘危险！注意!’回话：‘什么危险？什么地方?’发报：‘不知道。不过看在上帝的分上，注意!’他们会把我撤换掉的。他们还能怎么做呢?”

他心里的痛苦十分令人同情。这是具有良知的人蒙受的精神折磨，这份让人难以忍受的折磨，源于一份事关人命却又令人费解的责任。

“它第一次站在示警灯下面的时候，”他接着说，他把黑发拂到脑后，用双手反复揉按着两鬓，动作中透出极度不安的忧虑，“倘若事故必然要发生，它干吗不告诉我事故会在哪里发生呢？倘若可以防范的话，它干吗不告诉我可以如何防范呢？它第二次出现的时候，干吗要以手掩面，干吗不跟我说：‘她要死了。让他们把她留在家里吧’？如果它两次出现，只是为了让我明白，它的警告真实无误，让我为第三次做好准备，那它干吗不明明白白地告诉我呢？愿上帝帮助我！我只是这个偏远站点上的一名可怜的信号员！干吗不去找更可信更有权采取行动的人呢？”

我见他处于这样的精神状态，眼下只得安抚好他的情绪，这既是为了他好，也是为了公众安全着想。因此，我把我们之间真真假假的问题的暂且抛开，告诉他说，不管是谁，只要充分履行了自己的职责，就不会有什么问题，尽管他不明白幽灵令人迷惑的现身是怎么回事，但他理解自己的职责，至少这一点足以令他感到安慰。我在这方面付出的努力，远比劝他放弃他的信念成功得多。他平静下来，随着夜色渐深，工作岗位上需要留意的事情也越来越多；凌晨两点，我离开了他。我说过我可以留下过夜，可他没有答应。

我沿着小路爬坡时，不止一次回头去看那盏红灯；我不喜欢那盏红灯，如果我的床搭在那盏灯下面，那我肯定睡不好，我没有理由隐瞒这一点。我也不喜欢先后发生的事故和姑娘的猝死。这一点，我同样没有理由隐瞒。

但我心里想得最多的，还是我听到这样的秘密之后，应该怎么做？我已经证实这个人理智、机警、勤劳、仔细；不过以他现在的精神状态，他还能维持多久？尽管他所处的职位不高，但人们还是对他寄予了莫大的信任，（譬如说）我是否愿意拿自己的性命作为赌注，认定他今后也会一丝不苟地履行职责呢？

如果我不先跟他开诚布公地谈谈，向他提出一种折衷的办法，就把他给我讲的事原样转达给他们公司的上级，那我难免觉得自己的做法有些背信弃义，于是我最终决定，告诉他我愿意陪他去找当地最明白事理的大夫看看，听听大夫的意见（如果他不愿意去，我也暂时代他保密）。明晚他的上班时间有所变化，他跟我说过，他会在日出一两个小时之后下班，日落后不久上班。我答应按照这个时间回去看他。

第二天傍晚，天气晴好，我早早出门，准备领略一下这般美好的滋味。我穿过深深的路堑附近的田间小路时，太阳还没有完全落山。我再散一小时的步，我暗自思忖，往前走半小时，再往回走半小时，然后去信号员的岗亭，时间刚刚好。

在继续散步之前，我站在路堤边上，在我第一次看到他的那个位置，下意识地朝下望去。一阵难以形容的恐惧攫住了我，只见隧道口旁边，有个人用左臂的袖子横在双眼前面，激烈地挥舞着右臂。

很快，压在我心头的那种难以名状的恐惧就过去了，因为我很快看出，这个人影是个真正的人，还有一小撮人站在不远处，他好像在给他们演示自己做过的手势。示警灯还没有点亮。灯杆旁边支起了一个低矮的小棚子，我完全没有见过，它是用木头支架和帆布搭起来的，看上去不比一张床大。

我心头涌起一阵无法抗拒的感觉，出事了，一阵自责的担忧瞬间涌上我的心头，我把那个人撇在那儿，没有让别人派人去监督他，去纠正他的做法，终于酿出了大祸——我用最快的速度从小路跑了下去。

“出什么事了？”我问这些人。

“今天早晨，信号员死了，先生。”

“不是那个岗亭里的那位吧？”

“就是他，先生。”

“不是我认识的那个人吧？”

“要是您认识他，先生，不妨看看是不是他，”那个代表众人答话的人说，他一脸严肃地摘下帽子，掀起帆布的一角，“因为他的表情相当安详。”

“哦，这是怎么一回事，怎么一回事？”帆布小棚重新合上了，我一个个地问他们。

“他被火车头给撞倒了，先生。英国没有谁比他更熟悉他的工作，不过不知怎么搞的，他没有离开外轨。当时天已大亮。他已经点上了那盏灯，把提灯拿在手里。火车头从隧道里跑出来的时候，他背对着它，火车头把他给撞倒了。开火车的就是这位，他刚才正在演示事故是怎么发生的。给这位先生演示一下，汤姆。”

这人穿了一身黑色的粗布衣服，他走回方才的位置，就在隧道口那边：

“我从隧道里面的弯道转了出来，先生，”他说，“看到他待在隧道尽头，就像用望远镜看到他一样。减速已经来不及了，我知道，他这人十分谨慎。他好像并没注意到汽笛的声音，于是在列车朝他开过去的时候，我把汽笛关掉，用最大的嗓门冲他喊了起来。”

“你说了什么？”

“我说：‘下边那位！当心！当心！看在上帝的分上，离开路面！’”

我大吃一惊。

“啊！当时真是糟透了，先生。我不停地喊他。我把这条胳膊挡在眼前，不忍心看那副惨状，我一直挥舞着这条胳膊，可是没用。”

我无意再详细讲述这番奇特境遇中的任何细节，临了，我想指出这一巧合：驾驶火车头的司机发出的警告，就是不幸的信号员跟我重复过、经常在他心头萦绕的那些话，也是我本人——不是他——在我自己的心里，给他模仿出来的动作配上去的话。

梦

屠格涅夫，1876

屠格涅夫（1818—1883）不能算是怪诞故事作家，因为能被定义为这一类型的作品用手指头都数得过来。《梦》是一篇暧昧到极致的故事，神秘人物是死是活，无从知晓。我们在结尾会在海滩上看到一具覆盖着海藻的尸体，而那种不确定就在这绝美的场景中延续下去。

这篇故事除了构造出那个时代尚属罕见的现代心理学案例以外（日后的心理分析学将把这些超前提到的主题规范化），还向我们展现了一种极为罕见的情况：这个作家描绘出来的梦和我们真正做的梦一样。

一

那时，我和母亲住在一座海滨小城里。我已经十七岁了，母亲还不到三十五岁；她年纪轻轻就结了婚。父亲去世那年，我刚满六岁，但我把他的样子记得一清二楚。母亲是个身材娇小的金发女子，有着讨人喜欢的容貌，却总是满面悲戚。她说话轻声细语，举止羞怯腼腆。年轻的时候，她以美貌闻名，直到临终之际，她也依然美丽动人。我从未见过比她更深沉、更悲哀、更温柔的眼睛，也没见过比她更优雅的双手。我很爱她，她也爱我……不过我们过得并不快乐。似乎有种无可救药、不应承受的忧伤，在不断侵蚀着她生存的根基。这种忧伤不能简单解释成丧夫的忧愁，尽管那份忧愁的确深重，尽管母亲对父亲满怀深情，尽管她为父亲保留了一份神圣的记忆……不！她心里还藏着别的东西，某种我并不理解，却强烈而迷惑地感受到的东西，只要我望着她那双怔怔的、沉静的眼睛，望着她美丽的嘴唇——它们并未痛苦地抿紧，却总像冰封一般——我就能感受到那样东西的存在。

我说过，母亲爱我。不过有时，她会把我推开，这时她会觉得，我是教她难以忍受的负累。这种时候，她会对我生出一种下意识的反感——事后，她又会备感震惊，泪水涟涟地数落自己，把我搂在她的心口。我把这种短暂爆发的敌意，归咎于她身体欠佳，归咎于她的不幸……不错，或许在某种程度上，是我心里不时涌起的，某些连我本人也不明就里的邪恶和犯罪的冲动，激发了母亲的敌意……但这些冲动跟母亲的反感，并非发生在同样的时间。我母亲总穿着一袭黑衣，就像服丧一般。我们过着优渥的生活，却很少与人来往。

二

母亲的种种安排和牵挂，全都落在我的身上。她的生活跟我密不可分。这样的亲子关系对子女来说，未必有益……反而有害。尽管如此，母亲只有我这么一个孩子。几乎所有独生子女都会养成顽劣的性格。父母在养育子女的时候，为孩子操的心，不亚于为自己做的考虑。但我不是这样。我没有被宠坏，也没有变得倔强（这两种情况都会在独生子女身上出现），但我的神经容易过早地感到疲惫；此外，我的体质也颇为羸弱——在这方面，我随母亲，我长得也跟她很像。我不怎么跟同龄的孩子交往；其实，我对别人一般采取回避的态度。我跟母亲也说不上几句话。我最爱做的事就是读书和独自散步——还有做梦，做梦！我究竟梦到过什么，这很难讲：有时候，我仿佛真真切切看到，自己站在一扇半掩的门前，门后隐藏着未知的谜团，我就站在那儿等待着，陷入一种迷离恍惚的状态——我没有跨过门槛——不停地想象着前面会有些什么——我会怀着失落的心情继续等待……或者昏睡过去。要是我有几分诗人的天赋，我准会去写诗；要是我有过宗教生活的倾向，我大概会成为修道士；可这两样我都没有，我就只好继续做梦——继续等待。

三

我刚才说过，有时候，在模糊的思绪和幻想的影响下，我是如何昏睡过去的。我总是睡得很多，梦在我的生活里扮演着重要的角色。我几乎每天晚上都会做梦。我不会忘记我做的梦，我觉得它们意味深长，能够预示未来，我还竭力探究它们神秘的含义；时不时地，我会反复做同样的梦，这总是让我感到惊讶和奇怪。其中有一个梦令我尤为不安。我好像来到一座古城，行走在一条路面坑洼不平的狭窄街道上，两侧是石砌的房子，有几层楼高，屋顶尖尖的。我在寻找我的父亲，他并未过世，但不知为何，他躲着我们，他就住在其中一栋房子里面。我走进一扇黑色的矮门，穿过摆满大堆圆木和木板的长院子，最后走进一个有两扇圆窗的小房间。父亲穿着晨衣，抽着烟斗，站在房间中间。他跟我真正的父亲一点儿也不像：他是高个子，面容憔悴，一头黑发，长着鹰钩鼻，目光阴郁而锐利，年纪在四十岁上下。我找到了他，这让他感到不快；我对我们的见面，也没有丝毫的喜悦——我站在那儿，十分为难。他稍稍转过身去，开始喃喃自语，来回踱着小步。然后他稍微走远了一些，嘴里一直咕哝着，时不时扭头看看身后；房间变大了，消失在雾中……突然，我生怕自己再次失去父亲，赶忙追了上去——但我已经看不到他了——我只能听到他的低语，带着怒气，就像熊的低吼……我的心沉了下去——醒来之后，我久久难以入眠……第二天，我会把这个梦琢磨一整天，自然，得不出任何结论。

四

六月来到了。每年这个时候，我和母亲居住的这座小城变得十分热闹。好多轮船停在码头上，好多新面孔出现在街头。我喜欢在这个时候沿着码头游荡，从咖啡馆和客栈门前走过，望着水手和形形色色的人坐在帆布篷子底下的白色小桌旁边，面前摆着盛满啤酒的马口铁杯子。

有一回，我从一家咖啡馆门前经过，看见一名男子，他一下子引起了我的注意。他穿着宽松的黑色长袍，戴着草帽，帽檐拉下来，遮住了眼睛。他一动不动地坐着，双臂交叉，放在胸前。一绺绺稀疏的黑色鬈发几乎垂到鼻子上；薄薄的嘴唇咬着短烟斗的嘴儿。我觉得这人很面熟，他那张面孔，他的整个身形，都深深地印在我的记忆里，我不禁在他面前停下了脚步，我不禁自问：这人是谁？我在哪里见过他？或许是觉察到了我的目光，他抬起目光锐利的黑眼睛……我情不自禁地叫了起来……

这人正是我在梦里找到的那个父亲！

绝不会错——两人惊人地相似。就连有着长长下摆、遮住瘦腿的外衣也像极了我父亲在梦里穿的那件晨衣。

“我准是在做梦。”我心想……不对……现在是大白天；四周是喧闹的人群，太阳在蓝天上照耀着，面前这位不是鬼，而是大活人。

我走到一张桌子旁边，要了一杯啤酒和一份报纸——在这名神秘人附近坐了下来。

五

我把报纸举到跟脸平齐的高度，继续贪婪地盯着这个陌生人。他几乎一动不动，只是偶尔抬起低垂的脑袋。他显然是在等人。我一直看，一直看……有时，我觉得，这一切都是我幻想出来的，其实两人毫无相似之处，我是在浑然不觉中，被自己的想象力给蒙蔽了……不过只要这人突然在椅子上微微侧身，或者将双手抬起少许——我就又差一点儿叫出声来，又会从他身上看到我梦中的父亲！最后，他发现我一直在注意他，起初有些迷惑，后来便向我投来恼怒的目光，站起身来——碰倒了他支在桌边的小手杖。我马上起身，捡起手杖递给他。我的心怦怦直跳。

他挤出一丝笑容，向我道谢，把脸凑到我的脸跟前，扬起眉毛，嘴唇微分，仿佛因为什么事，吃了一惊。

“你真有礼貌，年轻人，”他突然说，带着鼻音，声音生硬尖利，“像你这样的人，如今不多见了。你受过良好的教育，请允许我向你祝贺。”

我想不起自己究竟是如何回答的了；不过我们很快便聊了起来。我发现，他是我的同胞，刚从美国回来，他在那里生活过很多年，很快又要回去了。他自称是男爵……但我没听清他的姓氏。就像我梦中的父亲一样，他说完每段话，都会喃喃自语两句。他问了我的名字。听到之后，他又露出吃惊的样子；然后他问我，是不是在这里住了很长时间，家里都有什么人。我回答说，我跟母亲住在一起。

——你父亲呢？

——我父亲早就去世了。

他问起我母亲的教名，听到之后，他马上尴尬地大笑起来——然后他道歉说，这是他在美国养成的习惯，他的举止是有些怪异。他饶有兴趣地问起我们的住处。我跟他说了。

六

我们起初谈话时攫住我的那股兴奋感，渐渐平息下来。我觉得我们的交情有些奇怪，不过这也不算什么。我不喜欢男爵问话时的浅笑，也不喜欢他的眼睛流露出的那种神情，我感觉他的目光就像刀子一样锐利。那副神情有些贪婪和傲慢……不无可怕的地方。我在梦里可没看到这样的眼神。男爵有一副奇怪的面孔！没有血色，透着疲惫，同时又显得颇为年轻，年轻得教人不快！我梦中的父亲也不像我新认识的这位那样，有一道很深的、斜着穿过额头的伤疤，我起初没有发现，走近之后，我才注意到它。

还没等我跟男爵说完我家所在的路名和门牌号，就有一名身材高大、披着跟眼睛一般高的斗篷的黑人，从后面来到他身旁，拍了拍他的肩膀。男爵转过身去，说："啊哈！终于来了！"他朝我轻轻点了点头，就跟那个黑人一起走进咖啡馆。我待在店外的篷子底下，等着男爵回来，倒不是为了重新跟他搭讪（其实我都不知道该跟他说什么好），主要还是为了验证一下自己的第一印象。可是半小时过去了，一小时过去了……男爵还是没有出现。我走进咖啡馆，很快走遍了里面所有的房间——怎么也找不到男爵和那个黑人。他们俩准是从后门离开了。

我的头开始隐隐作痛，为了呼吸新鲜空气，我沿着海边走到郊外的大公园，这座公园距今已有两百多年的历史。我在巨大的橡树和悬铃木下面溜达了两个来小时，这才回家。

七

我一走进前厅，我们家的女仆就慌慌张张地朝我冲了过来。看到她的表情，我马上猜到，我不在家的这段时间里，家里出事了。果不其然：我得知，一小时前，母亲的卧室里突然响起一声可怕的叫喊；女仆冲了进去，发现母亲昏倒在地。她昏迷了好几分钟。最后母亲醒了过来，但她不得不卧床休息，她看上去受了惊吓，有些奇怪；她一句话也不肯说，也不回答别人的问话，光是不停地环顾四周，浑身颤抖。女仆派园丁去请医生了。医生来了之后，开了一服镇静剂；但母亲见了医生，还是一言不发。园丁证实，母亲屋里传出大叫之后，没过多久，他看到一个陌生的身影穿过花园，冲出大门，跑到了街上。（我们住的房子只有一层，窗外是一个大花园。）园丁没来得及看清那人的长相；不过那人身材偏瘦，戴着草帽，帽檐拉得很低，还穿了一件长外套……"那是男爵的装束！"我马上想到。园丁没能追上他，再说，他很快被叫进屋里，又被派去请医生了。我走进母亲的房间，她躺在床上，脸色比枕头还要苍白。认出是我，她有气无力地笑了笑，向我伸出手来。我在她身边坐了下来，开始问她问题。起初，她不肯回答；但后来她还是承认，她看到了什么东西，把她给吓坏了。"有人进来了？"我问。"没有，"她赶忙回答，"没人进来，不过我好像看到……那儿好像有……"她沉默下来，用手捂住了双眼。我正想告诉她，园丁跟我说了些什么，也跟她讲讲我跟男爵碰面的事，但不知怎的无法启齿。不过我还是试探着说，白天是不会看到什么幻觉的……"别管我了，"她低声说，"求你了。先别折磨我了。总有一天，你会知道的……"她重新陷入了沉默。她双手冰凉，脉搏虚弱无力，也不够平稳。我给她一些药喝，从她身边挪开一些，免得打扰她休息。她在床上躺了一整天。她一动不动地静卧着，只是偶尔发出深深的叹息，胆怯地睁开眼睛。全家人都不明白是怎么回事。

八

天黑的时候，母亲稍微有些发烧，她让我离开。不过我没回自己房间，而是躺在她隔壁房间的沙发上。每过一刻钟，我就起来，踮着脚走到她的门口，听听动静……悄然无声——但母亲彻夜难眠。次日一早，我去看她的时候，她的面孔烧得通红，眼里有种异样的光彩。白天，她的情况有所好转，不过到了晚上，她又发烧了。直到那时，她还是倔强地缄默不语，可是突然间，她用结结巴巴的调子说了起来。她说的并非谵妄之言，话里自有条理，只是不甚连贯。临近午夜的时候，她像痉挛一般，突然从床上坐了起来（我就坐在她身边），她一边大口喝着杯里的水，一边虚弱地挥舞着胳膊，她看也不看我地，便用同样急促的语调，讲了一个故事……她会顿住话头，努力挣扎一番，再接着往下讲……整件事十分奇怪，就好像她是在梦里做出这些事来的，就好像她魂不守舍，是别人在借她的口说话，或者逼她说话似的。

九

“听好我要跟你说的话，”她讲了起来，“你已经不是小孩子了，是时候让你知道一切了。我以前有个很好的朋友……她嫁给了一个她全心全意爱着的男人——她跟丈夫在一起，过得非常幸福。婚后第一年，他们一起去首都，在那里游玩了几个星期。他们住在一家不错的宾馆，经常外出看戏，参加聚会。我的朋友长得非常漂亮——每个人都注意到了她，年轻男人纷纷向她献殷勤——不过在他们当中，有那么一个……军官。她走到哪儿，他都跟着，她总能看到他那双邪恶的黑眼睛。他没有向她做过自我介绍，也没有跟她搭过一次话——光是看着她——那目光那样无礼，那样古怪。首都的各种赏心乐事，都被他的出现给搅黄了——她开始催促丈夫尽早离开——他们已经准备离开了。有一次，她丈夫去了俱乐部，有些军官邀请他过去打牌，这些军官跟那个军官是一个团的……她是第一次独自留守。她丈夫去了好长时间——她打发走了女仆，上床睡了……突然，恐惧攫住了她的心，让她感到一阵恶寒，浑身颤抖起来。她觉得，自己听到墙的另一边响起了轻轻的敲击声——听起来就像狗在挠墙一样——她往墙上看去。客房的角落里，点着一盏灯；墙上全都蒙着绸缎……突然，那里有什么东西动了起来，立了起来，打开了……那个可怕的男人从墙里钻了出来，他身材高大，一袭黑衣，目光邪恶！她想喊却喊不出来，吓得浑身僵硬，一动不动。他朝她快步走去，就像一头食肉动物，他往她头上扔了个什么东西，某种令人窒息、沉甸甸的白东西……后来的事我记不清了……我不记得了！感觉就像死亡，就像谋杀……等到可怕的迷雾终于散尽的时候——等我……等我的朋友清醒过来的时候，屋里已经没有人了。有好长时间，她连喊人的力气都没有，后来她终于喊了出来……然后，一切又变得模糊不清了。”

“后来，她看到丈夫守在床边，他在俱乐部一直待到凌晨两点，这时的他心情很糟。他开始问她问题，但她什么也没告诉他。后来她病倒了。不过我记得，有一次，她独自一人待在房间里的时候，检查过那面墙……原来墙上的绸缎下面，有一扇隐蔽的门。她的订婚戒指也不在手上了。那枚戒指的形状十分特别，戒面上有七颗金星，跟七颗银星交错排列；它是一件古老的传家宝。丈夫问她，戒指去哪儿了，她也回答不上来。她丈夫以为，她不知怎的把它给弄丢了，于是找遍了所有地方，却怎么也找不到。他十分痛苦，决定一旦大夫同意，他们就尽早回家——他们离开了首都……不过想想看！就在他们动身离开的那一天，街上突然抬过来一副担架。担架上躺着一个刚刚被杀的男人，他的脑袋都裂开了——想想看！——正是那个深夜来访、眼神邪恶的家伙！那些人在打牌的时候杀了他……

“后来我朋友回到了乡下……她头一次当上了母亲……她跟丈夫一起生活了七年。他始终蒙在鼓里，再说，她又能跟他说什么呢？就连她自己也始终不明就里。

“不过他们原先的幸福已经荡然无存。他们的生活变得暗淡无光，这份黯淡已经变得很难打破……他们也没再要别的孩子，之前没有过，后来也没再要……这个儿子呢……”

母亲颤抖起来，以手掩面……

“我问你，”她用恢复过来的气力大声说，“我朋友并没有什么地方做得不对，不是吗？她有什么好自责的？她是受到了惩罚，不过难道她没有权利在上帝面前说，她遭受的惩罚是不公正的吗？为什么过了这么多年，从前的经历竟然阴魂不散，重新缠上了她，就像从前犯下的罪行折磨着罪犯的良心一般？麦克白杀死了班柯，所以他才会觉得自己看到了[①]……这并不奇怪……可我呢……”

不过说到这儿，母亲的话变得混乱，我再也听不懂了……我不再怀疑她是在呓语了。

十

任谁都会明白，听了母亲的话，我心里有多么惊愕！从她说出第一个字，我就猜到，她说的那个人就是她自己，而不是什么朋友；她无意中说漏了嘴，让我更加确定自己所料无误。这样说来，我在梦中寻找的那个人，我在现实生活中见到的那个人，真的是我父亲！当初他并没像母亲认为的那

① 莎士比亚的戏剧《麦克白》里的情节，麦克白杀死了班柯，后来看到了班柯的鬼魂。

样，被人杀死，只是受伤而已……之前他来找过她，结果她惊恐万状，他也着了慌，便逃走了。刹那间，我明白了一切：母亲为什么有时候会不由自主地厌恶我，她为什么总是那么悲伤，我们为什么过着遗世独立的生活……我想起自己以前莫名其妙地兜圈子一般的感觉——我用双手抓着脑袋，就像要把它摆到正确的地方，让它找出答案似的。不过有个念头仿佛在我的脑海里生了根：我决定不惜一切代价，再把那个人找到。为什么？有什么用？——这一点我倒没想过，不过我就是要找到他，找到他——对我来说，这已经变成了生死攸关的事情！第二天早上，母亲终于平静下来……退了烧……睡着了。我把她托付给房东和仆人，就出门找那个人去了。

十一

自然，我先是去了遇见男爵的那家咖啡馆，不过店里没有人认识他，甚至连注意到他的人都没有；看来他并非那里的常客。老板注意到了那个黑人——他的外表太显眼了，不过没人知道这个黑人是谁，住在什么地方。为了以防万一，我还是在咖啡馆留下了我的地址，然后我就在城里的街道和码头周围转悠起来，沿着林荫大道散了会儿步，去众人常去的店铺，根本没有找到外表像男爵和他同伴的人！我不知道男爵姓甚名谁，也没法找警察帮忙；不过我悄悄告诉偶遇的两名捍卫秩序的卫士，如果他们能追查到那两个人的下落，我会对他们勤勤恳恳的表现，给予重金酬谢（真的，他们惊讶地打量着我，并没有完全相信我说的话），我还尽可能详细地描述了那两个人的外表。我在城里找了一上午，回家的时候，已经疲惫不堪。母亲起床了；她一贯的忧郁里，混进了某种新的情绪，一种郁郁寡欢的迷惑，它就像刀子一样割着我的心。傍晚，我坐在她身边陪她。我们几乎一言不发，她摆开纸牌，我默不作声地看着她玩。她对自己讲的那件事，还有自己前一天的遭遇只字未提。就好像我们达成了秘密协议，不去触及那些既可怕又离奇的事……就好像她对自己先前的失言感到懊恼和羞愧；或许她已经想不起自己高烧时的呓语了——还希望我别揪着她的话不放……我确实没有揪着她的话不放，这一点她也明白；她跟头一天一样，躲避着我的目光。当天晚上，我彻夜难眠。外面突然刮起了暴风。狂风怒号，吹得窗玻璃咔咔作响，风里回荡着阵阵绝望的尖叫和呻吟声，仿佛天上有什么东西，正在被撕扯得四分五裂，正在颤抖的房舍上方掠过。快到天亮的时候，我才昏昏沉沉地睡了过去……忽然，我觉得，好像有谁走进了我的房间，用轻柔而坚定的声音呼唤着我的名字。我抬起头，却看不到人；不过说来奇怪，我并不害怕，反倒高兴起来。我突然满怀信心，确信自己这次一定能实现目标，不会再失败了。我匆匆穿好衣服，离开了家。

十二

风暴已然停息……不过还能感觉出它最后的躁动。时候还早——街上空无一人，不少地方散落着烟囱的碎片、瓦片、从篱笆上吹落的木板、折断的树枝……“不知昨天夜里，海上会是怎样的光景！”看到暴风留下的痕迹，我不禁这样想道。我正要去码头，可我的双腿却不由自主地带着我，朝相反的方向走去。不出十分钟，我来到了以前未曾涉足的一片城区。我走得不快，只是稳步前进，心里还有种奇怪的感觉；我期待着能目睹某种异乎寻常、不可能发生的事，同时我也确信，这种异乎寻常的事，自己准能看到。

十三

我当真看到了心中期盼的那件异乎寻常的事。我突然看到，在咖啡馆当着我的面跟男爵说话的那个黑人，就在前方二十步开外的地方！他身上还裹着上次穿的那件斗篷，整个人就像从地里冒出来的，他转过身去，背对着我，步履轻盈地走在狭窄曲折的人行道上！我赶紧追了上去，可他也加快了步伐，不过他并没有扭头回望，突然，他猛地拐了个弯，从一座位置突出的房子拐角那儿转了过去。我冲到拐角那儿，转过弯去，速度不下于那个黑人……真是奇怪！面前是一条又长又窄、空无一人的街道；街上弥漫着铅灰色的晨雾——不过定睛细瞧，可以看到街道的尽头，我能分辨出街上每一栋建筑的轮廓……不过看不到任何活动的迹象。身披斗篷的高个黑人消失了，跟他的出现一样突然！我惊呆了……不过我只愣了片刻，紧接着又被另一种感觉给攫住了：眼前这条死气沉沉的街道——我认得它！正是我梦里的那条街。我大吃一惊，缩了缩身子——晨风凛冽——然后我毫不犹豫地向前走去！我的自信让我感到有些惊讶。

我留意着四周的状况……它就在那儿，就在右边，一边墙角冲着人行道，我梦中的那栋房子，那扇两边是涡卷形石砌装饰的古老大门。当然，这栋房子的窗户不是圆的，而是方的……但这无关紧要。我敲了敲门，敲了两下、三下，越敲越响……伴着哈欠般的沉重吱嘎声，门缓缓敞开了。我面前站着一名年轻女仆，睡眼惺忪，披头散发。显然，她刚睡醒。

“男爵在这儿住吗?”我问，同时飞快地打量了一下那个又深又窄的院子……没错。全都一模一样……我在梦里见过的木板和圆木，就在那儿堆着。

“不，”女仆回答，“男爵不在这儿住。”

“什么意思？他肯定在这儿！”

“他已经不在这里了。他昨天走啦。”

“他去哪儿了？”

“去美国了。”

“去美国了！”我情不自禁地重复道，“他还会回来吧？”

女仆怀疑的眼神望着我。“我们不知道。说不定他再也不回来了。”

“他在这里待的时间长吗？”

“不长，也就一周左右。他已经不在这儿了。”

“这个男爵叫什么名字？”

女仆仔细打量着我。

“你不知道他的名字吗？我们只管他叫‘男爵’。嘿！彼得！”见我要往里走，她喊了起来。“过来！有个陌生人在这儿问东问西。”

一个身形粗笨的工匠从屋里走了出来。

“什么事？你想干吗？”他粗声粗气地问，等他板着脸听我说完，他又把女仆说过的话重复了一遍。

“那现在是谁在这儿住？”我问。

“我们家老爷。”

“他是什么人？”

“一个木匠。这条街上住的全是木匠。”

“我可以见见他吗？”

“现在不行，他睡觉了。”

“我能进去吗？”

“不行。你还是走吧。”

“那我晚些时候可以见见你家老爷吗？”

“行啊，怎么不行？什么时候都可以。他是个生意人，不是吗？不过现在你还是走吧。你不知道现在有多早吗？”

“那个黑人呢？”我突然问。

工匠莫名其妙地看看我，又看看女仆。

“什么黑人？”最后他问，“你还是走吧，先生。晚些时候你再过来，跟我们家老爷谈谈。”

我回到街上。身后的大门砰地关上了，声音既沉重又突兀，这次没有吱嘎作响。

我记下这条街和这栋房子，就离开了，不过我没有回家。我有种近乎幻灭的感觉。发生在我身上的一切是那样离奇，那样异乎寻常——结局却多么愚蠢！我原本以为在那栋房子里，我肯定能看到那个熟悉的房间——房间中央站着我的父亲，他身披晨衣，抽着烟斗……结果这户人家的老爷是个木匠，想什么时候见就能什么时候见——没准儿他还承揽定做家具……

而我父亲呢，去了美国！我现在该怎么办？把一切都告诉母亲——还是把这次见面的事永远埋在心底？开端如此奇妙，结局却如此无聊，如此平淡，我怎么也不甘心！

我不想回家——于是便信步走出了城。

十四

我低头走着，心里什么都没想，也没有什么特别的感觉，只是有些出神。一阵整齐、沉闷、透出威胁的节奏，将我从恍惚中唤醒。我抬头望去：是大海在发出阵阵喧嚣，就在五十步开外的地方。我发现自己正在穿过一个沙丘。昨晚的风暴把大海搅得动荡不宁，放眼望去，海面上白浪滔天，峭壁般的浪峰连绵不断，翻滚而来，在平坦的海岸上撞得支离破碎。我凑到近前，沿着潮水留下的那道水痕向前走去，一波波潮水漫过黄色的沙滩，又退了回去，留下了道道纹路，沙滩上散落着胶皮似的海藻碎片、碎贝壳、一缕缕蛇形的苔草。翅膀尖尖的海鸥乘着风，发出悲戚的啼鸣，从遥远、深邃的空中飞来，灰暗、多云的天空将它的身体映衬得洁白如雪。它突然猛地俯冲下来，简直是在一个个浪尖上跳跃，又腾空而起，消失不见了，仿佛银色的火花，消失在一道道飞旋的水沫中。我注意到，有几只海鸥一直在一块巨大的礁石上方盘旋，那块礁石孤零零地矗立在外表一成不变的大片沙滩中央。礁石一侧生着杂乱的苔草；彼此纠缠的茎秆生在富含盐分的黄色砂土中，我看到一个黑乎乎的东西，长长的，圆鼓鼓的，不算大……我定睛细瞧……有个黑乎乎的东西横在那儿，一动不动地横在礁石旁边……我走得越近，那东西的轮廓就越是清晰……

我离礁石只有三十步的距离了……

啊？那是个人！是一具尸首；有人溺水身亡，被海水冲了上来！我直奔礁石而去。

是我父亲，男爵的尸首！我就像脚下生根一般，怔怔地站在那里。直到这时，我才明白过来，原来一大早就有某种未知的力量在指引着我——支配着我——一时间，我满脑子都是海水四溅的画面——还有为命运所掌控时的那种麻木的恐惧感……

十五

他仰卧着，身子向一侧微微倾斜，左臂甩在脑后……右臂蜷曲着，压在弯折的身子底下。他脚上的高筒水手靴陷在软泥里面；他那身暗蓝色的短上衣裹满盐粒，扣子还没有散开，一条红围巾还牢牢地系在他的脖子上。他那微黑的脸庞冲着天空，似乎在低声发笑；他的上唇翻了上去，我能看到他细密的牙齿；他半闭着眼睛，呆滞的瞳孔跟颜色变深的眼白很难区分开来；他的头发粘在一起，披散在地上，头发上满是细小的泡沫，光洁的前额和淡紫色的疤痕露在外面；细长的鼻子翘得很高，就像夹在凹陷的脸颊中间的一道白线。昨晚的风暴在他身上留下了痕迹……他没有去成美国！这个深深伤害过我母亲，毁掉她的人生的男人——他是我父亲——没错！我父亲——我对此毫不怀疑——如今气息全无，无助地倒伏在我脚边的软泥里。我心里除了大仇得报，还有怜悯和嫌恶的感觉。此外，最深的感受还是恐惧——双重的恐惧：一方面是眼前的景象，另一方面是之前的经历。我在前面讲过，我心里常有罪恶的冲动，此刻，神秘的冲动就在我心里升腾着……简直令我喘不过气来。啊哈！我心想：难怪我会是这个样子……就是在这种时候，才能体会出血统的影响！我站在尸体旁边，端详着，等待着：那双了无生气的瞳仁，还会忽闪吗？那僵硬的嘴唇还会扯动吗？不会了，他已经一动不动了；就连苔草，大浪把他的尸体抛上去的那些苔草，似乎也死掉了；就连那些海鸥也飞走了——四周没有一块残骸、木板，也没有索具的碎片。整片海滩空空如也——只有他、我和在远方轰鸣的大海。我回头望去，那边同样空空荡荡——地平线上，是一串了无生气的小山丘——再没有别的了！我不敢把这个倒霉的家伙孤零零地撇在海边的烂泥里，任他变成海鱼和海鸟的腹中餐；心里有个声音告诉我，我应该叫些人过来，就算不是为了救他——还怎么救呢！——起码可以把他挪到遮风挡雨的地方……可突然间，有股莫名的恐惧攫住了我。我觉得，这个死去的人知道我来了，正是他安排了这最后一次会面——我甚至觉得，我听了那阵熟悉、沉闷的低语声……我跑到一边……又看了看四周……那具尸体上有个闪闪发光的东西引起了我的注意，让我停下了脚步。只见甩在身后的那只手上，有个金色的圆环……我认出来，那是母亲的订婚戒指。我记得自己硬着头皮折返回去，来到尸体旁边，弯下腰去……我记得那些冷冰冰的手指黏黏的触感，我记得自己屏住呼吸，紧闭双眼，咬紧牙关，摘下那只箍得紧紧的戒指……

最后总算摘了下来——我飞快跑开了——就像有什么东西对我穷追不舍，想把我抓住似的。

十六

我回到家里的时候，我所经历和感受到的一切，无疑都明明白白地写在了脸上。我刚走进母亲的房间，她就猛地站起身来，用疑虑的目光打量着我，我想找出些话来解释，结果却是徒劳，最后我只好不声不响地取出戒指，递给了她。她脸色变得煞白，双眼瞪得老大，眼神跟那个人一样呆滞——她有气无力地喊了一声，夺过那枚戒指，踉跄着倒在我的胸前，就一动不动了。她扬起头，瞪大眼睛，死死盯着我。我搂着她，站在原地，不紧不慢地把一切讲给她听，没有隐瞒丝毫细节。她一言不发，只是胸膛起伏得越来越剧烈——眼睛突然恢复了神采。她垂下眼帘，把戒指戴在无名指上，挪开身子，系上纱巾，戴上帽子。我问她要去哪儿，她惊愕地望着我，想要回答，却说不出话来。她打了几个哆嗦，搓了搓手，就像要取暖似的，最后她说："咱们走吧。"

"去哪儿，母亲？"

"去陈尸的地方……我想看看……我想弄清楚……我该弄清楚……"

我试过劝她别去，可她差点儿大发雷霆。我意识到，她心意已决，压根儿别想反对——于是我们便出发了。

十七

于是我又走到了沙丘上——只是这一次，我不再是孤身一人。我挎着母亲的胳膊，领着她往前走。大海退潮了，退到了更远的地方；潮声渐渐平息下来，但变弱的潮声听上去，依然透出凶险和威胁。我们终于来到那块孤零零的礁石——还有那片苔草——跟前。我定睛细看，想找到横在地上的那个圆鼓鼓的轮廓——结果什么都没有。我们向前走去；我下意识地放慢了脚步。可那个黑乎乎、一动不动的东西去哪儿了？已经变干的沙滩上，发黑的东西只有苔草的茎秆。我们径直朝礁石走去……根本没有尸体——原先陈尸的地方，只有一片印痕，从印痕上可以分辨出哪儿是胳膊，哪儿是腿……苔草周围似乎有踩踏的痕迹——能看出一个人的脚印；脚印穿过沙丘，延伸到一片多石的滩脊，就消失不见了。

我和母亲面面相觑，被对方脸上的表情给吓住了……

莫非是他自己爬起来，走掉了？

“你看到他的时候，他已经死了，不是吗？”她小声问。

我只能点点头。此刻离我被男爵的尸首绊到，还不到三个小时……应该是有人发现了尸首，把它给挪走了吧。总得弄清是什么人做的，尸体眼下变成了什么样才好。

十八

在前往沙滩的路上，母亲发起烧来，颇感不适，但她还是硬撑着。对她来说，尸体的消失，不啻是一场深重的灾难。她惊呆了。我担心她精神失常，好不容易才把她带回了家。我安顿她上床休息，又把医生请来；不过母亲稍稍恢复清醒，就让我赶紧再去找“那个人”。我照办了。不过，饶是我想尽办法，最后还是一无所获。我去了好几趟警察局，走访了周边的村庄，在报纸上登了几次告示，到处打探消息——全是徒劳！我听说，有个溺水的家伙被人送到了某个沿海的村庄……便打马扬鞭，赶了过去，结果此人已经入土安葬，而且他的体貌特征也跟男爵截然不同。我查出了他搭乘赴美的那艘轮船：起初，每个人都肯定地说，那艘船遭遇了风暴，已经失踪了；不过几个月之后，又有谣言说，这艘船在纽约港靠岸停泊了。我一筹莫展，便开始寻找先前见过的那个黑人，我在报上刊登告示，说如果他肯光临敝舍，必有重金酬谢。我出门的时候，的确来了个身披斗篷的高个子黑人……只不过，在问了女仆好多问题之后，他就一去不返。

我……我父亲的线索就这么断了；他的形迹就此隐没在阒寂无声的黑暗之中。我和母亲再也不曾提起过他。我记得只有一回，她对我没有早点儿说起那个神秘的梦表示惊讶，紧接着，她又说："所以说，真的是……"可她没有把话说完。母亲病了许久，甚至在她康复之后，我们之间的关系也没能恢复如前。面对我的时候，她总有几分窘迫——直到去世都是如此……没错，窘迫。这虽然让人难过，却也无可奈何。一切都会被时间抚平，对家门不幸的记忆，渐渐失去了原先的惨痛和苦楚；但原本亲密的人，一旦生出了窘迫的感觉，便再也无法消除。我再也没做过那个曾令我备感困扰的梦，我再也没有"寻找"我的父亲，不过有时——至今依然如此——我会在梦中，依稀听到远处传来的哭泣，接连不断的哀诉。那些声音从一堵无法逾越的高墙后面传来，让我感到阵阵揪心——让我闭着眼睛哭泣起来——我怎么也弄不清，那究竟是活人发出的悲叹，还是动荡不宁的大海久久不肯停歇的喧嚣。然后，它又会变成那种野兽般的低语——我会满怀痛苦和恐惧地惊醒。

无耻之徒

尼古拉·列斯科夫，1879

在伟大的俄国作家尼古拉·列斯科夫（1831—1895）创作的诸多故事中，当然有许多比这一篇更“怪诞”的作品。但充斥全文的那种地狱般嘈杂的节奏，以及某天晚上一连串事件在一个年轻人眼中的变形（受一个富有的罪人神奇生命力的激发），再加上情节的急转直下（故事开始好像是要给谁定罪，后来却变成悔过和救赎，引导情节往这个方向发展的是与之前相同的作用力），这些因素令我最终选择了这一篇。

列斯科夫的故事总是由讲述者的“声音”构成的，这篇也不例外。这样的“声音”尽管经过了翻译，但仍然清晰地传进了我们的耳朵里。本篇即为一例。

我们乘着一艘很不结实的小船，在海上经历了一场风暴。不过顺便说一句，这艘船究竟有什么地方不妥，我是不懂的。抛锚之后，船员在半小时内让船上的一切恢复了正常。我们也振作起来，将就着吃了一顿晚餐，大感庆幸。

我们总共没有多少人：船长、两名海军军官、领航员，再加上我和老水手波尔菲里·尼基季奇。是朋友帮忙，我们俩才上了船，我们只想呼吸一下海上的空气。

劫后余生的喜悦，让我们这帮人打开了话匣子。我们刚刚经历的恶劣天气，自然成了我们的谈资。大家谈起经过的一些比方才还要惊险的危急时刻，不知不觉间，话题转到航海生活如何影响人的性格上。无需多说，一帮靠航海为生的人，都说大海如何如何好。你听我们这帮人聊天，会觉得大海简直是包治百病的万灵药，就连当代人在感受、思想和性格方面的浅薄，也能治愈，那种浅薄已经成为当代人的一大特征。

“嗯！”老波尔菲里·尼基季奇说，“我明白了。那就好办了。不论什么毛病，都可以快速治好。只要把那些心胸狭隘的旱鸭子放在船上，打发他们出海就行。”

“等一下，这个结论可太奇怪了！”

“有什么奇怪的？”

“我们刚才说的可不是这个意思。我们说的是，海上的生活可以培养一个人的性格，不是说只要把一个人带来，让他穿上航海服，马上就能让他转性。那样的想法明显很荒唐。”

“慢着，慢着，”波尔菲里·尼基季奇打断道，“首先，这个想法可不是我提出来的。是一个圣人说的，历史上真有这么个人。”

“噢，让那些希腊人、罗马人见鬼去吧！”

“好吧，第一，我说的这位历史上真有其人的圣人，既不是希腊人，也不是罗马人，而是俄国人，他在政府的食品供应局上班；其次，他就这个问题发表的各种观点，当时得到了许多体面人的公开承认，他们都认为那是毋庸置疑的真理。而我，作为一个真正的爱国者，愿意捍卫这个观点，因为它讲到了俄国人的性格是多么容易转变。”

“你能不能给我们讲讲，这段历史上真实存在的言论背后，有着怎样的故事？”

“既然你们想听，那我就讲讲吧。”

克里米亚战争结束后，我回到彼得堡。有一天，我去斯捷潘·亚历山德罗维奇·赫鲁廖夫家串门，在那儿见到了不少三教九流的人：有各个军种的军人，其中有几个是我们黑海舰队上的战友，他们是在塞瓦斯托波尔[①]的战壕里认识斯捷潘·亚历山德罗维奇的。不用说，我见到这帮伙计后高兴极了，我们这帮水兵单独坐在一桌侃大山，喝两杯雪利酒。在赫鲁廖夫家的这些聚会上，人们大都打牌，而且赌得很大——就像诗人说的："把输赢用粉笔记在石板上，决不让赌局中断"。勇敢的赫鲁廖夫——愿上帝让他的灵魂安息，愿人们忘记他的罪过！——是个喜欢热闹的人。的确，当时他离了热闹就没法过。我们这帮水兵没有玩牌，而是坐在桌子旁边讨论问题。我还记得那场对话是由什么引出来的——是一本当时刚刚出版的书，叫作《克里米亚战争肮脏的一面》。这本书出版后引起了轰动；我们看了书上的每一个字，全都憋了一肚子的火。你们应该能理解。那本书写的是哪些弊端陋习是导致我们吃苦受罪的根源——所有参加过塞瓦斯托波尔保卫战的人，对那份痛苦记忆犹新。那本书触痛了我们敏感的神经。它首先揭发了军需处和食品供应局里的盗窃和贪污行为，就是因为他们的行径，我们这些当兵的才再一次品尝到饥饿干渴、阴冷潮湿的滋味。

你们可以想象，这本书把这些肮脏的行径白纸黑字地揭发出来，激起了我们每个人对往事的回忆，勾起一阵难以平息的怒火。所以，我们这帮人自然而然地开始说粗话。那是一种联谊活动。我们坐在那儿，你争我抢地给我们在补给库的那些好朋友想出一些不雅的称号。就在这时，坐在我身边的那个家伙——他也是我们黑海舰队的战友，叶夫格拉夫·伊万诺维奇上尉，纳希莫夫海军学院的毕业生，是个非常和善的家伙，说起话来有点儿结巴——

① 乌克兰南部克里米亚州的海港城市。

他在桌子底下抓住我的膝盖，说话突然忸怩起来……

“他到底想干吗？”我心想。

“不好意思，我亲爱的战友，”我说，“你要是想私下要点儿什么，就招呼服务员，好吗？我自己也是客人，我可不知道东西放在哪儿。”

可他结结巴巴的，说不出话来，重复了同样的动作。我这人属于那种无缘无故都会激动起来的傻瓜，更何况那些回忆已经搞得我怒不可遏，而且我这人还爱发脾气，这位叶夫格拉夫·伊万诺维奇还在恬不知耻地用手指头抓挠我的膝盖，就像小牛犊用软乎乎的牛鼻子拱我。

“嘿，叶夫格拉夫·伊万诺维奇，别闹了，好吗？”我说，“你想干吗？你要知道，我可不是女人，可以跟你在桌子底下摸来摸去。你有什么想法，就大声说出来。”

听了这话，可怜的老叶夫格拉夫·伊万诺维奇——他真是个好伙计！——更惊慌失措了，他小声说：“你真是个无——无——无耻的家伙，波尔菲里·尼基季奇。”

“我有什么无耻的，”我说，“我还觉得你无耻呢。你那样动来动去，别人还以为咱们是邪教徒什么的呢。”

“你怎么可——可——可以……我是——是——是说，真的，不应——应——应该那样说军——军——军需官和补给军官。”

“你为什么，”我问，“替他们说好话？”

“我不是替——替——替他们说好话，”叶夫格拉夫·伊万诺维奇用更小的声音说，“你没看到谁坐在你身后两步远的地方吗？”

“我怎么知道谁坐在我身后？我脑袋后面又没长眼睛。”

于是我扭头一看，我身后那桌坐着一个大胖子，他穿着食品供应局的制服，那副形象就像果戈理说的：“一头戴着无檐便帽的猪”。这个猪猡坐在那儿，把一大堆钱摆在牌上，一副满不在乎的样子，那副态度足以激怒我这样备受压迫的穷人。他那副态度就好像在说："是输是赢，我才不在乎呢。我打牌就是图个乐子，因为我的谷仓已经满了。吃喝玩乐才是我的座右铭！"总之，他那副形象足以让任何一个穷人作呕！

"嗯，你们觉得他怎么样？"我说，"一个一流的样本，没错！我之前怎么没看到他？"你们知道吗，我不知道自己是中了什么邪，看到敌人就在身边，非但没有闭嘴，反倒越发来劲，喊得比刚才还响，更肆无忌惮。

"土匪！"我说，"寄生虫，他们就是这号货色，这些补给库里的肥猪！我们这些可怜的官兵在克里米亚的土地上流血不止，就像漏了的酒桶塞子堵不住甜菜根淡啤酒一样，他们在做什么？他们在掠夺我们，在给他们那损公肥私的口袋加装衬里，在给自己建屋造房，给自己买乡村别墅！"

叶夫格拉夫·伊万诺维奇在冲我耳语时差点儿背过气去：

"快——快——快别说了！"

但我不为所动：

"干吗不说？难道这不是真的吗？我们饿得要死，他们发给我们的食物是发霉的咸牛肉和卷心菜；我们用麦秆而不是棉布包扎伤口，而他们在摇晃着雪利酒和马德拉干白葡萄酒。"

可以说，我把他们贬得一钱不值。跟我聊天的那些伙计，见我火冒三丈，便任我滔滔不绝地说下去，不过那些还想喝酒的家伙会时不时地笑起来，用手指甲敲敲他们的雪利酒杯。至于亲爱的老叶夫格拉夫·伊万诺维奇，那个羞怯、可怜的家伙，被我彻底给搞糊涂了。他从桌上抓了一把小牌，摊成扇形，挡着脸，小声说：

"哦，波尔菲里·尼基季奇，哦，无——无——无耻的家伙，他在搞什么？行行好吧……"

他这副忸怩的样子让我越发怒不可遏。

"我们俄国人就是这样，"我心想，"立场正确的人，良心干净的人，坐在那里脸红，而那些彻头彻尾的无赖，就像偷奶油的猫沃什卡那样，用它偷来的东西填饱了肚子，连一根胡子都不会动一下。”

想到这里，我往身后那个把我搞得大为光火的军需官坐的那桌看了看。我看得出，他确实连一根胡子都没动。他不可能没听见我对他备受尊敬的同行们的大肆抨击，但他坐得稳若泰山，抽着香喷喷的大雪茄，打出一张王牌。人的判断在很大程度上会被情绪左右。当时我觉得，他打出王牌的那副样子，或者说，他打所有牌的样子，令人作呕。你们明白我的意思吧——他似乎只是把那些牌一扔，手指头都不肯动一下，好像在说：“看见没有，你这个渣滓，接牌吧，你看我在乎不在乎。”我对他越发痛恨，因为他镇定自若，无动于衷，仿佛胜我一筹。而我伤口崩裂，大肆谩骂，就像杂种狗冲着大象狂吠一样，他连眼皮都不抬一下。于是我越发来劲。

“你就装吧，”我心想，“愿你被狼群给吃了！看我能不能惹毛你。我嘛，伙计，是个不拘小节的俄国人。不管聚会的主人喜不喜欢，我都要戳你的痛处。”我向他发起攻击。我把我对他全部的私人了解，稍加讽刺，掩饰一番，滔滔不绝地说了起来。

我说：“我们在战争中受过伤，落了残疾，如今到哪里都找不到工作，连老婆都养活不了。但谁也不敢说我们这些正派的俄国人偷过东西。可这些大骗子，他们给自己挣下头号蝗虫的名声，不肯回头反省。他们和平时期就在政府部门上班，老婆穿着绸缎和天鹅绒，情妇更是花枝招展……”

我慷慨激昂地说着，直到累得说不下去方才作罢……我快没词了，喉咙也酸痛起来，但他没有动过一根头发，事实上，他抓了一手好牌。叶夫格拉夫·伊万诺维奇注意到了这一切，跟我开起玩笑来：

“好——好——好啦，”他小声说，“好啦，老伙——伙——伙计，你刚才那副无——无——无耻的劲头哪去了，嗯？”

“少跟我说什么‘老伙——伙——伙计’，”我回答说，“安静坐着吧。”

不过，说真的，你们知道吗，我的确有种一败涂地的感觉。而且我只看到了花，果子还在后面呢。

临近晚餐时，牌局散了，玩牌的人开始算分。我们说的那位军需官赢了一大笔钱。他从兜里摸出一个大钱包，里面装满一百卢布的大钞，他把自己赢的钱放进去——差不多有两千卢布。然后他把钱包塞回口袋，还是那副叫人不可思议、处变不惊的冷淡神情。

每个人都站起来活动腿脚。主人来到我们这一桌，说：

“我的好伙计们，你们在这儿干吗了？好像是贩卖了一些丑闻？”

“你也听到我们这边的声音了？”我说。

“我想我听到了，”他说，“你放声大喊，就像在甲板上一样。”

“斯捷潘·亚历山德罗维奇，”我说，“请你原谅我吧。”

“我原谅你什么？上帝会原谅你的。”

“我没管住自己的脾气，”我说，“我一时没忍住。”

“干吗要忍住？”

“我看到他的时候，”我说，“正在气头上，但我让你处在了尴尬的位置上……”

“你究竟怎么影响到我了？”

“他毕竟是你的客人……”

“哦，这个啊……听着，老伙计，这对我来说不算什么。各种各样的人都会到我这儿来。我安排好方舟，各种动物都会成双成对地过来。那些乌合之众一来就是好几十个。顺便说一句，这位阿年波季斯特·彼得罗维奇是个非常聪明的人，不会为这样的小事生气的。”

“他不会？”我惊讶地问。

“他当然不会。”

“你是说，他脸皮很厚?”

“脸皮厚? 上帝啊，不是。正相反，他是个敏感的人，但很精明，看待问题的视野很广。再说，他也不是第一次遇到这类事情了。我觉得他以前挨过一两次揍。至于你说的粗话嘛，他们那号人走到哪里，人们都会那样说他们。”

“但他们还是到处走动——到别人家做客?”

“既然别人肯让他们进屋，甚至主动邀请他们过去，他们干吗不去?”

他这番话让我感到气愤，尽管他是主人。

“这就是我们的问题，阁下，”我说，“我们咒骂那些没用的人，然后把他们请进家里做客。格里博耶多夫当年批评过这种做法，到如今什么都没变。”

“也不可能变，因为还会怎么样呢。”

“别说了，”我说，由衷地感到沮丧，“为什么，比方说，在英国……”(当时，因为卡特科夫[①]的游记《俄国信使》影响甚大，英国的事物在俄国成为时尚。)

不过还没等我说完“英国”二字，斯捷潘·亚历山德罗维奇严肃地看了看我，打断道:“你想说什么，想向我们兜售卡特科夫的胡言乱语吗? 让我们模仿英国可不是什么好事。”

“为什么不好? 你是想说，英国人都是天使，不是我们这样的凡人吗?”

“哦，他们也是人，这没错。只不过他们的习俗不同。”

“我说的不是政治。”我说。

“我说的也不是。感谢上帝，我们是俄国绅士，不是英国贵族。我们用不着在我们高贵的头脑里装满政治。也许，英国诚实的人或者起码是正派的

① 卡特科夫（1818—1887），俄国政论家、批评家。

人，要比俄国多——这是事实，你也看到了。不过这有什么好惊讶的呢？在英国，做个诚实的人是合情合理的事，做无赖可没有什么好处。在那样的环境里，诚实的人会越来越多。在英国那边，每个人都是那样长大成人的，大人告诉孩子，要‘做一个绅士’。他们会给孩子解释，这话是什么意思。但我们灌输的是另一种格言：‘正直的人不会住在豪宅里面。’孩子可不傻，他知道抹了黄油的面包更好吃。于是他就照着别人走的路走。你得用明智的方式，从获取个人利益的角度来看待这一切，而不是像你们这些水兵那样，从你们傻乎乎的理想主义的角度来看。所以你们这帮人才百无一用。”

“你这话是什么意思？”我问。

“就是我说的这个意思：你们就像驴子的第五条腿一样没用。咱们不妨设想一下，比方说，你要谋一份差事，我去替你说好话，我这样说：‘这个伙计是黑海舰队的军官，非常诚实，从不损公肥私，也不让别人那样做，他为了持守正义，甘愿清贫自守。’那样我是不会帮你谋到那份差事的，对我自己也没有好处。他们会因为我支持你，说我是傻瓜。他们会说：‘你那个朋友，他是个不错的家伙，不过我们不需要那样的人，我们需要的是不那么完美的人。’所以，我不会替你美言，反而会替他，替那边那位优秀的绅士说好话，”我们的主人朝军需官那边扬了扬下巴，他正站在餐桌旁边，“不管是什么职位，我都可以替他说话，因为我们这样的社会总是需要像他那样的人，不管是谁，用了他那样的人，等于有了保障。”

“你是想告诉我，”我说，“情况就只能这样了？”

“没错，当然。你瞧，他是个非常聪明、适应能力很强的人。人人都看得出，该怎样把他派上用场。而你——雇佣你对别人有什么好处？以你的忠心和正义感，你只会跟每个人争吵。对你们这类人，只能揪住尾巴，扔回船上去，因为你们上了岸，只会坐在那里落灰。”

好，注意啦，先生们——波尔菲里·尼基季奇强调说——我可没有编故事。这可不是为了逗你们开心，特意杜撰出来的。我讲的都是真人的原话，这番话准有一定的历史意义，虽然没有写进历史教科书，但起码会在我们这些航海的弟兄中间口口相传。那时候，人们就是这样看待我们的，先生们——不光把我们这些人看成是正人君子，更是把我们这个整体看成是没有道德瑕疵的一类人。不过这都不是重点。我再给你们讲讲，在赫鲁廖夫家用晚餐时，又发生了哪些事吧。

“所以你要明白，我正直的好伙计，”斯捷潘·亚历山德罗维奇友好地拍拍我的背，总结道，“理想主义的时代已经一去不复返。如今，就算对拉丁文一窍不通的人也会告诉你‘suum cuique’——‘各得其所’。我们干吗不去吃点东西呢，要不然你说的那头十足的猪猡，阿年波季斯特·彼得罗维奇，很可能就会把三文鱼全吃了——那多可惜，因为那道鱼做得不错。那是我从莫斯卡亚街的斯穆罗夫那儿弄来的样品。顺便说一下，咱们吃东西时，我会把你介绍给他认识。”

“我？把我介绍给谁认识？”

“阿年波季斯特·彼得罗维奇。”

“不必了，非常感谢。”

“什么？你说你不愿意？”

“当然。”

“太可惜了。他是个非常精明的人——你很可能会说他有政治家的气度和才干——同时，他又是个再纯粹不过的俄罗斯人。他是个能把事情看透的人，前途无量。”

“那就祝他好运吧，这就是我的话。”

“是啊，没错。不过你要知道，他是个和蔼可亲的人，你可以从他那里学到很多东西。”

“天哪！”我心想，“接下来，他还会发现那家伙有什么美德呢！可以从他那里学到很多东西？我呸！”

我们朝自助餐台走去，融入到人群之中。阿年波季斯特·彼得罗维奇已经成为人群的中心，正在发表一通富有启迪的演说。我全神贯注地听着，想知道这位神使究竟在发布什么神谕。

起初他谈到的唯一一样东西就是三文鱼。他的点评的确内容扎实，建立在丰厚的专业知识之上。我觉得，他那些点评足以让任何一个正派人感到恶心。

他又吮又嚼，还咂了咂嘴，用舌头和上颚品味着每一片鱼肉。这样的步骤保证了取样分析的严谨精确，对三文鱼的点评也就更到位了。他细细品尝着，然后像果戈理笔下的佩图赫一样，抿着嘴宣布道：

“嗯……嗯……好……不错……非常不错……其实，可以说……非常好。”

“三文鱼确实不错。”有人说。

“嗯……嗯……好……或许……嗯……真不错……很软。”

“嗯，就像黄油一样软。”

“嗯……嗯……对……可以说它……嗯……就像黄油一样……”

“我得说，你太吝惜你的好评了。”插话者是一名上校，他的前额和鼻梁上有一道伤疤。“我们在克里米亚吃过那些烂玩意儿之后，什么东西都变成了美味。在克里米亚，可弄不到这样的东西。”

“嗯……嗯……嗯……真的吗？我们……嗯……弄到过，也是在那儿。”

“不过价钱可便宜不了，我敢保证。”

“嗯……没错，是的，当然，总要付出代价……不过我们……给自己弄了不少……从基辅那边……我们从商人波克罗夫斯基那里订的货……那些三文鱼也不错……他们管它叫‘军需处三文鱼’。不错……顺便说一句，这位波克罗夫斯基，也给王室供应三文鱼——只不过，当然，品质有所不同。你瞧，他们不敢像跟我们要钱那样向陛下收费。不过对我们来说……那不算什么——我们有钱。”

脸上有疤的上校长叹一声。

“你们当然不缺钱，”上校说，“其实，你们钱多得都不知道如何花。”

“的确如此。我们有些伙计很不习惯，不懂得适可而止……嗯……其中有一位，我记得，听说有种‘耶罗博姆[①]袋子’，就让他的裁缝给他做一些。结果闹出了笑话。那个裁缝以为，耶罗博姆肯定是某种上等面料，于是就用锦缎做了些袋子。真是好笑。”

“那耶罗博姆究竟是什么意思？”

“是指尺寸，足以装下一大瓶酒……嗯……嗯……你瞧，我们的钱包……嗯……这么鼓……”

“哼，你这讨厌的猪！”我心想，“就连闭紧嘴巴的礼仪都不懂！”

然后他又讲起他们食品供应局或军需处的一名同事的轶事。此人在困难时期，在人们普遍吃苦受罪、战局吃紧的时候，强取豪夺，肆无忌惮。

“这个伙计，”他说，“突然尝不出任何味道了，便开始胡吃海塞，天知道他吃的是什么疯玩意儿。”

“啊哈，”我心想，“好极了。但愿你们这帮人全都这样，毒死你们这帮家伙。”结果他说的“疯玩意儿”完全出乎我的意料。

“这伙计一直爱喝淡啤酒，”阿年波季斯特·彼得罗维奇接着讲道，“他常常豪饮一番。此人颇有背景——他是在神学院读的书。他父亲是大祭司，是很有名的布道者。他父亲在遗嘱里写道，如果儿子有办法买到葡萄酒，就

① 一种容量约为三升的大酒瓶。

不准喝啤酒；如果他有办法买到啤酒，就不准喝淡啤酒；如果他有办法买到淡啤酒，就不准喝水。可他别的都不碰，就爱喝淡啤酒，只想喝淡啤酒——不过后来，在战争期间，他开始往里面掺香槟……”

“什么意思？”

“就是我说的这个意思……嗯……他把两种酒按照同样的比例兑在一起：他倒半杯淡啤酒，半杯香槟酒，搅拌一番，然后喝掉。”

“真是猪猡！”我咕哝道，不过声音有点儿大，让阿年波季斯特·彼得罗维奇听到了，他朝我这边瞥了一眼，说：

“没错，的确是很粗鄙的做法，我同意。请注意，我要说的是，香槟和淡啤酒兑在一起，并不像你们想象得那么难喝……其实，在战争时期，这种喝法成了我们食品供应局的一种时尚……嗯……不少伙计现在还这么喝……他们已经习惯了这种口味。外国人呢，他们可喝不来……我们试过给他们一些喝，看看热闹……结果他们……呃……吐了出来……他们没有那个胃口。”

我虽然不是外国人，但也很想吐，很想离开。这时，这位了不起的阿年波季斯特·彼得罗维奇突然转过脸来，用很随意的口吻对我说：

“顺便说一下，请你原谅，你刚才说到俄国人的性格，请允许我提出一点小小的异议。”

不知道为什么，我居然没有用粗话打断他，反而回应说：

“哦，请尽管说吧。”

“嗯，”他说，“简而言之，我就说这样一句吧：你对我们俄国人的评价是刻薄和有欠公允的。”

我跟你们说，我听了这话后立刻站起来。

“什么！我的话刻薄！”

“没错。我坐在那里打牌时，听到你跟战友们说的一些话。我为同胞们抱不平。相信我，你并没有权利那样诽谤俄国人。”

“谁——我吗？”我说，“你说我诽谤俄国人？”

“当然是你。你当时说过什么来着？我听到了一些……你把俄国人划分为两部分，你认为一部分是正直的英雄，另一部分是窃贼和无赖。”

“啊哈！”我说，“这就是你觉得刻薄的地方吗？”

“不，先生。你丝毫没冒犯到我个人，因为我从我父亲，一位贵族那里继承了一句格言——人绝不应该把他听到的令人不快的言论往自己身上揽。不过对你那些无礼中伤的言论，我替所有的俄国同胞打抱不平。我相信，我们俄国人无一例外，都能够拥有人类的每一项美德。你说过，先生，当你们——也就是战士们——在克里米亚的泥泞中抛洒热血时，我们在食品供应局里巧取豪夺。这是事实，完全没错。”

“是，”我激动地回答，“我可以向你保证，这是事实。现在，听你讲过淡啤酒和香槟酒的可耻轶事之后，我越发肯定，自己有权利说那番话。”

“好吧，咱们暂且撇开淡啤酒和香槟酒，那只是口味问题，有些人喜欢这种酒，有些人喜欢那种酒。普鲁士国王往食物里加阿魏胶[①]，我没看出这有什么可耻的。不过你把我们俄国人划分成两种截然不同的类型——这点恕我难以苟同。你要知道，在我看来，不应该给不下半个民族的人冠上恶名。我们都是同一根肋骨造就的，涂的都是同样的油膏。”

“等一下，”我说，“或许我们涂的是同样的油膏，但这并不意味着，我们全都是贼。”

他想给人这样的印象——他没有完全听懂我的话。他问道：

“什么意思？”

我看着他重复道：

“我们不是贼。”

---

① 多年生草本植物阿魏的树脂和树胶，有药用功效。

“这我知道，先生。你们怎么可能会是贼呢？你们都没有机会学习偷窃的技巧。已故的海军将领拉扎列夫给你们灌输了荣誉感，你们眼下还紧抓着这种荣誉感不放。不过未来如何，就只有上帝知道了……”

“不，这一点绝不会改变！”

“为什么不会？”

“因为跟我一起服役的都是正直的人。”

“正直的人！上帝在上，我对此并不怀疑。他们的确是正直的人，但是没有理由断言，只有你们这些人正直，别人就不正直。那根本是胡说八道！就这个问题，我要为他们辩护，我要为全体俄国人辩护！是的，先生！相信我的话吧，并不是只有你们可以忍饥挨饿、浴血奋战，像英雄那样死去。但听你一说，我们从受洗的那一天起就只会做一件事，盗窃。这是胡说八道，先生！不是真的，先生！我们俄国人——这是我们每个人的命运，上天赋予了我们这样丰富的性格——什么都做得来。我们就像猫一样，把我们往什么地方扔，我们都不会在尘土中摔个狗吃屎，我们会四肢着地。不管需要做什么，我们都能做得很好。如果需要牺牲生命，我们就牺牲生命，如果需要盗窃，我们就盗窃。你们接到的命令是打仗，你们完成得无可挑剔——你们浴血奋战，像英雄那样死去，赢得了响彻欧洲的美名。不过我们发现，我们从事的是可以盗窃的行当，我们也为自己赢得了名声，我们将盗窃也完成得非常出色，同样声名远播。不过我们不妨这么说，如果，上面发布一道命令，让我们所有人调换位置，让我们去战壕里牺牲，让你们进入军需部门，那我们这些盗贼就会浴血奋战，阵亡沙场，而你们呢……会盗窃……”

这是他的原话，他一点儿也没有害臊！

我正要反唇相讥：“哼，你这肮脏的卑鄙小人！”结果其余的人都被此人的坦率给逗乐了，他们喊了起来：

“好啊，好啊，阿年波季斯特·彼得罗维奇！虽然无耻——不过说得好！”他们全都开怀大笑，仿佛他刚才讲的是什么妙极了的好消息，或是跟他们有关的喜讯。就连叶夫格拉夫·伊万诺维奇也忍不住结结巴巴地说：

“说——说——说得对！”

与此同时，他这个厚颜无耻的魔鬼，又往嘴里塞满三文鱼，开始对我进行另一番说教。

“当然，”他说，“如果你先前说那番胡言乱语是因为你缺乏经验，那么上帝会原谅你的。不过今后，你自己看看你会对同胞作何评价吧。为什么要赞扬一些人，怪罪另一些人呢？我们每一个人都肯定能把每件事做好。愿上帝成全，你在有生之年会亲眼看到这一点的。”

事情就这样结束了。最后我成了有罪的一方，被这位拥有老练智慧的模范人物教训了一番，而在场众人一致表示赞同。嗯，正如你们所料，经过那次小小的教训之后，我多少改变了自己的看法……老实说，如今我常常回想起那个人厚颜无耻的言论，我渐渐觉得，那个无耻之徒说不定是对的。

同样的印象

利勒-亚当，1883

选自奥古斯特·维利耶·德·利勒-亚当（1838—1889）《残忍故事集》，这篇故事是对背景城市巴黎的双面写照。我们从中可以看到，生意场（股票市场旁边的咖啡店）这个世界，和亡者的世界（陈尸所的一个房间）之间存在着一种极其简单的对应关系。作者使用相同的词汇描绘了这两个不同的场景。这种手法可谓肇始于此，后来当代作家也使用，比如阿兰·罗伯-格里耶①。

利勒-亚当创作怪诞故事时笔法迅速而锐利，传达出冷静的残忍。

献给亨利·德·博尔尼耶②先生

她们的黑眼睛四处打量。

——波德莱尔

十一月的一个灰蒙蒙的早晨，我沿着河堤疾步前行。冷飕飕的牛毛细雨把空气变得湿漉漉的。身穿黑衣的路人，躲在变形的雨伞下面，来来往往。

① 阿兰·罗伯-格里耶（1922—2008），法国作家及电影制片人，新小说代表人物之一。

② 亨利·德·博尔尼耶（1825—1901），法国诗人、剧作家。

黄色的塞纳河奔腾着，河上的商船看上去，就像巨大的金龟子。桥上，大风总想夺走人们的帽子，帽子的主人竭力把它们按牢，他们那副痉挛般的表情，落在画家们眼里，总是让他们感到阵阵不适。

我的思绪一片混沌；头一天安排的商务约会，令我心烦意乱。时间紧迫，我决定到一处门廊下面避避雨，我觉得从那儿更容易叫到马车。

就在这时，我注意到，身边就是一栋外观坚实的方形建筑的大门。

它在薄雾中赫然耸现，就像一片石质的幽影，尽管它的建筑风格僵硬呆板，尽管它笼罩在阴沉、诡异的氛围之中，我还是从中辨别出某种热诚好客、令人安心的气氛。

“这里的住户，”我暗自思忖，“准是长年足不出户。门口的样子就像邀请来客进去一般：大门不是开着吗？”

于是我尽量摆出一副彬彬有礼的姿态，面带满意的笑容，将帽子拿在手中，心里琢磨着该怎样向这户人家的女主人恭维一番，走进了大门。我马上发现，自己面前是一个带有玻璃屋顶的房间，阴森的天光透过屋顶照进屋里。

几根柱子上挂着衣服、围巾和帽子。

四面都摆着大理石桌子。

有些人坐在桌旁，伸着腿，抬着头，大睁着眼睛，脸上是一副波澜不惊的表情，仿佛正在沉思。

他们的目光空洞无神，他们的面色就像天色一样阴沉。

他们每个人身边，都摆着打开的公文包和摊开的文件。

这时，我意识到，这栋房子的女主人，我以为她会对来客殷切欢迎的那位，不是别人，正是死神。

我望着那些人。

显然，为了逃避烦恼丛生的人生，他们大多已经葬送了自己的肉体，希望以此换取少许的慰藉。

我听着接在墙上的黄铜龙头发出的声音，准备为活人提供饮水，这时，我听到一辆马车辚辚驶近。它就停在这栋房子外面。我想起来，有不少商人还在等我，于是便借着这股好运，转身离开。

其实，这辆马车刚好在这栋房子的门口下客，一伙狂欢作乐的学生想要亲眼看看死神的样子，看过之后，他们才会相信它的存在。

我望着空空的马车，跟车夫说：

“去剧院街！”

片刻之后，到了林荫大道，我只觉得，天色变得比以往任何时候都要昏暗，地平线也已经不复存在。枯骨般的树木看上去，就像在用黑色枝条的尖梢，向昏昏欲睡的警察模模糊糊地指出行人当中的可疑人员。

马车匆匆驶过。

透过车窗望去，行人们仿佛流水一般。

抵达目的地之后，我纵身跳下马车，来到人行道上，一头钻进拱廊街，里面的人全都满面忧色。

来到拱廊街尽头，我发现面前是一家咖啡馆的大门——后来这家咖啡馆在一场出名的大火中化为灰烬（人生不就是一场梦嘛）。它隐藏在一间棚屋后面，上方是一个方形的牌楼，隐隐透出不祥。

“就是这里，”我心想，“我的商业同僚就在里面等我，他们手拿玻璃杯，眼里闪烁着不愿为命运所左右的光芒。”

于是我扭转门把，马上发现自己来到一个房间，阴森的天光透过窗户照进屋里。

几根柱子上挂着衣服、围巾和帽子。

四面都摆着大理石桌子。

有些人坐在桌旁，伸着腿，抬着头，大睁着眼睛，脸上是一副波澜不惊的表情，仿佛正在沉思。

他们的面色就像天色一样阴沉，他们的目光空洞无神。

他们每个人身边，都摆着打开的公文包和摊开的文件。

我望着这些人。

显然，为了逃避不堪忍受的良心折磨，他们大多早早葬送了自己的灵魂，希望借此获取少许的慰藉。

我听着接在墙上的黄铜龙头发出的声音，准备为活人提供饮水，这时，我回想起那辆马车的辚辚声响。

“那个车夫，”我暗自思忖，“准是染上了某种昏睡症，他兜了那么多圈子，又把我送回了原先的地方。不过我必须承认（倘若我搞错了的话），第二次看到的情景比第一次看到的还要险恶！”

于是我不声不响地关上玻璃门，往家走去，我立下坚定的决心——不管别人多么发达，不管我变成什么样——我都决不从商。

夜晚：一场噩梦

莫泊桑，1887

这是一部通过最简单的手法获得怪诞效果的典型作品：故事不过是徜徉于巴黎街头的一次漫步，以及夜游者莫泊桑对自己夜间生活种种感受的照录。但我们从开篇就感到一种噩梦般的压抑，这种感觉会越来越强烈。城市还是那个城市，街巷楼宇仍在，但先是人消失了，接着光线消失了，熟悉的场景似乎仅能让人产生对荒诞和死亡的恐惧。

莫泊桑（1850—1893）在怪诞文学中也占有一席之地。他在突发精神病之前写了一系列怪诞故事：恐惧感正是从最日常的情境中迸发出来的。

我热爱夜晚。我爱它，就像人们爱国家或情人一样。我用全部感官去爱它，用我的眼睛看，用我的鼻子呼吸着它，用我的耳朵聆听它的寂静，用我的全身享受它幽暗的爱抚。云雀在阳光下、在蓝天里、在暖风中、在晴朗早晨的和风中歌唱，而猫头鹰在夜晚飞翔，它的小小黑影掠过黑暗的空间，在无边黑暗中欣喜若狂，发出响亮而不祥的啼鸣。

白天，我感到疲惫而厌倦。白天粗暴而喧扰。我很少起床，穿衣也无精打采，出门更是满心不情愿。每个动作、每个姿态、每句话、每个念头，都像重担压身一样，令我疲乏难当。

不过只要太阳一下山，一股莫名的愉悦就占据了我的全部身心。我清醒过来，身上充满活力。随着夜色渐浓，我感到自己变得截然不同，变得更加年轻、健壮、精神振奋、兴高采烈。我望着一片片巨大而柔软的暗影从天而降，变得越发幽深。它们包裹住这座城市，就像既无法穿透也无法触及的波浪；它们掩盖、抹煞、摧毁了种种色彩和形状；它们用难以察觉的怀抱，拥抱着人群和楼宇。每到这时，我都会像啸叫的猫头鹰一般，发出喜悦的呐喊，像猫一样在房顶奔跑，一股难以抑制的爱火在我的血脉里奔腾燃烧。我时而漫步在昏黑的巴黎郊区，时而漫步于附近的森林，在那里，我能听到我的姊妹们——那些野兽，还有我的兄弟们——那些偷猎者——在暗中寻寻觅觅。

到最后，人往往会被自己疯狂迷恋的东西害死。不过我该如何解释自己的遭遇呢？我如何让人明白，自己竟然能把它说出来？我不知道，也说不清。我只知道，这就是——这就是全部的经过。

唔，昨天——是昨天吗？——没错，毫无疑问，要不然，就是更早一些，一天前，一个月前，一年前……我说不清，不过应该是昨天，因为之后，就再也没有白昼降临，再也没有太阳落下。不过这一夜已经过了多久？多久？谁能说得清？又有谁知道呢？

那就算是昨天吧。像每天傍晚一样，我吃完晚餐，便出了门。天气颇为晴朗，温暖宜人。走到林荫大道的时候，我仰望着头顶那条群星密布的黑色河流，街道两旁的屋顶在空中勾勒出形状，这些屋顶回环曲折，使得这条星河就像真正的河流一样翻滚起伏。

在澄澈的空气中，无论是行星，还是煤气灯，一切都清晰可辨。城里，那么多的灯在上方点亮，就连阴影仿佛都熠熠生辉。明亮的夜晚要比明亮的白昼更令人愉悦。林荫大道旁边的咖啡馆灯火通明，传来人们饮酒作乐的欢声笑语。我走进一家剧院，待了一会儿。我说不清那是哪家剧院。剧院里的灯光太强，让我大为扫兴，包厢的金色灯光带来的强烈冲击，巨大的水晶枝形吊灯那人工炮制的璀璨光芒，那炫目的舞台脚灯，那做作而粗俗的灯光透出的忧郁，让我大为难过，于是我又退了出来。我来到香榭丽舍大道，这里的露天音乐会看上去，就像将树木点燃了一般。那些染上黄光的栗子树看上去，就像涂过油漆，就像闪烁着磷光。那些电灯泡就像灰白、炫目的月亮，就像月亮产下的卵，从天而降，就像巨大而有生命的珍珠，它们让一排排的煤气灯（污秽而丑陋的煤气灯）以及彩色而明亮的玻璃组成的花环变得黯淡无光。

我在凯旋门下面停住脚步，望着大街，那条星光灿烂的长街，在两排火焰和星光中通向巴黎！无名的群星随意散落在无垠的夜空之中，组合出种种奇特的形状，让我们生出多少梦幻，多少想象。

我走进布洛涅公园，在那儿逗留了很久很久。一阵奇特的战栗、一波出乎意料的强烈情感和近乎疯狂的喜悦攫住了我。我没完没了地走着，再折返回来。我再次从凯旋门下面经过时，已经几点了？我也说不清。这座城市正在沉睡，巨大的黑云在空中缓缓蔓延。

我第一次觉得，有桩怪事，一桩新鲜事，正在发生。

我觉得，气温似乎变凉了，空气变得厚重了，夜晚，我心爱的夜晚，沉甸甸地压在我的心头。这时，大街冷清下来。两名警察在停车场附近巡逻，一连串运输蔬菜的大车沿着车道前往市场，只有像是眼看就要熄灭的黯淡煤气灯为它们照明。它们走得很慢，车上装满胡萝卜、芜菁和卷心菜。看不见的车夫们睡着了，马匹跟着前面的大车，踏着均匀的步子，在木质人行道上没有弄出多大声响。它们从人行道的每一盏路灯旁边经过，胡萝卜在灯光下显出红色，芜菁显出白色，卷心菜显出绿色，这些大车一辆接一辆地走过，红的宛如火焰，白的宛如银器，绿的宛如翡翠。我跟在它们后面走了一阵，然后拐到皇家大道，再回到林荫大道上。四下无人；咖啡馆全都打烊了，只有几名迟归的行人，行色匆忙。我从未见过巴黎这般死气沉沉，这般冷冷清清。我看了看表。已经两点了。

某种力量驱策着我，让我想要继续走下去。于是我一路走到巴士底狱。到了那儿，我才发现，自己从未见过这样漆黑的夜，因为我连七月纪念碑都看不见，纪念碑上的金色守护神消失在看不透的黑暗之中。犹如以太般密集的乌云组成的帷幕，遮没了星光，仿佛要降临人世，将它全然抹灭。

我折返回去，四周杳无人迹。不过，走到水塔广场的时候，有个醉鬼差点儿跟我撞个满怀，随后便消失了。有那么一段时间，我能听见他洪亮的嗓门和深浅不一的脚步。我继续前行。在蒙马特高地顶部，一辆马车跑了过去，往塞纳河方向去了。我大声呼唤它，但车夫未回应。在德鲁奥街附近，有个女人在闲逛："听着，亲爱的——"我加快脚步，躲开她伸过来的手。然后，就没有什么了。在杂耍剧场前面，有个捡破烂的在水沟里捡东西。他的小提灯晃来晃去，比地面高不了多少。我问他："几点了，好心人？"

"我怎么知道？"他咕哝道，"我没有表。"

我突然发现，所有的灯都熄灭了。我知道，每年这个时候，为了节约，总是没等天亮，就把灯早早熄灭了。可这时候离天亮还早着呢！

"咱们去市场吧，"我自言自语，"起码能在那儿找到些许生气。"

我上路了，不过天太黑，看不清道路。我缓缓前进，就像走在森林里一样，靠数数来辨认一条条街道。在里昂信贷银行前面，一条狗叫了起来。我拐进格拉蒙街，迷了路。我四处游荡，然后凭借四周的铁栏杆，认出了证券交易所。整个巴黎都在沉睡，睡得很沉，叫人害怕。远处，一辆孤零零的马车辚辚驶过，也许就是方才从我身边跑过的那一辆。我试着接近它，往传来声音的方向走，穿过黑魆魆、冷冷清清的街道，它们就像死亡一般昏黑。我又一次迷了路。我在哪儿？这么早就熄灯，真是胡闹！附近无人走过。没有饮酒作乐、迟迟未归的人，没有毛贼，连叫春的猫也没有。什么都没有。

警察究竟去哪儿了？我自言自语："只要我大喊大叫，他们就会过来。"

我大喊大叫起来。无人回应。我喊得更响。我的声音消失了，没有激起一声回音，它虚弱无力，被夜晚，这无法穿透的夜晚给捂住，给窒息了。我大叫："救命！救命！救命！"我绝望的呼喊依然无人回应。现在几点了？我掏出表来，可我没有火柴。我怀着一种莫名而陌生的愉悦，倾听着这个小装置柔和的滴答声。它就像是一个活物。我觉得自己不那么孤单了。真是不可思议！我继续走了起来，就像一个盲人，用拐杖摸索着墙壁往前走，每过片刻，我就抬起头来，仰望天空，希望天终究会亮起来。但天空漆黑一片，比这座城市还要昏暗。

现在会是几点呢？我觉得自己已经走了很久很久，因为我的双腿已经不听使唤了；我的胸口起伏不定，我的肚子饿得厉害。我决定，一旦看到一户人家，就过去拉响门铃。我拉起铜铃，它的响声传遍了整栋房子。它的声音有些奇怪，似乎这阵震动的响声是宅子里仅有的声音。我等了一会儿。无人回应。门没有开。我又一次拉响门铃，又等了一会儿——还是什么都没有！我害怕了！我跑到旁边那栋房子，连续二十次拉响黑洞洞的走廊里的门铃，看门人应该在走廊里睡觉，但他没有醒来。我又走远些，用尽全力去拉响门铃，叩响门环，又是踢，又是砸，门却依然紧闭。

突然，我发现自己来到了市场。市场里一片荒凉，没有任何声响，任何活动；没有一辆大车、一个人、一束花、一棵菜——市场空空荡荡，声息全无，如同被人遗弃一般，死气沉沉。恐惧攫住了我的心。究竟发生了什么事？哦，我的上帝，究竟发生了什么事？

我又上路了。可现在几点了？几点了？谁能告诉我？教堂和公共建筑上的钟无一敲响。我心想："我要把玻璃表盖打开，用手指摸摸钟表的指针。"我掏出了表……它已经不走了……它停了。什么都没有了，什么都没有了，城市里没有丝毫异动，没有一盏灯，没有丝毫的声响。没有！什么都没有！连远处马车辚辚驶过的声音也没有！什么都没有。我来到码头，河里升起一股寒意。塞纳河还在流淌吗？我想知道答案，于是找到台阶，走了下去。我听不到桥下流水的声音……再走几步……然后是沙……泥……然后是水。我把手伸进水里。它还在流……在流……冷……冷……冷……近乎结冻……近乎干涸……近乎死寂。

我完全明白了，我再也没有力气上去了，我要死在这里了……这下轮到我了，我会死于饥饿、疲乏和寒冷。

不渝的爱

弗农·李，1890

弗农·李是英国女作家维奥莱特·佩吉特（1856—1935）的笔名，她也是研究意大利历史和艺术的学者，常年定居佛罗伦萨。马里奥·普拉茨[①]在《与蛇签下的盟约》(蒙达多利出版社，1972年版）和《场外的声音》(阿代尔菲出版社，1980年版）这两本书中，都对她进行了详述。在该故事中，一位波兰学者爱上了十六世纪意大利马尔凯地区一个可怕的贵妇，小镇的日常生活，使人们萌生了对那个无情时代的追忆之情（参见司汤达的《意大利遗事》)。就这样，幻觉从那些古艺术品中陡然迸发。一个世纪以前，外国人仍把意大利看作是一个历史永驻的国家，一个被原封不动保护起来的地方，就好像罗伯特公爵骑马雕像里藏着的银质神像。

第一部

意大利乌尔巴尼亚，一八八五年八月二十日

我多年来一直想去意大利直面历史。但这是意大利吗，这是历史吗？我应该哭，是的，因为我第一次漫步罗马时感到失望。那天，我受邀去德国大

① 马里奥·普拉茨（1896—1982)，意大利著名文艺评论家、翻译家和记者，也是研究英国文学的学者，著有《浪漫的痛苦》。

使馆吃饭，来自柏林和慕尼黑的几个汪达尔人和我一起过去，告诉我可以去哪里喝到最好喝的啤酒，吃到最好吃的泡菜，还告诉我格林和莫姆森的最新文章写的是什么。

是不是很可笑？是不是很愚蠢？我不是北方文明养大的吗？我能来到意大利旅行，不是因为一家现代科学基金会的资助吗？而他们之所以资助我，不是因为我写了本气势汹汹的可谓艺术批评的博闻类书籍吗？不仅如此，我坐快车来意大利，不是为了几个月后再写一本这样的书吗？你能想象吗？你——悲伤的斯皮里迪恩，波兰裔普鲁士学究，哲学博士，教授，曾因一篇论十五世纪的暴君的论文获奖，黑色的教授大衣口袋里装着大使的信函和书稿，却不能感受到过去的气息？

千真万确，我的老天啊！我还是忘记当下吧，至少时不时忘掉。比如，今天下午我就做到了。当时，牛车拉着我慢慢走过漫长的山道，看不见的河流在远远的下方发出冗长单调的流水声，光秃秃的灰色与红色山峰耸立在乌尔巴尼亚城四周。希吉洛、彭纳、福松布罗内、梅尔卡泰诺、蒙特穆尔洛，车夫指着这些村庄，对我说出它们的名字时，我回忆起历史上发生在这些地方的战争或重大叛乱事件。夕阳落到群山后面，山巅之城的尖塔与圆顶后面只剩下一抹不祥的烟红色，村庄被淡蓝色的暮霭笼罩，教堂的钟声漂过悬崖，从乌尔巴尼亚传来。我不禁在每一个路口都以为会遇见一队骑兵，他们戴着鸟喙状头盔，穿着爪形鞋，夕阳下，他们的铠甲闪闪发亮，三角旗迎风摇荡。然而，大约两个小时之前，我在黄昏中走进城里，走过荒芜的街道。只有圣坛或水果铺前发出裹挟着烟尘的灯光，铁匠铺通红的炉火也驱赶走些许黑暗。我又从城垛和角楼下走过……啊，这才是意大利，这才是历史！

八月二十一日

我又回到当下！有四封介绍信要寄。强忍着与副市长、市政官以及档案馆馆长礼貌地交谈一小时。馆长是个好人，我的朋友马克斯此前竭力推荐我住在他家……

八月二十二日至二十七日

白天大多待在档案馆，但我大部分时间是与馆长闲聊。今天，他一刻不停地讲了教皇涅阿斯·西尔维厄斯四十五分钟。为了弥补这种殉难式的痛苦（赛马被强行赶去拉马车是什么感觉？你如果能想象这种感觉，也就能想象波兰人变成普鲁士教授的感觉了），我逃到城里，长时间漫步。城里的黑色房子都挤在山顶上，长长的窄巷从房子中间蜿蜒而下，就像我们童年时玩的滑梯。一座宏伟的红砖建筑坐落在这些房子中间，那是奥托波尔诺公爵的宫殿。宫殿附带塔楼与城垛，俯瞰漩涡般的大海和忧郁的灰色群山。城里的人是什么样子呢？男人肤色深暗，留着浓密的胡须，骑骡子，穿绿衬里的斗篷，好像土匪；英俊而强壮的小伙子低着头到处闲逛，好像西尼奥雷利壁画里色彩斑驳的亡命徒；大多数小男孩像拉斐尔的小天使一样漂亮，眼睛和小公牛的眼睛一样；女人身材臃肿，可以想见，大多叫玛利亚或圣伊丽莎白，穿着木底鞋，头上顶着黄铜水壶，在陡峭而阴暗的小巷里自如上下。我很少与这些人交谈，我怕自己的幻想会破灭。在弗兰西斯科·迪·乔吉欧漂亮的小门廊正对面，有一幅巨大的宣传画。宣传画里，一位天使降临，为埃利亚斯·豪加冕，因为他发明了缝纫机。副市长手下的职员也在我吃饭的那家饭店吃饭，大谈政治、要人、铁甲舰与突尼斯，还唱了《安戈夫人的女儿》里的一段，这部剧最近可能正在本地上演。

不，和本地人谈话明显是个危险。但我的好房东诺塔罗·波利先生可能是个例外。波利先生和档案馆馆长一样博学，但吸鼻烟比馆长少多了。我忘记了记录很多事情，其实我觉得自己必须记录，因为我模糊地觉得，等我回到可憎的罪恶之都柏林，这些只言片语会像枯萎的橄榄枝或我桌上三根灯芯的托斯卡纳油灯，使我回忆起自己在意大利的快乐日子。我忘记了写下，我的房东是个古董商。我的房间俯瞰主街，一根顶上雕刻着商业之神墨丘利的小柱子立在市场的遮阳篷与门廊之间。我俯身在种满罗勒、丁香、石竹与金盏花的花盆和缺口大水壶之上，可以看见角楼的一角，以及角楼后面模糊的深蓝色矮山。我住的房子是座起伏的黑色奇怪建筑，后墙下面就是沟壑。房间里的墙被刷成白色，挂着拉斐尔、弗朗西斯卡和佩鲁吉诺的画作。一有陌生人造访，我的房东就会把画作拿到主客房去。主客房里摆着古老的雕花椅子、神圣罗马帝国的沙发以及带浮雕的镀金婚橱。衣柜里摆着古老的锦缎片与带刺绣的祭坛布，这些布料散发出古老的焚香味与霉味。整栋房子由波利先生的三个未婚姐妹看管：索拉·塞拉菲娜、索拉·洛德维卡和索拉·阿德尔吉卡。考虑到她们做女红、养黑猫，她们可谓现实中的纺织、维护与切断生命之线的三女神。

本地人管我的房东叫阿斯卓巴尔先生。他也是个公证人，对教皇政府感到失望。他的一个给红衣主教当侍从的表哥相信一种巫术：在圣诞夜以及诸如此类的夜晚，你在双人桌上点燃四根用死人脂肪做成的蜡烛，执行一套他自己都说不清楚的仪式，就可以把托钵修士圣帕斯夸里·贝隆召来。你如果能扇他左右两个耳光，念“万福马利亚”三遍，就可以让他在经过烟熏的盘底写下彩票的中奖号码。难点在于如何弄到死人脂肪做蜡烛，以及必须在圣人消失前扇他耳光。

“如果不是因为这个巫术很难施行，”阿斯卓巴尔先生说，“政府早就禁止彩票了——唉！”

九月九日

乌尔巴尼亚的历史中有浪漫事件，但这浪漫事件被无趣的学究忽略了(总是这样)。我来到这个地方之前，就被这里一个奇特的女人吸引了，这个女人出现在瓜尔特里奥和桑克蒂斯神父关于此地历史的枯燥文章里。

她叫美狄娅，加比国王加莱阿佐四世马拉泰斯塔的女儿，最初是斯蒂米利亚诺公爵皮耶路易吉·奥尔西尼的妻子，后来又成为乌尔巴尼亚公爵吉德阿方索二世的妻子。

这个女人的事迹和性格，让我想起也多次结婚的比安卡·卡佩罗和卢克雷齐娅·博尔吉亚。她出生于一五五六年，十二岁时就与里米尼家族的马尔泰斯塔订婚。这个家族迅速衰落，于是婚约取消。一年后，她又与皮科家族的一员订婚，并在十四岁时在代理人操办下与之成婚。但她自己和她野心勃勃的父亲对这场婚姻都不满意。代理人操办婚礼，这一点成为法院宣布婚姻无效的理由。判决鼓舞了斯蒂米利亚诺公爵，他是奥尔西尼家族在乌尔巴尼亚的杰出封臣。但是新郎乔万弗朗西斯科·皮科不服判决，上诉到教皇面前。他还想强行掳走他疯狂爱着的新娘，因为据一本无名氏所著史书记载，这位女士可爱、活泼且平易近人。在她前往父亲宅邸的路上，皮科伏击了她的轿子，把她带到米兰多拉附近的城堡，但并未做出越轨行为。他坚持认为，美狄娅是他的妻子。但美狄娅刺死皮科，用床单做了根绳子，从城堡里逃出来。相貌英俊的皮科死时十八岁。

皮科家族被安抚好，教皇宣布这桩婚姻无效。随后，美狄娅与斯蒂米利亚诺公爵举行了庄严的婚礼，住到他离罗马不远的封地。

两年后，皮耶路易吉·奥尔西尼被他自己的一个马夫刺死在离奥维多不远的斯蒂米利亚诺城堡。死者的遗孀有幕后指使的重大嫌疑，因为她在刺杀事件发生后不久，命令两个仆人在她自己的房间里杀了马夫。但马夫早已和别人说过，女主人承诺爱他，引诱他杀了男主人。事情闹得沸沸扬扬，美狄娅逃到乌尔巴尼亚，跪在公爵吉德阿方索二世面前，承认是她指使马夫杀了丈夫，因为丈夫中伤她的名誉。寡妇斯蒂米利亚诺公爵夫人才十九岁，她的美丽彻底征服了乌尔巴尼亚公爵。他盲目地认为美狄娅是无辜的，拒绝将其交给她丈夫的亲属，而是安排她住到宫殿侧翼华丽的房间里。其中一个房间里的壁炉非常有名，装饰着一尊带蓝色底座的丘比特大理石雕像。吉德阿方索疯狂地爱上了他美丽的客人。他从前怯懦温和，现在却公然怠慢妻子，卡梅里诺的玛德莱娜·瓦拉诺。他们虽然没有孩子，但从前一直相敬如宾。他无视顾问以及教皇的警告，变本加厉，把各种莫须有的罪名强加到妻子头上，以此疏远她。玛德莱娜公爵夫人无法忍受这样的待遇，逃到位于佩扎罗的一座修道院，与那些苦修女人待在一起，日渐憔悴。与此同时，美狄娅在乌尔巴尼亚取代了她的位置，吉德阿方索公爵因此成为势力庞大的奥尔西尼家族的敌人，因为他们仍在指控美狄娅是杀人凶手。他也成了妻子家族的敌人。

一五七六年，乌尔巴尼亚公爵不快乐的妻子神秘暴毙，公爵在成为鳏夫两天后便公开迎娶美狄娅。他们二人没有孩子。吉德阿方索公爵被美狄娅迷昏头了，同意把公爵之位传给尚是小男孩的巴尔托洛梅奥，即美狄娅与斯蒂米利亚诺的儿子。他们费尽千辛万苦，才得到教皇的同意。但奥尔西尼家族的人不承认这是他们两人的孩子，说这是美狄娅与皮科那场代理婚姻的产物——美狄娅声称，她当初为了维护自己的名誉，杀死了皮科。把公爵之位传给一个陌生人，一个私生子，明显侵犯了吉德阿方索的弟弟、红衣主教罗伯特的权利。

一五七九年五月，吉德阿方索公爵暴毙。美狄娅想尽一切办法，不让旁人接近公爵的房间或者至少是公爵的那张床。公爵夫人立刻宣布儿子巴尔托洛梅奥·奥尔西尼成为乌尔巴尼亚公爵，而她自己是摄政者。在两三个野心勃勃的年轻人，特别是据说是她情人的奥利维罗托·达·纳尔尼的帮助下，美狄娅以非常手段掌控了政府。随后她派兵在希吉洛打败奥尔西尼和瓦拉诺家族的军队，清除任何胆敢怀疑继位合法性的人。与此同时，罗伯特主教抛弃教职和誓言，流亡罗马、托斯卡纳和威尼斯，甚至拜见了奥地利哈布里斯堡王朝的皇帝和西班牙国王，哀求他们帮助他击败篡位者。几个月后，他就扭转了形势。教皇郑重宣布，巴尔托洛梅奥·奥尔西尼的继位无效，罗伯特二世才是乌尔巴尼亚公爵与蒙特穆尔洛伯爵。托斯卡纳大公爵和威尼斯人承诺，在罗伯特得到大多数人支持后帮助罗伯特。一个个城镇均慢慢归顺罗伯特，美狄娅发现自己待在山上的乌尔巴尼亚城堡里，就像被火焰团团围住的蝎子（这句话不是我说的，而是罗伯特二世的史官拉法埃洛·瓜尔特里奥说的）。但美狄娅不是蝎子，她拒绝投降。她非常了不起，没有钱也没有盟友，竟然能拒敌于海湾那么久。瓜尔特里奥把这归因于美狄娅对男人的致命诱惑。正是这种诱惑让皮科和斯蒂米利亚诺丧了命，让吉德阿方索从一个诚实的人变成了恶棍，让她的那些情人即使被辜负被取代也愿意为她去死。瓜尔特里奥声称，美狄娅就和地狱一样可怕。

最后，前红衣主教罗伯特赢了。他在一五七九年十一月攻下乌尔巴尼亚。一般认为，他当上公爵后施行的政策是节制仁慈的。除了奥利维罗托，没有人被判处死刑。新公爵在宫殿前下车时，他冲向前意图行刺。他被砍了头，临死前还大喊道："奥尔西尼，奥尔西尼！美狄娅，美狄娅！巴尔托洛梅奥公爵万岁！"小巴尔托洛梅奥被送到罗马的奥尔西尼家族，公爵夫人被幽禁在宫殿侧翼，以礼相待。

据说，美狄娅曾傲慢地要求见新公爵，但他摇头拒绝，还以教士的口气念了尤利西斯与海妖的诗句。他拒绝见美狄娅的态度如此坚决，有一天，美狄娅偷偷来到他的房间，而他立即离开房间。几个月后，意图刺杀罗伯特公爵的阴谋被挫败。美狄娅明显是主脑，但那个罗马青年弗兰吉帕尼经过严刑拷打仍拒绝承认美狄娅是同谋。罗伯特公爵不愿使用暴力，只是把美狄娅从他的圣埃尔莫宅邸送到城里的克拉丽丝女修道院。美狄娅受到严密保护与监视，似乎不可能再作乱，因为任何人都见不到她，她也无法见到任何人。但她还是设法寄了一封信和一幅画像给奥德拉菲。奥德拉菲是高贵的罗马吉诺尔家族的一员，刚刚与乌尔巴尼亚的绝色美女订婚。他立即解除婚约。不久之后，在复活节的典礼上，他试图用手枪射杀罗伯特公爵。罗伯特公爵这次决定获取美狄娅参与刺杀阴谋的证据。奥德拉菲被禁食几天，随后被施以最残忍的酷刑，最后被判处死刑。他被告知，他如果承认公爵夫人是同谋，便可速死，不用被火钳剥皮或五马分尸。刑场设在圣罗马诺门外面，就在修道院旁边。修道院的忏悔者和僧侣强迫美狄娅承认自己的罪行，拯救那个正在惨叫的可怜人。美狄娅请求站到阳台上。在阳台上，她可以看见奥德拉菲，奥德拉菲也可以看见她。她先是冷冷地看着那个浑身是伤的可怜虫，然后把自己的绣花手帕扔给他。他请求行刑人把手帕拿给他擦擦嘴。他吻了吻手帕，高呼美狄娅是无辜的。经受了数小时的折磨后，他死了。罗伯特伯爵的耐心耗尽。他明白，美狄娅只要还活着，他的生命就有危险。但他又不愿生出什么丑闻（这部分是他教士的天性使然），于是把美狄娅囚禁在修道院里。更重要的是，他坚持要求由女人——两个他已经赦免的杀婴犯——看管她。

“他是个仁慈的贵族，”堂·阿尔坎杰罗·扎皮在一七二五年出版的关于罗伯特公爵的传记中写道，“只因为一次残忍的行为深感自责，越来越讨厌自己，最后违背他对教皇的誓言，辞去圣职。据说，他判处臭名昭著的美狄娅死刑后，异常害怕美狄娅非同寻常的魅力会引诱任何男人，于是不单安排女性行刑，还拒绝给她安排教士或修道士，导致她未被赎罪就死了，尽管她的心坚硬如铁，也许并没有一丝悔过之意。”

这就是斯蒂米利亚诺·奥尔西尼公爵夫人，后又成为乌尔巴尼亚的吉德阿方索二世公爵妻子的美狄娅·达·卡比的故事。她在二百九十七年前的一五八二年十二月被处死，死时年仅二十七岁。从皮科到奥德拉菲，她在短暂的一生中使五个爱她的人死于非命。

九月二十日

这里正在举行盛大的彩灯节，为了纪念十五年前罗马成为意大利首都。只有我的房东阿斯卓巴尔先生非常看不起这些皮埃蒙特人，称居住此地的皮埃蒙特人为意大利杂种。乌尔巴尼亚在一六四五年归顺教廷后，历代教皇都看不起这里的人。

九月二十八日

我花了些时间寻找美狄娅的画像。我想大部分画像可能都被罗伯特二世公爵毁了，因为他十分害怕美狄娅的美在她死后仍然会对他不利。但我还是找到了三四幅——档案馆里有一幅微型画像，据说就是美狄娅送给可怜的奥德拉菲并让他抛弃了未婚妻的那幅。宫殿的储藏室里有一尊大理石半身像，还有一幅巨画（可能是巴罗乔的作品），表现的是跪在奥古斯都脚下的克娄巴特拉。这幅画里的奥古斯都，是美化之后的罗伯特二世：圆圆的脑袋，短短的头发，鼻子有点儿歪，胡须修剪整齐，脸上有伤疤。这些都是罗伯特二世的特征，只不过画像里的人穿的是罗马式衣服。克娄巴特拉虽然穿着东方式裙子，戴着假发，但我认为她就是美狄娅。她跪在地上，一只乳房裸露，好让胜利者可以鞭打。她其实是想俘获他的心，所以胜利者转过头去，深感厌恶。除了那幅微型画，画像或雕像艺术的质量似乎均不高。微型画是精品。根据微型画和那尊半身像，你很容易想象出那个可怕的女人有多美。美狄娅在文艺复兴晚期备受尊崇，法国雕塑家让·古戎和法国人让她变得不朽。她的脸是完美的鹅蛋脸，前额有些过于饱满，头发是明亮的赤褐色，微卷，就像羊毛。鼻子尖了些，颧骨低了些，灰色的大眼睛让人难忘。两道弯眉，眼角处的眼皮有些过于绷紧。嘴唇红艳艳，唇形精致，但似乎有些太紧绷，仿佛她想努力遮住牙齿。紧绷的眼皮和嘴唇透露出一种优雅，但也透露出一种神秘而危险的魅惑。这眼睛和嘴巴似乎只想索取，不会给予。嘴巴就像孩子似的噘起来，会像吸血鬼那样噬咬或吸吮。皮肤白得耀眼，但又透出点儿红，就像透明的玫瑰或百合。精心编起的头发紧贴在脑袋上，装饰着珍珠。那颗脑袋就像古代仙女阿瑞图萨的脑袋。脖子颀长优雅，好似天鹅的脖子。真是奇怪。初看去，她并不出众，有一种人工的美，性感但冷漠。但你注视她越久，便越会觉得心潮荡漾，难以自持。这位女士的脖子上挂着一条金链，金链上点缀着一些小小的菱形金块，菱形金块上刻着花朵或双关语

(这在当时是非常流行的法国设计)："不渝的爱——爱不渝。"同样的话也刻在那尊半身像上，多亏这句话，我才能确定那就是美狄娅的雕像。我看着这些可悲的画像或雕像，经常想知道这张脸说起话来或微笑时是什么样子，让那些男人甘愿赴死时是什么样子。"不渝的爱——爱不渝。"正如她项链上的话所言。爱将永存，残忍的爱——是的，的确如此。你想到她那些情人的命运与忠贞，必定会想到这句话。

十月十三日

我最近真的没有时间在日记本上写一个字。我上午去档案馆，下午趁着美好的秋天长时间地散步(山顶最高处已经有积雪)。我晚上写些关于乌尔巴尼亚宫殿的讨厌的文章。这是政府要求我做的工作，这是毫无意义的工作。我有生以来第一次文思枯竭……顺便说一句，我今天得到一份匿名手稿，这份手稿写的是罗伯特公爵的生平。我必须把手稿提到的一则趣事记下来。据我得到的这份匿名手稿称，乔凡博洛尼亚的学生安东尼奥·塔西为他做了一尊驰骋马上的雕像，雕像立在科尔特广场上。大雕像做好后，他又秘密命人做了个很像他也很像天使的银制小雕像。占星家行了仪式后，小雕像或者说神像被放进了塔西创作的大雕像的胸膛里。据那份手稿说，这是为了他的灵魂能够得到安息，直到最后审判日的到来。这段文字很奇怪，让我迷惑不解。罗伯特公爵是天主教徒，应该相信灵魂一旦与身体分离，先会前往炼狱。也许，文艺复兴时期有种类异教徒式的迷信，认为可以将灵魂与某种保护神相连，通过一些神秘仪式(手稿中提到了占星家)，可以把保护神留在人间，于是灵魂便可一直沉睡在身体中，等待最后的审判日？我承认，这个故事让我困惑。我不知道，塔西的青铜雕像里是否藏过小雕像，如今是否还在里面。

十月二十日

我最近见了副市长的儿子很多次。他是个友善的年轻人，有张似乎正处于苦恋之中的脸，对乌尔巴尼亚的历史和古迹一无所知，也毫无兴趣。在其父升官上任此地之前，这个年轻人一直住在锡耶纳和卢卡。他穿着又长又紧的裤子，几乎无法弯膝盖；戴单片眼镜，总喜欢把衣领立起来。上衣胸前内袋里塞着一副羔羊皮手套，鼓鼓囊囊。他说起乌尔巴尼亚，就像诗人奥维德说起本都王国。他抱怨本地年轻人野蛮，和我在同一家饭店吃饭的那些官员像疯子一样又唱又叫，驾驶两轮马车的那些贵族就像舞会上的女人那样展露脖子。这个年轻人经常对我讲他在过去、现在和未来的情人。因为我没有讲些一样的事情回应他，他明显觉得我很古怪。我们走在街上时，他会把美（或丑）女仆和裁缝指给我看。他看见前面有长得还过得去的年轻女人，总是会深深地叹息或用假声唱歌。他终于带我去他的梦中情人家，那是一个长着黑色胡须的伯爵夫人，声音像鱼贩。他说，我在那里可以遇见全乌尔巴尼亚最优秀的人和一些漂亮女人——啊，真漂亮啊，我的老天！伯爵夫人家有三个简单装饰过的房间，房间里有光秃秃的地板和油灯，明亮的浴皂蓝或藤黄色的墙壁上挂着技法拙劣的画。每天晚上都有女士与先生围坐成一圈，大声讲述对方已经知道的一年前的新闻。我冷得牙齿打战，那些穿着亮黄色和艳绿色衣服的年轻女士却扇扇子，与那些发型梳得像刺猬的小职员躲在扇子后面说甜蜜的悄悄话。我的朋友希望我能爱上这样的女人！我徒劳地等待茶或晚餐，终于决定抛下乌尔巴尼亚上流社会，奔回家。

我的朋友不相信，但我真的没有情人。我刚到意大利时，寻找过浪漫。我就像歌德在罗马时那样，叹息着寻找打开的窗户和美人。也许是因为歌德是德国人，习惯德国女人，而我毕竟是波兰人，更喜欢另一种情调。总之，我尽了全力，但并没有在罗马、佛罗伦萨和锡耶纳发现能让我为之疯狂的女人，不管是讲蹩脚法语的上流女士，还是像放债人一样狡猾又冷漠的底层女人。所以我说，我不喜欢意大利女人，对她们尖锐的声音和俗丽的打扮唯恐避之不及。我与历史，与过去，以及卢克雷齐娅·博尔吉亚、维特多利亚·阿克兰博尼结了婚，如今是和美狄娅·达·卡比结了婚。也许有一天，我会激情勃发，找到一个我愿意为其当堂吉诃德的女人，因为我就是这样的波兰人。我会愿意用她的拖鞋喝酒，愿意为她死。但肯定不是在意大利！意大利女人的堕落让我无比吃惊。福斯蒂娜、玛西亚斯和比安卡·卡佩罗的后代现在怎么样了呢？今天，到哪里去找另一个美狄娅呢（我承认我对她魂牵梦萦）？我如果遇到一个那样天生可怕的绝世佳人，想必会和奥利维罗托、弗兰吉帕尼和奥德拉菲一样，爱她直到最后审判日。

十月二十七日

上述这些细腻的情感属于一个教授，一个博学的人！我从前认为罗马的青年艺术家幼稚，因为他们夜里从格列柯咖啡馆或维亚帕罗门贝拉酒窖里出来后，会在大街上玩恶作剧，大喊大叫。但我——忧郁的可怜虫，被他们称为哈姆莱特和愁容骑士——不是也很孩子气吗？

十一月五日

我仍然不能忘记美狄娅。散步时，上午待在档案馆时，晚上独自待着时，我满心想的都是她。我从历史学家变成了小说家？我觉得自己对她的了解已经远超史书的记载。首先，我们要把现代迂腐的是非观放到一边。在那个暴力和背叛的世纪，是非观根本不存在，尤其是对美狄娅这样的人而言。尊敬的先生，对一头母老虎灌输是非观？这个世界上还有什么东西比这种巨兽更高贵呢？它耸身时那么安静，跳起来时那么敏捷。它舒展柔软的身体，梳理美丽的皮毛，用强健的爪子一把抓住猎物。

是的，我理解美狄娅。我认为这是一个无比美丽、勇敢又镇定的女人。她由父亲养大，熟读历史学家塔西陀和塞卢斯特的著作，也知道伟大的马勒泰斯塔与恺撒·博尔吉亚之类大人物的故事！这样一个女人，肯定有征服欲与帝王欲——在与大权在握的斯蒂米利亚诺公爵结婚前夜，她说她被小人物皮科掳走，囚禁在城堡里。她只能接受那个蠢货火热的爱，还必须把这种爱当成荣誉。对这样的女人使用暴力是非常糟糕的鲁莽之举。皮科既然选择掳走这个女人，就应该想到自己会被刺杀。这很公平。这个卑劣的年轻人——也许你更愿意称之为英雄——居然像对待村姑那样对待这个女人！美狄娅嫁给了奥尔西尼。请注意，这是十六岁的女孩与五十岁的老兵之间的婚姻。想想这意味着什么：意味着这个傲慢的女人很快就会被当成财产，必须给公爵生个继承人，而不是给公爵提供建议。她永远不能问“这是为什么”，在公爵的顾问、军官与情人面前必须谦卑。她只要对丈夫表现出一点儿怀疑或不从，就会遭受恶语或拳脚。丈夫只要发现一点点她不忠的迹象，肯定会掐死她、把她饿死或者丢到地牢里。

假设她已经知道，她丈夫认为她看某个男人太久了些；假设某个军官或情妇在奥尔西尼公爵耳边说，男孩巴尔托洛梅奥也许是奥尔西尼家的孩子，但也可能是皮科的种；假设她知道自己必须出击，不然只会死路一条。她可以自己出手，也可以找人替她出手。她如果找人帮忙，需要付出什么样的代价呢？爱的承诺，爱一个马夫，农奴的儿子！那个年轻人必定是疯了或喝醉了才会相信这样的事。轻信导致了他的死亡。他竟敢泄密！美狄娅必须再次维护自己的名誉。她能刺死皮科，当然也能刺死这个人，或者找别人刺死他。她被丈夫的亲属围追堵截，逃难到乌尔巴尼亚。公爵和其他每个男人一样，疯狂地爱上了美狄娅，冷落了妻子。或者直截了当地说，他伤了妻子的心。这是美狄娅的错吗？那她的两轮小马车轧坏了石头，也是她的错喽？当然不是。你认为，美狄娅这样的人会对懦弱而可怜的玛德莱娜公爵夫人产生半点敌意吗？她根本就无视公爵夫人的存在。称美狄娅残忍，就和称她淫荡一样奇怪。她命中注定迟早会战胜所有敌人，无论如何都会使他们转胜为败。她有种神奇的力量，可以奴役所有她遇到的男人。所有见到她、爱上她的男人最后都成了她的奴隶。那些奴隶命中注定都会死掉。除了吉达阿方索，她所有的情人都是意外而亡。这里面没有任何不公平之处。普通男人拥有了美狄娅这样的女人后会得意忘形，忘了自己欠她什么。哪个男人如果以为自己能完全支配她，那肯定就活不长了。只有死亡，只有愿意以死亡换取这种快乐，一个男人才配成为她的情人。这个男人必须心甘情愿地去爱、受苦和赴死。这就是她项链上那句话的含义：“不渝的爱——爱不渝。”美狄娅的爱永不消逝，但爱人会死去。这是一种永恒而残忍的爱。

十一月十一日

我是对的，我的想法是对的！我找到了——噢，快乐！我太高兴了，请副市长的儿子在斯特拉餐厅吃了一顿有五道菜的大餐。我在档案馆里发现了一大沓连馆长本人都不知道其存在的信件：罗伯特公爵写的关于美狄娅的信件，以及美狄娅自己写的信！是的，美狄娅的笔迹——学者气的圆体字，经常使用简写，看上去像希腊文，这是因为这位博学的公主熟读柏拉图和彼特拉克的作品。信件的内容无足轻重，大多是要交给秘书抄写的商务信函草稿，写于她掌控了软弱的吉德阿方索期间。但这是她写的信。我几乎可以闻见这些朽坏的纸片散发出的女人头发的芬芳。

罗伯特公爵的那几封信展示了公爵新的一面：一个狡猾、冷漠而懦弱的教士。公爵一想到美狄娅就浑身颤抖，管她叫“卑劣的美狄娅”，比夺取金羊毛的英雄伊阿宋的妻子美狄亚这个名字还难听。他长期宽容美狄娅，只是因为害怕对她施加暴力。他害怕美狄娅拥有超自然的力量，希望把她当成女巫烧死。他在一封封信里告诉他在罗马的好友、红衣主教圣塞韦里诺，他采取的各种防范措施：他在外套下面穿铠甲；他只喝监督过挤奶过程的牛奶；他会先把自己的食物拿一点给他的狗吃，以防有人在食物里下毒；他会怀疑气味独特的蜡烛被人下了毒；他害怕骑马出行，因为也许有人会惊吓他的马，害得他摔断脖子。除此之外，美狄娅死了两年之后，他还告诉收信人，他担心自己死后会遇到美狄娅的鬼魂。他对自己的奇思妙想沾沾自喜（做小雕像是占星家和托钵僧弗拉·戈登齐奥二人的主意）。这件东西将确保他的灵魂得到安息，直到邪恶的美狄娅最后“被锁在不朽的游吟诗人描述的冰与火之地狱中”——可怜的呆子！这就是他对把那尊银制雕像——或者说神像——放进塔西所制骑马铜像胸膛里的解释。只要他灵魂的雕像在身体的雕像里，他便可高枕无忧，等待最后审判日的到来。他确信，到时候，美狄娅的灵魂会被涂上沥青，插上鸡毛，而他的灵魂——诚实的人！——会直接飞升天堂。想想吧，我两周前还以为这个男人是英雄！啊！我的好公爵，你应该出现在我的历史书里。再多的银制神像也无法使你免于被嘲笑！

十一月十五日

奇怪！我对副市长的傻儿子讲了美狄娅不下百次，他忽然想起来，他小时候住在乌尔巴尼亚时，保姆吓唬他，说美狄娅会骑着一头黑色公羊下凡来找他。我的美狄娅公爵夫人成了吓唬调皮小孩子的妖怪！

十一月二十日

我带着一个研究中世纪历史的巴伐利亚教授闲逛，领略乡间风景。我们去了圣埃尔莫，参观乌尔巴尼亚公爵的住所。罗伯特公爵掌管这里之后，把美狄娅囚禁在这里。弗兰吉帕尼在这里刺杀罗伯特公爵未遂，随后美狄娅被送往修道院。我们骑马在亚平宁山谷里走了很久，这里荒凉得无法用语言形容。稀疏而矮小的橡树林染上黄褐色；稀疏的草丛在霜冻中枯萎了；最后几片杨树叶在刺骨的屈拉蒙塔那风中摇颤着。厚厚的灰云笼罩着山顶，风如果继续吹，我们明天就会看到山顶上厚厚的积雪映衬着冰冷的蓝天。圣埃尔莫是个破败的小村庄，位于高高的亚平宁山脊。在这里，意大利植被已被北方植被取代。你骑着马在树枝光秃秃的栗树林间行几英里，闻着湿漉漉的棕色树叶发出的气味，听着湍急的水流声从悬崖下面传来。突然，你走出栗树林，来到了瓦隆布罗萨一带茂密的冷杉林。之后是一片开阔地带：被冻坏的草丛、顶上覆盖着雪的石头以及新下的雪。中间有个小山丘，两侧是疙疙瘩瘩的落叶松，公爵的圣埃尔莫宅邸就位于此地。这是个巨大的黑色方形石制建筑。石头上刻着盾徽，窗户上装着格栅，门前有两道台阶。这个地方现在被租给附近树林的所有者，他在这个地方存放栗子、柴火和在附近烧好的木炭。我们把马拴在铁环上，走进去。房子里只有一个头发凌乱的老妇人。这栋房子原本是狩猎屋，由吉德阿方索公爵和罗伯特公爵的父亲奥托布尔诺四世在一五三〇年建造。有些房间从前装饰着壁画和橡木雕刻品，这些东西现今都不见了。不过一个大房间里有个大理石壁炉，和乌尔巴尼亚宫殿里的那些壁炉很像，也有漂亮的丘比特像。壁炉两边各有一个举着罐子的裸体小男孩，一个罐子里是康乃馨，另一个罐子里是玫瑰。这个房间里到处都堆着柴火。

我们回到家时天已经很晚了，我的同伴情绪十分低落，因为我们此行毫无所获。我们在栗子林里时，雪已下起来。周围的地面、灌木和其他一切都变白了。我想起自己小时候在波兹南的时光。我唱歌、叫喊，我的同伴吓坏了。柏林的报纸如果报道了此事，这件事将成为我人生的一个污点。一个二十四岁的历史学家唱歌、喊叫，而另一个历史学家诅咒大雪与恶劣的路况！整个晚上，我醒着，看着篝火的余烬，想着被囚禁时期的美狄娅。冬天，她待在偏僻的圣埃尔莫，远离其他人，听着冷杉的呻吟，风的呼号，大雪漫天。我好像看到了这样的景象，我好像就是打算解救她的弗兰吉帕尼或奥德拉菲。我想自己出现这样的幻觉，或许是因为骑马行了太久，大雪令我不适——也可能是因为我的教授同伴坚持要在晚餐后来点儿潘趣酒。

十一月二十三日

谢天谢地，那个巴伐利亚教授离开了！他这些天待在这里，快要把我逼疯了。有一天，我对他说完自己的工作后，又说起自己对美狄娅的看法。他屈尊回应道，这些都是在文艺复兴时期神秘主义潮流下产生的怪诞故事（老傻瓜!），扎实的研究将证伪大部分故事，就和证伪关于博尔亚斯的那些故事一样。他说，我描述的具备那种精神或美貌的女人是不存在的。他和他的同行都持这样的观点!

十一月二十四日

我送走这个蠢货，简直难以抑制喜悦的心情。他每次提到我心目中的女神——她在他嘴里成了梅蒂亚!——我都恨不得掐死他!

十一月三十日

我对刚才发生的事害怕不已。我开始担心，那个老学究的话是对的，我不应该长期独自待在异国，不然也许会变得古怪。太荒谬了，我只是因为有机会发现一个已经死了三百年的女人的画像就那么兴奋。考虑到我叔叔拉蒂斯拉斯的情况以及家族里其他疯狂成员，我真的应该对这种愚蠢的兴奋之情保持警惕。

但我遭遇的这个意外事件真的非常离奇。我可以发誓，我已经研究过这里的每幅画，特别是画她的每幅画。总之，我今天上午离开档案馆时，经过诸多小房间的一个，这个小房间里堆满杂物。我以前肯定经过这里过，因为我觉得窗外的风景很熟悉。窗外就是圆塔的一块，峡谷的另一边是柏树，柏树的前面是钟楼，再前面是天空映衬下覆盖着积雪的圣阿加塔山和莱昂内萨城的轮廓。我猜有两个一模一样的房间，而我进错房间了。但更可能的情况是，我以前的确来过这里，只是这个房间的百叶窗现在打开了，窗帘也拉开了。我走过房间时，目光被嵌在棕黄色墙壁里的一个非常漂亮的古老镜框吸引了。我走过去，看着镜框，也下意识地看向镜子里面。我大吃一惊，差点儿尖叫，因为我确信(谢天谢地，老教授不在乌尔巴尼亚!)有个人站在我身后，这个人比我矮一头，脸凑在我的脸旁边。那身形，那脸，是她!美狄娅!我猛地转过身，我想我肯定脸色煞白，因为我觉得自己撞鬼了。在镜子对面的那堵墙上，就在离我所站之处几步远的地方，挂着一幅画像。一幅了不起的画像!——布隆齐诺永远不可能画出比这更伟大的画。在深蓝色背景上，公爵夫人的形象(美狄娅，真的是美狄娅，比其他画像中的她鲜活一千倍）引人注目。她笔直地坐在高背椅上，身姿几乎僵硬，因为她穿着硬挺锦缎裙和紧身胸衣，衣服上的银线绣花和一排排珍珠让衣服更显硬挺。裙子上虽然有银线和珍珠，但裙子本身是单调而古怪的红色，就像邪恶的罂粟花的颜色。在裙子的映衬之下，长而纤细的手指就像流苏。脖子也长而细，额头完全露了出来，看上去白且硬，就像雪花石膏。她的脸和在其他画里一样：圆圆的额头上是羊毛一样的黄红色短卷发，漂亮的弯眉，眼角处的眼皮绷紧，嘴角也是。但在这幅画里，她的皮肤看上去洁净无瑕，闪闪发光。整幅画看上去胜过其他画太多。

她看向画框外面，眼神冰冷坚毅，但唇上带着笑意。她一手拿着一支暗红色的玫瑰，另一只手把玩着从腰上垂下的镶着黄金与珠宝的饰带。大理石一般的脖子半掩在暗红色的紧身胸衣里，上面挂着金项圈，项圈上装饰着珐琅浮雕：“不渝的爱——爱不渝。”

我沉思了一会儿，认为自己没有来过这个房间，我肯定是进错门了。我能看到这幅画像的原因就是这么简单，但几个小时后，我仍然浑身发抖。我太激动了，应该去罗马过圣诞节，平复心情。好像有种危险正在对我步步紧逼（也许只是感冒引发的错觉），但我不知道自己该如何从整件事里走出来。

十二月十日

我努力摆脱美狄娅，接受副市长儿子的邀请，去他们家位于海边的宅邸看榨油。宅邸，或曰农庄，加固过，带塔楼，位于山坡上，掩映在橄榄树和蒿柳丛之间，看上去就像一团明亮的橙色火焰。橄榄被堆在监狱一般的地窖里。就着微弱的日光和在浅盘里燃烧的树脂发出的黄光，你可以看到体型硕大的白牛围着巨大的石磨转圈。模糊的人影正在操控滑轮和把手。在我看来，这有点像宗教审判的情景。卡瓦列雷用最好的酒和甜面包干招待我。我在海边长时间散步，把即将下大雪的乌尔巴尼亚抛诸脑后。海边阳光灿烂。阳光、大海以及亚得里亚海边小港口的喧哗似乎对我的健康有益。我回到乌尔巴尼亚时好像变了个人。我的房东穿着拖鞋，在无人问津的镀金柜子、神圣罗马帝国沙发以及古老的茶杯、茶托和绘画之间踱步，祝贺我气色大大改善。“你先前工作太努力了，”他说，“年轻人应该娱乐：看戏、散步、找情人——谢顶时再想娱乐就太晚了——”他脱下油腻腻的红色帽子。是的，我好多了，又能愉快地工作了。我会把柏林那帮自以为是的家伙甩在后面！

十二月十四日

我在工作时从没有这么开心。我现在把许多人物都看清了：罗伯特公爵胆小而又狡猾，玛德莱娜公爵夫人不幸，吉德阿方索公爵软弱、喜爱炫耀却有骑士风度，而美狄娅是个了不起的人。我感觉自己既是当代最伟大的历史学家，又是个十二岁的男孩。昨天，这个城市第一次下雪，下了两个小时。雪停了之后，我去了广场，教一群小乞丐堆雪人，准确地说，是女雪人，我想叫它美狄娅。“坏女人美狄娅！”一个男孩说，“骑着山羊从天而降。”“不，不，”我说，“她是个美丽的女士，乌尔巴尼亚公爵夫人，曾是过的最漂亮的女人。”我给雪人戴上金箔王冠，教孩子们高呼：“万岁，美狄娅！”但一个孩子说：“她是个女巫！应该烧死她！”然后他们都跑去拿柴火和麻绳，咒骂着，瞬间就把雪人烧化了。

十二月十五日

我真是只笨鹅，才二十四岁，就以为自己能名扬文坛！我在长期散步期间创作了一首歌，现在街上的每个人都在唱这首歌或用口哨吹这首歌。我用蹩脚的意大利语写歌词，歌词的开头是那些爱人对她的称呼：“美狄娅，美啊狄娅。”我哼唱出余下部分：“我为什么不是弗兰吉帕尼、奥德拉菲、奥利维罗托或者善良的公爵吉德阿方索？那样我就可以被你爱上了，美狄娅，美啊狄娅。”诸如此类。可怕的垃圾！我猜，我的房东以为美狄娅是我在海滨认识的一位女士。我敢肯定，索拉·塞拉菲娜、索拉·洛德维卡和索拉·阿德尔吉卡——我戏称她们为命运三女神——也是这么想的。今天黄昏时分，索拉·洛德维卡在打扫房间时说："少爷唱的歌多好听啊！"这位老妇人替我生火时，我几乎没有意识到自己正在大喊："长命百岁，美狄娅，美啊狄娅。"我停下来。我想，这样的名声会很快传播开的。先传到罗马，再传到柏林。索拉·洛德维卡倾身窗外，把标志阿斯卓巴尔家所在位置的圣灯提进来。她修剪了灯芯，又把灯甩出去，用她那古怪又过分正经的微声说："孩子，你别停下呀。"她有时叫我教授先生，有时又饱含深情地叫我"年轻人""小家伙"什么的。"你不应该停下来，因为街上有位女士正驻足听你唱呢。"

我跑向窗口。一位围着黑色披巾的女士站在一处拱门下，抬头望向我这扇窗户。

"呃！呃！教授先生有崇拜者了。"索拉·洛德维卡说。

"美狄娅，美啊狄娅！"我使尽力气喊道，故意吓唬路人。她突然转身离去，但朝我挥了挥手。这时，索拉·洛德维卡已经把圣灯固定回原来的位置。一道光照在路对面，我瞬间全身冰冷。那是美狄娅·达·卡比的脸！

我是个大傻瓜，肯定是！

第二部

十二月十七日

我想，因为我说的愚蠢的话以及唱的愚蠢的歌，我对美狄娅的狂热已经人尽皆知。副市长的儿子卡瓦利耶——或者说我在档案馆的助理，在伯爵夫人家时的朋友——想对我玩个恶作剧！但请注意，亲爱的女士们先生们，我会让他付出代价的！今天早晨，我在桌子上看到一封折起来的信，收件人是我，字迹很古怪，但有种陌生又熟悉的感觉——那是我在档案馆看到的美狄娅的笔迹！你可以想象我当时会作何感想。我极度震惊。我的第二个想法是，这是知道我对美狄娅感兴趣的某个人送给我的礼物：这是美狄娅当年写的信，某个傻瓜没把信装进信封给我，而是直接把我的地址写在信纸上。但这不是一封旧信，信只有四行，内容如下：

致斯皮里迪恩

今晚九点，一个知道你对她感兴趣的人将出现在圣乔瓦尼·德克拉托教堂。仔细看左边走廊，一个身穿黑斗篷、手持玫瑰的女士。

我现在明白了，我是一个阴谋的目标，一场恶作剧的牺牲品。我把信纸翻来覆去研究了许多遍。信纸似乎是十六世纪的，笔迹与美狄娅的笔迹一样。信是谁写的？我把所有可能的人都想了一遍。我最后认定是副市长的儿子和他的情人伯爵夫人。他们一定是裁下了某封旧信的空白页。真是让我难以置信，他们竟能想出这种恶作剧，伪造这种东西。我低估他们了。我应该报复他们吗？还是对这封信不予理睬？不理睬他们能保住尊严，但那样做未免太无趣了。好，我去。如果真有人在那里，我反而可以使他们迷惑不解；如果没有人在那里，我就可以告诉他们，他们的计谋有漏洞！这或许是卡瓦利耶·穆齐奥干的又一件傻事。他想把我骗到某位女士身旁，希望我和那位女士做情人。很有可能是这样。拒绝这样的邀请太傻也太迂腐。那位女士肯定值得认识，因为那封十六世纪的信肯定是她做出来的，懒惰的穆齐奥是做不出来的。我会去！老天在上！以其人之道还治人之身！现在是五点——最近天可真长啊！

十二月十八日

我疯了吗？还是鬼魂真的存在？我差点儿在昨晚的冒险经历中吓死。

我遵照那封神秘信件的指示，九点到达教堂。天寒冷刺骨，下着雨夹雪，四周雾蒙蒙的；没有一家商店还在营业，没有一扇窗户还开着，路上也没有一个行人。街道漆黑、狭窄、陡峭，街道两边是高墙和拱门。拱门下的油灯摇曳出微弱的黄光，照在被雨水打湿的旗帜上。这黄光让其周围的一切显得更加漆黑。圣乔瓦尼·德克拉托是座小教堂，或者说小祈祷堂。我来到本地之后，就没见这个地方开过门。这里有许多教堂都只在重大节日开放。教堂坐落于公爵宅邸后面，在陡峭的斜坡上，位于两条陡峭石子小巷的交叉点上。我经过这个地方无数次，除了大门上面高高的大理石浮雕，这个教堂没有给我留下任何印象。浮雕描绘的是施洗者的头颅盛在浅盘中。旁边是个铁笼，过去用于盛放示众囚犯的头颅。这个被斩首的人就是施洗者约翰，斧匠与石匠的保护神。

从我的住处到圣乔瓦尼·德克拉托教堂只有几步远。我承认自己很兴奋，我是个一无所有的波兰人。我走上两条陡峭小街交叉点那个小平台一样的地方后，惊讶地发现小教堂的窗户里没有灯光，门也锁着！这是个针对我的可恶玩笑，在下着雨夹雪的寒冷冬夜把我引到这个大门也许紧闭了许多年的教堂！我不知道自己在如此盛怒之下还有什么事干不出来。我想打破教堂门，也想去把副市长的儿子从被窝里拖出来——我敢确定，这个玩笑就是他开的。我选择做后面这件事。我沿着教堂左边漆黑的巷子朝他家走去。突然，我听到近旁传来管风琴声。是的，管风琴声，几不可闻。还有唱诗班的歌声以及喁喁的祈祷声。也就是说，教堂其实并没有关闭！我转身朝巷头走去。一切都黑漆漆的，静默无声。接着，微弱的琴声和人声突然再度飘来。我听着。声音明显是从教堂的另一边，也就是右边传来的。也许那里还有个门？我从教堂前面的拱门下走过，下坡，朝似乎是声音传来的方向走去。但那里没有门，教堂里也没有透出光。只有漆黑的墙，漆黑而潮湿的旗子，以及油灯投下的摇曳浅影。一切又归于寂静。我站了一分钟，随后又听到颂歌声。现在，我又觉得声音明显是从我刚才离开的左边巷子传来的。我回到左边巷子——但又什么也没听到。那些声音吸引着我在两边巷子里徘徊不停。我什么也没找到。

最后，我失去耐心。而且，一种恐惧正在我心里弥漫开来，我必须用力做点什么，才能赶走这种恐惧。奇怪的声音不是来自教堂左右两边的街道，那只能是来自教堂里面。我几近发疯，冲上两三级台阶，准备撞开教堂门。我轻松地就打开了门，大喜过望。我走进门内，祈祷声更清晰了。我在大门与皮制挂帘之间站了片刻。我掀起挂帘，悄悄走进去。圣坛被小蜡烛和枝形吊灯照亮。这明显是一场与圣诞节有关的夜间礼拜活动。教堂里半满，中殿和走道上黑漆漆的。我躬身沿着右边走道朝圣坛走去。我的眼睛适应了突然而至的光亮后，我扫视四周，心怦怦直跳。我原先以为这是个恶作剧，我会遇到朋友卡瓦利耶的某个熟人，但这样的想法已经消失。我继续扫视四周。所有人都把自己包裹得严严实实。男人穿着巨大的斗篷，女人戴着羊毛头巾和披风。除了圣坛上，教堂里的其他地方都幽暗不明，我什么也看不清，但我觉得，那些斗篷之下衣服的款式很奇怪。我注意到，在我前面那个男人的斗篷下是长袜；我旁边有个女人穿着红色紧身上衣，这红色紧身上衣镶着金边。这些是来参加圣诞节庆祝活动的农民，还是为了圣诞节有意穿上老式服装的乌尔巴尼亚贵族？

我正在纳闷之际，忽然看到有个女人站在对面走道上。她离圣坛很近，完全处在圣坛的光亮之中。她穿着一身黑衣，但举着一支显眼的红玫瑰。在乌尔巴尼亚的这个季节，玫瑰可谓小小的奢侈品。她显然已经看到我。她朝灯光走得更近些，解开厚厚的黑斗篷。一件深红色长裙显露出来，金银刺绣在长裙上闪闪发光。她把脸转向我，枝形吊灯和小蜡烛发出的光全都照在她的脸上。那是美狄娅·达·卡比的脸！我粗暴地推开众人，跑过中殿——或者说，我似乎穿过了一些无形的身体。但那位女士转身沿着走道迅速朝大门走去。我努力追赶，但怎么也赶不上她。她在挂帘处又转过身。她离我只有几步远。是的，是美狄娅。千真万确。不是幻觉，不是别人装扮的。鹅蛋脸，嘴唇紧闭；眼皮在眼角处收紧；皮肤紧致，雪花石膏般光洁！她掀起帘子，悄悄地走出去。我往前走，帘子隔开我和她。我看见木门在她身后关上。我离门只有一步！我猛地打开门。她肯定就在台阶上，我一伸手就能抓住她！

我站在教堂外面。空空荡荡，只有湿漉漉的人行道和喷泉里的黄色影子。我突然感到全身寒冷，无法去追赶她。我试图回到教堂，但门已关上。我跑回家，头发根根直竖，四肢颤抖不已，一个小时后才摆脱疯狂状态。是幻觉吗？我要疯了吗？噢，上帝，上帝！我要疯了吗？

十二月十九日

今天阳光明媚，城里灌木上与树上混合着污泥的黑雪全部融化。山上的雪在明亮的蓝天下闪闪发光。真是个好周日。所有的钟声都响起来，预告圣诞节即将到来。人们在广场的柱廊下开了个集市，货摊上摆满彩色棉布、羊毛制品、鲜艳的披肩、方巾、镜子、丝带以及明晃晃的白蜡灯。肉店里挂满绿叶与纸花编成的花环，火腿和奶酪上插着小旗子和小树枝。我踱步到城门外，去看牛市。牛角纵横交错，牛叫声与牛蹄跺地声此起彼伏，响成一片。城墙下的军事广场上，几百头白色阉牛挤挤挨挨，牛角有一码长，披着红色流苏。呸！我为什么要写这种垃圾？这种垃圾有什么用？我强迫自己描写钟声、圣诞节庆祝活动与牛市时，一个想法钟声一般在我的脑海里响起：美狄娅，美狄娅！我真的见过她吗？还是我疯了？

两个小时后——

我的房东告诉我，圣乔瓦尼·德克拉托教堂早就废弃不用，久到已经没人记得它是什么时候被废弃的了。一切只是幻觉或梦境——昨晚的一个梦？我又去教堂那儿。它立在两条陡巷的交叉点上，门楣上是施洗者约翰脑袋的浮雕。门看起来好像已经多年没开过。我可以看到窗玻璃上的蜘蛛网，也许真如阿斯卓巴尔先生所言，里面只有老鼠和蜘蛛。但是我清清楚楚地记得教堂里的一切。圣坛上方有一幅希律王的女儿跳舞的画像；我记得她的白色头巾，头巾上的一丛猩红色羽毛，以及希律王蓝色长袍；我记得中央枝形吊灯的形状，吊灯慢悠悠地旋转，上面有根蜡烛快要被烤断了。

我也许是在其他地方看到了这些细节，然后下意识地将其存在大脑里，但这些东西不知怎么出现在了梦里；我听说过生理学家诸如此类的观点。我还会再去教堂，教堂如果仍然关着，那说明一切只是梦一场，是幻觉，是过度兴奋的后遗症。我必须马上去罗马看医生，因为我担心自己快疯了。但另一方面，如果——停！在这件事上没有另一方面。可是，如果——如果我真的见过美狄娅，我便有可能再次见到她。我单单想到这一点就血脉贲张了——但不是因为恐惧，而是因为……我不知道应该如何描述。这种感觉让我害怕，但又很美妙。傻瓜！我的脑袋里现在有一团理不清的乱麻——就是因为这个！

十二月二十日

我又去了那里；我又听到了音乐，我又进了教堂，我又见到了她！我不再怀疑自己的感觉。为什么要怀疑？那些书呆子说死者已矣，过去的已经过去。对他们来说是这样，但为什么对我来说也必须这样？——为什么对一个恋爱中的男人，心中充满对一个女人的爱的男人也必须这样？——一个的的确确存在的女人——是的，请让我把话说完。鬼魂为什么不可以存在，看见鬼魂的人为什么不可以存在？她如果知道人间有个想着她渴望着她的男人，她为什么不可以回到人间？

幻觉？哼，我看见了她，就和看见了自己正在上面写字的这张纸一样。她站在那里，处于圣坛的煌煌灯光之中。我听到了她衣服发出的窸窣声，闻到了她头发发出的气味，掀起了她刚刚掀过的晃动的门帘。我再次错过了她。但这一次，我冲到月光下的街道上时，在教堂的门阶上发现了一支玫瑰。我前一刻还看到她手里拿着这支玫瑰。我摸着闻着玫瑰：一支鲜活的真实的玫瑰，暗红色，刚刚被摘下来。我回到家后，吻了玫瑰无数次，然后将其放到水里。我把花瓶放到碗柜顶上，我决定二十四小时之后再看它，因为我怕玫瑰只是个幻象。但我忍不住又去看它，我真是……天哪！太可怕了，真是太可怕了，我就算发现它变成了一具骷髅也不会这么恐惧。那支玫瑰昨晚看起来还像刚摘下来的，颜色鲜艳，香气袭人，但现在变成了干枯的棕色——一件在书页里待了几个世纪的东西，在我的指间破碎成灰。可怕，太可怕了！但我为什么会觉得恐惧呢？我难道不知道自己爱上了一个已经死去三百年的女人吗？我如果想要昨天才开放的玫瑰，菲亚梅塔伯爵夫人或乌尔巴尼亚的任何一个小裁缝都有可能给我。玫瑰变成了尘土又怎么样呢？我如果能像手握玫瑰那样用胳膊拥抱住美狄娜，像亲吻玫瑰花瓣那样亲吻她的嘴唇，我不是就应该心满意足吗？即便她下一刻就化为尘土，我自己下一刻也化为尘土。

十二月二十二日，深夜十一点

我又见了她一次！差点儿就和她说话了。我发誓永远爱她！啊，斯皮里迪恩，你是对的！你的确注定不会找个人间的爱人。今晚九点左右，我又去了圣乔瓦尼·德克拉托教堂。这是个晴朗的冬夜。高高的房屋与钟楼屹立在闪闪发亮的深蓝色天空下，天空就像一块点缀着无数星星的铁板。没有月亮。窗户里没有灯光。但我努力了一会儿，打开了门，走进教堂。圣坛上和往常一样灯火通明。我突然意识到，所有站在教堂四周的男人女人，以及绕着圣坛边走边唱歌的教士，都是死人，而且除了我，谁也看不见他们。我假装无意地碰了我旁边那个人的手一下。冰冷，就像湿陶土。他转过头来，但似乎没有看到我。他脸色灰暗，眼睛定定地看着前面，好像盲人或一具尸体。我有想冲出去的冲动。但我的目光这时落在她身上。她和往常一样，站在圣坛的台阶上，穿着黑色斗篷，全身都被灯光照亮。她转过身，光线直射在她的脸上。她的五官那么细致，眼角和嘴唇绷紧，雪花石膏一般的皮肤泛出一丝淡粉红色。我们的目光相遇了。

我在中殿挤出一条路，朝她所站的圣坛台阶走去。她转身沿着走道迅速离开，我跟上她。她中途停下来一两次，我以为我能赶上她，但我又晚了一秒，门在她身后关上了。我来到街上，她消失了。教堂台阶上有件白色的东西。不是花，而是一封信。我冲向教堂，想就着灯光读信。但教堂门已经关上，好像多年没有打开过。我无法就着忽明忽灭的圣灯读信，于是跑回家，点亮灯，把信从怀里拿出来。我展开信。是她的笔迹，与档案馆里那些信件的笔迹一样，也与我收到的第一封信的笔迹一样。

致斯皮里迪恩：

让你的勇气和你的爱一样强烈吧，你的爱便会得到回报。圣诞节前夜，请带上短斧与锯子，去科尔特广场左侧，勇敢地把那尊铜像锯开。你锯开之后，会发现里面有一尊带翅膀的神的银制雕像。把银雕像拿出来，砸成碎片，再把碎片抛洒到各个地方，这样风也许会把碎片吹走。然后，你最爱的那个她会在当晚回报你的忠诚。

褐色的封蜡上是她的特殊签名：“不渝的爱——爱不渝。”

十二月二十三日

原来是真的！我注定要有个了不起的爱人。我终于发现，自己的心一直在抽紧。野心、对艺术的爱、对意大利的爱，这些东西长久以来占据着我的灵魂，但我一直并不满意，这些东西全都不是我真正的命运。我寻找生活，就像沙漠里的人那样渴望井水；但其他青年过的那种生活，以及其他知识分子过的那种生活，并不能满足这种渴望。生活对我而言，意味着爱一个死去的女人？我们嘲笑诞生于过去的某些东西为迷信，但忘了我们现在自夸为科学的某些东西在未来之人的眼里或许也是迷信。为什么现在的东西一定就是正确的，而过去的东西一定就是错误的？三百年来会画画和建造宫殿的人，和今天只会染布和制造火车头的人一样，既敏感又热诚。我想到这一点的原因是，我查看了阿斯卓巴尔先生的一本古书，发现自己的星象与历史学家记录的美狄娅的星象相差无几。这个解释合理吗？不，不。唯一的合理解释是：我第一次读到她的事迹，第一次看到她的画像，就爱上了她，尽管我把这爱隐藏在对历史的兴趣中。对历史的兴趣！

我必须弄到斧子与锯子。我从住在几英里之外村子里的贫穷工匠那里买来锯子。他一开始弄不明白我想干什么，我想他以为我疯了，我也许的确疯了。但如果疯狂意味着快乐地活着，疯了又如何？我在一个木场弄到斧子，那场里放着在亚平宁山脉圣埃尔莫地区长成的参天冷杉的树干。没有人，我无法抗拒诱惑。我拿起斧子，试了试斧刃，把它偷走了。这是我平生第一次做贼，我为什么不走进一家商店，买一把斧子呢？我不知道，我似乎无法抵抗那把斧子的斧刃发出的光芒。我想，我将要做的事情是破坏文物的行为，我当然无权破坏乌尔巴尼亚这座城市的财产。我无意伤害青铜雕像或这座城市，如果可以，我愿意把雕像再粘起来。但我必须服从她，替她报仇，我必须拿到罗伯特制造的那尊银雕像。他做这尊雕像，是为了让自己怯懦的灵魂得到安宁，不会遇到他在这个世界上最怕的人的灵魂。啊哈！罗伯特公爵，你使她还没忏悔就被处决，把自己灵魂的雕像放进身体的雕像里。你以为从此她在地狱遭受煎熬，你可以高枕无忧，直到你洗得干干净净的渺小灵魂飞升天堂。你害怕她，而你们都会死，你们的灵魂也许会相遇，所以你实施了万全之策！但你失策了，我尊敬的阁下。你也会尝到灵魂四处飘荡的滋味，你会遇见你伤害过的那个人的灵魂。

多么漫长的一天！但我今晚会再遇到她的。

十一点钟——教堂已经关闭，魔咒已经消失。我明天才能见到她。还要等到明天！啊，美狄娅！你的其他爱人像我这样爱过你吗？

那快乐的一刻二十四小时之后才会到来——我这一生似乎都在等待那一刻。在那一刻之后会发生什么事呢？我每过一分钟都看得更清楚：所有爱过她且帮过她的男人都死了：皮科，她的第一任丈夫，被她刺死，随后她逃离城堡；斯蒂米利亚诺死于中毒；投毒的马夫被她命人砍了头；奥利维罗托、弗兰吉帕尼和奥德拉菲也死了。可怜的年轻人奥德拉菲连她的面都没见过，唯一的奖赏是一条手帕。他被打得不成人形后，刽子手用手帕给他擦了擦脸。所有人都死了，我也会死。

爱这样一个女人虽然是致命的，但足矣。正如她的座右铭所言："爱不渝。"我也会死的。那又怎么样？我还有可能活着爱上另一个女人吗？不。我经过明天那快乐的一刻，还有可能这样苟活下去吗？不可能。其他人都死了，我也必须死。我一向觉得自己活不长。波兰的一个吉卜赛人曾经告诉我，从我的手纹来看，我会暴毙而亡。我可能会死于和同学决斗或火车事故。不，不，我不会那样死的。死亡——她不是也死了吗？我想到这一点后豁然开朗！但其他人——皮科、马夫、斯蒂米利亚诺、奥利维罗托、弗兰吉帕尼和奥德拉菲——他们也都在那儿吗？但她会最爱我——因为她在坟墓里待了三百年后，我还爱她。

十二月二十四日

我已经安排好一切。我今晚十一点溜出去，阿斯卓巴尔先生和他的姐妹到时必定在沉睡。我问过他们，他们担心得上风湿，不会参加午夜的弥撒。而且幸运的是，在这里和科尔特之间没有教堂，在圣诞夜举行的任何活动都在很远之外。副市长家在公爵宅邸的另一边，广场的另一边依次是宅邸大厅、档案馆、空的马厩和马车房。所以，我必须行动迅速。

我在从阿斯卓巴尔先生那里买来的矮青铜花瓶上试过斧子。还有青铜雕像，已经锈蚀（我看到其表面有小孔）。我用锋利的斧子砍一下，再拿锯子锯，雕像应该支持不了多久。我把文件整理好，留给派我来这里的政府。我很抱歉自己在“乌尔巴尼亚史”这个项目上欺骗了他们。为了消磨时间，让躁动的心安定下来，我散了很长时间的步。这是今年最冷的一天。明亮的阳光没能带来一丝温暖，反倒让天气显得更加寒冷，因为山顶的雪闪闪发光，蓝天就像钢板一样发亮。少数几个外出的人把自己包裹到鼻子处，手在斗篷底下还提着陶瓷火盆。喷泉变成了长长的冰柱，墨丘利的雕像坐在冰柱上；好像随时都会有一群狼自矮树丛里窜出来，围攻这座城市。但这寒冷的天气却让我镇定下来——我好像回到了小时候。

我看着远处蓝天映衬下的山顶的白雪，走过湿滑的小巷，经过布满黄杨与月桂的教堂台阶，闻到丝丝缕缕的焚香的气味。回忆——我不知道为什么——突然清晰地涌现脑海。很多年前，在波兹南和布雷斯劳，我还是个孩子。在那些圣诞夜里，我走过宽阔的街道，窥视许多人家的窗户。他们正在里面点亮圣诞树上的蜡烛。我多么希望自己在回家的路上能走进这种了不起的房间，房间被蜡烛、镀金坚果和玻璃珠照得通明。他们把最后几串蓝色和红色的金属珠挂起来，把最后几颗镀金和镀银的核桃挂到位于家里北位的圣诞树上；他们点燃蓝色和红色的蜡烛；烛油流到经过修剪的漂亮的绿枝上；孩子们的心怦怦跳，在门后等待着听小耶稣降临的故事。我呢，我在等什么？我不知道；一切似乎只是个梦，一切都虚虚幻幻，时间好像已不复存在，什么事都没发生过，我的欲望和希冀好像都已死去，坠入了一个不知悲伤为何物的梦中。我期待今晚吗？还是害怕它？今晚会到来吗？我能感知到什么东西吗，或者我周围有任何东西存在吗？我坐下来，似乎看到了波兹南的那条大街，那条宽阔的大街上布满被圣诞灯光照亮的窗户，冷杉绿色的枝条擦着窗玻璃。

圣诞夜，午夜

我做了。我悄无声息地溜出去。阿斯卓巴尔先生和他的姐妹们都睡熟了。我害怕自己会吵醒他们。我经过摆放待售古董的正厅时，斧子掉到地上。斧子砸到房东正在修理的一副古老盔甲上。我听到他在半梦半醒中大叫一声，于是我吹灭灯，躲到楼梯上。他穿着睡衣出来，但没有看到人，于是又回去睡觉了。“肯定是猫。”他说。我轻轻地关上门。天空从下午开始就呈风雨欲来之态。此刻满月高照，但天空布满灰色和浅黄色的云。月亮不时隐匿，户外一个活物都没有。高高的荒凉的房子在月光下直指天空。

不知为何，我绕远路去科尔特。我经过一两座教堂的大门口，听到教堂里在举行午夜弥撒。有那么一刻，我想冲进教堂里，但又有什么东西阻止了我。我听到圣歌的声音，觉得烦躁不安，于是加快脚步，朝科尔特走去。我经过圣弗朗西斯科柱廊时，听到身后有脚步声。我觉得自己被人跟踪了。我停下来，让后面的人过去。他走近我时放慢脚步，他离我很近，低声说：“不要去，我是皮科。”我转过身，但已经看不见他。一阵寒意让我一时动弹不得，但我随后又往前走。

大教堂后面是条小巷，有个人在巷子里倚着墙。月光把他的脸照得清清楚楚，他那张蓄着稀薄山羊胡的脸似乎正在流血。我加快脚步，但我经过他时，他低声说：“不要服从她，回家去，我是弗兰吉帕尼。”我牙齿打战，但还是沿着被蓝色月光照亮的白墙往前走。我最后终于看到科尔特：广场上月光如水，宫殿的窗户也被月光照亮。罗伯特公爵的雕像发出绿光，他似乎正策马朝我奔来。我走到阴影里。我必须经过一道拱门。在拱门下，一个似乎是从墙里走出来的人影从斗篷下伸出一条胳膊，拦住我的去路。我试图走过去。他那条伸出来的胳膊抓住我，他的手像冰一样冷而重。“你不能过去！”他喊道。月亮这时又出来了，我看见了他的脸。他的脸惨白，脸上贴着一块绣花手帕。他几乎还是个孩子。“你不能过去！”他又喊道，“你不能拥有她！她是我的，我一个人的！我是奥德拉菲。”他冰冷的手抓住了我的一只手，但我用另一只手从斗篷下抽出斧子，猛地乱挥一阵。斧子打在墙上，发出碰到石头的声音。他不见了。

我继续快速往前走。我做到了。我砍开青铜雕像，又用锯子把裂口锯得更大。我拿出银雕像，把它砸成无数片。我抛洒掉最后几片银雕像后，月亮突然被云层遮住，大风刮来，在广场上嘶吼。我觉得地动山摇。我扔掉斧子与锯子，跑回家。我在奔跑时，感觉有数百个隐形骑士骑着马轰隆隆地追赶我。

我现在镇定下来了。她再过一会儿就会来到这里！镇定，我的心脏！我听到心脏怦怦猛跳个不停。我必须确保可怜的阿斯卓巴尔先生不会受到指控。我必须写封信给当局，声明无论发生什么事情，他都是无辜的。一点了！钟楼的钟响了一声……“我在此保证，我斯皮里迪恩今晚不论发生什么事情，都由我自己负责……”楼梯上响起脚步声！是她！肯定是她！美狄娅，你终于来了，美狄娅！啊，不渝的爱——爱不渝！

这是已故斯皮里迪恩日记的结尾。据乌尔巴尼亚省主要报纸报道，在一八八五年圣诞节早晨，罗伯特二世公爵骑马青铜雕像遭到恶意破坏，来自德意志帝国的斯皮里迪恩被发现心脏部位中刀身亡，凶手身份成谜。

奇克莫加[1]

安布罗斯·比尔斯，1891

烘托“死亡效果”是美国人安布罗斯·比尔斯（1842—1913）的专长，这在他展现美国南北战争的恐怖（《士兵和百姓的故事》）时可以清楚地看到。下面的故事也许算不上怪诞：仅仅是对血腥战场的纪实描写，但他那种疏离的注视，让战争场景产生了一种幻觉般的变形。向我们呈现出的一切被一种寂静笼罩着，怪诞的气氛正是从这寂静中生出的，而这寂静的产生是有原因的。

一个阳光明媚的秋日下午，有个孩子离开小块田野里的简陋住屋，走进一片杳无人迹的森林。摆脱了大人的管束，有机会进行探险，他觉得大为开心；因为这孩子的灵魂承继祖辈，经历过数千年的磨炼，积累了探索与征服的丰功伟绩——习惯了夺取战争的胜利，在这些战争里，一决胜负的紧要关头动辄绵延数百年之久，战胜者的营帐已经变成了石头砌就的城市。这个种族自从诞生以来，已经征服了两块大陆，他们还渡过广阔的海洋，攻入了第三块大陆，战争与统治将在那里延续。

这孩子是个六岁上下的男孩，他是一名种植园主的儿子，家里并不富

① 美国佐治亚州西北端的城市。1863 年 9 月内战期间，在此地进行了奇克莫加战役。

裕。他父亲年轻时当过兵，跟赤身裸体的野蛮人打过仗，还曾响应号令，攻入极南之地某个文明种族的首都。尽管过上了种植园主的安宁生活，他心中的战火却还在燃烧；战火一旦点燃，就再也不会熄灭。这人爱看军事书籍和军事题材的图画，男孩也懂得不少知识，给自己做了一把木剑，不过就连他父亲也看不出那究竟是什么东西。此时此刻，作为英勇种族的子嗣，男孩将这件武器毅然佩在身上，他在森林里阳光照耀的地方不时停下脚步，多少有些夸张地模仿着他从版画里学来的进攻和防守的姿态。有些看不见的敌人试图阻止他前进，被他轻而易举地击败，因为太过顺利，他犯了十分常见的军事错误——因为穷追不舍而身陷险境，他发现自己来到一条河前，河面虽然宽阔，河水却很浅，逃窜的敌人竟然轻松渡河，他却被湍急的河水拦住了去路。不过这位英勇无畏的胜利者不会被难倒；他那小小的胸膛里，骤然燃起了这个越洋作战的种族不可战胜的战魂。他找到一处有利位置，这儿的河底有不少圆石，彼此之间只有一步之遥，他踩着圆石过了河，重新追上了假想敌的后卫部队，将他们斩杀殆尽。

既然已经打赢了胜仗，谨慎起见，他应该撤回作战基地。唉，他就像许多强大的征服者一样，无法——

遏制战争的欲望，

不明白最孤傲的星星也会被命运舍弃。

他从河岸向前推进，突然发现自己遭遇了更难对付的新敌人：他走的那条小路上，有个东西笔直地坐着，双耳直竖，脚爪悬在身前，是一只兔子！这孩子惊呼一声，转身便逃，他分不清东南西北，含糊不清地哭喊着，要找妈妈。他步履踉跄，柔嫩的皮肤被荆棘残忍地划破，他的小心脏因为恐惧而剧烈跳动——他上气不接下气，泪水模糊了他的眼睛——他在森林里迷了路！之后，他在盘根错节的矮树丛中兜来转去，转了一个多小时，终于疲惫不堪，躺倒在两块石头中间的狭窄空地上，离那条河只有几码的距离。他的手依然紧攥着玩具剑，仿佛它已经不再是武器，变成了同伴，这孩子抽泣着，睡了过去。林中的鸟雀在他的头顶啼啭，松鼠甩动漂亮的大尾巴，在树木之间嘶叫腾跃，对这孩子的不幸一无所知，远处某个地方响起一声奇怪的闷雷，仿佛鹧鸪正在打鼓庆祝，庆祝大自然战胜了她的古老征服者的子嗣。在后方的小种植园里，白人和黑人正在搜索田野和树篱，一位母亲因为孩子走丢了，正心碎不已。

又过了好几个小时，睡醒的孩子站起身来。傍晚的寒气侵入了他的四肢，对黑暗的恐惧从他心里油然而生。但他经过休息，已经不再哭泣。某种盲目的本能驱使他行动起来，他奋力穿过四周的矮树，来到相对开阔的地带——右边就是那条小河，左边是一道平缓的上坡，点缀着少许树木；四面八方，暮色渐浓。水面上升起一片幽灵般的薄雾。他对这片薄雾既害怕又反感；他没有重新渡河，沿来路返回，反而背对着河流，朝黑暗、封闭的森林走去。突然，他看到前面有奇怪的东西在动，他以为是某种大型动物——狗或猪——他叫不出名字来，也可能是熊。他看过熊的图片，却并不知道熊有什么声名狼藉之处，他还隐隐希望，自己能遇上一头。但这东西的移动——它前进时的那种笨拙告诉他，这不是熊，恐惧抑制了他的好奇。他一动不动地站着，随着那东西慢慢爬近，他也渐渐积聚起了勇气，因为他发现，这东西起码没有兔子那样吓人的长耳朵。或许，他那颗敏感的心灵多少已经发觉，这蹒跚、笨拙的步态中，有教人熟悉的地方。还没等它爬到近前，打消他的疑问，他发现，后面还有类似的东西，一个接一个。左右两侧各有很多；周围的整片空地都被它们占据——都在向小河那边靠拢。

他们是人。他们用手和膝盖悄悄爬行前进。有些只用手往前挪动，再把腿往前拽。有些只用膝盖着地，双臂悬在身体两侧。有些颇为费力地想要站起身来，却在尝试的时候扑倒在地。他们的举止一点儿也不自然，而且彼此之间各不相似，但都是在一步步地朝着同样的方向移动。他们有的单独行动，有的二人或多人结对，从黑暗中穿过。有些人不时停住，等其他人从身边缓缓爬过，才又继续前进。他们有几十人，几百人；在渐浓的夜色里，极目望去，两边都有长长的队伍，他们身后黑压压的森林仿佛无边无际。看起来仿佛地面在朝那条河移动一般。偶尔，一个停止前进的人趴在地上，一动不动，再也没有起来。他死了。有人停了下来，用手做出奇怪的动作，把胳膊竖起再放下，抱住脑袋；还有些人高举双掌，就像公开祷告时那样。

孩子并未注意到所有这一切，只有年长的观察者才会注意到这些。孩子只看到，这些家伙是大人，却像婴儿一样爬来爬去。既然他们是人，就没有什么好害怕的了，虽说他们身上的衣服让他感到陌生。他在他们中间无拘无束地走来走去，从一个人身边走到另一个人身边，他怀着孩童的好奇，打量着他们的面孔。他们的脸都白得出奇，许多人脸上有红色的条纹和斑块。他们的这副模样——或许还有怪异的姿态和动作——让他想起去年夏天在马戏团看到的花脸小丑，他一边看着他们，一边笑了起来。但这些伤残、流血的人一直往前爬着，他们跟这个孩子一样，没有注意到孩子的笑声和他们的凝重严肃之间存在着戏剧化的反差。孩子觉得，这是一场逗人开心的表演。他见过父亲手下的黑奴为了逗他高兴，四肢着地爬行的样子——他把他们当马骑过。他从后面凑近一个爬行的人，颇为敏捷地纵身一跳，便跨坐在他的身上。那人身子一沉，趴倒在地，但他撑起身子，把小男孩猛然掀翻在地，就像一匹桀骜不驯的马驹，然后他转过脸来，那张脸没了下巴——上排牙齿与喉咙之间，是一大片红色的豁口，边缘挂着碎肉和骨头渣子。异样鼓突的鼻子，消失的下巴，凶狠的眼神，让这个男人看上去，活像一只巨型食肉类猛禽，喉咙和胸前被猎物的鲜血染得一片绯红。这人跪立起来，孩子也站了起来。这人冲孩子摇了摇拳头，孩子终于还是怕了，他跑到附近的一棵树后面，开始用更为严肃的眼光看待眼下的局面。这群笨拙的人缓慢而痛苦地前进着，就像在演一出可怕的哑剧——他们就像一群巨大的黑色甲虫，在下坡路上悄无声息地爬动前行——没有弄出丝毫响动。

这片好似闹鬼一般的地方，非但没有昏暗下去，反倒变得亮了起来。河对岸的树林里，透出一阵古怪的红光，树木的枝干在红光上留下了黑色的剪影。红光照在这些爬行者身上，把他们照出了怪模怪样的影子，这些影子在照亮的草地上笨拙地模仿着他们的动作。红光落在他们脸上，给苍白的面色染上了红润的色彩，把许多人脸上的斑斑血迹变得愈发显眼。红光在他们衣服的扣子和小片金属上闪耀着。小孩本能地转过身来，迎着越来越亮的红光，跟可怕的同伴们一起往坡底走去；不一会儿的工夫，他就超过了这群人的排头——这也不算什么，毕竟他有腿脚便利的优势。他走在头里，依然将木剑握在手中，庄严地指挥着行军，他把自己的步调调整得跟众人和谐一致，偶尔还转过身去，就像在查看自己的部下有没有掉队。当然，这位领袖以前从未拥有过如此众多的部下。

因为这伙可怕的人向着河流不断挺进，这片地方也慢慢变得狭窄起来，地面上散落着一些物品，在这位领袖看来，这些物品无足轻重：偶尔有床毯子，卷成了竖长条，对折后又用绳子捆扎起来；这里有一只沉甸甸的背包，那里有一支残破的步枪——总之，就是这类玩意儿，在撤退的部队后方经常能见到，就像逃避猎人缉捕的野兽留下的痕迹。河边的低地到处都被人和马踩得泥泞不堪。眼尖的人会发现，这些脚印既有去的，也有回的；这片地方被人走过两次——一次是进攻，一次是撤退。几小时前，这些身陷绝望、备受打击的人，跟更加幸运、此刻已经远遁他方的战友们走进这片森林。这些源源不绝的兵力先是散开，然后重新集结成一路路纵队，从孩子两侧走过——还差点儿踩到孩子，当时他正在睡觉。他们行军时的沙沙声和低语声，没有把他惊醒。他们差不多就在距他一箭之遥的地方打响了战役，但孩子并未听到火枪的轰鸣、火炮的震动和“尉官们的咆哮和嘶吼”。他一直在睡觉，手里抓着小小的木剑，或许他下意识地感应到了周围的战事，把剑攥得更紧了一些，不过他就像那些光荣战死的士兵一样，对这场战斗的宏伟规模浑然不觉。

河对岸的远处，森林另一侧的火光，被烟雾腾腾的天幕反射到地面上，染红了整片地方。它给水汽形成的薄雾那柔软的线条镀上了金色。河水闪烁着红色的粼粼波光，许多露出水面的石头也变成了红色。不过那是鲜血染红的；是那些伤势不那么严重的士兵在过河的时候，把它们染红的。这时，孩子也迈着急切的步伐，踏着石头，朝火光走去。登上对岸，他扭头看了看跟他一同行军的伙伴。最前面的已经来到了河边。身体相对健壮的士兵已经凑到河边，把脑袋伸进了河里。三四个人一动不动地趴着，仿佛没有了脑袋。看到这一幕，孩子惊讶地瞪大了眼睛；尽管他乐于接受新事物，但他还是难以接受这样活灵活现的奇景。这些士兵在平息完焦渴之后，没有力气离开，也没法不让自己的脑袋不落入水里，他们就这样淹死了。这位领袖看到，还有不少不成人形的身影，出现在这些人后面的林间空地上，数量几乎跟他最初看到的一样多，不过还在活动的身影已经没有那么多了。他挥舞着自己的帽子，鼓励着他们，还面带笑容地用武器指着火光那边——那片火光就像火柱一般，指引着这帮奇怪的离人①。

他相信自己的部队忠心不二，便走进那片林地，借着红光的照明，轻轻松松地走了出去。他爬过一道篱笆，跑过一片田野，不时扭头跟自己敏捷的影子嬉戏一番，就这样来到一栋熊熊燃烧、已成废墟的住宅前面。到处都被摧毁殆尽！放眼望去，看不到一个活物。对此，他一点儿也不在乎；这副光景让他感到高兴，他模仿着飘摇的火焰，欢欢喜喜地跳起舞来。他跑来跑

① 《旧约·出埃及记》中的典故，犹太百姓离开埃及时，夜间有火柱照明指引。

去，收集燃料，但他找到的东西全都太沉，没法从远处丢进火里，火焰的灼热又让他无法靠近。绝望之下，他把剑扔了进去——向大自然强大的力量做了投降。他的军事生涯就此结束。

改换位置之后，他的目光落在附属建筑上，他觉得它们的模样眼熟得出奇，就像在梦中见过一般。他站在那儿，迷惑不解地思索着，突然，整座种植园，连同四周的森林，就像绕着某个轴点翻了个个儿。他的小世界翻转了半圈；指南针的指针对调了过来。他辨认出来，那栋熊熊燃烧的房子正是自己的家！

真相令他呆若木鸡，他茫然失措地站了一会儿，然后跌跌撞撞地跑了起来，绕着废墟跑了半圈。那儿有一具女尸，在火光下颇为显眼——苍白的面孔朝上，双手伸了出来，手里紧攥着满把的青草，衣服乱七八糟，长长的黑发乱作一团，沾满凝结的血块——一枚炮弹所致。

孩子挥舞着小手，做出种种狂乱而毫无意义的手势。他发出一连串口齿不清、无法形容的叫喊——介于猿猴的啼叫和火鸡咯咯的叫声之间——那是一种骇人、残酷、邪恶的声音，就像魔鬼的语言。原来这孩子是个聋哑儿。

然后他一动不动地站着，嘴唇颤抖，垂首望着地上的一片狼藉。

面具上的洞

让·洛兰

这是十九世纪末巴黎作家让·洛兰（1855—1906）的作品。洛兰是个同性恋者，吸毒、酗酒，在那个时代炫耀这些喜好要比在今天可令人反感多了。这篇有关面具和虚无的故事有一种噩梦般的非同寻常的力量，尤其是当叙述者描述他是如何看到自己消失时。

唯有刚强之士，才会为恐怖的魅力所吸引。

献给马塞尔·施沃布[①]

一

“既然你真想去见识一下，”我朋友德·雅凯尔斯对我说，“那好吧，准备一身化妆斗篷的行头和一副面具，像模像样的化妆斗篷得是黑缎子面的。还要换上轻便舞鞋，去这种场合，也少不了要穿丝袜。星期四十点半左右，你在家等我。到时候我来接你。”

到了星期四那天，我披上窸窣作响、有着道道褶痕的长斗篷，戴上一副

① 马塞尔·施沃布（1867—1905），法国犹太作家，被奉为超现实主义的鼻祖之一。

系在耳后、粘着绸缎胡须的天鹅绒面具，待在我那坐落在泰特街的单身公寓里，等待我的朋友德·雅凯尔斯上门。我在壁炉旁边烘烤着冻僵的双脚，丝袜的陌生触感搞得双脚颇为不适。外面，林荫大道那边传来狂欢夜的阵阵喧嚣，乱哄哄的号角声，还有恼人的阵阵尖叫。

这一幕着实有些古怪：在这个孤寂的傍晚，一名头戴面具的男子斜倚在扶手椅上，这间位于一楼的公寓明暗对比强烈，屋里堆满物品，铺着地毯，油灯冒着高高的灯焰，两根纤长的白蜡烛挂在墙上，烛光摇曳，映在镜子里，看起来如同葬礼上的蜡烛一般——哪怕事后回想起来，这一幕也会渐渐教人心生不安。德·雅凯尔斯怎么还不来！远处，参加假面舞会的人爆发出阵阵叫喊，让这里的寂静显得越发压抑和沉重。两支蜡烛一直在燃烧，我被这三个光源搅得心神不宁，便不耐烦地站起身来，熄灭了其中之一。

就在这时，门帘一分，德·雅凯尔斯走了进来。

德·雅凯尔斯？我没听到敲门和开门的声音。他是怎么进来的？从那一刻起，我就在一直在琢磨这件事。不管怎么说，站在我面前的正是德·雅凯尔斯。是他吗？嗯，他披着一件长长的化妆斗篷，尺码肥大，颜色深暗，他脸上蒙着面纱，戴着面具，跟我一样。

“准备好了吗？”他问，我没认出他的声音来，它变化挺大。“我的马车来了，咱们走吧。”

他的马车？我可没听到窗外有马车驶近和停下的声音。我正在陷入什么样的噩梦、阴影和谜团呢？

“是你的兜帽把耳朵蒙住了。你还没适应这身行头，”德·雅凯尔斯打破我的沉默，大声说道。这么说，这天晚上的他，有了未卜先知的能力；他掀起我的斗篷，检查我的丝袜和轻便舞鞋品质如何。

这个动作让我放下心来：在那身行头后面说话的不是别人，正是德·雅凯尔斯。别人哪会知道，德·雅凯尔斯上个礼拜向我提出过何种忠告呢。

“好吧，咱们走。”他命令道，我们两人在丝袜和绸缎的窸窣摩擦声中，钻进了马车，我觉得我们就像两只巨大的蝙蝠，化妆斗篷外面的披风，突然掀了起来。

是一阵狂风在作祟，这阵怪风是从哪儿吹来的？这个狂欢夜顿时变得十分温润潮湿！

二

这辆马车异常安静，我们待在幽暗的车厢里，只能听到马蹄踏在铺设木板的人行道和冷清的碎石路上的声音，却听不到车轮辚辚的声响。我们这是要去哪儿？

马车驶过一座座码头，一段段陌生的河岸，有时四下昏黑，有时有一盏陈旧、昏暗的灯照明，我们这是要去哪儿？河对岸，巴黎圣母院在铅灰色天空映衬下的美妙轮廓，早已脱离了我们的视野。圣米歇尔码头、都尔奈勒码头甚至都过了贝西码头；我们已经远离了歌剧院、德鲁奥大街、勒佩里蒂埃街，远离了市中心。我们要去的地方，甚至都不是比利耶舞厅，那儿是寻欢客聚会的地方，他们戴着面具遮掩尊容，流连忘返，就像在狂欢夜玩世不恭地忏悔罪行的魔鬼一般。我的同伴依旧一言不发。

宁静而幽暗的塞纳河边，密度渐渐稀疏的桥底下，栽种着纤长树木的码头旁边——那些树木的枝条在青黑色的天空下伸张着，就像死人的手指头——一股莫名的恐惧攫住了我，激起这般恐惧的，正是德·雅凯尔斯那难以打破的沉默。我开始怀疑，身边这人究竟是他，还是一名陌生人。我的同伴握着我的手，尽管他这人柔弱无力，他的手却像钳子一般，把我的手指夹得生疼……那股手劲中透出的意志，把我的话堵在了喉咙里，在它的压迫下，我发现自己的反抗之心消失得无影无踪。我们已经行经重重要塞，公路两侧种着山毛榉，路边有闷闷不乐的酒贩摆摊，还有早已打烊的郊区食摊。马车在月光下行驶着，月光终于不再只是勾勒出大片浮云的轮廓，它似乎给模糊不清的郊区风景撒了一层盐粒。这时，路堤上回荡的马蹄声和车轮声不再细不可察，砾石和卵石的摩擦声也变得真切可闻。

“就是这儿，”我的同伴喃喃地说，“咱们到啦，下车吧。”我怯生生、结结巴巴地问：“这里是什么地方？”“去意大利的大路收费站，在那些要塞的外围。咱们走的是远路，不过这条路最安全。明天早晨回去的时候，咱们再走另一条路。”马车停了下来。德·雅凯尔斯松开我的手，打开车门，然后伸出手来拉我。

三

一间宽敞的大厅，高高的天花板，粉刷过的白墙，整间屋里的百叶窗都紧闭着，桌上拴着白色的马口铁杯子。后面，比高台高出三级台阶的位置，是包锌的吧台，吧台上摆满酒水，酒瓶上贴着五颜六色的名酒标签。吧台里，煤气灯在嘶嘶地燃烧着，声音清晰可闻。总的来说，这间大厅宽敞和清洁的程度，跟生意兴隆的乡下酒馆相差无几。

“最重要的是，千万别跟任何人搭腔。别跟人搭讪，也别答话。要不然，他们就会发现咱们不属于这里，到时候可就麻烦了。他们认得我。”德·雅凯尔斯把我推进大厅。

一些佩戴面具的人散布在大厅里，啜饮着酒水。我们进去的时候，这里的主人站起身，步履沉重地走上前来，仿佛要拦住我们的去路。德·雅凯尔斯也不多言，他撩起我们斗篷的褶边，给他看我们脚上做工精良的舞鞋。毫无疑问，这就是这个古怪地方的进门暗号。主人迈着沉重的步子，回到了吧台那边，我发现，说来有些奇怪，他也戴了一副面具，不过是用粗糙的硬纸板做的，硬纸板上用漫画的笔法，画着一张人脸。

两名巨人般的侍者挽着袖子，露着拳击手般的肱二头肌，不声不响地走来走去，他们也戴着同样吓人的面具，遮住了他们的本来面目。

几个身披化妆斗篷的人坐在桌旁饮酒，他们戴着天鹅绒和缎子面的面具。只有一名体格壮硕，身穿胸甲的骑兵，样子像是个野蛮人，长着肥大的下巴，蓄着发红的胡子，坐在两个身披优雅斗篷的人旁边，后者戴着紫色丝绸面具。骑兵露着脸庞喝酒，他那双蓝眼睛已经变得浑浊，从其他人身上，都看不到他们的脸庞。

一个角落里，两个身材高大的人穿着罩衫，戴着天鹅绒帽子和黑色缎子面的面具，像是正在密谋什么诡计，因为她们那副优雅的姿态有些可疑——她们的罩衫是用浅蓝色丝绸做的，从她们太过崭新的裤子下面，隐约可以看到女性优雅的玉足裹着丝袜，套着舞鞋。我就像被人催眠了一般，要不是德·雅凯尔斯把我拽到大厅后面，拽到一扇没有窗户、遮着红色门帘的门前，我恐怕会一直琢磨方才那副光景。门的上方写有“舞厅入口”字样，字体优美，应该是出自某个画家学徒之手。一名市政警察守在门口。总算还有一点安保措施，不过我从旁边走过的时候，摸了摸他的手，发现他是个蜡人，他那张粉红的脸上竖着假胡子。我有种可怕的预感，在这个神秘的地方，唯一能让我安心的，就是这个蜡人模特了……

四

我在那间有着教堂般拱顶的大屋里面，在默不作声的一副副面具中间，游荡了好几个小时。其实这里真是一座教堂，一座被人废弃的世俗教堂，大厅里的那些华丽柱子中间，尖拱形的窗户多半已经封死，那些柱子粉刷着厚墩墩的黄色涂层，柱头的涂层上镌刻着花卉的图案。

真是一场怪异的舞会，居然没人跳舞，连乐队也没有！德·雅凯尔斯不见了，只剩我一个人，置身于陌生的人群当中。一盏古老的熟铁枝形吊灯悬挂在拱顶上，大放光明，照亮了灰蒙蒙的石质地砖，其中有些石砖上刻着黑色的铭文，或许下面还掩埋着尸骨。后方，本应是居高临下的祭坛所在的位置，却在墙壁的中央挂着给牲口喂食的食槽，角落里堆放着被人遗忘的马具和笼头。这间舞厅原本是马厩。屋里东一块西一块地挂着理发店用的大镜子，镜框包着金纸，它们映照出参加化装舞会的宾客们悄无声息的转变。我的意思是说，映在镜子里的那些身影，已经不再有什么变化了，因为他们全都坐了下来，坐得整整齐齐，一动不动，坐在这座古老教堂的两侧，他们肩膀以下的部位，隐没在陈旧的唱诗班座席里。

他们就那样待着，一声不响，一动不动，仿佛沉浸在某种冥想的仪式里，身着修士的兜帽，布料是银色的，不过是一种粗糙黯淡的银色，没有那种银亮的光泽。化妆斗篷、丝绸罩衫、女丑角和白衣小丑等装扮全都不见了踪影。所有那些佩戴面具的人，全都穿着同样的绿衣服，那是一种褪色的绿，更接近亚硫酸盐的那种金黄色，肥大的衣袖是黑色的，脸被遮住，眼睛那儿有两个窟窿。

或许有人会说，他们是古老的麻风病院里的患者，脸上刷了石灰。他们双手戴着乌黑的手套，手里攥着一支茎秆长长的黑色百合，叶片黯淡无光，他们的兜帽就像但丁的兜帽一样，上面布满黑色鸢尾花图案。

那些兜帽全都阒寂无声，像亡灵般纹丝不动，在他们的丧服帽子顶端，在那球形的天窗上方，清楚地映出夜空皎洁的月光，月光似乎给他们戴上了一顶透明的法冠。

我感到恐惧在不断侵蚀着我的理性。我被灵异的事物给包围了！那些纹丝不动、一声不吭、佩戴面具的家伙！它们究竟是什么东西？在这样的疑惑中再捱上片刻，我就要疯了。我再也无法继续忍耐，于是我痛苦地攥起拳头，冲向一个头戴面具的人形，粗暴地掀起了他的面巾。

真是可怕！里面空无一物，空无一物！我那惊恐的目光看到的，只有空空荡荡的兜帽。那身行头，那件斗篷里空空如也。那个原本活灵活现的东西，只是虚无缥缈的幽灵。

我惊骇欲绝，又扯下坐在旁边椅子里的那个面具人的面巾：绿色天鹅绒下面是空的，坐在墙边那些面具人也一样。他们的脸只是一团阴影；他们压根儿就不存在。

煤气灯的火焰蹿得更高了，几乎在这个天花板老高的房间里发出阵阵呼啸。明晃晃的月光透过尖顶那些破碎的玻璃照射进来，简直让人目不视物。这时，置身于那些幽灵般的虚幻存在中间的我，又被一股新的恐惧给攫住了，望着眼前这些空洞的面具，一股可怕的疑虑沉甸甸地压在我的心头。

万一我也跟他们一样，万一我也已经不复存在，万一我的面具下面同样空无一物，那该如何是好！我跑到一面镜子跟前。面前的镜子里，映出一个犹在梦中的身形，它裹着深绿色的衣服，戴着布满黑色鸢尾花图案的兜帽和银色的面具。

那个头戴面具的人就是我，因为我能看到自己的动作，只见我扬起手，掀起了……一时间，我吓得目瞪口呆，大叫一声，因为底下空荡荡的，椭圆形兜帽里空无一物，孔眼下面什么都没有。我完蛋了，我……

“你又吸乙醚啦，”德·雅凯尔斯的声音在我耳边咕哝着，“在等我的时候，居然用这种古怪的法子解闷！”

我发现自己躺在公寓中间的地毯上，脑袋靠在扶手椅上，德·雅凯尔斯衣冠楚楚，穿着修士的短袍，正在向我那不知所措的男仆发号施令，而那两支蜡烛，已经燃烧到了尽头，烧穿了托座，总算让我惊醒过来！

瓶　妖

罗伯特·路易斯·史蒂文森，1893

可以帮你实现任何愿望的瓶妖的故事家喻户晓。这一次，史蒂文森将这个故事讲给萨摩亚土著居民听，这个故事被收在小说集《海岛之夜娱乐记》中。但史蒂文森不是简单地把一个古老的苏格兰传说换上南太平洋背景。虽取材于简单的传说，但从文学表现形式来看，《瓶妖》在叙述艺术上堪称杰作。故事情节是以一种数学般的精准展开。在这篇故事里，超自然元素被降到最低：焦虑完全存在于意识之中，并具化为一个简单的瓶子，而在这个瓶子中，只有一个隐隐约约的白花花的东西。

关于史蒂文森（1850—1894）的文学成就，评价并不统一。有人认为他并不是很重要，也有人认为他绝对是一个大家。这第二种看法也是我的观点：因为他那种纯净、轻盈的洗练文风，也因为他所有故事中包含着的核心寓意。在这篇故事中，人类的局限性这个寓意是用波澜起伏的怪诞方式表现出来的。

作者按：研习缺乏文学气息的本世纪初英国戏剧的学生，会发现尊敬的B.史密斯创作过一篇脍炙人口之作，与本文的篇名和基本构思颇为相似。尽管我对基本构思未作更改，但我相信，我已将它写成一篇新作。这个故事原本是为波利尼西亚人而作，但本国读者也许会更觉兴味盎然。

——罗·路·史

有个夏威夷岛人，我管他叫基韦；老实说，他依然健在，所以他的名字必须保密。不过他出生的地方就在火奴鲁鲁附近，他祖先的遗骸就葬在那儿的一个山洞里。他不富裕，勇敢、好动，他像教书先生一样能读会写，原先是一流的水手，在夏威夷的汽船上干过一段时间，还在哈玛库亚海岸驾驶过捕鲸船。后来，基韦想去见识一下大千世界和外国城市，于是登上一艘去旧金山的货船。

这是一座漂亮的城市，有着漂亮的海港，有钱人不计其数；还有一座小山，山上遍布豪宅。有一天，基韦去山上散步，他兜里装满了钱，兴高采烈地欣赏着两边的豪宅。“这些房子真美！”他心想，“住在里面的人肯定很幸福，不用为明天发愁！”他正这样想着，来到一座宅子旁边，这座宅子稍小一些，但经过粉刷美化，就像玩具一样可爱；这座宅子的台阶银光闪闪，花园的边缘鲜花盛开，看上去就像花环一般，窗户就像钻石般晶莹透亮。基韦停下脚步，对这番光景大为赞赏。他发现有个人在透过窗户俯视着他，窗户那样透亮，基韦把他看得清清楚楚，就像从礁石上瞧着水潭里的鱼儿一样。这人上了年纪，秃顶，留着黑胡子；他满脸忧伤，嘴里发出苦恼的叹息。基韦仰望着屋里的人，屋里的人望着外面的基韦，彼此羡慕不已。

忽然，这人笑着点了点头，招呼基韦进屋，还到门口迎接基韦。

“这座漂亮房子是我的，”这人说着，苦恼地叹了口气，“你愿意进来看看房间吗？”

于是他领着基韦转了个遍，把地窖和屋顶都看了，没有一处不够完美，基韦惊讶不已。

“这座房子可真漂亮，”基韦说，“我要是住在这里，准会笑口常开。你干吗唉声叹气呢？”

“你也可以，”这人说，“拥有一栋跟它不相上下的房子，如果你愿意，比它更美的房子也不在话下。我想，你有钱吧？”

“我有五十块钱，”基韦说，“不过这样的房子可不止五十块钱。”

这人算了算。“很遗憾你只有这些钱，”他说，“这一点今后会给你招来麻烦；不过五十块钱也行，东西是你的啦。”

“这座房子吗？”基韦问。

“不，不是房子，”这人回答，“而是瓶子。我一定得告诉你，虽然我看起来既富有又幸运。但我所有的财富，包括这座房子和花园，都来自一个比一品脱大不了多少的瓶子。就是这个。”

他打开一个上锁的房间，取出一个长颈圆肚的瓶子。是乳白色的玻璃瓶，纹理中有变幻不定的虹彩。里面隐约有什么东西在动，就像一团阴影，一团火焰。

“这就是那个瓶子。”这人说。基韦笑了起来。“你不相信？”他又说，“那你自己试试吧。看看能不能打碎它。”

于是基韦接过瓶子，往地上摔，直到把自己搞得筋疲力竭；但瓶子就像小孩子玩的皮球一样，在地上蹦蹦跳跳，完好无损。

“真是奇怪，”基韦说，“怎么看，怎么摸，这瓶子都应该是玻璃做的。”

“是玻璃做的，”这人回答，他发出更加沉重的叹息，“但这玻璃是在地狱之火里完成的回火。里面住着一个妖精，我们看到的那个活动的影子就是，我觉得是这样。不管是谁，买了这个瓶子，这个妖精都会听从他的吩咐；不管他想要什么——爱情、名望、金钱、像这栋房子一样的房子，唉，甚至像这座城市一样的城市——只要他一开口，就都是他的了。拿破仑拥有过这个瓶子，靠它成为这个世界的王者；可他还是卖掉了它，最终走向了败亡。库克船长拥有过这个瓶子，靠它发现了那么多的岛屿；不过他也卖掉了它，后来在夏威夷被人杀死。因为瓶子一旦卖掉，它的魔力和它带来的庇护也就不复存在了；除非这个人能满足于现状，否则灾难就会降临到他的头上。”

“可你说，你要把它卖了？”基韦问。

“我得到了我想要的一切，我已经上了年纪，”这人回答说，“这个妖精只有一件事做不到——不能延长人的寿命；还有一点，要是我瞒着你，对你恐怕不太公平，那就是这个瓶子有一个缺点：要是一个人还没卖掉它就死掉了，那他就会永远承受地狱之火的煎熬。”

“毫无疑问，这确实是个缺点，”基韦喊道，“我可不想掺和这件事。没有房子不要紧，感谢上帝；可有件事我一点都不想沾边，那就是永生永世的惩罚。”

“天呐，你可别轻易作出决定，”这人回应说，“你只需要适度运用这个妖精的魔力，然后像我这样，把它卖给别人，心满意足地度过余生就行。”

“嗯，我看到了两件事，”基韦说，“你就像恋爱中的少女那样一直在叹气，这是其一；其二嘛，你把这个瓶子卖得非常便宜。”

“我已经跟你说过我为什么要叹气了，”这人说，“这是因为我担心我的身体快要垮掉了；正像你说的，死后落到魔鬼手中，任何人都会觉得遗憾。至于我为什么把它卖得这样便宜，我得跟你解释一下，这个瓶子有个特别之处。很久以前，魔鬼刚刚把它带到人世间时，它的价格极其昂贵，它先是被卖给祭司王约翰①，售价高达数百万元；不过你要把它卖掉时必须亏本卖。要

① 传说中信奉基督教的东方统治者。

是你把它按原价售出，它就会像归巢的鸽子一样，回到你的身边。所以千百年来，它的价格一降再降，现在已经非常便宜了。我是从这座山上一名地位显赫的邻居手里买来的，当时只花了九十块钱。我可以把它卖到八十九块九毛九，再贵一分都不行，要不然它肯定会回到我的手里。说到这一点，有两件麻烦事。首先，要是你把这样特别的瓶子以八十来块钱的价格卖掉，别人会以为你在闹着玩。其次——这个先不着急说——我就不细说了。你只要记住，你卖掉它时只能收铸造的钱币。”

“我怎么知道你说的都是真的？”基韦问。

“你马上就可以验证一下，”这人回答，“把你的五十块钱给我，拿着瓶子，心里想着你的五十块钱会回到你的兜里。要是实现不了，我以名誉担保，我会取消这笔买卖，把钱还给你。”

“你没骗我吧？”基韦问。

这人发下重誓。

“好吧，我愿意冒这个险，”基韦说，“反正也没什么坏处。”他把钱交给这人，这人把瓶子递给他。

“瓶妖，”基韦说，“我想让我的五十块钱回来。”果不其然，他话音刚落，衣兜又像原来一样沉甸甸的。

“这确实是个神奇的瓶子。”基韦说。

“祝你上午好，我的好伙计，现在由你代替我与魔鬼同行了。”这人说。

“打住，”基韦说，“这个玩笑到此为止吧。给，把你的瓶子拿回去吧。”

“你已经用比我当年低的价格买下了它，”这人搓着手回答说，“现在它是你的了；至于我嘛，我只想看到你离开。”他摇响铃铛叫来他的中国仆人，把基韦赶了出去。

基韦置身街头，胳膊底下夹着瓶子，琢磨起来。“如果有关这个瓶子的一切都是真的，那我可能做了一笔赔本买卖，”他心想，“不过也有可能，那个人只是在耍我。”他做的第一件事就是数钱；钱不多不少——四十九美元，还有一枚墨西哥硬币。“看起来还真是这么回事，”基韦说，“那我再试一次。”

那个城区的街道就像船上的甲板一样干净，时值中午，但街上没有什么行人。基韦把瓶子放进阴沟便走开了。他回头看了两次，那个乳白色的圆肚瓶子还在他丢下的地方。他回头看了第三次，然后转过街角，可是他刚一转过去，就有什么东西碰到他的胳膊肘。看哪！正是那个瓶子的长颈，圆溜溜的瓶肚正塞在他的航海服衣兜里。

“看起来这也是真的。”基韦说。

接下来，他在一家商店买了个拔塞钻，然后来到田野里的隐秘角落。他在那儿试着拔出瓶塞，不过拔塞钻刚一插进去，就又掉出来，那个瓶塞完好如初。

“这是一种新型瓶塞。”基韦说。他开始浑身发抖，直冒冷汗，因为这个瓶子让他感到害怕。

在回港口的路上，他看到一家店铺，里面有个人在卖荒岛出产的贝壳、短棍、古老的异教神像、古钱币、中国和日本的图画，还有水手带着出海的各种物品。这时他有了主意。他走进店里，提出要把这个瓶子卖掉，价格是一百块。店主起初还笑他，只肯出五块钱；不过这毕竟是一只古怪的瓶子，这样的玻璃绝不是人类的烧窑吹制出来的，乳白的基色下面闪耀着那样美丽的色彩，在瓶子中间盘旋的那个影子是那样奇特，于是店主照例讨价还价一番之后，给了基韦六十块钱，把它摆到橱窗中间的一个架子上。

“好了，”基韦说，“我花五十块钱买来的东西，卖了六十块。老实说，我之前花了不到五十块，因为里面有一块是墨西哥币。这下我就能知道，另一点究竟是不是真的了。”

他回到船上。他打开箱子时，只见瓶子就在里面，回来得比他还快。基韦在船上有个助手，名叫洛帕卡。

“你怎么啦?”洛帕卡问，“一直盯着自己的箱子看。”

水手舱里只有他们两个人，基韦先叫他保密，然后把一切都告诉了他。

“这可真是一桩奇事，”洛帕卡说，“这个瓶子恐怕会给你带来麻烦。不过有一点非常清楚——你对它带来的麻烦心中有数。干脆也享受一下它带来的好处。考虑一下你想跟它要什么，然后给它下命令，如果真的能如愿以偿，我就把这个瓶子买下来；我一直想拥有一艘自己的纵帆船，在各个海岛之间做贸易。”

“我有我的打算，”基韦说，“我想要一座漂亮的房子，带花园，坐落在科纳海岸，那里是我出生的地方。太阳照在门前，花园里种着花朵，窗上装着玻璃，墙上挂着画儿，桌子上摆着玩具和质地精良的桌毯，就像我今天去过的那栋房子一样——只不过要比它高出一层，就像王宫一样，四周都要有阳台。我要无忧无虑地生活在那里，跟亲朋好友共享欢乐。”

“嗯，”洛帕卡说，“咱们把它带回夏威夷吧。要是这一切都如愿以偿地实现了，那我就买下这个瓶子，要一艘纵帆船。”

他们就这样商量好了，不久，这艘船就把基韦、洛帕卡和那个瓶子送回了火奴鲁鲁。他们还没上岸，就在海滩上遇见了一个朋友，这个朋友马上向基韦致以慰问。

“我不知道我有什么需要慰问的。”基韦说。

“你还没听说吗?”这位朋友说，“你的伯父——那个善良的老人——去世了，你的堂兄——那个英俊的小伙子——在海里淹死了。”

基韦心里充满悲伤，他恸哭起来，忘记了瓶子的事。但洛帕卡却在心里琢磨着这件事，等基韦的悲伤稍稍缓解，他便马上说：“我方才在想，你的伯父该不会就住在夏威夷的卡乌区吧?”

“不，”基韦说，“不在卡乌区，他们住在山坡上——靠近南胡克纳。”

“现在这些地归你了?”洛帕卡问。

“应该是。”基韦说，又开始哀悼亲人。

“不，”洛帕卡说，“先别难过。我有个想法。这件事会不会是瓶子做的？正好给你的房子准备好地皮？”

“倘若真是这样，”基韦喊道，“为了实现我的想法，就杀死我的亲人，那可太邪恶了。不过确有可能，因为我想象中的那栋房子，就坐落在那个地方。”

“不过那栋房子还没有盖好。”洛帕卡说。

“也不可能盖好！”基韦说，“我的伯父种了一些咖啡树、麻醉椒和香蕉，但不足以让我过上舒适的生活；其余地皮都是些黑色的火山岩。”

“咱们去见律师吧，”洛帕卡说，“我还是觉得有可能。”

他们来到律师的办公室，发现基韦的伯父在晚年赚取了巨额财富，留下了一大笔钱。

“这就是盖房子的钱！”洛帕卡喊道。

“如果你想盖房子，”律师说，“这是一位新人建筑师的名片，人们对他赞不绝口。”

“越来越顺利了！”洛帕卡喊道，“我们要做的事情已经很简单了。我们干脆照办吧。”

于是他们去找那位建筑师，他的桌子上摆着各种房子的图纸。

“你想要的房子非同一般，”建筑师说，“你觉得这栋房子怎么样？”他把一张图纸递给基韦。

基韦看到那张图纸时，大声喊了出来，因为这张图纸画的房子跟他心目中的房子一模一样。

“我要的就是这栋房子，”他心想，“尽管我不喜欢我得到它的方式，但我现在想要这栋房子，结果是好是坏，我都接受。”

于是他把各种想法都跟建筑师讲了，他想给那栋房子配备什么家具，墙上挂什么画，桌上摆什么饰品。他直接问建筑师，整个工程需要多少钱。

建筑师问了许多问题，然后拿起笔算起来。他算完之后，报出一个价格，那正是基韦继承的数目。

洛帕卡和基韦面面相觑，点了点头。

“显然，”基韦心想，“无论如何，我都会得到这栋房子。它来自魔鬼，这可不是什么好事。不过有件事我很清楚，那就是我不会再对这个瓶子许愿了。不过魔鬼既然把这栋房子强行塞给了我，那么不管结果是好是坏，我都接受。”

于是他跟建筑师签了合同；基韦和洛帕卡重新上船，前往澳大利亚。他们得出的结论是，他们应该完全不加干预，任由建筑师和瓶妖按照他们的心意，去建造和装修那栋房子。

那是一段美妙的旅程，只是基韦一路上都憋着一股劲儿，因为他已经发过誓，以后决不再许愿，占魔鬼的便宜。时间一到，他们就回去了。建筑师告诉他们，房子已经盖好，基韦和洛帕卡搭乘“霍尔”号渡船，去了柯纳海岸，看看房子是不是和基韦想得完全一样。

房子坐落在山坡上，坐在船上就能看到。房子上方，山林一直向远处延伸，最终跟雨云连成一片；下方，黑色的火山岩塌陷下去，形成峭壁，那里埋葬着老国王们的尸骨。五彩缤纷的花朵在屋外的花园里盛开着；一边是木瓜园，一边是面包果园。前面正对着大海的位置，竖着一根桅杆，一面旗帜在上面飘扬着。那栋房子有三层楼高，每边都有宽敞的房间和阳台。窗上的玻璃像水一样清澈，像阳光一样透亮。屋里装点着各种家具。用金色画框装裱的画作挂在墙上——画上有轮船、作战的士兵、最美的女人、奇丽的风光；基韦觉得，没有什么别的画，能比挂在自己家的这些更光彩夺目了。至于那些装饰品，做工极其精良：有报时钟、音乐盒、会点头的小人、图画书、世界各地的珍贵武器，还有供人消磨时光的高雅字谜游戏。任何人只要在房间里走走看，便没有不想住在这里的，阳台建得那么宽敞，简直容得下全城的人。基韦不知道自己更喜欢哪一处，是可以享受和风轻拂，欣赏果园和花朵的屋后门廊，还是可以沐浴海风，俯瞰峭壁的屋前阳台，从那里可以看到“霍尔”号渡船每周在胡克纳和佩莱山之间往返，一艘艘纵帆船沿着海岸航行，装运木料、麻醉椒和香蕉。

基韦和洛帕卡看完房子后，在门廊上坐下来。

“好了，”洛帕卡问，“是不是跟你想的完全一样？”

“简直无法用语言形容，”基韦说，“比我想的还棒，我彻底心满意足了。”

“你现在只需要考虑一件事，”洛帕卡说，“所有这一切很可能是自然而然发生的，很可能跟瓶妖毫无瓜葛。我要是买下这个瓶子，最后却没得到纵帆船，那我等于是把手白白伸进火里，什么也没捞着。我知道，我以前跟你保证过。不过我觉得，你不会介意再向我证明一次。”

“我已经发过誓，决不再占任何便宜，”基韦说，“我已经陷得够深了。”

“我不是想让你占便宜，”洛帕卡回答，“我只想看看这个瓶妖。只是看一看，不会得到什么好处，所以也没什么好羞愧的，我只要看到它，就能肯定整件事是真的了。所以再迁就我一次，让我看看那个妖精吧，我看完就把手里的钱给你，把它买下来。”

“我只担心一件事，”基韦说，“那个妖精可能很丑，你要是看到它的样子，说不定就不想买啦。”

“我是个言出必行的人，”洛帕卡说，“这是钱，我把它放在咱们中间。”

“那好吧，”基韦回答，“我也有些好奇。那就来吧，让我们瞧瞧你的样子，妖精先生。”

话音刚落，妖精便把头探出瓶子，又像蜥蜴一样敏捷地缩回去。基韦和洛帕卡坐在那里，就像石化了一样。直到天黑下来，他们才回过神来，开口说话。洛帕卡把钱推过去，把瓶子拿过来。

“我是个言出必行的人，”他说，“我必须这样，否则就算是用脚，我也不会碰这个瓶子。好了，我会弄到纵帆船，口袋里也会有几个钱，然后我就尽快摆脱这个魔鬼。实话跟你说吧，它那副模样搞得我很沮丧。”

“洛帕卡，”基韦说，“你可别把我往坏里想。我知道现在天已经黑了，路也不好走，那条靠近坟墓的小路也不适合晚上走，不过自从我看到那张小脸，我就别想吃饭、睡觉和祈祷了，除非它能从我身边离开。我给你一盏灯，还有一个篮子，你可以把瓶子装在篮子里，我家里的画或者别的什么东西，只要你喜欢，你可以随便拿，只要你能马上离开，跟纳希努一起去胡克纳过夜。”

“基韦，”洛帕卡说，“很多人都会受不了这种事。但我信守承诺，买下瓶子，刚刚帮助了你。天这么黑，路又在坟地旁边，对于良心背负着罪孽、胳膊底下夹着这么个瓶子的人来说，危险要比往常大出十倍。不过我现在胆战心惊，也没有心情怪你。我这就走，愿上帝让你在这里过得幸福，我也能得到纵帆船，最后我们都能摆脱魔鬼和他的瓶子，升入天堂。”

于是洛帕卡下了山。基韦站在房子正面的阳台上，聆听着马蹄声，望着那盏灯忽闪忽闪地一路下行，从埋葬前人的山洞所在的峭壁旁边经过。他一直双手交握，浑身颤抖。他为自己的朋友祈祷，感谢上帝让他逃过一劫。

第二天，天气晴朗，他的新居看上去那样令人喜悦，他忘却了心中的恐惧。日子一天天地过去，基韦一直开开心心地住在那里。他在后面的门廊上安顿下来。他在那里吃住，在那里阅读《火奴鲁鲁报》上的报道。不过有客人来时，他就会带着客人参观房间，欣赏画作。这栋房子渐渐声名远播，柯纳海滩的人都管它叫“大屋”，有时候又管它叫“亮之屋”，因为基韦雇了个中国人，后者整天收拾打扫，那些做工精良的物品，还有那些画作，全都亮闪闪的，就像朝阳一般。基韦在屋里走动时会情不自禁地放声歌唱，心情十分舒畅。有船只从海中驶过时，他会在桅杆上升起旗帜。

时间就这样过去了，后来有一天，基韦去遥远的凯卢阿拜访几位朋友。他在那里受到盛情款待。第二天一早，他就快马加鞭地离开了，因为他急不可耐地想要看到自己那栋漂亮的房子。而且，那时候一到晚上，从前死去的亡灵就会到柯纳海滩上游荡；他已经跟魔鬼打过交道，所以担心撞到亡灵。他走过火奴鲁鲁，又往前走了一小段，这时他遥望前方，只见一个女人在海边沐浴。她看上去是一个身材成熟的姑娘，不过他没有多想。然后他看到她穿上白色的宽松女装，又穿上红色的夏威夷裙；他来到她身边的时，她已经梳洗完毕，从海里上来了。她穿着红色夏威夷裙站在路边，整个人焕然一新，眼睛闪亮，目光和善。基韦一看到她，马上勒住缰绳。

"我还以为我认识这里的每一个人呢，"他说，"我不认识你。"

"我叫科库阿，是基亚诺的女儿，"姑娘说，"我刚从瓦胡岛回来。你是谁？"

"我待会儿告诉你我是谁，"基韦说，下了马，"不过现在不行。因为我心里有个想法，要是你知道我是谁，或许你听说过我，那你就不会给我一个真实的回答了。你先告诉我一件事：你结婚了吗？"

科库阿听了这话放声大笑。"既然你这么问，"她说，"那你结婚了吗？"

"老实说，科库阿，我还没有，"基韦回答，"今天之前，我也从未想过结婚的事。不过说真的，我在路边遇见你，看到你的眼睛，它们就像星星一样，我的心就像小鸟一样，轻快地朝你飞去。所以，你要是没看上我，就尽管说，我会继续往家走；不过你要是觉得我不比别的青年差，那也尽管说，今晚我就去见你父亲，明天会跟那个好人谈谈。"

科库阿一言不发，望着大海笑了起来。

"科库阿，"基韦说，"你要是什么都不说，我就当你答应了。那我们去见你父亲吧。"

她走在前面，依旧一言不发。只是有时候，她会回头看看，然后又移开目光。她一直把草帽的带子咬在嘴里。

他们来到门口，基亚诺从走廊里迎出来，喊着基韦的名字，欢迎他的到来。姑娘听见这个名字，又把他打量了一番，因为她听说过那栋大屋。当然，那栋大屋十分诱人。那天晚上，他们全都十分开心。姑娘当着自己父母的面，毫不拘谨，给基韦留下了深刻的印象。她思维敏捷，才智过人。第二天，他跟基亚诺说了几句话，然后发现姑娘一个人待着。

“科库阿，”他说，“整个晚上，你给我留下了很深的印象。你现在还是可以让我离开。我起初不告诉你我是谁，是因为我有一栋漂亮的房子，我担心你太看重那栋房子，看轻了这个爱你的人。现在你都知道了，你要是不想再见到我，马上告诉我吧。”

“别走。”科库阿说，不过这一次她没有笑，基韦也没有再问更多的问题。

这就是基韦的求爱经过；事情发展得很快，射出的箭、步枪打出的子弹，都有可能命中靶心。事情不光发展得快，也取得了很大的进展，少女时时想起基韦，她会从火山岩上的浪涛声中听到他的声音，她为了这个自己只见过两次的青年，愿意离开父母，离开自己土生土长的岛屿。至于基韦，他在峭壁旁边的山路上纵马飞奔，马蹄得得，基韦开心地唱着歌，歌声回荡在安葬死者的山洞里。他回到明亮之屋，还是歌声不断。他在宽敞的阳台上坐下吃饭，那个中国人为主人感到惊讶，因为他听到主人在吃两口饭中间的间歇，也要唱上几句。太阳沉到海里，夜幕降临；基韦点着灯在阳台上走动，高山上传出他的歌声，船上的人感到惊讶。

“我现在已经登上幸福之巅，”他暗自思忖，“生活不会比现在更美好了，这就是顶峰了。四周的一切都在朝更糟的方向发展。我要第一次点亮各个房间的灯，在漂亮的浴盆里洗个热水澡，再洗个冷水澡，然后睡在新房的床上。”

那个中国人接到命令，只好从睡梦中爬起来，生起炉子。他在楼下炉灶旁边走来走去时，听到主人在上面亮堂的房间里快活地歌唱。水烧热了以后，那个中国人向主人大声报告，基韦走进浴室。中国人一边往大理石池子里放水，一边听着主人唱歌，主人脱衣服时，歌声变得断断续续，然后戛然而止。中国人听了又听。他冲着楼上的主人喊话，问他是否一切安好，基韦回答他“是的”，让他上床休息。但明亮之屋里再也没有了歌声，整整一宿，中国人都听到主人在阳台上来回踱步，没有休息。

其实是这么回事：基韦脱下衣服准备洗澡时，发现自己身上有块皮肤看上去就像糊在岩石上的一块苔藓。他停止歌唱。那块皮肤看起来十分熟悉，他知道自己染上了麻风病。

任何人染上这种病都是大不幸。任何不幸的人染上这种病都要离开这么漂亮宽敞的房子，离开所有的朋友，前往莫洛凯岛的北部海岸，待在峭壁与海浪中间。基韦该怎么办呢？他昨天刚刚遇到意中人，今天早上刚刚赢得她的芳心，而现在，他的希望转眼间全部化为泡影。

他在浴盆的边上坐了一会儿，然后跳起来，大喊一声，跑了出去。他在阳台上来来回回地踱着步子，内心充满绝望。

“我愿意离开夏威夷，离开祖祖辈辈的故乡，”基韦心想，“我可以轻轻松松地离开我的家，我这坐落在高岗上、有许多窗户的家。我可以勇敢地前往莫洛凯岛，前往峭壁旁边的卡劳帕帕半岛，跟染病的人一起生活，睡在那里，远离祖先。可我做错了什么？我的灵魂究竟有何罪过？竟然让我在黄昏时分，邂逅从清爽的海水里出浴的科库阿？科库阿，灵魂的引诱者！科库阿，我的生命之光！或许我永远也没法跟她结婚了，或许我今后再也见不到她了，或许我再也不能用充满爱意的手触碰她了。哦，科库阿！正因如此，正因为你，我才悲伤不已！”

现在你知道基韦是什么样的男人了。他本可以留在明亮之屋，住上好多年，不让别人知晓他的病情。但他觉得，既然他一定会失去科库阿，留在这里没有任何意义。他也可以若无其事地迎娶科库阿，很多人都会这么做，因为他们的灵魂与猪猡无异。但基韦像个真正的男人，爱着这个少女，决不会伤害她，让她身陷险境。

午夜刚过，他想起那个瓶子。他回到屋后的门廊上，回想起那个魔鬼探出头来的那天。他刚一想到那一幕，血就像结冰了一样。

“那瓶子是个可怕的东西，”基韦心想，“那个妖精同样可怕，冒着被地狱之火灼烧的危险，也是一件可怕的事。可除此之外，我哪里还有治愈疾病、迎娶科库阿的希望?”他心想，“既然我已经勇敢面对过魔鬼一次，只给自己弄来一套房子，如今为了得到科库阿，我就不能再面对它一次吗?”

紧接着，他想起第二天“霍尔”号渡轮会经过这里，返回火奴鲁鲁。“我得先去那里，”他心想，“见一见洛帕卡。我现在最大的希望，就是找到我当初情愿摆脱的那个瓶子。”

他无法入睡，食物也会在嗓子里卡住。他给基亚诺发了一封信。汽船快要靠岸时，他骑上马，从埋葬死者的峭壁旁边下了山。天上下着雨，他的马走得十分吃力。他仰望着那些黑乎乎的洞口，羡慕长眠在那里、摆脱了各种烦扰的死者。他想起头一天自己还在这里策马狂奔，心里不由感到惊讶。就这样，他来到胡克纳。大伙像往常一样，聚在那里等船。他们坐在货仓前面的棚子里，开着玩笑，传播着消息。但基韦没有兴致聊天，他坐在他们中间，看着外面的光景。雨水落在房子上，海浪拍打着岩石，他发出阵阵叹息。

“明亮之屋的基韦心情不好。”人们交头接耳地说。他确实心情不好。

“霍尔”号靠岸了，他登上这艘尖尾长艇的甲板。船身后部坐满白人，他们像所有白人一样欣赏着火山；船身中部挤满当地土著，前部载有希罗地区的野牛和卡乌地区的马匹。基韦心里充满悲伤，他远离众人，独自坐着，遥望着基亚诺家。它建在海边的黑色礁石中间，椰子树的树荫里，门口有一条红色的夏威夷裙，看上去只有飞蛾大小，也像飞蛾一样飞来飞去。“啊，我心中的王后，”他喊道，“为了得到你，我情愿拿自己宝贵的灵魂去冒险！”

很快，天黑下来，船舱里点上灯。那些白人照例坐着玩牌、喝威士忌，但基韦整夜都在甲板上游荡；次日整整一天，船只从毛伊岛和莫洛凯岛的草地旁边驶过时，他仍像笼中的野兽那样，来回走个不停。

傍晚时分，船只驶过钻石海岬，抵达火奴鲁鲁的码头。基韦跟着人群下了船，开始打听洛帕卡的消息。洛帕卡好像成了一艘纵帆船的船主——附近岛上找不到比它更好的纵帆船了——到遥远的波拉波拉岛或卡西基冒险去了，所以找洛帕卡已经无济于事。基韦想起，洛帕卡有个朋友在城里当律师（我可不能透露他的名字），于是打听这个人。据说此人突然暴富，在威基基海滩盖了一座新的豪宅。基韦听了这话，心里冒出一个想法，便叫了一辆马车去律师家。

那栋房子是全新的，花园里的树还没有手杖高。律师见到他十分高兴。

“我有什么可以为你效劳的吗？”律师问。

“你是洛帕卡的朋友，”基韦回答，“洛帕卡从我这里买了一样东西，我觉得，或许你能帮我找到它的下落。”

律师的脸色灰暗下来。“我不会假装听不懂你的意思，基韦先生，”他说，“虽说这是一桩不宜插手的肮脏营生。你尽可以相信我的话，我对它的下落一无所知，不过我有一个猜想，要是你愿意出点小钱，我觉得你有可能打听到消息。”

他说出一个人的名字，这个人的名字我也不便透露。于是，基韦东奔西跑了好多天，找遍了那些光鲜的地方，找遍新盖的豪宅和心满意足的人，不过当然，每次他提起自己的来意，那些人的面孔都会阴云密布。

“毫无疑问，我走对了路，”基韦心想，“这些崭新的衣服和马车，都是那个小妖精的礼物，这些欣喜的脸庞，属于那些得了便宜又安全摆脱了那个鬼东西的人。等我看到苍白的脸颊，听到阵阵叹息，我就知道，我快找到那个瓶子了。”

最后，终于有人建议他去找贝雷塔尼亚大街上的一个白人。他在晚餐时分来到这个人的家门口。这栋房子也是新建的，花园也是，窗户里透出电灯的灯光。房主出来时，希望和恐惧从基韦心头掠过。此人年纪轻轻，就像尸体一样苍白，眼圈乌黑，头发乱蓬蓬的，他的脸色就像等待上绞刑架的犯人。

“它肯定在这里，”基韦心想，于是毫不避讳地说明来意。“我是来买那个瓶子的。”他说。

贝雷塔尼亚大街上的白人青年听了这话打了个趔趄，靠在墙上。

“那个瓶子！”他喘着粗气说，“来买那个瓶子！”然后他好像呼吸困难，抓着基韦的胳膊，把他拽进房间，倒了两杯葡萄酒。

“敬你。”基韦说，他跟白人打过不少交道。“没错，”他又说，“我是来买那个瓶子的。现在是什么价格？”

青年听到这话，手中的酒杯滑下去。他望着基韦，眼神就像见鬼了一样。

“价格，”他说，“价格！你不知道价格吗？”

“我不知道，所以才问你，”基韦回答，“你怎么这么紧张？价格有什么问题吗？”

“价格比你当初卖掉它时降了很多，基韦先生。”青年结结巴巴地说。

“那好啊，那我可以省点儿钱，”基韦说，“你买的时候花了多少钱？”

青年的脸色就像床单一样白。“两分钱。”他说。

“什么？”基韦喊道，“两分钱？那你只能卖一分钱了。买它的人——”

话头断在基韦的喉咙里。他要是买下这瓶子，就永远也不能再卖给别人了，这个瓶子和瓶妖会陪他到死，而他死后，一定会被带到火红的地狱尽头。

贝雷塔尼亚大街上的青年跪下来。“看在上帝的分上，买下它吧！”他喊道，“你可以拿走我所有的财富。我当初用那个价格买下它，真是疯了。当时我挪用店里的钱，实在没有别的办法，要不然我肯定会进监狱。”

“可怜的家伙，”基韦说，“你竟然拿灵魂不顾一切地冒险，来逃避你应得的惩罚。你以为我为了得到爱情，会犹豫不决吗？把瓶子和找钱都给我，我相信你已经把零钱准备好了。给你这枚五分的硬币。”

正如基韦所料，青年已经把零钱准备好了，放在一个抽屉里。瓶子易手。基韦手指刚一抓住瓶颈，就说出了自己的愿望，他要做一个健康的人。当然，他回到自己的房间，在镜子前面脱光衣服时，看到自己的肉体就像婴儿一样完好无缺。奇怪的是，他刚看到这个奇迹，想法就变了。他不再担心麻风病，也不那么想科库阿了。他心里只剩一个念头，那就是他跟瓶妖永远捆在一起了，他再也没有了希望，只能在地狱之火中化为灰烬，永远承受煎熬。他仿佛看到前方燃起熊熊烈焰，他的灵魂皱缩起来，黑暗取代光明。

基韦稍微回过神来时，发现天已经黑了，旅馆里的乐队正在奏乐。他害怕孤独，朝着那边走去。他在欢乐的人群中走来走去，聆听着跌宕起伏的旋律，望着伯格敲打着鼓点，但他听到的始终只有火焰噼啪作响的声音，看到的只有火焰在无底深渊里燃烧。突然，乐队演奏起他跟科库阿一起唱过的一首歌，他听到熟悉的旋律，勇气回到他的身上。

“结束了，”他心想，“是好是坏，我都接受，这次也是一样。”

于是他乘坐第一艘汽船，回到夏威夷，立即跟科库阿结了婚，把她带到山上的明亮之屋。

他们过上了这样的生活：他们在一起时，基韦内心平静无波；不过他一旦孤身独处，就会陷入痛苦的恐怖之中，会听到烈焰的噼啪声，看到通红的火焰在无底的深渊里燃烧。那个姑娘把心全都交给了他；一看到他，她的心就怦怦跳，她的手牢牢地拉着他的手。她从头到脚都很漂亮，别人从来看不到她不开心的样子。她天生就是个乐观的人。她总是好言好语。她有那么多歌要唱，她在明亮之屋里走来走去，是三层楼里最耀眼的存在，歌声就像鸟鸣一样婉转动听。基韦满心欢喜地望着她，听她唱歌，之后又会蜷缩到一旁，想到自己为她付出的代价，便又是垂泪，又是呻吟。然后他只好擦干眼泪，洗干净脸，陪她坐在宽敞的阳台上，跟她一起唱歌，无精打采地回应她的笑容。

从某一天起，她的脚步变得沉重，歌声也很少响起；现在不光是基韦一个人哭泣了，而是两人各自坐在大屋两侧的阳台上。基韦沉浸在绝望之中，没有发现科库阿的变化，他光是为自己有更多的时间独坐、思考命运感到高兴，也不再像以前那么频繁地强颜欢笑。不过有一天，他悄悄穿过房间时，听到孩子哭泣的声音，原来是科库阿伏在阳台的地板上，像迷路的孩子一样哭泣着。

“你在这座房子里哭吗，科库阿？”他说，“为了让你获得快乐，我宁愿交出自己的脑袋。”

“快乐！”她喊道，“基韦，你独自住在明亮之屋时，岛上的人都觉得你是个快乐的人；你嘴里是欢歌笑语，你的面庞就像太阳一样明媚。然后你娶了可怜的科库阿；天知道她有什么不好的地方——不过从那天起，你就再也没有笑过。哦！”她喊道，“我有什么不好的？我觉得我挺漂亮的，我知道我爱你。我有什么不好，让我的丈夫这样愁眉苦脸？”

“可怜的科库阿。”基韦说。他在她身边坐下来，摸她的手，但她把手缩了回去。“可怜的科库阿，”他又说，“我可怜的孩子——我的美人。我本来一直想着，别让你痛苦！那好吧，我把一切都告诉你。那样，起码你还会怜悯可怜的基韦；那样，你就会明白，他以前有多爱你——他为了得到你，不惜冒下地狱的风险——还有他现在多爱你（这个可怜鬼），他看着你时，还能笑得出来。”

他把一切都告诉了她，连最初的事也没有隐瞒。

“你为了我，做了这样的事？”她喊道，“啊，那我还有什么好忧愁的呢！”她抱住他哭了起来。

“啊，我的孩子！”基韦说，“可我一想到地狱之火，就愁得厉害！”

“别这么说，”她说，“你不曾犯下别的过错，不可能只因为爱上科库阿就要遭受磨难。我告诉你，基韦，我会亲手把你拯救出来，不然我就陪你一起死。怎么！你爱我，不惜牺牲灵魂，你认为我不会反过来，对你以死相救吗？”

“啊，我亲爱的，就算你死一百次，结果又会有什么不同？”他喊道，“你要是死了，我只能孤零零地等待永世的惩罚。”

“你知道什么呀，”她说，“我在火奴鲁鲁的学校里念过书，可不是普通姑娘。我跟你说过，我会拯救我的爱人。你强调一分钱这件事，是什么意思？人世间又不是只有美国这一个国家。英国有种硬币，叫做法寻，只相当于半分钱。啊！真叫人难过！”她喊道，“这样也好不了多少，因为买瓶子的人还会陷入麻烦，再说我们也找不到像我的基韦这样勇敢的人！不过话说回来，还有法国。法国有种小额硬币，叫做生丁，一分钱大致相当于五个生丁。没有比这更好的选择了。来吧，基韦，咱们去法属岛屿吧。咱们坐最快的船，去塔希提岛吧。在那里，我们可以要四生丁、三生丁、两生丁或一生丁，我们去卖吧。来，我的基韦！吻我，别犯愁了。科库阿会保护你的。”

“天赐的礼物啊！”他喊道，“我想要这样美好的东西，上帝怎么会惩罚我呢！那就照你的意思办吧，你愿意带我去哪儿都成：我把自己的性命和得救的希望全交给你了。”

第二天一早，科库阿就开始准备了。她取出基韦出海带的箱子，先把那个瓶子放进角落，然后把他们最华丽的衣服和家里最花哨的饰品放在旁边。“因为，”她说，“我们看上去得有富人的样子，要不然谁会相信瓶子的事呢？”她做准备时，就像鸟儿一样欢快。只是她望着基韦时，眼里就会涌出泪水，会跑过去吻他。而基韦卸掉了心头的重担，分享了秘密，眼前又有了希望，看起来就像一个全新的人。现在他步履轻盈，呼吸也重新顺畅起来。但恐惧依然不曾远离；风时不时吹灭蜡烛，他心里的希望会随之消失，他又会看到红色的地狱之火在熊熊燃烧。

乡下传开了，他们要去外国观光。乡亲们觉得不可思议，他们要是知道事情真相，肯定会觉得更加不可思议。他们搭乘“霍尔”号前往火奴鲁鲁，然后搭乘“乌马蒂拉”号，跟一帮白人一起去了旧金山，他们在旧金山搭乘油轮“热带鸟”号前往帕皮提，那儿是法属岛屿的首府。经过一段愉快的旅程，他们抵达目的地。那天天气晴朗，刮着信风，海浪拍打着礁石，莫图伊蒂岛上长着棕榈树，纵帆船在海湾里游弋，城里的白色房屋一直延伸到岸边，掩映在绿树之中，远处是高山和塔希提岛的云彩。

最明智的做法是租一套房子，他们这样做了，房子就在英国领事馆对面。他们炫耀财富，用马车和马匹吸引别人的注意。这一点儿也不难，因为瓶子还在他们手上。科库阿比基韦大胆，每次想出一个主意，就让妖精给她二十或一百美元。就这样，他们很快成了城里的名人。从夏威夷来的外乡人，他们骑的马、坐的车、科库阿精美的夏威夷裙和衣服上华丽的蕾丝，都变成人们的谈资。

他们很快就学会了塔希提语，这种语言跟夏威夷语十分相似，只是某些字母不同。他们可以熟练使用本地语言后，便开始推销那个瓶子。可想而知，要提起这个话题，可不是件容易事。很难叫人相信它能给人带来取之不尽用之不竭的健康和财富，因为你急于出手，而且只要四个生丁。另外，还必须说明这个瓶子的危险之处。人们要么不肯相信，一笑了之，要么更在意不好的部分，愁容满面，好像是在跟魔鬼谈交易。他们非但没有取得进展，反倒发现城里的人都躲着他们。孩子们尖叫着从他们身边跑开，科库阿对此无法忍受；天主教徒们从他们身边经过时，会给自己画个十字；人们看到他们来了，便纷纷散开。

他们感到十分沮丧。夜里，在一天的劳累之后，他们坐在新居里，彼此一言不发，要么是科库阿的哭泣打破沉默。有时，他们一起祷告；有时，他们把瓶子放在地上，整宿地望着那团阴影在瓶子中间盘旋。在这种时候，他们不敢去休息。困意要过好久才会袭来，如果有一个人打起盹来，醒来时会发现另一个人在黑暗中默默哭泣，又或许是只剩一个人待在屋里，另一个人已经离开屋子，离开那个瓶子，去小花园里的香蕉树下踱步了，或者到月光下的海滩上游荡了。

一天晚上，科库阿就这样醒了过来。基韦不见了。她摸了摸床，他那边是凉的。恐惧攫住她，她从床上坐起来。百叶窗透进来些许月光。屋里挺亮，她能看到地上的瓶子。外面刮着大风，街上的大树哗哗作响，落叶在走廊上发出窸窸窣窣的声音。科库阿在这些声音中听到另一种声音，她分辨不出究竟是野兽还是人发出的，不过听起来十分悲惨，让她心里隐隐作痛。她轻轻起身，把门打开一条缝，朝月光照亮的院子里望去。只见基韦倒在香蕉树下，把嘴压在泥土里，躺在那儿呻吟着。

科库阿首先想到的是跑出去安慰他，但接下来的念头阻止了她。基韦在妻子面前始终表现得勇敢坚强，她不该撞破他软弱的时刻，让他感到耻辱。她想到这里，又回到屋里。

“天哪，”她心想，“我真粗心——真没用！是他始终处于危难之中，而不是我；是他用灵魂承受了诅咒，而不是我。正是因为我，因为他爱我这个没用的人，所以他才眼睁睁地望着地狱的烈火，闻着地狱的浓烟，在大风里，月光下，躺在外面。难道我就如此愚钝，直到此刻才认清自己的责任，还是我早已发现，只是在一味逃避？不过现在，我要用慈爱的双手献出我的灵魂；现在，我要放弃天国的白色阶梯，还有朋友们期待的面庞。我要用爱换爱，让我的爱像基韦的爱一样深！我要用灵魂换取灵魂，让我的灵魂消亡吧！”

她是个机敏能干的姑娘，很快便穿好了衣服。她把零钱拿在手里——那是他们始终带在身边的宝贵生丁；这种硬币很少能用到，他们是从政府部门换来的。她来到大街上，乌云随风飘来，遮住了月亮。全城的人都睡了，她不知该去何方，直到听到有人在树荫里咳嗽。

“老爷子，”科库阿说，“这么寒冷的夜晚，你在这里做什么？”

老人咳得几乎说不出话来，不过她还是听懂了，原来他又老又穷，是从外面来岛上的人。

“你能不能帮帮我？”科库阿问，“就像陌生人彼此帮助那样，就像老人帮助姑娘，你愿不愿意帮帮夏威夷的女儿？”

“啊，”老人说，“原来你就是夏威夷来的巫婆，你连我的灵魂都不肯放过。我听说过你，我藐视你的邪恶。”

“这边坐，”科库阿说，“我来给你讲个故事。”她把基韦的经历给他从头讲了一遍。

“如今，”她说，“我是他的妻子，是他用灵魂换来的。我应该怎么做？我要是去找他，提出要买瓶子，他是不会答应的。不过你如果去，他会急切地把它卖掉。我在这里等你；你用四个生丁把它买来，我再用三个生丁买回去。愿上帝赐予可怜的姑娘力量！”

“你要是骗人，”老人说，“我想上帝会赐你一死的。”

“他会的！”科库阿喊道，“他一定会的。我要是那么奸诈，上帝不会坐视不理。”

“给我四个生丁，在这里等我。”老人说。

科库阿独自站在街头，心好像已经死去。狂风在树丛中呼啸着，她觉得那是地狱之火在呼呼燃烧；树影在路灯的灯光下翻腾着，她觉得那是魔鬼索命的手。她如果还有力气，准会逃之夭夭；她如果还能透过气来，准会放声大叫。但她不能这么做，只能像个害怕的孩子，站在大街上瑟瑟发抖。

然后她看到老人拿着瓶子回来了。

“我按照你的吩咐办了，”老人说，“我离开时，你丈夫哭得就像个孩子。今天晚上，他会睡个好觉了。”他把瓶子递过来。

“你把瓶子交给我之前，”科库阿气喘吁吁地说，“要些好处吧——让瓶子使你从咳嗽中解脱出来吧。”

“我是个老人，”对方回答，“离坟墓已经不远，不适合占魔鬼的便宜。不过你是怎么回事？为什么不接瓶子？你犹豫了吗？”

“没犹豫！”科库阿喊道，“我只是虚弱无力。给我一点时间。是我的手在拒绝，是我的身体在逃避那个鬼东西。再过一会儿就好了！”

老人用和蔼的目光望着科库阿。“可怜的孩子！”他说，“你怕了，你的灵魂让你产生了疑虑。好吧，我留着它吧。我已经上了年纪，这辈子不会有什么幸福了，至于下辈子——”

“给我！”科库阿上气不接下气地说，“这是给你的钱。你觉得我是那种卑鄙的人吗？把瓶子给我。”

“愿上帝保佑你，孩子。”老人说。

科库阿把瓶子藏在夏威夷裙里面，向老人道了别，沿着大街走远了，她不在乎自己身在何处。因为对她来说，所有的道路全都一样，全都通向地狱。她时走时跑；有时大声尖叫，有时倒在路边的尘土中哭泣。她对地狱的种种了解，都回到了她的脑海；她看到了耀眼的火光，闻到了浓烟，她的躯体在煤炭中枯萎。

快要天亮时，她才清醒过来，回到家里。正像老人说的那样——基韦睡得很香，就像孩子一样。科库阿站在那里，望着他的脸庞。

“好了，我的丈夫，”她说，“现在你可以安睡了。你醒来后，轮到你欢歌笑语了。不过可怜的科库阿呢，唉！这声叹息不是表达怨恨，只是表明可怜的科库阿再也无法安眠，再也不会歌唱，再也不会快乐，不论是在人间还是在天堂。”

她在丈夫身边躺下来。她痛苦已极，马上昏睡了过去。

上午，丈夫叫醒她，告诉她这个好消息。他高兴得语无伦次，没注意到她掩饰不住的痛苦。她说不出话来，没关系，基韦一直在说。她吃不下饭，有谁注意到了？基韦把菜都吃光了。科库阿望着他，听他说话，觉得自己就像在经历梦中的怪事一般。有那么几次，她心不在焉，或者心生疑惑，会用双手掩面。她清晰地意识到自己注定遭遇厄运。听到丈夫说个没完，她觉得十分恐怖。

基韦一直边吃边说。基韦计划着他们的归期，感谢她救了他，还爱抚她，说她真是个贤内助。他嘲笑那个老人，居然会傻到来买那个瓶子。

“他看起来是个值得尊敬的人，”基韦说，“不过很难从外表判断一个人。这个老坏蛋为什么需要那个瓶子呢？”

“我的丈夫啊，”科库阿谦卑地说，“也许他是出于好意。”

基韦笑了，是那种愤怒的笑。

“净瞎说！”基韦喊道，“我告诉你吧，他是个老无赖，一头挨了踢的笨驴。因为那个瓶子以四个生丁都很难卖出去，要卖三个生丁，简直没门。已经拉不开差价了，那东西已经散发出焦煳味儿了——呃！”他打了个寒战，“的确，我用一分钱买下它时，并不知道还有价值更小的硬币，那时我是个痛苦的傻瓜。这样的人再也找不到了，不管这个瓶子现在在谁手里，他都会带着它下地狱。”

“哦，我的丈夫！”科库阿说，“拯救自己，却让别人永远毁灭，不是一件很可怕的事吗？我觉得我笑不出来。我感到惭愧。我心里充满忧愁。我会为那个拿着瓶子的可怜人祈祷。”

基韦觉得她说得对，所以越发恼怒。“嘿！”他喊道，“你要是愿意，尽管犯愁好了。好妻子可不该这样想。你心里要是多少还有我，应该感到羞耻。”

接着他出了门，留下科库阿一个人。

她有机会把那个瓶子以两生丁的价格卖出去吗？她觉得没有。她也许有，但丈夫急着回国，而国内没有比一分钱更小的硬币。在这里——在她牺牲了自己的第二天——丈夫责备她，撇下她出门了。

她没有利用这段时间尝试着从瓶子那里要些好处。她只是坐在屋子里，怀着无法忍受的恐惧，望着那个瓶子；又怀着厌恶的情绪，把瓶子藏起来。

不一会儿，基韦回来了，要带她出去兜风。

“我的丈夫，我不舒服，”她说，“我没那个心情。对不起，我不想寻欢作乐。”

这时，基韦比以往任何时候都更愤怒。他生妻子的气，因为他觉得，妻子竟然一直惦记着那个老人；他也生自己的气，因为他知道妻子是对的，他为自己这样高兴感到惭愧。

“这就是你的忠诚吗，”他喊道，“这就是你的爱！你丈夫因为爱你，一度面临永恒的毁灭，现在他刚刚得到解脱——你却没有心情享受欢乐！科库阿，你的心并不忠诚。”

他又气冲冲地离开了，在城里游荡了整整一天。他跟朋友见面、喝酒，他们包下一辆马车，去了乡下，又在那里喝了一场。基韦心里一直惴惴不安，因为自己在寻欢作乐，而妻子正在难过，还因为他心里明白，妻子的想法才是对的。正因如此，他喝得更醉了。

陪他喝酒的人中间，有个粗鄙的白人老头，此人一直在捕鲸船上当水手长——他做过逃亡者，挖过金矿，还蹲过监狱。他品性卑劣，满口污言秽语；他爱喝酒，还爱看别人的醉态，硬逼着基韦喝酒。很快，一伙人把钱全花光了。

“喂，你！”水手长说，“你不是一直说你有钱吗？你有个瓶子，还是别的什么傻玩意儿来着。”

“没错，”基韦说，“我是有钱。我这就回家，找我老婆拿点儿钱，她负责管钱。”

“这可不是好主意，伙计，”水手长说，“永远别把钱交给娘们儿管。她们全都像水一样，没个实成的，你可得盯着她点儿。”

这话深深地印在基韦的脑海里，因为他已经喝得犯了迷糊。

“没错，难怪她对我不忠实，”他心想，“要不然，我得到了解脱，她怎么这么沮丧？不过我会让她看看，我可不是让人随便欺骗的傻瓜。我要当场抓她个现行。”

于是，他们回城之后，基韦让水手长在监狱旁边的街角等他，他独自沿着大街，朝家门走去。天已经黑下来，屋里亮着灯，却没有声音。基韦悄悄绕过去，轻轻打开门，朝屋里望去。

科库阿坐在地上，灯就在她身边。她面前摆着一个乳白色、圆肚细颈的瓶子。科库阿拧绞着双手，正盯着瓶子看。

基韦站在门口，往屋里看了很长时间。起初，他惊呆了，然后恐惧攫住他，他还以为是交易出了岔子，瓶子又回来找他了，就像那次在旧金山一样。想到这儿，他两腿发软，满脑子的酒气就像河边的晨雾一样，转眼便消散了。然后，他又有了新的想法。这个想法有些离奇，让他的脸烧得通红。

“我得确认一下。”他心想。

于是他关上门，悄悄转过拐角，迈着沉重的步子走进家里，装作刚刚回来。看吧！他打开家门时，并没有看到什么瓶子。科库阿坐在椅子上，吃了一惊，好像刚刚从睡梦中惊醒。

“我一整天都在饮酒作乐，”基韦说，“有一帮好伙计陪着，我现在只是回家拿钱，待会儿还要跟他们继续开怀畅饮。”

他的表情跟声音都像审判一样冷峻，但科库阿心烦意乱，没有察觉。

“愿你开心，我的丈夫。”她用颤抖的声音说。

“哦，我很开心。”基韦说。他直接走到箱子那里，往外取钱。不过他往放瓶子的那个角落看去时，并没看到瓶子。

就在这时，那个箱子像海浪一样，在地板上颠簸起来，整座房子像烟圈一样，绕着他旋转起来。他看出妻子十分失落，不会有别的可能了。“我就怕是这样，”他心想，“原来真是她买下了瓶子。”

他强打精神，站了起来。但他脸上汗如雨下，汗水就像井水一样凉。

“科库阿，”他说，“我先前跟你说了难听的话，是我不好。现在我要回去找我那帮快活的伙计了，”说到这儿，他还小声笑了笑，“你要是能原谅我，我会喝得更开心的。”

她马上抱住丈夫的双膝，流着泪亲吻他的腿。

“哦，”她哭着说，“我只要一句贴心话！”

“以后，我们永远都别把对方往坏处想啦。”基韦说完就离开了家。

基韦从箱子里取走的，只是他们刚来时放进去的那些生丁。他当然已经没有了喝酒的心思。他的妻子为他付出了灵魂，现在他必须付出自己的灵魂，把她的换回来。他心里没有任何别的想法。

水手长还在监狱旁边的街角等他。

“瓶子在我老婆那儿，”基韦说，“除非你帮我把它弄出来，要不然，今晚就别指望拿钱喝酒了。”

“你该不是说，你真的想要那个瓶子吧？”水手长喊道。

“这是灯，”基韦说，“我看起来像是在开玩笑吗？”

“那倒是，”水手长说，“你看起来就像鬼一样严肃。”

“那就好，”基韦说，“这是两生丁，你去我家找我老婆，拿这两生丁去买那个瓶子。（我要是没搞错的话）她立马就会给你。你把瓶子拿来给我，我再用一生丁从你那儿买回来。这是买卖这个瓶子的规矩，只能高价买低价卖。不过你千万别跟她说，是我让你去的。”

“伙计，你是不是在耍我？”水手长问。

“就算是，你也不吃亏。”基韦回答。

“那倒是，伙计。”水手长说。

“你要是信不过我，”基韦又说，“可以自己试试。你从我家出来后立即许个愿，让你的口袋装满钱，或者一瓶最棒的朗姆酒，或者别的什么东西，随你喜欢。你会看到那个瓶子的价值的。”

“很好，夏威夷土著，”水手长说，“我会试试看。不过你要是耍我，我就把你绑在系索栓上，跟你好好玩玩。”

这个捕鲸人沿着大街走远了，基韦站在那里等着。昨晚，科库阿差不多也在这里等着，但基韦的决心更坚定，没有丝毫动摇。只是绝望令他的灵魂感到痛苦。

他好像等了很久才听到黑魆魆的大街上传来一阵歌声。他听出来那是水手长的声音。但奇怪的是，水手长已经喝得烂醉。

水手长踉踉跄跄地来到路灯下。他把魔鬼的瓶子紧紧裹在衣服里面，手里还拎着一个酒瓶。他走到基韦跟前时，拎起瓶子，往嘴里灌酒。

“你拿到它了，”基韦说，“我看到了。”

“把手拿开！”水手长喊道，往后猛地一闪，“你再往我身边走一步，我就打烂你的嘴。你以为你可以利用我，是吗？”

“你这话是什么意思？”基韦喊道。

“什么意思？”水手长喊道，“这瓶子相当不错，相当不错。我就是这个意思。我不明白我怎么只花了两个生丁就得到了它；不过我能肯定，你别想用一个生丁就把它买走。”

“你是说你不卖?”基韦呼吸急促地问。

“不卖，先生，”水手长喊道，“不过你要是愿意，我可以让你喝一口朗姆酒。”

“我告诉你，”基韦说，“拿到那个瓶子的人，会下地狱的。”

“我觉得，我反正要下地狱，”水手回答，“这瓶子是我见过的最棒的东西。不卖，先生!”他又喊道，“现在这是我的瓶子了，你去另找一个吧。”

“真的吗?”基韦喊道，“为了你好，我恳求你，把它卖给我吧!”

“我才不听你瞎扯呢，”水手长回答，“你以为我是傻瓜，现在你看到了，我不傻。到此为止吧。你要是不想喝朗姆酒，那我自己喝了。祝你健康，晚安!”

于是他沿街朝着城里的方向走远了，那个瓶子就这样离开了这个故事。

基韦的脚步轻盈如风，他跑回科库阿身边。那天晚上，两人欢天喜地。从此以后，他们在明亮之屋过上了安宁的生活。

朋友的朋友

亨利·詹姆斯，1896

在亨利·詹姆斯（1843—1916）的幽灵故事中，超自然的因素是不可见的（就好像《螺丝在拧紧》中的恶是超乎想象的），或者说是几乎不可见的（就好像《快乐的角落》里那不可捉摸的双重人格）。总之，重要的不是幽灵的视觉形象，而是人与人之间的关系纽带，因为幽灵正是被这种纽带召唤而来的，或者说是来帮助人类建立这种纽带的。所以《朋友的朋友》(或者最好称其为《那些朋友们的朋友》）讲述的是人之间那些无法感触的关系，故事里充满了各种悸动：生者与幽灵，骨肉人身和幽灵表现之间的边界不是确定的；基于这样的概念，"超心理学"可以说是拥有着无限的空间来进化和繁衍自己的理论。在詹姆斯的作品中，时常会出现这样的叙述者，他们貌似无关紧要，却是个决定性的角色，其关键之处正在于他没说出来的东西：好比本文，也好比《螺丝在拧紧》，讲故事的都是女人，不过这一次女人并没有掩藏自己霸道的激情与妒忌，也没有掩藏她工于心计的性格。

你大概也认为，有些东西非常有趣，但有个小问题：不大可能被出版。这些日记没有我希望得那么有条理，日记作者只是有记录和叙述的良好习惯。她总结，她记录，似乎不愿意放过任何一个故事。我整理出来的文字，以她的所见和所感为主，她道听途说的事次之。她有时写自己，有时写别人，有时两者都写。她的有些文字非常生动，但你也知道，最生动的文字并非最适合出版的文字。说实话，她有时轻率得可怕，至少，我在阅读完这些材料后是这么想的。我为了你方便，选取并分节的下列片段便是例子。这些内容是我用一个空白本子抄下来的，还算完整和明了，有些阅读价值。这些文字明显是几年前写的。我在读这些文字时，非常纳闷他们怎么会遭遇这样的事，这些奇遇到底是不是真的。这些事大概会令每一位读者感到震撼吧。她似乎希望世人从这些事情中获得教益，所以我把这份记录展示给世人。但是她没有提到她的朋友们的名字，也没使用姓名缩写。你知道他们的身份吗？我想，只有她自己知道吧。

一

我当然十分清楚，我是自找的，但这一点并不重要。我是第一个对他提起她的人——他以前从未听过她。好在我并不是对别人说的——我事后这样想，以求安慰。但我并未得到多少安慰：人生中唯一的安慰是不做傻瓜。我大概永远也享受不到那样的安慰。“听着，你应该去见她，和她好好谈谈，”我一张口便这样说，“物以类聚嘛。”我告诉他她是谁，还说他们是一类人，因为他们年轻人都有过奇遇。她的朋友都知道她当初遭遇的事件，因为经常有人叫她讲。她颇有魅力，聪明又漂亮，但不开心。很多人认识她，都是因为那件事。

她十八岁在海外与姨妈住在一起时，看到了父亲的鬼魂。她父亲当时在英格兰，离她几百英里，据她所知，父亲很健康。那件事发生在白天，她当时正在那座著名外国城市的博物馆里。她独自走在同伴的前面，去了个小展厅。那个展厅里有几件著名艺术品，展厅里当时还有另外两个人。其中一人是博物馆管理员。她一开始没看那另外那个人，只当他是个陌生人，一个游客。她只注意到这个人谢顶，坐在长椅上。但她的目光一落到此人身上，便高兴地发现，那是她父亲。父亲似乎等了她很久，只是悲伤地看着他，目光里还有近似责备的不耐烦。她朝父亲跑过去，困惑地大叫道："爸爸，这是怎么回事?"但她冲过去之后，眼前只有生动的展品，父亲不见了。管理员和已经赶上来的亲戚围住她。管理员、姨妈、表姐妹们都见证了这件事——或者说至少见证了她看到父亲出现又消失后的反应。有个医生也证实了此事。他当时也在参观博物馆，立刻被请来救人。他诊断她发了歇斯底里症，但私下对姨妈说："希望她家没有什么事发生。"已经有事发生。她可怜的父亲突发恶疾，那天早上死了。姨妈前一天已经收到病危电报，叫外甥女做好心理准备。女孩已经做好心理准备，但她觉得自己在博物馆看到的景象太真实了，永远也忘不掉。她把这件事告诉我们这些朋友，我们又把这件事告诉给了其他人。十二年过去了，她结了婚，但婚姻不幸福，与丈夫分居了。她其实是个很有趣的人，但所有人都知道她早年的那件奇遇，加之她与丈夫分居这件事是由法院裁定的，在很多人看来不算名誉。于是，很多人提到她时便会说："那个女人，你知道的，就是看见父亲鬼魂的那个女人。"

至于他，天哪，他看到了母亲的鬼魂。我以前从来没听说过这件事，直到我们一个共同的好友在谈话中引导他提起此事。于是我产生强烈的冲动，想要告诉他他有个同类，他们可以互相分享感受。大概是由于我经常逢人便讲他的故事吧，后来，我们相识不到一年后，他的故事成为他的一个人人皆知的标签。他有很多优点，和她一样，可怜的人！老实说，在人群中，我肯定会在他们发现我之前发现他们。我依然记得，他听到我以另一件奇遇（虽然不是我自己的经历）回应他的奇遇，他对我的态度忽然不一样时，我是多么吃惊。和她一样，他经历的奇遇也发生在多年前。那年，他因故在牛津逗留了"很长时间"。八月的那个下午，他在湖上划了很久的船。他回到自己的房间时还是白天，他看见母亲站在房间里，似乎正盯着门口。他那天早晨接到母亲寄自威尔士的信，母亲当时与她的父亲待在那里。母亲看到他之后，立刻满脸微笑，向他伸出双臂。他也张开双臂，冲向前去，但母亲凭空消失了。那天晚上，他写信给母亲，告诉她这件事。这封信一直被悉心保存着。第二天早上，他得知母亲去世的消息。他应该知道我之前听说的那件小奇遇。他从没听说过其他人也有这样的经历。我那位女性朋友和他，他们当然应该见一见。他们肯定有共同点。我必须安排他们见面，对吧？——她如果不介意的话，他肯定是不介意的。我答应本周内就找她说这件事。她和他一样“不介意”，很乐意见见他。可是他们未能见面——通常意义上的见面。

二

我才把故事讲到一半——这个故事非常曲折。其后很多年里，发生了许多意外事件，这些意外事件后来成为我和其他人打趣他们二人的话题。他们一开始对彼此很感兴趣，后来又兴趣索然。奇怪的是，他们都是体贴的人：他们并不高傲，更不会随意改变主意。一些偶然因素，以及二人相悖的兴趣与习惯（我是这么认为的），导致他们未能见面。他以工作为中心，是巡视员，很少有空闲，经常忙到要取消约会。他喜欢社交，但经常来去匆匆。我经常搞不清他人在哪里，有时连续几个月都见不到他。而她其实是个乡下人，常住里士满，很少“出来”。她是个漂亮女人，但并不时髦，而且人们常说，她对自己的境遇感到自卑。她的生活方式很可笑，但那是她想过的生活，她对自己的生活感到自豪。你可以和她一起做很多事情，但你很难让她出门参加聚会。她倒是很欢迎别人去拜访她：喝一杯她那位亲戚端来的茶，看看风景。风景总是一样的，但茶很好，不过那位亲戚——一位脾气很坏的老女仆，当年也去过博物馆，如今和她住在一起——最让人难以忍受。她与这位亲戚保持这么密切的关系，部分是出于经济动机。她声称这个女仆是个很棒的管家——我们应该原谅她说出这样的话。她对离婚后所得财产的估计是她的另一个你必须宽容的行为。非常极端——很多人甚至称之为变态。她从不买需要付定金的东西，精打细算。她大概知道，但也可能并未意识到：她是我认识仅有的几个对经济状况太过悲观而非乐观的女人之一。老天哪！她太过敏感。她十分注意来自男人的关注：她从不在家接待除老年人以外的男子。她总想着，丈夫有一天会突然上门。她说，还是小心为上。

我第一次对她说起我有个朋友遭遇过和她一样怪诞的命运，以为她会说："带他来见我！"那样我就可以立即带他去见她，促成一次非常简单或者说单纯的会面。但她只是说："我当然肯定要见见他。是的，我要出门去见他！"所以会面第一次耽搁下来，此后又发生了许多事。其中一件事就是，她因为自己的魅力，在那段时间里交了许多朋友，这些朋友大多也是他的朋友，经常在谈话中提到他。真是奇怪，我这对未能相见的朋友属于不同的世界，或者用难听的话讲，出身不同，但他们有这么多共同的朋友，这些朋友都觉得巧极了。她有些朋友互相不认识，却不约而同地盛赞他。她有一种天生的独特魅力，令我们把她当成一种私人资源，努力讨好她，好像她不是我们会在社交中遇到的人，不是每个人都可结交的人，粗鲁之人不可接近的人，与她相熟既艰难又珍贵。我们会事先与她约好，选择在好天气里单独去见她，然后发现不告诉别人对大家都好。有些人受到的邀请比其他人少。有几个蠢女人和其他不受欢迎的人在很长一段时间里只受到三次邀请，却吹嘘自己与"许多聪明绝顶的人"关系亲密。

每个人都曾想过，让某些此前互不相识的朋友认识是个挺好的主意。但每个人都记得，某些好主意并不能成真。但我不知道还有谁的失败能产生如此重大的影响。我的这次失败产生的影响实在是太大了。我的女士朋友和绅士朋友对我和其他人说，他们未能相见这件事，就像一出喧闹的滑稽剧。他们未能相见，一开始是因为时间不凑巧，但后来是因为其他五十种原因。他们太像了：他们有同样的想法、伎俩和品位，同样的偏见、迷信和异端邪说；他们会说同样的话，有时还会做同样的事；他们喜欢、厌恶同样的人和同样的地方，同样的书籍、作者和文风；任何人都可以看出他们的外貌有些相似之处。这些相似之处使大家产生这样一种印象：用通俗的话来讲，他们同样“得体”或几乎同样漂亮。但他们最大的共同之处，是他们对待照相这件事的反常态度，大家对他们的这种态度非常疑惑，经常拿来议论。我们只听说过他们二人从来不“摄”、也坚决反对照相术。不管任何人说任何话，他们就是不照相。我曾经大声向他们抱怨过此事，我尤其希望去邦德街买副镜框，把他的照片挂在我画室的壁炉旁，但我的愿望至今未能实现。这无疑是他们应该见一面的最可爱的理由，但这些可爱的理由无法令他们相见。似乎有种神奇的法则在他们之间运行，令他们在彼此的面前关上了那么多扇门，让他们就像一口井里的两只水桶，跷跷板的两端，一个国家里的两个政党，一个上来了另一个必定下去，一个进来了另一个必定出去。他们一个人去参加某次聚会时，另一个人总是已经离开很久或刚刚离开或正在路上——虽然并不是有意的。只有在大家已经不指望他们会出现于某次聚会上时，他们才会出现，但从未同时到场过。他们就像一对同时出现便会导致矛盾的词汇；他们一次次错过对方，你会以为这是命中注定的。但几年之后，这种命中注定令他们失望和困惑。他们因为总是无法相见，对彼此更加好奇了。我们为了帮助他们相见，出了很多力，但所有努力似乎都成了绊脚石。我没有把此类徒劳的努力记下来，只记得他们总是无法一同在合适的场合用餐。适合某一人的场合，必定不适合另一人。我的意思是，一个人准时参加了一次宴会时，另一个总是无法前来。感冒、头痛、丧亲、暴风雨、大雾、地震、洪水，这些意外事件总是交替出现。最后，整件事变成了一个大笑话。

但大家很严肃地对待这个笑话，不可自抑地想到，情形变得很严峻。他们感到尴尬和不安，但他们坚信，诸如此类的意外事件最后会促成他们相见。无数次错过，让他们想要相见的愿望更加强烈。他们是非常害羞的人，也许对相见感到有些难为情。他们准备了太久，却依然感到沮丧：双方是否都能对这次会面感到满意呢？一次普通的见面太没意思了。几年过去了，他们并未要求无论如何先见一面。他们也许已经厌烦这个笑话，但更厌烦另外一种东西。他们的考虑是一样的，也知道对方是怎么想的。我断定，就是这一点最终导致了这种局面。我的意思是，他们头一两年没能见成，不是他们自己造成的，但他们后来没能见成，是因为——我还能怎么想呢？——他们越来越紧张。描述这样荒诞的事，可真够累的。

三

我们相识很久后，我接受了他的求婚。这是我们相识的圆满结果。幽默一点说，他之所以会求婚，最初是因为我向他要了一张照片。一开始，我拒绝把自己的照片给他，因为他没把他的照片给我。我最后拿到了他的照片，他与照片里差别很大。我把照片挂在壁炉架上。有一天，她来看我并祝贺我订婚，走到离壁炉架很近的地方看照片里的他。他已经为她树立了榜样，我希望她能学习这个榜样：他已经不像先前那么任性——她也愿意不再那么任性吗？我订婚了，她应该送我点儿东西——她愿意给我一张照片吗？她大笑，头就像被微风吹动的花儿那样摇着。我未来丈夫的照片旁边应该是我自己的照片。她立场鲜明——她不愿解释也不愿改变自己的立场。她有种誓言一般的顽固偏见——她到死都不拍照。现在，只有她一个人没拍过照了：她喜欢这种状态，因为她更加特别了。她很高兴看到自己的同类妥协了，也很高兴终于看到他的照片，但她没对照片说什么令我印象深刻的话，不过她把照片翻过来，看了看背面。她非常赞同我们订婚，并真心为我们感到高兴。“你认识他比我认识他久多了，”她说，“而我感觉自己已经认识他很久了。”我告诉她，我们历经坎坷，注定要在一起。我记得这一切，是因为接下来发生的事那么怪诞，我很容易就把上述情景当成我们自然关系的终结点。是我自己突然发疯，改变并摧毁了我们的关系。我发现她一直注视着邦德街镜框里的那张英俊的脸，她的神态只有一种解释。我为什么还要允许她看那张照片呢？我最初只是希望她能爱护他。好吧，她说她一定会出现在我先前请她参加的那场聚会，打破那个令他们困扰的愚蠢魔咒时，我还是如此希望的。我先前已经说服他前往。我现在的立场跟以前不一样了——我现在是他的代言人。我已和他确定，他在下周六下午五点一定能出现在见面地点。他出城公干了，但在给我的回信中承诺，他一定会早些回来，留出充裕的时间。“你确定他能赶到吗？”我记得她这样问道，严肃地沉思着，脸似乎变得有些苍白。她看起来疲惫而虚弱，真遗憾，他最终将要看到的是这样的她。如果他五年前就见到她的话——我回答她，我这一次非常确定，所以他们能否成功相见，完全取决于她。我指向一把他常坐的椅子，说他周六下午五点肯定会坐在上面。有一件事我没有对她说：就在上周，他也坐在那把椅子上，向我提出关于我们未来的问题，让我一阵眩晕。她默默地看着那把椅子，和刚才看他的照片时一样，而我已经第二十次重复，把最亲密的朋友介绍给另一半认识，那真是太荒谬了。“我是你最亲密的朋友吗？”她微笑着问，在那一刻，她往昔的美丽回来了。我把她的手拿到我的胸口，以此作为回应。她说：“好吧，我会来的。我很害怕，但我答应你，我一定会来的。”

她离开之后，我思索她害怕什么，她说那句话时是很认真的。第二天傍晚，我收到她写给我的三句话：她刚到家就得到丈夫的死讯。她与丈夫七年没见了，但她希望我是通过她而非其他渠道听说这件事的。虽然说来奇怪而且令人悲伤，但这件事并未改变她的生活分毫，她一定会赴约。我为她感到高兴——她的生活会有点儿变化的，她应该至少可以得到点儿钱。我虽然为她高兴，但并未忘记她说的她害怕的话。我有点明白她为什么会害怕了。她的害怕似乎会传染，那天夜里传到我的胸腔里，让我突然一阵慌乱。那不是嫉妒，而是嫉妒导致的恐惧。我骂自己太傻，为什么不等我和他结婚后再安排他们见面呢？我婚后肯定会觉得安全些。我只需再等一个月——我已经等了很久，这点儿时间根本不算什么。她明显很紧张，她现在自由了，但依然很紧张。我怎能不产生不好的预感呢？她曾经是第三者介入的牺牲品，但现在很有可能会成为介入者。现在牺牲者是我。她可能早就注定了要介入我们。可怜的我注定要承受风险。一系列频繁发生的意外事件延缓了风险的到来，但现在，它是最后一个意外事件。我深信，他们的关系是你情我愿的。我越来越觉得，他们正在互相走近，最终会走到一起。我们三人都提到打破魔咒，是的，魔咒肯定会被打破，但将以另一种形式重生，令他们的相遇就像他们当初逃避相遇那样走样。我坐立不安，夜不能寐，一直在想这个问题。最后，我想到，要驱除心魔，只有一个办法。如果不会再有意外事件了，那我就制造一个。我坐下来，迅速写了封短信，他将在回来之前收到这封信。仆人们都已经睡觉了，所以我没戴帽子就来到有风的街上，把信投进最近的一个邮筒里。我在信里告诉他，我因故不能在下午约定的那个时间待在家里，他必须推迟至晚餐时间到。我这是在暗示他，他将发现我独自待在家里。

四

因此，她五点钟到时，我卑鄙地敷衍她。我太疯狂了，居然写了那封信。但正如常言道，功夫不负有心人。她待了一个小时，他当然没有出现，我只能继续背信弃义。我觉得最好让她上门，这样我的愧疚感不会那么强。但她坐在那里，面色苍白，神形疲惫，丈夫的去世令她痛苦不堪。我内心因悔恨和羞愧一阵刺痛。我之所以仍然叫她过来，就是因为羞愧。我现在只能假装震惊。我现在只能假装到底。我大声说，迄今为止，我在今天最能肯定他会来。我编造谎话时脸红了，我想这是我应得的惩罚。我假装对他未能出现愤愤不平，猜测了多种可能性。时钟继续往前走，我假装惊讶，说他们的坏运气还没有结束。她对我的话报以微笑，但她看上去很忧虑——她看上去不同寻常：有件怪事让我捉摸不透，她穿着丧服——她头上没戴黑纱，但穿着一身朴素的黑衣服。她的帽子上别着三根黑色的短羽毛。她戴着一个小小的羔羊皮手筒。这件东西让我产生了正确而强烈的想法。她先前写信给我，说丈夫突然去世不会影响她分毫，但从她的着装看，这件事对她产生了很大影响。她如果想遵守常俗，为什么不考虑过几天再出来参加茶会？她太想见他了，等不及在丈夫下葬后出门。她的热情已经暴露无遗，我必须坚决而残忍地继续施行可鄙的欺骗手段。但与此同时，随着时间流逝，我发现她内心还有些比失望更深沉的东西，一种并未显露多少的东西。我感受到一丝释然，似乎还感受到危险过去后留下的温柔而细微的气息。她百无聊赖地和我度过一个小时，最后决定放弃。她永远放弃他了，她把这次约会当成一个玩笑，我从没见过谁如此优雅。但这依然是她人生中的一次重要约会。她以多次空等时的那种温和而愉快的语气说话。但这场漫长的躲猫猫游戏要结束了，这段空前绝后的奇异关系要结束了。这的确是或者说曾经是一段关系，不是吗？这就是整件事中的荒诞部分。她站起来准备离开时，我对她说，他们的关系非同寻常，但在发生了这些事之后，我大概无法再为他们安排会面了。当然，他们可以在我和他的婚礼上见面。她当然会参加我的婚礼吧？他也会希望她能来。

“我如果出席你的婚礼，他可能就来不了了！”我记得她发出短促而颤抖的笑声。我觉得她的笑声意味深长。那笑声表明，我和他可以安全地结婚了。“我们无论如何都见不成，即使是在他的婚礼上！”她在亲吻我、和我道别时说，“我永远都见不到他！永远！”她临走前就说了这些话。

我尚能忍受她的失望，但无法忍受他的失望。他对我改变安排没有什么特别的反应，但他对我说的第一个词是个责备的词。我说“责备”，因为他的语气的确没有那么强烈。但是他表达了自己的吃惊，他惊讶于我居然没有想办法解决我遇到的障碍，促成这次会面。我不应该出去，我即使必须出去，也可以让他们见面。没有我在场，他们也可以在我的画室里见面。听到他这么说，我崩溃了。我坦承自己耍了手段，也坦承了自己这么做的原因。我没有对她说我要出门，我也没有出门。她来了，等了他一个小时，最后以为他因为什么事未能出现。

“她一定以为我是个残忍的人！”他大声说道，“她有没有说过我——她不管说什么，都是在理的。”

“我向你保证，她没有说什么表露情感的话。她只是看了看你的照片，还看了看照片的背面。照片的背面有你的地址嘛，但她对地址没有任何反应。她毫不关心你住在哪里。”

“那你为什么害怕她？”

“我不是害怕她，而是害怕你。”

“你这么确定我会爱上她？你以前可没这样想过。”我没有说话，他继续说，“据你的描述，她是个值得钦佩的人，但并不是我喜欢的人。”

“你是说，你只是想见她一面？那我不害怕了，”我说，“我没有理由再害怕。”

他亲吻我，然后我记起她一两个小时前也这样做过，我觉得他好像从我的双唇尝到了她的吻。

亲吻事件让我一阵战栗，但我还有一种更不好的感觉：他似乎把我当成了骗子。可是我已经坦承了自己的错误，心里已经很难过了，好像我的人生里有了个永难擦除的污点。我说她对他未能前来明显并不在意时，他看我的那种神情让我难以忍受。自从我认识他以来，他头一次对我的话表示怀疑。他离开我家时，我对他说，我会告诉她真相——明天一早，我做的头一件事便是去里士满，告诉她不要责怪他。他吻我。我愿意赎罪，我说，我愿意低到尘埃里，坦承一切，请求原谅。他听了这话，又吻我。

五

第二天，我觉得这是个好主意，可以令他满意。所以我坚决上了火车。我爬上一座可以望到很远地方的小山，敲响她家的门。我有点儿纳闷，她家的百叶窗还关着。我也许因为受良心谴责，来得太早了，她还没有起床。

“在家吗，夫人？她永远地离开家了。”

老女仆的话让我大吃一惊。“她去哪里了？”

“噢，夫人，她死了。”然后我听到她说出更可怕的话：“她昨天晚上死了。”

我大哭起来，在我自己听来，我的声音都太过刺耳。在一瞬间，我觉得是我杀了她。我快要晕倒时，模模糊糊地看到那个老妇人伸手扶住了我。我不记得接下来发生了什么事，只记得大约在片刻之后，我朋友那个愚蠢而可怜的亲戚对着我发出哽咽而谴责的啜泣声。我不知道过了多久自己才明白、相信和回应那种巨大的愧疚感。在一开始，我只迷信而疯狂地意识到这一种情感。事后，医生给出了合理而清晰的解释：她在结婚前就受心脏衰弱困扰，而婚姻带给她的只有刺激和恐惧。最近几天，丈夫去世对她是很大的打击，她开始担心自己的生命。她受过良好教养，一直过着安静的生活，所以丈夫的事把她的焦虑和所有其他情感都放大了。一个“真正的淑女”怎么可能躲过这种事的打击呢？她提前一两天就知道丈夫快不行了，从那以后，悲伤和震惊就从未离开她。她从未想过这么快就能解脱：她原以为丈夫会活得和她一样长。接着，她昨天晚上在城里肯定遭遇了不幸事件：一件她很难释怀的事。她回到家时已经很晚了——十一点之后，她的亲戚一直很担心她，在客厅里等着她，说她肯定很累，必须在上楼前先休息一会儿。她们一起走进餐厅，然后老女仆提出给她倒杯酒。她匆忙去倒酒了，她回过头来时，我们可怜的朋友还没来得及坐下。但突然之间，她发出一声几不可闻的呻吟，倒在沙发上。她死了。什么样的“小意外”能给她这么大的打击？她在城里究竟遭遇了什么事？我立即提到可能造成她心神不宁的那件事——她五点钟应邀来到我家见我的未婚夫，但那位绅士突然因故不能准时出现，不过他们二人并不熟。但这件事的影响不可能那么大，她后来肯定遭遇了别的事：每天都有数不清的意外事件发生在伦敦街头，与疯狂的出租马车有关的意外尤其多。她离开我家后去了哪里，做了什么？我原以为她离开我家后直接回家了。但我和老女仆现在都想到，她进趟城不容易，有时会顺便在很小很安静的女士俱乐部“绅女”待一两个小时，休息休息。我答应老女仆，我会尽快去那家俱乐部，看看能不能打听到点儿消息。然后老女仆打开停放她的尸体的那个昏暗而可怕的房间。我请求老女仆让我和她单独待一会儿。我在房间里待了半个小时。死亡让她变得美丽，也保持住了她的美丽。但我跪在她的床前，首先想到的是死亡让她沉默了。死亡把我非常想知道的某件事变成了秘密。

我离开里士满后，坐马车去他家履行另外一项责任。我经常想去他家看看，但这是我第一次去他家。他家有超过二十个房间，所以楼梯都是开敞式的。我在楼梯上遇到他的仆人，仆人立即带我去找他。他听到我的声音后，打开远端一个房间的门。我们单独在一起之后，我立即说道："她死了！"

"死了？"

他一阵颤抖。我记得他并没有问是谁死了，当然，这是因为我如此仓促地赶来找他。

"她昨天晚上死了——就在离开我之后。"

他的表情异常怪诞，他紧紧盯住我的眼睛，寻找恶作剧的迹象。"昨天晚上——离开你之后？"他麻木地重复我的话。然后他又麻木地说："不可能！我见过她。"

"你'见过'她？"

"这个地方——就是你现在站的这个地方。"

我立即想到他年轻时的那次遭遇。"在她死的时候——我明白了，就和你当初见到你母亲时一样。"

"和见到我妈妈时不一样——不一样，不一样！"我带来的消息让他大受震动——他比昨天还震惊。我清晰地意识到一件事，当时就对自己说：他们之间真的存在一种关系，他们真的面对面见过。只有他有过那种经历，他似乎因为我不能理解两次相见的区别而异常痛苦。他继续激烈地解释："我看到的是活生生的她。我看见她对我说话了。我看见她，就和现在看见你一样。"

我至今记得，在那一瞬间——只有一瞬间——我对他的两次不寻常的经历有了更个人化的理解，觉得那两件事并没有什么奇怪的。但我随即想到她离开我之后立即来找他，我想知道她在这里做了什么。我听到自己用有些刺耳的声音问：

"她到底为什么来找你。"

他思考接下来要怎么说，同时让自己镇定下来。他的眼神依然激动，眼睛依然通红，但他试图用微笑消解我严肃的语气。

“她只是来看看我。她来了——在你家待了一段时间之后——于是，我们终于见面了。我认为，她只是非常想见到我吧。”

我环视这个她待过的房间。她已经在这里待过，而我直到现在才算来过这里。

“她是这么对你说的？”

“她只是表示，她过来让我看看她。就是这样！”他突然大笑起来。

我越来越好奇了。“你的意思是，她没有对你说话？”

“她什么也没说。她只是看着我，我也看着她。”

“你也没说话？”

他又痛苦地对我笑笑。“我想到了你。当时的局面很微妙。我尽可能表现得体面。她看出来她令我很高兴。”他又发出那种刺耳的笑声。

“她当然令你很高兴喽！”我思考了一会儿，“她在这里待了多久？”

“我怎么知道呢？大概有二十分钟吧，但也可能远没有二十分钟。”

“沉默了二十分钟！”我现在对这件事有了确定无疑的看法，“你知道你对我讲了一件多么荒唐的事吗？”

他背对着我。他听到我这么说，面带乞求的表情朝我走过来。“我最亲爱的，我乞求你以仁慈的态度看待这件事。”

我可以以仁慈之心对待这件事，我也表明了这种态度。但他笨拙地张开双臂，想要把我拉向他时，我没有动。然后，巨大而令人不自在的沉默在我们之间久久不去。

六

最后他打破沉默：“她真的死了？”

“很不幸，是的。我刚才还跪在停放她尸体的床前。”

他注视着地板，然后抬起头看着我。“她看起来是什么样子？”

“她看起来——安详。”

我看着他，他又别开脸。但过了一会儿，他又问：“她是什么时候——”

“大概是在接近午夜时。她到家后倒下了——她自己和医生都知道她有心脏问题，但她很坚强也很勇敢，从来没对我说过。”

他专注地听我说完，沉默了一会儿。然后他突然说道：“她真是个了不起的人！”我写下这句话时，耳边还响起他那近乎孩子气的自信、严肃而又简洁的声音。我即便在那时也无法心平气和地告诉他，我一直都是这样对他说的。他似乎感觉到他的话在我心里引发的感受，随即便快速地说：“你想必明白，她如果直到午夜才回家——”

我立刻责备他：“你是想说明，你的确和她待在一起过？但这是不可能的，”我说，“因为你在我家待到很晚。我不记得具体的时间了——我当时心神不宁。但你应该还记得，你说你有很多事要做，可是你在晚餐后又坐了一会儿。她呢，整晚都坐在‘绅女’俱乐部里——我已经调查过了，我刚从那里过来。她去那里喝茶，在那里待了很久很久。”

“她在那里待那么久，只是为了喝茶？”

我明白了，他打算质疑我讲的这件事里的每一步。他越是质疑我，我便越强调自己讲的这个版本，任性地给出解释。但我越解释，便越加强了整件事的奇特性。我或许只是嫉妒他被两次神秘事件选中，不愿承认他讲的版本。他站在那里乞求得到真相的样子在我看来就是在耍无赖，因为他几乎不认识那个死去的女人。我不知道自己为什么突然那么愤怒（不过愤怒仍处于闷燃状态），只是告诉他，她和他母亲有同样的天赋，她从父亲那里继承了这种天赋，于是，他在年轻时经历过的奇迹再度发生，而制造这次奇迹的人是她。她的确来找过他，因为她也喜欢她，但是，噢，她的身体没来！我有证据。关于她在离开我之后的大部分时间里做了什么，我有确凿的证词。那个地方几乎没有客人，所以服务员注意到了她。她一动不动地坐在画室炉火旁的一把大椅子里，后仰着头，闭着眼睛，似乎在打盹。

“我明白。但是她在那里待到什么时候？”

“听着，”我已经不想再回答他的问题，“服务员不可能什么都记得。那个女看门人也是个‘绅女’，但很不幸，她尤其糊涂。在俱乐部关门之前，她一直在自己那个鸟笼一样的小房间里值班，看着人员进出，没有人接她的班，她也没有违反规定，溜开过哪怕一小会儿。她的头脑稀里糊涂，说话也糊涂，所以我和她谈过之后，仍然不知道我们可怜的朋友是什么时候离开的。但他们大致可以确定，十点半以后，她就不在那里了。”

这个时间点契合他的观点。“然后她直接到这里来了，接着又去赶火车了。”

“她不可能这么匆忙行事，”我大声说，“她从来没这样干过。”

“亲爱的，她不用匆匆忙忙的，她有很多时间。你记错了，我离开你时并不晚。昨晚是特例，我很早就离开你了。我很抱歉，我和你待在一起的时间显得那么漫长，但我真的十点就到家了。”

“你换上拖鞋，然后在椅子里睡着了，一直睡到今天早上——你是在梦里见到她的！”他默默地看着我，目光忧郁——我还在他的眼里看到被压抑的不耐。我继续说：“一个女士深夜来拜访你，还在你家逗留了一段时间。世间没有比这更不可能的事了。但这个世界上有各种各样的女士。以上帝之名，她只是呆呆地站着，没有说自己是谁，而你连她的画像都没见过，那么，你怎么知道我们说的是同一个人呢？”

“我不是经常听到你们描述她吗？我现在可以对你详细地描述她。”

“不要！”我急切地大喊道，他又笑了。我脸红了，但继续说：“是仆人领她进来的吗？”

“他不在——他在这里是来去自由的。这栋大房子的一个特点是，可以从开向街道的大门上到任何一层楼。我的朋友最近正在向家里的一个年轻女仆求爱，昨天晚上，他献殷勤的时间久了些。他出去献殷勤时，让楼梯上的外门开着，以便他无声息地溜回来。门轻轻一推就开了。她推门了，这不需要多少勇气。”

“一点点勇气？需要胆大包天！还需要估计各种可能的情形！”

“嗯，她估计到会遇到什么情形，或者说她创造了那种情形。请你原谅，我必须承认，我们的相见真的让我非常愉快。”

他语气里的某种东西让我一时对自己要说的话失去信心。过了好一会儿，我才说：“她怎么知道你住在哪里？”

“我去给相片做镜框时，镜框商在镜框背面他们商标旁边写下了我的地址，记住这个地址就行了。”

“她穿的是什么衣服？”

“我亲爱的，她穿着丧服——她头上没戴黑纱，但穿着一身朴素的黑衣服。她的帽子上别着三根黑色的短羽毛。她戴着一个小小的羔羊皮手筒。靠近左眼的地方有一条竖着的疤痕。”

我打断他：“那是她丈夫不小心打到她留下的痕迹。”然后我又说：“你站在离她多近的地方啊！”他没有回应我这句话，我注意到他脸红了。于是我大声说：“好吧，再见。”

“你不再待一会儿？”他慢慢地再次走近我，这一次，我勉强接受了他，“她的来访的确让我很高兴，”他在抱住我时轻声说，“但你的来访更让我高兴。”

我让他吻我，但我和昨天一样，又想起她也亲过我。我想到，她把吻留在我的嘴唇上，好让他触碰。“你看，我是活的，”我说，“你昨晚看到的东西是死的。”

“是活的——那是活的!”

他的声音轻柔但倔强，我从他的怀里挣脱出来。我们站在那里，定定地注视着彼此。

“到目前为止，你描述的场景太不可思议了。你在她进来之后才注意到她?”

“我就在那张放着台灯的桌子旁专心地写信，然后抬起头来，看见她就站在我面前。”

“然后你做了什么?”

“我猛地跳起来，她微笑着把手指放到嘴唇上，那是警示我不要出声的动作，但她做这个动作时优雅而高贵。奇怪的是，我马上认出她了。但我刚才已经说过了，我不知道我们在一起待了多久。我们面对面站着，就像你和我现在这样。”

“只是互相注视着?”

他不耐烦地摇摇头。“啊！你和我可没有互相注视。”

“是的，我们在说话。”

“是啊，我们算是在谈话吧，”他努力回忆，“我和她，就像我和你这样友好地站着。”我本想对他说，他不用再详细描述了，我已经知道他们互相爱慕。但我最终说出的话是，他是否马上认出了她。“没有，”他回答，“因为我当然没想到她会来，但我没过一会儿就想到她是谁了——只可能是她。”

我思考了一会儿。“她是怎么离开的?”

“和她来时一样。她没关门，就那样出去了。”

“她走路快——还是慢?”

“相当快。回想起来——”他又开始微笑，“是我让她走的，我知道她已经想离开了。”

我轻轻地长叹一口气。“好了，你现在也应该满足我的愿望——你必须让我走。”

他听到我这么说，又走近我，劝我留下，有些油滑地说我和她对他来说意义是不同的。我多么希望自己能够问他有没有碰过她，但这几个词拒绝连成句子，我听到自己的声音可怕又含混。然后我说了些迂回曲折的话——我不记得自己具体说了什么——想让他告诉我他到底有没有碰过她，感觉自己特别卑贱。但他没有告诉我。他只是试图安慰我，不断重复几分钟之前说的话——正如我一向所言，她的确很优秀，但我才是他“真正的”朋友，他永远的爱人。他这些话促使我也重复了自己先前的话：我至少是活的。而我的话又导致他重复了他先前说的我很反感的话：“噢，她当时是活的！真的是！”

“她当时已经死了，死了！”我声嘶力竭地断言。我以为自己的声音会很笃定，但出来之后却显得荒唐。“死”这个词在房间里回响，让我突然满心恐惧。这个词在所有情境下能引发的所有感情此刻像潮水一样在房间里汹涌。我忽然心痛地想到，我是多么爱她和信任她啊。与此同时，我似乎看到她临终时孤独而美丽的样子。“她走了——我们永远失去她了！”我开始啜泣。

“我也是这么想的。”他呼喊道，声音异常和善，然后紧紧地抱住我，寻求安慰，“她走了，我们永远失去她了，所以，昨晚在这里究竟发生过什么事又有什么关系呢？”他把头侧向我。他的脸触碰到我的脸时，我分不清那湿润的东西是他的还是我的泪水。

七

我依然坚信，他们从未“见过”。这是我的理论，后来也可以说是我的态度。基于此，我大度地请他和我一起去参加她的葬礼。他谦卑而温柔地同意了。参加葬礼的大多数人都认识他们二人，知道那个漫长的笑话。我担心他们会取笑他，破坏葬礼上严肃的气氛，但他本人并不在乎。关于在她去世那晚究竟发生过什么事，我们依然没能达成一致。除了门房的话，他没有其他切实的证据。但他自己也承认，这个门房粗心大意，而且经常溜开。门房说，从十点到午夜，一共有三个穿深色衣服的女士轻快地进出房子。三个女人太多了，对我们各自的观点都没有帮助。我对他说，我认为我已经把她当晚做过些什么事都告诉他了，我们就当此事已经解决，丢开它，不要再谈论了。但我知道，他虽然同意不再谈论此事，但并没有接受我的说法。他并没有让步——他只是不希望我生气。他坚信自己的解释，因为他更喜欢那个解释。我觉得，他更喜欢那个解释，因为它更能满足他的虚荣心。我如果是他，虽然也许也会像他那样想，但肯定不会让自己被那样的想法影响那么久。但人人性情各异，我们无法代替别人做出判断。这如果是惊悚书籍讲述的令人费解的事件或学术会议的议题，那我会觉得它有趣得多；这件事如果与我无关，我作为一个感情丰富、热衷新鲜事物的人，会觉得她的这种弥补、警示的愿望和好奇心无上美好而纯粹，高贵而令人敬畏；我有时候觉得，我如果是他，想到自己那么独特，被选中了，会觉得很有趣吧。他说过，他在光线下很快就想到她是谁。这件事不就是他与众不同、被选中的证据吗？前两次怪诞的相见是这次相见发生的原因。他是亲身经历者，对第一次相见的感情与我不同。我觉得，他非常不希望别人又因为他有这样的奇遇而大惊小怪。而我越来越相信自己的一个想法——整个神秘事件从某种意义上来说是我制造的。这是我人生中的一个事件，我意识里的一个谜，不是他的，所以，他以什么态度看这件事对我并不重要。然后我们忙起其他事情来：筹备我们的婚礼。

我有很多紧急的事要做，但随着时间推移，我越来越觉得，我“喜欢”

的东西，就是我私下里确信的东西。我还发现，我相信的东西，并不是会给我带来快乐的东西。我的执念——我发现它的确是执念——拒绝离开，尽管我调动所有感官驱赶它。我有很多事情要做，但经常不能自已地思考。最后，思绪严重影响日常生活。我能看到它，感觉到它，与它为伴。它是一种孤寂的快乐，也是一种满溢的苦涩。而我必须承认，没有了它，我就不是我自己了。我如果再遇到同样的怪事，会遭遇同样深刻的痛苦，同样强烈的怀疑，以及更强烈的坚定想法。我多么希望能准确写下记忆中的所有事件，用恰当的词汇描绘难以言喻、丑陋而又痛苦的思绪。让我来简要叙述一下在我们婚礼前一周、她去世三周后发生的事。那时，我的每一根神经都知道，我必须直面某件严重的事，而且越快越好。我的未曾熄灭的妒火就像美杜莎的面具。嫉妒没有随着她一起死去。它在未曾说出的疑惑的喂养下，依然生机勃勃。我一直没有把那些疑惑说出口，但现在，我强烈地渴望把它们说出来。这渴望占据了我，好像命中注定会来救我。所以我决定把疑惑说出来，尽快诚实地说出来。我不愿再耽搁一天。我那么急切，已不愿使用任何计策。于是，一天晚上，我默默地但依然急切到有点失态地向他提出，我们应该重新考虑两人的关系，因为它已经完全改变。

他勇敢地问："怎么可能变了呢？"

"有个人走到我们中间。"

他思考了片刻。"我不会假装自己不知道你说的是谁，"他友善地笑笑，对我一反常态表示遗憾，"一个已经入土为安的女人。"

"她是入土了，但还没有死。对于全世界而言，她已经死掉了——对于我而言，她已经死掉了。但对于你而言，她还没有死。"

"你又在想我们对于她那晚出现的不同解释吗？"

"不是，"我说，"我没有想起任何事。我不需要想起什么事。我眼前的问题已经够多了。"

“亲爱的，那请告诉我你面临的问题。”

“你完全变了。”

“被那晚那件怪事改变了？”他大笑道。

“那晚的怪事没有改变你多少，后来的许多怪事改变了你。”

“你说的是什么事呢？”

我们定定地看着彼此，目光都没有退缩。他的眼里有种微弱的奇怪的光，他的脸色明显苍白。我的笃定胜利了。“你真的不知道是什么事？”

“我亲爱的孩子，”他回答，“你的描述太潦草了。”

我思考了一会儿。“一个人不愿拍照，也许是很奇怪。但从这个角度看，从一开始，还有什么东西比你的那个特质更奇怪呢？”

他开始含糊其辞——他一向擅长此道：“我的特质？”

“你那种众所周知的特别的力量。”

他非常不耐烦地耸耸肩，很不以为然地呻吟：“噢，我那种特别的力量！”

“你对各种人的吸引力，”我冷冷地继续说，“你比我们其他人更擅长与人交往，给人留下好印象。这当然有利有弊。这是你最初深深吸引我的地方之一——这样的你让我快乐，我以认识你为豪。这是种神奇的本能，直到现在也是种神奇的本能。但我当时没想到你的这种本能会导致这样的结果。但我必须说，我当初就是那样被你吸引的。

“以神的名义，”他以乞求的腔调说，“你到底是被什么吸引了？”我沉默不语，酝酿接下来要说的话的语气。“你说的那种东西到底是怎么起作用的，”他继续说，“你又是怎么被它影响的？”

“她错过了你五年，”我说，“但她现在永远不会错过你了。是你促成了这件事！”

“促成？”他的脸由白转红。

“你看见她了——你看见她了：你每晚都能看见她！”他大笑，但我觉得那笑声太刻意了。

“她每天都像那晚那样来找你，”我大声说，“她试过一次后就喜欢上来找你！”在上帝的帮助下，我没有盲目激动，也没有使用粗鲁之语。我不知道这些话从何而来，但这些远不算“简略”的话就这样被我说出来了。

他转过头去，大笑，拍手，嘲笑我的愚蠢。但片刻后他再度面对我时，表情变了，让我大吃一惊。“你敢说，”我又说，“你并没有每天见到她？”

他一直在采取纵容、退让的策略，友善地开我的玩笑。但他现在突然说：“噢，亲爱的，如果一切真的如你所说，又怎么样呢？”

“这是你与生俱来的权利：这是你的特质之一，你了不起的也许颇受嫉妒的财富之一。但你想必很容易明白，它是我们之间的障碍。我只能放手。”

“放手？”

“你必须在我和她之间做出选择。”

他冷冷地看了我一会儿。“我明白了。”然后他走开一点点，好像想好好思考我说的话，思考他该怎么对待这番话。然后他突然再次面对我。“你怎么知道这么私密的事？”

“你的意思是你已经尽力掩藏了？是很私密，你可能以为我永远不会背叛你。你做得很好，做好了自己的本分，你的举止无可指摘，可怜的亲爱的！忠诚，可爱。所以我默默地观察你，做好自己的本分。我注意到了你声音和眼神里的每一次心不在焉，漠不关心的手里的每一次努力。我等了很久，直到完全确定，悲伤欲绝。你可耻地爱上了她，你快要因为她给予你的快乐死掉了，所以，你怎么可能掩藏得住？”他立即想要反驳，但我的速度比他更快，我做了手势，止住他。“你好像从来没爱过那样爱着她，她以同样激烈的热情回应你。她统治着你，掌控着你，完全拥有你！任何女人处在我的位置，都会预感到、感受到和看到，只有傻瓜才需要‘得知确切消息’。

你拖着衰弱的身体，带着愧疚以及残存的温柔来找我只是例行公事。我可以放手，因为我不能与人分享你：你最好的部分是她的，我知道这一点，也愿意把你永远地丢给她！”他很勇敢，继续反驳我，但他说的所有话都不会起到任何效果。他不断否认自己刚才已经承认的事，还嘲笑我，说我信口雌黄，没有任何事实依据。我没有一刻在假装，我们谈论的是平常之事；我也没有一刻在假装，他们两位是平常之人。他们如果只是平常之人，我何必要在乎他们呢？他们在人类难以到达之地享乐，他们在飞翔时把我带上了。只是我无法在那样的空气中呼吸，所以立刻要求回到地面。与此次事件有关的所有事实都怪诞异常，我对这些事实最清晰、最合理也最真实的想法是：我必须立刻采取行动。我觉得这些话足以表明我的态度，我现在只想看看他会作何反应。他假装自己并未受我这番话的影响，说了许多笑话，为自己争取下台阶的时间。他侮辱了我的真诚、智力乃至人格，我们之间的裂缝继续扩大，我们的决裂不可避免。他在我们这次短暂见面里做的每件事都令我更加坚信：我的决定是正确的，他也的确很快乐。我们分手了，我把他留给他那个不同寻常的伴侣。

他没有结婚，我也是。六年后，处于寂寥中的我得知他的死讯，他的死印证了我的理论。他的死亡很突然，我无法恰当地描述他的死因，尽管我把与他的死亡有关的所有事情研究了个透！我看到了一个明显的迹象：他那只手上的痕迹。那是长期的迫切渴求和无法抑制的欲望的结果。更确切地说，那是对无法抵抗的呼唤的回应。

建桥人

拉迪亚德·吉卜林，1898

在拉迪亚德·吉卜林（1865—1936）的印度题材小说中，怪诞这一主题是从两个世界的冲突中诞生出来的：拥有富饶宗教、哲学以及生活方式传统的印度文化，还有自认为在印度建立了一种新文明的英国思维，这种英国思维既承担了那个任务带来的责任，又经受了由于印度人和很多英国人之间的互不理解而带来的焦虑。对于吉卜林这个既博学又不乏激情的英国印度人来说，这两个不同的世界都是他的研究对象。

在吉卜林所有的小说中，我们将读到的这个短篇非常典型，故事开始说的是一家技术公司要在恒河上造一座桥（本篇收录在《日常工作》里），可是建桥行为与自然的力量、与从那些力量中得到启示的宗教信仰发生了冲突——到最后，甚至连本土诸神也都被叫来了。我们所听到的神灵间的对话，其实是一次对于两种文明结合可能性的哲学讨论，其下的意思是，印度文化虽然更为古老，或许还是能被很好地融合进英国文化之中。

公共工程部的芬德利森希望自己起码能得块 C. I. E. 勋章，他的梦想是得块 C. S. I. 勋章。而朋友们说，他应该获得更高的荣誉。三年来，他不分寒暑，一日又一日忍受失望、不适、危险与疾病，肩负着对双肩而言几乎太过沉重的责任，终于，在他的领导下，伟大的卡希桥在恒河上建成了。如果一切进展顺利，三个月之内，总督阁下会来参加落成典礼，正式宣布该桥投入使用，主教将为该桥祝福，满载士兵的第一列火车会从桥上通过，还会有许多人发表演讲。

土木工程师芬德利森坐在工地运输轨道上行驶的有轨电车上，运输轨道沿着一道主护岸墙而建。石墙高耸，在河流南北两岸蔓延达三英里。他知道护岸墙的尽头在哪里。他的作品使用桁架梁，桁架由他自己设计。大桥全长一又四分之三英里，立在二十七尊砖制桥墩之上。每尊桥墩直径二十四英尺，顶上使用红色阿格拉石，桥墩打在细沙每时每刻都在流动的恒河河床八十英尺之下。桥墩之上是十五英尺宽的铁轨，还有十八英尺宽的货运道路，货运道路两侧是人行道。桥两端均有红砖高塔，高塔上设置了可供步枪和大炮伸出的枪炮眼。在桥的两端，矮小的驴子驮着一袋袋泥土，从巨大的取土坑里爬出来。午后炎热的空气里充斥着驴蹄踏在地上的声音、赶驴人用棍子抽打驴子的声音以及泥土掉落的沙沙声。河水流速非常缓慢，在中间三尊桥墩之间那些炫目的白沙之上，堆放着轨枕，即将用来支撑最后几架大梁。现在是旱季，河里没有多少水。吊车在桥墩附近来回移动，把铁块放到合适的位置。吊车呼哧呼哧，就像堆木场里的大象。百余名铆工聚集在梁架底下的脚手架上工作。在强烈的太阳光线下，每一次落锤溅出的火花已显得苍白。建筑材料运输车在东南西北四个方向上沿着岸堤上上下下，发出喀拉声和尖叫声。满载褐色和白色石头的卡车排在后面，延伸出去很远。侧板被放下，随着一阵轰隆隆的声音，几千吨材料也被送去驯服大河。

土木工程师芬德利森在有轨运输车里转过身，俯视这个被他改变了方圆七英里的国家。他又转过身去看那个住着五千工人的村庄，还有上下游的河水、远处的山坡和沙堆。他的目光越过大河，看向远处那几个在薄雾里显得渺小的桥墩。接着他又抬头看桥两端的警戒塔——只有他知道这两座塔有多么牢固。看到自己的作品这么优秀，他满足地叹息一声。这座桥就在他的面前，在阳光下。再过几个星期，中间三尊桥墩的大梁装好后，他的作品就完成了。他的桥目前就像原罪一样丑陋，但质量很好——所有建桥人都死去后，连芬德利森自己设计的好桁架也朽烂后，桥仍将屹立不倒。毫不夸张地说，桥已经建成了。

他的助手希契科克骑着一匹卡布里矮种马，这匹马经过长期训练，可以在栈桥上小跑。希契科克对上级点点头。

“就要大功告成了。”他微笑着说。

“我一直在想，”上级回应，“两个男人能做成这样，还算不错，对吧？”

“一个半。天哪，我刚来这里工作时，只是个来自库珀山的小孩子！”过去三年丰富的经历教会希契科克什么是权力和责任。

“你还很年轻，”芬德利森说，“我在想，这件工作完成后，你愿不愿意回去做办公室里的工作。”

“我讨厌坐在办公室里！”年轻人说，注视着芬德利森的眼睛，咕哝道，“这种工作不是他妈的挺好吗？”

“我希望我们能继续一起工作，”芬德利森想道，“你是个很优秀的年轻人，不应在其他人身上浪费光阴。你是个孩子，但也是个出色的助手。这座桥如果能给我带来什么荣誉，我希望你能和我去西姆拉，当我的个人助手。”

的确，这件工作的全部压力都落在芬德利森和助手身上。芬德利森选择这个年轻人，是因为他初生牛犊不怕虎，野心大。整个项目里的工头数量超过半百——装配工和铆工，是欧洲人，从铁路工地调来的——还有二十个白人和混血下属。他们二人要管理好这批人和数不清的工人。在参与建设这座大桥的所有人中，没有谁比这两个互相信任的人更清楚，他们的下属多么不堪信任。他们处理过无数次危机——吊杆滑落、索具折断、吊车失灵、大河涨水——但任何压力只会更加激发芬德利森和希契科克的斗志。芬德利森从头回想：印度政府以为桥是从纸里裁出来的，在最后一刻决定把桥拓宽两英尺，让几个月的案头工作毁于一旦，有一半计算结果作废。希契科克那时对失望还不习惯，把头埋在胳膊里，哭了。英国处理合同缓慢得令人心碎；有人写了很多琐碎的信件给他，暗示仅仅一项可疑的转包达成，他就能得到非常可观的佣金。他拒绝此提议后迎来了麻烦，他解决了这些麻烦后又面临一些人更礼貌更小心的阻挠。年轻的希契科克急忙返回伦敦，休了一个又一个月的假，最后又向芬德利森另外请了十天假，花光攒了一年的为数不多的积蓄。而他后来在和希契科克同桌吃饭时说，他当时害怕听到任何人提到议会或卡希桥。随后，霍乱一天晚上袭击了村庄。霍乱过后，天花又来袭。而热病从未离开过他们。芬德利森为了更好地管理整个队伍，任命希契科克为三等治安官，赋予其实施鞭刑的权力。芬德利森看到，希契科克渐渐学会对什么事网开一面，对什么事决不姑息，不时行使自己的权力。整个造桥过程就像个长长的白日梦，梦里有暴风雨、突然而至的洪水和各种意想不到的死亡事件。在应付繁文缛节时还要快速处理其他事情，这使他怒不可遏。干旱、恶劣的卫生条件和财务状况；婴儿出生、婚礼、葬礼以及二十个互相敌对的种姓之间的暴乱；每天躺下后必然而至的挣扎、自我劝告和空虚的绝望——幸亏枪盒里的步枪已经散架了。但就在这一切发生时，卡希桥黑色的框架竖立起来——一块又一块，一根又一根，一段又一段。现在站在上级旁边的希契科克也参与了整个过程，每一尊桥墩都能让他回想起从开始到现在的每一个细节。

所以说，这座桥是这两个人的作品——但也有人会把佩努算进去，佩努自己肯定也这样想。佩努最早是水手，来自印度瓦尔萨德，熟知从罗克汉普顿至伦敦之间的所有港口，升至英属印度船只上的印度籍水手长，但厌倦了每日应卯和洗衣服，放弃船上的工作，回到内陆。在内陆，有他这样才干的人很容易找到工作。佩努熟悉起重装置，处理重物的能力高超，可以对雇主随意开价，但这个长期待在半空中的人习惯了领低薪水，并未认识到自己能力的价值。他并不害怕驾驭河水和高空作业，而且，作为前水手长，他还深知怎么应对上级。不管多大多难移动的钢板，佩努都可以用滑车吊起来。他放下滑车的绳子，把钩子穿进铁块里，嘴里脏话不断，但工作表现完美。新钢丝绳缠住吊车的吊臂，大钢板倾斜，即将滑落到一边时，是佩努使第七尊桥墩的大梁避免毁于一旦。本地工人喊破了喉咙，希契科克的胳膊被一块掉落的T形板砸断，他用自己外套紧包住胳膊，在现场奔走指挥了四个小时，直到佩努在吊车上喊“全都好了”，大钢板回到原位。佩努与众不同：是水手长，喜欢打人，满嘴污言秽语；但他也会控制辅助火车头，还会灵巧地把掉进取土坑的火车头吊上来。如果有必要，他会脱掉衣服，潜进水里，查看包裹桥墩的混凝土块经母亲河冲刷后的情况，或者在季风季的夜晚冒险前往上游，查看大坝的情况。他会毫不犹豫地打断芬德利森和希契科克的现场顾问，用娴熟的英语、更加娴熟的混杂语、半吊子葡萄牙语和半吊子马来语叽里呱啦说个不停，直到他获准去拿来绳子，打出他推荐的那种绳结。他控制着那帮开吊车的人——他们都是他来自曼德维卡奇县的神秘亲戚，每个月都有新人加入，好像会永远壮大下去。但是佩努在支付这些亲戚工资时并不心慈手软。“我的荣誉是这座桥，”他在开除人时会这样说，“你的荣誉和我有什么关系？去轮船上工作吧。你适合在那里工作。”

佩努和他那帮人住的那片小棚屋以一位海上教士破烂的住所为中心。这位教士从没干过坏事，但被两代海盗选为精神顾问，因为他们并不相信泰晤士河沿岸水手行强加给水手的港口布道词和教义。印度水手长的这位教士不讨论种姓，或者说，他不干涉任何事情。他吃完信众送来的食物就睡觉，然后抽烟，接着再睡觉。硬把教士拉到远离海洋一千英里之地的佩努说：“他是个圣人。你只要不吃牛肉，他才不管你吃什么呢。这很好，因为我们在地上时敬奉湿婆神，坐公司的船航海时严格遵守大副的命令，而在这座桥上，我们要听芬德利森先生的话。”

芬德利森先生今天下令拆除右岸警戒塔的脚手架，佩努和同事拆开脚手架，吊下竹竿和竹板，就和以前从货船上卸货一样快。

芬德利森从有轨运输车里可以听到佩努的银哨子发出的唿哨声以及滑车发出的吱呀声。佩努站在警戒塔的最高处，穿着他已经放弃的那份工作的蓝色制服。芬德利森叫他小心些，因为他摔下来可就没命了。佩努抓住最后一根竹竿，水手般回头看了一眼，拉长声音喊道："我很小心！"他这声呼喊倒很能警示旁人。芬德利森大笑，然后叹了口气。他上次看到轮船还是很久以前的事。他想家了。有轨运输车行驶到塔下时，佩努已经顺着一根绳子，和猴子一样从塔上爬下来。他大声说道："先生，塔现在看上去好多了。我们的桥快要完成了。你觉得火车从河上跑过去时，我们的母亲河会说什么呢？"

"她迄今为止没怎么说话。母亲河从未阻挠过我们。"

"她阻挠过我们许多次，只是没能成功。先生还记得去年秋天的洪水吗？运石船毫无征兆地沉了——或者说征兆只提前半天才显现。"

"但我看大洪水现在伤害不了我们了。西岸的工程很牢固。"

"母亲河的肚子很大，往护岸上添多少石头都没问题。我对乔塔先生这样说时——"他指的是希契科克，"他哈哈大笑。"

"没关系，佩努，你以后可以按照你们的方式造桥。"

印度水手长笑了。"我们的造法不一样——我们会把经过雕刻的石头沉到水里，就像奎塔城沉到水里那样。我喜欢从一岸飞到另一岸、只有一个大坡的桥，就像跳板。水伤害不到这样的桥。总督大人什么时候来参加开通典礼？"

"三个月后，那时天气凉快些。"

"呵呵！他就像大副。别人工作时大副睡觉。然后他上到后甲板上，用手指随便蹭蹭，说道：'不干净！该死的奴才！'"

"佩努，总督先生没叫我该死的奴才。"

“是的，先生，但他只有在工作完成之后才会到甲板上来。但就连‘纳巴达’号的大副有一次在杜蒂戈林都说——”

“啊！走吧！我很忙！”

“我也很忙！”佩努说，泰然自若，“我现在可以划着小船，去大坝那里看看吗？”

“你打算用双手托住大坝？我想，大坝还是有些分量的。”

“不，先生。我们在海上——在黑水上，载浮载沉也不担心。但现在不行了。你看，我们现在把河水引到码头去，让河水在石基之间流淌。”

芬德利森听到“我们”二字时笑了。

“我们已经驯服了这条河。她和大海不一样，大海可以拍打柔软的海岸。她是母亲河——现在戴上了镣铐。”他的声音低了一些。

“佩努，你在这个世界上载浮载沉的次数肯定比我多。现在，对我说实话，你在心里对母亲河的信仰有多深？”

“我们的教士说什么我就信什么。先生，伦敦就是伦敦。悉尼就是悉尼，达尔文港就是达尔文港。母亲河就是母亲河。我来到她的岸边时就知道这一点，只需祈祷。在伦敦，我会对着那条河旁边的那座大庙做礼拜，礼拜里面的上帝……是的，我不会把小船里的坐垫拿走的。”

芬德利森上马，前往他和助手住的那栋小平房。在过去三年里，这栋小平房就是他的家。在简陋的茅草屋顶下，他经受暑热的折磨，在大雨中流汗，在发烧中颤抖。门旁稀石灰刷过的墙上画着简单的草图和表格，门前凉棚下的那条小路是芬德利森独自漫步踩出来的。工程师的工作没有上下班之分。他和希契科克吃晚饭时总是保持整装待发的状态。他们抽雪茄时，工人们从河床回到村里，处处亮起了灯。这时，他们还要留意村里的动静。

“佩努带着几个侄子，坐你的小船去大坝那儿了。他坐在船尾，就像个将军。”希契科克说。

“对。他有心事。但你应该想到，他在英属印度的船上待了十年，原来的信仰应该所剩无几了。”

“是这样，”希契科克轻声笑道，“昨天，他和他们那个又老又胖的上师进行了一场关于无神论的激烈争辩。我碰巧听到几句。佩努否认祈祷有用，希望上师去海上研究天气，最好能阻止季风到来。”

“他只是随便说说。你如果把上师赶走，佩努会像颗子弹一样迅速离开我们。我们在伦敦时，他对我说他想去圣保罗教堂祈祷。”

“他对我说，他第一次走近机房时对着低压气缸祈祷，他那时还是个孩子。”

“那是个不错的祈祷对象。现在，他和他自己的神和解了。他想知道母亲河对一座桥横跨在她身上有何感想。谁在那儿?”一个人影令门口暗下来，几封电报被交到希契科克手上。

“她现在对桥应该已经很习惯了。只是一块柏油而已。这应该是拉利对新铆钉的事的回复……我的老天哪!”希契科克跳起来。

“怎么了?”他的上司拿过电报。“母亲河就是这么想的，对吧，”他读着电报，说道，“冷静些，年轻人。我们已经做好所有准备工作。我们来看看。缪尔半小时发出电报：‘拉姆贡加河发洪水。小心。’嗯，也就是说，我们有一、二——洪水九个半小时后到达曼尼普尔山隘。然后洪水会在七点十六分至七点半到达拉涛利——也就是说，洪水还有十五小时到达我们这里。”

“拉姆贡加河上的防洪行动太不力了！芬德利森，我们还有两个月才能抵抗洪水，左岸还堆着许多杂物。两个月!”

“所以洪水来了。我了解印度河流只有二十五年，不会假装自己已经很了解它们。这是一个新的麻烦。”芬德利森又打开电报，“这是科克兰从上恒河运河发来的电报：‘这里大雨。形势严峻。’他也许省略了一个词。好了，我们不需要再知道更多消息了。我们必须让所有人行动起来，彻夜清理河床。你负责东岸，到中间与我会合。把任何会浮起来的东西放到桥下面：会有很多东西从上游漂下来，不要让运石船撞到桥墩。东岸还有什么特别的事需要处理吗？”

“浮桥——一个大浮桥，浮桥上面还有一架桥式吊车。除了桥式吊车和刚刚修好的浮桥，还有第二十至第二十三尊桥墩上面马路需要的铆钉，两条运输线，一条运输支线。桩结构只能听天由命了。”希契科克说。

“好。把能拿走的东西全部拿走。我们再给他们十五分钟吃饭。”

走廊旁边放着一面大锣，只有在发洪水或村里失火时，这面锣才会使用。希契科克找来一匹壮马，赶去他负责的那边了。芬德利森拿出那根一端蒙着布的锣锤，把那面锣敲得震天响。

隆隆锣声的回响彻底消逝之前，每个人都行动起来。伴随着锣声的，还有各个小庙宇里的螺号、大鼓声和手鼓声。在铆工住的欧洲人区，麦卡特尼的军号，一件在周日和节日可谓进攻性武器的东西，发出长长的怒吼，召唤“马匹”。做完一天的工作、停在轨道一头的火车头一台又一台地呼啸起来，回应上述所有声音，接着河对岸也喧嚣起来，回应火车头的呼啸。然后锣声又响起三次，表明紧急情况是洪水，而不是火灾。螺号、鼓声和火车头的呼啸回应这锣声。工人们赤脚跑过软土地，整个村子晃动起来。只有一个命令：回到工作岗位，等待指示。工人们放下织到一半的腰布和修到一半的凉鞋，在尘土飞扬中潮水般涌动；工人们奔跑过工具棚或在工具棚前停下来拿棍棒或鹤嘴锄，工头对着手下大呼小叫；火车头在人流深处沿着轨道爬行；棕色的人流跑过桩结构，围着桁架和吊车站定——所有人就位。

然后，令人不安的锣响传来新的命令：把所有东西搬到高水位线之上。铆工与即将到来的洪水赛跑，开始夜间的工作。暗沉沉的铁块之间亮起百余盏没有灯罩的灯。中间三尊桥墩的大梁还在桁架上，尚未装好。他们需要尽可能多的铆钉固定桁架，因为不然洪水肯定会把桁架冲倒，大梁便会倒在桥墩的顶上或根部。百余根撬棍同时伸到为未完成的桥墩运送材料的临时铁轨的枕木下面。枕木堆积，装进车斗，被火车头送到洪水水位线之上的岸上。沙地上工具棚里的工具被呼喊着的工人拿光了，他们又去政府的仓库拿来装着铆钉的沉重铁箱、钳子、刀具、备用铆接机、备用泵和链条。大吊车留在最后转移，因为它正在把所有重物转移到桥的主结构上。运石船上的水泥块被就地扔到河里，保护桥墩。随后，空船将被连在一起，停在桥下。到了这时，佩努的哨子声成了整个工地上最响亮的声音。他听到大锣的第一声响，就带着他的人飞速赶回来。现在，他和他的人光着上身，为比生命还重要的荣誉和信任努力工作。

"我早就知道她会说话，"他大声说，"我早就知道，但幸亏电报警告了我们。我们现在要见证不可想象也不可言说的事情了。"两根钢丝绳缠在一起，佩努从一处船舷跳到另一处船舷，大声喊着水手的语言。

芬德利森最担心的是运石船。麦卡特尼和手下正在加高中间那三个桥墩。但船会动的，水位如果很高，洪水也许会危及大梁，大梁则会危及变化莫测的水面上的所有运石船。

"把船弄到警戒塔后面去，"他朝下大声对佩努说，"那里的水是死水。把船弄到桥下面去。"

"很好！我知道。我们正在用钢丝绳把船连到一起，"佩努回应，"嘿！听先生的。他正在努力工作。"

在大河远远的另一头，火车头的呼啸声几乎没停下来过，还伴随着石头的隆隆声。希契科克正在组织运送最后几百车斗的塔拉基石，加固堤防。

"这座桥挑衅了母亲河，"佩努说，哈哈大笑，"她现在发话了，但我知道谁的声音最大。"

赤裸上身的男人们在灯光下尖叫、嘶吼，工作了数小时。这是个没有月亮的炎热夜晚，到了下半夜，乌云聚拢在天空，夜色更浓了。此起彼伏的尖叫声令芬德利森勇气倍增。

“她动了！”佩努在黎明前说，“母亲河醒了！听！”他把手伸过船舷，放到水里，水流在他的手上冒泡。一个小浪头打在一尊桥墩上，发出清脆的响声。

“她还有六个小时才会动，”芬德利森说，猛地抹了额头一把，“我们现在不能抱有任何侥幸心理。我们最好让河床上的所有人员撤离。”

巨大的锣声再度响起，赤裸的脚再度潮水般涌过泥土地和铁板，工具发出的喧哗声消失了。人们在静默中听着河水流过焦干的沙土地，发出哈欠一般的声音。

芬德利森站在警戒塔旁边，工头一个接一个地对芬德利森大喊他们负责的那部分河床已经清理干净。最后一个工头喊完后，芬德利森迅速跑过大桥上的厚钢板，来到中央三尊桥墩上面木板铺成的临时道路上，看到了希契科克。

“你那边清理完毕了？”芬德利森问。下方传来呜咽声。

“是的。东边河床上现在已经涌了很多水。我们的速度比预想得快。洪水什么时候到我们这儿？”

“说不准。她肯定希望尽可能快地暴发。看！”芬德利森指着脚下的厚木板。木板上经过数月暴晒和工人践踏的沙子，正在沙沙嘶嘶地响。

“你还有什么指示？”希契科克说。

“清点储备物资，保护好物资，然后为桥祈祷吧。在这个‘美好的’夜晚，这是我能想到的所有事。如果有东西被冲到下游去，不要冒险去捞。”

“哦，我会和你一样谨慎的！晚安。天哪，水涨得真快！这是真正的大雨。”芬德利森小心地走向他负责的那一岸，扫了麦卡特尼手下那些铆工最后一眼。那帮人分散在堤防上，对黎明时的冷雨毫不在意，等待着洪水。佩努和他的人待在警戒塔土堆后面，所有运石船被系船锁、钢丝绳和铁链捆在一起。

一声刺耳的哀号在铆工间响起，继而变成尖叫，那声音一半是恐惧，另一半是好奇：两岸之间的河水变白了，还有浮沫跳到远处的大坝上。母亲河里的河水迅速涨到河堤的最高处，巧克力色的水墙是她的信使。一声尖啸盖过河水的咆哮，那是一段木板垮塌，因为底下的木笼旋转着掉下去了。漩涡围绕着离运石船最近的桥墩打转。运石船在漩涡中呻吟着互相碰撞着，笨拙的桅杆越升越高，直指昏暗的天空。

“我们建这座桥时，知道她要做什么。但是现在，她是个难以理解的神，我们不知道她要做什么！”佩努说，看着警戒塔这里汹涌的河水。“好！那就战斗吧！英勇地战斗，因为这个女人快要没力气了。”

但母亲河并没有像佩努希望的那样战斗。第一波水墙朝下游冲过去之后，再也没有水墙，河水只是慢慢向上蠕动，就像一条在仲夏喝醉的蛇，拉扯、抚弄着护岸，在桥墩后面积聚。芬德利森开始重新计算其作品的力量。

天亮了，村里的工人松了口气。“仅仅一晚，”男人们说，面面相觑，“这里好像就变成了河床上的一个镇子。快看！”

他们跑过去看了，对那么深的水大吃一惊：奔流的河水快要漫过桥墩。远远的另一岸在雨中朦朦胧胧，桥伸向那朦胧中，消失了。上游原本是大坝的地方如今是漩涡和不断往上喷的水。下游先前几乎没有水，但如今成了漫无边际的泽国。河水裹挟着人和牛的尸体，奔流而下，河水中还散布着茅草屋顶的碎片，那些碎片一碰到桥墩，就散了。

“大洪水。”佩努说。芬德利森点点头，他不想看到这么大的洪水。他的桥还屹立在那儿，但也许不会屹立太久。桥上万一有哪个地方碰巧比较脆弱，母亲河就会带着他的荣誉和其他无用之物去往大海。最糟糕的是，他只能干坐着，什么事也做不了。芬德利森穿着雨衣，一动不动地坐了很久，最后，他的头盔里开始往下滴水，过膝靴完全没在泥浆里。他没有看时间，因为看着河水就可以知道时间过去了多久。河水在堤岸上一英寸又一英寸、一英尺又一英尺地上涨。他听着运石船拉紧绳索的声音，从桥墩下发出的空洞的雷鸣声，还有洪水引发的数不清的噪声。他觉得自己难以动弹，又饥肠辘辘。一个浑身滴水的仆人先前给他拿来食物，但他吃不下。有一次，他觉得自己听到河对岸传来火车头的嘟嘟声，然后笑了。这座桥如果被冲毁了，对他助手的伤害同样巨大，但希契科克是个年轻人，还可以做许多大事。对他而言，桥被冲毁，他便失去了一切——让艰苦的生活值得过的一切。他们会说，那一行的人……他想起自己当初就洛克哈特遇到的事不无遗憾地说的话。洛克哈特新建的自来水厂发生爆炸、变成废墟后，洛克哈特精神崩溃，很快便去世了。他想起海边的萨茂大桥被台风吹倒时，自己说的话，而他印象最深的是三周后哈托普那张堆满遗憾的脸。他的大桥是哈托普的大桥两倍大，而且这座大桥上还有芬德利森自己设计的桁架，以及全新的桩靴——用螺栓拴住的靴子。他的工作无可指摘。政府可能不会追究他的责任，但他自己的良心只以这座桥是否能继续屹立判断他。他在脑子里把桥想了一遍：铁板、桥跨、砖头、桥墩。他回忆、比较、估量、重新计算，唯恐有任何差错。他想了很久，表格在眼前飞舞、旋转，他害怕心脏会在某一刻因恐惧而冰冷。他在计算后觉得自己的桥撑得住，但谁知道母亲河的算法呢？乘法表告诉他毫无问题，但在河水的冲刷下，一个洼穴也许正在某尊八十英尺高的桥墩根部形成，摧毁他的声誉。又有个仆人给他拿来食物，但他的嘴焦干，只喝了点水，便又回到脑海中的那个十进位世界。河水仍在上涨。佩努穿着颜色暗淡的雨衣，蹲在芬德利森身边，一会儿看看芬德利森的脸，一会儿看看河面，没有说话。

最后，印度水手长站起来，在泥浆中艰难地朝村里走去。但他很谨慎，让手下留在原地，看着运石船。

他很快就回来了，非常无礼地推着他那个教派的教士往前走。那是个肥胖的老人，灰色的胡须随风摇摆，湿衣服紧贴着肩膀。芬德利森从没见过这么可悲的上师。

佩努大声说："你如果一直坐在泥水里不动，供品、小煤油灯和干谷粒有什么用？你应该把神服侍满意。他们现在很愤怒。和他们说说吧！"

"人为什么要和愤怒的神对着干？"教士哭哭啼啼地说，在风中畏畏缩缩，"让我回庙里去吧，我会在那里祈祷的。"

"猪崽子，就在这里祈祷！吃了我的咸鱼、咖喱和洋葱干，不知道回报我吗？大声叫唤！告诉母亲河，我们受不了了。请她今晚消停些。我不会祈祷，但我在船上服务过很多年。在船上，如果谁不听我的命令，我——"佩努做了个抽鞭子的动作，教士摆脱信徒，朝村里逃去。

"肥猪！"佩努说，"我们养了他那么久！洪水退了之后，我要给我们找个新上师。芬德利森先生，天要黑了，你从昨天起就没吃过东西。理智些，先生。饿着肚子想河水，谁也受不了。去躺一会儿吧，先生。谁也管不了这条河。"

"桥是我的，我不能离开它。"

"那你想用双手托住它？"佩努大笑着说，"我在知道洪水要来之前就开始担心我的船和起重三脚架。我们现在只能任众神宰割。先生不愿意吃东西或躺一会儿？那吃这个吧。这是肉和甜热酒做的，预防雨后感冒又解乏。我今天除了这个什么都没吃。"

佩努从已经湿透的腰带上解下小小的烟草罐，将罐子塞到芬德利森手中，说道："不要害怕，只不过是鸦片——干净的马尔瓦鸦片。"

芬德利森倒出几粒棕黑色的鸦片丸在手上，将鸦片丸吞下去，几乎不知道自己在做什么。这东西至少是治疗感冒的良药——感冒已经从湿泥中爬出来，正在他的全身蔓延，而他见过佩努在秋季的蒙蒙雾气中从这种药物里汲取力量，生龙活虎。

佩努眼睛一亮，点了点头。“一点点——只需要一点点，先生就会发现他又能思考了。我也来一点——”他把手伸进藏宝罐，把雨衣再度披在头上，蹲下来看船。天现在已经完全黑下来，只能看清第一尊桥墩，而夜晚似乎给了河水新的力量。芬德利森站着，低着头，思考着。他无法将一尊桥墩——第七尊——完全计算清楚，还差一点。他只能算算停停，所有数据无法迅速在他眼前连成一体。他耳边响起一个丰富而空洞的声音——就像低音提琴最深沉的音符——这个声音使他恍然，他几个小时来似乎一直在等待这个声音。然后佩努碰碰他的胳膊肘，大喊着说一根钢缆断了，运石船现在散开了。芬德利森看到，伴随着船舷上钢缆拉紧发出的尖啸，运石船呈扇形分开。

“有棵树撞到船上。船会漂走的，”佩努尖叫，“主缆已经断了。先生，怎么办？”

一个庞大而复杂的计划突然在芬德利森的脑中形成。他看见绳子以直线的形式在船上蔓延，形成各种角——每一条绳子都是一条白色的火。但还有一条主绳。他能看到这条绳子。他如果能立即抓住那条主绳，从数学上来说，所有已经在警戒塔后面死水中散开的船必定会再度聚拢到一起。但他想知道，佩努沿着河岸奔跑时，为什么死死按着腰带？必须把印度水手长轻轻地推到一边，因为必须拯救那些船，还必须表明这看似难以解决的问题其实是多么容易解决。然后——这件事并不重要——一根钢缆从他的手里滑脱，伤了他的手；高高的河岸消失，把这个问题涉及的各种要素都带走了。他坐在雨夜的黑暗中，坐在陀螺一样旋转的船上，佩努站在他身边。

“我忘记了，”印度水手长慢慢地说，“对很长时间没吃饭而且从未吸食过鸦片的人而言，鸦片比酒精还糟糕。死在恒河里的人会见到神的。但我一点也不想见到那些伟大的神。先生会游泳吗？”

“有什么用？船会飞起来——飞得和风一样快！”芬德利森粗重的声音回

答道。

“他疯了！”佩努大口喘气，喃喃道，“他还把我推到一边，好像我是一块大粪。嗯，他连自己等会儿会怎么死的都不知道。即使没有任何东西撞到船，船一个小时之后也会散架。眼睁睁地看着别人死可不好受。”

他又向锡罐里寻找清醒。他弓着腰踉踉跄跄地坐下来。他稳稳地坐着，透过水雾看着已经空无一物的前方。温暖的倦意在负责大桥的总工程师芬德利森身上蔓延。大大的雨点让他浑身刺麻，不停地微微颤抖。时间自其诞生以来积累的所有重量都压在他的眼皮上。他认为或者说感觉自己很安全，因为水那么稳固，人可以跨到上面去，分开双腿稳稳地站着，最重要的是，你可以从上面快步轻松地走到岸边。他又想到一个更好的计划。这个计划只需要运用意志力，命令灵魂把身体抛到岸边，就像风吹起纸张，让纸张像风筝般飞到岸边。但是船仍在快速旋转——这抛起身体的灵魂之风有多大呢？身体会像风筝一样飞起来，然后栽到远远那头的沙地上，还是会不受控制，永远飘荡下去？芬德利森抓住船舷，稳住自己，因为他觉得自己快要飞起来了，尽管他还没开始实施计划。鸦片对白人的效果比对黑人的效果更强。佩努现在自在得很，并没有受正在他周围发生的一切影响。“船要完蛋了，”佩努咕哝道，“焊缝已经裂开了。这如果是艘带桨的小船，我们还可以划桨离开这里，一个到处是洞的盒子什么用处都没有。芬德利森先生，船漏水了。”

“啊哈，我要走了。你跟我走吧。”在意识中，芬德利森已经逃离这艘船，正在高空盘旋，寻找降落地点。他的身体——他很抱歉它这么无助——躺在船尾，河水冲刷着膝盖。

“太荒诞了！”他在高空中自言自语道，“那就是芬德利森，卡希桥的总负责人。这艘可怜的船会沉掉。它在快漂到岸边时会沉掉。我——我已经在岸上了。船为什么还没靠岸？”

让他深感厌恶的是，他发现灵魂回到了身体里，而他的身体正在很深的水里扑腾，透不过气来。灵魂与身体的重聚是残忍、痛苦的，但也是必须的，因为灵魂必须为身体战斗。他清晰地意识到自己对着湿沙拼命喘气，还意识到自己为了在漩涡里稳住身体，大步往前走，就像走在梦里。最后，他终于拖着身体摆脱河水的掌控，倒在湿漉漉的地上，呼呼喘气。

“我们今晚还死不了，”佩努在芬德利森耳边说道，“众神保护了我们。”印度水手长小心地移动，他们在干树桩间往前走，发出沙沙声。“这是个小岛，去年种过木蓝，”他继续说，“这里不会有人的。先生，要小心些，因为方圆一百英里内的蛇都被洪水冲出来了。风还没停，闪电又来了。我们现在要小心四周，脚下也要小心。”

芬德利森根本不怕蛇，其实他现在没有任何人类的情感。他擦掉眼里的水，又能看到东西了，而且看得特别清晰。他大步往前走，好像要走遍这个世界。他在时间的夜色里建了一座桥，这座桥横跨无边无际的闪亮大海。但洪水把桥冲走了，留下天堂下的这座岛给他和他的伙伴，他们是人类唯一的幸存者。

一阵连续的蓝色叉状闪电照亮洪水中这一小块土地上的一切：荆棘、嘎吱摇曳的竹子、遍布节瘤的灰色菩提树下的印度神庙，神庙的屋顶上飘扬着一面破烂的红旗。这座某位圣人夏季在此修行的神庙早已废弃，神的红色画像历经风吹雨打，也已残破不堪，掉在地上。这两个男人步履蹒跚，觉得四肢和眼皮越来越沉重。他们走过砖砌厨房的废墟，坐到树下休息。大雨和河水仍在肆虐。

木蓝根咔咔作响，空气里有牛的气味。一头浑身湿淋淋的巨型婆罗门牛耸着肩膀从树下走过。闪电划过，照亮它的侧腹，上面有湿婆神的三叉戟形标记，脑袋和隆起的背脊透出傲慢，脸上套着已被雨水淋湿的万寿菊花环，脖子下光滑的垂肉快要扫过地面。其他野兽沉重的脚步声和呼吸声从它后面传来，它们从洪水中逃出来，正在穿过灌木丛。

“除了我们，这里还有很多其他活物。”芬德利森说，脑袋抵着树干，完全放松下来，透过半闭的眼睛看着眼前的一切。

“是的，”佩努声音低沉地说，“而且都是大家伙。”

“那它们是什么？我看不清楚。”

“众神。还能是什么？快看！”

“啊，真是这样！当然是众神——神。”芬德利森微笑着低下头。佩努完全对。洪水过后，除了造了这块地的神，还有谁能在这块地上活下来呢？这是他的工人夜夜敬拜的神，他们天天挂在嘴边、影响了他们行事方式的神。他完全陷入恍惚，抬不起头来，连手指都无法动一下。闪电再次亮起来时，他看见佩努在傻笑。

那头牛在神庙前跪下来，脸贴到地面上。一只绿色的鹦鹉在枝叶间用嘴巴理了理湿淋淋的翅膀，在雷鸣时大声鸣叫。那棵树四周，尽是诸多野兽移动的影子。一只黑色的鹿跟在牛后面——芬德利森很久以前在陆地上生活时可能在梦中见过这种鹿——这只黑鹿戴着皇家头饰，背黑如乌木，肚子是银色的，直直的角闪闪发亮。这头鹿旁边是一只母虎，这只虎的脑袋快要靠到地面，粗眉下的绿色眼睛就像燃烧着的火焰，尾巴一刻不停地拍打着枯草，肚子胀鼓鼓的，脖颈上的肉垂下来。

牛卧在神庙前面，从黑暗中又跳出一只巨大的猴子。猴子像人那样坐在神像前，珍珠一样的雨水从他脖子和肩膀上的毛发里流出来。

更多的身影随后到来，其中有个喝醉的男人，这个男人挥舞着手杖和酒瓶。不久之后，大树附近的地下传来嘶哑的咆哮。“洪水现在退去了一些，”那个声音喊道，“水位会越来越低，而他们的桥还立在那儿！”

“我的桥，”芬德利森在心里说，“现在一定已经非常旧了。众神要把我的桥怎么样？”

他转动眼珠，在黑暗中寻找那嘶吼声的来源。一条鳄鱼——鼻子粗短，恒河的浅滩上常有这种鳄鱼出没——走在许多其他动物的前面，猛烈地左右甩动尾巴。

“他们造的桥太牢固了。我整晚只撕碎了几块木板。墙还在。塔还在。他们束缚住了我的洪水，河不再是自由的了。天上的诸位，把这束缚拿开吧！把两岸之间清澈的河水还给我！是我，母亲河在说话！神的法庭！给予我神的裁判！”

“我之前说什么了？”佩努低声说，“这是神界的长老会。先生，现在，对于我们而言，除了我们二人，整个世界的人都已经死了。”

鹦鹉再度啼叫，拍打翅膀。那只母虎耳朵贴到脑袋上，发出骇人的啸叫。

虎啸之后是一阵沉默。接着，阴影中的一根粗大的树干上有闪闪发亮的獠牙前后晃动，一阵低沉的咯咯声打破沉默。

“我们在这里，”一个低沉的声音说，“我们是天上的神。我们是一个，也是很多个。我的父亲湿婆神和主管雷雨的因陀罗在这里。能造福也能毁灭生灵的迦利已经说过话了。猴神哈努曼正在听着。”

“卡希今晚失控了，”那个拿着水瓶的男人以手杖敲击地面，大声说，整个小岛发出狗吠声，“给她神的裁判。”

“他们污染我的水时你们默不作声，”巨大的鳄鱼怒吼道，“我的河被墙困住时，你们没有任何表示。我只能依靠自己的力量，没有任何帮手，但我失败了——母亲河的力量失败了——在他们的警戒塔面前。我能怎么办？我能做的都做了。结束这一切吧，天上的诸神！”

“我带来了死亡，我把肮脏的疾病赶到一个又一个工棚，但他们并没有停下来，”一头鼻子裂开、全身到处是伤疤的驴说，它忍着疼痛，一瘸一拐地往前走，它的一条腿断了，“我用鼻子对他们喷出死亡，但他们并没有停下来。”

佩努想动，但鸦片重重地压在他身上。

“呸！”佩努啐了一口，“那是湿陀罗，天花女神。先生有手帕吗？快捂住脸。”

“没用！他们喂了我一个月的尸体，我把有些尸体抛到沙滩上，但他们的工作继续往前推进。他们是恶魔，是恶魔之子！而你们把孤零零的母亲河丢给他们的火车，让天上的神成为建桥者的笑柄！”

牛咀嚼着反刍的食物，回应道：“母亲河，如果天上的诸神制裁所有嘲弄神圣之物的人，那么世上会有太多的黑暗圣坛。”

“但这远不止是嘲讽，”那只母虎说，爪子猛地向前一抓，“湿婆神，你最清楚。诸位也都很清楚。你们知道他们已经污染了母亲河。他们是破坏者。让因陀罗评判吧。”

雄鹿一动不动，回应道：“这个恶魔存在多久了？”

“三年，按照人类的计算法。”鳄鱼说，身体几乎贴着地面。

“母亲河现在这么急于复仇，难道她会在一年内死掉吗？按照我们计算时间的方法——她昨晚奔流到深海，而大海明天就会再度充满她。有谁认为，他们的桥应该存在到明天吗？”雄鹿说。

一阵长长的安静。在汹涌河水中间的这块土地上，满月升到滴水的树木的上方。

“那裁决吧，”河不高兴地说，“我已经申诉了自己受到的侮辱。洪水马上就要停下来了。我已无法再做什么。”

“我觉得——”坐在神庙里面的那只大猴子说，“——我看着这些人时很开心，他们让我想起，这个世界还年轻时，我也建过不小的桥。”

“哈努曼，他们还说，”那只老虎咆哮道，“他们是你军队的后代，所以你肯定会帮助他们。”

“他们就和我的军队当初在兰卡时一样受苦受难，他们认为自己的苦难永远不会结束。因陀罗总是待在高处，但湿婆神你最清楚他们的火车会对大地造成多大的危害。”

“是的，我知道，”牛说，“他们的神教会他们制造这件东西。”

众神爆发出一阵笑声。

“他们的神！他们的神知道些什么？他们昨天才出生，他们的肉身还没冷呢，”鳄鱼说，“他们的神明天就会死。”

“好！”佩努说，“母亲河说话可真好听。我对在蒙巴萨港口祈祷的随船教士说过同样的话，他说我大不敬，叫大副把我关进铁笼里。”

“他们做这些事，肯定是为了取悦他们的神。”牛说。

“不完全是，”大象向前迈出沉重的步伐，“也是为了获利。那些肥胖的放债人每年新年都会向我祈祷，他们还在账簿的封面上画我的像。我就着灯光趴在他们身后看过，看到账簿里全是很远之外的人的名字——火车把各个镇联系在了一起，钱来来去去的速度更快了，账簿也越来越厚。我是掌管好运的象头神，我保护我的人。”

“他们改变了土地的面貌——我的土地。他们在我的河岸消灭城镇，又建立新的城镇。”鳄鱼说。

“只是动了点儿土。他们如果喜欢，就让他们挖好了。”大象回应。

“但之后呢？”老虎说，“之后，他们会觉得，母亲河根本拿他们没办法。他们先对她下手，接下来会对我们下手，一个接一个。象头神，最后，我们的圣坛上会什么都不剩。”

那个醉酒的男人站起来，打了个响亮的嗝。

“迦利说谎。我的妹妹说谎。我的手杖是卡希的地方官。他帮我计算我的朝拜者的数量。敬拜派拉瓦的时间到了——时间在人间真的很重要——火车一列又一列地动起来，每一列上都装着一千个朝拜者。他们现在不用再步行了，而是待在轮子上。我的荣誉提升了。”

“恒河，我看见你普亚格段的河床上黑压压的全是朝圣者，”猴子说，前倾身体，“如果不是有火车，他们的速度会很慢，人数也会少得多。别忘了这一点。”

“他们现在经常找我了，”派拉瓦声音粗重地继续说，“日日夜夜都有人向我祈祷，田里和路上到处都是平民。派拉瓦什么时候有过这样的荣光？这怎么能叫改变信仰呢？我的手杖、卡希的地方官会搞错吗？他统计过了，他说，从未有过今天这么多圣坛，火车帮了信众好多忙。我是派拉瓦——平民的派拉瓦，今天出现在这里的诸神里的一位。我的手杖说——”

“你不要激动，”牛低声说，“学生敬拜我。他们都很聪明，乐于讨论我有没有分身。你们是知道我的。迦利，我的妻子，你最清楚。”

“是的，我知道。”老虎说，低下头。

“我也比恒河重要。你们应该知道，是谁改变了人类的想法，让其认为恒河是最重要的河。人类说，死在恒河里的人，不受惩罚便可来到我们的世界。恒河知道，火车让越来越多忧虑的人相信了这一点。迦利知道，朝圣者坐火车参与了敬拜她的几场最大的仪式。但谁袭击了普里，让数千人在一天一夜之内死亡，然后又把疾病施到火车的轮子上，让火车带着疾病到处跑？除了迦利，还能有谁？在火车到来之前，旅途艰难。死亡之母，火车帮助了你很多。但我不是平民的派拉瓦，我是湿婆神。我只说说我自己的圣坛。人类来来去去，谈论许多奇怪的神，我听着。我那些在学校里的信徒经常改变信仰，但是我不愤怒。当下的说词总会被新的说词取代，而人类最终总会回归湿婆神。”

“是的，的确是这样，”哈努曼喃喃说，“母亲河，他们会回归湿婆神和其他神的。我以前潜进北方的一座又一座庙，他们当时在庙里敬拜那个神和他的先知。现在，那些庙里只挂着我的画像。”

“谢谢你了，”雄鹿说，慢慢地转过头，“我也是神和先知的合体。”

“不要生气，父亲，”哈努曼说，“我也去了南方，见过人类知道的最老的神。现在，我也见过了新信仰的神庙，还知道了一个有十二条胳膊、叫玛丽的女人。”

“谢谢你了，兄弟，”母虎说，“那些原先是我的信徒。”

“不要生气，姐妹。我跟随火车去了西部。我以各种面目出现在建桥者面前，他们为我改变了信仰，也变聪明了。呵呵！我是真正的建桥者——这里和那里之间的桥梁。每一座桥最终都会引领人类走向我们。开心些，恒河。这些人以及他们的追随者根本没有嘲讽过你。”

“我现在在天上的诸神中间是孤身一个喽？我现在应该开心地从他们的墙下收去洪水？因陀罗会抽干我在山里的源泉，让我在他们的各个码头之间谦卑地爬行？我不应该反抗，而是应该把自己埋在沙里？”

“只是因为一根上面有火车的小铁条。真的，母亲河总是这么年轻气盛！”象头神说，“小孩子都不会说这种傻话。就让他们去挖土嘛，土终究还会回到土里。我只知道，我的信徒越来越有钱，都夸我。湿婆神说，学校里的人没有忘记他，派拉瓦很满意他的平民信众越来越多了，而哈努曼笑得开心。”

“我当然笑了，”猴子说，“我的圣坛比象头神和派拉瓦都少，但火车给我带来了黑水之外的信徒——他们觉得信仰之前的神太累了。我可没有引诱他们，他们自愿跟随哈努曼。”

“给他们点儿颜色瞧瞧，”河说，“拦住我的洪水，把它推回去冲击桥。哈努曼，你在兰卡显示过神力。扭弯并且抬高我的河床。”

“给予生命的，也可取走生命，”猴子长长的食指挠着湿泥，“那么，谁可以从杀戮中得利呢？会死掉很多人的。”

这时，水里传出缥缈而优美的歌声，那就像是放牛的牧童在晚春正午的热浪中唱的歌。歌声越来越清晰，一个年轻的放牧人站在一片皎洁的月光中。鹦鹉焦躁地尖叫，在树枝上跳来跳去。那是牧女的爱人，怀春少女与孕妇的偶像，受人敬爱的克利须那神。他站在那里给自己长长的湿发结束，鹦鹉振翅飞到他的肩头。

“拖拖拉拉，又爱唱歌，”派拉瓦打趣道，“兄弟，会议早就开始了。”

“那又如何？”克利须那大笑，往后仰着头，“没有我和卡玛，你们做不成什么事。”他抚摸鹦鹉的羽毛，再度大笑。“你们坐在这里谈什么呢？我听见母亲河在黑暗中怒吼，从我躺着的暖和的小屋里赶来了。你们对卡玛做什么了？它湿漉漉的，一句话也不说。母亲河在这里干什么呢？天上太挤了吗，所以你们必须化身成野兽，冒着泥泞来这里？卡玛，他们在这里干什么？”

“恒河希望对建桥人复仇，迦利认同她的想法。现在，恒河希望哈努曼毁了大桥，维护她不可侵犯的荣誉，”鹦鹉大叫道，“噢，我的主人，我在这里等着，知道你会来的！”

“天上的诸神什么也没说？恒河与悲伤之母说服了他们？没有人替我的人说话？”

“是的，”象头神说，不安地换着脚，“我说这只是挖土游戏，我们为什么不能随它去呢？”

“我乐意让他们辛苦劳作——非常乐意。”哈努曼说。

“我应该怎么解决恒河的愤怒？”牛说。

“我是平民的派拉瓦，这根手杖是卡希的地方官，我为平民说话。”

“你？”这位年轻的神眼睛发光。

“我现在不是他们最常提到的神吗？”派拉瓦毫不羞愧地回应，“我为了平民，现在有时不够明智，但我的手杖——”

克利须那不耐烦地转过身，看到脚边的鳄鱼。他蹲下来，用一条胳膊环住鳄鱼冰冷的脖子。“母亲河，”他温柔地说，“你又发洪水了。你真不该做这种事。忍一忍这帮粗俗的人，对你的名誉有何伤害呢？洪水只能让他们更强大。而你让一步，他们终究会依靠你而活。现在有毁灭他们的必要吗？母亲河，我有些同情你——但只是有些同情。”

“希望你说的是真的。”鳄鱼缓慢地说。

“他们只是人类啊，”克利须那神大笑道，看着鳄鱼灰色的眼睛，“你可以相信我有些同情你。天上的诸神已经听到你的申诉，很快就会作出裁决。母亲河，现在走吧，回到洪水里。洪水里的死人和死牛太多了，河岸塌了，很多村庄被毁了。”

“但是桥——桥还在那儿。”鳄鱼咕哝道，转身钻进灌木丛里。克利须那神站起来。

“完了，”母虎愤怒地说，“天上从此以后再无正义。你羞辱、耍弄了恒河。她只不过是想要几条人人命。”

“她要的是我的人的命：住在那边树叶屋顶下的人，年轻的女孩，在黑暗中对着年轻女孩唱歌的小伙子，还有明天早晨会出生的婴儿，以及今晚已经出生的婴儿，”克利须那神说，“他们都死了，有什么意义？我希望他们能继续工作。唉，你把大桥连根拔起，他们还会造新的桥。听我说！派拉瓦总是醉醺醺的。哈努曼在用新的神迹耍弄他的人。”

“不对，都是很老的了。”猴子大笑道。

“湿婆神听到学校里的谈论和圣人的梦想，象头神只想着他那些肥胖的商人。但是我，我和我的人生活在一起，不要求任何礼物，于是时刻都能得到他们的敬拜。”

“你很懂得如何与你的人相处。”母虎说。

“他们是我的人。老妇人希望我出现在她们的梦里；少女希望自己在河边打水时能看见我或听到我的声音。我走过在黄昏中苦苦等待的小伙子的身旁，回头叫白胡子老人跟上我。天上诸神都知道，只有我一刻不停地行走在大地上，因为我在天上得不到快乐，更喜欢人间绿意盎然的春天，清晨浓密庄稼里的男女人声。你们都很睿智，但远在天边，忘记了自己来自何处。但我没有忘记。你们说，火车促进了你们神庙的繁荣？火车带来了一千个朝圣者，而以前只有十个？正确。这话在今天是正确的。”

“但他们明天就死了，兄弟。”象头神说。

“镇定！”猴子又往前倾身时，牛说，“明天，亲爱的诸位，明天会怎么样呢？”

“就是这样。平民正在传颂一个新世界。人和神都无法掌控这个邪恶的词，平民为了省事使用这个词，但谁也不知道是谁发明了这个词。他们说，他们已经厌烦你们天上的诸位。”

众神轻轻地笑了。“然后呢，亲爱的朋友？”他们说。

“为了掩饰这种厌倦，我的人先献给你，湿婆神，以及你，象头神，更好的供品。但这个词已经广泛流传。接着，他们就不愿意给你们那些肥胖的婆罗门信徒缴那么多税了。再然后，他们就会慢慢忘记你们的祭坛。但这个过程异常缓慢，没有人说得清遗忘会从何时开始。”

“我知道，我知道！我提到了这一点，但是他们不听，”母虎说，“我们应该杀戮——杀戮！”

“但现在已经太迟了。你应该在那些人涉水而来、教会我们的人任何事情之前就开始杀戮。现在，我的人看到了他们是如何工作的，便开始思考。他们不再想天上的诸神，只想着火车和建桥人做的其他事情。你们的教士再伸手要捐献时，他们只会不情愿地随便给一点儿。这种情况已经开始，有少数人已经这样做了。我在我的人之间行走，知道他们心里是怎么想的。”

“最后会怎么样呢？我们会变成神类小丑？这就是结局？”象头神问。

“噢，湿婆神懒惰的儿子，结局会和开端一样！等到圣坛里的火焰熄灭，不再有人向你祷告，你就会再度成为小神——丛林之神——猎鼠人和套狗人在灌木丛和山洞里时会呼唤的名字——待在树上的神，某些村子的守护神。

你最开始不就是这样的神吗？象头神，这就是你的结局，也是平民的派拉瓦的结局。”

“你说的是很久以后的事，”派拉瓦咕哝道，“而且你说的是假话。”

“很多女人吻过克利须那神。她们年老色衰时，为了让自己开心，把这个故事告诉给克利须那神，克利须那神又把这个故事告诉给我们。”牛喘着粗气说。

“他们的神来了，我们改变了这些神。比如我见到的那个有十二条胳膊的女神。我们应该改变他们的神。”哈努曼说。

“他们的神！这和他们的神无关！不管他们是一个还是三个，是男是女。我说的是人。是**建桥人**，而不是建桥人的神到处流动。”克利须那神说。

“是这样。我曾经见过一个人对着停在那里喷气的火车顶礼膜拜，他并不知道自己是在拜我，”猴神哈努曼说，“他们只会稍微改变一下他们信仰的神的名字。我和过去一样，仍然是建桥人的引领者；湿婆神会受到学校里的人的敬拜，尽管其中一些人会怀疑、轻视他；象头神依然会是放债人的神；而派拉瓦是耍猴人、流浪者和玩具商的神。亲爱的诸位，他们只会改变我们的名字，我们见过这种事不下一千次了。”

“他们当然只是改改名字。”象头神帮腔，但诸神之间有种不安的气氛。

“他们不光是改变神的名字。只要少女还会与小伙子相遇，春天在冬雨之后到来，我自己反正不会消亡。天上的诸神，我可不是无缘无故行走在大地上。我的人不知道他们知道什么，但我和他们生活在一起，能读懂他们的内心。各位伟大的王，结局已经开始。火车叫喊出的是新神的名字，而不是旧神的新名字。从现在开始，吃好喝好吧！把脸埋在圣坛的烟气中吧，因为烟火很快就会变得冰冷。天上的诸神，接受捐献、好好听听拨和鼓的声音，因为这些东西很快就会被鲜花和歌声取代。以人类的时间计算，结局还有很久才会到来。但以我们的时间计算，结局就在今天到来。我说完了。”

年轻的神不再说话，其他神面面相觑许久。

“我以前没听过这种说法，”佩努对着同伴的耳朵说道，“但我有时候在机房给黄铜器件涂油时，会想到我们的教士是不是真的那么睿智。天快亮了，先生。他们天亮前会离开。”

一道黄色的光在天空蔓延开来，黑暗正在褪去，河水发出的声音变了。

象头神突然发出隆隆的尖叫声，好像遭到赶象刺棒的袭击。

“让因陀罗决断吧！众神之首，你说吧！克利须那神真的撒谎了？还是——”

“你们知道，”雄鹿说，站起来，“你们知道‘众神之谜语’。梵天没有停止做梦，天堂、人间和地狱就不会消失。开心些。梵天的梦依然存在。梦变化莫测，梦的性质变了，但依然是梵天的梦。克利须那神在大地上走了太久，但我因为他讲的这个故事更爱他了。新的神出现了——但有一个神永远存在！”

“啊，还有一个神会在人类的心中留下爱，”克利须那神说，给腰带打结，“你们不会等很久就会知道我有没有说谎。很快就会见分晓。亲爱的诸位，回到各自的小世界，嘲弄新事物吧，因为梵天的梦仍在。走吧，孩子们！梵天仍在做梦，他醒来之前，诸神不会死掉。”

“他们要去哪儿？”印度水手问，满心敬畏，因寒冷而微微发抖。

“天知道！”芬德利森说。河与岛上已经被天光完全照亮，菩提树下的潮湿地面上没有留下任何蹄印。只有一只鹦鹉在枝叶间尖叫，振翅时抖下水滴。

“起来！我们被冻僵了！鸦片的药效过去了。先生，你能动吗？”

芬德利森摇摇晃晃地站起来，打了个冷战。鸦片的药效已经过去，他觉得全身又湿又痛。这位卡希桥的总工程师在水塘边洗脸时，想知道自己是怎么流落到这个岛上的，洪水造成了多大的危害，最重要的是，他的桥是否还在。

“佩努，我只记得自己在警戒塔下面看着河水，然后——洪水把我们冲到了这里?”

“不是的，先生，船散开了，”芬德利森忘记了鸦片的事，佩努决定不提醒他，“我记得自己努力想把那些船再捆到一起，然后我在黑暗中依稀看到，一根绳索打到先生，把先生抛到一艘船上。考虑到是我们两个，以及希契科克先生建了那座桥，我也跳到船上。船在水上颠簸，我们好像是在马背上。然后，船撞到小岛的突出部分，我们立即被抛到岛上。船离开码头时，我鬼哭狼嚎，希契科克先生肯定会找我们的。至于那座桥，很多人因为它死掉了，所以它不会塌的。”

艳阳高照，烘出这块暴雨冲刷过的土地里的各种气味。暴雨过后的明亮光线下，没有任何东西能让芬德利森想起黑暗中的梦境。芬德利森注视着上游炫目的奔流的水，直到眼睛酸痛。看不到恒河的河岸在哪里，也看不见桥的任何痕迹。

“我们漂到下游这么远的地方来了，”芬德利森说，“我们很幸运，我们原本应该已经淹死一百次了。”

“那不算什么了不起的奇迹，一个人死期没到是不会死的。我去过悉尼，去过伦敦，还去过其他二十个了不起的港口——”佩努注视着菩提树下墙面已经褪色的湿漉漉的神庙，“——从来没听谁说他见过我们在这里见到的东西。”

“什么?”

“先生忘记了？或者也许只有我们黑人能看见神?”

“我发烧了，”芬德利森依然不安地眺望河面，“好像有各种野兽和人在这个岛上说话，但我记不清了。我想现在可以在河上开船了。”

“哦！是的。‘梵天不再做梦，诸神就死了。’我终于明白他是什么意思了。上师以前对我说过很多话，但我就是不明白。我现在变得睿智了。”

“什么？”芬德利森回头问。

佩努继续说，好像是在自言自语：“我经历过六次——七次——十次风暴。我在大船的上层甲板前端看着暴风雨和汹涌的绿色的黑色的海水。我紧紧地抓着救生索，在水里咳嗽。那时，我想到的是自己今晚看到的这些神——”他好奇地看着芬德利森的后背，但这个白人仍在注视着河水。“是的，我说的是刚刚过去的那个夜晚。我那时希望他们能去保护我。我祈祷着，同时留心风浪。一个大浪打过来，把我抛到船首锚的圆环上。船头越来越高，朝左边倾斜，河水在下面猛烈推着船。我肚子贴着铁环，手抓着铁环，看着下面那么多水。我当时快要死了，我想道：我如果抓不住了，死了，那这条船，正在煮米饭的厨房旁边的我的铺位，孟买、加尔各答乃至伦敦，对我而言就都不存在了。‘我怎么确定，’我当时对自己说，‘我向其祈祷的那些神能够帮助所有人？’就在这时，大船的船头落到水上，就像锤子落到木板上。海水沿着上层甲板两边滑过去，我的小腿被该死的铁环撞得又青又肿，但我活下来了，还看到了神。活人可以依靠他们，至于死人嘛……我现在听到了他们说的话。所以我回去要打那个上师，因为他说了很多不是谜语的谜语。梵天不再做梦，众神也就不存在了。”

“你看看上游。光线太强了。那里有烟吗？”

佩努把双手举到眼睛上方。“希契科克先生是个聪明人，行动迅速。他不会信任划艇，肯定借了拉奥先生的汽艇来找我们。我说过很多遍了，我们的工地上应该有一艘汽艇。”

婆罗门拉奥的国土离大桥工地十英里，芬德利森和希契科克难得休息时，会去那里和这个年轻时打台球，猎黑羚。一个擅长运动的英国家庭教师教导了他五六年。现在，他肆意挥霍在印度政府任职期间积累下的财富。那艘汽艇是拉奥的新玩具，装饰着银栏杆和丝质太阳篷，甲板是桃花心木的。拉奥开着汽艇去工地玩时，芬德利森觉得这样一艘船有些可怕。

“我们的运气实在太好了。”芬德利森喃喃道，但心里的担忧并未减少分毫，因为他不知道希契科克会带来关于大桥的怎样的消息。

俗丽的蓝白两色烟囱迅速朝下游而来。然后他们看到希契科克站在船头，举着一副小小的双筒望远镜，脸色异常苍白。佩努挥手，汽艇朝小岛的尾部而来。拉奥先生穿着花呢猎装，戴着七色头巾，挥着他高贵的手。希契科克大声喊叫，但他无需询问任何问题，因为很明显，芬德利森想立即知道他的桥的情况。

“安然无恙！天哪，芬德利森，我没想到还会再见到你！你们被冲到了下游十几英里的地方。大桥一块砖头都没被冲走，但你们怎么样了？我去找拉奥借船，他很好心，也跟来了。跳到船上来。”

“啊，芬德利森，你还好吗，嗯？昨晚的灾难前所未见，嗯？我的宫殿到处漏水，我土地上的庄稼全被毁了。希契科克，你现在把船倒出去。我——我不懂蒸汽机。你的衣服湿了？芬德利森，你冷吗？我这里有些吃的。而且你应该好好喝一杯。”

“非常感谢，拉奥先生。我想你救了我的命。希契科克怎么——”

“哦！他急得头发都快掉了。他骑着马半夜来找我，把我叫醒，从梦神的怀抱里拉出来。芬德利森，我很担心你，所以也跟着来了。我的首席教士现在很生气。我们最好快一点，希契科克先生。我十二点四十五分要参加邦立寺庙的一个活动，有个新雕像封圣仪式。如果不是因为这件事，我会邀请你跟我回家住。芬德利森，宗教仪式太无聊了，嗯？”

佩努与所有船员都很熟，立刻掌控镶了宝石的船舵，开着船往上游疾驰而去。佩努操控着船，想象着用两英尺长的有些散开的绳子抽打那个上师后背的画面。

盲人国

H. G. 威尔斯，1899

在十九、二十世纪之交这一世界文学巅峰期的所有作家中，H.G. 威尔斯（1866—1946）无疑是最会写故事的人。他的想象富于创造性和准确性（正是这两种特征使他成为科幻小说的创始人之一），通过一种透明、流畅的写作手法体现出来，处处浸润着一种清晰、坚定而敏锐的精神。他的许多怪诞佳作都是根植于日常图景。我们选择的这篇是他最精彩的作品之一。不把这篇作品选进来，我会觉得很不公平。

《盲人国》是一则伟大的道德 / 政治寓言，足以让威尔斯比肩斯威夫特。其中充满对文化差异、对任何优越感之相对性的思考。

在安第斯山脉的赤道地区，一个南美印第安村落世代过着与世隔绝的生活，这个村子里的居民都是盲人。这里的孩子一生下来就什么都看不见，最后几位曾经拥有过视力的老人已经去世，于是所有人都忘记了能看见东西意味着什么。这里的房子全都没有窗户，没有颜色，也没有光线。有一天，从外面的世界来了一个人，人们认为他是残疾人，因为他不会做他们做的事，而且经常说一些无意义的话。这个人听信关于盲人国的谚语，以为自己可以成为他们的国王。但是谚语也有出错的时候：在盲人国，看不见的人比看得见的人更强大……

在距离钦博拉索山三百余英里，距离科托帕希雪峰一百余英里的地方，在厄瓜多尔安第斯山脉的荒野之地，有一处远离人世的神秘山谷，盲人国就在那里。很久以前，人们要穿过可怕的峡谷，走过结冰的山路，才能抵达那偏远的山谷，走进它那片安宁祥和的草地。的确有人到过那里。有个秘鲁混血家庭，为了躲避一位作恶多端的西班牙统治者的淫欲和暴政，逃到那里。后来，明杜班巴火山大爆发，基多城足有十七天不见太阳，亚瓜奇地方的水都沸腾了，瓜亚基尔湾的鱼全都浮上水面，翻了肚皮；太平洋坡地那边到处都是滑坡，冰川迅速融冻，洪水暴发。昔日的阿劳卡山的顶峰，整面山坡轰隆隆地滑落下去，永远切断了人们探索盲人国的通路。不过有一位早期的移民，当时刚好在山谷的这一侧，他经历了这一场天摇地动，不得不忘记自己留在另一边的妻儿、朋友和财物，在外面开始新的生活。他身染疾病，成了盲人，在矿场被人虐待致死。不过他讲述的那段经历，成了整个安第斯山脉流传至今的传说。

他讲了自己从那个偏远地方冒险出来的理由。起初，他是跟大包的装备一起，被人捆在一只美洲驼身上，带到那个地方去的，那时他还是个孩子。他说，那个山谷里有人们想要的一切——甘甜的水、牧场、温和的气候，有着富饶褐色土壤的坡地，一片片结出好吃果实的灌木丛，山谷一侧生长着高耸的大片松林，阻隔了高处的雪崩。更高的地方，三面山坡上，灰绿色山岩组成的峭壁顶端覆盖着冰雪，但冰雪融化出来的河水沿着更远的山坡流走了，只是偶尔有巨大的冰坨坠落在山谷这边。山谷里没有雨雪之忧，但丰足的泉水浇灌出一片富饶而碧绿的草场，泉水在山谷里遍地流淌。那些移民在那里过得不错。他们的牲口健壮结实，繁殖起来，不过有一件事影响到了他们的幸福生活，给他们的生活带来了重大的影响。他们患上了一种怪病，在那儿生出来的孩子——还有几个大一些的孩子——全都失明了。他正是为了寻找治疗这种致盲疾病的符咒或方法，才克服疲惫和艰险，穿过峡谷，回到这边。在那个年代，人们遇上这种事，想到的不是细菌和感染，而是他们犯下了什么的罪孽。他觉得，之所以会发生这样的不幸，准是因为移民没有祭司随行，进入山谷之后也没有马上动手修建神庙。他想在山谷里修建一座神庙——一座外表美观、造价低廉、切实有效的神庙。他想要圣人的遗物，还有类似的能发挥实效的宗教物品、受过祝福的物件还有神秘的圣牌和祈祷文。他的钱包里装着一枚当地的银块，他对此不愿多加说明。他坚持说，山谷里没有这种东西，他说这话时，流露出不善说谎之人的刻意掩饰。他说，他们平均分配钱财和饰品，在那里很少能用到金银什么的，他们拿出这些钱来，购买神圣的救助，希望能治愈他们的疾病。我能想象得出，这个眼睛昏花的年轻山民晒得黝黑，面容憔悴，焦虑不安，激动地抓着帽檐，完全不适应外界的习俗。他在火山大爆发之前，把这段经历告诉了某个目光热切、神情专注的神甫；我能想象得出，他原本希望能带着治疗那种疾病的可靠宗教手段回去，当他看到原先的峡谷变成一大片坍塌地带，心里准有无尽的绝望。但他的不幸经历后来如何，我就不清楚了，我只知道，他在几年之后不幸身亡。从那个偏远之地走失的可怜之人啊！原先冲蚀出那条峡谷的河流，如今从一个岩洞的洞口轰然流出。他用拙劣的言辞，讲述的那段可怜的经历，演变成如今人们依然能够听到的传说：在“那边”某个地方，有一个失明的种族。

在那个如今已经与世隔绝、被人遗忘的山谷里，疾病蔓延开来。老人渐渐视力衰退，开始摸索着走路，年轻人还能看到东西，但也模糊不清，他们生下来的孩子则完全目不视物。不过在这个积雪围绕的盆地里，生活非常安逸轻松。它跟外界隔绝，盆地里既没有荆棘，也没有害虫或野兽，只有温顺的美洲驼，他们可以拉拽它们，可以驱赶它们，他们跟在美洲驼后面，沿着峡谷里收缩的河床前行。视力衰退的过程十分缓慢，他们几乎不曾察觉。他们领着看不见东西的孩子四处行走，最后孩子们也熟悉了整个山谷的地貌，他们全都陷入失明之后，照样活了下来。他们来得及渐渐适应在目不视物的状态下控制火苗，他们小心翼翼地把火生在石炉里。起初，他们性情纯朴，目不识丁，跟西班牙文明只有过少许的接触，但他们了解一些古代秘鲁的艺术传统和失传的哲学思想。就这样过了一代又一代。他们忘记了许多东西，也发明出许多东西。他们从大千世界继承下来的传统，带上了神话色彩，变得真伪难辨。除了视觉上的缺陷，他们在各个方面都很能干，不久，生育与遗传的巧合，给他们送来一位富有创新精神的人，此人能说会道，能够说服众人，后来又迎来一位这样的人物。这两个人去世之后，他们的影响留传下来，这个小村落渐渐壮大，他们懂得的事情也越来越多，他们遇到并解决了种种社会和经济问题。就这样过了一代又一代。后来，那个拿着银块离开山谷寻求神助、再也没有回去的人，已经有了第十五代子孙。差不多就在这个时候，刚好有人从外面的世界走进这个村落。这里讲的就是那个人的故事。

他是基多郊区的山民，出过海，见过世面，喜爱读书，既聪敏又有进取心。一伙英国人来厄瓜多尔爬山，他们的三名瑞士向导里有一名病倒了，于是他们把他带上，让他代替那名病倒的向导。他跟着这伙人东攀西爬，然后尝试攀登帕拉斯科托佩特尔峰①，这座山峰堪称安第斯山脉的马特峰②，结果他就此失踪，跟外界失去了联系。关于这次意外，有过十多次报道。其中波因特的叙述是最出色的。他讲述了这个小团体如何沿着近乎垂直的角度，吃力地爬到最后一道巨大峭壁的跟前，在一块山岩下，在雪地里支起一顶帐篷过夜。他还用带有些许戏剧性的笔触，讲述了这伙人很快便发现努涅斯不见了。他们大声呼唤他的名字，结果没人回答。他们又是大喊，又是打唿哨，一夜未眠。

天亮的时候，他们发现了努涅斯坠落的痕迹。看起来，他当时没有办法

① 该山峰系作者杜撰。
② 阿尔卑斯山脉的高峰，位于意大利和瑞士边境，高四千四百七十八米。

呼救。他从东边滑下那片不为人知的山坡，滑出很远之后，在一片陡峭的雪坡上停下来，然后又随着雪崩一路滑落下去。他留下的痕迹一直延伸到一道可怕的悬崖边缘，再往前，就什么都看不到了。在遥远的下方，隐约可以看到有个封闭的山谷，大树在那里高高耸立——那里就是盲人国。但这些人并不知道，那里就是早已被人遗忘的盲人国，也看不出那里与其他狭窄的高地山谷有何不同。这场灾祸搞得他们心慌意乱，放弃了下午的攀登计划。波因特没等再次挑战这座高峰，就被征召入伍，上了战场。直到今天，帕拉斯科托佩特尔峰仍然未被征服，波因特搭的帐篷也已经支离破碎，掩埋在积雪之中。

那个坠崖的人活了下来。

他从雪坡的尽头掉下去，坠落一千英尺，落在一个大雪团里，这个雪团所在的雪坡，比方才那个还要陡峭。他在昏迷中飞快地滚落下去，但并没摔断一根骨头。最后，他终于落到相对平缓的山坡上，停止滚动，一动不动地躺在那里，掩埋在大片柔软的积雪当中，正是这些跟他一起滚落的积雪救了他的性命。他醒来时，迷迷糊糊地感到自己生了病，正躺在床上。然后，他凭着山民的经验，认清了自己的状况。他挣脱积雪的围困，休息一会儿，便钻了出来，看到了星星。他趴在一块空地上休息，不明白自己身在何处，究竟发生了什么事。他检查了自己的四肢，发现身上少了几粒纽扣，外套翻到了头上。兜里的刀子不见了，帽子也丢了，虽然他先前把帽子系在了下巴上。他回想起，当时他正在寻找松脱的石头，好搭建他的避风墙。他的破冰斧也没了。

他断定自己是坠崖了，便抬头望去，升起的月亮那惨白的光，让他滑落的那段距离显得越发遥远。他躺了一段时间，茫然地注视着高耸在上方的那片巨大而苍白的峭壁，只见它随着夜色的退去，渐渐显露出身形。它那神秘的美叫他看得出了神，他爆发出一阵呜咽般的笑声……

过了好长一段时间，他才发现，自己就在积雪的下缘附近。他往下面望去，在借着月光可以看清的斜坡下面，是一片点缀着岩石的草皮。他挣扎着站起身，四肢和全身各处的关节疼痛不已，他走出身边的雪堆，往下走到那片草皮上，倒在一块巨石旁边，掏出衣兜里的扁酒壶，痛快地喝了一口，便昏睡过去……

下方远处的树上传来鸟叫声，把他给吵醒了。

他坐起身，发现自己是在一片巨大峭壁前的小土丘上，那片峭壁上开了一道冲沟，他和那个雪团就是从那道冲沟里滚落下来的。前方是另一片壁立的山岩，高耸入云。两道峭壁之间的峡谷呈东西走向，峡谷里洒满阳光，照亮了西边塌落的山体，正是那段山体封锁了这个地势倾斜的峡谷。看起来，他的下方有一段同样陡峭的悬崖，不过他在那条冲沟里的积雪后面，发现了一条仿佛烟囱开口的通道，滴淌着雪水，走投无路的人很可能会冒险一试。他发现实际钻起来并不像看起来那么难，最后他终于来到另一个荒芜的土丘，并不费力地攀岩而上，来到一片长满树的陡峭山坡。他辨别了一下方向，扭头朝峡谷望去，因为他发现峡谷前方变得开阔起来，那里有绿色的草场，他清楚地瞥见草场上有一片样式不同寻常的石屋。他不时攀爬，过了一段时间，升起的太阳不再直接照向峡谷，鸟儿歌唱的声音也停息了，四周的空气变得阴寒。但远处建有房屋的山谷却变得更为显眼。很快，他来到碎石堆，他注意到，在岩石中间——因为他是个善于观察的人——有一种陌生的蕨类，像是从岩缝间伸出密密麻麻的绿色小手。他摘下一片叶子，嚼了嚼叶子梗，感觉这东西可以充饥。

快到中午的时候，他终于抵达从峡谷进入平原和阳光地带的隘口。他身体僵硬，疲惫不堪。他坐在一块岩石下，把扁酒壶灌满泉水，喝了下去，又休息了一会儿，才起身朝那些房子走去。

在他看来，这些房子十分奇怪。实际上，他觉得整个山谷的面貌都颇为离奇。地表绝大部分都是茂密的草地，点缀着许多美丽的花朵，显然经过精心的浇灌和系统的修剪。高处，一堵墙环围山谷，看起来像是一道环形水渠，正是从那儿流淌出来的涓滴细流滋育出草场上的花草，在更高处的山坡上，一群美洲驼在啃食着稀少的牧草。墙下七零八落地搭建着一些棚子，显然是这些美洲驼的窝或喂食的地方。一条条灌溉用的溪流汇入一条主渠，这条主渠直通山谷的中心，主渠两侧建有齐胸高的围墙。这种格局为这个与世隔绝的地方增添了浓郁的城市气息，许多条黑白石子铺就、旁边镶有奇特条石的小径错落有致，让这种城市气息变得越发强烈。中间的那些村舍，跟他知道的那些山村杂乱无章的随意布局截然不同；它们在整洁得惊人的主街两侧彼此相连，排列成行；那些村舍正面的墙壁颜色驳杂不一，上面开有门户，却没有一扇窗户。那种驳杂的颜色没有任何规律可言，墙上涂抹的灰泥有灰色、浅褐色、深蓝灰色或深褐色。看到这片胡乱涂抹的灰泥，这名探路人想起了“眼瞎”这个词。“做这件事的那个好人，”他心想，“肯定像蝙蝠一样瞎。”

他走下一段陡坡，来到贯穿山谷的围墙和水渠那儿，水渠将多余的水喷进峡谷的深处，那片水光闪烁的薄薄水面，看上去就像小瀑布一样。这时，他看到若干男女在草堆上休息，像是在午睡，在草地的远处，靠近村舍的地方，有好多躺着休息的孩子，近在眼前的地方，三个男人把几只桶抬到轭上，旁边是一条小路，从环形的围墙直通那些村舍。这三个人穿着美洲驼皮的衣服，脚蹬皮靴，腰系皮带，头戴布帽，脑后和耳朵两边带有披帘。他们排成一路纵队，一边打着哈欠，一边缓缓前行，就像整宿没睡一样。这些人的举止流露出富足和体面。犹豫片刻之后，努涅斯在岩石上踏前几步，让自己站得显眼一些，他大喊一声，喊声在山谷中回荡。

那三个人停住脚步，转动脑袋，像是在环顾四周。他们来回扭动着脑袋，努涅斯卖力地打着手势。可他们好像并没看见，过了一会儿，他们冲着右边远处的大山喊了起来，像是要做出回应。努涅斯喊了一声又一声，徒劳地打着手势，想起了“眼瞎”这个词。“这些傻瓜准是瞎子。”他说。

努涅斯喊了半天，生了一肚子气，最后登上一座小桥，穿过那条河，穿过墙上的一道门，来到那些人的身边，这才确定他们的确是瞎子。他能肯定，这里就是传说中的盲人国。他心里确信不疑，觉得自己正在进行令人羡慕的伟大冒险。那三个人并排站着，并没有往他这边看，而是把耳朵对准了他，根据他的陌生脚步声，判断着他的身份。他们紧挨着站在一起，像是有些害怕。他能看到，他们的眼皮紧闭着，凹陷下去，下面的眼球好像已经萎缩了。他们的脸上有种近乎敬畏的表情。

“是个人，”一个人用很难听懂的西班牙语说——“是个人，要么是个精灵，他是从岩石里冒出来的。”

努涅斯迈着自信的脚步走上前去，就像刚刚开始社交生活的年轻人一样。他想起有关与世隔绝的山谷和盲人国的各种故事，有句古老的谚语在他的脑海中回荡着，就像一段副歌——

“在盲人的国度里，独眼龙就是国王。

在盲人的国度里，独眼龙就是国王。”

他很有礼貌地问候他们。他跟他们说话，一边打量着他们。

“他是从哪儿来的，佩德罗兄弟？”一个问道。

“从岩石里冒出来的。”

“我是从山那边过来的，”努涅斯说，“从山那边的国家过来的——那儿的人能看见东西。我家在波哥大附近，那儿有几十万人，城市一直延伸到视野之外。”

“视野？”佩德罗咕哝道，“视野？”

“他是从岩石里冒出来的。”第二个盲人说。

努涅斯看到，他们的衣服样式古怪，每一件都是不同的缝法。

三个人同时凑过来，每人伸出一只手，把他吓了一跳。他向后退去，躲避这些伸过来的手指。

“过来。”第三个盲人说，他紧跟着努涅斯的身形，灵巧地抓住他。

他们抱住努涅斯，把他上上下下摸了个遍，然后才开口。

“当心点儿。”一根手指伸到努涅斯眼窝里，他赶紧喊道。他发现，他们觉得他身上这个眼皮忽闪忽闪的器官是个怪东西。他们又摸了摸他的眼睛。

“是个奇怪的生物，科雷亚，”那个名叫佩德罗的盲人说，“摸摸他粗糙的头发。就像美洲驼的毛。”

“他就像生出他来的岩石一样粗糙，”科雷亚说，他用柔软、略微潮湿的手摸索着努涅斯胡子拉碴的下巴，“也许他以后会变得细致一些。”他们检查他时，努涅斯稍微挣扎了几下，不过他们把他抓得牢牢的。

“当心点儿。”他又说。

“他会说话，”第三个人说，“他无疑是个人。”

“呸！”佩德罗说，这是因为嫌他表皮粗糙。

“你来到这个世上了？”佩德罗问。

“我是从外面的世界来的。我翻过了大山和冰河，就在那边的高处，离太阳一半高的地方。我来自外面的广阔世界，离大海有十二天路程的地方。”

他们仿佛没听到他的话。“我们的祖先跟我们说过，人也许是大自然的力量造就的，”科雷亚说，“是物质的温度、湿度和腐败程度——腐败程度造就的。”

“我们带他去长老那里吧。”佩德罗说。

“先喊几声吧，”科雷亚说，“免得吓着孩子。这种事怪吓人的。”

于是他们喊了起来，佩德罗走在前面，拉着努涅斯的手，领着他朝那些房子走去。

努涅斯把手抽了出来。“我能看见。”他说。

“看见?”科雷亚说。

“对，看见。”努涅斯说，朝科雷亚转过身去，结果撞到佩德罗的桶。

“他的感官还有缺陷，”第三个盲人说，“他走路不稳，还说了一些没有意义的话。领好他的手。”

“随你们便吧。”努涅斯说，他被他们领着，笑了起来。

这些人好像对视觉一无所知。

没事，他很快就能教会他们。

他听到人们大声呼喊，看到好多人围在村子的路中央。

他发现，与盲人国众人的第一次会面，比他预料得还要费神和消磨耐心。走近之后，那片场地似乎变大了不少，墙上涂抹的灰泥看起来更怪异了，男女老少（他高兴地发现，有些妇人和姑娘长得十分甜美，尽管她们闭着眼睛，眼窝凹陷）围拢过来，靠在他身上，用柔软而敏感的手触摸他，闻他的气味，倾听着他说的每一个字。但有些少女和孩子躲得远远的，仿佛害怕。的确，他的声音听起来既沙哑又粗鲁，跟他们柔和的发音很不一样。他们把他团团围住。他的三名向导紧挨着他，仿佛他是他们的东西，他们一遍遍地说着：“他是从岩石里冒出来的野人。”

“波哥大，”努涅斯说，“波哥大。在大山的另一边。”

“一个野人——说的也是野人的话，”佩德罗说，“你们听到了吗——波哥大?他的心智还没有成型。他刚开始学着说话。”

一个小男孩捏了捏他的手。“波哥大!”他嘲弄地说。

“没错!跟你们的村子比起来，那是个城市。我来自外面的广阔世界——那里的人有眼睛，能看到东西。”

“他叫波哥大。”他们说。

“他绊倒过，”科雷亚说，“我们来的时候，他绊倒过两次。”

“带他去长老那里吧。”

他们把他猛地推进一个屋子，屋里漆黑一片，只有最里面透出微弱的火光。人群围堵在他的身后，把外面的光线挡得严严实实，他没有站稳，扑倒在一个坐着的男人脚边。他伸着胳膊，倒下去时胳膊打在一个人的脸上。他感到那人的面孔软软的，同时听到一声怒吼。瞬间后，许多只手抓牢他，他挣扎着，结果这是一场实力悬殊的搏斗。他认清了形势，便躺着不动。

“我刚才摔倒了，”他说，“这里一片漆黑，我看不见。”

一阵沉默，周围那些看不见的人，似乎想弄明白他的话是什么意思。然后科雷亚的声音说：“他刚刚成型。他走路时会绊倒，会说出一些没有意义的词。”

别人也说了他的一些事，他听得稀里糊涂。

“我可以坐起来吗?”过了一会儿，他问，“我不会再反抗你们了。”

他们商量一番，让他爬起来。

一个老人的声音开始向他提问，努涅斯试着向坐在黑暗中的盲人国长老们解释，他如何从外面的广阔世界掉落这里，他试着解释天空、大山、视觉以及诸如此类的奇迹。不管他怎么跟他们说，他们都不相信，也听不懂，这大大出乎他的意料。他们听不懂他说的许多字眼。因为这些人失明了十四代，跟明眼人的世界早已断绝往来。很多能看到的东西，名字早已湮灭不存，或者改头换面；外部世界的事渐渐变成童话故事；他们对围墙上方岩石山坡以外的事，早已不再关心。他们当中出现的盲人天才，对他们早年带来的些许信仰和传统提出质疑，他们将这些东西贬斥为闲暇时的幻想，用更合理的崭新解释，将它们取而代之。他们的想象力也在很大程度上伴着他们的视力一起衰退了，但他们更加敏锐的听觉和触觉，给他们带来了新的想象。努涅斯渐渐明白了这一点。他原本以为，这些人会对他的出身和禀赋感到惊讶和敬畏，现在看来，这种期望是不可能实现了。他可怜兮兮地试图跟他们解释什么是视觉，但他们认为他这个新生儿在描述感官的奇迹时思维混乱。他平静下来，有些沮丧，开始听取他们的指示。一位盲人长老向他解释了生命、哲学和宗教，这个世界（意思是他们所在的山谷）原先是岩石间的一片空洞，然后先是出现了没有触觉、没有生命的东西，美洲驼和另外几种稍有感知能力的生物，后来才出现了人，最后是天使，人能听到他们唱歌和拍打翅膀的声音，但没有人能摸到他们。努涅斯大为困惑，然后想到他说的是鸟。

接下来，他告诉努涅斯，时间可以划分成暖与冷，就是盲人的日与夜，暖时适合睡眠，冷时适合劳作，因此，要不是他的到来，全城的盲人都已经入睡了。他说努涅斯肯定是被特地创造出来，学习他们掌握的智慧，为他们的智慧效劳的，尽管他的头脑没有条理，走路跌跌撞撞，但他一定要鼓起勇气，努力学习，门口的众人也都低声说着鼓励的话。他说现在夜——盲人管白天叫夜晚——已经深了，所有人都应该回去睡觉。他问努涅斯是否知道怎样睡觉，努涅斯说他知道，不过在睡觉之前，他想吃些东西。

他们给他拿来了食物——一碗美洲驼的奶，还有粗糙的咸面包，领他去一个他们听不到声音的地方吃东西，然后都去睡了，直到山里夜晚的寒意将他们唤醒，他们才会开始他们的白天生活。但努涅斯毫无睡意。

他在他们安排的住所彻夜未眠，休息着身体，同时一遍遍回想着他到来之后的各种出乎意料的情况。

他时不时地笑出声来，有时是开心，有时是生气。

“心智还没有成型！”他说，“还没有理性！他们还不知道，他们是在侮辱上天给他们派来的国王和主人。我看，我得让他们恢复理性。让我想想——让我想想。”

太阳下山了，他还在思索。

努涅斯善于欣赏美丽的东西，他觉得山谷周围的雪原和冰河散发的光辉，是他见过的最美的景象。他的目光从那片无法接近的壮丽景象转到村落和快速没入暮色、经过灌溉的田野上面。突然，他心里涌起一股激情，他发自内心地感谢上帝，感谢上帝赐予自己视觉。

他听到有人在村外喊他：“喂，波哥大！过来！”

听到这话，他站在那里，笑了起来。他要让这些人彻底明白视觉有什么用。他们会到处找他，结果却找不到。

“你没挪地方，波哥大。”那个声音说。

他悄悄笑了，蹑手蹑脚地往小路旁边横着走了两步。

“别踩草地，波哥大。不许那样做。”

努涅斯自己都没听到自己发出的声音。他惊讶地站住了。

那个声音的主人沿着黑白两色的小路朝他跑来。

他回到小路上。“我来了。”他说。

“我叫你的时候，你为什么不过来？”盲人说，“你非要像孩子似的，让别人领着吗？你走路的时候，听不到路吗？”

努涅斯笑了，“我能看见路。”他说。

“没有‘看见’这个词，”这个盲人沉默片刻说，“别犯傻了，跟好我的脚步声。”

努涅斯有些恼火地跟在后面。

“我的好时机会到来的。”他说。

“你得学习，”盲人回答，“在这个世界上，有很多东西要学习。”

“没有人告诉过你，‘在盲人的国度里，独眼龙就是国王’吗？”

“盲人是什么？”盲人回过头，随意地问道。

四天过去了，到第五天时，这位国王依然地位低微，在他的臣民中间，他依然是一个笨拙、没用的陌生人。

他发现，展示自己的本领比预想的困难得多。他策划政变的同时，按照他们的吩咐做事，学习着盲人国的礼仪和习俗。他觉得夜间外出劳作尤为让他烦恼，便决定首先改变这种做法。

这些人过着简朴勤劳的生活，人们理解的美德与幸福的各种基本要素，他们全都具备。他们辛勤劳作，但并不觉得是一种沉重的负担；他们完全能够丰衣足食；他们有休息的时日和季节；他们经常演奏音乐，放声歌唱；他们彼此之间，他们与儿女之间，关爱有加。

他们在这个秩序井然的世界里四处走动，充满自信，准确无误，堪称奇迹。可以看出，他们对一切都做出了妥当的安排，以满足自己的需要；山谷里的每一条辐射状的小路，都以固定的角度与其他小路相交，靠留在路缘石上的特殊凹痕来区分；道路和草场上的各种障碍和不规则的地方，早就被清理一空；基于他们的特殊需要，各种做事的方法和程序自然而然地随之形成。他们的感官敏锐得惊人；远在十步开外，他们就能听出、判断出一个人最细微的动作——还能听到他的心跳声。声调的变化取代了表情，触摸取代了手势，他们用锄头、铁铲、耙子干园艺活儿的时候，无拘无束，信心十足。他们的嗅觉格外敏锐；他们就像狗一样，能从气味上轻易分辨出对方的身份；他们四处放牧美洲驼，这些美洲驼生活在上方的岩石中间，到围墙那儿去吃食、过夜。努涅斯终于要采取行动时才发现，他们的动作可以做到何等的灵活和自信。

他试过说服他们，结果失败了，于是造反。

起初，他好几次试着向他们解释视觉是怎么回事。“瞧瞧你们这些人吧，”他说，“我身上有些地方，你们并不理解。”

有那么一两次，他们留心听他说话。他们耷拉着脑袋，把耳朵冲着他，他尽己所能地告诉他们，视觉是怎么回事。他的听众中有个姑娘，她的眼皮不像别人那样通红凹陷，看上去就像闭着眼睛一般，他特别希望能说服这个姑娘。他讲到美丽的景色，如大山、天空和日出。他们起初觉得好笑，很快便责怪起他来。他们告诉他，根本就没有什么大山，世界尽头只有一些岩石，美洲驼在那里吃草；多孔的天穹便是从那里升起，露水和雪崩就是从天穹上掉下来的。他顽固地坚持说，世界并没有尽头，也没有他们想象中的屋顶，他们说他的思想太邪恶了。他向他们说起天空、云彩和星星，而他们相信那里是一片光滑的屋顶——他们相信，那个巨穴般的屋顶摸起来极为光滑，他却说那里是一片可憎的虚空，一片可怕的黑暗。他发现自己吓到他们了，便彻底放弃说服，决心让他们见识一下，视觉有什么实用价值。一天早晨，他看到佩德罗走在十七号小路上，正朝中间的村舍走来，不过因为相隔太远，他们还听不到他的声音，闻不到他的气味。他把情况跟他们说了。“再过一小会儿，”他做出预言，“佩德罗就要过来了。”一个老人说，佩德罗没有事要来十七号小路做，然后，就像是为了证实老人的话，佩德罗往这边走了几步，便横着拐到十号小路上，迈着敏捷的步伐朝外墙走去。佩德罗没来，他们嘲笑起努涅斯来。后来，他为了澄清自己的名誉，向佩德罗提出一些问题，佩德罗拒绝回答，看不起他，此后便对他心怀敌意。

后来他劝他们，让一个对自己的听力很自信的人陪着他，沿着草场的上坡，往围墙那儿走出很远。他向这个人保证，他能说出村舍间发生的一切。他注意到一些人来来往往，但他们真正在意的是发生在没有窗户的屋子里或屋后的活动——他们只拿这些事来测验他——这些事他一点儿也看不到。这次尝试失败之后，他们忍不住嘲笑起他来，于是他便诉诸武力。他想抓起一把铁铲，将一两个人猛地打倒在地，在公平的搏斗中展现视力的优越性。他好不容易下定决心抓起铁铲，结果发现自己没法硬起心肠去打一个盲人。

他犹豫不决时发现，他们全都发觉他拿起了铁铲。他们警惕地站起来，把脑袋转向一侧，将耳朵对准他，听他接下来要做什么。

“放下那把铁铲。”一个盲人说。他感到一种无助的恐惧，差点儿就顺从了。

然后他把一个人猛地推到村舍的墙上，从那人身边逃开，往村子外面跑去。

他穿过一片他们的牧场，身后留下一串踩踏青草的足迹，很快便在一条小路旁边坐下来。他感受到所有的男人在参加战斗时萌生的喜悦，不过更多的是困惑。他开始意识到，跟心智水平不如自己的人打架，没法打个痛快。他远远看到，许多男子手拿铁铲和棍棒，从屋里来到街头，他们排成一排，沿着几条小路朝他走来。他们走得很慢，彼此频频交谈。这些人组成封锁线，不时停住脚步，闻闻气味，听听动静。

他们刚开始这样做的时候，努涅斯笑了起来。可随后，他笑不出来了。

有个人发现他在牧场的青草上留下的足迹，弯着腰朝这边摸索过来。

他望着组成封锁线的这些人缓缓行进，看了五分钟。一开始，马上采取行动的想法还比较模糊，但很快他便觉得要抓紧行动了。他站起身，朝那堵环形的围墙走出一两步，又转身退回来一点。那些人排成月牙形，站在那里不动，聆听着动静。

他也站着不动，双手紧紧地攥着铁铲。他应该朝他们冲过去吗？

他耳中的脉搏声，仿佛变成了富有节奏的叠句："在盲人的国度里，独眼龙就是国王！"

他应该朝他们冲过去吗？

他望了望身后无法攀爬的高墙——上面的灰泥太光滑，不过墙上开有很多扇小门。他又看了看不断接近的搜寻者。在这些人身后，更多的人正从屋里出来，走上街头。

他应该朝他们冲过去吗？

"波哥大！"有个人喊道，"波哥大！你在哪儿？"

他把铁铲攥得更紧，穿过牧场，朝那些人走去，他刚一动，他们就围上来。"要是他们碰我，我就打他们，"他发誓说，"上帝在上，我会的。我会打他们。"他大声喊道："看这儿，我在这个山谷里想做什么就做什么。你们听到了吗？我想做什么就做什么，想去哪儿就去哪儿！”

他们很快就朝他逼近，尽管还在摸索着，但动作颇为迅速。就像在玩捉迷藏一样，只有一个人没有蒙着眼睛。“抓住他！”一个人喊道。他发现自己陷入了追捕者松散的包围，随即意识到，一定得采取行动了。

“你们不明白，”他喊道，声音本该洪亮而坚决，结果却虚弱无力，“你们是瞎子，而我能看见。别惹我！”

“波哥大！放下铁铲，离开草地！”

这最后的命令与城里的禁令莫名的相似，让他心里涌起一股怒气。

“我会伤害你们的，”他激动地哭着说，“我以天国的名义发誓，我会伤害你们的。别惹我！”

他奔跑起来，心里并不清楚自己该往哪儿跑。他从离他最近的盲人身边跑开，因为想到要打那个盲人，他心里感到恐怖。他停住脚步，然后猛冲过去，想突破他们的包围圈。他朝一处很宽的缺口冲过去，这时缺口两边的盲人很快便察觉他的脚步，朝中间扑过来。他往前一跳，发现自己肯定会被逮住，便挥舞起铁铲。他感觉到铁铲打中手臂，发出一声闷响，那人痛叫一声，倒在地上，他突围而出。

跑出来了！这时他又回到村舍旁边的街道上，那些盲人挥舞着铁铲和棍棒，从四面八方冲过来。

就在这时，他听到身后有脚步声，发现一个高个子男人冲上前来，朝他发出声音的方向挥击。他失去勇气，把铁铲朝对手一扔，结果扔偏了一码远。他连忙转身逃窜，在躲过另外一击时又大叫了一声。

他吓坏了。他左冲右突，在无需躲闪时也躲闪，心里焦急万分，眼睛同时望向四面八方，脚下跌跌撞撞。有那么一瞬间，他摔倒在地，他们都听到了。在他看来，远处围墙上的一扇小门就像天堂一般。他马上狂奔过去，都顾不上看周围的追踪者了，终于，他冲到门前，跌跌撞撞地穿过那座桥，在岩石中间攀爬一段距离，惊到一只美洲驼，美洲驼跑出他的视野，他上气不接下气地倒在地上，哭了起来。

他的造反就这样结束了。

他在盲人山谷的围墙外面待了两天两夜，没有食物，没有栖身之所。他反省了种种出乎意料的情况。在反省期间，他用嘲弄的口吻反复念叨着那句已被戳穿的谚语："在盲人的国度里，独眼龙就是国王。"他想的最多的，还是怎样跟这些人作战，怎样征服他们，他越想越明白，这根本行不通。他没有武器，现在也很难弄到武器了。

他在波哥大时受了文明的蛊惑，根本没法对盲人下手。当然，如果他那样做了，那他有可能以杀死所有人作为威胁，跟他们提出一些条件。只不过——他早晚还是要睡觉的！

他试着在松林里寻找食物，夜里降霜时，他试着在松枝下面待得好受一些。还有一件事他胜算不大。他想用诡计逮一只美洲驼，把它宰掉——或许可以用石头砸它——吃驼肉充饥。但美洲驼不靠近他，用不信任的褐色眼睛望着他，他一走近，它们就冲他吐唾沫。第二天，恐惧和阵阵战栗向他袭来。最后，他翻过盲人国的围墙，尝试跟他们达成和解。他沿着溪流吃力地走过去，大喊起来，直到两名盲人来到门口，跟他说话。

"我当时疯了，"他说，"不过我毕竟刚出生。"

他们说，这话听着像样一些。

他告诉他们，自己现在已经聪明一些了，对自己做过的一切感到后悔。

然后他情不自禁地哭了起来，因为这时他身体虚弱，还生了病。他们觉得他的表现挺不错的。

他们问他，是否还觉得自己能"看见"了。

"不，"他说，"那太傻了。那个词没有任何意义——毫无意义！"

他们问他，头顶有什么。

“大约比人高一百倍的地方，是世界的穹顶——石头做的——非常非常光滑，”他又歇斯底里地哭了起来，“先别问我了，给我点儿吃的吧，不然我就没命了。”

他以为自己会受到严厉的惩罚，结果这些盲人十分宽容。他们把他的叛变当作他愚蠢和卑贱的又一项证据。他们在抽了他一顿鞭子之后，就让他去干最简单也最繁重的活儿了，那种活儿任何人都会做。他看不出还有什么别的生路，便老老实实地照办了。

他病了一些日子，他们亲切地照料他。这让他变得更加顺从。不过他们坚持要他躺在黑暗之中，这让他很是苦恼。盲人中的几位哲人过来，说他思想轻浮邪恶，对他大加斥责，因为他居然对笼罩在锅状宇宙上面的石头盖子心存怀疑，这让他真的怀疑自己是不是幻觉的牺牲品，因为自己竟然看不到头顶有这样的盖子。

就这样，努涅斯成了盲人国的公民，这些人也不再是一个面目单一的种族，成了一个个熟悉的个体，而大山外面的世界则变得日渐遥远和虚幻。这些人当中有雅各布，他的主人，一个不生气时很和善的人；有佩德罗，他是雅各布的外甥；还有雅各布的小女儿梅迪纳-萨罗特。她在盲人的种族里并不受重视，因为她的脸棱角分明，缺少那种令人满意的光滑感，那才是盲人心目中最理想的女性美。但努涅斯从一开始就觉得她很美，很快就觉得她是全世界最美的人。她那闭着的眼睑没有凹陷下去，也没有像山谷里的其他盲人那样变红，看起来就像随时都会睁开一样。她长着长长的睫毛，这被当作是严重的畸形。她的声音浑厚有力，而山谷里的青年听觉敏锐，这也不合他们的心意，所以没有人爱她。

后来有一天，努涅斯心想，他要是能得到她，就心甘情愿地留在山谷里，度过余生。

他留意着她，寻找机会向她献些殷勤，很快就发现她注意到了自己。有一次，在休息日的聚会中，他们俩并排坐在昏暗的星光下，音乐十分柔美。他把手放在她的手上，大胆地握住。而她也温柔地回应他的按压。后来有一天，他们在黑暗中吃饭时，他发现她的手在轻轻地寻找他，正好这时火光一闪，他看到她脸上的柔情。

他寻找机会跟她说话。

有一天，他去找她，她坐在夏夜的月光下纺纱。月光照得她银光闪闪，透出神秘的气息。他坐在她的脚边，告诉她自己爱她，告诉她自己觉得她很美。他的声音是情人的声音，话里透着温柔的敬意，那份敬意近乎敬畏，她以前从未被别人的爱意感动过。她没有给他明确的答复，不过显然，他的话让她感到高兴。

从那以后，他一有机会就找她说话。山谷成了他的世界，大山外面的那个人们生活在阳光下的世界，似乎不过是一个童话故事，有朝一日，他会把那个童话故事讲给她听。他小心翼翼地试探着，跟她说起视觉。

在她看来，视觉似乎是最富有诗意的幻想，她听他描述群星和大山，还有她甜美、白皙的美貌，就像是一种心怀愧疚的迁就和纵容。她并不相信他的话，也理解不了多少，但她感到莫名的喜悦，而他觉得她完全听懂了。

爱情不再令他敬畏，而是让他萌生出勇气。很快，他就想跟雅各布和长老们提出娶她的请求，但她感到害怕，一再拖延。是她的一个姐姐最先告诉雅各布，梅迪纳-萨罗特和努涅斯在恋爱。

努涅斯和梅迪纳-萨罗特的婚事，从一开始就遭到了极力反对；倒不是因为他们对她多么看重，而是因为他们把他看做一个外来人，一个白痴，一个达不到男人标准的无能之辈。她的姐姐们愤然反对，因为这会给她们丢脸；老雅各布尽管喜欢这个笨拙而顺从的奴隶，也摇头否决，说这件事没得说。男青年们全都忿忿不平，觉得这个想法玷污了整个种族，有个男青年对努涅斯破口大骂，还要打他。努涅斯还击了。这是他第一次觉得，能看见东西还是有优势的，哪怕当时已经是黄昏了。自从那次斗殴之后，就再也没有人愿意跟他动手了。不过他们还是觉得，他的婚结不成。

老雅各布很疼爱小女儿，她趴在他的肩头嘤嘤哭泣，他心里也很难过。

“你要明白，我亲爱的，他是个白痴。他有很多幻觉，他什么都做不好。”

“我知道，”梅迪纳-萨罗特哭着说，“不过他比以前好多了。他会好起来的。他很强壮，亲爱的父亲，也很善良——比世界上其他任何男人都要强壮和善良。而且他爱我——父亲，我也爱他。”

老雅各布见无法安慰女儿，感到十分苦恼，而且——这让他感到更加苦恼——他也喜欢努涅斯的很多方面。于是他去了没有窗户的议事厅，跟其他长老坐在一起，关注谈话的走向，在适当的时机开口说：“他比以前好多了。很可能，有朝一日，我们会发现他跟我们一样神智健全。”

后来，有一位长老经过深思，想出一个主意。他是众人当中的医生和药师，头脑中富有哲理和创造力，他觉得努涅斯的怪癖是可以医治的。有一天，雅各布在场时，他重新提起努涅斯的事。

“我检查过波哥大了，”他说，“现在我对他的病情了解得更清楚了。我认为，治好他的可能性很大。”

“我就盼着听到这句话。”老雅各布说。

“他的大脑受到了感染。”盲医生说。

长老们嘀嘀咕咕地表示同意。

“那么，是什么感染了它呢？”

“啊！”老雅各布说。

“是这个，”医生自问自答，“这些奇怪的东西叫做眼睛，它们存在的意义，就是为了在脸上形成一个恰当、柔软的凹陷，波哥大的眼睛生了病，感染了他的大脑。他的眼睛往外鼓得厉害，他长出了眼睫毛，他的眼皮会动，因此他的大脑一直处于发炎和受到干扰的状态。”

“是吗？”老雅各布说，“是吗？”

“我认为，我可以有把握地说，要完全治愈他，我们只需要做一次简单的外科手术——就是说，摘除这些刺激性的东西。”

“然后他的神志就会恢复正常？”

“然后他的神智就会完全正常，他会成为一名优秀公民。”

“感谢上天赐予了科学！”老雅各布说，他马上去找努涅斯，告诉他这个美好的前景。

但他觉得，努涅斯听了这个好消息后反应十分冷淡和失望。

“别人要是听到你的语气，”他说，“还会以为你不在乎我女儿呢。”

梅迪纳-萨罗特试图说服努涅斯接受致盲手术。

“你不想让我失去视觉的天赋吧？”

她摇摇头。

“我的世界是看得见的。”

她的脑袋垂下去。

“有很多美好的东西，美好的小东西——花朵、岩石间的苔藓、光亮和柔软的毛皮、飘着云朵的遥远天空、日落和星辰。还有你。哪怕只是为了你，能拥有视觉也是一桩幸事，只为欣赏你甜美、安详的脸庞、令人愉悦的嘴唇、你那交叠在一起的美丽双手……你赢得了我的目光，是这双眼睛让我离不开你，而那些白痴想要拿走我的眼睛。到时候，我就只能触摸你，听到你的声音，再也看不到你了。我就只能被石头穹顶和黑暗所笼罩，在那个可怕的穹顶底下，就连想象力也会衰退……你该不会想让我变成那样吧？”

他心中生出一个令他不快的疑念。他打住话头，让这个疑念变成一个问题。

“我有时候，”她说，“希望——”她顿住不说了。

“嗯?”他有些担忧地说。

“我有时候希望——你别说那样的话。”

“哪样的话?”

“我知道那很美——那是你的想象。我喜欢，只不过，现在——”

他感到一阵心寒。“现在?”他无力地说。

她坐着一动也不动。

“你是说——你觉得——我应该更好些，或许再好些——”

他很快就明白是怎么回事了。他感到愤怒，为命运这乏味的进程感到愤怒，但他也同情她低下的理解力——那种同情近乎遗憾。

“亲爱的。”他说。他从她苍白的脸色看出，她在苦苦地压抑着一些话，那些话她说不出口。他伸出胳膊搂住她，亲了亲她的耳朵，他们默默坐了一会儿。

“只要我同意做手术?”最后他非常温柔地说。

她扑上来抱住他，号啕大哭。“哦，只要你同意就好，”她哭着说，“你同意就好!”

这场手术能将他的地位从下等奴隶提升为盲人公民。手术前的一个星期，努涅斯怎么也睡不着，在温暖阳光照耀的时辰，别人睡得正香，他坐在那里沉思默想，或者茫无目的地四处游荡，他试着打起精神，面对困境。他已经作出答复，同意进行手术，但他还没有拿定主意。最后，工作的时间结束了，太阳升起来，光芒万丈，照亮金色的山顶，他能看见东西的最后一天来临了。梅迪纳-萨罗特去睡觉之前，他跟她一起待了几分钟。

“明天，”他说，“我就看不见东西了。”

“亲爱的心肝!”她回答说，使出全身力气，握着他的手。

“他们会弄疼你的，不过只是一点点疼，”她说，“你会熬过这一阵痛楚的——你会熬过去的，爱人，为了我……亲爱的，我会报答你的，只要女人的心和生命能做到。我最亲爱的，我的声音温柔的爱人哪，我会报答你的。”

他心里满怀同情，既同情自己，也同情她。

他抱住她，亲吻着她的嘴唇，最后一次望着她甜美的面容。“再见了，”他对自己心爱的视觉小声说道，“再见了！”

然后他默默转过身去，离开了她。

她能听到他缓缓远去的脚步声，那脚步声中，有什么东西让她激动地大哭起来。

他本来只想去一个孤寂的地方，那里的草地上长着美丽的白水仙，他想在那里一直待到牺牲的时刻。不过他一边走，一边抬眼望去，他看到了晨曦，晨曦就像一名身披金甲的天使，从陡峭的山坡上走下来……

他觉得，在这幅壮丽的美景面前，他自己、山谷里的这个盲人的世界，还有他的爱情，所有这一切，不过是一个罪恶的深坑。

他没有像原先打算的那样，转到一边去，而是径直前行，穿过那道环形围墙，爬上外面的岩石，他的眼睛一直望着阳光照亮的冰雪。

他看出它们无比美丽，他的想象力从冰雪上空掠过，飞向他准备永远放弃的东西。

他想起自己出身的那个广阔而自由的世界，那是他独有的世界。他仿佛看到那些遥远的山坡，看到远方的波哥大，那里汇聚着充满活力的万千美景，白天华丽辉煌，夜里明亮神秘。那里有宫殿、喷泉、雕像、白色的房子，优美地陈列在城市中央。他想起人要用一天左右的时间，才能穿过一道道隘口，走近它繁忙的大街小巷。他想起河上的旅行，要用很多天才能从广阔的波哥大来到更加广阔的世界，穿过城镇和乡村，森林和荒原，在奔腾的河流中日复一日地前进，直到河岸向后退去，巨大的汽船溅起浪花，从旁驶过，那时，就抵达了大海——宽广无垠的大海。海里成千上万的岛屿，海里的轮船，在他们绕着宏伟的世界不断前行的旅程中，只是隐约可见。那里没有大山的包围，可以看到天空——真正的天空，而不是这里看到的一个圆盘，而是一片无边无际的湛蓝天穹，浩瀚而深邃，群星在上面环绕，漂浮……

他用热切的探究的目光，仔细察看着大山组成的巨大帷幕。

一个人就这样走，登上那条冲沟，抵达那边的“烟囱”，或许可以穿过那些矮小的松树，登上高处，那些松树就像一层架子，呈圆环状延伸，延伸得越来越高，越过了峡谷。然后呢？也许可以翻过那个碎石堆。或许从那儿可以找到一段陡坡，沿着陡坡可以爬上冰雪覆盖的峭壁。如果那个“烟囱”走不通，那就再往东走一段，东边那个或许能行。然后呢？然后可以登上那边那片被琥珀色光芒照亮的雪地，来到离那些美丽的荒山顶峰只有一半距离的地方。

他回头看了村庄一眼，然后朝村庄转过身去，坚定地打量着它。

他想起梅迪纳-萨罗特，她变得那么渺小而遥远。

他又转过身去，望着大山组成的峭壁，阳光已经从那儿照了过来。

他开始十分谨慎地攀登。

太阳落山时，他已经停止攀爬，不过他已经到了很高的地方。他到过更高的地方，不过他眼下的位置已经很高了。他的衣服撕破了，四肢沾有血迹，身上很多地方都有擦伤。他躺在那里，仿佛正在休息，脸上挂着笑容。

从他休息的地方看去，山谷仿佛一个深坑，离这里差不多有一英里的距离。四周的山巅依然光焰灼灼，但山谷已经影影绰绰，看不清了。近处的岩石依然清晰可辨，沉浸在微妙的美景中——一条绿色的矿脉贯穿在灰色之上，水晶的闪光此起彼伏，一小片有着细微之美的橘黄色苔藓紧贴着他的脸庞。峡谷里有着深邃神秘的阴影，蓝色渐渐变深成紫色，紫色又变成发亮的黑色，上方是广阔无垠的天空。但他再也注意不到这些，只是一动不动地躺在那里，面带笑容，就好像他只要逃出他原本想要称王的盲人国，就心满意足了。

夕阳的余晖消逝，夜晚来临，他依然安详而满足地躺在冰冷、明亮的星辰之下。

致谢译者

卡尔维诺所著序言及每篇导读由马小漠译自意大利语；

以下篇目由唐江译自英语：《流浪汉威利讲的故事》《小伙子古德曼·布朗》《鼻子》《美丽的吸血鬼》《伊尔的美神》《幽灵与接骨师》《泄密的心》《影子》《信号员》《梦》《无耻之徒》《同样的印象》《夜晚：一场噩梦》《奇克莫加》《面具上的洞》《瓶妖》《盲人国》；

以下篇目由仲召明译自英语：《中邪人帕切科的故事》《秋天的魔法》《不老药》《没有眼皮的眼睛》《被施了魔法的手》《不渝的爱》《朋友的朋友》《建桥人》；

《沙人》由唐江和仲召明共同译自英语。

《中邪人帕切科的故事》英译本由克里斯汀·多纳格译自波兰语，《沙人》英译本由 J.T. 比尔拜译自德语，《鼻子》英译本由安德鲁·马克安德鲁译自俄语，《伊尔的美神》英译本由琼·金贝尔译自法语，《影子》英译本由 M.R. 詹姆斯译自丹麦语，《梦》英译本由罗伯特·德塞克斯译自俄语，《无耻之徒》英译本由迈克尔·舒顿译自俄语。

特此致谢。